ROCHELLE MAJER KRICH

Sprich nichts Böses

Buch

Debra Laslows Welt scheint aus den Fugen zu geraten: Beinahe gleichzeitig werden ihre beste Freundin Susan und ihre Kollegin Madeleine auf grausame Weise ermordet. Beide waren Anwältinnen, und beiden wurde die Zunge herausgeschnitten. Kurz vor ihrem Tod hatte Debra noch mit beiden Frauen Kontakt, was sie in den Augen der Polizei höchst verdächtig macht. Und während Debra verzweifelt versucht, die Anschuldigungen gegen sie zu widerlegen, muß sie vor Gericht einen Mandanten vertreten, der seine Angestellte vergewaltigt haben soll. Dann passiert ein weiterer Mord, und Debra erhält Drohbriefe, sie solle der Gerechtigkeit nicht im Weg stehen. Haben die Morde etwas mit ihrem jüngsten Gerichtsfall zu tun? Und noch etwas stößt ihr seltsam auf: Alle Opfer schienen ihren Henker gekannt zu haben. Ist sie ihm möglicherweise auch schon begegnet? Befindet er sich gar in ihrer nächsten Nähe? Ihr wird klar, daß sie den Mörder finden muß, bevor er ein nächstes Mal zuschlägt. In einem verzweifelten Kampf auf Leben und Tod versucht Debra, der Wahrheit auf die Spur zu kommen…

Autorin

Rochelle Majer Krich wurde für ihren Roman »Und nur der Mond schaut zu« mit dem begehrten Antony Award ausgezeichnet. Sie ist Vorsitzende des Fachbereichs für Englisch an einer Privatschule und lebt mit ihrem Mann und ihren Kindern in Los Angeles, Kalifornien.

Außerdem von der Autorin bei Goldmann:

Und nur der Mond schaut zu. Roman (42650)
Bis daß der Tod uns scheidet. Roman (42793)

ROCHELLE MAJER KRICH

Sprich nichts Böses

Roman

Aus dem Amerikanischen
von Ursula Walther

GOLDMANN

Die amerikanische Originalausgabe erschien 1996 unter dem Titel
»Speak No Evil« bei Mysterious Press, New York

Umwelthinweis:
Alle bedruckten Materialien dieses Taschenbuches
sind chlorfrei und umweltschonend.
Das Papier enthält Recycling-Anteile.

Der Goldmann Verlag
ist ein Unternehmen der Verlagsgruppe Bertelsmann

Deutsche Erstveröffentlichung 12/96

Umschlaggestaltung: Design Team München
Umschlagmotiv: Frank Schott, Köln
Satz: Uhl + Massopust, Aalen
Druck: Elsnerdruck, Berlin
Verlagsnummer: 43585
Redaktion: Ursula Buchheister
JP · Herstellung: Heidrun Nawrot
Made in Germany
ISBN 3-442-43585-4

3 5 7 9 10 8 6 4

In Liebe
für Mimi und Sol

1

Die Zeugin, eine schmächtige, verwahrloste Frau, die in dieser Umgebung ganz klein und eingeschüchtert wirkte, saß starr im Zeugenstand. Ihre Hände lagen fest verschränkt im Schoß, als sollten sie sie wie ein Briefbeschwerer davor bewahren davonzuschweben, und ihre Zunge zuckte immer wieder verstohlen über die Oberlippe. Sie vermied es, den Blick auf den Tisch der Verteidigung und die Anwältin zu richten, die sie gleich ins Kreuzverhör nehmen würde.

Die Frau hat jeden Grund, aufgeregt zu sein, dachte Debra Laslow mitfühlend, als sie auf der harten, ungepolsterten Bank auf der Zuschauergalerie hin und her rutschte. Von Madeleine Chase verhört zu werden war fast so, als hätte man Hannibal Lecter beim Abendessen zu Gast.

Die Verteidigerin legte vertraulich die Hand auf die Schulter ihres Mandanten und flüsterte ihm etwas ins Ohr – wahrscheinlich erinnerte sie ihn an das, was Debra ihren eigenen Mandanten auch immer riet: »Machen Sie einen interessierten, keinen ängstlichen Eindruck. Reagieren Sie auf nichts, was die Zeugin aussagt. Keine Wutausbrüche, keine bösen Blicke. Knabbern Sie nicht an den Fingernägeln. Zappeln Sie nicht herum. Sinken Sie nicht niedergeschlagen in sich zusammen.«

Von einer zuverlässigen Quelle hatte Debra erfahren, daß Madeleine einem Mandanten, der wegen Vergewaltigung angeklagt worden war, gedroht hatte, ihn eigenhändig zu kastrieren, falls er es wagen sollte, die Zeugin oder jemanden von der Jury anzugrinsen.

»Was hat der Mandant daraufhin gesagt?« hatte Debra den Informanten gefragt.

»Pauken Sie mich einfach nur raus, Miststück«, hatte die Antwort gelautet.

Es gab viele Geschichten über Madeleine.

Die Zeugin strich sich eine braune Haarsträhne aus der Stirn – ein Zeichen von Nervosität, dachte Debra, das gefällt Madeleine ganz bestimmt, deren honigblondes Haar, wie immer zu einem Knoten geschlungen, die Aufmerksamkeit des Betrachters auf ihr atemberaubendes Aussehen zog.

Madeleine stand auf. Die fließenden Bewegungen ihrer Glieder wirkten sinnlich, als sie sich vom Stuhl erhob, aber auch irgendwie gekünstelt, als hätte sie diesen Ablauf sorgfältig einstudiert, um bei den Menschen, die auf den Bänken hinter ihr saßen und sie beobachteten, den richtigen Eindruck zu erwecken. Sie schloß den einzelnen Knopf ihres taubengrauen Donna-Karan-Kostümjacketts, das Debra auch beinahe bei Saks gekauft hätte, und ging an dem Tisch des Staatsanwaltes vorbei. Sie machte einen kleinen Umweg zur Geschworenenbank, ließ die Hand liebevoll über die dunkle Holzumrandung des Pults gleiten, näherte sich dann dem Zeugenstand und schenkte der siebenundzwanzig Jahre alten Frau, deren Glaubwürdigkeit sie zerstören wollte, ein strahlendes Lächeln.

»Miss Parnell, trifft es zu, daß…«

Eine halbe Stunde später ordnete der Richter eine Vertagung der Verhandlung an. Debra verließ den Gerichtssaal, durchquerte das anschließende kleine Foyer und stellte sich links neben die holzgemaserte Tür. Ein paar Minuten später tauchte Madeleine auf und schwang beim Gehen ihren graphitgrauen Krokodillederkoffer hin und her. Sie sah gelassen und ungerührt aus – ganz anders als die Zeugin, die sie so verunsichert hatte, daß sie in Tränen ausgebrochen war. Ihr Geschick hatte in Debra Bewunderung hervorgerufen, aber auch ein beunruhigendes Neidgefühl geweckt.

Madeleine marschierte durch die niedrige Halle, gefolgt von einem *Los-Angeles-Times*-Gerichtsreporter, den Debra erkannte. Sie wartete, bis er von seinem Opfer abließ, unterdrückte die plötzlich aufkommende Nervosität, die durch die trübe, fluoreszierende Beleuchtung in der Halle noch verstärkt wurde, und holte Madeleine ein. Wie immer war sie überrascht zu sehen, daß sie und Madeleine gleich groß waren – einsfünfundsechzig. Aus der Entfernung wirkte Madeleine größer, imposanter.

»Kann ich dich sprechen, Madeleine?« Sie hatte die Stimme gedämpft, dennoch klang sie unnatürlich laut, als sie von den braun gekachelten Wänden widerhallte. Eine Handvoll Leute befanden sich in der Nähe – einige standen, andere saßen auf den unbequemen dunkelbraunen Plastikstühlen, die an den Wänden aufgestellt waren; der *Times*-Reporter lungerte in Hörweite herum.

Madeleine blieb stehen. »Ich war überrascht, dich im Gerichtssaal zu sehen, Debra. Und, wie hat dir mein Kreuzverhör gefallen?« Sie lächelte.

»Äußerst wirkungsvoll.« Debra erwiderte das Lächeln und unterdrückte den Drang, ihr schulterlanges Haar – welliges dunkelbraunes Haar, das nie so gut saß wie das von Madeleine – glattzustreichen. »Ich habe nebenan einen Antrag eingereicht und wußte, daß du hier bist. Ich muß mit dir reden – unter vier Augen. Können wir irgendwohin gehen? Es dauert nur ein paar Minuten.«

»Tut mir leid, ich habe eine Verabredung.« Wieder ein Lächeln. »Du kannst mich später anrufen – es sei denn, du willst hier und jetzt mit mir sprechen.«

Bildete sich Debra das nur ein, oder war der Reporter tatsächlich ein paar Zentimeter näher gerückt? Sie zögerte etwas, dann sagte sie: »Als wir vor zwei Wochen zusammen zu Mittag gegessen haben, erwähnte ich, daß ich mich für die freie Stelle in deiner Kanzlei bewerbe. Ich wurde nicht angenommen und frage mich, ob du etwas über die Gründe gehört hast.«

Der Brief war gestern bei ihr zu Hause angekommen. Debra,

der sehr viel daran gelegen war, in ihrem Anwaltsbüro zu kündigen, war sehr enttäuscht und erstaunt gewesen, zumal alles – das erste Einstellungsgespräch, das fabelhafte Abendessen in dem noblen Restaurant mit den Partnern der Kanzlei, die nachfolgende Unterhaltung – ausgesprochen vielversprechend verlaufen war.

Madeleine seufzte: »Wir sind deshalb die Top-Kanzlei in der Stadt, weil wir so wählerisch sind. Debra, Tatsache ist, daß ich, als mich die Partner über dich befragt haben, sagte, sie könnten etwas Besseres finden. Tut mir leid, aber ich nehme an, du wolltest die Wahrheit erfahren.« Ihr Ton war sachlich, ihre grauen Augen blickten kalt und ungerührt, aber der leicht verzogene Mund verriet Triumph.

Debra starrte sie an. »Du hast mir Glück gewünscht«, sagte sie leise. Ihr Gesicht brannte vor Beschämung und Wut – Wut auf Madeleine, auf ihre Falschheit und Unbarmherzigkeit; auf sich selbst, weil sie sich von Madeleines »Laß uns Freundinnen sein«-Anruf hatte hinters Licht führen lassen und geglaubt hatte, die Frau hätte sich nach all den Jahren des skrupellosen Konkurrenzkampfs, der Gehässigkeiten und Auseinandersetzungen geändert.

»Ich wünsche gegnerischen Anwälten auch immer viel Glück. Die brauchen das.« Madeleines Blick schweifte abweisend von Debras Gesicht zu ihrem grauen Kostüm und wieder zurück. »James Brand hat sieben Jahre Gefängnis bekommen, nicht wahr? Der arme Kerl. Ich bin natürlich sicher, daß du in diesem Fall dein Bestes gegeben hast.« Sie schüttelte den Kopf.

Debra ballte die Hände zu Fäusten. »Niemand hätte James Brand freibekommen. Nicht einmal du.« Geh ihr bloß nicht auf den Leim, ermahnte sie sich.

Madeleine reagierte erneut mit einem Lächeln. »Sieh den Tatsachen endlich ins Auge, Debra. Du bist eine mittelmäßige Strafverteidigerin mit unrealistischen Erwartungen. Du hast seit dem Studium an der UCLA versucht, mit mir zu konkurrieren. Damals war das mitleiderregend. Jetzt ist es lästig.«

»Du hast wirklich ein Problem, stimmt's?« Debra wandte sich zum Gehen.

»Ich bin nur ehrlich.« Madeleine erhob ihre Stimme. »Bessere Juristen als du kämpfen darum, einen Job zu bekommen. Bleib in der Kanzlei, die dich angestellt hat, und sei dankbar für die Stellung. Übrigens – wissen sie eigentlich, daß du dich nach was anderem umsiehst?«

Debra wurde angst. Sie drehte sich um und sagte: »Kein Wunder, daß dich die Leute nicht mögen, Madeleine. Abgesehen von deinen Eltern, kann ich mir niemanden vorstellen, der sich mit dir abgeben will – aber die hatten schließlich keine andere Wahl.«

Madeleine zuckte zusammen. Kaum hatte Debra ausgesprochen, bedauerte sie auch schon ihre Worte; ihr Ausbruch tat ihr leid, noch bevor sie sich daran erinnerte, daß Madeleine bei verschiedenen Pflegeeltern aufgewachsen war, ehe die Chases sie adoptiert hatten. Ihr Gesicht glühte vor Verlegenheit, und sie streckte versuchsweise die Hand aus. »Tut mir leid. Ich wollte nicht...«

»Du bist zwar die Tochter eines Rabbis, aber Takt und Anstand hat man dir nicht beigebracht, wie? Du bist nicht nur eine mittelmäßige Anwältin, sondern hast auch einen mittelmäßigen Charakter.«

Zorn oder Schmerz – vielleicht beides – hatte Madeleine die Röte ins Gesicht getrieben. Sie drehte sich auf dem Absatz um und ging. Debra sah ihr einen Moment nach und wartete darauf, daß sie den Aktenkoffer wieder selbstbewußt hin- und herschwang, aber Madeleine drückte ihn immer noch fest an sich, als sie sich nach rechts wandte und zu den Aufzügen ging.

Sie überquerte den Santa Monica Boulevard, bog in die an dichtem, dunkelgrünem Buschwerk vorbeiführende Straße ein, das die Privatsphäre des exklusiven Los Angeles Country Club schützte, und setzte ihren Weg in Richtung Westen fort. Nach jeder Kurve kamen weitere hochragende Eigentumswohnanlagen in Sicht – Zeugnisse der Architekten und Ingenieure, die sich über seismische Hindernisse hinweggesetzt hatten, um die Hochhäuser zu bauen, und des Wohlstands der Besitzer. Bei Nacht nahmen die Wolkenkratzer ein magisches Fantasyland-Aussehen an; die Sträucher und Bäume, die ihre Eingänge flankierten, waren mit Ketten von winzigen, blinkenden Lichtern beleuchtet, die Sterne imitierten und die Illusion vom Himmel auf Erden erzeugten.

Spät an diesem Oktoberabend stand Debra unter der jagdgrünen Markise vor dem Eingang zur elegant möblierten Halle eines dieser hohen Wohnhäuser. Ihre Hand verharrte unschlüssig auf dem schimmernden Messingschild genau unter dem Klingelknopf mit Madeleines Namen. Die Konfrontation im Gerichtsgebäude hatte ihr den ganzen Tag über zu schaffen gemacht. Erst hatte sie versucht, Madeleine zu Hause anzurufen – ihr Telefon war jedoch über eine Stunde besetzt gewesen, und als sie schließlich doch abgehoben hatte, hatte Debra einfach aufgelegt; sie wußte plötzlich nicht mehr, was sie sagen wollte. Sie entschied, daß ein persönliches Gespräch besser, wenn auch weitaus schwieriger war.

Also war Debra nach Westwood gefahren. Zum Teil, weil ihr Vater versucht hatte, seinen Kindern Vergebung und Empfindsamkeit beizubringen, und zum Teil, weil der verkniffene Zug um Madeleines schmale Lippen und der flüchtige Ausdruck von Schmerz, den Debra schon bei verschiedenen Gelegenheiten in den kalten grauen Augen bemerkt hatte, Mitleid für die gehetzte Anwältin geweckt hatte, die Fall um Fall gewann, aber dennoch unglücklich zu sein schien. Debra bedauerte, daß sie zusätzlichen Schmerz in diese Augen gebracht hatte.

Oder war sie hier, um Genugtuung zu fordern und zu beweisen, daß sie nicht mittelmäßig war. Madeleines Bemerkung hatte schwer an ihr genagt.

Debra drückte auf den Klingelknopf und fragte sich dabei, ob sie mit diesem Besuch nicht noch mehr Beleidigungen heraufbeschwor. Zu ihrer Rechten zwinkerten ihr die Lichter in einem großen Ficus ermutigend zu. Sie drückte noch einmal auf die Klingel und ließ diesmal den Finger etwas länger auf dem Knopf; der schrille Ton ließ sie zusammenzucken. Immer noch keine Reaktion. Sie erinnerte sich an einen jüdischen Grundsatz, den ihr Vater oft zitiert hatte: »Eine gute Absicht gilt als gute Tat.« Der Meinung, ihre Pflicht erfüllt zu haben, ging sie über den gepflasterten Weg zurück zur Straße.

Ein älteres Ehepaar, das von einem Shih-Tzu mit Straßhalsband zur Eile gedrängt wurde, kam auf sie zu. Debra trat beiseite und lächelte den Hund und seine Besitzer an. Der Mann und die Frau beäugten sie argwöhnisch. Der Hund gab ein leises Knurren von sich. Sie reagierten auf Debras Gegenwart mit dem tiefsitzenden Mißtrauen Fremden gegenüber, das jeder, der in der Stadt lebte, zusammen mit dem Smog täglich inhalierte. Aber Debra fühlte sich durchschaut, als wüßten sie, wie erleichtert sie war, daß sie Madeleine nicht zu Hause angetroffen hatte.

Sie spürte die Blicke des Ehepaars noch, als sie den Weg zu ihrem Acura fortsetzte. Der Hund knurrte wieder. Vielleicht würde sie Madeleine morgen in ihrem Büro anrufen.

Aber am nächsten Morgen war Madeleine tot, und Debra blieb mit ihren guten Absichten und einer heimlichen Reue zurück.

2

»Sie wurde letzte Nacht in ihrer Eigentumswohnung erschossen«, erzählte Glynnis und richtete den Blick aus ihren leuchtenden braunen Augen auf Debra. »Man hat ihr in die Brust geschossen, haben sie gesagt.« Die rothaarige Sekretärin schauderte und kreuzte die Arme vor ihrem üppigen Busen, als müßte sie sich vor einem ähnlichen Schicksal schützen.

Debra starrte Glynnis mit offenem Mund an und verspürte

eine plötzliche Übelkeit, als das Bild von Blut vor ihren Augen entstand.

»Sie haben es heute morgen im Radio gebracht. Haben Sie es nicht gehört?«

Debra schüttelte den Kopf, sie war so erschüttert, daß sie kein Wort herausbrachte. Sie hörte selten Radionachrichten. Nach täglich zehn oder mehr Stunden in den knirschenden Mühlen der Strafverteidigung bevorzugte sie die beruhigenden Violinen- und Flötenklänge von Beethoven, Mozart und Bach.

»Ich sage Ihnen Bescheid, wenn ich etwas Neues erfahre«, versprach Glynnis und zupfte ein gelbes Blatt von der Grünpflanze auf ihrem Schreibtisch.

Als Debra in ihr Büro ging, übermannte sie die Trauer und das Bedauern über ungelöste Angelegenheiten. Und die Angst. Sobald sie an ihrem Schreibtisch saß, rief sie Susan Clemens, eine Rechtsanwältin, an. Debra und Susan hatten eine enge Freundschaft geschlossen, als sie zusammen im Pflichtverteidigerbüro gearbeitet hatten.

»Ich hab's schon gehört«, fiel Susan Debra ins Wort, als sie begann, ihr von dem Mord an Madeleine zu berichten. »Ich habe erst vor zwei Tagen mit ihr gesprochen. Gott, ich kann es nicht fassen!« Sie seufzte. »Ich konnte Madeleine nicht leiden – zum Teufel, niemand mochte sie! Aber es ist schrecklich, daß sie umgebracht wurde.«

Beide Frauen schwiegen einen Moment. Dann sagte Debra: »Ich frage mich, wer sie getötet hat.«

»Einer ihrer Mandanten? Ein Zeuge, den sie vor Gericht fertiggemacht hat? Ehrlich gesagt, beide Möglichkeiten jagen mir eine Höllenangst ein.«

Auch Debra machten diese Überlegungen Höllenangst. Jeder Strafverteidiger ist sich bewußt, daß es Gefahren in sich birgt, wenn man Menschen, die eines Gewaltverbrechens angeklagt sind, vor Gericht vertritt – Menschen, die von einem Augenblick zum nächsten zum erbitterten Gegner werden können. Während der drei Jahre als Pflichtverteidigerin, also vor ihrer Anstellung bei Knox und Cantrell, hatte sich Debra die Feindschaft verschiedener Zeugen der Staatsanwaltschaft und einiger Mandanten eingehandelt. »Du hast es mit vielen Verrückten zu tun«, erklärte ihr Bruder Aaron häufig. Wahrscheinlich würde er sie anrufen, sobald er von dem Mord hörte, und sie wieder einmal drängen, sich einem sichereren Gebiet der Juristerei zuzuwenden.

»Vielleicht war es auch jemand aus ihrem Privatleben«, sagte Debra. »Oder ein Einbrecher, der in die Halle gestürmt ist, als sie die Haustür aufschloß, und sie dann mit vorgehaltener Waffe zwang, sie in ihre Wohnung zu lassen.« Ihr Verstand weigerte sich, die Szene bis zum grausigen Ende durchzuspielen. War Madeleine schon tot gewesen, als Debra um halb elf vor der Eingangstür gestanden hatte? Oder hatte sich der Mörder genau zu diesem Zeitpunkt in ihrer Wohnung aufgehalten? In Debras Erinnerung erschien ihr die schrille Glocke, die sie am Abend zuvor so verärgert hatte, plötzlich eindringlich und klagend.

»Möglich.« Susan klang nicht überzeugt.

»Ich mache mich lieber an die Arbeit. Ich muß mich durch die Stunden quälen, die in Rechnung gestellt werden können.« Die monatliche Anzahl von Stunden, die den Mandanten rechtmäßig in Rechnung gestellt werden konnten, war ein rasiermesserscharfes Pendel, das über den Köpfen aller schwang, die für eine private Kanzlei arbeiteten. Nicht abrechenbare Stunden waren einer der Vorzüge der Pflichtverteidiger, die Debra vermißte.

»Tun wir das nicht alle?« Susan stöhnte. »Da wir gerade von der Arbeit sprechen – es wird bestimmt nicht leicht für dich, gerade jetzt bei Blackmeyer anzufangen, oder?«

Blackmeyer, Henderson und Tobacznik war Madeleines Kanzlei. »Sie haben mir abgesagt«, erwiderte Debra, beschloß aber, den Streit im Gerichtsgebäude nicht zu erwähnen. Ihr wurde mit einemmal klar, daß die Polizei möglicherweise bereits von dem *Times*-Reporter über den Wortwechsel im Gerichtsgebäude unterrichtet worden war (er konnte mit dieser Information Pluspunkte gewinnen und sich für zukünftige Recherchen Vorteile verschaffen) und von ihrem Besuch in Madeleines Wohnhaus von dem älteren Ehepaar mit dem Hund. Die Polizei, das wußte sie, klammerte sich oft an den offensichtlichsten, nicht an den logischsten Verdächtigen. Debra dachte daran, bei der Polizei anzurufen, aber gleich darauf kamen ihr Bedenken, ob sie damit nicht unnötigen Ärger heraufbeschwören würde.

»Laß den Kopf nicht hängen, Deb. Es gibt auch noch andere Anwaltskanzleien. Genaugenommen wird sogar bei uns bald eine Stelle frei. Mark Bentheim – einer meiner Kollegen – hat mir gerade erzählt, daß er und seine Frau nach Colorado ziehen wollen.«

»Na, wenn das kein perfektes Timing ist.« Die meisten Strafverteidiger praktizieren allein oder nur mit einem Partner; von den größeren Anwaltskanzleien in L. A. hatte die von Susan einen ausgezeichneten Ruf. Und Susan hatte oft angedeutet, wie wohl sie sich in ihrer Firma und mit ihren Kollegen fühlte.

»Es würde dir hier gefallen, Deb. Die Partner sind sehr fair. Es gibt gute Aufstiegsmöglichkeiten. Die Sonderzulagen sind phantastisch. Und hier gibt es keine Richards – Gott sei Dank. Natürlich sind die langen Arbeitszeiten unmöglich – aber das ist ja nichts Neues.«

»Das kann man wohl sagen.« Debra fehlten die wöchentlichen Tennisstunden, die Besuche in Kunstgalerien, das Stöbern in Buchläden und die neuesten Kinovorstellungen (Gott sei gepriesen für das Video, dachte sie oft). Aber sie hatte sich bereits mit den langen Arbeitstagen und den vollgestopften Wochenenden abgefunden. Susans Firma erschien ihr wie ein Platz, an dem sie glücklich sein konnte. »Es wäre toll, wenn wir zusammenarbeiten könnten, meinst du nicht?« fragte sie; zum erstenmal seit zwei Tagen war sie ein wenig zuversichtlicher. »Danke Susan.«

»Bedank dich erst bei mir, wenn du den Job hast. Aber du

mußt mir schwören, daß du mich nicht bloßstellst.« Susan lachte. »Schick mir deine Bewerbungsunterlagen. Mark hat vor, am Montag mit den Partnern zu sprechen. In der Minute, in der er bestätigt, daß er kündigt, lege ich dem Seniorpartner deine Bewerbung auf den Tisch. Halt in der Zwischenzeit bei Knox und Cantrell die Ohren steif. Und viel Glück für deine Haftprüfungsverhandlung. In der nächsten Woche ist es soweit, stimmt's?«

»Am Dienstag.« Ihr Mandant, der zweiundzwanzigjährige Timothy Lassiter, war wegen Kokainbesitzes angeklagt und schon wegen eines früheren Vergehens aktenkundig. In der letzten Verhandlung hatte er sich schuldig bekannt und ein vermindertes Urteil auf Bewährung erhalten. Das laufende Verfahren hing von der Zulässigkeit der Fahndung ab, mit deren Hilfe die Polizei das Kokain beschlagnahmen konnte.

Es war Debras erstes Haftprüfungsverfahren, das sie seit der Anstellung bei Knox und Cantrell in alleiniger Verantwortung bewältigen mußte, und falls der Richter ihrem Antrag auf Abweisung der Klage nicht entsprach, stünde ihr der erste Prozeß bevor. Man hatte sie wegen der vielen Freilassungen, die sie während ihrer Zeit als Pflichtverteidigerin erstritten hatte, in dieser Kanzlei aufgenommen. Aber in den sieben Monaten, die sie jetzt hier arbeitete, hatte sie, abgesehen von einigen Vertretungen bei Verhören von Mandanten, nichts anderes getan, als Präzedenzfälle studiert, Anträge und kurze Schriftsätze formuliert und die Kollegen bei Einspruchsverfahren, Verhandlungsvorkehrungen, Vorverhandlungen und Prozessen begleitet. Diese Praktik war eine lächerliche Verschwendung von Zeit und Erfahrung und einer der Gründe, warum sie von hier weg wollte.

»Ich bin gerade dabei, die Einleitung meines Antrags an Richter Fogel zu formulieren«, sagte Debra. »Wie klingt das: ›Vor siebenundachtzig Jahren ...‹?«

Susan lachte wieder. »Zitierfähig. Vergiß nicht – du mußt Fogel anschreien, er ist praktisch taub.«

Nachdem Debra aufgelegt hatte, holte sie die Diskette, auf der ihre persönlichen Schriftstücke gespeichert waren, aus der Schreibtischschublade, steckte sie in den Computer und druckte ihre Unterlagen für Susan aus. Den Rest des Tages beschäftigte sie sich mit ihrem Antrag, stimmte ihren Aufbau mit dem der Präzedenzfälle ab, die ihr das Spezialprogramm des Computers ausgespuckt hatte. Um halb fünf Uhr nachmittags schaltete sie den Computer aus und steckte die Lassiter-Akte in ihr Köfferchen. Der Sonnenuntergang – und der Sabbat – würden um fünf Uhr neununddreißig beginnen. Bei normalem Verkehr konnte sie ihre Wohnung auf dem Citrus vom Büro aus in zwanzig Minuten erreichen. Wenn sie jetzt ging, konnte sie noch bei der Post auf dem Beverly Boulevard haltmachen und ihre Bewerbungsunterlagen vor der letzten Leerung einwerfen: Eine schickte sie an Susan, und acht andere, die sie zurückgehalten hatte, bis der Bescheid von Blackmeyer eintraf, an weitere Kanzleien.

Sie zog gerade die Tür zu ihrem Büro zu, als Richard Dressner, Jeremy Knox' zweiundvierzig Jahre alter Protegé und Debras zugewiesener Mentor, auf sie zukam. Er war einsdreiundachtzig groß, hatte dichtes, dunkelbraunes Haar, das er immer glatt nach hinten kämmte, stechende braune Augen, eine spitze Nase, einen aggressiven Unterkiefer und volle Lippen. Er trainierte regelmäßig im Fitneßstudio, so daß er in seinen Anzügen und Hemden – alles von Armani – großartig aussah. Sein Brillengestell war auch von Armani, die Krawatten hatte Hugo Boss entworfen, und seine Manschettenknöpfe trugen den Namenszug von Chanel. Debra wußte all das, nicht weil sie Expertin in Männermode war, sondern weil Richard großen Wert darauf gelegt hatte, sie davon in Kenntnis zu setzen.

»Lassen Sie uns über die Strategie im Lassiter-Fall reden, Debra«, sagte Richard und deutete in Richtung seines Büros.

Sie brauchte nicht über Strategien zu reden. Sie hatte drei Jahre Erfahrung als Pflichtverteidigerin, und es war nicht nötig, daß er sie wie ein Kleinkind an die Hand nahm. »Ich kann nicht, Richard. Ich muß gehen.«

»Wieder einmal ein früher Feierabend am Freitag?« Er lächelte. »Vielleicht sollte ich auch orthodox wie Sie werden.«

Am nächsten Sonntag, dem letzten im Oktober, wurde von Sommer- auf Winterzeit umgestellt, und am Freitag darauf würde Debra sogar noch um eine ganze Stunde und vier Minuten früher aus dem Büro gehen müssen. Sie erstarrte, zwang sich jedoch, das Lächeln zu erwidern. »Am Montag stehe ich jederzeit für eine Besprechung zur Verfügung.«

»Mein Terminkalender ist voll am Montag.« Er runzelte die Stirn. »Dies ist Ihre erste Verhandlung, Debra, und Lassiter ist ein wichtiger Mandant.«

»Ich bin bestens vorbereitet, Richard.« Sie lächelte wieder, tippte auf ihren Aktenkoffer und fragte sich, was er wohl sagen würde, wenn er von den Bewerbungsunterlagen, die sie darin verstaut hatte, wüßte. »Machen Sie sich keine Sorgen. Ein schönes Wochenende«, setzte sie hinzu, als sie sich umdrehte und ging.

Bei ihrem Einstellungsgespräch in der Kanzlei hatte Debra erklärt, daß sie den Sabbat einhielt, an vielen Freitagen früh heimgehen müsse und an gewissen jüdischen Feiertagen nicht arbeiten könne, daß sie jedoch bereit sei, am Abend länger zu bleiben und an Sonntagen, Weihnachten und Neujahr zu arbeiten. Jeremy Knox, der das Einstellungsgespräch mit ihr geführt hatte, hatte ihr versichert, daß ihre religiösen Bräuche kein Problem darstellen würden, und die Einzelheiten in den Vertrag aufgenommen.

Richard wußte sehr genau über die Abmachungen Bescheid. Obwohl er auch Jude war, nahm er es ihr übel, daß sie die Regeln einhielt, und er schikanierte sie deswegen auf jede nur erdenkliche Art. Richard war der Hauptgrund, daß Debra ihren Job verabscheute und der Kanzlei so schnell wie möglich den Rücken kehren wollte.

Sie blieb auf dem Weg durch den Empfangsbereich vor

Glynnis' Schreibtisch stehen. »Schönes Wochenende, Glynnis.«

»Ihnen auch, meine Liebe.« Die Sekretärin lächelte, dann stellte sie rasch wieder eine ernste Miene zur Schau. »Übrigens, der Freund hat die Leiche gefunden. Eine Menge Blut. Und wissen Sie, was?« Sie sah Debra erwartungsvoll an.

»Was?« fragte Debra mehr aus Höflichkeit als aus Neugier.

»Ich hab' gerade mit Cynthia telefoniert, das ist Madeleines Sekretärin – wir sind befreundet, wissen Sie. Sie hat ein Gespräch der Polizisten mit angehört, als sie ihr Büro durchsuchten.« Glynnis' Stimme war nur noch ein Flüstern. Sie beugte sich vor. »Sie hat gehört, daß der Mörder Madeleine die Zunge herausgeschnitten hat.« Glynnis schauderte. »Ist das nicht das Widerwärtigste, was Sie je gehört haben?«

3

Janey Schultz schnitt gerade Karotten, als ein Klappern im Flur ihr verriet, daß die mit Sicherheitsriegeln versehene Tür geöffnet wurde.

Plötzlich spürte sie ein Gefühl der Enge in der Brust. Sie sog scharf die Luft ein, umklammerte das Messer fester und bearbeitete mit unbarmherziger Schnelligkeit die wehrlose Möhre. Schweißperlen benetzten Janeys Oberlippe.

»Dad ist zu Hause«, verkündete Ruth Schultz, als sie in die Küche kam.

Janey nickte. Die Beklemmung löste sich, aber ihre Lippen waren spröde, und sie fühlte sich benommen. »Ich wünschte, du würdest mich nicht so anstarren«, sagte sie und schob die orangefarbenen Karottenstifte in eine gerillte Glasschüssel. »Mir geht's gut.«

»Das weiß ich, Schatz. Ich dachte nur gerade, wie hübsch du bist.« Ruth pickte ein Karottenstück aus der Schüssel. »Die se-

hen sehr professionell aus – Julia Child könnte es nicht besser hinkriegen.«

Einen Augenblick später stand Janeys Vater auf der Schwelle. Janey wäre am liebsten zu ihm gelaufen, um sich von seinen starken Armen trösten zu lassen wie sonst auch, aber aus einem unerfindlichen Grund blieb sie wie angewurzelt stehen.

»Riecht gut hier drin«, sagte Norman Schultz. »Und wie geht's meinen beiden Lieblingsmädchen?«

»Prima«, sagte Ruth, »und mit Janey ist auch alles bestens, hab' ich recht, Schatz?«

Mit einer heftigen Bewegung stieß Janey die Messerspitze ins Schneidebrett und verließ die Küche. Sie ging wortlos an ihrem Vater vorbei, der ihr mit einem Schritt den Weg frei machte.

»Es sind die Fernsehberichte über Madeleine Chase«, flüsterte ihre Mutter Norman zu. »Sie haben sie den ganzen Tag über gezeigt.«

»Scheiße! Kann die Frau nicht einfach tot sein und bleiben?«

Das Flüstern ihrer Eltern verfolgte Janey bis ins Wohnzimmer und verdichtete sich um sie, als sie sich auf die Sofakissen fallen ließ. Sie schaltete den Fernseher mit der Fernbedienung ein und zappte die Kanäle durch, bis sie eine alte Folge von »I love Lucy« fand.

Miss Schultz, ist es nicht eher so, daß alles, was Sie heute über den Angeklagten ausgesagt haben, gelogen ist?

»Man sollte meinen, daß Janey ein Stein vom Herzen gefallen ist«, sagte Norman. »Nach der Hölle, durch die sie diese Anwältin geschickt hat.«

Trifft es nicht zu, daß Sie wütend auf den Angeklagten waren?

»Ich vermute, das hat ihr alles wieder ins Gedächtnis gerufen«, sagte ihre Mutter.

Ist es nicht eine Tatsache, daß Sie an dem fraglichen Tag …

Janey machte den Fernseher lauter, bis Ricky, Lucy, Ethel, Fred und das durchdringende Gelächter vom Band die Stimme in ihrem Kopf übertönten.

Zehn Minuten später saß sie mit ihren Eltern am Tisch.

»Und warst du heute bei der Stellenvermittlung?« erkundigte sich ihr Vater.

Diese Frage hatte sie genauso gefürchtet wie seinen drängenden, dennoch beiläufigen Ton und das schmerzliche Lächeln, das sich mühsam auf seinem kantigen, freundlichen Gesicht ausbreitete. »Ich konnte einfach nicht.« Die Ader seitlich an ihrem Hals pulsierte. Sie hob einen Finger an die Kehle und massierte die Stelle, an der das Messer an ihre Haut gepreßt worden war. Ich bring' dich um, wenn du schreist.

Norman nahm Janeys Hand. »Du bist neunzehn Jahre alt. Du willst nicht in die Schule gehen, und du willst dir keinen Job suchen. Laß nicht zu, daß das, was geschehen ist, dein Leben zerstört. Erlaube ihnen nicht, dir das anzutun.«

Seine Liebe war eine schreckliche, erdrückende Last. »Bitte«, hauchte Janey. Ihre haselnußbraunen Augen standen voll Tränen.

»Sie braucht Zeit, Norman. Es geht ihr jeden Tag ein bißchen besser. Hab' ich recht, Schatz?«

»Ich helfe dir, aber du mußt den ersten Schritt machen«, sagte ihr Vater sanft und verschränkte seine Finger mit den ihren.

»Versprich mir, daß du morgen hingehst. Tu's mir zuliebe.«

»Ich habe ihn heute gesehen.« Ihre Lider zuckten heftig, und ihr Atem beschleunigte sich. »Er hat das Haus beobachtet und gewartet.«

Norman wechselte einen bedeutsamen Blick mit seiner Frau. »Er beobachtet dich nicht, Baby«, sagte er vorsichtig, als würde er ein Minenfeld betreten. »Dir erscheint es real, aber das ist es nicht. Ich wünschte, ich könnte diese Visionen vertreiben.«

»Diesmal weiß ich ganz genau, daß ich ihn gesehen habe. Wirst du die Polizei anrufen? Bitte, Daddy. Ich kann sonst heute nacht nicht schlafen – ich weiß, daß ich das nicht kann.«

»Janey, die anderen Male haben wir bereits angerufen, und er hatte immer ein bombensicheres Alibi. Er war nicht einmal

in der Nähe unseres Hauses.« Er sprach geduldig und langsam. »Die Ärztin hat dir doch erklärt, was in dir vorgeht. Du bist...«

»Ich hasse Dr. Fenneman!« Sie riß ihre Hand zurück. »Sie glaubt mir nie. Ihr glaubt mir auch nicht. Niemand glaubt mir!«

»Tu dir das nicht an.« Ruth stand auf und stellte sich hinter ihre Tochter. Sie strich über Janeys langes, dunkelblondes Haar.

»Ich möchte dir glauben, Baby. Wirklich. Es ist nur...« Normans Stimme versagte vor Bestürzung und Niedergeschlagenheit.

»Er ist derjenige, der lügt – er und Madeleine Chase! Aber ich bin diejenige, die im eigenen Zuhause eingesperrt ist. Ich bin froh, daß sie tot ist. Ich wünschte nur, er wäre auch tot. Ich wünschte, sie wären alle tot!«

»Du meinst das nicht wirklich so.« Ruths Hände wanderten zu Janeys Schultern. »Es ist falsch, solche Dinge zu äußern, Schatz. Norman, sag es ihr.«

Norman seufzte. Ohne seine Tochter anzusehen sagte er: »Deine Mutter hat recht.« Er umklammerte die Gabel, spießte ein Fleischstück auf und aß schweigend weiter.

»Wirst du die Polizei anrufen, Daddy?«

4

»Möge Gott dich nach Sarahs, Rebeccas, Rachels und Leahs Vorbild formen...«, intonierte Rabbi Ephraim Laslow leise auf hebräisch, als er mit Debra unter dem Türbogen vor dem Eßzimmer seines Sohnes stand.

Sie hielt die Augen immer geschlossen, wenn ihr Vater seine Hände auf ihren Kopf legte und die Gebete zum Empfang des Sabbats nach seiner Rückkehr vom Freitagabend-Gottesdienst rezitierte. Seine Hände waren kräftig und schön, mit langen, schlanken Fingern, die zu einem Musiker oder Künstler hätten gehören können. Diese Hände hatten ihm gute Dienste während seiner Tätigkeit als Gelehrter, Lehrer und Vater geleistet. Sie versetzten Debra in ihre Kindheit zurück, als sie vier Jahre alt war und auf seinem Schoß saß. Sie hatten sie gekitzelt, magische, schattenhafte Gestalten an ihre Zimmerwand geworfen und sie sicher durch die Mysterien des *aleph bet* geleitet.

»Möge Gott dich segnen und behüten…«

Sie hatte auch noch, während ihr Vater sie segnete, die Augen zu, weil sie sich ganz von der Schönheit und der Verheißung der Worte einhüllen lassen wollte und weil sie sich wie ihr Vater und ihr Bruder, obwohl inzwischen sieben Jahre vergangen waren, nur schwer mit dem Tod ihrer Mutter abfinden konnte. Und obwohl der Sabbat ein Tag der Heiterkeit und Freude war, wußte sie, daß in den Augen ihres Vaters Tränen standen, genau wie in ihren eigenen.

»Möge Gott dir Seine Unterstützung gewähren und dir Frieden schenken.« Er küßte seine Tochter auf die Stirn. »*Gut Schabbos*, Debra.«

Seine Lippen waren weich, und der Bart, den er nach der dreißigtägigen Trauerzeit für seine Frau beibehalten hatte, kitzelte auf ihrer Haut; Debra hatte sich an das Gefühl gewöhnt und mochte es beinahe. »*Gut Schabbos*, Dad.«

»Und wieviel Zeit hast du heute gehabt, um nach Hause zu kommen?« fragte er in halb liebevollem, halb tadelndem Tonfall. »Zwanzig Minuten?«

Sie lächelte und sog den Duft der *Challahs* ein, die im Herd warm gehalten wurden. »Achtundzwanzig.«

Sie war nach Hause gerast und war Blanca, der El Salvadorianerin, wie immer dankbar, daß sie jeden Freitag kam und bei ihr Ordnung machte. Debra kochte am Sabbat nicht und benutzte auch keinen Strom, deshalb hatte Blanca Teewasser im elektrischen Samowar gekocht und die »*Schabbos*-Uhr« eingestellt – eine Zeitschaltuhr, die die Lichter am Freitagabend aus- und am späten Samstagnachmittag wieder einschaltete. Debra hatte geduscht, ihr Make-up aufgefrischt und eine weiße Tischdecke auf den Frühstückstisch gelegt. Schließlich hatte sie, mit noch feuchtem Haar, zwei Kerzen in den Messinghalter gesteckt, den sie nach dem Auszug aus dem Haus ihres Vaters vor fast einem Jahr gekauft hatte. Nach dem Anzünden der Kerzen hatte sie die Augen bedeckt, die Gebete gesprochen und den Sabbat und den Frieden in ihrem Heim willkommen geheißen. Dann war sie zum Haus ihres Bruders gegangen.

Ephraim Laslow schüttelte stirnrunzelnd den Kopf. »Was willst du tun, wenn du einmal im Verkehr steckenbleibst und der Sabbat beginnt? Du müßtest dein Auto stehenlassen und zu Fuß gehen. Vielleicht meilenweit.«

»Ich passe schon auf«, sagte sie, wußte jedoch, daß er recht hatte.

»Hey, ich bin am Verhungern!« rief Aaron von der Stirnseite des Tisches aus.

»Man könnte meinen, er habe den ganzen Tag nichts zu essen bekommen.« Debras Schwägerin Julia lächelte und klopfte leicht auf den Bauch ihres Mannes, dann zupfte sie das weiße Spitzentuch auf ihrem Kopf zurecht.

Aaron und Julia luden oft Gäste zu sich ein; heute allerdings waren sie nur zu viert. Manchmal nahmen sie ihre Sabbatmahlzeit bei Debra ein, öfter bei Julia, deren Arbeitszeiten – sie arbeitete von Montag bis Donnerstag als Buchhalterin bei einem Kinderarzt – günstiger waren als die von Debra. An manchen Wochenenden nahmen Debra und ihr Vater Einladungen von ihren jeweiligen Freunden an, um Julia und Aaron Zeit zum Alleinsein zu geben; häufig aßen sie bei Tante Edith, der älteren Schwester von Debras Mutter. Als einzige Verwandte in L. A. – Debras Großeltern mütterlicherseits lebten in Brooklyn, die verwitwete Mutter ihres Vaters in Miami – hingen Edith und ihr Mann Morrie sehr an Debra, Aaron und Julia, deren Eltern in Baltimore wohnten.

Ephraim Laslow nahm rechts von Aaron Platz. Es ist nicht zu verkennen, daß sie Vater und Sohn sind, dachte Debra, als sie sich neben Julia setzte. Sie waren gleich groß – einsachtundsiebzig – und hatten dasselbe freundliche, wenn auch nicht unbedingt gutaussehende Gesicht mit entschlossenem Kinn und ernsten, dunkelbraunen Augen, die einen offen durch die Hornbrille ansahen. (Die Laslow-Augen, hatte Debras Mutter Anne sie genannt. Obwohl Debra mehr ihrer Mutter ähnelte als ihrem Vater, hatte sie auch diese Augen – die ihrer Mutter waren haselnußbraun gewesen.) Aarons braunes Haar erschien ein wenig dunkler, weil das seines Vaters schon schütterer und genau wie der gepflegte Bart grau meliert war.

Der Bart verlieh ihm ein distinguiertes Aussehen. Gelegentlich sprach Aaron davon, sich auch einen wachsen zu lassen. Julia und Debra hatten es inzwischen aufgegeben, dagegen zu protestieren, weil sie nicht mehr daran glaubten, daß er es wahrmachen würde; genausowenig glaubten sie ihm, wenn er drohte, den Unterricht in Hebräisch und Geschichte an der High-School aufzugeben, um eine lukrativere Karriere einzuschlagen. Dazu liebte er seinen Beruf viel zu sehr.

Aaron leitete die Gesänge ein. Sein Tenor harmonierte blendend mit dem Bariton seines Vaters, und Debra genoß es, ihnen zuzuhören, während sie das *Schalom Aleichem* sangen, um die speziellen Schutzengel, die die Juden am Freitag abend auf dem Heimweg von der Synagoge beschützten, zu begrüßen und ihnen Lebewohl zu sagen. Als die beiden Männer »A Woman of Valor« sangen, sah Aaron Julia mit derselben hingerissenen Bewunderung an, die in seinen Augen geschimmert hatte, als er ihr bei ihrer Hochzeit ein Ständchen gebracht hatte.

Julia erwiderte seinen Blick. Aaron war dreiunddreißig, zwei Jahre älter als Debra; Julia war dreißig Jahre alt. Sie war klein und zart, hatte bernsteinfarbene Augen und rötlichbraunes Haar. Alle vier – Debra, Aaron, Rabbi Laslow und sogar Julia selbst – hatten früher oft Witze über die Sommersprossen gemacht, die ihre Kinder erben würden, aber nach sechs Jahren, einer Vielzahl von medizinischen Untersuchungen und teuren Behandlungen gab es noch immer keine Kinder, und die Scherze waren längst verstummt.

Debras Vater und Aaron sprachen den *Kiddusch* über dem Wein, dann segneten sie auch die *Challahs*. Nach jedem Gesang gab es weitere Gesänge; die Männer diskutierten über die Thora-Lesung dieser Woche, unterbrachen ihr ernstes Gespräch jedoch hin und wieder und sprachen belanglosere Themen an.

»Was ich dich fragen wollte, Deb«, sagte Aaron, nachdem er ein paar Bissen von dem gebratenen Huhn gegessen hatte. »Gibt es etwas Neues über den Mord an Madeleine Chase?«

Debra schüttelte den Kopf. »Nein.« In der letzten Stunde war es ihr gelungen, das grauenhafte Bild von Madeleines herausgeschnittener Zunge aus ihrem Kopf zu verbannen. Jetzt sah sie es wieder vor sich. Ihr wurde erneut übel, und sie wollte nicht darüber reden. Vielleicht hatte sich Glynnis ja auch geirrt – in den letzten Radionachrichten, die Debra auf dem Heimweg gehört hatte, war von keiner Verstümmelung die Rede gewesen.

»Es ist furchtbar«, sagte Julia beinahe flüsternd. »Ich konnte es gar nicht glauben, als Aaron mir erzählte, daß sie in der letzten Nacht ermordet wurde.«

»Warum reden wir über einen Mord?« Die Augen ihres Vaters blitzten vor Ärger. »Ist das ein Thema für ein *Schabbos*-Mahl?«

»Madeleine und Debra waren zusammen an der UCLA«, erklärte Aaron. »Erinnerst du dich an sie, Dad? Debra hat die ganze Zeit von ihr gesprochen.«

»Ja, ich erinnere mich.« Ephraim Laslow nickte. »Es ist eine schreckliche Tragödie. Trotzdem hilft leeres Geschwätz niemandem.«

»Aber Dad …«

»*Koh ribbon olam…*«, begann Rabbi Laslow und schlug mit der flachen Hand den Takt zu der *Chasidic*-Melodie auf den Tisch.

Aaron wußte, wann er aufhören mußte, und stimmte in den Gesang ein. Debra zwang sich, auch mitzusingen, aber sie tat kaum mehr, als die Worte mit den Lippen zu formen. Der brutale Mord an Madeleine hatte die Heiligkeit ihres Sabbats verletzt, und sie verfiel den Rest des Mahls in Trübsinn.

Ihr Vater, Aaron und Julia begleiteten sie nach Hause. Die Familie lebte nahe beisammen im selben Viertel – Debra auf dem Citrus, Aaron und Julia fünf Blocks westlich in einer Doppelhaushälfte, und ihr Vater in einer anderen Doppelhaushälfte näher an der Third Avenue –, aber bei all den Verbrechen in der Stadt wollte Debra nicht allein bei Nacht unterwegs sein. Einige Leute, hatte sie gehört, weigerten sich überhaupt, an den Freitagabenden das Haus zu verlassen; andere bestellten bewaffnete Sicherheitsbeamte, die sie bei Einladungen außer Haus begleiteten. Debra fand beide Lösungen zu extrem und entmutigend, eine Kapitulation denjenigen gegenüber, die die Bewohner der Stadt in Angst und Schrecken versetzen wollten. Als sie durch die stillen, leeren, von Bäumen gesäumten Straßen ging, hoffte sie, daß die speziellen Sabbat-Schutzengel, die ihren Vater und Bruder auf dem Nachhauseweg von der *Shul* begleitet hatten, Überstunden machten.

»Du bist so schweigsam, Debra«, sagte ihr Vater. Sie waren Julia und Aaron etwa einen halben Block voraus. »Wegen Madeleine Chase?«

»Ja.« Sie sagte nichts weiter, und ihr Vater drängte sie auch nicht. Rabbis sind wie Psychologen, dachte Debra, sie wissen zuzuhören und zu warten; obwohl ihr Vater einige Monate nach dem Tod seiner Frau die Kanzelpredigten aufgegeben hatte, beriet er immer noch Ehepaare und Jugendliche. Und seine eigenen Kinder. »Wir haben gestern gestritten, und am Abend wurde sie umgebracht«, fügte sie nach einer Weile hinzu.

Ihr Vater seufzte. »Die Menschen streiten, Debra. So etwas geschieht nun mal.«

»Ich habe ungewollt etwas Verletzendes zu ihr gesagt, Dad. Ich bin sicher, daß es ein paar Leute gehört haben. Am Abend wollte ich mich entschuldigen, aber sie war nicht zu Hause.

Und jetzt ist sie tot. Ich muß immerzu daran denken, was ich zu ihr gesagt habe.« Die Worte sprudelten nur so aus ihr heraus. Sie schaute starr geradeaus; sie hätte es nicht ertragen können, Enttäuschung in den Augen ihres Vaters zu lesen.

Sie gingen schweigend weiter, nur die Grillen störten die Stille. Schließlich ergriff Debras Vater das Wort. »Strenggenommen schreibt das jüdische Recht vor, daß ich, wenn ich jemanden in Gegenwart von zehn Menschen schwer beleidigt habe und der Beteiligte stirbt, bervor ich meine Verfehlung wiedergutmachen kann, zehn Männer am Grab des Dahingeschiedenen versammeln und um Vergebung bitten muß.« Er legte den Arm um ihre Schultern. »Wir alle sagen manchmal Dinge, die wir später bedauern, sogar zu denen, die wir lieben. *Besonders* zu denen, die wir lieben. Ich habe Worte zu deiner Mutter gesagt, von denen ich wünschte, ich hätte sie nie in den Mund genommen. Es ist eine Gnade, daß Erinnerungen allmählich verblassen. Bitte Madeleine um Verzeihung, Debra. Lerne aus deinen Fehlern und vergib dir selbst.«

Ihr Vater hatte nur zum Teil recht. Debra hatte ihrer Mutter auch ungeduldige, egoistische Worte entgegengeschleudert, ohne vorher nachzudenken, und auch sie wünschte, sie hätte sie nie ausgesprochen. Noch sieben Jahre nach dem Tod ihrer Mutter schämte sie sich ihrer Worte, wenn sie daran zurückdachte.

5

»Zwei Detectives sind hier, um mit Miss Laslow zu sprechen«, verkündete Glynnis am Montag morgen. Sie schielte durch einen Türspalt in den Konferenzraum – ihr Kopf wirkte medusenähnlich, ein Gewirr von mahagonifarbenen Locken. »Sie sagen, es sei wichtig, sonst hätte ich die Besprechung nicht gestört.«

»Worum handelt es sich?« Richard drehte sich halb zu Glynnis um, behielt Debra aber im Auge.

»Das wollten sie nicht sagen.«

Es ging um Madeleine. Debra sagte sich, daß sie sich keine Sorgen zu machen brauchte – die Polizei würde sicher mit allen sprechen, die etwas mit der Toten zu tun gehabt hatten –, trotzdem krampfte sich ihr Magen zusammen. Sie wußte nicht, ob sie bleiben oder gehen sollte, und sah fragend zur Stirnseite des ovalen, dunklen Walnußholztisches; dort saß Jeremy Knox, der siebenundfünfzig Jahre alte, grauhaarige Seniorpartner der Firma.

»Glynnis, richten Sie den Detectives bitte aus, daß Miss Laslow gleich Zeit für sie hat«, sagte Jeremy. »Sie sollen am Empfang auf sie warten.«

»Ja, Sir.« Glynnis zog ihren Kopf zurück und schloß die Tür.

»Schon wieder eine Unterschlagung?« flüsterte Charles Graystone nah an Debras Ohr. »Wie viele Tausender hast du dir diesmal unter den Nagel gerissen?«

»Zweihundert, und ich teile mit niemandem.« Sie lächelte, aber mit den Gedanken war sie bei den Polizisten, die draußen auf sie warteten.

Charles, vierunddreißig, war ein für drei Jahre in der Sozietät angestellter Anwalt; er war groß und schlank, mit feingeschnittenem Gesicht und krausem schwarzem Haar. Er hatte eine Frau und zwei kleine Töchter, die er vergötterte. Debra und ihm war unter anderem eines gemeinsam: Sie teilten sich ihren »Einzigen-Status« in der Kanzlei – Charles war der einzige Afroamerikaner, Debra die einzige Frau in der Firma. Außerdem verbanden sie die Vorliebe für Ben & Jerry's Eiscreme und eine tiefe Abneigung gegen Richard.

Richard saß Debra schräg gegenüber; er achtete immer darauf, sich so nah wie möglich bei Jeremy zu plazieren. Der Seniorpartner schien blind für Richards Schwächen zu sein, die Debra und Charles nur allzu bewußt waren. Am anderen Ende des Tisches hatte Anthony Cantrell seinen Platz – er war zweiundfünfzig Jahre alt und Geschäftsführer in der Kanzlei. Anders als Jeremy, der groß und distinguiert war und Debra an Gregory Peck erinnerte, war Anthony klein und korpulent, und er färbte seine Haare pechrabenschwarz – eine Farbe, die lächerlich und unnatürlich wirkte. Er sah aus wie Hercule Poirot ohne Schnurrbart und manchmal, nach allem, was Charles so erzählte, auch ohne die »kleinen grauen Zellen«.

»Können wir fortfahren?« Richard schob die mit Monogramm verzierte Manschette zurück, um auf seine Movado-Uhr zu schauen. »Ich habe noch Termine.«

»Wo waren wir stehengeblieben?« Anthony fummelte an seiner Fliege herum. »O ja. Das Faxgerät. Viele Kanzleien schicken ihren Mandanten…«

Zehn Minuten später sammelte Debra ihre Unterlagen zusammen, nahm ihre Untertasse und den Becher, der noch halb voll mit lauwarmem Kakao war, und verließ vor den anderen das Konferenzzimmer.

Im Empfangsbereich saß Stan Cummings vom Department West L. A. Er war in den Vierzigern, groß und stämmig mit gekräuseltem, graumeliertem Haar, einem kantigen, pockennarbigen Gesicht und einer platten, stark geäderten Nase. Debra hatte ihn schon bei mehr als einer Gelegenheit ins Kreuzverhör genommen, und er war immer gründlich vorbereitet, präzise und unerschütterlich gewesen. Debra hatte die Herausforderungen stets genossen, und inzwischen empfanden sie und Cummings Respekt füreinander.

Cummings wurde von einem jungen Detective mit dichtem blondem Haarschopf, wasserblauen Augen und schlankem, athletischem Körper begleitet. Beide Männer standen auf, als Debra näher kam, und Cummings übernahm die Vorstellung.

»Miss Laslow, Detective Wraith und ich ermitteln im Mordfall Madeleine Chase«, erklärte Cummings in gewohnt zurückhaltendem Ton. »Soweit wir wissen, haben Sie sie gekannt.«

Debra stand mit dem Rücken zu Glynnis, aber von der

Computertastatur war nichts zu hören, und Debra war sich bewußt, daß die Sekretärin sie beobachtete und die Ohren spitzte, um alles ganz genau mitzubekommen. »Gehen wir in mein Büro, dort können wir uns ungestört unterhalten.«

Ihr Büro war klein und mit den üblichen Möbeln eingerichtet: mit einem Schreibtisch und einem Schreibmaschinentisch aus Walnußholz, mit grauem Tweed bezogenen Stühlen, einem großen Aktenschrank und drei Bücherregalen, die mit teuren, juristischen Wälzern – manche benutzt, andere neu –, die sie in den vergangenen neun Jahren angesammelt hatte, vollgestopft waren. In der Ecke stand auf dem schiefergrauen Teppich ein Messingtopf mit einer immergrünen chinesischen Pflanze, die nur durch spezielle Beleuchtung und Glynnis' Fürsorge Debras gelegentliche Nachlässigkeit überlebte. An den mit blaßgrauen Tapeten beklebten Wänden hingen ihre Diplome von der juristischen Fakultät der UCLA neben einer Lithographie von Jerusalem. Debras Vater, Aaron und Julia hatten ihr die Lithographie von einer zeitgenössischen israelischen Künstlerin zum Eintritt in die Kanzlei geschenkt. Wenigstens würde das Bild keine Spuren auf der Tapete hinterlassen, hatte Debra gedacht, als sie beschlossen hatte, ihre Stelle zu kündigen.

Sie setzte sich hinter ihren Schreibtisch und plazierte vorsichtig, damit das Foto von ihrer Familie nicht umfiel, einen Stapel Schnellhefter auf der Tastatur des Computers, um Platz für die Untertasse und den Becher zu schaffen. »Madeleine und ich waren an der UCLA im selben Semester«, sagte sie, nachdem die beiden Detectives auf den zwei grauen Tweedstühlen, die vor ihrem Schreibtisch standen, Platz genommen hatten.

»Sie waren seit dem Studium Freundinnen?« fragte Cummings.

»Bekannte. Unsere Wege haben sich hin und wieder gekreuzt, und wir waren Mitglieder derselben beruflichen Organisation.« Dieser Rollentausch war eigenartig – Cummings stellte die Fragen, statt ihre zu beantworten. Debra ordnete ein Papierbündel auf ihrem Tisch.

»Welche Organisation ist das?«

»WRIT – Women's Rights in Toto. Sie unterstützt die Zusammenarbeit der weiblichen Anwälte.« Sie bot auch Hilfe und Rat bei Krisen in dem noch immer von Männern dominierten Berufszweig.

»Uns ist bekannt, daß Sie Miss Chase am letzten Donnerstag im Gerichtsgebäude begegnet sind«, sagte Wraith. Er lehnte sich auf seinem Stuhl zurück und legte ein Bein über das andere, so daß die abgestoßene Spitze und die durchgetretene Sohle seines Stiefels deutlich zu sehen waren.

»Ja.« Sie ging in ›Verteidigungsstellung‹ und befolgte die Anweisung, die sie ihren Mandanten gab: Geben Sie freiwillig keine Informationen preis. Sie hob den Kakaobecher an die Lippen, erfreut, daß ihre Hand nicht zitterte, aber dann erinnerte sie sich doch an ihre Manieren. »Mein Frühstück«, erklärte sie und gestikulierte mit dem Becher. »Möchten Sie einen Kaffee?«

Beide Männer lehnten das Angebot ab.

»Erschien Ihnen Miss Chase aufgeregt?« erkundigte sich Cummings.

Debra schüttelte den Kopf und trank einen Schluck.

»Hat sie erwähnt, daß sie von jemandem bedroht wird?«

»Nein. Aber das heißt nicht, daß sie *nicht* bedroht wurde. In unserem Beruf ist das nichts Ungewöhnliches.«

»In unserem Beruf auch nicht.« Wenn Cummings lächelte, wurden seine Wangen noch hohler. »Was ist mit Miss Chases privaten Beziehungen? Können Sie uns irgend etwas sagen, was uns bei den Ermittlungen weiterhilft?«

»Nein. Wie gesagt, wir waren nicht richtig befreundet. Haben Sie schon irgendeine Vorstellung, wer sie umgebracht haben könnte, Mr. Cummings?«

»Wir verfolgen verschiedene Möglichkeiten.«

Nach Debras Erfahrung hieß das im Klartext »nein«.

»Worüber haben Sie und Miss Chase am Donnerstag gesprochen?« wollte Wraith wissen.

Sie erkannte an seinem zu gleichgültigen Ton, daß er die Antwort bereits wußte – zweifellos hatte der *Times*-Reporter ausführlich Bericht erstattet –, und jetzt bereute sie, daß sie am Wochenende nicht bei der Polizei angerufen hatte. Sachlich erwiderte sie: »Ich hatte mich bei verschiedenen Anwaltsfirmen um eine Stelle beworben. Madeleines Kanzlei hat mir eine Absage erteilt, und ich wollte wissen, ob sie den Grund dafür kannte.«

»Kannte sie ihn?«

Wraith beobachtete sie aufmerksam, und Debra merkte, daß er auch darauf die Antwort wußte. »Sie hat mir erzählt, daß sie den Partnern geraten habe, mich nicht einzustellen. Übrigens, meine Kanzlei weiß noch nicht, daß ich vorhabe zu kündigen, deshalb wäre es mir sehr lieb, wenn Sie nicht darüber sprechen würden.«

Wraith nickte. »Tolle Freundin. Sie müssen sicher ganz schön wütend gewesen sein, oder? Ich jedenfalls wäre es gewesen.« Sein Lächeln sollte entwaffnend wirken.

»Ja, ich war wütend.« Sie suchte Zuflucht in einem weiteren Schluck Kakao.

»Sie haben gestritten?«

»Ich habe meine Meinung über ihre Handlungsweise zum Ausdruck gebracht. Und sie hat mir ihre gesagt. Mir ist nicht klar, wieso das für Ihre Ermittlungen von Belang sein sollte«, sagte sie und zeigte unmißverständlich ihre Verärgerung.

»Wir versuchen, die Hintergründe von Miss Chases Leben möglichst genau zu beleuchten«, erklärte Cummings. »Wir wollen uns ein Bild von ihren Aktivitäten und ihrem Gemütszustand an diesem Tag machen. Wir wissen Ihre Hilfsbereitschaft sehr zu schätzen, Miss Laslow.«

»Ich wäre Ihnen gern behilflich, aber ich weiß nichts über Madeleines Aktivitäten oder ihren Gemütszustand an diesem Tag. Hat der Coroner den Zeitpunkt des Todes festgestellt?« Es war ihr wesentlich lieber, selbst Fragen zu stellen als welche zu beantworten.

»Dem Mageninhalt und anderen Faktoren nach zu schließen trat der Tod zwischen sieben und zehn Uhr am Donnerstag abend ein«, sagte Cummings. »Miss Chase verließ ihr Büro um halb sieben. Ihr Freund hat sie um zehn Uhr angerufen. Sie hat sich nicht gemeldet, und er nahm an, sie sei ausgegangen. Er versuchte es ein paar Stunden später noch einmal. Als sie immer noch nicht abhob, fuhr er zu ihrer Wohnung und brachte den Hausmeister dazu, ihre Wohnungstür aufzuschließen.«

»Ich habe nach acht Uhr am selben Abend auch versucht, mit Madeleine zu telefonieren, Detective. Es war über eine Stunde besetzt.«

Cummings nickte. »Das hilft, die Zeit einzugrenzen.« Er notierte sich die Information. »Erinnern Sie sich, wann genau Sie zum erstenmal angerufen haben?«

»Nein, tut mir leid.«

Sie hielt den Atem an und wartete darauf, daß Wraith fragen würde, weshalb sie Madeleine sprechen wollte, aber er tat es nicht. Debra verriet ihm ihre Gründe genausowenig wie die Tatsache, daß sie um halb elf an diesem Abend vor Madeleines Wohnhaus gestanden hatte. Sie hatte deswegen ein schlechtes Gewissen, fürchtete jedoch, daß man sie als Verdächtige ansehen könnte, wenn sie die Auseinandersetzung mit Madeleine erwähnen würde.

Und nach den Angaben der Polizisten war Madeleine um zehn Uhr bereits tot gewesen – eine halbe Stunde, bevor Debra vor ihrem Haus angekommen war. Sie hatte niemanden gesehen und nichts Verdächtiges bemerkt.

»Danke für Ihre Hilfe, Miss Laslow.« Cummings stand auf und reichte ihr seine Karte. »Wenn Ihnen noch etwas einfällt, was wichtig für uns sein könnte, rufen Sie mich bitte an.«

»Natürlich.« Sie legte die Karte in die mittlere Schublade ihres Schreibtischs.

Die Detectives gingen, und Debra war aufgewühlter, als sie sich eingestehen wollte. Sie mußte sich mit jemandem aussprechen. Charles, das wußte sie, hatte eine Besprechung mit einem Mandanten. Sie rief in Susans Büro an und erfuhr, daß Susan bei Gericht zu tun hatte. Und Richterin Claire Werner, ihre enge Freundin und Mentorin, befand sich noch im Urlaub.

Debra hatte den Hörer aufgelegt und stand vor dem Aktenschrank, als Richard eine Minute später ihr Büro betrat. »Was war das für eine Sache mit den Cops, Debra? Ist alles in Ordnung?«

Sie fragte sich, ob er das Gespräch belauscht hatte. »Ja, danke. Sie haben mich gefragt, ob ich etwas über Madeleine Chase weiß.«

»Ach ja, richtig. Sie sagten, daß Sie mit ihr zusammen studiert haben.« Er legte die Hand auf ihre Schulter. »Das muß schrecklich für Sie sein.« Sein Daumen massierte ihren Nacken.

»Ich bin okay.« Sie schob die Schublade mit den Akten zu und entzog sich wie zufällig seiner Berührung, als sie zum Schreibtisch ging.

Er folgte ihr, setzte sich auf die Ecke des Schreibtischs, hob ihren Becher hoch und trank einen Schluck. »Kalt.« Er verzog das Gesicht. »Ich würde es mit dem Kakao nicht übertreiben, Debra. Sie wollen sich doch nicht diese Figur verderben.« Er lächelte.

»Hören Sie auf mit dem Unsinn, Richard.« Es war nicht das erste Mal, daß er Bemerkungen über ihren Körper machte; jedesmal hatte sie ihr Mißfallen zum Ausdruck gebracht und das Thema gewechselt. Sie wandte sich dem Computerbildschirm zu. »Würden Sie mich jetzt bitte entschuldigen? Timothy Lassiter kommt um elf, und ich muß mich noch auf den morgigen Antrag vorbereiten.«

Sie hatte ihren Mandanten angewiesen, die Garderobe mitzubringen, die er vor Gericht anziehen wollte, damit sie sie begutachten konnte, und sie wollte seine Aussage noch einmal gründlich mit ihm durchgehen.

Lassiters großspuriges Auftreten – zum Teil auf Angst, zum

Teil auf Wohlstand gegründet – könnte den Richter dazu verleiten, den Antrag auf Abweisung der Klage rundweg abzulehnen. Ganz sicher würde es die Geschworenen gegen ihn einnehmen, falls die Sache vor Gericht kam.

»Zehn zu eins, daß der alte Herr ihn hierher begleitet. Zum Glück war Lassiter nicht vorhin schon da. Ich glaube nicht, daß er begeistert gewesen wäre, wenn er hätte mit ansehen müssen, daß die Anwältin seines Sohnes von der Polizei vernommen wird.« Er nahm einen Schnellhefter von ihrem Schreibtisch.

»Schließlich hat man mich nicht in Handschellen abgeführt, nicht wahr?« Sie riß ihm den Hefter aus der Hand; sie war wütend über seine Mutmaßung und hatte Angst um den Schnellhefter – er enthielt ihre Bewerbungsunterlagen an eine Kanzlei, die ihr am Wochenende noch eingefallen war. »Ich dachte, Sie hätten den ganzen Tag über Termine.«

»Die habe ich auch. Ich wollte mich nur vergewissern, ob mit Ihnen alles in Ordnung ist. Und ich würde gern hören, wie Sie Ihren Antrag begründen. Meine letzte Besprechung ist um fünf. Ab halb sieben bin ich frei. Wir könnten zusammen essen und noch einmal die Schlüsselpunkte durchsprechen. Suchen Sie sich ein hübsches koscheres Restaurant aus.« Er lächelte wieder.

Sie hatte einen Monat nach ihrem Eintritt in die Kanzlei ein ›Arbeitsessen‹ mit Richard gehabt. Bei dem Essen ging es weniger um Geschäftliches als um die Einzelheiten seiner zwei Jahre zurückliegenden Scheidung, sexuelle Anspielungen und Berührungen – an ihrem Arm, ihrer Taille und ihren Knien. »Danke, Richard. Ein Abendessen ist nicht nötig, aber wenn Sie wollen, können wir es gern hier tun.«

»Es *tun*?« Er grinste anzüglich.

Sie tat so, als würde sie nicht verstehen, was er meinte. »Über den Antrag sprechen.« Sie wußte, daß sich Madeleine ein solches Benehmen nicht hätte bieten lassen. Susan würde es auch nicht dulden.

»Ich weiß ja nicht, wie es Ihnen geht, aber ich kann mit

vollem Magen besser denken. Und es könnte sein, daß wir bis spät in die Nacht arbeiten müssen.«

Debra schüttelte den Kopf. »Das glaube ich nicht.«

»Wieso nicht?«

»Ich möchte unser Arbeitsverhältnis nicht komplizieren.«

»Verdammt, Debra! Ich biete Ihnen ein Abendessen und meinen fachkundigen Rat an. Ich bitte Sie nicht, Ihre Keuschheit zu gefährden.« Er beugte sich näher zu ihr. »Noch nicht.« Er grinste und zog sich wieder zurück.

»Ich halte das für keine gute Idee.«

»Ich finde, das ist eine *großartige* Idee.«

»Tut mir leid, Richard.«

»Ich bin ein *Goi* in Ihren Augen, ist es das? Nicht koscher genug.« Er seufzte. »Wissen Sie, Debra, Sie werden es in dieser Kanzlei – und auch in einer anderen, was das betrifft – nicht weit bringen, wenn Sie sich nicht ins Team einfügen.« Er glitt von der Schreibtischkante. »Das ist auch ein fachkundiger Rat, Debra. Kostenlos. Ich schlage vor, Sie nehmen ihn an.«

Sie gab ihm keine Antwort.

Er ging zur Tür. Als er sich noch einmal zu ihr umdrehte, war seine Miene streng und ernst. »Ich bin derjenige, der Jeremy und Anthony klargemacht hat, daß Sie bereit für diese Verhandlung sind, Debra. Und ich bin derjenige, der Lassiter davon überzeugt hat, daß Sie den kleinen Timmy freibekommen. Um Ihretwillen hoffe ich, daß ich mich nicht geirrt habe.«

6

In der koscheren Milchbar auf dem Pico saßen viele Bekannte. Debra begrüßte Freunde ihres Vaters und lächelte, als sie Sharon und Felice, zwei Frauen, die sie seit ihrer Kindheit kannte, und ihren Männern Mark und Myron die Hand gab. Die M und Ms, wie Aaron sie nannte.

»Du siehst großartig aus«, sagte Sharon, nachdem Debra Fotos von den Kindern der beiden Frauen bewundert hatte. »Eine neue Frisur?«

»Eigentlich nicht.« Sie hatte schon seit Jahren dieselbe Frisur – schulterlanges Haar, das sie aus dem Gesicht gekämmt trug, kein Pony. *Versteck dein hübsches Gesicht nicht*, hatten ihre Mutter und ihr Vater gesagt. Sie war sich bewußt, daß ihr Rocksaum – knapp über dem Knie – ein paar Zentimeter höher war, als es die strengen Regeln der Sittsamkeit vorschrieben.

»Wie geht's dir denn so in einer privaten Anwaltskanzlei?« fragte Felice.

»Die Arbeit ist wunderbar«, log Debra.

Nachdem sie erfolglos versucht hatte, Timothy Lassiter davon abzubringen, vor dem Richter auszusagen, hatte sie viel Zeit darauf verwandt, ihn auf seine Aussage vorzubereiten. Sie war sich nicht schlüssig, wer nervenaufreibender war: Timothys Vater in seiner rechthaberischen, gönnerhaften Art oder Timothy mit seiner dreisten Überheblichkeit. (»Hören Sie auf mit dem Scheiß«, hatte er ihr das Wort abgeschnitten, als sie ihm vorgeschlagen hatte, für seinen Auftritt im Gerichtsaal die punkig gebleichten Haare dunkler zu färben und ordentlich zu kämmen, einen konservativen Anzug und Krawatte zu tragen und die vier Ohrringe – einen goldenen Dolch, einen Halbmond, einen Amboß und einen kleinen Diamant – abzunehmen. Dann hatte er gesagt: »Hey, Debra, ich habe gehört, eine Anwältin ist letzte Woche ermordet worden. Vielleicht aus dem Grund, weil sie ihren Mandanten nicht freibekommen hat. Könnte durchaus ein Trend werden.« Er hatte gegrinst, und sein Vater ein »Oh, um Gottes willen!« von sich gegeben. Und Debra, die Angst und Trauer über Madeleines Tod empfand, hatte ihn gefragt: »Ist das eine Drohung, Timothy?« Und so lange angestarrt, bis er schließlich eine nervöse Entschuldigung hervorgebracht hatte.)

Myron schüttelte den Kopf. »Ich werde nie verstehen, warum ein Anwalt freiwillig Strafverteidiger wird. Ich meine, wie kannst du jemanden vor Gericht vertreten, von dem du weißt, daß er schuldig ist?«

Mandanten wie Timothy Lassiter brachten Debra dazu, sich diese Frage auch manchmal zu stellen. »Jemand muß die Rechte des einzelnen schützen«, sagte sie. Sie lächelte und hoffte, daß ihre Antwort nicht allzu gereizt geklungen hatte – unzählige Male hatte man sie das gefragt, in der *Shul*, bei Dinnerparties, bei Verabredungen. »Und sie sind nicht alle schuldig.«

»Ja, sicher«, meinte Mark.

»Aber wenn sie doch schuldig sind«, beharrte Myron.

»Dann haben sie immer noch Anspruch darauf, daß ihre Rechte geschützt werden.«

In ihrem ersten Semester an der Barnard war Debra erpicht darauf gewesen, für Unschuldige einzutreten, und sie hatte sich große Sorgen darüber gemacht, Mandanten vertreten zu müssen, die schuldig sein könnten. Sie hatte sich zu Herzen genommen, was sie gelesen hatte: »… daß die Art, wie wir die Wahrheit herausfinden und die Unschuldigen in einem feindlichen Rechtssystem beschützen, die Regierung zum Handeln zwingt.« Trotzdem hatte sie Zweifel gehabt und sich Gedanken darüber gemacht, ob sie dem jüdischen Recht zuwiderhandeln würde, wenn sie einen Schuldigen verteidigte. Am ersten Abend, den sie in den Semesterferien zu Hause verbrachte, fragte sie ihren Vater um Rat.

Er saß wie üblich in seinem abgenutzten, grünen Samtstuhl am Eßzimmertisch, umgeben von Bergen von Büchern, die die Kratzer und Dellen in der Tischplatte verdeckten.

»Im jüdischen System gibt es keine Verteidiger, Debra, und keine Ankläger«, hatte er auf ihre Frage geantwortet. »Die Last, die Richter durch ihre Aussage davon zu überzeugen, daß der Angeklagte ein Verbrechen begangen hat, liegt allein auf den Schultern der Augenzeugen – es müssen mindestens zwei Zeugen aussagen.«

Debra nickte. »Wer befragt die Zeugen?«

»Die Richter. Und sie tun das manchmal sehr energisch.« Er nahm einen riesigen, goldgeprägten Band des Talmuds aus einem der Regale, die die Wand säumten, und blätterte, bis er die richtige Textstelle gefunden hatte, dann setzte er sich wieder hin und legte das Buch zwischen sich und Debra auf den Tisch. »Lies«, sagte er.

Die wenigsten orthodoxen Mädchen studierten den Talmud in der High-School, aber Debra hatte ihn so lange beschwatzt, bis ihr Vater, der ihr ohnehin nur wenig abschlagen konnte, nachgegeben hatte. Vier Jahre lang hatten sie Stunden über Stunden zusammengesessen und ein paar der vielen komplizierten, verschlungenen talmudischen Abhandlungen und Beweisführungen entziffert und entwirrt. Beiden hatten die gemeinsam verbrachte Zeit viel Freude bereitet, und die Arbeit hatte Debra ausgezeichnet auf das Jurastudium vorbereitet.

Debras Aramäisch war ziemlich eingerostet, und sie kannte die Textstelle nicht. Sie las langsam, stotterte zuerst ein wenig, dann fand sie ihren Rhythmus. Ihr Vater, der große Teile der Bibel und des Talmuds auswendig kannte, unterbrach sie einige Male leise, um sie, ohne in das Buch zu schauen, zu korrigieren.

»Sehr schön«, sagte er, als sie mit dem Abschnitt zu Ende war. » Jetzt sag mir, was du daraus gelernt hast.«

Sie war jetzt seine Schülerin. »Bei einer Diskussion über die Todesstrafe während der Epoche des Heiligen Tempels berichteten die großen Weisen des Großen Gerichts, daß der Gerichtshof ›Schlachthof‹ genannt wurde, wenn eine Person in siebzig Jahren exekutiert wurde.« Sie hatte schon früher davon gehört und fand es faszinierend. »Rabbi Akiva und Rabbi Tarfon erklärten, daß niemand eines Kapitalverbrechens überführt wurde, wenn sie zu Gericht saßen, weil sie so gründlich nachforschten und die Zeugen so oft befragten, bis sie aus der Fassung gerieten und sich ihrer ursprünglichen Aussage nicht mehr sicher waren.« Dieser zweite Teil war ihr neu und öffnete ihr weitere Türen zu ethischen und moralischen Möglichkeiten.

»Ausgezeichnet, Debra.« Ephraim Laslow lächelte stolz.

Debra lächelte auch. »Das ist das Credo von Strafverteidigern, weißt du. Zeugen sind so was wie Freiwild, selbst wenn sie die Wahrheit sagen. Gilt das nur für Kapitalverbrechen?«

»Maimonides wendet diese Methode in Fällen an, bei denen eine körperliche Bestrafung droht. Natürlich diskutieren die Rabbis hier über Richter, nicht über Anwälte, also hilft es dir nicht weiter.« Er schlug das Buch zu.

Debra kaute nachdenklich auf der Unterlippe. »Im jüdischen System sind Richter Amtsinhaber des Gerichts. Im amerikanischen System wird *Anwälten* auch ein *Amt* bei Gericht übertragen. Also kann man keine Einwände erheben, wenn Verteidiger die Zeugen gründlich befragen, oder? Und als Amtsinhaberin darf ich im Interesse meines Mandanten die Aussage eines Zeugen entkräften, nicht wahr?«

»Du legst das jüdische Gesetz ziemlich weit aus, Debra.« Ihr Vater schüttelte den Kopf, aber er lächelte wie so oft, wenn sie eine verwickelte Stelle entwirrt hatte. Dann hielt er einen Finger hoch, und seine Miene wurde ernst: »Es gibt eine Bedingung. ›Rechtschaffenheit, Rechtschaffenheit muß angestrebt werden.‹ Richter – Amtsinhaber des Gerichts müssen der Rechtschaffenheit Genüge tun, nur der Rechtschaffenheit, Debra. Der Zweck kann nicht die Mittel rechtfertigen.«

Das war nicht der Freibrief, den sie sich erhofft hatte – und nicht der Grundsatz, dem sich Strafverteidiger verschreiben, die es für ihre Pflicht halten, die Wahrheit nach den Regeln der Beweisführung zu verschleiern. Aber es genügte ihr, um ihre Skrupel zu zerstreuen. Alle weiteren Bedenken verflogen während des Studiums – sie lernte, nicht nur dem System zu mißtrauen, sondern auch den Polizisten, die sie größtenteils als Rohlinge ansah – und während ihrer Arbeit für einen Richter, der sich mit Zivilrechtsverletzungen von Gesetzeshütern beschäftigte. »Gerechte Behandlung und ordentliche Gerichtsverfahren«, das machte sie sich zur moralischen Verpflichtung.

Sie war eine Idealistin und entschlossen, Unterdrückten zu helfen und die Rechte einzelner Personen zu schützen.

In den drei Jahren im Büro des Pflichtverteidigers hatte sie hauptsächlich mit Personen zu tun gehabt, die Gewohnheitsverbrecher waren – mit Leuten, die zum größten Teil nicht unterdrückt wurden, sondern andere unterdrückten. Sie war desillusioniert und hielt die Polizisten nicht mehr für Rohlinge. Ihr Idealismus wurde gedämpft; ihr Moralkodex war getrübt. Als man ihr die Stelle bei Knox und Cantrell anbot, ergriff sie die Gelegenheit, dem Morast des menschlichen Elends zu entkommen und sich mit Angeklagten zu befassen, die, wie sie hoffte, einer besseren Klasse angehörten und eine sauberere Art von Verbrechen begangen hatten – mit Weiße-Kragen-Kriminellen, die Gesellschaften und nicht einzelne zu ihren Opfern gemacht und niemanden wirklich verletzt hatten.

Und ja, sie hatte sich und auch ihrem Bruder Aaron, als er sie ohne Umschweife gefragt hatte, eingestanden, daß sie das weitaus höhere Einkommen gereizt hatte. Was war daran falsch?

Und jetzt war sie hier. Aber statt sich mit Steuerhinterziehung, Unterschlagungen oder Scheckbetrug zu beschäftigen, verteidigte sie Timothy Lassiter. Das war nicht jemand, mit dem sie zu Abend essen wollte, aber von dem sie glaubte, daß seine Rechte verletzt worden waren.

Debra plauderte noch ein wenig mit den beiden Paaren, lehnte aber ihre Einladung, sich zu ihnen zu setzen, ab, und nach gegenseitigen Beteuerungen, daß sie sich bald melden und treffen würden, folgte sie der Serviererin zu ihrem Tisch. Debra mochte Sharon und Felice und empfand so etwas wie Wehmut, als sie daran dachte, wie vertraut sie früher einmal gewesen waren. Sie hatten dieselbe Schule besucht, ihre Zeugnisnoten und BH-Größen verglichen, Kleider und Geheimnisse ausgetauscht. Debra war bei beiden Brautjungfer gewesen, und Sharon und Felice hatten Kondolenzbesuche gemacht, während Debra und ihre Familie die sieben Tage dauernde *Shivah* einhielten, um den Tod ihrer an Brustkrebs gestorbenen

Mutter zu betrauern. Sechs Monate später hatten sie Debra getröstet, als sie ihre Verlobung mit Barry gelöst hatte. (Sie hatte sich in einer Krise befunden, als sie sich in die Beziehung gestürzt hatte, wollte den dumpfen Schmerz ersticken und die Leere füllen, die der Tod ihrer Mutter hinterlassen hatte; zum Glück hatte sie, noch bevor die Einladungen gedruckt worden waren, erkannt, daß sie nicht ihr ganzes Leben mit Barry verbringen wollte.)

Die drei Frauen hatten sich allmählich voneinander entfernt, und Debra hatte neue Freundschaften geschlossen – meistens mit alleinstehenden Frauen. Manchmal fühlte sie sich isoliert von der im wesentlichen familienorientierten Gemeinschaft; manchmal spürte sie, daß sich Sharon und Felice fragten, ob sie ihre Karriere über die Ehe und Familie stellte. Sie luden sie zwar immer noch zum Dinner ein und riefen sie an, wenn ihnen die vierte Spielerin zum wöchentlichen Tennisdoppel fehlte, und sie versuchten, sie mit geeigneten Männern zusammenzubringen, aber sie beschwerten sich bei Tante Edith, daß Debra »zu mäkelig« sei.

Debra liebte ihren Beruf (wenn auch nicht ihren derzeitigen Job), aber sie hatte sich nicht für die Karriere und gegen die Ehe und Familie entschieden – sie hoffte, eines nicht allzu fernen Tages beides zu haben. Und sie war nicht »zu mäkelig«.

Sie bestellte Spaghetti, dann kritzelte sie Notizen auf ihren Block, während sie auf das Essen wartete.

»Debra Laslow, hab' ich recht?«

Sie hob den Kopf und sah einen großen, attraktiven Mann Mitte Dreißig. Er hatte glattes braunes Haar und haselnußbraune Augen, trug eine Nickelbrille und ein schwarzes Wildlederkäppchen. »Kenne ich Sie?« fragte sie.

»Jeff Silver. Sie erinnern sich nicht an mich, wie? Nicht gerade schmeichelhaft für mein Ego.« Er lächelte. »Wir haben uns vor einem halben Jahr bei einer Wochenendveranstaltung kennengelernt.«

Debra erwiderte das Lächeln. »Ojai oder Palm Springs?« Sie

mochte die Single-Wochenenden nicht – sie kam sich dabei immer vor wie ein Stück Fleisch in der Auslage –, aber sie nahm teil, um Tante Edith und dem Rest ihrer wohlmeinenden Familie zu beweisen, daß sie es wirklich versuchte. Und außerdem konnte man ja nie wissen.

Wieder ein Lächeln. »Das Westin Plaza in Costa Mesa. Ein Seminar über Rechtsethik für Anwälte. Darf ich mich einen Augenblick setzen?«

Sie nickte und wartete, bis er sich den Stuhl zurechtgerückt hatte. »In welcher Kanzlei arbeiten Sie?«

»In keiner. Ich habe vor drei Jahren den Beruf an den Nagel gehängt und mit Schreiben angefangen.«

»Ich spreche doch nicht etwa mit dem nächsten John Grisham?« Sie trank einen Schluck Wasser.

»Nicht, wenn er sich nicht entschließt, Sachbücher zu schreiben. Ich recherchiere für ein Buch über das Rechtssystem. Außerdem unterrichte ich in einer örtlichen Rechtsakademie, um meine Rechnungen bezahlen zu können. Welchem Zweig der Juristerei haben Sie sich verschrieben?«

»Sie erinnern sich nicht an alles, was mich betrifft?« neckte sie ihn.

»Ich habe mich an Ihren Namen erinnert und daran, daß Sie intelligent und sehr hübsch sind. Ich hatte vor, Sie anzurufen.«

»Warum haben Sie es nicht getan?« Sie genoß es zu flirten und sah aus den Augenwinkeln, daß Sharon und Felice sie beobachteten. Sie stellte sich die Schlagzeile im nächsten *Shul*-Mitteilungsblatt vor: DEBRA LASLOW TRIFFT SICH MIT EINEM MANN.

»Ich habe den Mut verloren. Und jetzt habe ich eine zweite Chance.« Er lächelte wieder. »Haben Sie morgen abend etwas vor?«

»Ich weiß gar nichts über Sie.«

»Sechsunddreißig Jahre alt, geboren und aufgewachsen in Chigago. Erstes Examen in Michigan, Abschluß an der Northwestern. Vor drei Jahren Übersiedlung nach L. A. Eltern sind glücklich verheiratet. Zwei Schwestern, beide verheiratet. Bis jetzt weder Nichten noch Neffen.« Er lächelte. »Was ist nun mit morgen abend?«

»Ich stelle am Vormittag einen Antrag auf Abweisung einer Klage. Wenn ich damit durchkomme, spendiere ich meiner Freundin Susan ein Dinner. Wenn ich keinen Erfolg habe, spendiert sie mir eins.«

»Dann am Mittwoch? Am Donnerstag? Bestimmen Sie irgendeinen Tag.«

Er war gutaussehend und charmant; Ted Bundy, der Serienmörder, war auch gutaussehend und charmant gewesen. »In welche *Shul* gehen Sie?«

Er zog eine Augenbraue hoch. »Sie möchten Erkundigungen über mich einziehen, stimmt's? Das kann ich Ihnen nicht übelnehmen.« Er nannte eine orthodoxe Synagoge in West Los Angeles. »Keine Skelette in meinem Schrank. Und was das betrifft, nicht viele Schränke. Ich lebe in einem 1-Zimmer-Apartment eine halbe Meile von der *Shul* entfernt.«

Zum Teufel mit der Vorsicht, dachte Debra. Sie schrieb ihre Privatnummer auf die Rückseite ihrer Visitenkarte und gab sie ihm.

Er drehte sie um. »Knox und Cantrell. Strafverteidiger, richtig? Sind Sie etwa so gut wie Johnny Cochran und Leslie Abramson?«

»Absolut.« Sie lächelte. »Ich habe nur keine so prominenten Mandanten, um meinen Namen in die Zeitung zu bekommen. Noch nicht.«

»Wahrscheinlich ist das besser so. Diese Anwältin, die letzte Woche umgebracht wurde, Madeleine Chase?« Als Debra nickte, fuhr er fort: »Ihr Name stand ständig in der Zeitung. Vielleicht ist es gar nicht so vorteilhaft, überall bekannt zu sein.«

»Vielleicht«, erwiderte sie ruhig.

»Hey, ich wollte Ihnen nicht die Laune verderben.« Er schüttelte den Kopf. »Endlich habe ich den Mut, Sie zu fragen, ob Sie mit mir ausgehen, und dann rede ich über Mord. Wirklich raffiniert.«

Sie lächelte. »Ist schon in Ordnung.«

Die Serviererin kam mit Debras Pasta an den Tisch.

»Ich gehe besser wieder zu meinem Karottenkuchen, bevor der Sahne-Käse-Überzug Schimmel ansetzt.« Jeff schob seinen Stuhl zurück und stand auf. »Ich hoffe, Sie haben Glück mit Ihrem Antrag. Ich rufe Sie morgen abend an.«

Ihre Tante Edith wäre *kvell*.

7

»Ich kenne den Rabbi von dieser *Shul*«, sagte Aaron. »Jeff Silver, sagst du? Laß mich ein paar Anrufe machen.«

»Aaron Laslow, Privatdetektiv.« Debra lächelte. Sie liebte ihren Bruder, und seine Fürsorge amüsierte und rührte sie. »Klingt nicht schlecht.«

Sie saßen im Wohnzimmer, Aaron an seinem Schreibtisch, seine Ellbogen hatte er auf einen Stapel Geschichtsarbeiten gestützt, die er korrigierte, und Julia neben Debra auf dem braunen Ledersofa. Sie hatte die Füße hochgezogen und stickte an einem Leinenstück, das einmal das Vorderteil einer Tasche an Aarons Gebetsschal werden sollte. Der Zimtduft von einem frisch gebackenen Apfelkuchen drang von der Küche herein.

»Wie ist er?« fragte Julia.

»Groß. Er sieht gut aus und hat Humor.« Debra nahm sich eine Handvoll Erdnüsse aus der Schüssel, die auf dem niedrigen Teakholztisch stand. »Zehn zu eins, daß er irgendwo eine Frau und sechs Kinder versteckt hat.«

Sie warf ihrer Schwägerin einen raschen, ängstlichen Blick zu, um zu sehen, ob sie die Anspielung auf Kinder verletzt hatte, aber Julia lächelte. Vor vier Monaten hatte der Gynäkologe ihre Gebärmutter ausgeschabt und vernarbtes Gewebe entfernt. »Ich kann nichts versprechen«, hatte er gewarnt. Vielleicht in diesem Monat, dachte Debra, das wären einmal gute Nachrichten.

»Bist du aufgeregt wegen der Verhandlung morgen?« fragte Aaron.

»Und wie – ich bin sehr nervös.« Das war sie immer. Nach ihrem ersten Erfolg vor Gericht hatte sie einen Anfall von Sehstörungen gehabt, die immer die durch Anspannung hervorgerufene, schwere Migräne einleiteten. Als der Richter die Geschworenen um ihr Urteil bat, hatte sie grell blitzende Zickzacklinien vor den Gesichtern der neun Männer und drei Frauen gesehen, die ihr einen Sieg bereitet hatten.

»Du wirst mit deinem Antrag durchkommen.« Julia fädelte einen karminroten Faden ein.

»Das sollte ich lieber. Wenn nicht, wird Richard diese Schlappe möglicherweise als Vorwand nutzen, mich zu feuern.« Sie zögerte einen Augenblick, aber dann schilderte sie doch die Auseinandersetzung, die sie am Vormittag mit Richard gehabt hatte. »Erzählt Dad nichts davon, okay?«

»Was für ein Widerling!« Julias Augen funkelten vor Wut. »Du könntest ihn verklagen, Debra. Du könntest auch die Kanzlei verklagen. Eine Anwaltsgehilfin hat sieben Millionen Dollar Entschädigung zugesprochen bekommen, weil einer der Partner sie sexuell belästigt hat und die anderen nichts dagegen unternommen haben.«

»Ein bißchen übertrieben, findest du nicht?« Aaron schrieb mit rotem Filzstift eine Bemerkung an den Rand einer Arbeit.

»Ein Revisionsgericht hat ihr ein paar Millionen gestrichen«, sagte Debra.

»Trotzdem keine schlechte Abfindung. Ich wette, sie ist begeistert«, meinte Aaron.

»Sie hat es verdient!« Julia ließ ihre Nadel sinken. »Die Jury wollte offensichtlich ein deutliches Signal setzen. Willst du damit sagen, daß sexuelle Belästigung kein ernsthaftes Vergehen ist?«

»Selbstverständlich nicht. Aber vier oder fünf Millionen?« Er beugte sich vor. »Hast du Richard gesagt, daß du seine Bemerkungen beleidigend und ungehörig findest, Deb? Vielleicht ist das für ihn nichts anderes als harmloses Bürogeplauder.«

»Nein, ich habe nichts dergleichen gesagt. Aber er weiß, daß ich es nicht mag. Er hat seinen Spaß daran, mich in Verlegenheit zu bringen.«

»Willst du meinen Rat hören? Sei direkter. Sag: ›Richard, ich möchte nicht, daß Sie mich anfassen oder sich über meinen Körper äußern‹.«

»Ich *will* direkt sein! Aber ich fürchte, daß er mich dann feuert. Das hat er angedeutet. Soviel zu starken, unabhängigen Frauen.« Sie seufzte. »Ich habe zusammen mit Susan ehrenamtlich bei einer Gruppe mitgearbeitet, die Vergewaltigungsopfern und von ihren Männern mißbrauchten Frauen beisteht. Es ist irgendwie komisch, findet ihr nicht? Ausgerechnet ich erzähle anderen Frauen, daß sie sich stark machen und wehren sollen.« Neuerdings war sie auf sich selbst genauso wütend wie auf Richard.

»Sei nicht so hart zu dir selbst«, sagte Julia.

»Und nicht so zuvorkommend zu Dressner«, ergänzte Aaron. »Rede mit dem Partner, der dich eingestellt hat. Du hast mir erzählt, daß er dich mag.«

»Charles hat mir geraten, es nicht zu tun. Er meinte, Jeremy duldet nicht, daß man etwas Schlechtes über Richard sagt. Richard ist für ihn der Sohn, den er nie gehabt hat.« Sie zuckte mit den Schultern und nahm sich noch eine Handvoll Erdnüsse.

»Und was hat Charles dir vorgeschlagen?« wollte Julia wissen.

»Daß ich Richard in die Eier treten soll.« Der Gedanke war verlockend.

»Debra!« Julia schüttelte den Kopf und lachte. Debra lachte auch.

»Schöne Worte aus dem Mund einer Rabbi-Tochter«, sagte Aaron.

»Ihr habt mich gefragt.« Manchmal paßte es ihr gar nicht, daß sie die Tochter eines Rabbi war und daß alles einer öffentlichen Prüfung standhalten mußte – was sie anzog, was sie tat, was sie sagte. In ihrer Jugend hatte sich ihr Ärger darüber zu einer leichten Rebellion gesteigert – sie hatte den Samstagmorgen-Gottesdienst geschwänzt, zuviel Make-up und zu kurze Röcke und Ärmel getragen; war mit einem älteren Jungen von der jüdischen High-School in Filme gegangen, die vom Rabbi verboten waren. Klugerweise hatten ihre Eltern kaum darauf reagiert. »Übrigens, deine Ausdrucksweise ist auch nicht immer fein, Aaron.« Debra schmunzelte.

»Ich habe das von meiner kleinen Schwester gelernt.« Er lächelte auch, dann strich er über sein Kinn. »Also kannst du nicht mit Knox über dein Problem sprechen. Aber du *kannst* es Richard androhen. Mach ihm klar, daß du ihn öffentlich beschuldigen wirst.«

»Ich und Anita Hill. Ich bin die einzige weibliche Anwältin in der Kanzlei. Mein Wort würde gegen seines stehen. Er würde mir die Hölle heiß machen, und keine andere anständige Kanzlei würde mich mehr einstellen.«

»Was ist mit den Sekretärinnen? Vielleicht belästigt er sie auch.«

Außer Glynnis und Barbara, die Debra mit Richard und Charles teilte, waren da noch Harriet, Anthonys Sekretärin, und Rosemary, die nur für Jeremy arbeitete. »Ich nehme an, das kann ich herausfinden.«

»Was ist mit Glynnis?« sagte Julia. »Sie weiß doch alles, was bei euch vor sich geht. Warum fragst du sie nicht einfach?«

Debra stöhnte. »Glynnis *bewundert* Richard. Sie backt ihm Plätzchen und bringt seine Klamotten in die Reinigung. Sie würde sich auf die Straße legen und ihn mit seinem BMW über ihren Kopf fahren lassen, wenn er sie darum bitten würde.« Sie lächelte bei dem Gedanken, dann schüttelte sie den Kopf. »Ich werde durchhalten, bis ich ein Angebot von einer anderen Kanzlei bekomme. Mit ein bißchen Glück muß ich nicht mehr lange warten.« Sie schob die Erdnußschüssel weg. »Verbietet mir, noch mehr von diesem Zeug zu essen.«

»Zu schade, daß ihm nicht einer der Detectives, mit denen ihr zu tun habt, auf den Zahn fühlen kann«, sagte Julia. »Das könnte ihn ein bißchen aufrütteln.«

»Ja, zu schade«, pflichtete Debra ihr bei. »Apropos Detectives – ich wurde heute wegen Madeleine befragt. Das war nicht sehr komisch. Sie haben offensichtlich von unserem Streit am Donnerstag erfahren.« Sie erzählte, was vorgefallen war.

»Sie war wirklich eine Hexe«, sagte Aaron. »Aber wieso bist du so beunruhigt? Du bist nicht die einzige, die mit dieser Frau Schwierigkeiten hatte.«

»Nein, aber ich bin wahrscheinlich die einzige, die in der Nacht, in der sie umgebracht wurde, zu ihr gefahren ist. Ich wollte mich bei ihr entschuldigen.«

»Das ist typisch für dich.« Julia lächelte und legte ihre Hand auf Debras. »Ich bin sicher, die Polizisten haben das verstanden.«

Debra zögerte. »Ich habe ihnen nicht erzählt, daß ich dort war«, gestand sie schließlich. »Ich dachte, sie würden mich nach der Auseinandersetzung mit Madeleine ohnehin schon als Verdächtige ansehen.«

Aaron runzelte die Stirn. »Debra, ist dir klar …«

»Ich weiß, ich weiß. Du brauchst mir nicht zu erklären, daß das dumm war.«

»Ruf sie an, jetzt gleich«, drängte Julia.

»Soll ich so tun, als hätte ich es vergessen?« Sie stand auf und nahm ihre Handtasche. »Hey, ich bin nicht wirklich beunruhigt«, sagte sie, als sie die sorgenvollen Mienen von Julia und Aaron sah; sie bedauerte, ihnen überhaupt davon erzählt zu haben. »Ich hoffe nur, daß die Polizei den Mörder schnell findet und hinter Schloß und Riegel bringt.«

In der Küche wartete sie ab, bis Julia ihr ein großes Stück von dem warmen Apfelkuchen eingepackt hatte.

»Wenn ich den ganzen Kuchen auf einmal esse, werde ich vielleicht fett, und Richard hört auf, mir nachzustellen. Was meinst du?« Debra blies die Backen auf, dann grinste sie und küßte Julia auf die Wange.

Aaron brachte sie zu ihrem Auto und legte den Arm um sie, als sie in der Kälte schauderte. »Übrigens, Deb, ich habe mich umgehört und einen Bauunternehmer gefunden, der dein Haus renoviert. Adam Bergman. Er ruft dich diese Woche an.«

»Prima.« Schon seit Monaten, seit dem Erdbeben, wollte sie sich darum kümmern. Sie schloß die Wagentür auf, legte den in Alufolie eingepackten Kuchen und ihre Handtasche auf den Beifahrersitz und stieg ein.

»Und ich hatte schon Bedenken, daß du sagst, du könntest es nicht brauchen, daß sich dein großer Bruder in dein Leben einmischt.« Sein erleichterter Stoßseufzer war übertrieben.

»Manchmal brauche ich es, manchmal nicht.« Sie blitzte ihn schelmisch an. »Danke, daß du den Bauunternehmer für mich aufgetrieben hast, Aaron, und daß du dir meinen Kummer angehört hast.« Sie legte den Sicherheitsgurt an. »Erzähl Dad nichts davon, daß mich die Polizei verhört hat, okay?«

»Oder von Richard. Sonst noch etwas, was ich ihm nicht erzählen soll?« fragte er ernst.

»Das wär's im Augenblick. Ich lasse dich wissen, wenn sie mich verhaften. Keine Angst«, fügte sie hinzu, als er die Stirn runzelte. »Die Gefahr ist nicht sehr groß.«

»Du bist die Expertin, was Recht und Gesetz betrifft.«

Sie las die Sorge in seinen Augen, als er sie auf die Wange küßte und dann die Wagentür zumachte.

Das Telefon klingelte, als sie durch den Hintereingang trat. Sie lief in die Küche, hob den Hörer ab und erstarrte, als sie Richards Stimme hörte. Rief er an, um ihr zu sagen, daß man ihr den Lassiter-Fall abgenommen hatte? Oder wollte er ihr kündigen?

»Tut mir leid, wie sich unser Gespräch heute entwickelt

hat«, sagte er. »Ich habe übertrieben reagiert, und ich möchte nicht, daß Sie zu Hause sitzen und grübeln. Sie sollten sich auf den Lassiter-Fall konzentrieren.«

Das war eine ganz neue Schiene. »Ich danke Ihnen für den Anruf, Richard.«

»Ich habe volles Vertrauen in Sie, Debra. Sie haben in unserer Kanzlei eine vielversprechende Zukunft vor sich.«

»Das ist nett, daß Sie das sagen.« Sie spürte ein leises Unbehagen, da sie beabsichtigte, ihre Zukunft anderswo zu verbringen. Hatte Richard eine leutselige Phase? Oder hatte er Angst, daß sie sich bei Jeremy oder Anthony über ihn beschweren könnte? »Nochmals vielen Dank, Richard.«

»Gibt es noch Punkte, über die wir sprechen sollten? Ich habe Zeit.«

»Nein, danke. Ich bin bestens vorbereitet und habe mir vorgenommen, früh ins Bett zu gehen, um mich richtig auszuschlafen.«

»Gute Idee. Meine Exfrau sagte immer, daß sie in Satinnachthemden am besten schlafen könnte. Ich stelle Sie mir in elfenbeinfarbenem Satin vor. Oder vielleicht in Schwarz. Habe ich recht?«

Wieder einmal Schlüpfrigkeiten. »Grauer Flanell. Gute Nacht, Richard.«

»Was für eine Verschwendung. Können Sie einem Kerl nicht seine Phantasien lassen?« Er lachte. »Sehen Sie zu, daß Sie Ihren Schlaf bekommen, und lassen Sie die anderen morgen Blut schwitzen.«

Sie zog eine Grimasse. Es war eine harmlose Phrase, die sie selbst oft gebrauchte. Jetzt mußte sie dabei an Madeleine denken.

8

»Das hohe Gericht von Santa Monica eröffnet die Sitzung. Der ehrenwerte Richter Harrison Fogel führt den Vorsitz. Sie dürfen Platz behalten.«

Debra saß am Tisch der Verteidigung, richtete den Blick auf den weißhaarigen Fogel und versuchte, etwas aus seiner Körpersprache herauszulesen, während er die Stufen zum Podium hinaufging und seinen Platz einnahm. Er knallte einen Stapel Schnellhefter auf den Tisch und schlug den obersten auf.

»Miss Laslow«, bellte Fogel.

»Euer Ehren?« Debra rief sich ins Gedächtnis, daß Fogel schwerhörig war und zum Brüllen neigte, aber ihr Herz klopfte heftig. Sie stand auf und bedeutete Timothy Lassiter, es ihr gleichzutun. Er sprang auf die Füße, als hätte sie ihm einen Stromschlag versetzt.

»Miss Laslow, ich habe die Verhandlungspause genutzt, um über Ihre Argumente und die der Staatsanwaltschaft nachzudenken. Ich habe Präzedenzfälle geprüft und die Aussagen der Polizisten berücksichtigt, die die Wohnung Ihres Mandanten durchsucht haben.« Er rückte seine Zweistärkenbrille zurecht und funkelte Timothy finster an.

Das verheißt nichts Gutes, dachte Debra und machte sich auf eine Enttäuschung gefaßt. Sie erinnerte sich selbst daran, daß es hier lediglich um einen Antrag ging. Ein Schwurgerichtsverfahren war etwas ganz anderes. Sie konnte blendend mit Geschworenen umgehen.

»Ich billige Drogen keineswegs, Mr. Lassiter«, fuhr Fogel fort. »Für den Fall, daß Sie die Berichte im Fernsehen noch nicht gesehen haben, junger Mann, möchte ich Sie darauf hinweisen, daß Drogen das Gehirn angreifen. Wußten Sie das?«

»Ja, Sir«, antwortete Timothy mit zitternder Stimme.

Dies war nicht der Timothy, der gestern in ihrem Büro gelümmelt und frech gegrinst hatte. Er war glatt rasiert. Sein

Haar war ordentlich gekämmt und um einige Töne dunkler. Keine Ohrringe. Kein spöttisches Lächeln. Keine Überheblichkeit.

»Aber Sie glauben es nicht, habe ich recht?« Der Richter wandte sich an Debra. »Ihr Mandant streitet nicht ab, im Besitz einer illegalen Substanz gewesen zu sein. Er behauptet nicht, daß sie ihm jemand ohne sein Wissen untergeschoben hat. Trotzdem beantragen Sie, daß das Gericht den Fall niederschlägt. Als Grund geben Sie an, die Polizisten hätten nicht das Recht gehabt, den Küchenschrank Ihres Mandanten zu öffnen und nach Drogen zu suchen, obwohl sie ziemlich sicher sein konnten, fündig zu werden.« Er machte eine Pause. »Und sie haben ja auch tatsächlich etwas gefunden.«

Aus dem Augenwinkel sah Debra, daß Timothy blaß geworden war und kurz davor stand, in Tränen auszubrechen.

Der Richter beugte sich vor. »Ich wünschte, ich könnte Ihren Antrag zurückweisen, Miss Laslow. Aber ich kann es nicht, und das ärgert mich bis aufs Blut.«

Ihr Herz machte einen Freudensprung. Sie biß sich auf die Innenseite der Wange, um ein Lachen zu unterdrücken, und nickte ernst.

»Das Gericht ist der Meinung, daß die Polizei eine unberechtigte Durchsuchung vorgenommen hat. Es gab keine richterliche Verfügung für diese Durchsuchung. Es lagen keine Drogen für jedermann sichtbar in der Wohnung herum. Die Polizisten führten an, daß sie sich durch die Umstände zu dieser Maßnahme gezwungen sahen, aber das Gericht kann dieses Argument nicht gelten lassen. Und das Gericht stimmt mit Ihnen, Miss Laslow, überein, daß Officer Hickman, wenn er Haschisch gerochen hat, als ihm die Tür geöffnet wurde, einen Deputy in der Wohnung hätte lassen und sich eine Durchsuchungserlaubnis hätte beschaffen müssen, bevor er mit der Suche begann.«

Der Richter bedachte Timothy mit einem durchbohrenden Blick. »Mr. Lassiter, Sie haben mehr Glück, als Sie verdienen.

Falls Sie je wieder wegen Drogenbesitz in meinem Gerichtsaal auftauchen, werde ich dafür sorgen, daß Sie die Höchststrafe bekommen. Die Klage ist abgewiesen.« Er schlug mit dem Hammer auf den Tisch.

Während Fogel den nächsten Fall aufrief, packte Debra ihre Unterlagen in die Aktentasche, dann begleitete sie Timothy zu den Zuschauerbänken, wo sein Vater stand.

»Sie haben es geschafft, Debra! Sie sind die Größte!« Timothy umarmte sie.

»Ich teile die Ansicht meines Sohnes.« Lassiter schüttelte ihr die Hand.

»Danke.« Sie sah Timothy an. »Ich hoffe, Sie befolgen Richter Fogels Rat.«

Er schnaubte. »Machen Sie Witze? Ich habe meine Lektion gelernt. Ich bleibe clean.«

»Es freut mich, das zu hören.« Es schien ihm ernst zu sein, aber aus Erfahrung wußte sie, daß seine neue Überzeugung, die auf reiner Angst basierte, nicht lange Bestand haben mußte. Aber sie war seine Anwältin, nicht seine Mutter oder Erzieherin.

Debra verließ den Gerichtsaal und lief durch den langen Korridor zum Münztelefon. Sie rief in der Kanzlei an und bat Glynnis, Jeremy und Richard zu informieren, daß sie mit ihrem Antrag durchgekommen war. Sie sprach mit Julia und hinterließ eine Nachricht auf dem Anrufbeantworter ihres Vaters – er war in der Synagoge und leitete wie jeden Tag die Talmud-Studiergruppe. Dann rief sie Susan an.

»Fogel gibt derartigen Anträgen nur sehr selten statt!« rief Susan aus. »Gratuliere, Mädchen! Wie fühlst du dich?«

»Verdammt gut.« Debra lächelte. »Gib's zu, du bist nur deshalb so überschwenglich, weil du ein Dinner spendiert bekommst.«

»Wie hast du das erraten?« Susan lachte. »Ich habe bis sechs Uhr eine Besprechung mit einem Mandanten. Hol mich um sieben ab, okay? Und bereite dich darauf vor, eine neue

Hypothek auf dein Haus aufzunehmen – ich liebe koscheres Essen.«

Debra lächelte, als sie sich vorstellte, wie sich Susan den Bauch vollschlug – Susan war schmächtig und aß wie ein Vögelchen. Sie hängte den Hörer ein und ging weiter zum Department M. Durch das Fenster in der Tür sah sie, daß der Gerichtssaal leer war. Sie drehte den Türknauf, die Tür öffnete sich, und Debra trat ein.

Der dunkelhaarige Protokollführer am anderen Ende des Raums sah von seinem Computerbildschirm auf und lächelte. »Hallo, Miss Laslow. Wie geht's?«

»Ziemlich gut, Brian. Ist Richterin Werner in ihrem Zimmer?«

Er nickte. »Sie macht eine Pause. Die braucht sie auch – es ist ihr erster Arbeitstag nach dem Urlaub, und sie hatte einen scheußlichen Vormittag.« Er hob den Telefonhörer ab, sprach ein paar Worte, dann sagte er zu Debra: »Gehen Sie hinein, Miss Laslow.«

Debra ging durch eine Tür, die sich hinter dem Arbeitsplatz des Protokollführers befand, und kam in einen kurzen Flur. Sie klopfte an die Tür zu ihrer Rechten, öffnete sie und trat ein. Claire stand in der Mitte des Zimmers. Sie hatte die langen Beine leicht gespreizt und machte mit kleinen Hanteln in den Händen gymnastische Übungen. Sie trug schwarze Shorts, ein graues Oberteil und ein rotes Schweißband, das das schimmernde schwarze Haar aus der hohen Stirn hielt. »Bereitest du dich auf einen Ringkampf mit dem Justizwachtmeister vor?« fragte Debra.

Claire ließ die Arme in die entgegengesetzte Richtung kreisen. »Das baut die Knochenmasse auf, und ich kann dabei Dampf ablassen.« Ihr Gesicht war gerötet; auf ihrer Stirn glitzerten Schweißtropfen. Der Blick aus ihren glänzenden blauen Augen wirkte konzentriert.

»Wieso stehst du unter Dampf?«

»Das erzähl' ich dir, wenn ich fertig bin.« Sie schwang die

Arme über den Kopf und ließ sie wieder sinken, dann ging sie zu einem Schrank und verstaute die Gewichte. »Ich ziehe mir etwas an, was besser zu einer Frau meines Formats paßt.« Sie lächelte und verschwand in dem kleinen Badezimmer.

Während sich Claire umzog, schaute sich Debra ein wenig um. Sie liebte es, hierherzukommen und sich die unzähligen Bände der Rechtswissenschaften in den hohen, eingebauten Regalen anzusehen – diese Bücher enthielten so viele faszinierende Fakten, so viel Wissen und Weisheit. An den Wänden hingen Diplome, Zertifikate und ein großer Kalender, der mit Claires ordentlicher Handschrift in roter Tinte vollgeschrieben war.

Debra zog in Erwägung, in Claires Fußstapfen zu treten und die schwarze Robe anzuziehen, die sie mit großer Autorität und Verantwortung ausstatten würde. Sie hatte ihre Pläne Claire gegenüber einmal erwähnt, und Claire hatte sie ermuntert, gleichzeitig aber auch gewarnt.

»Der Beruf einer Richterin kann lohnend sein, Debra, aber auch entsetzlich frustrierend. Manchmal weißt du, daß der Gerechtigkeit nicht Genüge getan wird, obwohl die Gesetze eingehalten wurden. Hin und wieder liegst du die ganze Nacht wach im Bett und wirst von Zweifeln geplagt – triffst du die richtige Entscheidung? Bist du dabei, ein Menschenleben zu ruinieren, eine Familie zu zerstören?«

»Wie wirst du damit fertig?« hatte Debra gefragt.

»Ich bete um Beistand und Führung. Ich bin niemand, der in die Kirche geht, aber ich rede mir ein, falls ich oder unser Rechtssystem es zuläßt, daß einer der bösen Jungs durch die Ritzen der Justiz rutscht, daß Gott gerecht urteilen wird.«

»Und das hilft dir?«

Claire hatte gelächelt. »Manchmal. Ab und zu genehmige ich mir auch einen steifen Drink und sage mir, daß ich den Posten von Richter Warner beim Zivilgericht übernehme. Mehr Bezahlung, weniger Streß.«

Debra hatte Claire vor drei Jahren kennengelernt. Sie hatte

einige Fälle in ihrem Gerichtssaal verhandelt und war von ihrer Fairneß und ruhigen Autorität beeindruckt gewesen. Claire hatte sie dann außerhalb des Gerichtssaals angesprochen, und Debra hatte sich geschmeichelt gefühlt und sich über das Interesse der Richterin gefreut. Ihre Freundschaft hatte sich seither vertieft.

Die zwei Frauen hatten vieles gemeinsam: Sie liebten beide das Gesetz. Sie waren beide Singles – Claire war geschieden, ohne Kinder – und beide beklagten sich, daß es so schwierig war, intelligente, akzeptable Männer kennenzulernen. Sie hatten beide verwitwete Väter und einen geliebten Menschen durch Krebs verloren; Claires Schwester Lee war vor sechs Jahren gestorben – sie war Anfang Zwanzig gewesen. Lees Tod hatte Claires Vater, der bereits um seine Frau trauerte, vollkommen zerstört und Claires ohnehin schon komplizierte Ehe noch mehr belastet. Ein Jahr später war Claire von San Francisco nach Los Angeles gezogen. Debra war sich bewußt, daß sie in Claire so etwas wie einen Ersatz für ihre Mutter suchte, und Claire sah wahrscheinlich in Debra einen Ersatz für ihre jüngere Schwester.

Claires Zimmer, in Grün und Burgunderrot eingerichtet, wirkte feminin, aber nicht verspielt. Andere hatten Fotos von ihren Familien in ihren Arbeitsräumen, aber auf Claires großem Schreibtisch aus Walnußholz stand kein Foto, und auch an den naturfarbenen Wänden hing keines. Sie hatte Debra einmal erklärt, daß sie es für unumgänglich hielt, Privates und Berufliches zu trennen.

»In diesen Räumen darf ich mich nicht von Emotionen ablenken lassen, Debra. Ich kann mein Amt nicht richtig ausführen, wenn mich ein Foto oder andere Dinge daran erinnern, daß ich irgend jemandes Tochter, Schwester, Freundin oder Geliebte bin. In diesem Zimmer bin ich Richterin.«

Die Richterin tauchte aus dem Bad auf – sie hatte einen schwarzen Rock, eine pfirsichfarbene Bluse und flache Wildlederschuhe an. »Wie geht's dir, Debra?«

»Prima. Ich nehme an, du hast von der Sache mit Madeleine Chase gehört?«

»Alle Welt spricht darüber. Es ist furchtbar. Und unheimlich.« Claires Augen hatten ihren Glanz verloren. »Und was führt dich heute ins Gerichtsgebäude?«

»Fogel hat meinem Antrag auf Abweisung einer Klage stattgegeben.«

»Deinem Antrag?« Claire runzelte die Stirn und schüttelte den Kopf. »Ich hatte ganz vergessen, daß das heute war. Herzlichen Glückwunsch!« Sie umarmte Debra. »Fogel ist mehr auf Draht als ich.«

Debra lächelte. »Du siehst nicht aus wie jemand, der gerade eine Woche Urlaub hatte. Was hat dir die Laune verdorben?«

»Ich war gestern den ersten Tag hier und hatte schon eine Auseinandersetzung mit Nancy Argula. Sie war furchtbar wütend wegen einer Entscheidung, die ich gestern gefällt habe. Die Jury befand den Angeklagten für schuldig, ein Stück Pizza mit Peperoni von Leuten gestohlen zu haben, die Picknick machten. Er war schon wegen zwei Vergehen vorbestraft – Ladendiebstahl und Scheckfälschung. Nancy hat aus dem minderen Vergehen ein Verbrechen gemacht, weil es sein drittes Delikt war – das ist dem Gesetz nach auch korrekt. Ich habe ihm drei bis fünf gegeben, aber sie bestand auf lebenslänglich.«

Debra nickte. Drei Treffer, und du bist weg vom Fenster. Nach kalifornischem Recht bedeutet der dritte Schuldspruch für ein Verbrechen – Gewaltverbrechen oder ein anderes – ein lebenslängliches Urteil. Die Absicht dieses Gesetzes war lobenswert – man wollte die Gewalt- und Schwerverbrecher von der Straße bekommen. In der Praxis belastet diese Bestimmung die Gerichte mit Hunderten von Fällen, die normalerweise niemals zur Verhandlung gekommen wären – Fälle, bei denen sich der Beklagte für schuldig erklärt und dafür ein vermindertes Urteil bekommt. Jetzt schreckten die Straffälligen davor zurück, sich beim drittenmal für schuldig zu bekennen, es sei denn, man garantiert ihnen, daß ihr Vergehen wie ein minderes

Delikt behandelt wurde. Die Gesetzeshüter waren damit keineswegs glücklich. Das Gesetz griff leider auch bei Straffälligen, die keine Gefahr für die Gesellschaft darstellten, und die ohnehin schon überfüllten Gefängnisse wurden noch voller.

»Wie lautete Nancys Begründung?«

»Daß der Angeklagte ein Berufskrimineller sei, der noch mehr Verbrechen begehen würde, wenn man ihn nicht hinter Gitter bringt. Sie behauptete, er habe die Leute, denen er das Pizzastück gestohlen hat, in Angst und Schrecken versetzt.« Claire nahm Lippenstift und Rouge aus der Kosmetiktasche, die sie in der obersten Schreibtischschublade aufbewahrte.

»Glaubt sie denn ernsthaft, daß er eine lebenslängliche Haftstrafe verdient?«

»Ja. Und das Gesetz ist auf ihrer Seite. Mir ist nicht wohl bei dem, was ich entschieden habe. Aber wie zum Teufel kann ich einen Mann, der hungrig war und ein Stück Pizza geklaut hat, zu einer lebenslänglichen Haftstrafe verurteilen?«

»Du hast recht – es ist lächerlich. Und was geschieht jetzt?«

Claire schminkte sich die Lippen und trug Rouge auf. »Nancy will in Berufung gehen. Außerdem hat sie mir angedroht, mich wegen Amtsmißbrauchs anzuzeigen.«

Der Gedanke, daß sich Claire des Amtsmißbrauchs schuldig gemacht haben sollte, war absurd. »Glaubst du, sie macht ihre Drohung wahr?«

»Die Öffentlichkeit will, daß Kriminelle eingesperrt werden.« Claire ging zu einem Garderobenständer in der Ecke und nahm ihre schwarze Robe herunter. »Das will ich auch, aber die Strafe muß dem Vergehen angemessen sein. Dieses Gesetz hindert uns daran, das zu tun, wozu wir aufgerufen sind – Anwendung der gerichtlichen Verfügungsfreiheit und der gerechten Strafzumessung.« Sie streifte die Robe über und zog den Reißverschluß halb zu. »Wahrscheinlich werden sie über mich im Lokalteil berichten.«

»Und mein Name könnte neben deinem Artikel stehen.

Zwei Detectives haben mich gestern wegen dem Mord an Madeleine vernommen.«

»Tatsächlich? Haben sie gesagt, ob sie irgend jemanden in Verdacht haben?«

»Nur mich.« Debra berichtete Claire von dem Streit im Gerichtsgebäude.

Claire runzelte die Stirn, dann sagte sie: »Das ist reine Routine, Debra. Vergiß das Ganze. Und denk auch nicht mehr daran, daß Blackmeyer dich nicht eingestellt hat. Du wirst eine Stellung in einer besseren Kanzlei bekommen.«

»Ich hoffe, das geschieht bald. Richard macht mir das Leben zur Hölle.« Sie schwieg einen Moment. »Wegen Madeleine ...« Sie wollte Claire erzählen, daß sie in der Mordnacht zu Madeleines Wohnung gefahren war und der Polizei diese Information vorenthalten hatte. Aber Claire nahm es mit der Wahrheit peinlich genau, und Debra hatte sich Susan auch nicht anvertraut.

»Du fühlst dich schuldig, weil du ein paar Stunden, bevor sie umgebracht wurde, unfreundlich zu ihr warst.« Claire legte die Hand auf Debras Schulter. »Tue es nicht. Sie wurde ermordet – das ist schrecklich, aber es ändert nichts an der Tatsache, daß sie boshaft und gemein war. Gott allein weiß, wie viele Menschen sie gehaßt haben. Sie hat sich jeden Staatsanwalt und jeden Richter, den ich kenne, zum Gegner gemacht – mich eingeschlossen.«

»Haß ist eine Sache, Claire, Mord eine andere.«

»Madeleine hat sich den Zorn von vielen Menschen zugezogen. Die Zeugen, die sie vor Gericht fertiggemacht hat, kann man gar nicht mehr zählen. Und sie hat alle nach ihren Wünschen manipuliert. Ich habe gehört, daß sie mit Jonathan Blackmeyer geschlafen hat.«

»Du machst Witze!« Blackmeyer war der Seniorpartner in Madeleines Kanzlei. Debra war überrascht, daß Glynnis diese brisante Information noch nicht zu Ohren gekommen war.

»Ein Schriftführer hat es von Blackmeyers Sekretärin erfahren, und der hat es Brian erzählt. Madeleine hat angeblich gedroht, Blackmeyers Frau reinen Wein einzuschenken, wenn er sie nicht zur Teilhaberin der Kanzlei macht. Brian hat auch gehört, daß Madeleines Freund von der Affäre wußte und höllisch verärgert darüber war. Du siehst, die Polizei hat mehr Verdächtige, als ihnen lieb sein kann. Sie haben kein Interesse an dir.«

»Das ist tröstlich.« Debra lächelte. »Und wahrscheinlich habe ich auch nichts zu befürchten, selbst wenn sie sich für mich interessieren sollten. Es kursiert das Gerücht, daß Sie bei derartigen Verbrechen ziemlich nachsichtig urteilen, Euer Ehren. Wenn sie mich wegen Mordes vor Gericht bringen, läßt du mich laufen, nicht wahr?«

»Wenn ich dann noch Richterin bin.« Claire zog den Reißverschluß ganz zu. »Komisch, daß wir uns alle mit der nun toten Madeleine mehr befassen als mit der lebenden, findest du nicht?«

9

»Kann ich Ihnen irgendwie behilflich sein?« fragte Debra und bemühte sich, ihren Ärger nicht allzusehr zu zeigen, als sie ihr Büro betrat.

Richard stand mit dem Rücken zur Tür vor ihrem Schreibtisch. Als er sich zu Debra umdrehte, grinste er breit und hielt einen in Zellophan verpackten Strauß langstieliger roter Rosen in die Höhe. »Meinen Glückwunsch«, sagte er, ging auf sie zu und überreichte ihr die Blumen. »Ihr erster Sieg von vielen.«

»Die Blumen sind wunderschön, Richard.« Sie war verlegen, weil sie ihn fälschlicherweise verdächtigt hatte, in ihren Sachen zu kramen, und seine Geste verwirrte sie. Sie wollte keine freundlichen Gefühle für ihn entwickeln. Sie senkte den Kopf, um die Röte in ihrem Gesicht zu verbergen, und sog den berauschenden Duft der Blumen ein. »Danke.«

»Bedanken Sie sich bei Arthur Lassiter. Er hat sie Ihnen geschickt.«

»Das ist sehr nett von ihm.« Sie lächelte aufrichtig erfreut und las die Karte, die in dem Strauß steckte: *Ich stehe in Ihrer Schuld, Miss Laslow. Bravo für Ihre tadellose Vorstellung.* Sie schob die Karte wieder unter die Zellophanfolie und hoffte, daß Timothy keine Wiederholung ihres Auftritts nötig machte.

»Lassiter meint, Sie verdienen ein ganzes Gewächshaus voller Blumen. Offenbar haben Sie Hackfleisch aus der Aussage des Cops gemacht.«

»Hickman ist ein Anfänger. Er hat Fehler gemacht, als er in Timothys Wohnung kam, und ich habe ihn dazu gebracht, diese Fehler zuzugeben.« Sie hatte Mitleid mit dem rotgesichtigen Polizisten gehabt, aber das hatte sie nicht davon abgehalten, seine Ungeschicklichkeit zum Wohl ihres Mandanten auszunutzen – genausowenig wie Hickmans immer eisiger werdender Blick.

»Und Sie haben gewonnen. Aus diesem Grund übergebe ich Ihnen einen neuen Mandanten. Lassiter hat ihm empfohlen, sich an Sie zu wenden, und er ist überzeugt, daß Sie ihn bestens vertreten.«

Das war eine prompte Belohnung. Debra fragte sich, ob die Bestrafung auch so rasch erfolgt wäre, wenn sie Arthur Lassiters Erwartungen enttäuscht hätte – und welcher Art sie gewesen wäre. »Wer ist dieser Mandant?«

»Kenneth Avedon. Bitten Sie Glynnis, die Rosen in eine Vase zu stellen, und kommen Sie in mein Büro, dann sprechen wir die Einzelheiten durch.«

Richards Büro war größer als das von Debra, und obwohl die Sicht nach Westen vom neunten Stockwerk aus nicht unbedingt spektakulär war – die Wolkenkratzer der Century City blockierten den Blick auf den Ozean und den Bereich davor –, *hatte* er zumindest eine Ansicht. Auf seinem Schreibtisch, einer schwarzen Granitplatte auf einem Kalktuff-Sockel, befanden sich ein Telefon, eine Rollkartei, ein Terminkalender, ein Lederkästchen mit Notizpapier, auf das Richards Name gedruckt war, und eine lederne Schreibunterlage, auf der ein einziger Aktenordner lag. Sein Computer stand auf einem niedrigen Beistelltisch.

»Ich habe nie mehr als eine Akte auf meinem Schreibtisch«, hatte er Debra an ihrem zweiten Tag in der Kanzlei erklärt. »Ich möchte, daß jeder Mandant das Gefühl hat, ich würde nur ihm meine ungeteilte Aufmerksamkeit widmen.«

»Wer ist Kenneth Avedon?« fragte Debra, nachdem sie es sich in einem von Richards schwarzen Ledersesseln bequem gemacht hatte. Sie freute sich über den Ausdruck des Vertrauens und Lassiters Dankbarkeitsbeweis, trotzdem hatte sie ein ungutes Gefühl. Was würde mit dem Mandanten geschehen, wenn sie die Kanzlei verließ?

»Ein Internist aus Beverly Hills. Stammt aus einer wohlhabenden Familie, meinte Lassiter. Avedon hat, kurz bevor Sie ins Büro kamen, angerufen. Er hat heute und morgen vormittag Sprechstunde. Er würde sich aber gern morgen schon mit Ihnen treffen.«

»Wie lautet die Anklage?« Sie hielt ihren Filzstift über ihren gelben Notizblock.

»Vergewaltigung seiner Sprechstundenhilfe. Lassiter sagt, daß die Anschuldigung lächerlich sei – er kennt Avedon, seit er ein kleiner Junge war.«

Kleine Jungs – selbst wenn sie Sprößlinge einer wohlhabenden Familie waren – wuchsen manchmal zu Vergewaltigern heran. »Ich hasse Vergewaltigungsfälle«, sagte Debra ruhig und schlug die Beine übereinander.

»Wer nicht?« Richard schnitt eine Grimasse und lehnte sich zurück. »Sie haben als Pflichtverteidigerin zwei dieser Fälle gewonnen, nicht wahr?« Als Debra nickte, breitete sich ein Lächeln auf seinem Gesicht aus. »Und das habe ich Lassiter erzählt. Das Timing ist perfekt. Jetzt, da der Junior nicht vor Gericht gestellt wird, ist Ihr Terminkalender mehr oder weniger leer.«

»Ich habe immer noch Schriftsätze und die Anträge für Donovan und White zu formulieren.« Richard hatte ihr versprochen, sie könne ihm assistieren, wenn die Fälle vor Gericht verhandelt würden.

»Avedon hat Priorität. Falls Sie Hilfe brauchen, wenden Sie sich an Charles.«

»Ist gegen Avedon Anklage erhoben worden?«

»Er war bei der Anhörung und wird dem Gericht vorgeführt. Der Prozeßtermin ist auf…«, Richard schlug die Akte auf und fuhr mit dem Finger über eins der Papiere, »… Dienstag, den fünften November, festgesetzt worden. Also heute in zwei Wochen. Die Zeit ist ein bißchen knapp, aber die meisten Recherchen und Arbeiten, die vor der Verhandlung erledigt werden müssen, sind schon getan. Er ist gegen fünftausend Dollar Kaution auf freien Fuß gesetzt worden.«

»Ich werde Prozeßvertagung beantragen. Hat er seinem Anwalt das Mandat entzogen? Oder hat der Anwalt das Mandat aus freien Stücken niedergelegt?« Beide Möglichkeiten waren nicht gerade beruhigend, genausowenig wie die Tatsache, daß gegen Avedon ein Prozeß geführt wurde. Die Staatsanwaltschaft hatte offensichtlich stichhaltige Beweise vorzubringen. Viele bekannte Vergewaltigungsfälle kamen nie vor Gericht, weil die Beweislage nicht ausreichte.

»Es war eine Anwältin, und er hat ihr weder das Mandat entzogen, noch hat sie es niedergelegt. Seine Verteidigerin war Madeleine Chase. Ich weiß«, sagte Richard, als er Debras schockiertes Gesicht sah. »Es hat mir auch einen Schrecken eingejagt.«

Alle Wege führen zu Madeleine. Richard wirkte kein bißchen erschrocken, und Debra ahnte, welche Freude ihm ihr Entsetzen bereitete. »Wäre es nicht günstiger für Avedon, wenn jemand von Blackmeyer seinen Fall übernehmen würde?«

»Genau das habe ich ihn auch gefragt. Er sagte, er habe sich an Madeleine gewandt, weil man ihm den Rat gegeben hat, sich eine weibliche Verteidigerin zu nehmen – das macht sich in einem Vergewaltigungsprozeß immer gut.«

Ein der Vergewaltigung beschuldigter Mann, der bereitwillig von einer Frau verteidigt wurde, macht auf die Geschworenen von vornherein einen weniger schändlichen Eindruck. Soviel zu den Äußerlichkeiten bei Prozessen. »Und es gibt keine anderen Frauen in Blackmeyers Kanzlei?«

»Offenbar keine, die einschlägige Erfahrungen mit Vergewaltigungsfällen hat. Und Avedon hat mir zu verstehen gegeben, daß er nicht versessen darauf ist, sich weiterhin von der Kanzlei vertreten zu lassen, nachdem sie durch den Mord an Madeleine eine traurige Berühmtheit erlangt hat. Lassiter wußte von seiner mißlichen Lage und hat Sie empfohlen.«

»Ich weiß noch nicht so recht.« Debra starrte aus dem Fenster.

»Kenneth Avedon sucht uns auf, um Sie kennenzulernen. Wenn Sie und unsere Kanzlei ihm zusagen, wird er Sie auffordern, seine Verteidigung zu übernehmen.« Richards Ton war schärfer geworden. »Was wissen Sie noch nicht so recht?«

Debra gab ihm keine Antwort. Was sollte sie sagen? Daß sie jede Minute der beiden Vergewaltigungsprozesse verabscheut hatte, bei denen sie so erfolgreich gewesen war? Daß ihre Genugtuung über den Erfolg erheblich getrübt worden war von der nagenden Sorge, sie könnte verantwortlich dafür sein, daß Männer auf freiem Fuß waren, die eigentlich hinter Schloß und Riegel gehörten? Daß sie gehofft hatte, in einer Anwaltskanzlei nie mehr einen Vergewaltigungsprozeß führen zu müssen?

»Ich dachte, Sie würden sich freuen, Debra. Sie haben doch immer gesagt, daß Sie öfter bei Gericht auftreten wollen. Deshalb habe ich Ihnen den Lassiter-Fall übertragen, und deshalb überlasse ich Ihnen Avedon.«

»Sie überlassen mir Avedon, weil ich die einzige Frau in der Kanzlei bin.«

»Ganz genau.« Er nickte. »Wenn wir einen Mandanten hätten, der eines abscheulichen Verbrechens gegen einen Afroamerikaner beschuldigt wird, würden wir wahrscheinlich Charles in die Pflicht nehmen. Und wenn wir ein Unternehmen vertreten müßten, das einem älteren Mitarbeiter widerrechtlich gekündigt hat, würde Jeremy die Verteidigung übernehmen. Das alles hat nichts mit Sexismus, Rassismus oder Diskriminierung alter Menschen zu tun – es ist eine wirksame Strategie, und keine Kanzlei kann es sich leisten, diese Taktik außer acht zu lassen.«

Die meisten Kanzleien versuchten, den passenden Anwalt für ihre Mandanten auszuwählen. Ihr Widerstand war unlogisch. »Weiß Blackmeyer, daß Avedon die Kanzlei wechselt?«

»Ich habe vorhin mit ihm gesprochen. Er ist nicht glücklich darüber, aber was kann er dagegen machen? Er wird Avedon die Akte übergeben – dazu ist er natürlich gesetzlich verpflichtet. Dann haben wir die Polizeiberichte und die Aufzeichnungen der Staatsanwaltschaft.«

»Und was wird aus den Notizen, die sich Madeleine zu dem Fall gemacht hat?« Anders als die offiziellen Unterlagen, lie rechtmäßig dem Mandanten gehören, sind die Notizen des Verteidigers das »Ergebnis seiner Arbeit« und gehören dem Anwalt oder der Kanzlei, bei der er beschäftigt ist.

»Das hat Blackmeyer noch nicht entschieden, und ich wollte ihn nicht drängen. Ich habe das Gefühl, er läßt sich noch ein paar Tage Zeit, dann wird er uns auch die aushändigen. Avedon kommt morgen um halb drei hierher.«

»Ich werde mit ihm sprechen, wenn ich keine andere Verpflichtung habe.« Sie hatte keinen Termin zu dieser Zeit, aber sie ärgerte sich, daß Richard Entscheidungen über ihren Kopf hinweg traf.

»Sie sind frei. Ich habe Ihren Terminkalender konsultiert.«

Was hatte er sonst noch nachgesehen? Sie spürte, wie die Wut in ihr aufstieg. »Hat Avedon Ihnen erzählt, was vorgefallen ist?«

»Nein. Er sagte nur, daß er unschuldig sei.«

»Sind sie das nicht alle?« Sie steckte die Kappe auf ihren Filzstift und stand auf.

Richard stützte die Ellbogen auf den Schreibtisch und beugte sich zu ihr. »Ob er unschuldig ist oder nicht, Debra, Sie sind verpflichtet, ihn so strebsam wie möglich zu verteidigen und dafür zu sorgen, daß seine Rechte gewahrt werden.«

»Ich brauche keine Belehrungen über meine Pflichten, Richard.«

»Ich denke doch.« Er griff nach dem Telefonhörer. »Erfreuen Sie sich an Ihren Rosen, solange Sie können«, sagte er und drehte sich mit seinem Stuhl zur Seite. »Unglücklicherweise haben zarte Dinge nicht lange Bestand.«

Auf dem Weg zurück zu ihrem Büro, und während sie kurz stehenblieb, um sich von Jeremy und Charles beglückwünschen zu lassen, überlegte sie, ob Richard mit dieser letzten Bemerkung auf etwas Spezielles angespielt hatte. Wahrscheinlich nicht. Aaron hielt ihr oft vor, daß sie zu analytisch und überempfindlich sei, was die Wortwahl anderer betraf. »Typisch für eine Juristin, deren Hauptfach im College Englisch war«, sagte er immer.

Glynnis war in Debras Büro und arrangierte die Blumen in einer geschliffenen Kristallvase, die sie auf den Schreibmaschinentisch gestellt hatte. Selbst mit ihren sieben Zentimeter hohen Plateausohlen konnte sie kaum über die Vase schauen. Sie lächelte, als Debra hereinkam, steckte einen grünen Zweig zu den Rosen und trat ein paar Schritte zurück, um ihr Werk zu begutachten. »Na, wie ist das?«

»Perfekt. Sie haben ein magisches Händchen, Glynnis.«

Glynnis strahlte. »Danke, meine Liebe. Ich habe die Rosen in lauwarmes Wasser mit einem Aspirin gesteckt. So halten sie doppelt so lang. Viel Spaß damit.« Sie ging und zog die Tür hinter sich zu.

Sag das Richard, dachte Debra. Sie blätterte die Nachrichten durch, die Glynnis ihr auf den Schreibtisch gelegt hatte und sah, daß sich Susan gemeldet hatte. Debra rief in ihrem Büro an. »Willst du mich heute abend versetzen?« fragte sie, als sie mit Susan verbunden war.

Susan lachte. »Doch nicht, wenn ich eine kostenlose Mahlzeit bekomme. Meine Besprechung fängt ein bißchen später an, und ich komme wahrscheinlich erst um halb acht nach Hause. Können wir um acht zum Essen gehen?«

»Kein Problem.«

»Wieso klingst du so bedrückt? Du solltest nach deinem Erfolg in den Wolken schweben.«

»Das habe ich auch getan. Aber Dressner hat mir gerade einen neuen Mandanten übergeben. Ein Vergewaltigungsfall.« Sie malte ein Rechteck auf ihren Notizblock.

»Scheiße.« Susan seufzte. »Ich habe erst kürzlich einen abgeschlossen, erinnerst du dich? Ich habe Personenverwechslung geltend gemacht und meinen Mandanten freibekommen. Und weißt du was? Wir haben heute die Ergebnisse der DNS-Analyse vom Labor erhalten – der Kerl *war es nicht*! Mir ist ein riesengroßer Stein vom Herzen gefallen, das kannst du mir glauben. Und was ist mit deinem Typen?«

»Er wird beschuldigt, seine Sprechstundenhilfe vergewaltigt zu haben.«

»Behauptung und Gegenbehauptung, wie? Da hast du größere Chancen auf einen Freispruch als bei einem Vergewaltiger, den das Opfer nicht kennt. Wie hört sich seine Geschichte an?«

»Das erfahre ich morgen. Er kommt am Nachmittag her.« Sie machte eine Pause. »Susan, hast du dem Seniorpartner meine Bewerbungsunterlagen gegeben? Ich bin der Verzweiflung nahe.«

»Noch nicht. Mark hat ihm noch nicht gesagt, daß er geht.«

Debra beschlich Angst. »Er hat sich doch nicht anders entschieden, oder?«

»Nein. Mark spricht wahrscheinlich heute noch mit ihm. Hör auf, dir Sorgen zu machen, okay?«

»Okay. Hast du etwas Neues über den Mord an Madeleine gehört?«

»*Nada.* Du?«

»Laut Claires Protokollführer hatte Madeleine eine Affäre mit Blackmeyer, und sie soll ihm gedroht haben, seiner Frau alles zu erzählen, wenn er sie nicht zur Teilhaberin der Kanzlei macht.«

»Das ist keine große Überraschung. Madeleine war sehr ehrgeizig. Und sie *hatte* eine böse Zunge. O Gott!« Susan flüsterte plötzlich. »Ich kann gar nicht glauben, daß ich das gesagt habe. Jedesmal wenn ich daran denke, was Glynnis dir erzählt hat, wird mir schlecht.«

»Mir auch.«

Nachdem sie sich verabschiedet und aufgelegt hatte, schaltete Debra ihren Computer ein und rief die Lassiter-Akte auf, um einen Bericht über ihre Tätigkeiten im Fall Lassiter zusammenzustellen, solange ihr noch alles frisch im Gedächtnis war. Das grellblaue Licht des Bildschirms tat ihr in den Augen weh. Sie faßte nach dem Knopf, um die Helligkeit richtig einzustellen, dann stutzte sie und runzelte die Stirn. Der Bildschirm war in Ordnung gewesen, als sie den Computer am gestrigen Abend das letzte Mal benutzt hatte. Richard hatte sich in ihrem Büro herumgetrieben, um ihr die Rosen zu bringen. Er hatte ihren Terminkalender überprüft. Hatte er auch in ihren Akten herumgeschnüffelt? Sie legte die Hand auf die Seite des Monitors. Er war kalt. Aber sie hatte sich ja auch eine ganze Weile in Richards Büro aufgehalten.

Sie sah in ihren Schubladen nach. Nichts schien anders als sonst zu sein. Sie sagte sich, daß sie langsam unter Wahnvorstellungen litt. Jemand von der Putzkolonne mußte gestern abend beim Abstauben an den Knopf gekommen sein.

Sie stellte die Helligkeit ein und begann zu tippen.

10

Susans schwarzer Ford Explorer stand in ihrer Einfahrt, und auf beiden Straßenseiten parkte Auto an Auto. Debra blieb in zweiter Reihe stehen und hupte. Nach einer Minute hupte sie noch einmal und wartete. Leicht verärgert fuhr sie ein Stück weiter und bog um die Ecke, wo sie einen Parkplatz fand.

Sie ging zurück zu Susans Haus und drückte auf die Klingel. Sie wartete, läutete wieder, dann gab sie ihrer Ungeduld nach und drehte am Türknauf. Sie war nicht überrascht, daß die Tür nicht abgeschlossen war. Susan war wahrscheinlich nach nebenan gegangen, um sich irgend etwas auszuborgen. Sie borgte sich immer etwas von den Nachbarn aus, hatte sie Debra erzählt – Mehl, Eier, Papiertaschentücher, Geschirrspülmittel. »Meine Nachbarn sprechen sich jetzt schon immer mit mir ab, bevor sie zum Einkaufen gehen«, hatte sie gesagt und reumütig gelacht. Debra war unschlüssig, aber dann trat sie doch in die sechseckige Diele und schob die Haustür zu.

»Susan?« Sie fühlte sich wie ein Eindringling und horchte, ob sie irgendwelche Geräusche ausmachen konnte – die Toilettenspülung, das Summen eines Föns, das Klappern von Susans Absätzen auf den Holzdielen im hinteren Flur zwischen Schlaf- und Wohnzimmer.

»Komm schon, Susan!« rief sie und hob die Stimme, um die atemlose Stille zu füllen und ihr plötzliches Unbehagen zu vertreiben. »Wir kommen noch zu spät.«

Ein schauerliches Jaulen zerriß das Schweigen.

Ein kleiner Terrier huschte aus dem Wohnzimmer und sprang Debra an. Sie riß die Arme vors Gesicht, um sich zu schützen. Der Hund landete auf dem Boden und flitzte zurück ins Wohnzimmer.

»Susan?« flüsterte sie und ließ die Arme sinken. Sie war wie betäubt vor Angst, und ihre Beine fühlten sich an, als seien sie an dem gefliesten Boden festgenagelt.

Sie zwang sich, das Wohnzimmer zu betreten. Der Hund stand zitternd in der entfernten Ecke, winselte, schlug mit dem Schwanz hin und her, und seine schwarzen Augen starrten auf die gekrümmte Gestalt, die in der Mitte des Raums lag, den Susan vor kurzem neu eingerichtet hatte – alles in Weiß. »Es ist ungeheuer unpraktisch, man sieht alles, aber, verdammt, ich liebe es!« Und jetzt sah man überall Blut.

Viel Blut.

Galle stieg in Debras Kehle auf. Sie würgte. Sie schlug die Hände vor den Mund und bewegte sich mit zitternden Beinen ein wenig näher zu dem reglosen Körper. Vielleicht ist es nicht Susan, sagte sie sich. Sie wimmerte leise, als sie die dünne, zarte Gestalt und das hellblonde Haar erkannte.

Ein kleines, scharf umrissenes Loch mit versengtem, geschwärztem Rand verunstaltete den Rücken von Susans elfenbeinfarbener Seidenbluse; Blut sickerte aus diesem Loch und bildete ein Netz von hauchdünnen Rinnsalen auf dem Stoff. Debra bückte sich und hob Susans Hand hoch. Sie war warm. Debra tastete nach dem Puls, obwohl sie wußte, daß sie keinen finden würde.

Sie legte die Hand mit einer Behutsamkeit, die vollkommen sinnlos war, wieder auf den Boden. Sie wollte Susans Augen nicht sehen – diese grünen Augen, die immer so lebhaft und fröhlich gewesen waren und jetzt tot und blicklos sein würden. Als sie sich aufrichtete, warf sie dennoch einen kurzen Blick auf Susans Gesicht. Erst jetzt bemerkte sie die große Blutlache neben Susans Mund und sah, daß etwas in dieser Pfütze lag, etwas …

Susans Zunge.

Debra stöhnte. Sie beugte sich vor, preßte die Hände gegen den Magen und übergab sich. Sie begann heftig zu zittern und stolperte ein paar Schritte zurück, ehe sie vor dem weißen Marmorkamin auf den Boden sank und das Gesicht im neu riechenden Nylonflor des Teppichs vergrub.

Sie hörte das immer lauter werdende Heulen der Sirenen.

Die Polizei. Gott sei Dank! dachte sie und fragte sich, wer sie so schnell alarmiert haben könnte. Sie versuchte aufzustehen, ihre Arme und Beine waren wie Gummi. Sie tastete nach dem Kaminbock, um Halt zu finden, dann zog sie sich auf die Knie und schließlich auf die Füße.

»Polizei!« brüllte eine männliche Stimme. Die Tür flog auf. »Keine Bewegung!«

»Sie ist tot«, hauchte Debra kaum hörbar. Ihr Atem kam stoßweise; ihre Kehle war rauh vom Würgen.

»Lassen Sie die Waffe fallen«, befahl eine Frau.

Was für eine Waffe? Debra schaute auf ihre Hände und sah, daß sie immer noch den Kaminbock festhielt. Mein Gott! dachte sie. Sie...

»Lassen Sie sie fallen, oder ich schieße!«

Sie ließ den Kaminbock mit einem Bums auf den Teppich fallen.

»Heben Sie langsam die Hände und legen Sie sie auf den Hinterkopf.«

Ihre Arme waren bleischwer, ihre Hände zitterten. Sie folgte den Anweisungen.

»Ich überprüfe die anderen Zimmer«, sagte der männliche Polizist.

Debra hörte, wie er hinter ihr den Raum verließ. Sie drehte den Kopf ein kleines Stück in Richtung der Polizistin. Das kalte Metall des Revolverlaufs, das sich an ihre Schläfe drückte, hielt die Bewegung auf. Die Polizistin war so leise auf sie zugekommen, daß Debra sie nicht gehört hatte.

»Sehen Sie nach vorn«, ordnete die Frau an und zog die Waffe zurück.

Kräftige, grobe Hände schoben sich unter Debras Jacke, stießen unter ihre Arme und klopften sie ab. Dieselben Hände glitten unter ihren von Erbrochenem verschmierten Kaschmirpullover, zwischen ihre Beine unter ihrem neuen Wildlederrock, in ihre neuen Wildlederstiefel. Sie klopften, stießen, suchten. Debra biß sich auf die Lippe.

»Drehen Sie sich langsam um. Behalten Sie die Hände auf dem Kopf.«

Sie gehorchte und stand der uniformierten Polizistin gegenüber, einer streng aussehenden, blonden Frau, die kaum größer war als sie selbst.

Ein dünner Afroamerikaner mittlerer Größe kam auf sie zu. »Keine Spur von einer dritten Person«, sagte er. »Die Hintertür stand offen.«

Er zielte mit dem Revolver auf Debras Brust, während seine Kollegin sie vorn durchsuchte – unter dem Pullover, dem Bund des Rocks und des Schlüpfers – und angewidert über den Gestank des Erbrochenen die Nase rümpfte. Debra war außer sich und verängstigt, und sie fühlte sich gedemütigt. Sie sagte sich, daß es die Pflicht der Polizei sei, mißtrauisch zu sein; sie schloß die Augen und bildete sich ein, daß das alles gar nicht ihr passierte, genau wie sie sich oft vorgetäuscht hatte, wenn der Schmerz unerträglich geworden war, daß ihre Mutter nicht wirklich im Sterben lag.

»Setzen Sie sich auf die Couch«, kommandierte die Polizistin und deutete auf das Sofa auf der anderen Seite.

Debra bewegte sich wie ein Roboter auf das weiße Brokatsofa zu und setzte sich. »Sie war tot, als ich…«

»Ziehen Sie den rechten Stiefel aus.«

Debra streifte den Stiefel ab und registrierte unwillkürlich, daß er blutverschmiert war. Sie übergab ihn der Polizistin und warf einen raschen Blick auf den Kollegen. Er hatte Plastikhüllen über seine Schuhe gezogen und ging, um nicht in das Blut zu treten, vorsichtig auf Susans Leichnam zu und hob ihre Hand hoch.

Die Frau untersuchte den Stiefel und stellte ihn beiseite. Debra zog den anderen Stiefel aus. Die Frau überprüfte auch den und gab dann beide an Debra zurück. »Sie ist sauber«, rief sie ihrem Kollegen zu.

Er ging um die Leiche herum, während Debra ihre Stiefel anzog. Bald würde er sich über Susan beugen. Debra hätte ihn warnen können, aber sie würden ihr nicht erlauben, etwas zu sagen oder zu erklären. Sollte er doch selbst sehen. Debra wandte ihre Aufmerksamkeit der Frau zu, die sie irgend etwas gefragt hatte.

»Tut mir leid«, sagte Debra, »ich habe Sie nicht verstanden.«

»Wie ist Ihr Name?«

»Deb ...«

»Menschenskind!« schrie der Polizist. »Ah, Scheiße! Das ist makaber.«

Debra empfand ein schwaches Gefühl des Triumphs, das aber rasch von Übelkeit verdrängt wurde. Sie schluckte schwer, Tränen schossen ihr in die Augen.

»Was?« fragte die Frau und drehte sich zu ihrem Kollegen um.

Er gab keine Antwort. Die Polizistin holte Plastikhüllen für ihre Schuhe aus ihrer Tasche hervor, streifte sie über und ging zu ihrem Kollegen. Ihr Gesicht wurde schneeweiß. Sie murmelte etwas, dann wirbelte sie herum und starrte Debra an. Selbst auf die Entfernung spürte Debra ihr Grauen.

Debra konnte nicht eine Minute länger zulassen, daß sie glaubten, sie habe das getan. »Officer ...«, begann sie.

»Ich gebe eine Funkmeldung durch und rufe den Polizeiarzt, weitere Polizisten und die Spurensicherung her«, sagte der Mann und verließ ohne einen Blick auf Debra das Zimmer.

»Wir warten, bis mein Kollege zurückkommt«, sagte die Polizistin. Ihre Stimme war kalt, genauso wie der Blick aus ihren braunen Augen.

Debra wartete. Einige Minuten verstrichen, bis der Polizist wieder auftauchte. Während der ganzen Zeit hatte Debra unverwandt auf die abstrakte grau-blaue Lithographie über dem Kamin gestarrt.

»Sie sind auf dem Weg«, berichtete der Mann und wandte sich an Debra. »Ich bin Officer Hemming, das ist meine Kollegin Officer Jenkin. Wir würden Ihnen gern ein paar Fragen stellen.« Als sie nickte, fuhr er fort: »Wie heißen Sie?«

»Debra Laslow.«

»Haben Sie einen Ausweis dabei, Miss Laslow?«

»In meiner Handtasche.« Wo *war* ihre Handtasche? Sie sah sich um, konnte sie aber nirgends entdecken. Sie erinnerte sich nicht, wo sie sie verloren haben könnte. »Meine Handtasche ist weg«, sagte sie und sah, wie die Officers bedeutsame Blicke wechselten. »Hören Sie, ich weiß, daß das merkwürdig aussieht, aber sobald ich die Tasche finde, kann ich Ihnen meinen Führerschein und meine Geschäftskarte zeigen. Ich bin Anwältin.«

»Kennen Sie den Namen der toten Frau?« fragte Hemming.

Debra war so sehr damit beschäftigt gewesen, den Polizisten ihre Identität zu beweisen, daß sie für einen Moment ganz vergessen hatte, daß Susan tot und verstümmelt, nicht mehr als drei Meter entfernt lag. »Ihr Name ist Susan Clemens«, sagte sie leise. »Sie ist auch Rechtsanwältin. Sie ist... war meine Freundin.« Sie preßte die Hand auf den Mund, um das Beben ihrer Lippen zu unterdrücken.

»War sie verheiratet?«

Debra schüttelte den Kopf. »Ihre Eltern leben in Houston. Ihr Vater heißt William Clemens.« Jemand würde ihnen sagen müssen, daß ihr einziges Kind ermordet worden war.

»Gehört der Ford Explorer in der Einfahrt Ihnen oder ihr?« fragte Hemming.

»Susan. Mein Auto steht um die Ecke am anderen Ende des Blocks.«

»Direkt vor dem Haus gibt es einige freie Parkplätze. Warum haben Sie Ihren Wagen so weit weg abgestellt?«

»Als ich hier ankam, war die ganze Straße zugeparkt.« Was bezweckten sie mit diesen dummen Fragen?

»Also, was ist hier passiert, Miss Laslow?« erkundigte sich die Jenkin. »Sie hatten mit Ihrer Freundin ein Handgemenge, das ziemlich häßlich ausging, stimmt's?«

»Es gab kein Handgemenge!« Debra starrte in die unbeteiligten Gesichter der beiden – die Anschuldigung machte sie wütend und widerte sie an, aber dann sagte sie sich, daß die Polizisten sie nicht kannten. Gelassenheit würde ihr mehr helfen als Empörung. »Susan war bereits tot, als ich herkam. Ich habe vorhin schon versucht, Ihnen das zu erklären.«

»Woher haben Sie die Kratzer im Gesicht und auf den Händen?« wollte Hemming wissen.

Debra runzelte die Stirn. »Was für Kratzer?« Sie berührte ihre Wange und fühlte die Kratzspuren. Sie schaute auf ihre Hände und war erstaunt, als sie die dünnen roten Linien sah.

»Hat sie Sie zuerst angegriffen?« fragte Jenkin. »War es so?«

»Ich hab' doch gesagt, daß sie schon tot war, als ich in dieses Haus kam.« Die Officers hatten sich nicht von der Stelle gerührt, aber Debra kam es so vor, als ob sie sich ihr bedrohlich nähern würden. In der Vergangenheit hatte sie Mitgefühl mit Mandanten empfunden, die von der Polizei eingeschüchtert worden waren; zum ersten Mal in ihrem Leben verspürte sie dieselbe Furcht.

»Woher wußten Sie, daß sie tot war?« fragte Hemming.

»Ich habe ihren Puls gesucht und nichts gefühlt.«

»Wie sind Sie ins Haus gekommen?« fragte Jenkin.

»Die Tür war offen. Wir wollten zusammen zum Essen gehen. Sie hat mich erwartet.« Debra zögerte einen Moment. »Als ich in der Diele stand, spürte ich, daß etwas nicht stimmte.«

»Was stimmte nicht?« fragte Hemming in schärferem Ton.

»Ich weiß es nicht. Es war nur ein Gefühl.«

»Haben Sie jemanden in der Nähe des Hauses gesehen, als Sie ankamen?«

»Nein.«

»Haben Sie Geräusche gehört, die darauf hindeuteten, daß sich außer dem Opfer noch jemand im Haus befand?«

»Nein.«

»Wieso hatten Sie dann den Kaminbock in der Hand?« fragte Jenkin.

»Ich habe mich darauf gestützt. Ich mußte mich übergeben,

nachdem ich Susans…« Sie konnte den Satz nicht beenden. »Ich bin zusammengebrochen. Wegen … wegen … der Zunge«, begann sie noch einmal. Sie wollte ihnen erzählen, daß man Madeleine ebenfalls die Zunge herausgeschnitten hatte und daß die Morde wahrscheinlich in Zusammenhang standen.

»Warum hat sie Sie gekratzt?«

Ein pulsierender Schmerz entstand in Debras Kopf. »Sie hat mich nicht gekratzt. Ich verstehe nicht … Der Hund! Susan hat mir erzählt, daß sie immer einen streunenden Terrier füttert. Er hat mich angesprungen und gekratzt. Und da habe ich auch gemerkt, daß etwas nicht stimmt.«

»Vorhin haben Sie nicht erwähnt, daß ein Hund Sie angesprungen hat. Vor einem Moment noch behaupteten Sie, Sie wüßten nicht genau, wieso Sie ein ungutes Gefühl hatten.«

»Ich bin ganz durcheinander. Es fällt mir schwer, einen klaren Gedanken zu fassen. Ich habe nicht mehr an den Hund gedacht.«

»Aber jetzt erinnern Sie sich an ihn.« Jenkins Stimme und ihr Blick drückten Skepsis aus.

»Das ist korrekt«, erwiderte Debra ruhig, weil sie wußte, daß sie ihrem Ärger nicht freien Lauf lassen durfte.

»Und wo ist dieser Hund jetzt?« fragte Jenkin und sah sich im Zimmer um.

Debra sah sich auch um. Wo *war* der Hund? »Er war total verängstigt. Er muß sich irgendwo im hinteren Teil des Hauses verstecken.«

»Ich schau' nach«, sagte Hemming und verließ das Zimmer.

»Um wieviel Uhr kamen Sie hier an?« fragte Jenkin.

»Fünf Minuten vor acht. Ich hatte mit Susan ausgemacht, sie um diese Zeit abzuholen.« Sie konnte sich nur vorstellen, wie sie aussah – ihr Gesicht war zerkratzt, wahrscheinlich blutig und verschmiert von Tränen und Nasenflüssigkeit; ihre Kleidung war mit Blut befleckt; auf ihrem Pullover klebte Erbrochenes. Kein Wunder, daß die Polizisten sie für verdächtig hielten. »Könnte ich bitte ein Papiertaschentuch haben?«

»Gleich«, entgegnete Jenkin, und ihr Tonfall machte deutlich, daß »gleich« hieß, wann immer sie Lust dazu hatte, und daß ihr Debras Bedürfnisse ziemlich gleichgültig waren. »Wohin wollten Sie gehen?«

Debra nannte ihr den Namen des Restaurants. »Wir hatten einen Tisch reserviert.«

Hemming kam zurück. »Kein Hund. Keine Hundefutter und keine Schüssel.« Er musterte Debra interessiert. »Keine Handtasche.«

»Ich habe Ihnen doch gesagt – er ist ein Streuner. Er hat mich gekratzt.«

»War das nicht eher Susan?« hakte Jenkin nach.

»Der Hund hat mich gekratzt«, wiederholte Debra – sie weigerte sich, wütend zu werden, weil das genau das war, was dieses Miststück erreichen wollte. Sie wollte Debra aufbringen, sie verwirren.

»Der Hund hat Sie gekratzt, weil Sie Susan angegriffen haben?« fragte die Frau weiter. »War es nicht so?«

Wenn die Situation nicht so furchteinflößend gewesen wäre, hätte sie fast gelacht. »Der Hund hat mich gekratzt, weil er vollkommen verängstigt war«, erklärte Debra übertrieben geduldig. »Wahrscheinlich ist er weggelaufen, als er Ihre Sirene hörte.« Sie wußte nicht, warum sie überhaupt etwas sagte. Sie hörten ihr gar nicht zu. Sie glaubten ihr nicht.

»Wo ist Ihre Handtasche?« wollte die Frau wissen.

Debra schloß kurz die Augen und holte tief Luft. »Ich brauche Ihre Fragen nicht zu beantworten. Ich kenne meine Rechte«, sagte sie forsch, indem sie endlich ihren Zorn zuließ. Wut war eindeutig besser als Angst, und Wut hielt sie davon ab, um Susan zu weinen.

»Ach ja. Sie sind Anwältin.« Die Augen der Jenkin blitzten verächtlich und amüsiert auf. »Dann wissen Sie sicher, daß wir Sie zur Vernehmung aufs Revier bringen können.«

»Das dürfen Sie nicht, es sei denn, Sie nehmen mich fest. Und in diesem Fall werde ich darauf bestehen, mit meinem Anwalt Kontakt aufnehmen zu können. Und ich würde Ihre Fragen trotzdem nicht beantworten.« Debra hatte keinen Anwalt. Sie überdachte rasch ihre Möglichkeiten und beschloß, Charles anzurufen.

»Im Moment stehen Sie nicht unter Arrest«, sagte Hemming. »Wenn Sie nichts zu verbergen haben, kann es doch nichts schaden, uns behilflich zu sein und unsere Fragen zu beantworten, meinen Sie nicht auch?«

Debra wandte den Kopf ab und starrte wortlos zum Kamin.

»Warum hat man ihr die Zunge herausgeschnitten?« fragte Jenkin.

11

Sie nahmen sie fest, legten ihr Handschellen an und ließen sie in dem schwarzweißen Streifenwagen warten, bis der Kombi des Polizeiarztes, ein Team der Spurensicherung und zwei weitere uniformierte Polizisten ankamen.

Sie saß auf dem Rücksitz und versuchte, die grausamen Bilder, die immer und immer wieder in ihrem Geist aufblitzten, zu verjagen. Alle Augenblicke kamen ihr die Tränen. Sie hatte das versprochene Taschentuch nie bekommen; sie wischte sich Augen und Nase mit dem Handrücken ab und überlegte, was mit ihrer Handtasche passiert sein könnte.

Schließlich wurde sie zum Wilshire-Revier auf dem Venice Boulevard östlich von La Brea gefahren. Debra war schon oft zu den offiziellen Besuchszeiten hier gewesen, um mit ihren Mandanten zu sprechen. Obwohl sie gern jemanden gehabt hätte, der ihre Identität bestätigte, war sie erleichtert, daß sie niemanden von der Abendschicht kannte.

Sie fragte, ob sie die Toilette benutzen dürfe. Eine uniformierte Beamtin begleitete sie; sie nahm Debra die Handschellen ab, damit sie auf die Toilette gehen und ihr verwüstetes Gesicht waschen konnte, dann legte sie ihr die Eisenarmbänder wieder an.

Debra machte deutlich, daß sie mit ihrem Anwalt telefonieren wolle. Die Antwort lautete: »Gleich.« Sie erklärte, daß sie berechtigt sei, drei Anrufe innerhalb von drei Stunden zu tätigen. Sie gaben ihr einen Vierteldollar für das Münztelefon. Charles' Privatnummer hatte sie in ihrer Handtasche, aber sie glaubte, sie auswendig zu kennen. Sie tippte die Nummer ein, verwechselte jedoch zwei Ziffern und erwischte einen Asiaten, der kaum Englisch sprach und sofort wieder einhängte.

Sie bat um einen weiteren Vierteldollar, aber bei Charles war besetzt. Man sagte ihr, daß sie es später noch einmal versuchen könne, und steckte sie in eine Haftzelle. Debra dankte Gott, daß sie allein in der Zelle war. Sie setzte sich auf die Pritsche und rührte sich über eine Stunde nicht vom Fleck; dann führte man sie in ein Vernehmungszimmer, in dem sie wieder eine halbe Stunde warten mußte, bis die Tür aufging und ein Detective hereinkam.

Er war Anfang Vierzig, schätzte sie, etwa einszweiundsiebzig groß und dünn, hatte gelocktes, schwarzes Haar, braune Augen unter buschigen Augenbrauen, eine kurze, kantige Nase und schmale, spröde Lippen. Er trug ein beigefarbenes Sportjackett, eine braune Hose, die tief auf seinen Hüften hing und ein weißes Hemd ohne Krawatte. Er hatte ihre braune Ledertasche in der Hand.

»Detective Marty Simms«, stellte er sich vor, nahm ihr gegenüber Platz und legte die Tasche in die Mitte des kleinen Holztisches. »Ich habe gehört, daß Sie versucht haben, Ihren Anwalt zu erreichen, aber seine Leitung war besetzt. Möchten Sie es jetzt noch einmal versuchen?«

»Ja. Wo haben Ihre Leute meine Handtasche gefunden?«

»Was glauben Sie?«

Sie seufzte. »Es ist elf Uhr, Detective, ich bin hundemüde und nicht in der Stimmung für Ratespiele. Ich möchte nach Hause.«

»Sie sind Rechtsanwältin, wie ich sehe.« Er hielt ihre Geschäftskarte in die Höhe. »Knox und Cantrell, Strafverteidiger. Ziemlich angesehene Kanzlei, wie?«

»Ich habe den Beamten, die mich verhaftet haben, gesagt, daß ich Anwältin bin. Sie haben mich wie eine Kriminelle behandelt. Übrigens – wieso war die Polizei so schnell da?«

»Eine Nachbarin hat ein Geräusch gehört, das wie ein Schuß klang. Erst dachte sie, daß es eine Fehlzündung von einem Lastwagen gewesen sein könnte, trotzdem ging sie zum Nebenhaus. Die Lichter brannten, aber niemand reagierte auf ihr Klingeln. Beide Autos standen in der Einfahrt. Das kam ihr komisch vor, und deshalb alarmierte sie die Polizei.«

Debra nickte.

»Betrachten Sie die Sache vom Standpunkt der Polizisten aus, Miss Laslow. Sie waren in dem Haus, zusammen mit einer Frau, die gerade brutal ermordet worden ist. Sie hielten eine Waffe in der Hand. Sie hatten überall Kratzer. Sie hatten keinen Ausweis bei sich.«

»Die ›Waffe‹ war ein Kaminbock. Ich habe mich übergeben und bin zusammengebrochen, nachdem ich meine ermordete Freundin gefunden hatte. Ich habe mich an dem Kaminbock festgehalten, um wieder auf die Füße zu kommen. Das habe ich den Officers erklärt.«

»So etwas wurde schon als Mordwaffe benutzt.« Er klopfte mit seinem Kugelschreiber auf den Tisch. »Wir haben Ihre Handtasche in einer Hecke auf dem Nachbargrundstück gefunden. Haben Sie eine Ahnung, wie sie dahin gekommen ist?« Er beobachtete sie aufmerksam.

»Ich würde jetzt gern mit meinem Anwalt telefonieren.«

»Okay.« Er schob seinen Stuhl zurück. »Gehen wir.«

Charles' Leitung war immer noch besetzt. Debra hätte beinahe losgeheult.

»Sie können es später wieder probieren«, sagte Simms. »Ich bitte jemanden, Sie in die Haftzelle zurückzubringen.«

Sie wollte nicht wieder in die Haftzelle. Sie wollte nach

Hause, die dreckigen Klamotten ausziehen, duschen und schlafen. Und am Morgen wollte sie aufwachen und feststellen, daß dies alles ein Alptraum gewesen war und daß Susan noch lebte. »Wenn ich Ihre Fragen beantworte und Sie zufrieden sind, lassen Sie mich dann nach Hause gehen?« fragte sie, obwohl sie wußte, daß sie im Begriff war, etwas zu tun, was sie ihren Mandanten niemals erlauben würde.

Er führte sie zurück in das Vernehmungszimmer und ließ sie eine Bestätigung unterschreiben, daß sie freiwillig und in Kenntnis ihrer Rechte auf den Beistand eines Anwalts verzichtete und eine Aussage machen wollte.

»Was glauben Sie, wie Ihre Handtasche in die Hecke des Nachbarhauses gelangt ist?« fragte er, nachdem er einen Kassettenrecorder eingeschaltet hatte.

»Susans Terrier.« In der Haftzelle hatte sie genügend Zeit gehabt, über alles genau nachzudenken.

Simms lächelte. »Ein Hund hat Ihnen Ihre Handtasche weggenommen? Ist er einkaufen gegangen?«

»Der Hund hat mich angesprungen, als ich das Haus betrat. Ich folgte ihm ins Wohnzimmer. Dort sah ich Susan.« Sie blinzelte, um die Tränen zurückzudrängen, und räusperte sich. »Der Hund muß sich meine Tasche geschnappt haben, bevor er weglief. Ich hätte überhaupt nichts bemerkt – nicht zu diesem Zeitpunkt.«

»Wir haben keinen Hund gefunden.« Er zupfte an seiner Unterlippe.

»Er ist wahrscheinlich zu verängstigt, um zurückzukommen. Er ist ein Streuner.«

»Das Opfer hat Hautgewebe unter den Fingernägeln. Sie haben den Officers erzählt, der Hund habe Sie gekratzt. Aber da ist kein Hund.«

Sie kam zu dem Schluß, daß sie Simms nicht mochte. »Der Hund war da. Ihre Leute haben mich durchsucht. Sie haben weder eine Pistole noch ein Messer gefunden. Detective, sind Sie sich bewußt, daß...«

»Es gibt eine Möglichkeit – rein hypothetisch.« Er beugte sich vor. »Sie ringen mit dem Opfer. Susan Clemens kratzt Sie. Sie schießen und schneiden ihr die Zunge heraus, um die Tat wie die eines Psychopathen aussehen zu lassen.«

»Aber ich habe nicht...«

Er hielt eine Hand hoch. »Sie verlassen das Haus, dann fällt Ihnen etwas ein, worum Sie sich hätten kümmern sollen. Sie werfen die Pistole und das Messer weg, fahren ein Stück die Straße hinunter und parken außer Sichtweite. Sie sind wieder im Haus, als Sie Polizeisirenen hören. Sie wollen nicht, daß Ihre Handtasche untersucht wird – es könnte Blut darin gefunden werden. Sie laufen in den Garten hinter dem Haus, stecken die Tasche in die Hecke des Nachbargrundstücks und rennen zurück. Ende der Story.«

»Sie war schon tot, als ich ins Haus kam.«

»Trotzdem keine schlechte Story, oder?« Er grinste.

»Wenn Sie erfundene Geschichten mögen.« Sie räusperte sich wieder. »Detective, letzte Woche wurde eine andere Rechtsanwältin, Madeleine Chase, umgebracht. Ich bin erstaunt, daß Sie das nicht wissen.«

»Ich habe eine tolle Nachricht für Sie, Miss Laslow. In dieser Stadt werden jeden Tag Menschen umgebracht. Einige von den Ermordeten sind Anwälte.« Er zuckte mit den Schultern. »Es gibt achtzehn Police-Departments, und wir verbringen unsere Arbeitszeit nicht damit, am Telefon zu hocken und zu quatschen.«

Debra schluckte, dann sagte sie: »Madeleine Chase wurde auch die Zunge herausgeschnitten, genau wie... genau wie bei Susan.«

Simms funkelte sie finster an. »Warum zum Teufel haben Sie mir das nicht gleich gesagt?«

»Ich hab's versucht. Sie haben mich ja ständig unterbrochen. Ich habe auch versucht, den Polizisten, die mich festgenommen haben, davon zu erzählen.«

Simms klopfte wieder mit dem Kugelschreiber auf die Tischplatte und musterte Debra eingehend. »Vielleicht gibt es da eine Verbindung. Vielleicht auch nicht. Hat Miss Clemens erwähnt, daß sie mit einem ihrer Mandanten Schwierigkeiten hatte?«

»Nein, ich kann mich an nichts Außergewöhnliches erinnern.« Sie war froh, daß die Befragung eine weniger persönliche Note angenommen hatte, aber dennoch war sie auf der Hut – möglicherweise wollte Simms sie nur in Sicherheit wiegen.

»Hat sie sich regelmäßig mit jemandem getroffen? Hat sie kürzlich eine Beziehung abgebrochen?«

Debra schüttelte den Kopf.

»Hatte sie persönliche Feinde?«

»Alle mochten sie.« Anders als Madeleine, die keiner hatte ausstehen können. Und sie waren beide tot. *Laßt uns erst alle Rechtsgelehrten töten*, hatte Shakespeare gesagt. Debra lief ein Schauer über den Rücken.

»Ist Ihnen kalt?«

»Ich bin nur müde. Kann ich jetzt nach Hause gehen?«

»Noch ein paar Fragen. Sie haben den Polizisten gesagt, Sie haben das Gefühl gehabt, daß etwas nicht stimmte, als Sie das Haus betraten. Wie kamen Sie darauf?«

»Das habe ich Ihnen doch schon erklärt – der Terrier hat mich angesprungen. Und Susan antwortete nicht, als ich nach ihr rief.« Und in der letzten Woche wurde eine andere Rechtsanwältin umgebracht, dachte sie und überlegte, Simms zu erzählen, daß sie in der Mordnacht zu Madeleines Wohnung gefahren war, besann sich aber eines Besseren. Das würde nur noch mehr Fragen aufwerfen und den Argwohn verstärken, den er mit einem freundlichen Lächeln zu kaschieren versuchte.

»Okay. Das wäre vorerst alles, Miss Laslow. Ich weiß ja, wo ich Sie erreichen kann, falls ich weitere Fragen habe. Verlassen Sie die Stadt nicht, ohne mich vorher in Kenntnis gesetzt zu haben.« Er lächelte wieder. »Eines noch. Erzählen Sie niemandem, was Sie heute abend gesehen haben – kein Wort über die herausgeschnittene Zunge!«

Erneut stieg Übelkeit in ihr auf. »Selbstverständlich nicht.« Sie hatte nicht die Absicht, mit jemandem über ihre grausige Entdeckung zu reden.

»Ich werde veranlassen, daß Sie jemand zu Ihrem Auto fährt, nachdem man Ihnen die Fingerabdrücke abgenommen hat.«

Sie runzelte die Stirn. »Bin ich immer noch eine Verdächtige?«

»Sie haben das Opfer, den Kaminbock und möglicherweise auch andere Dinge berührt. Wir brauchen Ihre Fingerabdrücke, damit wir sie ausschließen können.« Simms stand auf.

»Gut.« Sie war nicht sicher, ob er die Wahrheit sagte. Sie beugte sich über den Tisch und griff nach ihrer Handtasche.

»Die brauchen wir noch ein paar Tage, Miss Laslow.«

»Auch um etwas ausschließen zu können?« Sie sah sein Grinsen und wußte, daß sie sie auf Blutspuren untersuchen würden. Na und? »Was ist mit meinen Sachen? Meine Auto- und Hausschlüssel, mein Scheckbuch – alles.«

»Die können Sie mitnehmen. Danke für Ihre Hilfe.«

Debra erhob sich. »Ich nehme an, daß Sie mit der Presse sprechen werden. Es wäre mir lieb, wenn Sie meinen Namen nicht erwähnen würden.«

»Ich werde mein Bestes tun.«

Jeff Silver hatte angerufen. Wer war Jeff Silver? überlegte Debra, als sie zu Hause ankam und den Anrufbeantworter abhörte. Dann erinnerte sie sich: der Mann aus dem Restaurant, derjenige, den sie bei dem Seminar kennengelernt hatte. Ihr Vater hatte angerufen, um sie zu ihrem Erfolg bei Gericht zu beglückwünschen. So wie Aaron. Tante Edith hatte sich auch gemeldet: Debra solle doch bitte heute abend noch zurückrufen – es sei sehr, sehr wichtig. »Sehr, sehr wichtig« bedeutete, sie hatte jemanden, mit dem sie Debra verkuppeln wollte.

Zu jeder anderen Zeit hätte Debra darüber geschmunzelt, aber heute war sie dankbar, daß es zu spät für einen Rückruf war. Allein der Gedanke, heute noch mit jemandem sprechen zu müssen, brachte sie in einen völlig erschöpften Zustand. Es befanden sich noch mehr Nachrichten auf dem Band, aber die hob sie sich für morgen auf.

Sie zog sich rasch aus und stopfte die blutbefleckte Kleidung in den Abfalleimer – sie würden sie bis in alle Ewigkeiten an Susans grausamen Tod erinnern. Unter der Dusche wusch sie sich die Haare, seifte sich gründlich ein und schrubbte all die Stellen, die Officer Jenkin berührt hatte. Die Kratzwunden auf ihrer Wange, die inzwischen zu brennen begonnen hatten, ließ sie vorerst in Ruhe. Nachdem sie sich abgetrocknet hatte, reinigte sie die Wunden mit Wasserstoffperoxid und trug eine antibiotische Salbe auf.

Sie schaute in den Spiegel, während sie ihr Haar fönte, und sah einen blinden Fleck auf ihrer Wange. Eine aufkommende Migräne? Sie schaltete den Fön aus und betrachtete ihre Hände; da waren blinde Flecke auf zwei Fingern. Sie nahm zwei extrastarke Schmerztabletten aus dem Medizinschränkchen und schluckte sie mit Wasser. Die Tabletten würden zwar die Sehstörung, die immer ihrer Migräne vorherging, nicht lindern, aber wenn sie sie früh genug schluckte, waren die nachfolgenden Schmerzen nicht ganz so schlimm.

Sie schlüpfte in ein Nachthemd, kroch ins Bett und legte die Hände auf die Zudecke. Je weniger sie sich bewegte, desto besser. Manchmal hielt sie die Augen offen; manchmal, wie heute nacht, machte sie sie zu und beobachtete mit distanzierter Faszination die grellen, pulsierenden Lichtbögen, die immer länger und breiter wurden, bis sie die Leinwand ihres Privatkinos vor ihrem rechten Auge ganz ausfüllten.

Die linke Hälfte ihres Gesichts, der linke Mundwinkel und der linke Arm prickelten, als würde man Nadeln in ihre Haut stechen. Das war normal, genau wie die gelegentlichen Sprachstörungen – wenn das passierte, fielen ihr die Worte zwar ein, aber sie konnte sie nicht aussprechen. Sie war im ersten Semester an der Barnard gewesen und hatte ein Ferngespräch mit ihren Eltern geführt, als die Sprachstörungen zum ersten Mal aufgetreten waren. Irgendwie hatte sie es fertiggebracht, das Telefonat zu beenden, ohne sich ihre Besorgnis über ihren Zustand anmerken zu lassen. Am nächsten Tag hatte sie ein Neurologe vom Columbia Presbyterian untersucht und ihr versichert, daß sie eine klassische Migräne habe und keinen Gehirntumor, wie sie befürchtet hatte.

Jetzt, da sonst niemand da war, testete sie sich selbst. Sie dachte an das Wort »Haus« und sprach es laut aus. »Haus«, wiederholte sie, und der gewohnte Laut beruhigte sie. Sie dachte an Susans Haus und an das Wort »Leiche« und zuckte zusammen.

Der Bogen blitzenden Lichts verblaßte, und sie spürte einen dumpfen Schmerz über ihrem rechten Auge, als das Telefon klingelte. Die Migräne hatte ihr Hörvermögen verstärkt, und jedes Klingeln wirkte wie ein Angriff, aber sie rührte sich nicht, um den Hörer abzunehmen. Nach dem vierten Klingeln sprang der Anrufbeantworter in der Küche an. Sie hörte sogar noch im Schlafzimmer die Stimme ihres Bruders – die Laute hallten in ihrem Schädel wider.

»... erzählen, daß Jeff Silver, laut Rabbi, ein netter Junge ist.«

Sie wünschte, sie müßte die Nacht nicht allein verbringen und hätte jemanden, mit dem sie ihre Ängste teilen könnte – jemanden, mit dem sie nicht ganz von vorn anfangen müßte. Nicht Barry – sie bedauerte nichts, abgesehen von der Tatsache, daß sie ihn verletzt und seine Familie in Verlegenheit gebracht hatte, als sie die Verlobung gelöst hatte. Mittlerweile war er mit einer reizenden Frau verheiratet, und Debra hatte sich gefreut, als sie kürzlich in einem Rundbrief der Schule die Geburtsanzeige seines dritten Kindes, eines Mädchens, gelesen hatte.

Auch Steven trauerte sie nicht nach. Sie war vor Barry mit ihm zusammengewesen und hatte ihn sehr geliebt – zu sehr, nach Ansicht ihrer Eltern. »Es ist nicht gut, wenn eine Frau einen Mann mehr liebt als er sie«, hatte ihre Mutter gesagt. »Überstürze nichts.«

»Du irrst dich«, hatte Debra ihrer Mutter heftig erwidert – ihrer Mutter, die immer so klug und selbstlos gewesen war und einen aussichtslosen Kampf gegen den Krebs ausfocht. »Du willst nur nicht, daß ich nach Philadelphia ziehe.« Schon in dem Moment, als sie diese Worte ausgesprochen hatte, wußte sie, daß nichts davon der Wahrheit entsprach. »Tut mir leid«, hatte sie geflüstert und sich neben das Bett ihrer Mutter gekniet. »Ich hab's nicht so gemeint.«

Debra hatte geweint. Ihre Mutter hatte ihre Hand gedrückt und ihr gesagt, daß sie sie verstand und liebte, aber die häßlichen Worte waren gesagt, und Debra konnte sie nie mehr zurücknehmen. Genausowenig konnte sie vergessen, was Steven gesagt hatte, als er am Abend vor seiner Rückkehr nach Philadelphia vor der Haustür ihrer Eltern gestanden und Debra ihre Bedenken zum Ausdruck gebracht hatte, wie sie jetzt, da ihre Mutter so krank war, eine Beziehung auf weite Entfernung aufrechterhalten konnten. »Debra, glaub nicht, daß ich mich zu einer Heirat drängen lasse, weil deine Mutter im Sterben liegt«, hatte er ihr entgegnet.

Sie hatte nichts erwidert und nur genickt, als er sagte, er würde sie von Philadelphia aus anrufen. Zum ersten Mal verstand sie wirklich, was ihre Mutter gemeint hatte. Bis in alle Ewigkeiten würde sie bedauern, daß sie ihm eine derartige Macht über sie eingeräumt hatte.

Sie hatte nie wieder etwas von ihm gehört, nicht einmal nach dem Tod ihrer Mutter. Sie hatte immer gedacht, daß er ihr wenigstens ein paar Zeilen hätte schreiben können.

Sie dachte an ihre Mutter und an Susan und starrte in die Dunkelheit.

12

»Fester«, schnauzte Karl Vaughan. Er saß auf einer braunen Vinyl-Bank im Umkleideraum des Fitneßclubs und streckte dem jungen Angestellten seine behandschuhten Hände entgegen.

»Sie haben recht, Sir.« Er zog das Schnürband des rechten Handschuhs fester an. »Wie geht's Ihrer Frau und den Kindern, Mr. Vaughan?«

»Warum?« Er starrte den Angestellten eisig an.

Der junge Mann zwinkerte und versuchte ein Lächeln. »Ich habe Sie einige Zeit nicht gesehen, schließlich war ich neun Monate weg und so. Ich dachte nur, ich sollte Sie fragen.«

»Hat man Ihnen erzählt, daß in meiner Familie etwas nicht in Ordnung ist?«

Das Gesicht des Jungen wurde knallrot. »Nein, Sir. Wirklich nicht. Es ist nur so, daß wir, Sie und ich, einen freundschaftlichen Umgang miteinander hatten, und ich dachte...« Er räusperte sich. »Tut mir leid, wenn ich Ihnen zu nahe getreten bin, Sir.« Er richtete den Blick auf den Handschuh.

»Sie sind nicht mein Freund. Sie sind nicht mein Therapeut. Ich weiß nicht, warum Sie annehmen, es könnte zwischen uns eine Vertrautheit bestehen, die es nicht gibt.«

»Es wird nicht wieder vorkommen, Sir.« Er zog noch einmal am Band und schnürte es zu. »Wie ist das?« Er strich sich eine blonde Strähne, die ihm in die Stirn gefallen war, aus dem Gesicht.

»Besser.«

Der Angestellte machte sich schweigend am rechten Handschuh zu schaffen. Als er fertig war, sah er Vaughan an. »Ist es so richtig, Sir?« fragte er und achtete darauf, seinen Tonfall ganz neutral zu halten.

»So ziemlich.«

Vaughan hatte die Fragereien satt. Überall, wo er hinkam,

wurden Fragen gestellt – bei der Arbeit, auf einer Party, bei Konferenzen, im Club. Selbst wenn die Leute nicht fragten, wußte er, daß sie ihm Blicke zuwarfen. Fragende, mitleidige Blicke.

Armer Karl Vaughan. Er hatte alles gehabt, und dann… Er hatte immer noch alles – eine wunderschöne, liebevolle Frau und zwei Töchter; eine gutgehende Arztpraxis, ein Fünfmillionen-Dollar-Haus in Beverly Hills und alles, was dazugehörte.

Er hatte alles, und er hatte nichts. Weil der Mann, der sie beraubt hatte, ihnen mehr als nur Gegenstände weggenommen hatte. Er hatte ihnen die Arglosigkeit, den Frieden gestohlen. Aber die Bestie war auf freiem Fuß und atmete dieselbe Luft wie sie. Und lachte.

Alles schmeckte wie Asche in Karl Vaughans Mund.

Vaughan machte sich auf den Weg zum Trainingsraum. Er ging am Trainingsrad und dem Laufband vorbei zu den Sandsäcken. Zu seiner Linken boxte ein dunkelhaariger Mann mit dickem Bauch auf einen weiteren Sandsack ein.

»Wie geht's?« fragte der Mann keuchend.

Vaughan ignorierte ihn, nahm Aufstellung und stieß seine rechte Faust in den Sack. Er spürte den Aufprall im ganzen Arm.

Armer Karl Vaughan.

Er schlug mit der linken Faust zu, dann wieder mit der rechten. Links, rechts, links, rechts, bis er den Sack im perfekten Rhythmus bearbeitete, der die Schreie in seinem Kopf ausschaltete und ihm die ungeheure, süße Erlösung brachte, die ihm die Tränen in die Augen trieb. Als er aufhörte, keuchte er, und auf seinem Körper glänzte der Schweiß.

»Sie haben einen richtigen Killerschlag«, bemerkte sein Nachbar. »Wen bearbeiten Sie denn?«

Vaughan lächelte schwach. »Ich halte mich nur in Form.«

Nachdem er geduscht hatte, zog er seinen Anzug an, und er streifte gerade die Rolex übers Handgelenk, als er den jungen Angestellten auf der anderen Seite des Umkleideraums ent-

deckte. Vaughan ging auf ihn zu und sah, daß das Gesicht des Mannes einen besorgten Zug annahm. Das gefiel ihm keineswegs.

»Danke.« Er gab ihm die Handschuhe und einen Zwanzigdollarschein.

»Sehr großzügig von Ihnen, Sir. Es tut mir wirklich leid wegen vorhin.«

Vaughan vernahm etwas Neues in der Stimme des Angestellten. Er sah es auch in seinen Augen: Mitleid. Jemand hatte ihm alles über den armen Karl Vaughan erzählt. »Sie haben es sich verdient. Verzeihung, daß ich so aufbrausend war.«

»Sie brauchen sich nicht zu entschuldigen, Sir. Jeder hat mal einen schlechten Tag.«

Karl hätte ihn am liebsten erwürgt.

Im Auto hörte er die neuesten Nachrichten über den Mord an der Strafverteidigerin Madeleine Chase. »... bis jetzt wurde noch keine Verhaftung vorgenommen.« Karl seufzte und suchte eine andere Sendestation. Fünfzehn Minuten später steuerte er seinen Mercedes durch das elektronische Tor und stellte ihn in der Garage, in der vier Autos Platz hatten, ab. In der Küche fand er einen kurzen Brief von Alicia:

Karl, ich habe in der Praxis angerufen, aber Du warst schon weg. Ich hab' bis zehn gewartet, um mit Dir zu Abend zu essen. Im Kühlschrank steht pochierter Lachs. Weck mich, wenn Du nach Hause kommst.

Er ging hinauf in das Zimmer seiner siebenjährigen Tochter. Im Haus gab es sechs Schlafzimmer, aber seit dem Vorfall schlief seine Vierjährige bei ihrer Schwester. Alicia hatte mit der Therapeutin darüber gesprochen, und die meinte, das sei normal.

Was war normal? fragte er sich. Er spürte, wie seine Brust eng wurde, während er die engelsgleichen Gesichter seiner Töchter betrachtete. Er verließ das Zimmer und ging wieder hinunter.

»Karl, bist du das? Karl?«

Er hörte die Panik in Alicias Stimme. Er hatte keine andere Wahl – er mußte ihr antworten und zum Schlafzimmer gehen, aber er blieb im Flur stehen.

»Kommst du ins Bett?« fragte sie.

»Noch nicht. Wart nicht auf mich.«

»Ich denke, wir sollten reden.«

Sie wollte immer darüber reden. Sie brauchte es – das sei Teil des Heilungsprozesses, hatte die Therapeutin erklärt. Aber was war mit Karls Heilungsprozeß, verdammt? Was war mit Karls Bedürfnissen? Was war mit der Tatsache, daß er es leid war, ständig darüber zu reden?

Was ist damit, Alicia? hätte er am liebsten gebrüllt.

Er ging, ohne zu antworten. Unten setzte er sich in sein Arbeitszimmer, trank einen Glenfiddich und dachte an seine Töchter. Alicia hatte gesagt, daß die Therapeutin der Meinung sei, sie würden wieder in Ordnung kommen, daß sie es ja nicht mitangesehen hätten und gar nicht richtig verstehen würden, was passiert war. Die meiste Zeit verstand er es auch nicht.

13

Jemand ging seitlich an ihrem Haus vorbei.

Debra rezitierte die *Amidah*, einen Teil ihrer Morgengebete, als sie das Rascheln von Laub vor dem Fenster hörte.

Sie erstarrte, dann lauschte sie intensiv. Vielleicht bildete sie sich die Geräusche nur ein; sie war übernervös wegen dem Mord an Susan und erschöpft – das Koffein in den beiden Schmerztabletten (das Äquivalent von sieben Tassen Kaffee, hatte ein Arzt ihr gesagt) hatte sie stundenlang wach gehalten, ehe sie endlich in einen unruhigen Schlaf gefallen war. Sie hörte es wieder – schwere Schritte, menschliche Schritte. Das Telefon stand in Reichweite auf ihrem Schreibtisch, aber es war nicht erlaubt, während der *Amidah* zu sprechen. Ein Zweig knackte.

Ihr Herz klopfte schneller. Sie zwang sich, ihre Gebete zu beenden, ohne etwas zu überspringen, und schlich auf Zehenspitzen in den hinteren Teil des Hauses. Sie hörte ein Quietschen und ein Knarren, und es dauerte eine Weile, bis sie die Geräusche identifizieren konnte. Jemand versuchte, das gerahmte Gitter vor der Luke, die zum Keller führte, zu entfernen.

Sie huschte zum Flur und vergewisserte sich, daß die Kellertür abgeschlossen war, dann lief sie in die Küche. Mit einem großen Fleischmesser in der Hand nahm sie den Telefonhörer ab und tippte 911 ein.

Die Türglocke schlug an.

»Notruf. Wie kann ich Ihnen helfen?«

Debra zögerte. Sie legte auf, nahm aber das Messer mit zur Haustür. Sie spähte durch den Spion und sah einen Mann. Er trug Jeans und ein schwarzes Sweatshirt; die schwarz-silberne Baseballkappe warf einen Schatten über die dunkelblauen Augen. Wangen und Nase waren schmutzig.

»Ja?« Sie umklammerte das Messer fester und überlegte, wie sich Susans und Madeleines Mörder Zugang zu ihren Behausungen verschafft haben könnte.

»Miss Laslow? Ich bin Adam Bergman. Ich habe eine Nachricht auf Ihrem Anrufbeantworter hinterlassen, daß ich heute früh Ihr Haus vermesse. Ich bin damit fertig.«

Sie wünschte, sie hätte den Anrufbeantworter ganz abgehört. Sie kam sich dumm vor, und ihr Gesicht rötete sich vor Erleichterung, als sie die Tür öffnete. »Bitte kommen Sie herein.«

Er wischte seine schwarzen, ledernen Sportschuhe an der Fußmatte ab – »Ich möchte keinen Dreck ins Haus bringen«, erklärte er – und trat ein. Er überragte sie um ein gutes Stück. Selbst mit dem schmutzigen Gesicht war er sehr gutaussehend, fand Debra. Sie schätzte ihn auf Mitte Dreißig.

»Ihre Zeitung«, sagte er und überreichte ihr die *L. A. Times*.

»Danke.« Sie faßte mit der rechten Hand danach. Er starrte

auf ihre linke und das lange Messer. »Ich war gerade dabei, eine Grapefruit aufzuschneiden, als Sie geklingelt haben«, erklärte sie. Sie konnte ihm nicht die Wahrheit sagen. Er würde sie für neurotisch halten. »Ich komme gleich zurück.«

Sie lief in die Küche und deponierte das Messer auf der Arbeitsplatte. Als sie zurückkam, stand Adam Bergman im Wohnzimmer.

»Ich liebe diese hohen Decken«, sagte er. »Schöner Stuck.« Er hatte seine Baseballmütze abgenommen. Auf seinem dichten dunklen Haar saß ein schwarzes Käppchen.

Nach Debras Erinnerung hatte Aaron nicht erwähnt, daß Adam Bergman orthodoxer Jude war. Es spielte auch keine große Rolle für sie. »Das hat mich dazu verleitet, das Haus zu kaufen. Die Decken, meine ich.« Sie lächelte, weil sie freundlich sein wollte, aber nach Susans Tod war ihr nicht gerade nach Lächeln zumute. Wenn sie das Gesicht bewegte, ziepten die Kratzer auf ihrer Wange – mit Make-up waren sie kaum zu sehen. Sie biß sich auf die Lippe, um die Tränen zurückzuhalten.

Er lächelte auch, und die Fältchen um seine Augen vertieften sich dabei. »Sie wollen das Fundament verstärken und die kaputte Wand richten lassen, stimmt's?«

»Stimmt.« Ihre Stimme war rauh wegen der ungeweinten Tränen. Sie dachte daran, wie unpassend das war, beinahe respektlos, wenige Stunden, nachdem Susan umgebracht worden war, über Hausreparaturen zu sprechen. »Könnten Sie sich auch das Fundament ansehen?«

»Schon erledigt. Es hat ein paar Risse, aber die kann ich kitten. Ich könnte hinaus zu meinem Lieferwagen gehen und Ihnen einen Kostenvoranschlag machen.«

Während er weg war, schlug Debra die *Times* auf und suchte ängstlich den Lokalteil ab, fand aber keine Meldung über den Mord an Susan. Sie goß Orangensaft in ein Glas und bereitete sich ein Schälchen mit Haferflocken und Bananenscheiben, aber nach einem Schluck Saft und einem Löffel von dem Müsli merkte sie, daß sie nichts hinunterbrachte.

Nach fünf Minuten kam Bergman mit einer Aufstellung der Materialien und der voraussichtlich nötigen Arbeitsstunden zurück. »Dieser Kostenvoranschlag hat sechzig Tage Gültigkeit«, erklärte er.

Debra überflog die ordentlich aufgelisteten Posten samt Arbeitsplan: siebzehn Zentimeter starke, einsachtzig lange Verstrebungen, die das Fundament sichern sollten; anderthalb Zentimeter dicke Sperrholzplatten, um die kaputte Wand zu verstärken. Seine Zahlungsbedingungen erschienen ihr vernünftig. Er wollte drei Abschlagszahlungen. Die erste zu Beginn der Arbeit, die zweite, wenn die Sicherung des Fundaments abgeschlossen war, und die dritte nach Abschluß aller Arbeiten. Debra hatte genug Geld auf dem Girokonto, um die erste Abschlagszahlung zu begleichen.

Sie freute sich darauf, sich in ihrem Haus sicherer fühlen zu können, und fragte: »Wann können Sie anfangen?«

»Morgen früh.«

Debra war müde und lustlos und hätte beinahe im Büro angerufen, um Bescheid zu sagen, daß sie heute nicht kommen würde, aber dann kam sie zu dem Schluß, daß Beschäftigung die beste Therapie für sie war. Auf der Fahrt zur Kanzlei hörte sie im Radio die Nachricht vom Mord an Susan: »... wurde in ihrem Haus in Los Angeles erschossen«, sagte der Nachrichtensprecher. »Nach Angaben von Detective Marty Simms wurde die Leiche von einer anderen Rechtsanwältin aus Los Angeles, Debra Laslow, gefunden. Debra Laslow wurde anschließend ins Revier gebracht und ausführlich...«

»Scheißkerl!« fluchte Debra laut. Sie benutzte ihr Funktelefon und rief Julia an. Nachdem sie berichtet hatte, was in der letzten Nacht vorgefallen war, versicherte sie, daß es ihr gutgehe, und bat ihre Schwägerin, die Nachricht an ihren Vater und Aaron weiterzugeben.

»Ich kann nicht glauben, was du alles durchgemacht hast«, sagte Julia traurig. »Letzte Woche war es diese andere Anwältin, jetzt Susan. Mein Gott, Debra, meinst du, die Morde stehen irgendwie miteinander in Zusammenhang? Erinnerst du dich an den Kerl in San Francisco, der all die Juristen umgebracht hat?«

Debra erinnerte sich noch sehr gut an die Morde – damals hatte sie noch studiert, und wie viele ihrer Kommilitonen hatte sie große Angst gehabt und vorübergehend in Erwägung gezogen, einen anderen, sichereren Beruf anzustreben.

»Ich wette zehn zu eins, daß alles nur ein grauenvoller Zufall ist«, beruhigte sie Julia und umklammerte das Steuerrad fester.

»Sonnen Sie sich noch immer im Ruhm des Erfolgs im Lassiter-Fall?« fragte Jeremy Knox, als Debra in sein Büro kam. »Das war gute Arbeit.« Er strahlte sie an.

»Danke.« Ihr kam es vor, als habe ihr Auftritt vor Gericht vor Jahren stattgefunden. »Jeremy, Sie sollten erfahren, daß mich die Polizei gestern abend wegen eines Mordfalls verhört hat. Es wurde vorhin in den Radionachrichten erwähnt.«

Glynnis hatte die Nachrichten gehört. »Es muß schrecklich für Sie gewesen sein«, hatte sie zu Debra gesagt. »Dieser Schock und so. Und dann wurden Sie auch noch vernommen!« Ihre Augen hatten vor Neugierde geleuchtet. Rosemary, Jeremys Sekretärin, hatte es vermieden, Debra direkt anzusehen. Sie wußte es also auch.

»Wer wurde ermordet?« fragte Jeremy ruhig.

»Susan Clemens.« Debras Augen schwammen in Tränen. »Sie ist... sie war Strafverteidigerin und eine sehr gute Freundin von mir.« Sie hatte die Tatsachen so oft vor der Polizei wiederholt, daß sie jetzt einen geordneten, sachlichen Bericht abgeben konnte, der nichts von dem Entsetzen ihrer Entdeckung, die sie vor dreizehn Stunden gemacht hatte, verriet; es war fast, als würde sie über eine entfernte Bekannte und nicht über Susan sprechen.

»Wie schrecklich für Sie, Debra! Und ein so tragisches

Schicksal für Ihre Freundin. Man hört heutzutage so oft von gräßlichen Morden, aber wenn es jemanden trifft, der einem nahesteht...« Er seufzte. »Möchten Sie sich ein paar Tage freinehmen?«

Sie schüttelte den Kopf. »Die Arbeit kann mir nur guttun. Ich mache mir Sorgen, daß die Kanzlei Anrufe von Presseleuten bekommt.«

»Ich wäre überrascht, wenn sie sich nicht melden würden. Ich hatte schon oft mit den Medien zu tun. Ich kann mit ihnen umgehen.« Er lächelte. »Ich danke Ihnen, daß Sie mir alles erzählt haben. Und jetzt versuchen Sie, an etwas anderes zu denken. Sie haben heute eine Besprechung mit einem neuen Mandanten. Kenneth Avedon, nicht wahr?«

»Ja. Er kommt am Nachmittag her.«

»Arthur Lassiter hat eine hohe Meinung von ihm. Und von Ihnen ist Arthur ganz entzückt.« Wieder huschte ein Lächeln über Jeremys Gesicht. »Richard und ich, wir sind sehr zufrieden mit Ihrer Arbeit, Debra. Ich hoffe, Sie sind genauso glücklich, hier zu sein, wie wir glücklich darüber sind, Sie in unserem Team zu haben.«

»Vielen Dank.« Sollte sie ihm sagen, daß sie keineswegs glücklich war, und ihm die Gründe nennen? Jeremy würde mit Richard reden, Richard würde aufhören, sie zu belästigen, und sie müßte nicht kündigen. »Apropos Richard. Ich habe Sorge, daß...«

»Das Interesse der Medien stört ihn sicherlich nicht. Richard wird Sie hundertprozentig unterstützen.«

»Es freut mich, das zu hören. Denn manchmal«, begann sie und beobachtete dabei aufmerksam Jeremys Gesichtsausdruck. Sie hatte das Gefühl, als würde sie sich auf sehr dünnes Eis wagen, das jeden Augenblick brechen konnte. »Manchmal schließe ich aus seinen Bemerkungen, daß er sich über meine religiösen Vorschriften ärgert.« Sie wollte erst damit anfangen und später die Sprache auf die sexuellen Belästigungen bringen.

»Sie haben Ihre Bedürfnisse beim Einstellungsgespräch klar

und deutlich formuliert. Richard respektiert Ihren Glauben. Und warum sollte er auch nicht? Er ist selbst Jude.« Jeremy stand auf, ging auf Debra zu und legte den Arm um ihre Schultern. »Richard mag manchmal seine Späße treiben, das ist so seine Art. Aber er hat mir mehr als einmal gesagt, wie sehr er Ihre Arbeitsweise schätzt und wie angetan er von Ihnen ist. Und der gute Richard ist immer aufrichtig.«

Charles hat recht, dachte Debra. Jeremy leitete seine Kanzlei mit Intelligenz, Autorität und Würde, aber er würde sich niemals die Illusionen über Richard zerstören lassen.

Sie wußte über Illusionen Bescheid. Sie selbst hatte Illusionen gehabt, als sie mit Stephen zusammengewesen war. Ihr Vater hatte auch Illusionen gehabt. Er beriet junge Leute und Ehepaare und hatte seine Kinder mit Weisheit und gesundem Menschenverstand erzogen, doch er hatte sich geweigert, auf die Onkologen zu hören, die ihn davon abbringen wollten, mit seiner Frau nach Tijuana zu fahren, um ihr eine Substanz, die aus Aprikosenkernen gewonnen wurde und den Krebs seiner Überzeugung nach vernichten würde, injizieren zu lassen.

Ihr Vater war aus Verzweiflung und Liebe zu diesem Schritt getrieben worden. Jeremys Motive kannte Debra nicht; das war auch nicht wichtig. Sie dankte ihm für sein Verständnis und ging zurück in ihr Büro. Dort folgte sie ihrem eigenen, ausgezeichneten Rat und vergrub sich in der Arbeit, so daß sie nicht darüber nachdenken mußte, daß der Pathologe Susans Körper verstümmelte, um die genaue Todesursache herauszufinden.

14

Um elf Uhr meldete Glynnis Debra über die Sprechanlage, daß Detective Marty Simms hier sei, um sie zu sprechen.

»Bitten Sie ihn, einen Augenblick zu warten«, sagte Debra.

Nachdem sie schlecht behandelt, gedemütigt und in einer Zelle festgehalten worden war, hatte sie sich von der Polizei regelrecht eingeschüchtert gefühlt. Heute morgen jedoch empfand sie nur noch Wut; Simms ungeduldig warten zu lassen bereitete ihr aufrichtiges Vergnügen, und es half ihr, ein gewisses Maß an Beherrschung zurückzugewinnen.

Sie konzentrierte sich auf den Schriftsatz auf dem Computerbildschirm. Sie überarbeitete den letzten Absatz noch einmal, aber mit den Gedanken war sie bei Simms – offenbar hatte er erfahren, daß sie Madeleine auch gekannt hatte. Als Glynnis sich wieder über die Sprechanlage bemerkbar machte, bat Debra sie, Simms hereinzuführen. Sie schaltete den Computer aus, sobald sich die Tür öffnete und Simms eintrat.

»Wie kann ich Ihnen helfen, Detective?«

»Sie könnten damit anfangen, meine Zeit nicht zu verschwenden.« Er funkelte sie böse an. »Natürlich bin ich nur ein Beamter, der ein beschissenes Gehalt dafür bekommt, daß er die bösen Jungs von der Straße holt. Sie dagegen sind eine Staranwältin, die zehn Dollar in der Minute verdient, um dieselben Jungs wieder rauszupauken.«

»Haben Sie ein Problem mit den Methoden der Strafverteidigung in unserem Land, Detective Simms?« Sie fühlte sich hinter ihrem Schreibtisch in ihrem eigenen Büro wesentlich besser als an dem kleinen, verschrammten Tisch im Vernehmungsraum.

»Ich habe ein Problem mit *Ihnen.*« Er zog einen Stuhl näher an den Schreibtisch und setzte sich. »Sie haben uns Informationen vorenthalten. Wir waren in Miss Clemens' Büro und haben etwas gefunden, was Ihnen gehört.« Er faßte in die Innentasche seines beigefarbenen Sakkos und nahm ein zusammengefaltetes Blatt Papier heraus.

Es war ihr Bewerbungsschreiben. Das erkannte sie, noch bevor er das Papier auffaltete und mit der bedruckten Seite nach oben auf den Schreibtisch legte.

»Eigenartig, daß Sie gestern abend nicht erwähnt haben, daß

Sie sich um eine Stelle in der Kanzlei des Opfers beworben haben«, sagte Simms.

»Ich habe meine beruflichen Absichten nicht erwähnt, weil sie nicht von Belang sind.«

»Ach ja? Und es ist wohl auch nicht *von Belang*, daß Detective Cummings Sie vor zwei Tagen über Madeleine Chase befragt hat, wie?«

»Detective Cummings hat mit mir gesprochen, weil Madeleine Chase und ich zur gleichen Zeit und an derselben juristischen Fakultät studiert haben. Zweifellos befragt er jeden, der sie gekannt hat.«

»Zweifellos«, äffte Simms sie nach. »Das erklärt aber nicht, warum Sie mir nichts davon erzählt haben.«

»Bin ich immer noch eine Verdächtige? Wenn ja, bitte ich meinen Anwalt her, bevor ich irgendwelche Fragen beantworte. Er sitzt ein Stückchen weiter den Flur hinunter.« Sie legte die Hand auf den Telefonhörer, obwohl sie keine Ahnung hatte, ob Charles überhaupt im Haus war.

»Sie sind keine Verdächtige – noch nicht. Ich bin nur neugierig.«

Debra nahm ihre Hand vom Hörer. »Die Wahrheit? Ich wollte nach Hause. Wenn ich Ihnen gesagt hätte, daß ich Madeleine Chase kannte, hätten Sie falsche Schlüsse gezogen, und ich wäre vermutlich die ganze Nacht auf dem Revier festgehalten worden, um noch mehr Fragen zu beantworten.«

»Sie haben sich auch bei Miss Chases Kanzlei um eine Stelle beworben.«

»Ich habe mich bei vielen Firmen beworben. Das habe ich Cummings schon klargemacht.«

»Nur ein Zufall, was?« Er grinste höhnisch.

»Nur ein Zufall. Genaugenommen war es Susan, die mir vorgeschlagen hat, meine Unterlagen auch an ihre Kanzlei zu schicken.«

»Und Miss Chase war dafür verantwortlich, daß Sie von ihrer Firma abgelehnt wurden, hab' ich recht? Wraith zufolge hatten Sie und die verstorbene Miss Chase am Nachmittag vor ihrer Ermordung einen heftigen Wortwechsel deswegen.« Er schaute sich im Zimmer um. »Kleines Büro, keine Aussicht. Ich schätze, noch sind Sie kein wirklicher Star.«

Jetzt wäre der richtige Zeitpunkt gewesen, ihm von ihrer Fahrt zu Madeleines Wohnung zu erzählen. Sie öffnete den Mund, um etwas zu sagen, verlor aber den Mut. »Haben Sie irgendwelche Verbindungen zwischen den beiden Morden festgestellt?« fragte sie statt dessen.

Er streckte den Kopf vor und starrte sie an. »Sie sind diese Verbindung, wie ich die Sache sehe. Cummings behauptet, er habe Ihnen nicht erzählt, daß Miss Chases Zunge herausgeschnitten wurde. Und Wraith hat es auch nicht in Ihrem Beisein erwähnt. Die Medien sind darüber nie informiert worden. Also frage ich Sie, Miss Laslow, woher wissen *Sie* davon?«

»Meine Sekretärin hat es von Madeleines Sekretärin erfahren.«

Er musterte sie einen Moment, taxierte sie, dann verdüsterte sich seine Miene. »Ich habe Sie gebeten, mit niemandem darüber zu sprechen. Ich hoffe sehr, Sie haben Ihr Wort gehalten.«

»Das habe ich getan. Aber offensichtlich haben *Sie* nicht Wort gehalten. Auf der Fahrt in mein Büro habe ich gehört, wie der Nachrichtensprecher ausposaunt hat, daß ich zum Verhör aufs Revier gebracht wurde.«

Er grinste. »Sie wissen ja… wie sagt man so schön? – Es ist nie schlecht, wenn man seinen Namen in der Zeitung liest, solange er richtig geschrieben ist.« Er zuckte mit den Achseln. »Ich hab' mein Bestes versucht.«

Den Teufel hast du getan. »Nun, und ich versuche *mein* Bestes, die Informationen über die Morde für mich zu behalten.«

Simms umklammerte die Schreibtischkante und beugte sich zu ihr vor. »Wenn Sie irgend etwas über die Morde verlauten lassen, nehme ich Sie augenblicklich wegen Behinderung der Polizeiarbeit fest und lasse Sie eine Weile schmoren. Haben Sie das verstanden?«

»Ja, ich habe verstanden.« Sie begegnete seinem Blick mit einem Trotz, den sie nicht wirklich empfand. »Wann bekomme ich meine Handtasche zurück?«

»Sobald wir damit fertig sind.« Er nahm das Bewerbungsschreiben an sich und steckte es in seine Tasche.

»Ich wäre Ihnen dankbar, wenn Sie nichts darüber verlauten ließen, daß ich mich bei anderen Kanzleien beworben habe. Ich habe meine Absicht zu kündigen noch nicht bekanntgemacht.«

Er schüttelte den Kopf. »Ganz schön mutig, das muß ich schon sagen. Ich werde schweigen.« Er schob seinen Stuhl zurück und stand auf. »Falls Ihnen noch etwas einfällt, was *nicht von Belang* ist, lassen Sie es mich wissen.« Er ging zur Tür.

»Detective Simms«, sagte Debra.

Er blieb stehen und drehte sich zu ihr um. »Was?«

»Ich glaube zwar nicht, daß das etwas mit den Morden zu tun hat, aber Madeleine und Susan waren beide Mitglieder von WRIT. Ich bin auch Mitglied.«

Er runzelte die Stirn. »Was zum Teufel ist das?«

»Women's Rights in Toto. Es ist eine Organisation von weiblichen Anwälten. Wir arbeiten zusammen, geben uns gegenseitig Ratschläge und versuchen durchzusetzen, daß Frauen dieselbe Bezahlung und dieselben Aufstiegsmöglichkeiten haben wie Männer.«

»Klar. Weibliche Anwälte haben's wirklich schwer.« Er zog seinen Notizblock und einen Stift aus der Tasche. »Haben Sie eine Telefonnummer von dieser Organisation?«

Sie blätterte ihre Rollkartei durch, fand den Eintrag von WRIT und gab ihm die Nummer. »Übrigens, Detective, haben Sie den Hund gefunden?«

Er verstaute Stift und Block wieder in der Tasche. »Noch nicht.« Er wandte sich zur Tür.

»Da *war* ein Hund«, sagte Debra zu Simms' Rücken.

Er ließ die Tür offen – nur um sie zu ärgern, das wußte Debra. Sie stand auf, um sie zuzumachen, besann sich dann aber anders. Sie nahm ihre Handtasche und ging den Flur hinunter zu Charles' Büro, klopfte an die Tür und öffnete sie. Als sie sah, daß Charles ins Diktaphon sprach, zog sie die Tür langsam wieder zu.

»Hey, bleib nur!« Charles schaltete das Diktaphon aus, umrundete den Schreibtisch und ging auf sie zu. »Ich hab' gehört, was passiert ist, aber ich wollte dich nicht mit einer Million Fragen bombardieren.« Er legte die Hand auf ihre Schulter. »Bist du okay, Debra?« fragte er sanft.

Sie hatte sich geschworen, nicht zu weinen, aber seine Fürsorge trieb ihr die Tränen in die Augen. »Eigentlich nicht. Ich fühle mich ziemlich zittrig. Hast du eine Minute Zeit für mich?«

»Immer.«

Sie nahm auf einem der Besucherstühle Platz. Er ging zu seinem Schreibtisch zurück. Halb auf der Kante sitzend, die Arme vor der Brust verschränkt, hörte er ihr aufmerksam zu, als sie ihren oft geübten Bericht über das Auffinden von Susans Leichnam, die polizeiliche Durchsuchung, das Abführen in Handschellen und über ihre Vernehmung abgab. Als sie geendet hatte, bebten ihre Lippen.

»Jesus, Debra! Warum zur Hölle hast du mich nicht angerufen?«

»Ich hab's versucht, zweimal. Es war besetzt.«

Er kritzelte eine Nummer auf einen Zettel und gab ihn ihr. »Mein Piepser. Du kannst mich jederzeit anrufen – das meine ich ernst.«

Sie nahm einen Dollarschein aus ihrer Brieftasche und drückte ihn ihm in die Hand.

»Für meine Piepser-Nummer?« Er lächelte, als er den Dollar nahm, aber seine dunklen Augen blieben ernst.

»Damit ernenne ich dich zu meinem Anwalt und juristischen Berater. Simms hat gerade mein Büro verlassen. Er hält es für verdächtig, daß ich meine Bewerbungsunterlagen an Madeleines und Susans Kanzlei geschickt habe, und ...«

»Hast du dich endgültig entschieden, hier aufzuhören?« Er schürzte die Lippen. »Laß Richard nicht siegen, Debra. Du könntest hier eine große Zukunft haben.«

Sie schüttelte den Kopf. »Ich wünschte, ich könnte bleiben – hauptsächlich deinetwegen, um die Wahrheit zu sagen –, aber Richard macht es mir unmöglich.«

»Kann ich dir irgendwie helfen?«

»Nur, wenn du Richards Gehirn operierst oder ihn irgendwie los wirst, ich glaube, beides ist unmöglich.« Sie sahen sich lächelnd an. »Trotzdem, danke für das Angebot. Aber Richard ist im Moment nicht mein größtes Problem. Madeleine hat verhindert, daß Blackmeyer mich anstellt, und wir hatten im Gerichtsgebäude Streit deswegen.« Sie erzählte ihm, daß sie abends zu Madeleines Wohnung gefahren war, daß sie das der Polizei verschwiegen hatte und warum. »Auch gestern habe ich Simms nichts davon erzählt – ich wußte, er würde mich dann erst recht in die Mangel nehmen. Ich habe ihm ja nicht einmal erzählt, daß ich Madeleine gekannt habe. Er ist auch ganz schön wütend darauf.«

Solange sie sprach, blieb sein Gesicht unbeweglich. Jetzt seufzte er und schüttelte den Kopf. »Das war unklug, Debra.«

»Ich weiß. Ich kann es selbst nicht fassen, wie blöd ich mich angestellt habe – ich bin der Alptraum eines jeden Anwalts.« Es war eine demütigende Erfahrung, die ihr neue Einblicke in die Verfassung ihrer Mandanten gewährte – die meisten von ihnen waren alles andere als mitteilsam bei der Polizei. »Sie haben mir die Fingerabdrücke abgenommen. Und ich habe bei Madeleine Fingerabdrücke hinterlassen, direkt unter ihrem Namen auf dem Klingelbrett aus Messing.« Eine schöne glatte Oberfläche, auf der sich jeder Abdruck lange hält. »Und vor ein paar Wochen war ich sogar in Madeleines Wohnung. Bestimmt habe ich so einiges dort angefaßt.«

Charles nickte. »Hat dich jemand in der Mordnacht dort gesehen?«

»Ein Ehepaar, das den Hund ausführte.«

Er nickte wieder. »Hast du Cummings gesagt, daß du *nicht* dort warst?«

»Nein. Ich habe nicht gelogen. Ich habe nur freiwillig keine Informationen preisgegeben.«

»Wer weiß, daß du dort warst?«

»Mein Bruder und meine Schwägerin.« Sie bereute bereits, daß sie die beiden mit diesem Wissen belastet hatte.

»Willst du meinen Rat hören, Debra? Ruf Cummings an und erzähl es ihm.«

»Er wird glauben, daß ich sie umgebracht habe. Er hat mit Simms gesprochen, und es gibt zu viele zufällige Übereinstimmungen, die alle meine Person betreffen. Ich kannte beide Frauen. Ich habe mich bei beiden Firmen beworben. Ich stand vor Madeleines Haus – wahrscheinlich kurz nachdem sie ermordet wurde. Ich habe Susans Leiche entdeckt.«

»Aber die beiden Morde haben nichts miteinander zu tun, Debra.«

»O doch.« Sie sah keine Möglichkeit, ihm das Schlimmste vorzuenthalten. »Man hat Susan die Zunge herausgeschnitten, Charles. Genau wie Madeleine.«

Er zuckte zusammen. »Ich dachte, daß Glynnis sich vielleicht verhört hat. Du kennst ja Glynnis.« Er schwieg eine Weile, dann sagte er: »Das ist makaber, Debra. Ich kann nur hoffen, daß sie den Bastard, der das getan hat, schnell finden.« Sein Gesicht wirkte grau. »Hast du Angst?«

»Höllische. Ich versuche, nicht darüber nachzudenken.« Genausogut hätte sie versuchen können, nicht zu atmen. »Wenn Simms herausfindet, daß ich in der Mordnacht vor Madeleines Haus war, wird er mich wieder aufs Revier bringen, um mich zu verhören. Ich möchte das nicht noch einmal durchmachen. Mein Name wird in den Zeitungen auftauchen, und kein Mensch wird mich mehr einstellen.«

»Du gibst mir keine Chance, den Dollar zu verdienen, Debra. Warum fragst du mich um Rat, wenn du von vornherein weißt, daß du ihn nicht annimmst?«

»Ich mußte mit jemandem reden, dem ich vertrauen kann. Wenn ich mit Aaron und Julia darüber spreche, machen sie sich nur Sorgen.« Sie seufzte. »Ich weiß, daß du recht hast. Ich *sollte* Cummings anrufen. Ich werde es mir durch den Kopf gehen lassen.«

»Sie werden es herausfinden«, sagte Charles ruhig. »Das weißt du.«

»Aber mit etwas Glück schnappen sie vorher den Mörder. Und ich kann mich bei einigen Kanzleien persönlich vorstellen. Wie auch immer, ich glaube nicht, daß Simms mich ernsthaft verdächtigt. Er setzt mir deshalb so hart zu, weil er Anwälte nicht ausstehen kann.«

»Warum dann der Dollar?«

»Für den Fall, daß ich mich irre.«

Als sie zu ihrem Schreibtisch zurückkam, rief sie Susans Sekretärin an, der sie schon mehrmals begegnet war. »Joyce, hier spricht Debra Laslow«, sagte sie, nachdem sich Joyce gemeldet hatte. »Joyce? Sind Sie noch am Apparat?« fragte sie, als die Sekretärin keine Antwort gab.

»Ich hab' gehört, daß man Sie aufs Revier gebracht hat, um Sie über den Mord an Miss Clemens zu befragen«, flüsterte sie.

Debra hörte Argwohn, Entsetzen und eine Spur von Neugierde in der Stimme der Sekretärin; sie konnte ihr keinen Vorwurf daraus machen. »Weil ich Susans Leiche gefunden habe. Sie wollten wissen, was ich gesehen habe, das ist alles.«

Wieder herrschte eine Weile Schweigen. Dann sagte Joyce: »Lieber Gott, sie war so nett! Warum mußte sie ermordet werden?« Sie schluchzte leise.

»Deshalb rufe ich Sie an«, erwiderte Debra sanft. »Ich möchte herausfinden, was passiert ist.« Sie wartete, bis die Sekretärin aufhörte zu weinen. »Hat Susan jemals etwas gesagt, daß sie sich vor jemandem fürchtet?«

»Das hat mich die Polizei schon gefragt.« Joyce schniefte. »Sie hat ab und zu mal verrückte Anrufe von Mandanten erhalten, die der Meinung waren, sie habe sie nicht ordentlich vertreten. Aber mir fällt niemand ein, der sie besonders erschreckt hätte.«

»Hat sie die Gespräche aufgezeichnet?«

»Nicht daß ich wüßte. Aber die Drohbriefe hat sie aufgehoben. Sie hat meistens darüber gelacht, aber ich weiß, daß ihr manche angst gemacht haben. Mir jedenfalls haben sie einen höllischen Schrecken eingejagt.«

Debra hatte ähnliche Briefe bekommen – »Liebe Miss Laslow, ich sitze in meiner Zelle und zähle die Tage, bis ich herauskomme. Sie sollten sie auch zählen, weil ich als erstes zu Ihrem Haus fahre. Ich habe eine Menge interessanter Dinge für Sie geplant, Sie verdammtes Miststück ...«

»Wo hat sie die Briefe aufbewahrt?«

»Diejenigen, die von Mandanten, ehemaligen Mandanten oder Zeugen der Staatsanwaltschaft stammten, hat sie in den Akten der entsprechenden Fälle abgelegt. Die anderen – Briefe von Fremden – hat sie in einem gesonderten Ordner gesammelt – den ›Garstigen-Amerikaner‹-Ordner nannte sie ihn. Sie konnte sich sehr geschickt ausdrücken, nicht wahr?«

»Ja, das konnte sie«, sagte Debra und empfand erneut den schmerzlichen Verlust. »Hat sie wegen Ihrer Mitgliedschaft bei WRIT häßliche Briefe bekommen?«

»WRIT? Sie meinen die Organisation? Nein, an so etwas kann ich mich nicht erinnern. Die Polizei hat mich aufgefordert, alle Akten durchzusehen und Kopien von den Drohbriefen zu machen. Ich sollte das eigentlich sofort erledigen, aber es fällt mir schwer, damit anzufangen, verstehen Sie?«

Debra verstand das. »Darf ich Sie um einen Gefallen bitten, Joyce? Würden Sie eine zweite Kopie von den Briefen für mich machen? Ich kann vorbeikommen und sie abholen.«

»Das darf ich nicht tun. Das würde gegen die Schweigepflicht verstoßen.«

»Was ist mit dem ›Garstigen-Amerikaner‹-Ordner? Diese Briefe sind von Fremden, sagten Sie, also würden Sie die Schweigepflicht nicht verletzen.«

»Das stimmt vermutlich. Aber ich glaube nicht, daß es der Polizei recht wäre, wenn ich irgendwelche Informationen weitergebe.«

»Joyce, ich versuche herauszufinden, wer Susan ermordet hat. Sie möchten doch sicher helfen, das in Erfahrung zu bringen, oder?«

»Ich möchte erst darüber nachdenken, okay? Ich muß jetzt wirklich auflegen, Miss Laslow. Ich habe sehr viel zu tun.«

»Kann ich Sie morgen oder übermorgen noch einmal wegen der Briefe anrufen?«

Das »Okay« klang widerwillig, aber es war besser als ein »Nein«. Debra dankte ihr und legte auf.

Madeleine hatte ohne Zweifel ihren eigenen »Garstigen-Amerikaner«-Ordner – und wahrscheinlich war er dicker als der von Susan. Debra fragte sich, ob sich in den Ordnern der beiden ermordeten Frauen ähnliche Briefe befanden.

15

Kenneth Avedon kam zehn Minuten zu spät. Typisch für einen Mediziner, dachte Debra, als sie zu Richards Büro ging, um ihren neuen Mandanten kennenzulernen. Nach den Erfahrungen, die sie mit einigen Ärzten ihrer Mutter gemacht hatte, war sie auf Überheblichkeit gefaßt, aber Avedon tat die Verspätung aufrichtig leid und entschuldigte sich mehrmals.

»Ich hatte Blackmeyers Sekretärin gebeten, mir die Akte per Boten zu schicken«, erklärte er, nachdem Richard Debra vorgestellt hatte. »Heute morgen benachrichtigte sie mich dann, daß ich eine Bevollmächtigung unterschreiben muß, bevor die Kanzlei die Unterlagen aus der Hand geben kann. Deshalb mußte ich noch dort vorbeifahren und sie selbst abholen. Tut mir leid«, beteuerte er nochmals und fuhr mit der Hand durch sein gewelltes, blondes Haar.

»Kein Problem.« Richard lächelte.

Besonders nicht, wenn die Zeit läuft, dachte Debra. Fünf Minuten später saß sie mit dem Arzt in ihrem Büro – sie hatte Richards Angebot, sein größeres, eindrucksvolleres Zimmer zu benutzen, abgelehnt –, und Avedons Akte, zwei braune, wattierte Umschläge, lag auf ihrem Schreibtisch.

Sie hatte Avedon in Richards Büro genau gemustert und versucht, sich aufgrund seiner äußeren Erscheinung eine Meinung über ihn zu bilden. Er war groß und schlank, hatte ein jungenhaftes, hübsches Gesicht, das er durch seine Hornbrille und seine beigefarbene Wollweste, die er unter dem Sportjackett trug, vorteilhaft zur Geltung brachte. Er würde im Zeugenstand einen guten Eindruck machen.

»Ich habe ein schlechtes Gewissen, weil ich Blackmeyer das Mandat entzogen habe«, sagte Avedon. »Aber unter diesen Umständen... Ich nehme an, Mr. Dressner hat es Ihnen erklärt.« Seine Stimme war leise und angenehm mit einem Unterton von Nervosität.

»Ja, das hat er.« Sie nahm die Kappe von ihrem Füllhalter ab. »Kenneth...«

»Ken«, korrigierte er sie.

»Ken, ich weiß, daß es sehr schwierig für Sie ist, mit einer neuen Anwältin ganz von vorn anzufangen. Ich werde alle Unterlagen in Ihrer Akte lesen, aber ich muß Ihnen Fragen stellen, die Sie möglicherweise schon oft beantwortet haben – der Polizei oder Miss Chase oder anderen.«

»Natürlich.« Er räusperte sich.

»Okay.« Debra lächelte ihm aufmunternd zu. »Erzählen Sie mir, was geschehen ist.«

»Am dreiundzwanzigsten Juli, einem Dienstag, haben Penny und ich nach der Arbeit zusammen zu Abend gegessen. Danach ging sie mit in meine Wohnung. Wir schliefen miteinander, und später fuhr sie zu ihrer Freundin, bei der sie übernachtete. Fünf Wochen später hat mich die Polizei wegen Vergewaltigung verhaftet.« Er stieß einen tiefen Seufzer aus.

»Manchmal wache ich morgens auf und kann es immer noch nicht glauben, daß mir das wirklich passiert ist. Es ist so irrsinnig!«

»Warum hat sie so lange gewartet, bis sie Anzeige erstattet hat?«

»Sie hat der Polizei erzählt, sie habe sich geschämt und Angst gehabt, mit ihren Eltern darüber zu sprechen. Sie sind sehr streng. Und als ihre Eltern es herausfanden, wollten sie sie nicht dazu drängen, zur Polizei zu gehen. Sie wollten vermeiden, daß die Leute davon erfahren würden.«

Bei Vergewaltigungsopfern war das oft der Fall. Die Geschichte dieser Penny klang plausibel. »Was hat sie dazu bewogen, ihre Absichten zu ändern?« fragte sie, ohne Avedon aus den Augen zu lassen.

»Sie sagt, sie könnte nicht mehr damit leben, aber ich weiß, sie hat mich angezeigt, weil sie wütend war, daß ich mich verlobt habe.«

Debra schrieb »Rache« und »Verachtung« auf ihren Block und unterstrich die Wörter. »Hatte Penny Grund zu der Annahme, daß Sie eine ernsthafte Beziehung mit ihr anstrebten?«

»Ich habe ihr nie Anlaß dazu gegeben, das zu glauben. Aber offensichtlich hat sie es sich eingebildet. Sie hat mir deutlich zu verstehen gegeben, daß sie mich mochte. Wir beide wußten, daß es passieren würde.«

»Woher wußten Sie das?«

Er zuckte mit den Schultern. »Augenkontakt. Sexuelle Anspielungen, die sie gemacht hat. Körpersprache. Sie hat ihre Hand auf meine gelegt, wenn sie mir eine Mappe gab, und mich gestreift, wenn sie vorbeiging. Dinge dieser Art.«

»Sie haben sie nicht zurückgewiesen oder entmutigt?«

»Ich vermute, das hätte ich wohl tun sollen. Aber Penny ist hübsch und zugänglich. Sie schien zu wissen, was sie wollte, und ich fand nichts dabei.«

»Als Sie in dieser Nacht mit Penny geschlafen hatten, waren Sie da schon mit Ihrer Verlobten zusammen?«

Er schlug die Beine übereinander. »Vickie und ich, wir hatten uns schon oft verabredet, aber von Heirat war noch nicht die Rede. Sie weiß alles über Penny. Sie unterstützt mich vollkommen.«

Die Verlobte war ein Plus. Debra machte sich ein paar Notizen, dann sagte sie: »War das das erste Mal, daß Sie Verkehr mit Penny hatten?«

»Ja. Sie war Jungfrau. Das hat mich schockiert. Sie hat geredet, als hätte sie eine Menge Erfahrung mit Männern. Und sie ist einundzwanzig Jahre alt. Die meisten Frauen in diesem Alter hatten schon Sex.« Er sah Debra an, als müßte sie diese Aussage bestätigen.

Debra blätterte die Seite ihres Blocks um und überlegte, was er wohl sagen würde, wenn er wüßte, daß sie auch noch Jungfrau war, daß sie mit einstudierter Lässigkeit über die Details eines intimen Akts sprach, über den sie nur theoretisch Bescheid wußte. »Hat sie Ihnen das gesagt, bevor es zum Verkehr kam?«

»Nein. Ich hätte sie nicht angerührt, wenn ich es gewußt hätte. Der Polizei hat sie erzählt, sie habe die ganze Zeit geweint und mich gebeten aufzuhören, weil sie noch Jungfrau gewesen sei. Das stimmt nicht.« Avedons Gesicht hatte sich gerötet. »Hinterher hat sie ein bißchen geweint, weil sie Angst hatte. Und da hat sie mir auch gestanden, daß sie noch nie mit einem Mann zusammen war. Ich denke, sie wollte nur, daß ich mich schuldig fühle und die Verantwortung übernehme.«

»Sie haben während des Geschlechtsverkehrs nichts gemerkt?«

»Nein, eigentlich nicht. Bei all den Frauen, die heutzutage Tampons benutzen...« Wieder zuckte er mit den Schultern.

»Haben Sie ein Kondom vewendet?«

»Sie hat mich darum gebeten, aber ich hätte auch eines genommen, wenn sie nichts gesagt hätte.«

Auch das gefiel Debra. Man konnte die Geschworenen dahingehend beeinflussen, das Kondom als Beweis der stillschweigenden Zustimmung zu werten. »Wessen Idee war es, zusammen zum Essen zu gehen?«

»Das wollten wir wohl beide. Ich sagte, daß wir irgendwann mal am Abend ausgehen könnten, und sie meinte: ›Wie wär's mit morgen?‹ Ich sagte: ›Prima.‹«

Wieder ein Pluspunkt. »Haben Sie sie von zu Hause abgeholt?«

»Nein. Ihre Eltern halten sie an der kurzen Leine. Penny meinte, sie würden es nicht akzeptieren, wenn sie mit mir ausginge, deshalb hat sie ihnen gesagt, sie würde nach der Arbeit eine Freundin besuchen und bei ihr übernachten.«

»Wie kam sie zur Arbeit?«

»Mit ihrem Auto. Sie hat Kleidung zum Umziehen mitgebracht.«

»Hat Penny an diesem Abend Alkohol getrunken?«

»Wein zum Essen, und in meiner Wohnung hatten wir auch ein paar Drinks. Sie hat der Polizei gesagt, ich hätte sie betrunken gemacht. Das ist nicht wahr, aber ich mache mir Sorgen darüber, was die Geschworenen denken.«

»Die Geschworenen neigen eher dazu, eine Frau, die eine Verabredung vorschlägt und Alkohol trinkt, abzulehnen. Andererseits hat ein kalifornisches Revisionsgericht kürzlich entschieden, daß der Tatbestand der Vergewaltigung auch gegeben ist, wenn eine Person keinen Widerstand leisten kann, weil sie von Alkohol oder Drogen berauscht ist. Dabei spielt es keine Rolle, wer die Getränke oder die Drogen ins Spiel gebracht hat – der Angeklagte oder die Klägerin.«

Avedon runzelte die Stirn. »Wieviel muß man trinken, um ›berauscht‹ zu sein? Penny war sich bewußt, was sie tat.«

»Genau aus diesem Grund gefällt einigen Leuten das revidierte Gesetz nicht – weil es so verschwommen ist. Möglich, daß es wieder geändert wird. Haben Sie Penny ein zweites Mal gefragt, ob sie mit Ihnen ausgeht?«

»Ja, aber sie hat abgelehnt. Sie sagte, sie habe Angst, daß ihre Eltern alles herausfinden und wütend auf sie werden könnten.«

Debra drehte die Kappe auf ihren Füller. »Ken, ich bin sicher, Madeleine hat Ihnen klargemacht, daß der Ausgang von Fällen wie diesem davon abhängt, wie glaubwürdig die beteiligten Parteien sind.« *Behauptung und Gegenbehauptung*, hatte Susan erst gestern dazu gesagt. Wieder überkam Debra die Trauer. Mit großer Mühe verdrängte sie die Gedanken an ihre ermordete Freundin, wie sie es schon den ganzen Tag über getan hatte. »Sie streiten nicht ab, daß ein Geschlechtsverkehr stattgefunden hat. Sie sagen, Penny sei damit einverstanden gewesen. Es gibt keine augenscheinlichen Beweise für das Gegenteil, und da sich der Vorfall in einer privaten Umgebung abgespielt hat, gibt es auch keine direkten Zeugen.«

»Sie haben eine Tonbandkassette.« Avedon zupfte an der Bügelfalte seiner Hose. »Die Polizei hat Penny dazu gebracht, mich vier Wochen nach der bewußten Nacht anzurufen und das Gespräch auf Band aufzunehmen. Die Staatsanwältin hat eine Abschrift der Aufnahme an Madeleine geschickt. Sie befindet sich in der Akte.«

Debra hob die Augenbrauen. »Ich lese das alles später. Erzählen Sie mir von dem Telefonat.«

»Wir haben eine Weile geredet. Sie sagte, daß sie mich mag, aber verwirrt sei über unsere Beziehung. Dann fragte sie mich immer wieder: ›Warum hast du mich gezwungen, mit dir zu schlafen?‹ und ›Wieso warst du so grob?‹«

»Und was haben Sie geantwortet?« fragte Debra in beiläufigem Ton.

»So etwas wie: ›Tut mir leid, daß dich das so mitgenommen hat‹ und ›Ich wollte nicht grob sein‹.«

Das war nicht gut. »Sie haben die Anschuldigungen nicht zurückgewiesen?«

»Ich dachte, sie habe ein schlechtes Gewissen, weil sie ihre Jungfräulichkeit verloren hat, und daß sie jemanden brauchte, dem sie die Schuld dafür geben kann. Mir erschien es sinnlos, sie noch mehr aus der Fassung zu bringen. Ich wollte nur das Gespräch so schnell wie möglich beenden.«

»Haben Sie zu irgendeinem Zeitpunkt zugegeben, daß Sie sie vergewaltigt haben?«

»Nein. Als sie sagte: ›Warum hast du mich vergewaltigt?‹, erwiderte ich: ›Ich habe dich *nicht* vergewaltigt.‹ Dann erklärte ich, daß ich auflegen würde.« Er beugte sich vor. »Ich verstehe nur nicht, warum ein solcher Tonbandmitschnitt als Beweismittel zulässig ist. Stellt das nicht eine Verletzung meiner Rechte dar?«

»Ich bin überzeugt, Madeleine hat Ihnen das bereits erläutert.«

»Sie meinte, der Richter würde wahrscheinlich einwilligen, daß sich die Geschworenen das Band anhören. Sie sagte etwas von einem zustimmenden Eingeständnis.«

»Das heißt, daß der Angeklagte die Vorwürfe der anderen Partei stillschweigend akzeptiert. Er ›stimmt zu‹, daß das, was die andere Partei behauptet, der Wahrheit entspricht, indem er es nicht abstreitet.«

»Aber wie kann sie ohne mein Wissen ein Gespräch mit mir aufnehmen? Wie kann man ihr erlauben, den Versuch zu unternehmen, mich selbst zu belasten?«

»Der sechste Zusatzartikel gilt nur, wenn Sie bereits festgenommen oder angeklagt worden sind. Erst zu diesem Zeitpunkt werden Sie darauf hingewiesen, daß Sie das Recht haben zu schweigen.«

»Aber ich wurde verdächtigt – die Polizei hat Penny geraten, mich anzurufen.«

Debra schüttelte den Kopf. »In Verdacht stehen zählt in diesem Fall nichts.«

»Ist das nicht eine unerlaubte Falle?«

Wieder schüttelte sie den Kopf. »Ich werde versuchen, die Aufnahme als Beweismittel auszuschließen, aber ich glaube nicht, daß ich Erfolg damit habe. Immerhin haben Sie abgestritten, sie vergewaltigt zu haben. Die Geschworenen werden das zur Kenntnis nehmen.« Sie würden auch das zustimmende Eingeständnis zur Kenntnis nehmen; Debra würde dieselbe

Erklärung abgeben müssen, die Avedon ihr gerade abgegeben hatte. »Ken, nach allem, was Sie mir erzählt haben, denke ich, daß die Chancen für einen Freispruch ziemlich gut stehen.«

»Ich habe sie nicht vergewaltigt. Ich hoffe, Sie glauben mir.«

Debra fragte ihre Mandanten nie, ob sie schuldig waren; wenn sie das zur Last gelegte Verbrechen begangen hatten, wollte sie es nicht wissen. Dieses Wissen würde sie nur davon abhalten, die Beweise der Anklage nach allen Regeln der Kunst zu widerlegen, und sie würde sich selbst der Anstiftung zum Meineid schuldig machen, wenn der Angeklagte unter Eid log.

Sie sah in Avedons klare graue Augen und nickte, und obwohl es für sie keinen Unterschied hätte machen dürfen, hoffte sie, daß er die Wahrheit sagte. »Wir sollten uns am Freitag, wenn ich Ihre Akte durchgesehen habe, noch einmal treffen. Ich möchte, daß Sie zu einem Psychologen gehen, mit dem wir öfter zusammenarbeiten. Er wird einen Persönlichkeitstest durchführen. Wenn alles gut läuft – und ich bin überzeugt, das wird es –, kann er bescheinigen, daß Ihr Persönlichkeitsprofil nicht dem eines Vergewaltigers entspricht.« Sie schrieb den Namen des Psychologen auf einen Zettel.

»Glauben Sie wirklich, daß das nötig ist?« fragte Avedon, als er den Zettel entgegennahm. »Ich bin zwar nicht beunruhigt, aber ich mag solche Tests nicht – und auch keine Psychologen.«

»Jedes bißchen hilft. Außerdem möchte ich, daß Sie eine Liste von Leumundszeugen zusammenstellen – Freunde, Familienmitglieder, Ihre Kindergärtnerin oder der Leiter Ihrer Pfadfindergruppe.« Sie lächelte.

»Darum hat mich Madeleine auch schon gebeten. Ich bringe die Liste am Freitag mit.«

»Gut.« Sie nickte. »Ich würde auch gern eine Prozeßverschiebung beantragen, Ken. Da Sie eine neue Verteidigerin haben, wird einem solchen Antrag sicher stattgegeben.«

»Mir wäre es lieber, die Verhandlung nicht zu verschieben. Vickie und ich wollen wie geplant am Neujahrstag heiraten. Mr. Dressner schien zu glauben, daß das kein Problem ist.«

Für Richard war es sicherlich kein Problem. »Es ist kein Problem«, sagte sie. Zwei Wochen waren knapp, aber sie hatte Avedons Akte, und Madeleine hatte ganz bestimmt gründlich gearbeitet. Debra überflog ihre Notizen. »Noch eine Frage, Ken. Sie sagten, Penny hat die Nacht bei einer Freundin verbracht. Hat Penny dieser Freundin erzählt, daß sie vergewaltigt wurde?«

Avedon schüttelte den Kopf. »Sie hat bei der Polizei ausgesagt, daß sie sich zu sehr geschämt habe. Ihre Freundin ist religiös, aber nicht so religiös wie Pennys Eltern. Sie sind orthodoxe Juden. Deshalb war Penny der Meinung, daß sie mich ablehnen würden – ich bin noch nicht einmal Jude. Das alles habe ich Mr. Dressner gestern schon erklärt.«

Debra spürte, wie ihr Gesicht heiß wurde. »Ich nehme an, er hat vergessen, mir das weiterzugeben. Wie heißt Penny mit Nachnamen?«

»Bailor.«

Penny Bailor, wiederholte Debra im stillen.

16

»Sie haben mich auflaufen lassen!« Debra brüllte nahezu, als sie in Richards Büro stürmte. Sie knallte die Tür zu. »Sie wußten, daß die Klägerin eine orthodoxe Jüdin ist. Das macht Ihnen richtig Spaß, wie?«

»Machen Sie sich nicht lächerlich.« Sein Lächeln war wie weggewischt. »Wir haben uns gestern darüber unterhalten, warum Sie in diesem Fall die passende Verteidigerin sind. Die Tatsache, daß Sie orthodoxe Jüdin sind, ist nur ein weiterer Pluspunkt.«

»Aber Sie haben mir etwas verschwiegen.«

»Ich dachte, Sie sollten sich ein Urteil über den Fall bilden, ohne von Nebensächlichkeiten beeinflußt zu werden.

Offensichtlich hatte ich recht. Sie kennen die Frau doch nicht, oder?«

»Nein, aber…«

»Also besteht kein Interessenskonflikt.«

»Daß ich sie nicht kenne, heißt noch lange nicht, daß sie nicht Mitglied unserer orthodoxen Gemeinde ist. Möglicherweise haben wir gemeinsame Bekannte. Das würde mich in eine scheußliche Situation bringen, Richard.«

»Sie sind ein Profi, Debra. Damit müssen Sie leben können. Avedon gehört Ihnen.« Er öffnete den Deckel von seiner Rollkartei und blätterte die Kärtchen durch.

»Und wenn ich es ablehne, den Fall zu übernehmen?«

Er sah zu ihr auf. »Das wäre nicht klug. Falls überhaupt jemand Bedenken haben muß, dann Avedon. Seine erste Anwältin wird ermordet, seine neue wird von der Polizei verhört, weil sie am Tatort eines anderen Mordes war. Das klingt nicht gerade vertrauenerweckend.«

Sie wurde rot. »Ich habe mit Jeremy über die Vorkommnisse gesprochen. Er sagte, daß er hundertprozentig hinter mir steht und daß auch Sie mich unterstützen würden.«

»Das tue ich auch. Was Sie durchmachen mußten, war bestimmt schrecklich für Sie. Und falls das Thema zur Sprache kommt, werde ich Avedon versichern, daß das Verhör reine Polizeiroutine war.« Er lehnte sich zurück. »Aber ich denke, Unterstützung ist keine einseitige Sache, nicht war?«

Jeff Silver rief an, als sie gerade nach Hause gehen wollte. »Ich dachte, wenn ich Sie zu Hause nicht erreiche, versuch ich's im Büro«, sagte er. »Falls Sie allerdings kein Interesse haben, dann…«

»O nein, das ist es ganz und gar nicht«, entgegnete sie hastig. »Ich habe nicht zurückgerufen, weil ich so viel anderes im Kopf hatte.«

»Sie sind mit Ihrem Antrag vor Gericht durchgekommen, stimmt's? Wie war das Festmenü danach?«

Er ist der einzige Mensch in ganz Los Angeles, der noch nichts davon gehört hat, dachte Debra. In der Hoffnung, daß sie nie wieder schildern mußte, was geschehen war, erzählte sie ihm von Susan.

»O Gott, das ist ja grauenhaft!« rief er aus, als Debra geendet hatte. Nach einem kurzen Schweigen setzte er hinzu: »Erlauben Sie, daß ich Sie heute abend ausführe.«

»Ich kann nicht, Jeff. Ich bin zu erschöpft.« Und nicht in der Stimmung dazu. Der Gedanke, so kurz nach Susans Ermordung mit jemandem auszugehen, erschien ihr nicht richtig.

»Sie sind durch die Hölle gegangen und gefühlsmäßig auf dem Nullpunkt. Wenn Sie zu Hause bleiben, denken Sie nur ständig darüber nach, was passiert ist, hab' ich recht?«

»Ja«, gestand sie und spielte mit der Telefonschnur.

»Also, um wieviel Uhr soll ich Sie abholen?«

Auf dem Heimweg lieh sie sich im La Cienega Videoshop *Es geschah in einer Nacht* aus und hielt vor dem Haus ihres Vaters. Sein Auto, ein dunkelbrauner Chevy Caprice, stand auf der Straße, aber das mußte nicht bedeuten, daß ihr Vater daheim war; häufig ging er die wenigen Blocks bis zur Synagoge und zurück zu Fuß. »Wieso einen Parkplatz herschenken?« scherzte er immer.

Debra benutzte ihren eigenen Schlüssel, um ins Haus zu kommen. Ihr Vater saß am Küchentisch und spielte Solitär-Schach. Als er Debra sah, stand er auf. Sie lief in seine Arme, verbarg den Kopf an seiner Brust und schluchzte, während er ihr übers Haar strich.

»Debra«, flüsterte er.

Sie lehnte sich noch einen Moment an ihn – der Geruch seines gestärkten Hemds, der beruhigende, regelmäßige Herzschlag taten ihr wohl –, dann löste sie sich aus seiner Umarmung. »Ich hab' Wimperntusche an dein Hemd geschmiert.«

»Dafür gibt's Wäschereien.« Er lächelte. »Jeder muß seinen Lebensunterhalt verdienen.« Er holte ein Taschentuch aus der

Hosentasche und tupfte ihr behutsam die Wangen ab. »Julia sagt, daß du in Ordnung bist. Stimmt das auch?«

»Alles ist ziemlich kompliziert, aber ich glaube, es wird schon wieder.«

»Ich bin kein zerbrechlicher alter Mann, Debra. Versuch nicht, mich zu schonen. Wenn du Hilfe brauchst, wirst du es mir sagen, nicht wahr?«

»Ja.« Sie setzte sich an den Tisch und schaute auf das Schachbrett. »Ich habe eine Verabredung heute abend.«

»Mit einem von Tante Ediths jungen Männern?« Er lächelte und nahm auch Platz.

»Nein.« Sie erzählte ihm von Jeff Silver.

»Ich hoffe, Edith ist nicht gekränkt. Sie strengt sich so an.« Sein Lächeln vertiefte sich. »Sie will mich mit einer reizenden Witwe bekannt machen.«

»Du solltest darauf eingehen, Dad.« Er war so einsam. Eine andere Frau an der Stelle ihrer Mutter in diesem Haus und an seiner Seite zu sehen wäre sicher zuerst seltsam und unangenehm, aber Debra wünschte sich, daß er wieder heiratete – das war einer der Gründe, warum sie sich ein eigenes Haus gekauft hatte und ausgezogen war.

Er schüttelte den Kopf. »Ich bin nicht bereit. Es vergeht kein Tag, an dem ich nicht an deine Mutter denke und sie vermisse.«

Debra nickte und ergriff seine Hand. Wenn sie eine Frau sah, deren Gang oder Frisur oder Körperhaltung sie an ihre Mutter erinnerte, verspürte sie einen Stich in der Brust. Und in manchen Nächten träumte sie so realistisch von ihrer Mutter, daß sie beim Aufwachen den Schmerz über den Verlust fast wie am ersten Tag empfand.

Debra fragte ihren Vater, wie er den Tag verbracht hatte, und sah, daß seine Augen lebhaft leuchteten, als er ihr einen seiner Studenten schilderte, einen dreiundvierzigjährigen Einwanderer aus dem Iran, der im Nu Hebräisch gelernt hatte und die talmudischen Diskurse verstehen konnte.

»Diese Entschlossenheit!« Ihr Vater schüttelte den Kopf.

»Was ist mit dir, Debra. Du arbeitest doch nicht zuviel?« Er bewegte den weißen Läufer, um die schwarze Dame zu bedrohen.

»Ich habe einen neuen Fall. Vergewaltigung. Das Problem ist, daß die Klägerin ...«

»Das Opfer, meinst du?« Er schaute vom Schachbrett auf.

»Wir sprechen von ihr nicht als Opfer«, erwiderte sie schroffer, als sie beabsichtigt hatte. »Das würde beinhalten, daß mein Mandant schuldig ist. Jedenfalls stammt die Frau aus einer orthodoxen Familie, und das macht mir zu schaffen.«

Er nickte. »Entweder erhebt die Frau eine falsche Anschuldigung, oder dein Mandant hat sie vergewaltigt. Kann ein anderer Anwalt den Fall übernehmen?«

»Mein Boß sagt, daß ich ihn übernehmen muß. Ich habe heute mit dem Mandanten gesprochen.«

Ihr Vater nickte wieder. »Glaubst du, daß er unschuldig ist?«

»Ja, ich denke schon. Selbst wenn er es nicht ist, muß ich ihn, so gut ich kann, verteidigen. Und während des Kreuzverhörs werde ich der Klägerin intime Fragen stellen müssen. Das heißt, daß ich sie in der Öffentlichkeit in Verlegenheit bringen und bloßstellen werde.« Das war das, was sie am meisten bei Vergewaltigungsfällen verabscheute, und da die Klägerin Mitglied ihrer eigenen religiösen Gemeinschaft war, bedrückte sie der Gedanke daran nur noch mehr.

»Und jetzt möchtest du wissen, ob das nach dem jüdischen Recht problematisch ist.« Er wehrte mit dem schwarzen Springer den Angriff des weißen Läufers ab, dann richtete er den Blick auf seine Tochter. »Bist du zu mir gekommen, weil du eine Antwort hören willst, Debra, oder suchst du nach einer Lösung deines Problems?«

»Ich suche nach einer Lösung«, sagte sie und hoffte, daß sie ihn nicht enttäuscht hatte. Er war ihre Zuflucht, und er gab ihr Kraft. Sie wandte sich seit dem Tod ihrer Mutter öfter an ihn als an Aaron, und manchmal fragte sie sich, wo *er* Trost fand.

»Und wenn ich dir sage, daß dieses Kreuzverhör verboten ist, was dann?«

»Ich weiß es nicht.« Sie konnte sich Richards Reaktion vorstellen, wenn sie ihm sagte, daß sie wegen des jüdischen Rechts Penny Bailor nicht ins Kreuzverhör nehmen konnte.

»Das ist ehrlich. Bevor du die Frage stellst, solltest du dir über die Folgen der Antwort klarwerden, Debra.« Er schob den schwarzen Läufer vor, um den gegnerischen Turm zu bedrohen. »In den Kommentaren zu den Schriften steht, daß es untersagt ist, jemanden in der Öffentlichkeit zu demütigen. Es wird mit dem Akt des Tötens verglichen.«

Sie nickte.

»Aber das Verbot beinhaltet, daß die bloßgestellte Partei die Bloßstellung nicht will und niemanden zu dieser Handlung herausfordert. Indem sie Anzeige erstattet hat, setzt sich die Klägerin wissentlich einer möglichen Demütigung aus.« Er strich sich über den Bart. »Also könnte man damit argumentieren, daß sie eine solche Behandlung akzeptiert, und das nimmt dir die Verantwortung von den Schultern. Da hast du deine Lösung, Debra.«

»Aber warum empfinde ich keine Erleichterung?« Debra studierte das Schachbrett und bewegte den Springer, um den gegnerischen Läufer zu schlagen.

»Wenn du den Läufer nimmst, verlierst du die Dame.« Er stellte den Springer wieder auf seinen früheren Platz. »Debra, manchmal ist es unmöglich zu gewinnen, was immer man auch tut.«

Jeff holte sie mit seinem schwarzen Sentra ab und fuhr mit ihr zu einem koscheren Restaurant zur La Brea, in dem es europäische und chinesische Küche und, nach Julias Aussage, die besten Desserts der Welt gab. Debra hatte den ganzen Tag nichts gegessen, und sie liebte chinesisches Essen, aber als die Pou-Pou-Platte serviert wurde, hatte sie keinen Appetit mehr und mußte sich zwingen, die Frühlingsröllchen und die Rippchen zu probieren, um Jeff nicht in Verlegenheit zu bringen.

»Erzählen Sie mir von Ihrem Buch«, sagte sie. »Worüber schreiben Sie?«

»Über das Strafrechtsystem.« Er entdeckte Bestürzung in ihren Augen. »Ich weiß, ich weiß. Ich hab' gesagt, daß Sie eine Ablenkung brauchen, und ich muß wirklich nicht über meine Arbeit sprechen.« Er lächelte.

»Aber nein, erzählen Sie mir davon«, erwiderte sie mehr aus Höflichkeit als aus echtem Interesse.

»Da gibt's nicht viel zu erzählen – ich recherchiere noch. Ich spreche mit Juraprofessoren, Opfern, Häftlingen, Staatsanwälten, Strafverteidigern. Ich war selbst Staatsanwalt, bevor ich mich entschlossen habe, die Juristerei nicht mehr aktiv zu betreiben.«

»Der Feind, wie?« Sie lächelte bei dem Versuch, ihre eigene Stimmung ein wenig aufzuhellen, aber ihr war nach Heulen zumute. Es war ein Fehler, heute abend auszugehen, dachte sie. »Also haben Sie vor, mich zu interviewen?«

Er lächelte auch. »Wenn Sie wollen?«

»Das hängt vom Dessert ab. Wie ist der Titel Ihres Buches?«

»Die Justiz auf dem Prüfstand.«

»Oje.« Sie zog eine Grimasse.

»Sie müssen zugeben, daß das System nicht immer funktioniert. Menschen, die sich eines Verbrechens schuldig gemacht haben, kommen zu oft ungeschoren davon. Opfer werden während des Prozesses geschmäht.«

»Das System ist nicht perfekt, aber es ist das beste, das wir haben.«

»Haben Sie nie Zweifel bei Ihrer Tätigkeit?«

»O doch, sicher. Aber ich glaube an das Fundament unserer Rechtsprechung – es ist besser, zehn schuldige Menschen auf freien Fuß zu setzen als einen unschuldigen zu verurteilen. Und was wäre die Alternative? Verhandlungen unter Folter? Gar keine Gerichtsverfahren? Ein Polizeistaat?«

»Prozesse, die auf der Wahrheit beruhen, wären gut. Wo die Anwälte keine Spielchen mit den Tatsachen treiben können.

Nehmen Sie den Antrag, mit dem Sie Erfolg hatten. Worum ging es dabei?«

Sie erzählte ihm von dem Lassiter-Fall, ohne Namen zu nennen.

»Sehen Sie, was ich meine? Ihr Mandant war im Besitz von Kokain, und er ist davongekommen. Möglicherweise ist er gerade jetzt wieder dabei, das Zeug zu nehmen.«

»Vielleicht, aber das ist nicht mein Problem. Er ist freigekommen, weil die Polizei alles vermasselt hat – sie haben eine Wohnungsdurchsuchung ohne Genehmigung durchgeführt. Vielleicht erledigen sie ihren Job beim nächsten Mal umsichtiger und zwingen mich durch lückenlose Beweise dazu, mich mehr anzustrengen.«

»Möglich.« Er nickte. »Was ist, wenn eine Frau ihren Mann umbringt – würden Sie ihr raten zu behaupten, daß sie von ihm mißbraucht und mißhandelt worden sei, auch wenn das gar nicht stimmt?«

»Nein, selbstverständlich nicht«, versetzte Debra scharf. »Das würde den ethischen Grundsätzen vollkommen widersprechen. Man darf keine Geschichten für den Mandanten erfinden. Das wissen Sie genau.«

»Wollen Sie damit sagen, daß Verteidiger *niemals* Verteidigungsstrategien vorschlagen? Und wenn ein Mandant der Fahrerflucht angeklagt ist? Kann der Anwalt ihn dann nicht auf die legalen Rechtfertigungsmöglichkeiten hinweisen, bevor er nach den Fakten fragt?«

Debra zögerte einen Moment, dann sagte sie: »Ich weiß, daß einige Anwälte manchmal so etwas tun.«

»Was würde der Verteidiger empfehlen?«

Sie aß einen Bissen, ehe sie antwortete, und überlegte. »Er könnte sagen: ›Wenn Sie vom Unfallort geflohen sind, weil Sie fürchten mußten, daß der andere Fahrer Sie in seiner Rage umbringt, könnten Sie von dem Vorwurf der Fahrerflucht freigesprochen werden.‹ Dann würde der Anwalt seinem Mandanten wahrscheinlich vorschlagen, ein paar Tage darüber nachzudenken, warum er sich aus dem Staub gemacht hat, bevor er sich schildern läßt, was sich abgespielt hat.«

»Würden Sie so vorgehen?«

»Nein. Ein Anwalt kann eine geeignete Verteidigungsstrategie vorschlagen, wenn die Beweislage sie nicht ausschließt; aber erstens fühle ich mich bei so etwas nicht wohl in meiner Haut, und zweitens wird der Mandant beim Kreuzverhör in Stücke gerissen, wenn er eine zurechtgelegte Verteidigung vorbringt, die ihm sein Anwalt empfohlen hat.«

»Wie gehen Sie so etwas an?«

Sie trank einen Schluck Wasser. »Möchten Sie das in Ihrem Buch verwenden?«

»Vielleicht.« Er lächelte.

»Ich möchte alle Fakten wissen. Dann setze ich sie ins günstigste Licht und zeige auf, daß die Staatsanwaltschaft die Tat nicht bewiesen hat.«

»Was geschieht, wenn Ihr Mandant freigesprochen wird und wieder ein Verbrechen begeht?«

»Gott sei Dank ist mir das bis jetzt noch nicht passiert. Ich habe oft darüber nachgedacht. Mir gefällt, was Alan Dershowitz zu seinen Mandanten sagt: ›Jeder Hund darf einmal zubeißen. Aber denken Sie nicht einmal im Traum daran, mich anzurufen, wenn Sie wieder in Schwierigkeiten kommen. Ich werde Sie nicht nur nicht mehr verteidigen, sondern auf der Gegenseite stehen.‹«

Jeff nickte wieder. »Woran arbeiten Sie im Moment?«

»An einem Fall von Vergewaltigung nach einer Verabredung.« Sie seufzte und spießte ein Frühlingsröllchen auf die Gabel.

Jeff hob die Augenbrauen. »Sie glauben, er hat's getan, stimmt's?«

»Ehrlich gesagt, ich habe ein gutes Gefühl bei ihm. Aber ich hasse Vergewaltigungsfälle im allgemeinen, und dieser ...« Sie schüttelte den Kopf. »Die Klägerin ist eine junge Frau aus orthodoxer Familie.«

»Dann übernehmen Sie den Fall eben nicht.«

»Ich habe keine andere Wahl, mein Boß besteht darauf.« Sie erinnerte sich an die Szene mit Richard und preßte die Lippen zusammen.

»Machen Sie ihm klar, daß für Sie ein Interessenkonflikt besteht.«

»Das ist es nicht. Ich kenne die Klägerin nicht.«

»Sie könnten Ihrem Boß sagen, daß Ihre Familie mit ihr bekannt ist.«

Sie schüttelte unmutig den Kopf. Sie ärgerte sich über seine Beharrlichkeit; schließlich ging ihn das alles überhaupt nichts an. »Erzählen Sie mir von Ihrer Familie«, forderte sie ihn auf, um das Thema zu wechseln.

Während des Essens unterhielt er sie mit Anekdoten über seine Familie in Chicago; dann erzählte sie ihm sorgfältig ausgewählte, nicht allzu private Dinge über ihre. Sie hatte gelernt, vorsichtig zu sein. Er war gescheit und witzig und attraktiv, aber als er sie zu ihrer Haustür begleitete, gestand sie sich enttäuscht ein, daß sie in seiner Gegenwart, obwohl sie einen angenehmen Abend mit ihm verbracht hatte, nicht das gewisse Prickeln empfand. Vielleicht war der Zeitpunkt nicht günstig – ihre Nerven waren immer noch angespannt nach den Ereignissen der letzten vierundzwanzig Stunden. Wenn er sich noch einmal mit ihr verabreden wollte, würde sie ja sagen.

Sie hatte Avedons Akte mit nach Hause genommen, beschloß aber, sie erst am nächsten Morgen zu lesen. Sie legte sich ins Bett und versuchte sich den Film anzusehen, den sie sich ausgeliehen hatte – sie liebte Kinofilme, besonders die alten –, doch sie konnte sich nicht konzentrieren. Sie sah noch das Ende der Elfuhrnachrichten, dann schaltete sie den Fernseher aus.

In der Nacht träumte sie, daß sie in einem Zimmer stand, in dem sich eine mit einem Leintuch bedeckte Erhebung befand. Sie ging auf die Erhebung zu und hinterließ dabei blutige Fußabdrücke. Als sie das Leintuch hochhob, sah sie Susan – ihr Mund war ein schwarzes, leeres Loch. Debra schrie.

Sie schreckte aus dem Schlaf, ihr Herz raste, und der Schrei hallte in ihren Ohren wider. Sie machte die Nachttischlampe an und ließ sie brennen, wie sie es als kleines Mädchen gemacht hatte, wenn sie von Alpträumen geplagt worden war. Schließlich fiel sie in einen ruhelosen Schlaf.

17

Das Hämmern unten im Haus begann um acht Uhr. Debra trainierte am StairMaster im Gästezimmer, als der Lärm die Musik aus dem Walkman übertönte. Sie beendete ihre täglichen, dreißigminütigen Übungen, duschte und zog sich an.

Sie legte gerade Make-up auf, als es an der Haustür klingelte.

»Guten Morgen«, sagte Adam Bergman, nachdem sie ihn ins Haus gelassen hatte. »Keine Zeitung diesmal, tut mir leid.« Er lächelte.

»Ich hab' sie schon hereingeholt.« Auf der ersten Seite des Lokalteils stand ein Artikel über Susans Ermordung, und darunter war ein kleines Foto von Debra abgedruckt. »Trotzdem danke.«

»Meine Männer brauchen Strom. Sind Sie tagsüber zu Hause?«

»Nein, aber in der Garage ist eine Steckdose, die sie benutzen können. Ich lasse das Garagentor auf. Sie können es absperren, wenn Sie gehen. Ich hab' ganz vergessen, Sie zu fragen, wie lange Sie für die Arbeiten brauchen werden.«

»Wir müßten am Montag nachmittag fertig sein.«

»Großartig.« Sie durfte nicht vergessen, heute noch Geld von ihrem Sparkonto auf das Girokonto zu überweisen. »Übrigens, Mr. Bergman …«

»Nennen Sie mich Adam.«

»Ich bin Debra«, sagte sie – der Wechsel zu einer etwas persönlicheren Basis war ihr nicht unangenehm. »Nehmen Sie auch kleine Umbauten vor?« Als er nickte, führte sie ihn zu einer Nische im Wohnzimmer. »Ich möchte mir diesen Nebenraum als Arbeitszimmer mit Schreibtisch und eingebauten Bücherregalen einrichten.« Das zweite Schlafzimmer wollte sie als Gästezimmer ausstatten, und falls sie eines Tages heiratete und Kinder kamen...

»Bedeutend aussehende Bücher«, sagte er, während er die aufgestapelten dicken Bände auf dem beigefarbenen Teppich betrachtete.

»Ich nehme oft Arbeit aus dem Büro mit. Ich bin Anwältin«, setzte sie hinzu und hoffte, nicht überheblich zu klingen. Sie benutzte ihren Laptop in der Küche, aber es war unbequem, ständig durch das Wohnzimmer zum Nebenraum und wieder zurück zu laufen, wenn sie etwas nachschlagen mußte.

»Sie wollen den Raum optimal ausnutzen.« Er durchquerte den Raum und öffnete eine Tür. »Ich würde diesen eingebauten Schrank entfernen, wenn Sie ihn nicht brauchen. Dadurch gewinnen Sie etwa einen dreiviertel Meter.«

Sie nickte. »Okay.«

»Welches Holz möchten Sie für die Regale und den Schreibtisch haben?«

»Eines, das nach Bibliothek aussieht. Nicht zu leicht, aber auch nicht zu wuchtig oder abschreckend. Und nicht zu teuer.« Sie lächelte.

»Vielleicht Walnuß oder Eiche. Rosenholz wäre schön, aber das *ist* teuer. Was für eine Anwältin sind Sie?«

»Strafverteidigerin«, sagte sie und wappnete sich innerlich gegen die übliche Frage: Warum geben Sie sich mit Kriminellen ab?

»Ich schätze, dann kann ich Ihnen keinen Tauschhandel vorschlagen. Ich brauche einen Anwalt, der einen Treuhandfonds für meine Eltern einrichtet.« Er grinste. »Ich messe das hier schnell aus, dann kann ich die Kosten grob ausrechnen.«

Während er die Nische ausmaß, setzte Debra Wasser auf und toastete ein Zimt-Rosinen-Hörnchen. Sie verteilte gerade

Blaubeermarmelade auf dem Hörnchen, als Adam in die Küche kam.

»Haben Sie ein Blatt Papier und einen Stift?« fragte er.

Sie holte beides aus einer Schublade, in der sie allerlei Krimskrams aufbewahrte. Er setzte sich an den Frühstückstisch und entwarf mit sicherer Hand eine Skizze. Der Wasserkessel pfiff. Debra schaltete den Herd aus und nahm ihren Lieblingsbecher aus dem Schrank. »Möchten Sie Kaffee oder Tee, Adam?«

»Eine Tasse Kaffee wäre gut. Entkoffeiniert mit fettarmer Milch, wenn Sie so was haben.«

Sie bereitete ihm den Kaffee und einen Himbeertee für sich selbst, dann nahm sie zwei Sets aus einer Schublade und legte sie auf den Tisch. Um an die Schublade zu kommen, mußte sie um Adam herumgehen, aber das schien ihn kein bißchen zu stören. Er zeichnete unbeirrt weiter, auch als sie die Tassen, Frühstücksteller und Hörnchen zum Tisch brachte.

»Möchten Sie ein Hörnchen?« Sie kam sich komisch vor, in seinem Beisein zu essen, ohne ihm etwas anzubieten. »Es ist koscher, Sara Lee.«

Er sah lächelnd auf. »Nein, danke. Ich habe schon gefrühstückt. Keine Grapefruit heute morgen?«

»Grapefruit?« Sie runzelte die Stirn. Es dauerte eine Sekunde, bis ihr das Messer wieder einfiel, und sie fragte sich, ob er wußte, daß sie gelogen hatte. Sie wandte sich ab, so daß er ihr Gesicht nicht sehen konnte. »Nein, heute nicht.« Sie wusch sich die Hände und sprach leise den Segen über das Brot, dann setzte sie sich an den Tisch und biß in ihr Hörnchen.

»Entspricht das so in etwa Ihren Vorstellungen?« erkundigte er sich eine Minute später und schob ihr seine Zeichnung zu.

Es war haargenau das, was sie sich vorgestellt hatte. Das sagte sie ihm auch. Er nannte ihr einen ungefähren Preis – er war hoch, aber erschwinglich. Sie einigten sich darauf, daß er am Sonntag mit exakten Zeichnungen und einem detaillierten Kostenvoranschlag für zwei verschiedene Holzarten wiederkommen würde. »Danke für den Kaffee.« Er stand auf, faltete das Papier zusammen und steckte es in die Tasche seiner Jeans. »Ich hatte vor zwanzig Jahren Bar-Mizwa-Unterricht bei einem Rabbi Laslow. Ein Verwandter?«

»Mein Dad. Er gibt immer noch Bar-Mizwa-Unterricht.«

Sie und Aaron hatten zahllose Abende und einige Sonntagnachmittage am grau-weiß gesprenkelten Resopaltisch in der Küche bei Hausaufgaben oder einem Spiel verbracht und im Hintergrund den Singsang ihres Vaters und den quälend krächzenden seiner Schüler gehört. Ihr und Aaron war es strengstens verboten gewesen, die Stunden zu stören, aber manchmal hatte Debra doch die Tür einen Spalt geöffnet und einen Blick auf die schlaksigen, pickelgesichtigen Halbwüchsigen riskiert.

Adam lächelte. »Wirklich? Ich erinnere mich daran, daß ich im Eßzimmer saß und es kaum abwarten konnte, bis die Stunde zu Ende war. Ihre Mutter hat immer einen Teller mit selbstgemachten Schokoladen-Hafer-Plätzchen hereingebracht. Ich glaube immer noch, daß das eine Bestechung war, damit ich in der nächsten Woche wiederkomme. Backt sie immer noch diese Plätzchen?«

»Meine Mutter ist vor sieben Jahren gestorben«, sagte sie und empfand Mitleid für Adam, dessen Lächeln sofort verblaßte.

»Das muß schlimm sein, egal wie viele Jahre inzwischen vergangen sind«, sagte er leise.

Sie hatte sich daran gewöhnt, daß die Menschen an diesem Punkt der Unterhaltung den Blick abwandten und verlegen ein paar Worte murmelten; sie nahm es ihnen nicht übel. Aber Adams Stimme sowie seine intensiv blauen Augen drückten nichts als Freundlichkeit aus, und plötzlich fühlte sie sich sehr verwundbar.

»Ich mache das Garagentor auf«, sagte sie.

Sie hielt am Long Beach Gerichtsgebäude und besorgte sich die Anklageschrift gegen einen Mandanten, der wegen Einbruchs angeklagt war. Dann fuhr sie ins Büro und blätterte Avedons

Akte durch. Sie sah, daß Annette Prado die Vorverhandlungen geführt hatte. Annette war eine altgediente, stellvertretende Staatsanwältin für Sexualdelikte. Sie war hartnäckig, geschickt und ehrgeizig, aber kein Ungeheuer – eine Madeleine Chase mit Herz und Gewissen.

Debra hatte zwei Fälle gegen Annette verhandelt, den ersten hatte sie verloren, den zweiten gewonnen.

Als sie an das Büro der Staatsanwaltschaft dachte, fielen ihr Claire und der Pizzadieb wieder ein. Sie wählte die Nummer von Claires Richterzimmer, und während der Protokollführer nachfragte, ob Claire ans Telefon kommen konnte, las Debra den Polizeibericht über Avedons Verhaftung.

»Bist du okay?« fragte Claire mit eindringlicher, heiserer Stimme eine Minute später. »Seit ich davon gehört habe, mußte ich die ganze Zeit an dich denken.«

Debra machte den Ordner zu. »Ich habe dir doch gesagt, daß mein Name vor deinem in der Zeitung steht.« Sie täuschte Heiterkeit vor. »Glynnis hat mir ausgerichtet, daß du gestern einige Male angerufen hast. Danke. Tut mir leid, daß ich bis jetzt noch nicht zurückgerufen habe.«

»Du brauchst dich nicht zu entschuldigen. Und, um Gottes willen, bedank dich nicht bei mir. Ich hab' mir Sorgen um dich gemacht. Und sprich nicht darüber, wenn du nicht willst.«

»Es ist so grauenhaft, so unfaßbar, so…« Sie blinzelte die Tränen weg und räusperte sich. »Ich weiß nicht, was mich mehr erschreckt – die Tatsache, daß ein Psychopath zwei Anwältinnen umgebracht hat, die ich kenne, oder daß ich als Verdächtige gelten könnte.«

»Wovon redest du?« fragte Claire in schneidendem Ton.

»Ein Detective Simms hat mich am Dienstag abend verhört und gestern noch einmal. Er schien nicht sehr viel für mich übrig zu haben.«

»Marty Simms? Vom Wilshire-Revier? Er hat schon in einer meiner Verhandlungen ausgesagt. Nimm seine Reaktion auf dich nicht persönlich, Debra. Er mag keine Strafverteidiger.«

»Das hat er angedeutet. Was macht die Geschichte mit dem Pizzamann?«

»Die Axt schwebt noch immer über mir, und ich warte darauf, daß sie auf mich niedersaust. Warum?«

»Ich habe mir nur Gedanken darüber gemacht. Du kennst doch Annette Prado, oder? Sie vertritt die Anklage in dem Vergewaltigungsfall, den ich übernehme.«

»Debra…«

»Ich habe den Mandanten von Madeleine geerbt, ist das zu glauben? Und die Klägerin stammt aus einer orthodoxen Familie. Sie hat meinen Mandanten der Vergewaltigung nach einer Verabredung beschuldigt, also kann…«

»Debra! Was zum Teufel ist los mit dir? Du weißt doch, daß du so etwas nicht mit mir besprechen kannst. Was ist, wenn ich bei dieser Verhandlung den Vorsitz führe?«

»Du hast recht«, erwiderte Debra beschämt. »Tut mir leid.«

Claire seufzte. »Mir tut's auch leid. Ich hätte dich nicht so anfahren dürfen. Ich bin ziemlich nervös.«

»Wegen Nancy Argula?«

»Ja, und wegen meinem Vater. Er hat heute nacht mit seinem Wagen einen Laternenpfahl gerammt. Und du wirst es nicht glauben, aber er hat nur ein paar blaue Flecke abbekommen. Das Auto ist auch kaum beschädigt. Er ist wütend, weil ich gedroht habe, ihm das Auto wegzunehmen. Er darf bei Dunkelheit gar nicht fahren. Gott, ich wünschte, meine Mutter wäre noch am Leben, dann müßte sie mit ihm fertig werden.«

Debra wußte, daß es immer Reibereien zwischen Claire und ihrem Vater gab. Er war Ende Sechzig und körperlich nicht ganz auf der Höhe, aber er bestand darauf, allein zu leben; Claire müßte sich weniger Sorgen machen, wenn er in ein Seniorenheim ziehen würde. »Er wird sich wieder beruhigen, Claire.«

»Wahrscheinlich. Du hast keine Ahnung, wie froh du sein kannst, weil du so eine gute Beziehung zu deinem Vater hast… Bist du sicher, daß mit dir alles in Ordnung ist?«

»Mir geht's gut.«

»Ich wünsche dir viel Glück bei deinem neuen Fall und mit Annette Prado.«

Eine Stunde später hatte Debra alle Unterlagen in Avedons Akte gelesen. Sie freute sich, daß das, was Avedon ihr gestern erzählt hatte, genau mit seinen Angaben bei der Polizei und bei der Vorverhandlung übereinstimmte. Mit Penny Bailors Behauptungen deckte sich seine Geschichte natürlich ganz und gar nicht. Sie hatte bei der Vorverhandlung nicht persönlich ausgesagt – gesetzlich war sie dazu auch nicht verpflichtet –, dafür hatte eine Polizistin ihre Position vertreten. Debra würde also zum ersten Mal Pennys Glaubwürdigkeit prüfen können, wenn sie während der Verhandlung im Zeugenstand saß. Das war ein Nachteil. Debra sah die Unterlagen noch einmal sorgfältig durch, entdeckte jedoch keinen Hinweis darauf, daß Penny Bailor Avedon beschuldigte, sie mit einer Waffe bedroht oder körperliche Gewalt angewandt zu haben. Das wiederum war positiv.

Annette Prado plante, neben anderen Personen Penny Bailor, ihre Mutter, den Detective, der Penny als erster vernommen hatte, und Shira Frick, die Freundin, bei der Penny nach der angeblichen Vergewaltigung die Nacht verbracht hatte, in den Zeugenstand zu rufen. Madeleine hatte Erkundigungen von Avedons Angestellten, auch von der Sprechstundenhilfe, die Pennys Stellung eingenommen hatte, Avedons Verlobter, früheren Freundinnen und einigen Kollegen eingezogen. Außerdem hatte sie mit seinem Nachbarn und den Sicherheitsleuten in seinem Apartmenthaus gesprochen. Die Akte enthielt alle Aussagen der Verteidigung und der Anklage.

Debra rief im Büro der Staatsanwaltschaft an und setzte Annette Prado davon in Kenntnis, daß Kenneth Avedon sie mit seiner Verteidigung betraut hatte.

»Sie übernehmen den Fall von Madeleine?« Annettes Ton verriet Erstaunen, dann senkte sie ihre Stimme zu einem Flüstern. »Es ist schrecklich, daß sie ermordet wurde. Und Susan wurde nur fünf Tage später umgebracht! Es muß furchtbar für Sie gewesen sein, sie zu finden. Ich hoffe, es ist nur ein grausiger Zufall, aber trotzdem...«

Es war kein Zufall. Würgende Angst befiel Debra, und sie sah, wie Susan in einer Blutlache vor ihr liegt. Sie schloß die Augen, aber das Bild war noch da und würde wahrscheinlich immer da sein. »Es fällt mir schwer, darüber zu sprechen, Annette«, sagte sie, und ihre Stimme zitterte.

»Natürlich. Entschuldigen Sie, Debra.« Sie machte eine Pause, dann fuhr sie geschäftsmäßig fort: »Ich nehme an, Sie beantragen eine Prozeßverschiebung – da Sie ja den Fall von Madeleine übernehmen, meine ich.«

»Wir brauchen keinen Aufschub. Und mein Mandant möchte die Sache so schnell wie möglich hinter sich bringen. Sein Hochzeitstermin ist für den Neujahrstag festgesetzt.«

»In der Gefängniskapelle? Debra, ich muß Sie darauf hinweisen, daß meine Zeugin äußerst überzeugend ist. Und wir haben dieses Tonband.«

»Mein Zeuge ist auch überzeugend. Ich habe die Abschrift der Bandaufnahme gelesen und mache mir keine Sorgen.« Avedons zustimmendes Eingeständnis bereitete ihr *große* Sorgen. Seine Erklärung, warum er Pennys Vorwürfe nicht zurückgewiesen hatte, leuchtete Debra zwar ein, aber die Geschworenen würden genau hören, daß er sich nicht gegen die Beschuldigung gewehrt und die Tat abgestritten hatte. Und bei Geschworenen, das wußte Debra aus Erfahrung, konnte man nie vorhersagen, wie sie reagieren würden.

»Wir haben auch eine Psychologin, die bestätigen wird, daß meine Zeugin unter den Symptomen eines Vergewaltigungstraumas leidet«, sagte Annette.

Debra zog erstaunt die Augenbrauen hoch. »Ich finde in meiner Akte keinen Bericht und keine Aussage von dieser Psychologin.« Nicht in allen Staaten waren Aussagen von Experten, die traumatische Veränderungen nach einer Vergewaltigung attestierten, zugelassen, aber in Kalifornien werden psychologische Gutachten bei Gericht berücksichtigt, solange die Anklage damit aufzeigen kann, daß das Verhalten der Klägerin eindeutig auf ein Trauma nach einer Vergewaltigung hinweist.

»Unsere Psychologin hat sie gestern untersucht. Ich werde Ihnen den Bericht schicken. Wie ist die Adresse Ihrer Kanzlei?«

Sie nannte Annette die Adresse, Telefon- und Faxnummer. »Wäre Ihre Zeugin damit einverstanden, sich auch von unserem Psychologen untersuchen zu lassen?« Sie schrieb auf einen Zettel: SYMPTOME EINES VERGEWALTIGUNGSTRAUMAS – PSYCHOLOGE?

»Ich werde sie fragen. Hat Ihr Mandant vor, eine Aussage vor Gericht zu machen?«

»Das habe ich noch nicht entschieden.« Selbst wenn, dann würde sie Annette nichts davon sagen – es war ihr lieber, wenn die Staatsanwaltschaft im dunkeln tappte und auf Vermutungen angewiesen war.

»Übrigens, Debra, gibt es noch Expertenberichte oder Zeugenaussagen, von denen ich nichts weiß?«

Es gab im Gerichtssaal nur wenige Überraschungen, mit denen Anwälte aufwarten konnten. Nach der Vorschrift der »gegenseitigen Offenlegung« ist die Staatsanwaltschaft berechtigt, Einsicht in alle Berichte und Zeugenaussagen der Verteidigung zu nehmen. »Soweit ich weiß, haben Sie Kopien von allem, was ich habe.«

»Es sei denn, Madeleine hat ein paar Leckerbissen zurückgehalten oder mündliche Erklärungen nicht protokolliert, um die Vorschrift der gegenseitigen Offenlegung zu umgehen. Debra, Sie würden so etwas nicht machen, oder?« Obwohl sie sich Mühe gab, möglichst munter zu klingen, war der ernste, strenge Unterton nicht zu überhören.

»Ich würde nie etwas tun, was nicht dem Berufsethos entspricht, Annette«, erwiderte Debra, ohne die Frage direkt zu beantworten. »Wir sehen uns bei Gericht.«

Falls Madeleine mündliche Absprachen getroffen und keine Berichte darüber angefertigt hatte, dann hatte sie sie mit sich ins Grab genommen – genau wie das Wissen, wer ihr Mörder war.

»Hier haben Sie die Sachen.« Cynthia Ellis, die brünette Vierzigerin, die Madeleines Sekretärin gewesen war, überreichte Debra einen versiegelten grauen Umschlag. »Das ist alles.«

»Vielen Dank.« Debra hatte Blackmeyer angerufen und ihn gebeten, ihr Madeleines persönliche Notizen über den Avedon-Fall zu überlassen. Nach kurzem Zögern hatte sich Blackmeyer einverstanden erklärt – vielleicht, mutmaßte Debra, plagte ihn das schlechte Gewissen wegen der Absage, nachdem er ihr die Stellung in seiner Kanzlei im Grunde schon angeboten hatte.

Ein schlechtes Gewissen ist dann gut, wenn es Ergebnisse bringt. Eine Stunde nach dem Telefongespräch war sie zu Blackmeyers Kanzlei gefahren, um die Notizen abzuholen. Sie hatte so etwas wie Bedauern, aber auch Neid empfunden, als sie den Empfangsbereich betrat, der mindestens dreimal so groß war wie der bei Knox und Cantrell.

»Ist Mr. Blackmeyer da?« fragte sie nun Cynthia. »Ich würde mich gern bei ihm bedanken.«

»Er ist außer Haus.«

Entweder das, oder dem Seniorpartner wäre es unangenehm, mit ihr von Angesicht zu Angesicht sprechen zu müssen. Vielleicht wollte er aber auch, da er eine Affäre mit Madeleine gehabt hatte, mit niemandem reden, der sie oder ihre Geheimnisse gekannt hatte. »Die Situation muß schlimm für Sie sein«, sagte Debra in traurigem, respektvollem Ton.

»Es ist wirklich schwer. Dieser Schock! Die Polizei geht ein und aus. Mandanten rufen an und fragen besorgt, was jetzt aus ihnen werden soll.« Ihre Augen standen voll Tränen.

»Sie mochten Madeleine sehr, nicht wahr?« fragte Debra leise.

»Nein, ich mochte sie nicht. Sie sind sicher erstaunt, daß ich das sage.« Ein schwaches Lächeln umspielte ihre Lippen. »Sie war schwierig und forderte viel; sie nahm überhaupt kein Blatt vor den Mund, wenn sie mit meiner Arbeit nicht zufrieden war. Aber sie war eine großartige Anwältin, und sie hat alles getan, um ihre Fälle zu gewinnen.«

»Ich nehme an, sie hat Briefe von aufgebrachten Leuten bekommen.«

»Tonnenweise.« Ihr Lächeln wurde breiter. »Ehrlich gesagt, ich glaube, daß sie sogar stolz darauf war.«

»Hat sie sie aufgehoben?«

»Die von ihren Mandanten schon. Ich habe Kopien für die Polizei gemacht. Die anonymen Haßbriefe – davon gab es unzählige – hat sie zerrissen und in den Papierkorb geworfen. Ich glaube, das hat sie getan, um mir und der ganzen Welt zu zeigen, daß sie keine Angst hatte.« Sie hielt einen Augenblick inne, dann beugte sie sich näher zu Debra. »Aber sie *hatte* Angst.«

Debra wurde hellhörig. »Woher wissen Sie das?«

»Sie hat die Briefe wieder zusammengeklebt, wenn niemand zuschaute. Wenigstens hat sie es bei einem gemacht – ich hab' einen zusammengeklebten Brief auf ihrem Schreibtisch gesehen, als ich einmal, ohne anzuklopfen, in ihr Büro kam. Er sah aus wie ein kleines Puzzle. Als ich sie darauf ansprach, wurde sie wütend.«

»Wann war das?«

Cynthia zog die Augenbrauen hoch. »Ungefähr vor zwei Wochen.«

»Wissen Sie, was Miss Chase mit dem Brief gemacht hat?«

»Nein. Die Polizei hat mich das auch gefragt. Sie haben ihren Schreibtisch und die Akten durchsucht.« Sie ordnete einen Stapel Schnellhefter auf ihrem Schreibtisch.

»Wissen Sie zufällig, was in diesem Brief stand?«

»Ich lese keine fremde Post, Miss Laslow.« Cynthias Stimme klang frostig vor Entrüstung.

»Das habe ich auch nicht gemeint«, beschwichtigte Debra. »Ich dachte, Miss Chase hat vielleicht mit Ihnen darüber gesprochen.«

»Nein. Und ich hab' nicht in ihren Sachen geschnüffelt.« Ihr Gesicht lief rot an. Sie stand auf, nahm die Schnellhefter und drückte sie an ihre Brust. »Ich muß ein paar Unterlagen fotokopieren. Entschuldigen Sie mich bitte.«

»Tut mir leid. Es ist nur ...«

»Ich weiß nichts über diesen Brief.« Sie durchquerte den Raum und ging zu dem Kopiergerät, das an der Wand am anderen Ende des Raumes stand.

Die Lady protestiert zu heftig, deucht mich, dachte Debra.

18

Auf einem großen Schild im Vorgarten stand: ADAM BERGMAN – BAUUNTERNEHMER. Das Schild erschreckte Debra – auf dem weichen, grünen Rasen sah es wie ein Fremdkörper aus –, aber als sie in ihrer Einfahrt stehenblieb, erschien es ihr doch ganz gut, daß jeder, der vorbeikam, merkte, daß in ihrem Haus Aktivität herrschte.

Sie ging in den Garten hinterm Haus. Adam hatte die Garage abgeschlossen, wie sie ihn gebeten hatte. Obwohl es schon ziemlich dunkel war, sah sie im schwachen Schein der Kontrollampen über dem Sicherungskasten, daß die hintere Wand mit Sperrholz und anderen Materialien verstärkt war.

»Debra?«

Sie drehte sich erschrocken um und sah, daß Adam auf sie zuschlenderte.

»Ich dachte, daß Sie schon weg sind«, sagte sie. Sie hatte seinen Lieferwagen nicht bemerkt, aber sie hatte auch nicht Ausschau danach gehalten.

»Meine Jungs haben einen Kurzschluß gebaut, und ich

wollte nicht, daß sie in ein Haus ohne Strom zurückkommen. Tut mir leid. Die Kontrollämpchen über dem Sicherungskasten brennen noch. Gibt es noch einen?«

Sie ärgerte sich über den Kurzschluß, aber Adam sah so gut aus, und sein Lächeln wirkte aufrichtig zerknirscht. »Auf der Veranda vor der Küche. Wer immer den Strom in diesem Haus verlegt hat, muß die Garage, die Schlafzimmer und die Küche an einen Kreis angeschlossen haben. Ich sehe mal nach«, sagte sie.

»Sie brauchen eine Taschenlampe.« Er hatte eine in der Hand und hielt sie hoch.

Debra hatte einen Augenblick Bedenken, mit jemandem, der ihr letztendlich fremd war, das dunkle Haus zu betreten; aber dann sagte sie sich, daß sie sich albern benahm, und schloß die Tür auf. Adam folgte ihr hinein und richtete den Strahl der Taschenlampe auf das Schränkchen über der Waschmaschine, während sie eine Schachtel mit Sicherungen herausnahm und auf den Trockner stellte. Sie suchte im Sicherungskasten nach der kaputten Sicherung und schraubte sie heraus, dann griff sie im selben Moment wie Adam nach der Schachtel. Ihre Hände berührten sich. Debra zog ihre hastig zurück. Adam reichte ihr eine Sicherung. Sie spürte seinen Blick, als sie die Sicherung einschraubte.

Das kleine Licht an der Waschmaschine flammte auf. »Glück gehabt.« Debra lächelte.

»Die meisten Frauen, die ich kenne, sind nicht so geschickt.«

»Ich würde das nicht ›geschickt‹ nennen.« Sie stellte die Schachtel wieder zurück und machte die Schranktür zu. »Wenn man allein lebt, ist man gezwungen, sich unabhängig zu machen.« Sie schaltete die Deckenlampe an und blinzelte in dem grellen Licht.

»Sind Sie geschieden?« fragte Adam. »Wenn Sie finden, daß mich das nichts angeht, sagen Sie es einfach.«

Es ging ihn nichts an, doch sie schüttelte den Kopf und antwortete: »Ich war nie verheiratet.«

»Ich auch nicht.«

Das Gespräch war zu persönlich – genau wie der Blick, mit dem er sie ansah. »Danke für die moralische Unterstützung und die Taschenlampe«, sagte sie.

»Tut mir wirklich leid wegen dem Kurzschluß.«

»Besser heute als morgen. Ich wäre außer mir vor Verzweiflung, wenn ich in letzter Minute von der Arbeit nach Hause rasen würde, alles für den *Schabbos* vorbereiten wollte und keinen Strom hätte.«

»Das ist die zweite Sache, die mir an meiner Selbständigkeit so gut gefällt. Mein Arbeitstag ist zu Ende, wenn ich es sage. Ich brauche niemandem etwas zu erklären.«

Debra dachte an Richard und hätte beinahe laut geseufzt. »Und was ist die erste Sache?«

»Ich liebe meine Arbeit.« Er lächelte wieder. »Bis morgen dann.«

Sie liebte noch immer das Gesetz, doch es war schon eine Weile her, seit sie ihre Arbeit geliebt hatte. Nachdem Adam weggefahren war, schlüpfte sie aus ihren Kleidern, zog sich eine Hose und einen Pullover an, hörte ihren Anrufbeantworter ab und sah die Post durch. Rechnungen und die Zahlungsaufforderung für die Hypothek. Ein Wäschekatalog und ein schmaler Umschlag von Hoffinger, Bailey und Tchuk, Rechtsanwaltskanzlei. Mit fahrigen Fingern riß sie den Umschlag auf und faltete den Brief auseinander.

Sie wollten sie kennenlernen. Ob sie in den nächsten Tagen anrufen und einen Termin für ein persönliches Gespräch festsetzen könne?

Ein persönliches Gespräch ist noch kein Stellenangebot, ermahnte sie sich, als sie ins Frühstückszimmer ging, aber sie bebte innerlich vor freudiger Erregung. Sie warf die andere Post auf den Tisch und steckte den Brief in ein Fach ihrer Aktentasche.

Sie hatte auf der Heimfahrt haltgemacht, um ein Stück Pizza zu essen, doch plötzlich hatte sie wieder Hunger. Sie durchsuchte das Gefrierfach und fand ein Päckchen Erbsensuppe. Als sie die Plastikverpackung aufschlitzte und im Begriff war, die Suppe in die Mikrowelle zu schieben, rief Jeff an.

»Sie klingen gut gelaunt«, stellte er fest, nachdem sie sich begrüßt und ein paar Höflichkeiten ausgetauscht hatten. »Ich schließe daraus, daß sich Ihr Vergewaltigungsfall gut entwickelt.«

»Er sieht vielversprechend aus.« Sie zögerte und überlegte, ob es verfrüht wäre, darüber zu sprechen, aber sie wollte die Neuigkeit mit jemandem teilen. »Eigentlich bin ich so guter Dinge, weil ich Bewerbungsunterlagen an verschiedene Kanzleien geschickt habe und endlich von einer zu einem Gespräch eingeladen worden bin.«

»Sie sind dort, wo Sie arbeiten, nicht glücklich?«

»Ich habe Probleme mit dem blondhaarigen Knaben des Seniorpartners – in Wirklichkeit ist er dunkelhaarig. Das ist vertraulich, Jeff.«

»Keine Angst – ich werde es nicht für mein Buch verwenden.« Er lachte. »In welcher Kanzlei wollen Sie sich persönlich vorstellen?«

»Bei Hoffinger, Bailey und Tchuk.«

»Hoffinger ist eine renommierte Kanzlei – ist sie Ihre erste Wahl?«

Blackmeyer war ihre erste Wahl gewesen, Susans Kanzlei ein sehr verlockender Ersatz. Debra wollte keine der beiden Kanzleien erwähnen, um den unangenehmen Fragen, die unweigerlich folgen würden, zu entgehen. Sie nannte die Namen der anderen Kanzleien und sagte: »Ich habe mich noch nicht entschieden, welche ich bevorzuge. Wie geht's mit dem Schreiben voran?«

»Schleppend.« Er lachte. »Ich hab' den Tag damit verbracht, an Sie zu denken. Ich fand den gestrigen Abend sehr schön, Debra, und dachte, wir könnten uns am Samstag wieder treffen.«

Ihr hatte der Abend ebenso gefallen, auch wenn die Verzauberung gefehlt hatte. Sie dachte an Adam Bergman und ihre Reaktion, als sich ihre Hände zufällig berührt hatten, und sagte: »Das wäre schön.«

Sie plauderten eine halbe Stunde, und nachdem sie sich verabschiedet hatte, rief sie ihren Vater und ein paar Bekannte an, die aufs Band gesprochen hatten und sich Sorgen wegen des Zeitungsartikels machten – und ihre Neugier befriedigen wollten, vermutete Debra. Danach wählte sie die Nummer von Tante Edith und entschuldigte sich, daß sie nicht schon früher zurückgerufen hatte.

»Solange es dir gutgeht, Debra«, sagte ihre Tante. »In der Zeitung klang es so, als müßtest du ins Gefängnis.«

Debra sah Marty Simms vor ihrem geistigen Auge – sie schüttelte den Kopf, um das Bild zu vertreiben. »Ich komme nicht ins Gefängnis, Tante Edith.«

»Natürlich nicht!« rief Tante Edith aus. Ohne Übergang und mit der zielstrebigen Direktheit, die Debra an ihr bewunderte und die sie immer wieder zum Schmunzeln brachte, erzählte sie von einem siebenunddreißigjährigen Dermatologen, den ihre Freundin Bernice kannte. »Geschieden, aber ohne Kinder. Wenn ich Bernice bitte, ihm deine Telefonnummer zu geben, kann er noch für Samstag abend anrufen.«

»Ich habe am Samstag schon eine Verabredung«, erwiderte Debra und empfand beinahe Schuldgefühle, weil sie die gutgemeinten Absichten ihrer Tante durchkreuzte.

»Jemand anderer hat etwas arrangiert?« Ediths Stimme verriet Überraschung, Freude und Verstimmung. »Wie ist sein Name?«

»Jeff Silver. Aaron hat sich über ihn erkundigt. Wie geht's Onkel Morrie«, fragte sie, um ein anderes Thema anzuschneiden, »und Jenny und den Kindern?«

Sie hörte eine ganze Weile zu, während ihre Tante von den Enkeln erzählte; dann wünschte sie ihr eine gute Nacht. Ihr letzter Anruf galt Aaron.

»Tut mir leid, daß ich mich gestern nicht bei euch gemeldet

habe«, sagte sie. »Aber ich war einfach nicht mehr fähig zu reden.«

»Ist schon gut, ich verstehe das.« Er klang distanziert, geistesabwesend.

Debra machte ein sorgenvolles Gesicht. »Irgend etwas stimmt nicht, das höre ich an deiner Stimme. Hast du Schwierigkeiten bei der Arbeit?«

»Nein, da ist alles bestens.«

»Was ist dann los?« Als er nicht antwortete, wiederholte sie ihre Frage noch einmal.

»Julia hat ihre Periode bekommen«, erwiderte er ausdruckslos.

Debra war enttäuscht – um Julias, Aarons und ihrer aller willen. »Das tut mir so leid, Aaron.« Sie biß sich auf die Lippe und schwieg einen Moment, weil sie nicht wußte, was sie sonst noch sagen könnte. »Kann ich mit ihr sprechen?«

»Nicht jetzt. Sie weint, und mir fällt nichts mehr ein, was ich ihr noch sagen könnte. Debra, wir dachten wirklich, daß es diesmal...« Er verstummte.

»Gibt es etwas, was ich tun kann?« Wieder herrschte eine Weile Schweigen. »Hast du schon einmal an eine In-vitro-Befruchtung gedacht, Aaron?« fragte sie schließlich.

»Hast du dir schon überlegt, wo wir das Geld hernehmen sollen?« Er seufzte. »Das kostet mindestens zehntausend Dollar pro Versuch.«

»Ich könnte dir das Geld leihen – das würde ich sehr gern machen.«

»Die Staranwältin greift ihrem armen Bruder unter die Arme? Nein danke.«

»Du weißt, daß das nicht so ist.« Er war frustriert, entmutigt; er brauchte jemanden, an dem er sich abreagieren konnte. »Du würdest mir das Geld auch sofort geben, wenn ich es brauchte«, sagte sie sanft. »Dafür hat man Familie, Aaron.«

»Ich weiß. Tut mir leid, daß ich dich so angefahren habe. Es ist nur... Ich muß zu Julia, Debra. Wir sehen uns morgen.«

»Ruf mich an, wenn du jemanden zum Reden brauchst«, bot sie an, aber er hatte schon aufgelegt.

Sie hatte keinen Hunger mehr, aber die Erbsensuppe war inzwischen aufgetaut und sickerte durch den Schlitz, den sie in die Verpackung gemacht hatte. Debra dachte immer noch an Aaron und Julia, während sie die Suppe heiß machte und zusammen mit einem Brötchen zum Frühstückstisch brachte.

Sie entdeckte den Wäschekatalog unter der Post, zog ihn heraus und blätterte die Seiten durch, auf denen schöne, sexy Frauen in schöner, sexy Unterwäsche abgebildet waren.

Eine der Seiten war der Länge nach gefaltet. Debra klappte sie auf und sah, daß jemand ein rotes Sternchen neben das Foto eines großen, langbeinigen Models mit welligem dunkelbraunen Haar gemalt hatte. Die Frau trug ein glänzendes elfenbeinfarbenes Satinnachthemd mit Spaghettiträgern; es wirkte wie eine zweite Haut und ließ die obere Hälfte der vollen Brüste frei.

Direkt darunter, neben einem anderen Foto, war noch ein Sternchen gemalt. Dieselbe Frau lag auf der Seite, hatte den Kopf in die Hand gestützt und stellte einen schwarzen Spitzen-BH und ein dazu passendes, knappes Höschen zur Schau.

»Eindeutig Sie«, hatte der Absender an den Rand gekritzelt.

Debra riß die Seite heraus. Sie empfand Wut und Abscheu – auf Richard. Sie *wußte*, daß Richard den Katalog geschickt hatte, und das bereitete ihr Unbehagen. Sie wollte die Seite zusammenknüllen, beschloß dann aber doch, sie aufzuheben. Vielleicht würde sie sie Jeremy zeigen.

Aber Richard würde abstreiten, daß er ihr den Katalog geschickt hatte, und sie konnte ihm nicht das Gegenteil beweisen.

19

Avedon brachte eine getippte Liste von Namen, Adressen und Telefonnummern der Leute mit, die ihm einen soliden, zuverlässigen Charakter bescheinigen würden.

Debra steckte die Liste ganz hinten in seine Akte. »Ich habe alle Unterlagen und Aussagen in Ihrer Akte gelesen, Ken. Außerdem hat man mir Madeleines Notizen zu dem Fall überlassen.«

Sie war sich eigenartig vorgekommen, die handgeschriebenen ehemaligen Aufzeichnungen zu lesen. Madeleine hatte Avedon eingeschätzt: »eindrucksvoller Zeuge, ausgesprochen glaubwürdig, gutaussehend, äußerst sympathisch.« Sie hatte auch rätselhafte Abkürzungen an den Rand einer Seite geschrieben: »6 Jr.?« und »G. P.?« Keine der beiden traf auf Avedon zu. Debra hatte sich bei Ken danach erkundigt, aber er hatte nur den Kopf geschüttelt und gemeint, er habe auch keine Ahnung, was sie bedeuten könnten.

»Wie beurteilen Sie meine Chancen?« erkundigte sich Avedon bei Debra.

»Wie ich schon dargelegt habe, die Geschworenen werden entscheiden müssen, wem sie mehr Glauben schenken – Ihnen oder Penny. Die Staatsanwaltschaft wird sie als tüchtige, natürliche junge Frau präsentieren – eine Jungfrau –, die aus einer frommen Familie stammt und deren einziger Fehler es war, die Situation falsch eingeschätzt zu haben und mit ihrem Arbeitgeber – einem wohlhabenden Internisten, der ihr Alkohol eingeflößt und sie anschließend vergewaltigt hat – zum Dinner ausgegangen zu sein.«

»Sie wollte mit mir schlafen.« Avedon schob das Kinn trotzig vor. »Sie hing regelrecht an mir und war plötzlich überall, als wir in meine Wohnung kamen. Denken Sie, die Geschworenen werden ihr glauben?«

»Sie sind Arzt – respektabel, anständig, finanziell abgesichert –, nicht der typische Vergewaltiger. Andererseits, Ken, viele Leute – und denken Sie daran, die Geschworenen sind auch nur Menschen – beneiden Ärzte und halten sie für arrogant, und es käme ihnen ganz gelegen, wenn sie einem Arzt einen Denkzettel verpassen könnten.«

»Na, prima«, versetzte er düster.

»Das ist nur etwas, dessen Sie sich immer bewußt sein müssen.« Debra schenkte ihm ein beschwichtigendes Lächeln. »Penny behauptet, sie habe nicht gleich Anzeige erstattet, weil sie sich nicht den Vernehmungen und der Schande aussetzen wollte und weil sie Angst davor hatte, jeder könnte von ihrer Vergewaltigung erfahren.« Das hatte Debra im Polizeibericht gelesen; das wurde ihr am Telefon von der Polizistin bestätigt, mit der Debra schon bei einem anderen Vergewaltigungsfall zu tun gehabt und die Penny als erste vernommen hatte. »Nach allem, was Sie mir erzählt haben, sind Sie der Meinung, daß sie Sie bei der Polizei beschuldigt hat, weil ihr Traum von einer Hochzeit mit Ihnen zerplatzte, als Sie sich mit Vickie verlobten.«

»Genau so war es auch.« Avedon nickte nachdrücklich.

Debra warf einen Blick auf Madeleines Notizen und das Wort »JUNGFRAU??«. »Sie sagten, Penny habe Ihnen erst nach dem Verkehr gestanden, daß sie noch Jungfrau war und daß Sie selbst nichts bemerkt haben. Ist es möglich, daß sie gelogen hat?«

»Madeleine hat mich das auch gefragt. Es wäre durchaus möglich. Es gab nichts, woran ich es hätte erkennen können. Warum?«

»Wenn wir beweisen können, daß sie in bezug auf ihre Jungfräulichkeit gelogen hat, werden die Geschworenen vielleicht annehmen, die Geschichte mit der Vergewaltigung sei auch erfunden. Ich denke, Madeleine wollte diesen Weg beschreiten. Aber das wirft Probleme auf. Erstens müssen wir eine Person oder mehrere Personen finden, die vor Ihnen mit ihr sexuellen Kontakt hatten. Zweitens könnte der Richter, selbst wenn wir beweisen können, daß sie keine Jungfrau mehr war, die Aussagen dieser Zeugen nicht zulassen – es gibt ein Gesetz, das Vergewaltigungsopfer schützt, und in diesem Gesetz ist festgelegt, daß das frühere Sexualleben der Klägerin bei der Verhandlung nicht zur Sprache gebracht werden darf.«

»Madeleine hat mir das erklärt. Die Gesetze sind nicht fair, nicht wahr?«

»Sie *sind* fair. Eine Menge Menschen glauben immer noch, daß ein Vergewaltigungsopfer die Tat selbst ›herausgefordert‹ hat. Doch das stimmt nicht. Und die Tatsache, daß eine Frau vorher außerehelichen Verkehr hatte oder sogar promiskuitiv war, steht in keinem Zusammenhang mit einer möglichen Vergewaltigung. Das Gesetz zum Schutz der Vergewaltigungsopfer hält die Anwälte davon ab, die Frau oder ihre Vergangenheit zum Gegenstand des Prozesses zu machen statt die Taten des Angeklagten.«

»Sie scheinen eine leidenschaftliche Verfechterin dieser Sache zu sein«, erwiderte Avedon unbehaglich. »Ich bin froh, daß Sie auf meiner Seite sind.«

»Tut mir leid.« Sie lächelte. »Ich habe schon einige Male erlebt, wie die Opfer im Zeugenstand furchtbar beleidigt und gedemütigt wurden. Aber ich *stehe* auf Ihrer Seite, Ken. Und falls Penny aussagt, daß sie Jungfrau war, und wir das Gegenteil nachweisen können, werde ich mit allen Mitteln versuchen, die Geschworenen darüber in Kenntnis zu setzen. Eine andere Sache ...«

Ihre Sprechanlage summte. »Entschuldigen Sie.« Sie hob den Hörer ab und sagte: »Ja?« Sie erfuhr, daß Marty Simms da war. »Sie wissen doch, daß ich eine Besprechung mit einem Mandanten habe, Glynnis«, sagte sie und bemühte sich, vor Avedon ihre Antwort ärgerlich und nicht nervös klingen zu lassen, da Detective Simms natürlich herausgefunden hatte, daß sie in der Mordnacht vor Madeleines Haus gestanden hatte.

»Er besteht darauf, Sie unverzüglich zu sprechen.«

»Ich komme.« Sie legte den Hörer auf die Gabel und zwang

sich zu einem Lächeln. »Da gibt es etwas, was meine sofortige Aufmerksamkeit erfordert. Es dauert nur ein paar Minuten. Ich hoffe, es macht Ihnen nichts aus.«

Ken Avedon lächelte und versicherte ihr, daß es ihm nicht das geringste ausmachte. Sie verließ ihr Büro und schloß die Tür hinter sich. Sie sah Simms sofort – er lümmelte in einem Sessel.

»Ist der Konferenzraum frei, Glynnis?« Debra hatte nicht die Absicht, sich in Hörweite der Sekretärin mit Simms auseinanderzusetzen. Als Glynnis nickte, wandte sich Debra an Simms, der auf sie zukam. »Bitte kommen Sie mit, Detective«, sagte sie mit kühler Zurückhaltung.

Er folgte ihr durch den Korridor ins Konferenzzimmer.

»Hübsch«, sagte er und betrachtete den ovalen Tisch. Er setzte sich auf einen Stuhl, kippte vor und zurück und strich über die glatte Tischplatte. »Hier haben Sie also Ihre wichtigen Sitzungen.«

Sie blieb stehen. »In meinem Büro wartet ein Mandant. Er bezahlt mich nicht dafür, daß ich hier herumstehe und mit Ihnen plausche. Was wollen Sie?«

»Wieviel?«

Sie runzelte die Stirn. »Was?«

»Wieviel bezahlt er Ihnen für die Stunde? Zweihundertfünfzig? Dreihundert? Vierhundert?«

»Das geht Sie nichts an.«

»Ich wette, es ist 'ne Menge. Was glauben Sie, wieviel ich verdiene?«

»Ich bin nicht daran interessiert, unsere Einkommen miteinander zu vergleichen, Detective. Gibt es Fragen, die Sie mir stellen wollen? Wenn nicht…«

»Wo waren Sie in der Nacht, in der Madeleine Chase umgebracht wurde?«

Sie war auf diese Frage vorbereitet, aber nicht auf das beklemmende Gefühl in der Magengegend – sie fragte sich, ob ihm ihre Nervosität auffiel. »Ich war bis um zehn Uhr zu

Hause, dann fuhr ich zu Madeleines Wohnung, weil ich mich für das, was ich bei dem Streit am Nachmittag zu ihr gesagt hatte, entschuldigen wollte.« Sie registrierte mit Genugtuung, daß Simms zerfurchtes Gesicht Überraschung und Enttäuschung ausdrückte. »Ich kam um halb elf dort an. Ich stand unten vor der Haustür und klingelte einige Male, als sich niemand meldete, ging ich wieder.«

»Sie haben das weder mir noch Detective Cummings gegenüber erwähnt.«

»Cummings sagte mir, daß Madeleine zwischen sieben und zehn Uhr an diesem Abend – eine halbe Stunde, bevor ich hinkam – ermordet wurde. Ich habe nichts Außergewöhnliches und niemanden, der mir verdächtig erschien, dort beobachtet, deshalb sah ich keinen Grund, ihm diese Information freiwillig zu geben.« Plötzlich fühlte sie sich sehr erleichtert; ihre Feindseligkeit Simms gegenüber schwand. »Rückblickend muß ich zugeben, daß ich falsch gehandelt habe, Detective Simms, und ich entschuldige mich dafür.«

»Warum haben Sie sie nicht einfach angerufen?«

»Das habe ich einige Male versucht. Ihre Leitung war besetzt. Einmal meldete sie sich, aber ich hab' aufgehängt – ich bekam kalte Füße.«

»Also sind Sie zu ihr gefahren. Aber Sie sind nicht hinauf zu ihrer Wohnung gegangen?«

»An diesem Abend war ich nicht in ihrer Wohnung. Ich war zwei Wochen vorher dort, bei einem Treffen von WRIT; das ist die Organisation, von der ich Ihnen erzählt habe.«

»Ein Ehepaar hat Sie in der Mordnacht gesehen und ausgesagt, Sie haben einen nervösen Eindruck gemacht.«

»Ich *war* nervös. Ich habe mich nicht darauf gefreut, Madeleine um Verzeihung zu bitten – wenn Sie sie gekannt hätten, würden Sie das verstehen. Und außerdem hat mich der Hund der Leute angeknurrt.« Debra lächelte.

Simms runzelte die Stirn. »Ein Mord ist kein Spaß, Miss Laslow.«

»Das wollte ich auch nicht andeuten«, erwiderte sie – das Lächeln war wie weggewischt.

»Cummings hat mit einigen ehemaligen Kommilitonen von Miss Chase gesprochen. Alle dachten, daß Sie die Herausgeberin der juristischen Zeitung werden, aber dann hat man Miss Chase dafür ausgewählt.«

»Ich war damals sehr enttäuscht.« Sie zuckte mit den Schultern und verdrängte die Erinnerung an Madeleines spöttisches Grinsen und ihre Häme. »Aber ich bin darüber hinweggekommen.«

»Kurz nachdem Sie sich bei Blackmeyer beworben haben, wurden Sie zurückgewiesen zugunsten von – raten Sie, von wem! – zugunsten von Madeleine Chase.«

»Sie machen Ihre Hausaufgaben aber gründlich, wie?« sagte sie leichthin, aber die Anspannung war wieder da. »Ich war nicht unglücklich darüber, daß ich den Job nicht bekam. Ich wurde statt dessen von Richter Ramsey angestellt, danach war ich im Büro des Pflichtverteidigers beschäftigt. Aber das wissen Sie wahrscheinlich alles schon.«

»Ich weiß, daß Madeleine Chase Ihnen die Position als Zeitungsherausgeberin streitig gemacht und den Job bei Blackmeyer, der besten Kanzlei der Stadt, weggeschnappt hat. Jahre später hat sie noch einmal verhindert, daß Sie dort eine Stellung bekommen.«

»Ich mochte Madeleine nicht, Detective. Und ich sage noch einmal: Fast niemand konnte sie leiden. Aber man kann wirklich nicht behaupten, daß sie mein Leben oder meine Karriere ruiniert hat. Knox und Cantrell ist eine Kanzlei mit sehr gutem Ruf.«

»Wenn es hier so toll ist, warum sind Sie dann scharf darauf, eine andere Stelle zu bekommen?« Simms erhob sich. »Übrigens, in Ihrer Handtasche wurden Blutspuren von Susan Clemens gefunden. Ich wette, dafür ist der Hund verantwortlich, was?«

Er ging an ihr vorbei, öffnete die Tür und verließ das Konferenzzimmer. Debra wäre gern geblieben, wo sie war, um über ihre Situation nachzudenken, aber Avedon wartete. Sie ging hinaus und sah, daß Simms mit Richard redete. Die beiden Männer schüttelten sich die Hände, und Simms verschwand.

Richard kam auf sie zu. »Allmählich sieht das hier eher wie ein Polizeirevier aus und nicht wie eine Anwaltskanzlei. Ich möchte mit Ihnen sprechen.«

»Dr. Avedon wartet in meinem Zimmer auf mich«, entgegnete sie mit gespielter Gelassenheit. »Ich komme in Ihr Büro, sobald er weg ist.«

»Tun Sie das«, versetzte er.

Sie spürte, daß er ihr nachsah, als sie den Flur hinuntereilte, aber sie versuchte sich auf das zu konzentrieren, was sie zuletzt mit Avedon diskutiert hatte.

»Entschuldigung«, sagte sie lächelnd, als sie wieder hinter ihrem Schreibtisch Platz nahm. »Es hat ein bißchen länger gedauert, als ich dachte.«

»Kein Problem. Das hat mir Zeit zum Nachdenken gegeben.« Er beugte sich vor. »Was, wenn wir beweisen können, daß Penny keine Jungfrau mehr war?«

»Sie sagten, Penny wollte durch dieses Eingeständnis erreichen, daß Sie Schuldgefühle bekommen und sich verantwortlich fühlen und daß sie eine Hochzeit im Sinn hatte. Es wäre ausgezeichnet, wenn wir ein Verhaltensmuster aufzeigen könnten. Bei wem hat sie gearbeitet, bevor Sie sie eingestellt haben?«

»Bei einem Orthopäden. Name und Adresse stehen in ihrer Personalakte.«

»Ist der Orthopäde unverheiratet?«

»Ich weiß es nicht.«

»Ich werde das überprüfen.« Debra notierte sich etwas auf ihrem Block. »Rufen Sie mich an und geben Sie mir Namen, Telefonnummer und Adresse durch.«

»Und wenn es tatsächlich so ein Verhaltensmuster gibt und wir das beweisen können?«

»Das brauchen wir im Grunde gar nicht. Wir brauchen auch nicht nachzuweisen, daß Penny Sie heiraten wollte. Alles, was wir tun müssen, ist, einen berechtigten Zweifel zu schaffen.«

»Was ist mit ihrer Kleidung? Sie trug wirklich aufreizende schwarze Unterwäsche. Madeleine meinte, das könnte uns helfen.«

Debra hatte die entsprechende Notiz in Madeleines Unterlagen gesehen. »Das brauchen wir nicht zu erwähnen, Ken.« Solche Dinge ins Spiel zu bringen war eine niederträchtige Methode, von der Debra nichts hielt.

»Heißt das denn nicht, daß sie auf Sex aus war?«

»Nein, das heißt es nicht.« Debra dachte an den Wäschekatalog in ihrer Küche und an die Spitzenunterwäsche, die sie sich aus einer Laune heraus gekauft hatte, um sich selbst gut zu fühlen.

»Ich bin trotzdem der Meinung, daß wir die Reizwäsche erwähnen sollten«, beharrte Avedon.

»Warten wir's ab.« Sie stand auf, um deutlich zu machen, daß das Thema und die gesamte Besprechung beendet war. »Geben Sie mir den Namen des Orthopäden durch.«

Sie verließ das Büro um halb vier, aber ein Unfall, in den drei Autos verwickelt waren, blockierte die Kreuzung Beverly Boulevard und San Vicente. Sie saß zwanzig Minuten in ihrem Acura, wurde immer nervöser und mußte sich sehr beherrschen, nicht auf die Hupe zu drücken, aber die Fahrer vor ihr steckten genauso fest wie sie selbst.

Als sie zu Hause ankam, war es halb fünf – nur noch fünf Minuten bis zur festgesetzten Zeit fürs Lichteranzünden –, aber ihr blieben noch achtzehn Minuten bis zum Sonnenuntergang, die sie im Notfall ausnutzen durfte. Sie absolvierte in rasender Geschwindigkeit die übliche Routine und war froh, daß ihr Vater sie nicht sehen konnte; zwei Minuten vor Sonnenuntergang, gerade als sie dabei war, die Kerzen anzuzünden, klingelte das Telefon. Debra hatte die freundliche Ermahnung ihrer Mutter im Ohr: »Ich zünde die Lichter an, Debra – wer immer der Anrufer ist, er wird sich nach dem *Schabbos* wieder melden«, aber sie nahm dennoch den Hörer ab und wurde von Richards brüsker, wütender Stimme für ihre Neugier bestraft.

»Sie sollten heute noch zu mir kommen, um mir einiges zu erklären«, sagte er.

»Ich hab's ein paarmal versucht. Sie waren nicht in Ihrem Büro.« Daß ihr das ganz recht gewesen war, verschwieg sie ihm.

»Die Polizei, die bei uns ein und aus geht, wird zum Problem, Debra. Es macht einen schlechten Eindruck auf unsere Mandanten.«

»Niemand hat Simms gesehen, und Avedon wußte nicht, warum ich aus dem Büro gerufen wurde.«

»Das ist die andere Sache – es war ausgesprochen unprofessionell, einen Mandanten einfach so allein an Ihrem Schreibtisch sitzen zu lassen.«

»Richard, ich hab' verstanden. Ich entschuldige mich für heute, und wir können gern am Montag morgen über die Sache reden.« Sie schaute auf ihre Uhr – es blieb ihr noch eine Minute.

»Am Montag finden Sie einen neuen Vorwand, mir aus dem Weg zu gehen.«

»Ich gehe Ihnen nicht aus dem Weg, aber ich bin dabei, die Sabbatkerzen anzuzünden.«

»Dann zünden Sie sie heute eben ein bißchen später an. Hören Sie, Debra…«

»Richard, ich muß auflegen. Ich werde die Gesetze des Sabbats nicht verletzen.«

»Es ist nichts Schlimmes dabei, am Sabbat zu telefonieren, Debra. Es ist nicht mit Arbeit verbunden. Das ist das Problem mit dem orthodoxen Judentum – es treibt alles ins Extrem.«

»Ich respektiere Ihren Standpunkt, Richard, aber es ist nicht der meine. Ich lege jetzt auf.«

»Debra...«

Sie hängte ein und strich ein Streichholz an. Das Telefon klingelte wieder. Debra zündete die erste Kerze an, und nach dem vierten Klingelton schaltete sich der Anrufbeantworter ein. Als sie die zweite Kerze anmachte, brüllte Richard aufs Band: »Heben Sie ab, verdammt noch mal!« Debra umrundete die brennenden Kerzen dreimal, bedeckte die Augen mit den Händen und sprach den Segen.

Das Telefon meldete sich wieder und kurz darauf noch einmal. Sie versuchte, nicht auf das Klingeln zu hören, während sie sich, noch immer mit geschlossenen Augen, auf ihre wöchentlichen Gebete konzentrierte – Kinder für Julia und Aaron, Trost für ihren Vater, Gesundheit für Tante Edith und Onkel Morrie (»Debra, nehmen Sie endlich den Hörer ab!«) und für Jenny, ihren Mann und ihre Kinder. Tränen traten in ihre Augen, als sie ein Gebet anfügte, in dem sie ewige Ruhe für Susans Seele und nach kurzem Zaudern auch für Madeleines Seele erbat.

Das Klingeln verstummte. Debra ging ins dunkle Wohnzimmer und sah die Post durch – am Sabbat durfte sie zugeklebte Umschläge nicht öffnen; sie wollte nur nachsehen, was an diesem Tag angekommen war. Nachdem sie wieder ins Frühstückszimmer zurückgekehrt war, fiel ihr auf, daß einer der Umschläge nicht mit der Post angekommen sein konnte. Auf der Vorderseite stand nur ihr Name, keine Adresse.

Das Kuvert war offen. Debra zog den Briefbogen heraus, und im sanften Schein der flackernden Sabbatkerzen las sie die Botschaft:

»Steh der Gerechtigkeit nicht im Weg.«

Der Bar-Mizwa-Junge hatte Schwierigkeiten mit dem Trällern bei den Gesängen. Debra zuckte jedesmal zusammen und litt mit ihm, wenn er steckenblieb, seine Stimme vom Krächzen zum Quietschen wechselte und manchmal ganz versagte – dann prasselte eine Salve von gutgemeinten, aber entnervenden Zurechtweisungen der anderen männlichen Gemeindemitglieder auf ihn nieder. Sie erinnerte sich, wie aufgeregt sie gewesen war, als Aaron die öffentlichen Riten des Übergangs vom Jungen zum jüdischen Erwachsenen absolviert hatte, und dachte an Adam Bergman, den ihr Vater unterwiesen hatte. Sie fragte sich, in welche Synagoge er ging.

Ein falsch ausgesprochenes Wort rief wieder eine ganze Reihe von Verbesserungen hervor, die vom »Schsch!« des Rabbi zum Schweigen gebracht wurden. Er klopfte auf das Lesepult, als sich die Mutter des Jungen mit einem zerknüllten Taschentuch über die Stirn und die Oberlippe wischte. Sie stand vier Reihen vor Debra direkt vor dem beigefarbenen Vorhang über der hölzernen Wand, die die Männer von den Frauen trennte.

»Armes Kind«, flüsterte Debra Julia zu, die neben ihr saß und mit Hingabe in der *Thora* las. Julia gab keine Antwort. Während des gestrigen Abendessens waren Debra, obwohl sie in Gedanken mit der ominösen Warnung beschäftigt gewesen war, die sie ihrer Familie gegenüber nicht erwähnen wollte, Julias erzwungene Fröhlichkeit und die verdächtige Röte um ihre Augen aufgefallen. Und sie hatte eine Teilnahmslosigkeit in Aarons Stimme bemerkt, als er ihren Vater begleitete, der die Sabbatlieder mit heiterer Inbrunst sang, so wie er es immer getan hatte, sogar in der Woche nach dem Begräbnis seiner Frau. »Es ist nicht erlaubt, am *Schabbos* zu trauern«, hatte er Aaron und Debra mit bebender heiserer Stimme und Tränen in den Augen ermahnt.

Susan wurde heute vormittag beerdigt. Marty Simms war wahrscheinlich bei der Trauerfeier und stellte Spekulationen über Debras Abwesenheit an. Sie bedauerte, daß sie nicht daran teilnehmen konnte – der Gottesdienst fand am Forest Lawn, nur zehn Meilen entfernt, statt, aber Debra durfte am Sabbat nicht fahren. Sie hatte einen Brief an Susans Sekretärin geschickt und sie gebeten, ihn an Susans Eltern in Houston weiterzuleiten.

Endlich kam der Bar-Mizwa-Junge zum Ende, die letzte Note dröhnte triumphierend und löste erleichterte Rufe *»Mazel tov!«* von den Männern und den Frauen und Kindern auf der anderen Seite der Trennwand aus. Die Frauen schoben den Vorhang beiseite und bewarfen den Jungen mit kleinen, in Tüll gewickelten Päckchen mit Süßigkeiten, Rosinen und Mandeln. Der Junge bedeckte den Kopf mit einem Gebetsschal, um sich zu schützen; um ihn herum flitzten kreischende Kinder über den Teppich und schnappten sich die Päckchen. In dem Gang neben Debra weinte ein kleines Mädchen, weil es seine Tasche in die Abteilung der Männer geworfen hatte und sie wiederhaben wollte. Debra fand ein Päckchen auf dem Boden unter ihrem Sitz und drückte es dem Kind in die Hand – sofort verstummte das Weinen. Debra beneidete die Kinder, für deren Probleme es meistens eine rasche und einfache Lösung gab. Süßigkeiten oder ein Kuß machten alles gleich viel besser.

Eine halbe Stunde später war der Gottesdienst zu Ende. Debra und Julia folgten den anderen in die angrenzende Eingangshalle, wo die Leute traditionelle Glückwünsche austauschten und das glückliche Ereignis feierten. Ein- oder zweimal wurden Debras Begrüßungen mit peinlichem Schweigen quittiert, das andere Gemeindemitglieder mit »Wie geht's bei der Arbeit?« und »Was macht die Familie?« unterbrachen, weil sie nicht genau wußten, was sie sonst zu Debra sagen sollten, deren linker Ringfinger ungeschmückt war. Oder zu Julia, die nach sechs Jahren Ehe noch immer einen flachen Bauch hatte.

Das waren die Momente, die Debra fürchtete, aber sie waren selten, und sie hielten sie nicht davon ab, jeden Samstagmorgen und an den Feiertagen herzukommen, um den Gottesdienst mitzuerleben und die Melodien zu den Worten aus alter Zeit zu hören, die sie aufbauten und ihr das Gefühl gaben, mit der Gemeinde und ihren eigenen Wurzeln verbunden zu sein – ein Gefühl, das sich während der Woche oft abschwächte.

Sie spürte, daß die Leute sie beobachteten und über sie und den Artikel in der Zeitung sprachen. Aber das konnte sie ihnen nicht übelnehmen. Eine ältere Frau mit mittellanger, brauner Lockenperücke starrte sie unverhohlen an. Debra häufte Eiersalat auf ihren Teller und ging zu ihrem Vater und Tante Edith.

»Du siehst wundervoll aus«, sagte Edith und hielt ihrer Nichte die Wange entgegen. Debra küßte sie und sog den Duft von White Linen ein – dasselbe Parfüm hatte ihre Mutter auch immer benutzt. Tante Edith war kleiner und molliger als ihre Schwester Anne, aber die Gesichtszüge erinnerten Debra stark an ihre Mutter: das lange, ovale Gesicht und die hohe Stirn, die kurze, dünne Nase und die haselnußbraunen Augen mit dem bernsteinfarbenen Zentrum, die vollen Lippen, die sich mühelos zu einem Lächeln verzogen, das lange rötlichbraune Haar, das außerhalb des Hauses unter einem Hut, einer Mütze oder einer gleichfarbenen Perücke steckte. Der Anblick ihrer Tante erfüllte Debra immer mit einem sanften, nicht unangenehmen Schmerz, den sie beinahe begrüßte.

»Wo ist Julia?« fragte ihr Vater.

»Wahrscheinlich bei Aaron. Dein Kostüm gefällt mir, Tante Edith. Du hast abgenommen, stimmt's?« fragte sie, weil sie wußte, daß sie ihrer Tante, die ständig auf Diät war, damit eine Freude machte.

»Größe acht.« Debra lächelte. »Onkel Morrie war begeistert, bis ich ihm klarmachte, daß ich eine komplett neue Garderobe benötige.«

»Sind Sie die Rechtsanwältin?« fragte eine Stimme hinter Debra.

Noch immer lächelnd, drehte sich Debra um und sah der Frau, die sie wenige Minuten zuvor so angestarrt hatte, ins Gesicht.

»Sie sind Debra Laslow, nicht wahr? Man hat auf Sie gedeutet, als ich danach gefragt habe.«

Manchmal sprachen die Leute Debra an, wenn sie einen juristischen Rat brauchten. »Es ist keine große Sache«, versicherten sie ihr stets. Und wenn es wirklich *keine* »große Sache« war und sie eine Lösung wußte, erteilte sie Ratschläge mit dem Hinweis, daß sie das nur als Bekannte und nicht als Anwältin tat. »Ja, ich bin Debra Laslow. Was kann ich für Sie tun?«

»Ma, laß es gut sein«, sagte ein kleiner, bärtiger Mann, der hinter der Frau aufgetaucht war. Er legte die Hand auf die Schulter seiner Mutter.

Die Frau schüttelte die Hand ab. »Sie sind also diejenige, die meine Penny als Lügnerin hinstellen will.«

Debra hob verwirrt die Augenbrauen. »Tut mir leid. Ich weiß nicht...«

»Penny«, zischte sie. »Meine Tochter. Tun Sie nicht so, als ob Sie von nichts wüßten.«

Debra wurde blaß. »Was geht hier vor?« wollte Tante Edith wissen, und Debra machte Penny Bailors Mutter in aller Ruhe klar, daß sie bedauerte, die Angelegenheit nicht mit ihr besprechen zu können.

Die Frau wandte sich an Ephraim Laslow. »Sie sind ihr Vater, hab' ich gehört. Ein Rabbi. Glauben Sie, daß das, was Ihre Tochter tut, richtig ist?«

Rabbi Laslow legte den Arm um Debra. »Meine Tochter«, begann er, wurde aber von dem bärtigen Mann unterbrochen, der seiner Mutter zuflüsterte: »Ma, nicht jetzt«, und sie wegzog. Wenige Sekunden später verschwanden Mutter und Sohn in der lärmenden Menge, und Debra atmete auf, weil niemand den Wortwechsel gehört hatte.

»Also so was – kommt einfach so auf dich zu«, sagte Tante Edith. »Warum war sie so wütend?«

Ephraim Laslow sah Debra an. »Bist du in Ordnung?«

Debra nickte. »Ich warte draußen auf euch.«

Sie durchquerte die Halle und verließ gerade das Gebäude, als sie jemanden »Miss Laslow!« rufen hörte. Sie wußte, daß es Penny Bailors Bruder war, und war versucht, die Treppe zur Straße hinunterzurennen, aber er hatte sie schon eingeholt.

»Stuart Bailor«, stellte er sich höflich und mit gedämpfter Stimme vor. »Ich möchte mich für das Benehmen meiner Mutter entschuldigen. Sie hätte Sie nicht derart attackieren dürfen, aber Sie können sicher verstehen, warum sie so aufgeregt ist.«

»Ja, das verstehe ich.« Sie lächelte, um ihm zu zeigen, daß sie es aufrichtig meinte, und fragte sich, ob ihr Pennys Mutter die Warnung hatte zukommen lassen.

»Gut.« Er nickte. »Besteht die Möglichkeit, daß Sie es sich noch einmal überlegen und diesen Mann vielleicht doch nicht verteidigen, Miss Laslow?«

Debras Lächeln gefror. Die Mutter war wenigstens direkt gewesen. »Ich habe mich meinem Mandanten gegenüber verpflichtet«, sagte sie. Sie schaute sich um – nur zwei kleine Mädchen, die sich schnell drehten und ihre gestärkten Röcke hochfliegen ließen, waren in der Nähe.

»Verpflichtungen muß man ernst nehmen«, sagte Stuart Bailor, beugte sich vor und steckte die Hände in die Jackentaschen. »Sie wissen natürlich, was alle sagen – ›Wenn eine orthodoxe Jüdin diesen Kerl verteidigt ...‹«

»Mr. Bailor ...«

»›Wenn eine orthodoxe Jüdin‹«, wiederholte er, und seine schrille Stimme schreckte die beiden kleinen Mädchen auf. »›Wenn eine orthodoxe Jüdin den Kerl verteidigt, der beschuldigt wird, eine orthodoxe Jüdin vergewaltigt zu haben, dann muß die Frau, die ihn angezeigt hat, lügen.‹ Ich würde das auch denken.«

»Mr. Bailor, ich möchte nicht unhöflich sein, aber es ist nicht statthaft, mit Ihnen darüber zu sprechen.« Debra sah, daß die beiden Mädchen ihr Spiel wiederaufgenommen hatten.

»Die Geschworenen werden glauben, daß Penny lügt«, sagte Stuart Bailor. Er hatte sichtlich Mühe, die Ruhe zu bewahren. »Glauben Sie, *das* ist statthaft? Glauben Sie, das ist fair meiner Schwester gegenüber?«

»Die Geschworenen werden aufgrund der Beweislage zu einer Entscheidung kommen. Die Staatsanwältin, die die Anklage vertritt, ist äußerst kompetent.«

»Das Leben meiner Schwester ist ruiniert, wenn sie denken, daß sie... das freiwillig... gemacht hat.« Er wurde rot. »Sie kennen die Gemeinde. Sie hätte keine Chance mehr, sich zu verheiraten.«

Jeff lud sie in einen Kevin-Kline-Film und anschließend zu einem Dessert ins Pico-Restaurant, in dem sie sich getroffen hatten, ein.

»Sie sind heute ziemlich schweigsam«, stellte Jeff fest, nachdem die Serviererin ihre Bestellung gebracht hatte. »Hat Ihnen der Film nicht gefallen?«

»Ich fand ihn wundervoll.« Sie schwieg eine Weile, dann setzte sie hinzu: »Ich hatte eine unangenehme Begegnung in der *Shul*, und die Sache geht mir nicht aus dem Kopf.« Sie erzählte ihm, was vorgefallen war, und erwähnte auch die Warnung, die sie in ihrer Post gefunden hatte. »Ich glaube, daß die Mutter oder der Bruder sie in meinen Briefkasten gesteckt hat.« Oder Penny selbst?

»Haben Sie den Bruder gefragt?«

Sie schüttelte den Kopf. »Er hätte es ohnehin abgestritten.« Sie probierte den Nuß-Käsekuchen mit Karamelsauce – es war ihr Lieblingskuchen, aber an diesem Abend verlor er seine Verführungskraft.

»Geben Sie den Fall ab.«

Sie sah ihn entsetzt an. »Weil die Klägerin orthodox ist?« fragte sie und merkte, daß sie ärgerlich wurde. Schon während des Abendessens hatte sie sich die Frage »Wozu brauchst du das alles?« und Ratschläge anhören müssen – von Aaron, von

Tante Edith und von Onkel Morrie. Nur ihr Vater und Julia hatten ihr den Rücken gestärkt, aber Debra hatte gespürt, daß ihr Vater nicht voll und ganz dahinterstand.

»Wegen dieser Warnung«, sagte Jeff. »Die Sache gefällt mir nicht.«

»Es ist nur ein dummes Stück Papier.« Ein dummes Stück Papier, das sie ihrer Familie gegenüber nicht erwähnt hatte, ein Papier mit Worten, die ihr angst machten und sie argwöhnisch über die Schulter spähen ließen.

»Wieso sind Sie dann so durcheinander?«

»Weil mir die Familie leid tut, auch wenn die Klägerin lügt.« Sie zeichnete mit der Gabel Kreise in die Karamelsauce. »Können wir bitte das Thema wechseln?«

»Meinetwegen gern.«

Sie unterhielten sich über das Jurastudium, über Bücher, die sie in der letzten Zeit gelesen hatten, über ihre Kindheit. Auch heute fand sie ihn humorvoll, geistreich, attraktiv; aber auch heute fehlte etwas. Als er sie zu ihrer Haustür brachte, ließ sie sich von ihm küssen in der Annahme, daß danach vielleicht alles anders wäre. Aber seine Lippen auf ihren zu spüren, war zwar ganz angenehm, aber nicht mehr. Sie wandte sich schnell ab.

»Ich war noch nie zuvor mit der Tochter eines Rabbis aus«, gestand Jeff bei der abrupten Bewegung. »Hat das religiöse Gründe, oder dränge ich Sie zu sehr?«

Obwohl körperlicher Kontakt zwischen Unverheirateten nicht erlaubt war, hatte Debra schon vorher geküßt. Sie achtete das Verbot, glaubte an seine Weisheit und beneidete Menschen wie Aaron und Julia um ihre Unschuld und moralische Stärke – sie hatten sich zum ersten Mal nach der Hochzeitszeremonie zärtlich berührt, aber mittlerweile hatte sie sich mit ihrer eigenen Fehlbarkeit abgefunden und sich selbst sorgsam Grenzen gesetzt.

»Beides«, sagte sie.

Am Sonntag vormittag durchforstete Debra ihre Schränke und suchte nach Sachen für Tante Edith, die gebrauchte Kleidung für jüdische Einwanderer aus Rußland sammelte.

Adam kam um halb zwölf. Er trug eine dunkle, olivgrüne Hose und ein braun-oliv gemustertes Sweatshirt, aber keine Baseballkappe. Debra aß gerade ein Thunfisch-Sandwich und bot ihm an, auch für ihn eins zu machen – das Angebot kam zögerlich, weil sie Adam äußerst attraktiv fand (er sieht viel besser aus als Jeff, gestand sie sich ein, und seine körperliche Nähe ist wesentlich aufregender), und sie erkannte wieder an der Art, wie er sie ansah, daß sein Interesse für sie persönlich geworden war; zum zweitenmal das Brot miteinander zu brechen würde der Beziehung, die trotz allem geschäftlich war, eine allzu vertraute Note verleihen.

»Thunfisch klingt prima«, sagte er.

Sie saßen am Frühstückstisch und aßen die Sandwiches, während sie sich die Pläne, die er vom Nebenraum gezeichnet hatte, ansahen. Debra hatte an Eschenholzfurnier für die eingebauten Regale und den Schreibtisch gedacht, der im rechten Winkel zur breiteren Wand stehen sollte, mußte Adam jedoch zustimmen, daß gebleichte Eiche den kleinen Raum heller und freundlicher aussehen lassen würde. Als sie ihm sagte, daß sie außerdem noch zusätzliche Trennwände und Fächer für ihren Schlafzimmerschrank brauchte, überlegte sie, ob sie nach einem Vorwand suchte, ihn länger um sich haben zu können.

»Das können wir gleich mit erledigen«, meinte Adam. »Das wird sicher nicht allzu teuer – nur Material und Arbeitszeit.«

»Wann können Ihre Tischler mit meinem Arbeitszimmer anfangen?«

»Ich kümmere mich selbst um das Projekt und fange am Dienstag an«, sagte er – jetzt wußte sie, daß sie recht gehabt hatte: Er interessierte sich für sie. Das beunruhigte sie, doch sie fühlte sich auch geschmeichelt und sagte sich, daß es bestimmt von Vorteil war, wenn Adam die Regale und den Schreibtisch selbst einbaute – dann müßte sie sich keine Sorgen machen, daß sich Fremde in ihrem Haus herumtrieben, während sie im Büro war.

Sie gab ihm einen Scheck für die zweite Abschlagszahlung, dann brachte sie ihn zur Tür. Erst jetzt entdeckte sie den gefalteten weißen Papierbogen, den jemand durch den Schlitz am Boden geschoben hatte. Ihr entsetztes Gesicht mußte ihn erschreckt haben, denn er fragte sofort, was los sei, als sie das Papier aufhob und auseinanderfaltete. Es war eine Anzeige von einem Gartenservice.

»Nichts«, erwiderte sie mit immer noch wild klopfendem Herzen. »Ich habe am Freitag eine Warnung bekommen, die sich auf den Fall bezieht, an dem ich gerade arbeite. Ich dachte, das hier wäre schon wieder so etwas.« Sie lächelte, um deutlich zu machen, daß alles in Ordnung war.

Er nickte. »Ich kann es Ihnen nicht verdenken, daß Sie nervös sind, besonders nachdem diese Anwältinnen ermordet und verstümmelt wurden.«

Sie starrte ihn an. »Was meinen Sie damit?«

»Tut mir leid, ich dachte, Sie wüßten davon.« Er schien sich nicht ganz wohl in seiner Haut zu fühlen und trat von einem Bein aufs andere. »Ich hab' auf dem Weg hierher in den Nachrichten von der letzten Anwältin gehört, die umgebracht wurde. Sie sagten, man hätte ihr die Zunge herausgeschnitten.« Beim letzten Satz senkte er die Stimme und heftete den Blick auf einen Punkt über Debras Kopf.

Simms muß wütend sein, daß jemand nicht dichtgehalten hat, dachte sie und hoffte, er würde nicht sie dafür verantwortlich machen – sie hatte nur Charles davon erzählt, und zwar in einem vertraulichen Gespräch zwischen Mandantin und Anwalt.

»Ich wußte von der Zunge«, sagte sie und sah die Überraschung, die sich auf Adams Gesicht abzeichnete. »Ich habe das zweite Opfer, Susan Clemens, gefunden. Sie war eine gute Freundin von mir. Haben Sie meinen Namen nicht in der Zeitung gelesen?«

Er schüttelte den Kopf. »Das muß furchtbar für Sie gewesen sein«, sagte er ruhig. »Wer auch immer so etwas macht, muß wirklich krank sein, Debra. Sie sollten sich überlegen, eine Alarmanlage installieren oder Gitter an den Fenstern anbringen zu lassen.«

Sie nickte. »Wurde in den Nachrichten sonst noch etwas über die Morde gesagt?«

»Nur daß alle drei Frauen auf dieselbe Art umgebracht wurden.«

»Sie meinen, die *zwei* Frauen.«

»Drei«, sagte er – er sah sie niedergeschlagen an, da er ihr die Schreckensbotschaft überbringen mußte. »Heute morgen wurde eine andere tot aufgefunden.«

21

Emma Banks kam aus der Dusche und trocknete sich ab. Es war heute ihr drittes Duschbad, und zum drittenmal tapste sie in ihrem dunkelblauen Frotteebademantel durch den Flur in ihr Schlafzimmer und überprüfte die Rolläden, obwohl sie genau wußte, daß sie geschlossen waren.

Der Raum, der viel kleiner war als ihr altes Schlafzimmer, war mit Möbeln vollgestopft – das ganze Appartement war kleiner und hatte nur ein Schlafzimmer statt zwei und eine winzige Küche, außerdem war die Miete viel höher. Der Platz zwischen Schrank und dem Fußende des überdurchschnittlich großen Bettes war so eng, daß sie seitwärts stehen mußte, um die Schranktür aufzumachen und frische Unterwäsche herauszunehmen.

Andrea und Bill hatten gesagt: »Warum kaufst du dir nicht andere Möbel, Mom?«, aber sie hatte diese Möbel seinerzeit zusammen mit Harry ausgesucht und mit ihnen während ihrer zweiunddreißigjährigen Ehe und in den ersten fünf Jahren ihrer Witwenschaft gelebt – wie konnte sie sich von den Stücken trennen?

Es war schon schlimm genug gewesen, daß sie hatte umziehen müssen.

Die Lichter im Schlafzimmer und im restlichen Appartement brannten, obwohl es zwei Uhr nachmittags und draußen taghell war. Emma wußte, daß sie nicht so verschwenderisch sein dürfte – nicht mit Wasser (sie hatte mit dem Hausmeister vereinbart, auch das Wasser selbst zu bezahlen) und nicht mit Strom, besonders jetzt nicht, da ihr Job gefährdet war. Sie glaubte, daß sie weniger oft duschen, die Rolläden am Tag hochziehen und ohne Licht schlafen könnte, aber allein schon der Gedanke daran versetzte sie in Panik, und wenn sie die Hand auf die Brust legte, spürte sie ihren heftigen Herzschlag.

Sie war dazu noch nicht bereit.

Sie knöpfte den Bund ihrer Hose zu. Er war zu eng – die meisten ihrer Kleider waren zu eng. Sie hatte in diesem Monat acht Pfund zugenommen, das war wirklich seltsam, zumal sie im letzten Monat zehn Pfund verloren hatte, und alle Leute an ihrer Arbeitsstelle hatten gesagt: »Emma, Sie haben abgenommen!« Andrea hatte ausgerufen: »Du bist dünn wie ein Nagel, Mom.«

Emma verstand nicht, warum sie manchmal nicht genug zu essen bekommen konnte und es dann wieder Zeiten gab, in denen ihr übel wurde, wenn sie nur an Essen dachte. Gestern abend hatte sie noch zwei Familienpackungen Eis und eine Tüte Kartoffelchips verschlungen, nachdem sie zuvor ein tiefgefrorenes Fertiggericht und einen Teller Suppe gegessen hatte. Sie war sich nicht einmal bewußt gewesen, daß sie das alles verzehrt hatte, und war erstaunt gewesen, als sie die leeren Kartons und Tüten auf dem Küchentisch gesehen hatte.

Jetzt war der Vorratsschrank beinahe leer. Sie hatte genug Geld auf ihrem Girokonto, um für zwei Wochen Nahrungsmittel einkaufen zu können, aber wenn sie ihren Job verlor, mußte sie auf ihre Ersparnisse zurückgreifen, und so viel hatte sie nicht zur Verfügung, auch nicht mit der Summe von Harrys Versicherung. Ihre Rente konnte sie erst in drei Jahren, wenn sie zweiundsechzig wurde, beziehen, und sie würde nicht die volle Summe ausgezahlt bekommen. Nach Harrys Tod hatte sie wieder zu arbeiten begonnen, um die einsamen Stunden auszufüllen; aber jetzt, bei der höheren Miete, brauchte sie ein Einkommen. Sie konnte sich nicht erinnern, ob sie darüber mit ihrer Vorgesetzten Mrs. Wolenski gesprochen hatte.

Sie sah nach, ob die Fenster im Wohnzimmer und in der Eßnische geschlossen waren, öffnete und schloß sie wieder. Dasselbe machte sie mit der Wohnungstür, die sie vom Schlafzimmer aus im Auge behalten konnte. Das war der Vorteil bei einem kleinen Appartement – das und die Tatsache, daß es nicht viele Einbauschränke gab. Früher hatte sie Harry immer gepredigt, daß man nicht genügend Einbauschränke und Abstellkammern haben konnte, doch inzwischen hatte sie ihre Meinung geändert, und sie ließ die Schranktüren immer offen, auch wenn Andrea und Bill behaupteten, das sei neurotisch.

Am Spülbecken in der Küche träufelte sie Geschirrspülmittel in ihre Handfläche und schrubbte ihre Hände und Arme bis zu den Ellbogen. Sie genoß das warme Wasser und das prickelnde Gefühl der Sauberkeit.

Sie versuchte, nicht an die Besprechung mit Mrs. Wolenski am Freitag zu denken. Obwohl sie das Gespräch noch hundertmal im Geiste durchlebt hatte, verstand sie immer noch nicht, warum man sie verwarnt hatte. Mrs. Wolenski hatte von Emmas vielen Ausfallzeiten und ihrer teilweise mangelnden Konzentration gesprochen, wodurch ihr Fehler unterlaufen würden, die andere dann ausbügeln mußten. Emma hatte Mrs. Wolenski bewiesen, daß sie der Arbeit gar nicht so oft ferngeblieben war, und versprochen, sich in Zukunft besser zu konzentrieren. Sie hatte gefragt, ob Mrs. Wolenski ihr nicht, nach allem, was geschehen war, noch ein bißchen Zeit lassen könnte. An diesem Punkt hatte Mrs. Wolenski erklärt, daß Emma einigen Mitarbeitern der Agentur Unbehagen bereitete, da sie im-

mer so traurig und niedergeschlagen sei und manchmal aus heiterem Himmel zu weinen anfing und kein Mensch mit diesen Stimmungsschwankungen umzugehen wüßte. Emma hatte versichert, daß sie sich bemühen werde, nicht mehr zu weinen – aber warum konnten die anderen nicht mit ihr fühlen und Nachsicht üben? Mrs. Wolenski hatte zum Schluß vorgeschlagen, die nächste Woche abzuwarten und zu sehen, was geschehen würde.

Die nächste Woche fing morgen an.

Sie hörte ein Geräusch an der Tür und überprüfte noch einmal das Schloß und die Fenster. Wirklich, das Appartement war nicht schlecht. Es war sauber und frisch gestrichen, der helle Teppichboden war zwar abgetreten, aber erst kürzlich gründlich mit Schaum gereinigt worden, und Emma stand eine Waschküche gleich nebenan mit eigener Waschmaschine und eigenem Trockner zur Verfügung, so daß sie nicht jedesmal in den Keller gehen mußte, wenn sie ihre Wäsche waschen wollte. Aber sie trauerte dennoch ihrer alten Wohnung, den Nachbarn und den vertrauten Geschäften nach, und seit sie hier wohnte, wünschte sie, sie könnte wieder zurück.

Aber dann würde er sie wiederfinden.

22

Am Montag morgen klemmte ein Zettel unter Debras Scheibenwischer. Debra riß ihn heraus. Sie ärgerte sich über die Dreistigkeit der Botenjungen, die Werbezettel verteilten, und war deshalb nicht auf die Nachricht vorbereitet: »STEH DER GERECHTIGKEIT NICHT IM WEG.« Es war dieselbe Warnung, aber diesmal war sie in Großbuchstaben geschrieben, als würden die bloßen Worte die Drohung nicht ausreichend übermitteln.

Ihre Brust wurde eng. Mit dem Aktenkoffer in der linken

und dem Zettel in der rechten Hand rannte sie hinters Haus, wo Adam mit einem seiner Männer sprach. Wegen der lauten, kreischenden Elektrosäge hörte er sie nicht, und sie mußte zweimal laut »Adam!« schreien, ehe er sich umdrehte und auf sie zuging. Er beschleunigte seine Schritte, als er ihr entsetztes Gesicht sah.

»Was ist passiert?« fragte er erschrocken und zugleich besorgt.

Sie zeigte ihm die Botschaft, wobei sie das Papier vorsichtig mit zwei Fingern an einer Ecke festhielt. »Haben Sie jemanden gesehen, der das unter meinen Scheibenwischer gesteckt hat?«

Ihre Stimme klang selbst in ihren eigenen Ohren schrill, und sie unternahm keinerlei Anstrengung, ihre Panik zu verbergen – ganz anders als gestern, als sie versucht hatte, ihr Entsetzen bei der Nachricht über die Ermordung der dritten Anwältin zu kaschieren. (Kelly Malter – Debra hatte gestern den Namen unzählige Male gehört.) Adam hatte ihr angeboten, bei ihr zu bleiben, aber obwohl ihr die Aussicht, allein im Haus zu sein, angst gemacht hatte, war es ihr lieber gewesen, so zu tun, als sei mit ihr alles in Ordnung. Nachdem er gegangen war, hatte sie alle Fenster und Türen verriegelt und ihre Familie angerufen. Auch ihnen hatte sie etwas vorgespielt – sie wollte sie nicht in Unruhe versetzen. Es war eine Erleichterung gewesen, als sie endlich mit Claire sprechen und ihre Panik eingestehen konnte.

Adam schüttelte den Kopf. »Ich frage meine Männer.« Er wollte nach dem Papier greifen und sah sie überrascht an, als sie es zurückzog, aber dann begriff er.

Sie beobachtete ihn, während er sich dem Arbeiter näherte, mit dem er vorher geredet hatte; der Mann hörte zu, kniff die Augen zusammen, schüttelte den Kopf. Er verschwand außer Sicht. Einen Moment später verstummte das Kreischen der Säge, dann setzte es erneut ein. Der Arbeiter tauchte wieder auf und schüttelte noch einmal verneinend den Kopf.

Adam kam zu Debra zurück. »Keiner meiner Männer hat

etwas gesehen, Debra. Vielleicht weiß einer Ihrer Nachbarn etwas. Ich helfe Ihnen, sie zu fragen.«

Zwanzig Minuten lang sprachen sie mit den Leuten, die in der Straße wohnten – viele von ihnen hatte Debra noch nie gesehen. Sie war nicht erstaunt, daß niemand etwas beobachtet hatte.

Simms legte beide Mitteilungen auf seinen Schreibtisch, der überhäuft mit Papieren und großen blauen Notizbüchern war. Eines dieser Notizbücher war beschriftet mit CLEMENS, SUSAN. Debra wußte, daß es Berichte, Zeichnungen und Fotos von Susans Leichnam enthielt.

»Was ist damit passiert?« Er deutete auf das zerknitterte Papier, das links lag.

»Das kam als erstes an. Erst habe ich es nicht ernst genommen und weggeworfen.« Sie hatte es aus dem Abfalleimer geholt, beide Briefe in eine Plastikhülle gesteckt und war zu dem Polizeirevier gefahren, in dem sie vor knapp einer Woche verhört worden war. Simms war erstaunt gewesen, sie zu sehen, und hatte das auch zum Ausdruck gebracht, als er sie vom Empfang zu seinem abgetrennten Arbeitsplatz geführt hatte.

»Steh der Gerechtigkeit nicht im Weg«, las Simms laut, dann sah er Debra an. »Worauf bezieht sich das?«

»Möglicherweise auf meinen neuen Mandanten.« Sie erzählte ihm von der Begegnung mit Penny Bailors Mutter und Bruder. »Ich weiß nicht, ob sie mir die Briefe untergeschoben haben. Wenn ja, dann möchte ich sie nicht anzeigen«, fügte sie eilends hinzu. »Ich möchte nur, daß sie verwarnt werden. Aber was, wenn die Briefe von der Person stammen, die Madeleine und Susan ermordet hat?«

»Und Kelly Malter.« Er tippte mit dem Stift auf die Tischplatte. »Haben Sie sich für eine Stelle in Kelly Malters Kanzlei beworben?«

Deutsch und Contreras – auch diesen Namen hatte Debra dauernd in den Nachrichten gehört. »Ja.« Sie wappnete sich gegen Simms' nächste Bemerkung und fuhr fort: »Ich habe Ihnen bereits gesagt, daß ich mich bei den meisten bekannten Firmen der Stadt beworben habe – genaugenommen bei zehn Firmen. Das ist kein kriminelles Vergehen. Und Miss Malter habe ich nicht gekannt.«

»WRIT hat mir die Mitgliederliste gefaxt. Sie war Mitglied der Organisation.«

»WRIT hat viele Mitglieder. Ich bin ihr nie begegnet, aber bei der gestrigen Notstandssitzung habe ich erfahren, daß sie zu WRIT gehört hat.« Über die Hälfte der Mitglieder – selbständige Anwältinnen, Pflichtverteidigerinnen, Staatsanwältinnen, Richterinnen – hatten an der Sitzung im Haus der Präsidentin teilgenommen. Claire hatte neben Nancy Argula gesessen. Auch Annette Prado war dagewesen. Debra war auf die zierliche Frau mit der olivfarbenen Haut zugegangen und hatte sie begrüßt.

»Drei Anwältinnen, alle WRIT-Mitglieder, ermordet – ich kann Ihnen nicht verdenken, daß Sie die Sitzung einberufen haben. So viele schlaue Frauen auf einem Haufen haben sicherlich herausgefunden, wer der Mörder ist«, sagte Simms.

»Um ehrlich zu sein, wir haben zwei Theorien aufgestellt«, erwiderte sie, ohne auf seinen Sarkasmus einzugehen. Sie fragte sich, ob er Frauen im allgemeinen oder alle Anwältinnen oder nur sie nicht mochte. »Die drei ermordeten Frauen waren in Privatkanzleien beschäftigt. Der Mörder könnte ein Mann sein, der durchgedreht hat, weil seine juristische Karriere gescheitert ist und weil er für sein Versagen die wachsende Anzahl von weiblichen Juristinnen in den Kanzleien verantwortlich macht.«

Simms zog die Augenbrauen hoch. »Also bringt der Bursche Anwältinnen um die Ecke, um für sich eine Stelle in einer solchen Firma frei zu machen?« Er verschränkte die Hände hinter dem Kopf und lehnte sich zurück.

»Es ist keine rationale Handlung. Er mordet, um seiner Wut Ausdruck zu verleihen und um sich zu rächen.«

»Wie wählt er seine Opfer aus?«

Das hatten sie bei dem WRIT-Treffen auch diskutiert. »Er sucht sich die tüchtigste Frau in jeder Firma aus. Vielleicht hat er die Namen in den Zeitungen gelesen. Möglicherweise hat er sich auch bei einer oder mehreren dieser Kanzleien beworben und wurde abgewiesen.«

Simms kritzelte etwas auf einen kleinen Block, der vor ihm auf dem Tisch lag. »Und Sie glauben, er könnte Sie auch im Visier haben? Sind Sie die tüchtigste Frau in Ihrer Kanzlei?« Mittlerweile war sein Sarkasmus noch deutlicher geworden.

Was war sein Problem? »Ich bin die *einzige* Frau. Und mein Name stand kürzlich in der Zeitung.« In den Morgenblättern hatten die Journalisten nicht nur die drei Morde in Zusammenhang gebracht, sondern auch noch einmal erwähnt, daß Miss Debra Laslow die Leiche von Susan Clemens aufgefunden hatte und von der Polizei vernommen worden war.

»Wie ist die zweite Theorie?«

»WRIT hat eine Frau für den Vorsitz des Stadtrats vorgeschlagen, und diese Frau hat sich gegen ihren Mitbewerber Henry Osterhaus durchgesetzt. Osterhaus war im Vorstand einer Elektronikfirma, und dort hat er Frauen sexuell belästigt. WRIT hat die Opfer ermutigt, Anzeige zu erstatten. Osterhaus war gezwungen, bei der Firma zu kündigen und von der Wahl zum Stadtratsvorsitz zurückzutreten. Er hat wirklich häßliche Briefe an WRIT geschrieben.«

»Buchstabieren Sie seinen Namen«, forderte Simms sie knapp und sachlich auf.

Debra buchstabierte ihn. »Wir beschuldigen Osterhaus nicht. Wir fassen das nur als Möglichkeit ins Auge, besonders weil alle drei Mordopfer Mitglied von WRIT waren.« Die *Times* hatte den Verdacht von WRIT bereits in Erfahrung gebracht und in einem Artikel erwähnt.

»Waren Sie bei der Kampagne gegen Osterhaus aktiv?«

»Nicht sehr. Susan schon – sie hat eisern gegen sexuelle Belästigung angekämpft. Ich glaube, Madeleine war bei der Kampagne auch aktiv eingesetzt. Und die gesamte Mitgliedschaft hat die Bemühungen von WRIT unterstützt. Unsere Namen waren in einer Zeitungsannonce aufgelistet, die unser Gegner aufgegeben hat.«

Simms machte sich wieder eine Notiz, dann sagte er: »Und jetzt behaupten Sie, Sie haben zwei sogenannte Drohbriefe bekommen.«

»Ich *habe* sie bekommen. Der erste steckte in einem Umschlag, aber auf dem Umschlag waren weder eine Briefmarke noch ein Poststempel. Auf der Vorderseite stand nur mein Name. Der zweite steckte heute morgen lose unter meinem Scheibenwischer.«

»Und niemand hat beobachtet, wie Ihnen diese Briefe gebracht wurden?«

»Stimmt genau.«

»Und wenn wir sie nach Fingerabdrücken absuchen, finden wir Ihre auf beiden, ist das richtig?«

»Ja. Ich hatte keinen Grund, vorsichtig zu sein und die Briefe nicht anzufassen. Wollen Sie damit andeuten, ich hätte diese Botschaften selbst geschrieben?« erkundigte sie sich eisig.

»Wieso sollte ich so etwas andeuten?«

Sie erkannte an seinem verschlagenen Tonfall und dem spöttischen Lächeln, daß er genau das im Sinn gehabt hatte. »Madeleines Sekretärin hat mir erzählt, daß Madeleine kürzlich einen Drohbrief erhalten habe. Susans Sekretärin meinte, Susan habe eine ganze Menge solcher Briefe bekommen, aber sie hat nichts davon gesagt, wie lange das her ist. Und von Kelly Malter weiß ich gar nichts.« Debra hatte die Frauen bei dem Treffen danach gefragt, aber keine konnte dazu etwas sagen.

»Sind Sie Anwältin oder Detektivin, Miss Laslow?« wollte Simms wissen. Das wütende Blitzen in seinen Augen strafte seinen neckenden Tonfall Lügen.

»Drei meiner Kolleginnen sind tot. Jede Juristin, die ich kenne, hat Angst – auch ich. Und ich bin, soweit ich weiß, die einzige, der man diese Botschaften geschickt hat.«

»Die, wie Sie selbst gesagt haben, mit Ihrem neuen Mandanten in Verbindung stehen könnten. ›Steh der Gerechtigkeit nicht im Weg‹, könnte auch bedeuten: Laß die Finger von diesem Fall.«

»Das Zitat besagt ebenso: ›Sie‹ – nämlich die Gerechtigkeit – ›ist blind‹.« Debra hatte das nachgeschlagen. »Die Botschaften könnten von den Bailors stammen. Oder von einem psychopathischen männlichen Anwalt, der mir damit sagen will, daß ich die nächste bin. Oder von jemandem, der wütend auf WRIT ist. Können Sie herausfinden, ob Kelly Malter Drohbriefe erhalten hat?«

»McCormack vom Beverly Hills Department ermittelt im Malter-Mordfall. Ich werde ihn fragen«, erwiderte Simms widerwillig. »Und wir untersuchen diese beiden Papiere nach Fingerabdrücken. Wir haben Ihre in unserer Kartei, also können wir die ausschließen.«

Sie konnte nicht erkennen, ob er sie mit dieser letzten Bemerkung daran erinnern wollte, daß sie immer noch als Verdächtige galt. »Danke«, sagte sie und stand auf. »Prüfen Sie auch, ob sich ein männlicher Anwalt bei den Kanzleien der Opfer und vielleicht auch bei anderen um eine Stelle beworben hat?«

»Ob Sie's glauben oder nicht, Miss Laslow, diesen Gedanken hatte ich auch schon.«

Er hatte guten Grund, verärgert zu sein. »Tut mir leid. Ich bin nur verängstigt wegen der beiden Botschaften, das können Sie sicher verstehen. Wird eine Sonderkommission gebildet, die die Morde untersucht?«

»Das wird in Erwägung gezogen. Haben Sie schon darüber nachgedacht, wie Miss Clemens' Blut in Ihre Handtasche gelangt sein könnte?«

»Offenbar hat der Hund Blut vom Teppich ins Innere der Tasche gebracht.«

»Offenbar.« Er zwinkerte ihr zu. »Sind Sie sich bewußt, daß Miss Chase eine Verabredung mit Ihrem Boß hatte? Sie wollte am Tag nach ihrer Ermordnung mit ihm zum Lunch gehen – das stand in ihrem Terminkalender.«

Debra starrte Simms an. »Mit Mr. Knox?«

»Mit Mr. Dressner. Er hat es bestätigt. Ich überlege natürlich, warum sie sich mit ihm treffen wollte.« Er sah sie fragend an.

»Ich habe nicht die geringste Ahnung«, entgegnete sie und versuchte, an seinen Augen und seinem Tonfall zu erkennen, was er dachte.

»Möglicherweise wollte sie ihm sagen, daß Sie sich um eine Stelle in ihrer Kanzlei beworben haben.« Simms spielte mit dem Kaffeebecher, der auf seinem Schreibtisch stand. »Nach allem, was ich gehört habe, war sie ziemlich intrigant. Vielleicht wollte sie Sie in Schwierigkeiten bringen.«

Debra gab keine Antwort.

»Jemand, der Ihren Streit am Tag vor Miss Chases Ermordung mit angehört hat, sagt aus, sie habe Ihnen das sogar angedroht.«

»Daran erinnere ich mich nicht«, behauptete Debra, obwohl sie sich nur zu gut daran erinnerte.

»Darauf«, fuhr Simms fort, als habe sie gar nichts gesagt, »haben Sie erwidert, es sei kein Wunder, daß sie niemand leiden könne. Erinnern Sie sich wenigstens *daran*?«

Debra seufzte. »Das haben wir schon einmal durchgekaut, Detective. Ich mochte Madeleine nicht, aber ich habe sie nicht umgebracht.«

»Sie sind zu ihrem Wohnhaus gefahren, nachdem Sie sich telefonisch vergewissert haben, daß sie zu Hause war. Sie haben nichts zu ihr gesagt und gleich wieder aufgelegt. Detective Cummings haben Sie zunächst nichts davon erzählt, vermutlich weil Sie nicht daran gedacht haben, daß die Telefongesellschaft alle Telefonate auflistet.«

»Ich bin zu ihr gefahren, weil ich mich persönlich entschuldigen wollte. Ich dachte …« Sie hielt inne. »Das ist lächerlich. Was für ein Motiv sollte ich haben, Madeleine umzubringen?«

»Auch *das* haben wir schon durchgekaut.« Er grinste. »Wie wär's mit Rache?«

»Und warum hätte ich Susan ermorden sollen? Sie war eine sehr gute Freundin von mir. Und Kelly Malter? Ich habe Kelly nicht einmal gekannt.« Debra kam der Gedanke, daß Simms sie mutwillig peinigen wollte, daß er nur so tat, als würde er sie verdächtigen, allein, um sie zu ärgern oder ihr Angst einzujagen.

Simms lächelte wieder. »Sagen Sie mir Bescheid, wenn Sie weitere Drohungen bekommen.«

23

Die Praxis von Melvin Volkand, dem Orthopäden, den Penny in ihrer Bewerbung bei Avedon als Referenz angegeben hatte, befand sich im Dedars-Sinai-Ärztezentrum. Debra stellte ihren Wagen auf dem Parkplatz ab und ging über die Third Street zum Innenhof zwischen dem East und dem West Tower.

Es widerstrebte ihr hierherzukommen. Sieben Jahre waren vergangen, seit sie ihre Mutter zur Chemotherapie hergebracht hatte, aber die Erinnerungen daran verfolgten sie immer noch – das tapfere Lächeln ihrer Mutter; ihre schlanke, schwache Hand, die auf Debras Arm lag; ihre leise Stimme, mit der sie unnötigerweise immer um Verzeihung bat, weil sie nicht schneller gehen konnte. Die Lobby war von Menschen verschiedenen Alters bevölkert. Debra konnte die Angst riechen – vielleicht war es auch nur ihre eigene.

Volkands Praxis lag im zehnten Stock; der Onkologe, zu dem ihre Mutter gegangen war, hatte seine im siebten Stock. Der Aufzug blieb im dritten, vierten, fünften und sechsten Stockwerk stehen. Als sich die Türen zur siebten Etage öffneten, wurde Debra flau im Magen, und sie fragte sich wie so oft, was sie sagen würde, wenn sie plötzlich vor dem Onkologen stehen würde, der, nachdem ihre Mutter ihm klargemacht hatte, daß ihr Mann einen Krebsspezialisten ausfindig gemacht hat, der ein neues, experimentelles Medikament entwickelt hat, gesagt hatte: »Nun, Mrs. Laslow« – Debra sah ihn immer noch vor sich, wie er hinter seinem Schreibtisch saß und höhnisch grinste – »Mrs. Laslow, welchen Hirngespinsten jagen Sie jetzt nach?«

Debras Mutter hatte nichts darauf erwidert, Debra auch nicht – was sollte man zu einem Mann auch sagen, der sich selbst zum Gott ernannt hatte? Und dieser Gott hatte mit einem grausam zufriedenen Schimmern in den Augen gesagt: »Wenn Sie dieses neue Medikament probieren wollen, Mrs. Laslow, muß erst die Anzahl Ihrer roten Blutkörperchen ansteigen, und wer weiß, wann das geschieht – wenn überhaupt.«

Zu Hause hatte ihre Mutter geweint, und Debra mußte sie trösten. Die Anzahl der roten Blutkörperchen war angestiegen, und der andere Onkologe, ein freundlicher, fürsorglicher Mann, der keine unrealistischen Versprechungen machte, hatte ihnen zumindest das Geschenk von einigen Monaten vager Hoffnung gemacht.

Melvin Volkand war eine Enttäuschung – er war klein, untersetzt, Mitte Fünfzig und ganz sicher nicht jemand, dem Penny Bailor schöne Augen gemacht hätte, selbst wenn er nicht verheiratet gewesen wäre.

»Was soll das Ganze überhaupt?« fragte Volkand, als Debra sein Sprechzimmer betrat. »Sie haben einen Termin gemacht – zu dem Sie übrigens eine halbe Stunde zu spät kommen –, und ich nahm an, daß Sie medizinische Hilfe brauchen. Dann erzählen Sie Donna, daß Sie mit mir über Penny Bailor sprechen wollen.«

»Tut mir leid. Ich hatte einen dringenden Fall.« Debra nahm vor seinem Schreibtisch Platz. »Ich vertrete Dr. Avedon, der beschuldigt wird, Miss Bailor vergewaltigt zu haben. Mein Mandant ist unschuldig«, fügte sie hinzu, als sie das schockierte und widerwillige Gesicht von Volkand sah. »Ich versuche, Informationen für seine Verteidigung zu sammeln.« Die Kanzlei beschäftigte hin und wieder einen Privatdetektiv – einen Polizisten im Ruhestand –, der ihnen bei Nachforschungen dieser Art half, doch Debra hatte sich entschieden, selbst mit Volkand zu sprechen.

»Nun, ich habe nichts über Penny Bailor zu sagen, außer daß sie eine tüchtige Sprechstundenhilfe war und daß alle sie mochten. Es hat mir sehr leid getan, daß sie gegangen ist. Wenn Sie etwas anderes hören wollen, haben Sie bei mir kein Glück.« Sein Ton war schroff, beinahe ungehalten.

»Warum hat Sie bei Ihnen gekündigt, wissen Sie das?«

»Nein«, gab er zurück. »Ich war der Meinung, sie würde sich fachlich weiterbilden, bis Avedon mich anrief und Referenzen einholte.«

»Soviel ich weiß, haben Sie eine Gemeinschaftspraxis mit einem anderen Arzt, Dr. Sanger. Wenn er im Haus ist, würde ich gern mit ihm sprechen.«

»Das ist Dr. Sangers Entscheidung.« Volkand erhob sich und erklärte damit die Unterhaltung für beendet. »Wir werden Ihnen selbstverständlich die Zeit für diesen Termin und die halbe Stunde, die Sie mich haben warten lassen, in Rechnung stellen.«

Dr. Sanger, das erklärte Donna, die zierliche asiatische Sprechstundenhilfe, sei mit einem Patienten im Sprechzimmer.

»Wie alt ist er?« fragte Debra.

»Anfang Dreißig. Aber er ist äußerst kompetent.« Donna lächelte.

Debra zeigte ihr ihre Geschäftskarte und wiederholte, was sie Volkand schon gefragt hatte. »Ist Dr. Sanger verheiratet?«

Das Lächeln verschwand. »Ich darf keine persönlichen Fragen über die Ärzte beantworten. Und ich habe Miss Bailor nie kennengelernt. Sie müssen schon warten, bis Dr. Sanger Zeit für Sie hat.« Die Sprechstundenhilfe schob die Glasscheibe vor ihrem Schreibtisch zu.

Eine halbe Stunde später machte Debra die Bekanntschaft von Eric Sanger. Er war groß, schlaksig und unverheiratet. Und er hatte keine Lust, über Penny zu sprechen.

»Ich möchte wirklich nicht in diese Sache hineingezogen werden«, gestand er. »Zudem gibt es nichts, was ich Ihnen erzählen könnte.« Er sah auf seine Uhr.

»Sind Sie jemals mit Miss Bailor ausgegangen?«

»Ein paarmal. Dinner und Kino. Nichts Ernstes.« Er zuckte mit den Achseln.

»Wer hat die Verabredungen initiiert?«

»Wer?« Er runzelte die Stirn. »Ich muß wohl sagen, daß sie das war.«

»Hatten Sie eine sexuelle Beziehung zu Miss Bailor?«

»Also, ich muß doch bitten!« Sein Gesicht lief rot an. Debra wurde hellhörig. »Dr. Sanger, ich könnte Ihnen auch eine Vorladung schicken«, erklärte sie mit gelassener Autorität, obwohl sie gar nicht so sicher war, Dr. Sanger vor Gericht zitieren zu können, da seine Aussage unter Umständen gar nicht zugelassen wurde.

»Die Antwort lautet nein, wir hatten keine sexuelle Beziehung. Das ist wahrscheinlich nicht das, was Sie hören wollten, wie?«

Diese Antwort wollte Debra ganz und gar nicht hören. »Ich möchte die Wahrheit erfahren, Dr. Sanger.«

»Die Wahrheit ist, daß Penny ein nettes Mädchen ist, das den Eindruck erweckt, erfahren und raffiniert zu sein, aber das stimmt nicht.«

»Haben Sie sich auf irgendwelchen körperlichen Kontakt mit Miss Bailor eingelassen?«

»Lieber Himmel, ihr Anwälte habt eine Ausdrucksweise!« Er lachte. »Wir haben uns geküßt und auch ein paar andere Dinge getan. Aber wir hatten keinen Sex. Ich dachte, das würde Penny auf falsche Gedanken bringen.«

»Auf falsche Gedanken?«

»An einer ernsthaften Beziehung war ich nicht interessiert.

Ich habe ihr das klargemacht, und wir kamen überein, uns nicht mehr zu verabreden.«

»Wenn Sie sagen, daß es nichts Ernstes war, dann meinen Sie damit, daß Sie die Sache nicht ernst genommen haben, ist das richtig?«

»Vermutlich. Ja, das ist richtig«, setzte er unbehaglich hinzu.

»Und Sie spürten, daß *sie* sehr wohl an einer ernsthaften Beziehung interessiert war?«

»Na ja, sie sagte mir, daß sie Ärzte mag. Und, verdammt, wir sind ja auch nette Kerle, oder nicht?« Er grinste.

»Nachdem Sie ihr eröffnet hatten, daß Sie keine feste Beziehung wollen, hat sie hier gekündigt – wie lange danach?«

»Das weiß ich nicht mehr genau. Ein Monat vielleicht – so ungefähr.« Er schaute wieder auf die Uhr. »Ein Patient wartet auf mich. Falls Sie noch weitere Fragen haben, werden Sie mich anrufen müssen.«

Und dann bist du nicht zu sprechen, dachte Debra. »Möglicherweise werden Sie als Zeuge der Verteidigung vorgeladen, Dr. Sanger.« Sie gab ihm ihre Karte, die er nur mit spitzen Fingern anfaßte, als sei sie vergiftet.

Bevor Debra die Praxis verließ, sprach sie noch mit der Röntgenassistentin Yvonne und erhielt die Bestätigung, daß Penny Ärzte gemocht hatte.

»Sie sagte, sie hoffte, eines Tages einen zu heiraten«, erzählte Yvonne. »Ich sagte: ›Viel Glück, Schätzchen. Hoffen wir nicht alle darauf?‹«

Debra gab auch ihr ihre Karte. »Wenn Ihnen noch etwas einfällt, rufen Sie mich bitte an.« Zwar nicht genau das, was sie erwartet hatte, dachte Debra auf dem Weg zu ihrem Auto, aber es war auch keine vollkommene Enttäuschung.

Adam lud seine Geräte und Werkzeuge in den Lieferwagen, als Debra um halb fünf in ihre Einfahrt einbog. Er kam zu ihr, sobald sie aus dem Auto ausstieg, und sie erschrak regelrecht, als sie realisierte, wie sehr sie sich freute, ihn zu sehen.

»Haben Sie der Polizei die Briefe gezeigt?« fragte er.

»Ja. Sie gehen der Sache nach.« Sie schlug die Autotür zu.

»Sie kommen heute früh nach Hause. Ist alles in Ordnung mit Ihnen?«

»Ich hatte schreckliche Kopfschmerzen.« Die Migräne war am Nachmittag aufgekommen, und nachdem die ersten warnenden Anzeichen des Anfalls abgeklungen waren, hatte sie ein heftiger Schmerz über dem rechten Auge angefallen. »Jetzt ist es nicht mehr so schlimm, aber ich habe trotzdem beschlossen, früh mit der Arbeit Schluß zu machen. Danke, daß Sie nachfragen.«

»Ich mache mir Sorgen.«

Er sah sie unverwandt an und sprach mit einer schlichten Eindringlichkeit, die ihr Herz schneller schlagen ließ.

»Ist die Wand wieder befestigt?« erkundigte sie sich, um die Unterhaltung auf ein weniger persönliches Thema zu bringen.

»Alles erledigt.«

»Sie wollen sicher Ihren Scheck.«

Er folgte ihr in die Küche und blieb stehen, während sie sich über die Arbeitsplatte beugte und den Scheck für die letzte Zahlung ausstellte.

»Danke.« Er faltete den Scheck zusammen und steckte ihn in die Tasche. »Wenn Sie keine anderen Pläne haben, würden Sie dann heute abend mit mir zum Essen gehen?«

»Es ist nett, daß Sie mir das anbieten, aber ich bin ziemlich erledigt. Ich denke, ich gehe heute abend früh schlafen.«

Sie *war* müde, aber sie hatte auch Bedenken, mit ihm auszugehen. *Weil er ein Handwerker ist und du Anwältin bist?* würde Aaron fragen. Aber das war es nicht.

»Dann ein anderes Mal.« Adam lächelte. »Ich hab' die Schlösser an Ihrer Haustür und am Nebeneingang überprüft. Die Haustür ist in Ordnung. Das Schloß am Nebeneingang würde ich an Ihrer Stelle auswechseln lassen – es ist ganz leicht aufzubrechen.«

Der Gedanke machte sie unruhig. »Könnten Sie sich bitte

für mich darum kümmern?« Sie war den ganzen Tag schon nervös gewesen, hatte besonders aufgepaßt, als sie das Büro verlassen hatte, und alle Leute in der Halle, im Aufzug und in der Tiefgarage genau beobachtet. WRIT schrieb Briefe an alle Rechtsanwaltskanzleien der Stadt und bat um Sicherheitsmaßnahmen, aber Madeleine, Susan und Kelly waren nicht in ihren Büros umgebracht worden – man hatte sie zu Hause ermordet.

»Ich baue gleich morgen früh das neue Schloß ein«, versicherte Adam.

Sie begleitete ihn zur Vordertür und sperrte hinter ihm ab. Im selben Moment bedauerte sie, daß sie seine Einladung nicht angenommen hatte. Das Haus erschien ihr größer und leerer, und das Klappern ihrer Absätze auf dem Holzboden hallte in den Räumen.

Auf ihrem Anrufbeantworter waren die üblichen Nachrichten – von ihrer Familie, einigen Freunden, und Jeff hatte auch einige Male angerufen. Er hatte von dem Mord an Kelly Malter gehört und sorgte sich um Debra. Ob sie ihn, sobald sie nach Hause kam, zurückrufen könne? Eine Sekretärin von Hoffinger, Bailey und Tchuk hatte auch eine Nachricht hinterlassen. Mr. Tchuk wollte das Gespräch mit Debra verschieben und zu einem späteren Zeitpunkt noch einmal anrufen, um den Termin festzusetzen.

Ruf uns nicht an; wir melden uns bei dir.

Soviel zu dieser Stellung. Hoffinger und Partner mußten ihren Namen in der Zeitung gelesen haben. Inzwischen wußte wahrscheinlich jede Firma, bei der sie sich beworben hatte, daß sie eine traurige Berühmtheit erlangt hatte. Jeremy hatte ihr seine Unterstützung zugesagt, und sie glaubte ihm, doch die Frage war, ob seine Unterstützung anhalten würde, wenn die Medien noch oft daran erinnerten, daß Debra in Susans Mordfall verwickelt war, und die Polizei weiterhin in ihr Büro schneite, um Fragen zu stellen. Und was wäre, wenn Richard Jeremy davon überzeugte, daß Debra eine Belastung für die Kanzlei darstellte? Sie wollte kündigen, aber nur, wenn sie eine andere Stelle in Aussicht hatte. Richard war den ganzen Tag über nicht im Büro gewesen, also wußte sie nicht, ob er immer noch wütend wegen des Telefonats am Freitag war.

Ein Rascheln vor dem Küchenfenster erschreckte sie. Sie blieb stocksteif stehen und lauschte, dann hörte sie das Miauen einer Katze und atmete auf, aber das flaue Gefühl im Magen blieb. Sie wußte selbst nicht, warum sie sich um ihre berufliche Karriere Sorgen machte – in Anbetracht der Tatsache, daß ein Verrückter frei herumlief und weibliche Rechtsanwälte umbrachte, war ihre Karriere unbedeutend. Genau wie der Umstand, daß Marty Simms sie als Verdächtige ansah. Sie nahm an, daß es in der Natur des Menschen lag, sich zu viele Gedanken zu machen.

Ihr Kopf begann wieder zu pochen. Sie überlegte, ob Simms ein übles Spiel mit ihr trieb. Sie folgte einem Impuls, rief im West L. A. Department an und ließ sich mit Laurie Besem vom Morddezernat verbinden. Debra hatte sich mit Laurie angefreundet, als sie noch als Pflichtverteidigerin tätig gewesen war.

»Wie geht's dir, Debra?« fragte Laurie, als der Anruf zu ihr durchgestellt wurde.

»Ich bin nervös und verängstigt wie die meisten weiblichen Anwälte, die ich kenne. Genaugenommen stehe ich Todesängste aus.«

»Du meinst die Morde und die abgeschnittenen Zungen? Das ist wirklich pervers.«

»Du weißt wahrscheinlich, daß ich Susan Clemens gefunden habe«, sagte Debra.

»Ja, ich hab' davon gehört.«

Bildete sie sich das nur ein, oder klang Laurie wirklich abweisend? »Ich habe mit Marty Simms vom Wilshire-Revier gesprochen«, fuhr sie dennoch fort. »Kennst du ihn?«

»Klar. Er war im West L. A., bevor er zum Wilshire versetzt wurde.«

Eindeutig abweisend, befand Debra. Und argwöhnisch. »Hat er etwas Spezielles gegen Strafverteidiger?«

»Er mag sie nicht, und zwar aus demselben Grund, aus dem die meisten Cops sie nicht mögen – wir reißen uns den Arsch auf, um die Verbrecher hinter Gitter zu bringen, und ihr unternehmt alles Menschenmögliche, um sie wieder in die Gesellschaft zurückzubringen.«

»Kann er Frauen nicht leiden?«

»Das ist kein großes Geheimnis. Martys Mom hat ihn und seine kleine Schwester allein gelassen, weil sie unbedingt Karriere machen wollte. Seinen Vater hat das schwer getroffen, und er hat angefangen zu trinken. Marty mußte seine Schwester allein großziehen. Deshalb hat er heute Probleme mit Karrierefrauen.«

»Hegt er auch eine Abneigung gegen weibliche Cops?« fragte Debra nach.

»Sie gilt allen Frauen. Er hat versucht, mir das Leben zur Hölle zu machen, als er noch hier war, aber ich hab' mir nichts gefallen lassen.«

»Ich glaube, er kann mich nicht ausstehen.«

Laurie lachte. »Mich kann er auch nicht ausstehen, zum Teufel. Ja und?«

»Er hat angedeutet, daß er mich verdächtigt, in diese Mordfälle verwickelt zu sein. Er treibt ein übles Spiel mit mir, stimmt's?«

Laurie schwieg einen Moment. »Marty nimmt seine Arbeit sehr ernst.«

»Hat Stan Cummings irgend etwas zu dir gesagt?« wollte Debra wissen.

»Debra, ich darf nicht darüber sprechen. Es tut mir leid, okay?«

»Laurie, du weißt, daß ich niemanden umgebracht habe. Gibt es irgendwelche Spuren oder Hinweise?«

»Wir gehen verschiedenen Möglichkeiten nach.«

»Und ich bin eine dieser Möglichkeiten, oder?« Als Laurie keine Antwort gab, fragte Debra: »Soll ich mir lieber einen Anwalt nehmen?« Das war halb scherzhaft, halb ernst gemeint.

»Es ist immer gut, einen Anwalt zu haben«, erwiderte Laurie leichthin. »Hör mal, ich bin sicher, das alles sind reine Routinefragen, aber wenn du Genaueres wissen willst, solltest du dich lieber mit Stan direkt unterhalten. Ich muß jetzt los.«

Debra hörte sich eine Weile gedankenverloren das Freizeichen an, dann rief sie Jeff an.

»Geht es Ihnen gut?« erkundigte er sich, sobald er ihre Stimme hörte. »Ich hab' die ganze Zeit an Sie gedacht, seit sie über diesen neuen Mord an einer Anwältin berichtet haben. Ich denke, Sie sollten diese Warnbotschaft der Polizei zeigen.«

Sie überlegte eine Weile, dann erzählte sie ihm von der zweiten Nachricht. »Ich habe beide heute morgen zur Polizei gebracht. Sie sagten, sie würden der Sache nachgehen.«

»Das hoffe ich, verdammt noch mal. Möchten Sie, daß ich vorbeikomme, damit Sie nicht allein im Haus sind? Ich kann in zehn Minuten bei Ihnen sein.«

Der Gedanke war verlockend, aber sie war müde und wollte nur noch ins Bett. »Danke, aber das ist nicht nötig, ich komme allein zurecht.«

»Rufen Sie an, wenn Sie Ihre Meinung ändern – egal, wie spät es ist.«

Sie versprach, ihn im Notfall anzurufen und wünschte ihm eine gute Nacht. Dann vergewisserte sie sich, daß beide Türen und alle Fenster verriegelt waren, ging ins Schlafzimmer und zog ihr Nachthemd an.

Claire rief an; sie wollte sichergehen, daß mit Debra alles in Ordnung war.

»Mir ging's schon besser«, sagte Debra. »Richard hat mir einen Katalog für Reizwäsche geschickt, Hoffinger hat den Gesprächstermin abgesagt, und Detective Simms hält mich für eine Mörderin. O ja, habe ich schon erwähnt, daß außerdem ein Psychomörder frei herumläuft?«

»Was ist los mit dir, Debra? Warum läßt du zu, daß Simms dich so quält und dir so dummes Zeug einredet? Du hast niemanden umgebracht!«

Debra erschrak über Claires vehementen Ton. »Hey, Euer Ehren. Sie klingen selbst so, als wären Sie ziemlich aus der Fassung.«

»Ja? Tut mir leid.« Sie seufzte. »Wer ist in letzter Zeit *nicht* durcheinander und aufgeregt? Ich mache mir aber echte Sorgen um dich, Debra. Möchtest du in mein Gästezimmer ziehen, bis sie den Mörder finden? Du wärst hier vollkommen ungestört.«

»Danke, aber ich bleibe lieber hier.« Aaron und Julia hatten ihr dasselbe Angebot gemacht. Ihr Vater auch. »Was macht dein Dad?«

»Das kommt noch zu allem anderen dazu. Er ist mürrischer als gewöhnlich. Ich schätze aber, das ist ein gutes Zeichen – es bedeutet, daß er sich vollständig erholt hat.«

Sie unterhielten sich noch eine Weile, dann legten sie auf. Debra schlug gerade ihre Steppdecke zurück, als das Telefon erneut klingelte. Es war der Rabbi der Bailors. Ob sich Debra mit ihm treffen könne, um über Pennys Lage zu diskutieren? Debra erklärte ihm höflich, aber bestimmt, daß sie ihrem Mandanten verpflichtet sei und mit niemandem über den Fall sprechen dürfe, und legte auf, bevor der Rabbi sie weiter bedrängen konnte.

In dieser Nacht träumte sie wieder davon, daß sie Susan ermordet auffand, aber als sie sich der Leiche näherte und das blutbefleckte Leintuch hochhob, sah sie nicht Susans Gesicht.

Sie sah ihr eigenes.

24

»Ich habe mich die ganze Nacht um Sie gesorgt«, sagte Jeff, als er Debras Haus betrat.

Sie staunte, ihn um halb neun am Morgen vor ihrer Tür vorzufinden, und obwohl sie seine Anteilnahme anrührte, störten sie die Vertraulichkeit, die diese Geste ausdrückte, und die Tatsache, daß er schon nach so kurzer Zeit ihrer Beziehung eine Bedeutung beimaß, die sie selbst noch nicht akzeptieren konnte. Er beugte sich nah zu ihr, und sie wußte, daß er vorhatte, sie zu küssen. Sie wollte jedoch nicht geküßt werden und wich zurück, gerade als Adam im Wohnzimmer erschien.

»Das neue Schloß in der Hintertür ist eingebaut, Debra«, verkündete er und sah dabei Jeff an, der ihn argwöhnisch musterte.

Debra machte die beiden Männer miteinander bekannt und bezeichnete Jeff als »einen Freund«.

Jeff sagte: »Ich dachte, ich bringe Sie zur Kanzlei und hole Sie abends wieder ab, Debra. Ich habe heute selbst in der Stadt zu tun, also macht es mir keinerlei Umstände. Und dann muß ich mir wenigstens keine Gedanken um Ihre Sicherheit machen.«

»Danke, aber ich glaube, das ist nicht nötig.« Sich nur noch in Begleitung auf die Straße zu wagen erschien ihr doch übertrieben, schließlich war sie keine hilflose Maid in Nöten.

»Ich halte das für eine gute Idee, Debra«, meinte Adam. »Besonders nach den Warnungen.«

»Sie wissen über diese Drohbriefe Bescheid?« fragte Jeff .

Debra hörte die Verstimmung in seiner Stimme. »Adam war gestern morgen hier, als ich den zweiten fand«, sagte sie und ärgerte sich, daß sie sich gezwungen fühlte, eine Erklärung abzugeben.

»Also, wie ist's?« wollte Jeff wissen. »Meine Karosse wartet.«

Sie schüttelte den Kopf. »Ich brauche heute mein Auto während der Arbeitszeit. Und außerdem brauche ich tagsüber keine Angst um meine Sicherheit zu haben. Keine der Frauen wurde in ihrem Büro umgebracht.« Bis jetzt noch keine, fügte sie in Gedanken hinzu.

»Was halten Sie davon, wenn ich Ihnen auf dem Heimweg folge? Sie könnten mich eine Viertelstunde bevor Sie die Kanzlei verlassen anrufen. Ich würde dann hinter Ihnen herfahren und erst im Haus nachsehen, ob alles in Ordnung ist und niemand in einer dunklen Ecke lauert. Warum wollen Sie ein Risiko eingehen, Debra?«

Sie war drauf und dran, auch dieses Angebot abzulehnen, aber dann dachte sie an Madeleine, Susan und Kelly. Sie waren abends allein in eine leere Wohnung gekommen. »Ich habe ganz unregelmäßige Arbeitszeiten, und ich möchte nicht, daß Sie auf meinen Anruf warten.«

»Hier ist die Nummer meines Funkempfängers.« Adam gab ihr eine Karte. »Wenn Jeff nicht zur Verfügung steht und Sie ein ungutes Gefühl haben, können Sie mich jederzeit unter dieser Nummer erreichen.«

»Ich werde zur Verfügung stehen«, machte Jeff deutlich und warf Adam einen finsteren Blick zu.

Meine Helden, dachte Debra. Sie hätte die Szene komisch gefunden, wenn der Grund für ihr Bedürfnis nach Beschützern nicht so ernst gewesen wäre.

Adam wandte sich an Jeff. »Nett, Sie kennengelernt zu haben, Jeff.« Und zu Debra sagte er: »Seien Sie vorsichtig, und geben Sie gut auf sich acht.« Dann verschwand er im Nebenzimmer und begann mit seiner Arbeit.

Debra holte ihre Kostümjacke und ihre Aktentasche aus dem Schlafzimmer und ging mit Jeff zu ihrem Wagen.

»Wie schließt dieser Bergman das Haus ab?« fragte Jeff, als er die Fahrertür für Debra aufhielt.

»Ich habe ihm meinen Schlüssel gegeben. Er wirft ihn in den Briefkasten, wenn er geht.« Sie stieg ein.

»Offenbar vertrauen Sie ihm. Wie lange kennen Sie ihn eigentlich?«

»Eine Woche. Er hat die Reparaturen am Haus gemacht. Und jetzt baut er das Nebenzimmer zu einem Arbeitszimmer um. Mein Bruder hat ihn mir empfohlen, und neulich haben wir herausgefunden, daß ihm mein Vater seinerzeit Bar-Mizwa-Unterricht gegeben hat. Die Welt ist klein, nicht wahr?« Sie legte den Sicherheitsgurt an.

»So wie er redet, könnte man meinen, Sie hätten eine persönliche Beziehung zu ihm. Ziemlich anmaßend von ihm, sie am Abend nach Hause begleiten zu wollen, meinen Sie nicht?«

Sie merkte, wie sie wütend wurde, obwohl ihr nicht ganz klar war, warum sie so heftig reagierte. »Ich kenne Sie genauso lange wie Adam, Jeff. Er ist ebenso besorgt um mich wie Sie.«

Er wurde rot. »Sie haben recht – es tut mir leid, Debra. Ich schätze, ich bin eifersüchtig. Werden Sie mich anrufen, bevor Sie nach Hause fahren?«

»Wenn ich Angst habe, ja. Und ich bin Ihnen für Ihr Angebot wirklich dankbar.«

Er schloß die Wagentür. Debra drehte den Zündschlüssel um, setzte rückwärts aus der Einfahrt und fuhr in Richtung Beverly Boulevard. Als sie nach links abbog, sah sie in den Rückspiegel und entdeckte Jeffs Sentra hinter sich. Sie winkte zum Abschied.

Madeleine hatte die Hauptzeugen der Verteidigung bestens auf den Prozeß vorbereitet, aber Debra mußte selbst mit ihnen sprechen, um sich einen Eindruck von den Leuten zu verschaffen.

Im Restaurant auf dem Wilshire Boulevard, in dem Avedon mit Penny an dem bewußten Dienstag zu Abend gegessen hatte, befragte sie den Kellner mit Pferdeschwanz. Er hieß Chris und bestätigte, daß Penny liebevoll und zärtlich mit Avedon umgegangen war. »Sie legte ihre Hand auf seine und so.« Nein, Penny sei nicht betrunken gewesen, nur »fröhlich und gut gelaunt, sie hat viel gelacht«. Avedon, erzählte Chris weiter, käme öfter in dieses Restaurant, aber Penny habe er nie zuvor hier gesehen. Sie wäre ihm ganz sicher aufgefallen, weil sie sehr hübsch sei.

»Erinnern Sie sich, wer am Tisch neben dem von Dr. Avedon und Miss Bailor saß?« Debra hatte in Avedons Akte keine Aussagen von anderen Paaren gefunden, die an diesem Abend hier gegessen hatten.

»Nein. Das hat mich die andere Anwältin schon gefragt. Es war voll an dem Abend. Und außerdem saßen der Doktor und das Mädchen in der Nische dort.« Er deutete auf den Tisch auf der rechten Seite. »Dort waren sie ungestört.«

Debra befragte auch den anderen Kellner und zwei Serviererinnen – alle erinnerten sich zwar an Penny und den Doktor, konnten jedoch nichts über ihr Benehmen sagen.

Vom Restaurant fuhr Debra zu Avedons Beverly-Hills-Praxis auf der Bedford in der Nähe von Dayton. Sie sprach mit den Angestellten, auch mit der neuen Sprechstundenhilfe, die Penny im Sommer eingearbeitet hatte. Außerdem sah sie sich Pennys Personalakte an, die auch ein paar Farbfotos von ihr enthielt. Sie war sehr hübsch mit ihrem langen, lockigen Blondhaar, ihren blauen Augen und dem Schmollmund. Debra verstand, warum sich Avedon zu ihr hingezogen gefühlt hatte und warum sich der Kellner an sie erinnerte. Sie überflog die Referenzen und schrieb sich die Namen, Adressen und Telefonnummern all der Leute auf, die Penny aufgelistet hatte und die nicht zu ihrer Familie gehörten, und notierte sich auch die Anschrift von Pennys High-School – es war dieselbe öffentliche Mädchenschule, die Debra vor Jahren besucht hatte. Sie fragte sich, ob Penny auch den blau-grün-karierten Uniformrock tragen mußte und ihn ebensosehr gehaßt hatte wie sie selbst.

»Sie waren heute morgen schon fleißig, wie?« fragte Richard, als er in Debras Büro kam. »Ich war ein paarmal hier, um nach Ihnen zu sehen.«

Debra hatte Schroffheit oder sogar Feindseligkeit erwartet, aber Richard klang richtig freundlich.

»Ich habe mich mit Zeugen unterhalten, die für Avedon aussagen werden«, erklärte sie. »Ich glaube, es sieht ganz gut aus.« Sie wartete, bis er sich gesetzt hatte, dann berichtete sie ihm die Details. »Ein kleiner Rückschlag – Annette Prado hat angerufen. Penny Bailor hat abgelehnt, sich von unserem Psychologen untersuchen zu lassen. Das ist eine Enttäuschung, kommt aber nicht überraschend.«

Richard nickte. »Haben Sie den Bericht von dem anderen Seelenklempner?«

»Annette hat versprochen, ihn heute durchzufaxen. Avedon war bei unserem Psychologen – die Ergebnisse des Persönlichkeitstests und der Arztbericht liegen mir vor. Beides ist äußerst positiv.«

»Ausgezeichnet.« Er nickte wieder, dann sagte er: »Das waren schockierende Nachrichten über die dritte Anwältin, die umgebracht wurde – und alle drei Opfer sind von demselben Täter ermordet worden. Sie haben sicher schreckliche Angst, Debra. Haben Sie zu Hause eine Alarmanlage?«

Sie schüttelte den Kopf. »Ich überlege, ob ich mir eine einbauen lasse.« Adam kannte vielleicht Firmen, die Sicherheitssysteme verkauften und installierten. Sie würde ihn danach fragen.

»Gut.« Er legte die Beine an den Knöcheln übereinander. »Leider konnten die Sicherheitsmaßnahmen Madeleine auch nicht helfen. Ihr Mörder ist trotzdem irgendwie in die Lobby gelangt.«

»Vielleicht ist er ihr vom Büro aus gefolgt und hat sich mit Gewalt Zugang verschafft, als sie die Tür aufschloß«, erwiderte Debra. Wieder überlegte sie, warum sich Madeleine mit Richard zum Lunch treffen wollte. »Oder er hat bei irgend jemandem geklingelt, der dann auf den Türöffner gedrückt hat.«

»Eine andere Möglichkeit wäre, daß Madeleine ihren Mörder gekannt und ihn – oder *sie* – selbst hereingelassen hat. Es *könnte* auch eine Frau gewesen sein, nach allem, was Simms sagt.« Er betrachtete sie aufmerksam, dann fuhr er fort: »Ich habe Ihren Namen heute morgen wieder in der Zeitung gelesen.«

Ihr Magen krampfte sich zusammen. »Das liegt nicht in meiner Hand, Richard.« Sie stand auf, ging zum Bücherregal und nahm ein Nachschlagwerk heraus, das sie gar nicht brauchte.

Hatte Simms Richard anvertraut, daß sie auf der Liste der Verdächtigen stand?

»Das habe ich ja auch nicht behauptet. Warum sind Sie so defensiv?«

Sie drehte sich um und sah ihn an. Er schien es ernst zu meinen. »Entschuldigung. Ich bin ziemlich nervös. Und unsere letzte Unterhaltung konnte man nicht unbedingt als angenehm bezeichnen.«

»Sie haben mitten im Gespräch aufgehängt«, stellte er ohne Zorn fest.

»Ich hatte keine andere Wahl. Der Sabbat fing an.«

Er ging zu ihr. »Ich glaube nicht, daß es Gott übelnehmen würde, wenn Sie am Sabbat das Telefon benutzen, einen Cheeseburger oder Hummer essen oder wie die meisten anderen Juden an einem jüdischen Feiertag arbeiten.«

»Ich habe jede Stunde, die ich mir freigenommen habe, eingearbeitet. Warum stört Sie das orthodoxe Judentum so sehr? Fühlen Sie sich davon bedroht?« Sie konnte ihn einfach nicht verstehen – sie selbst hatte nicht das geringste gegen Juden, die konservativ, reformistisch oder in gar keiner Gemeinde waren, und war zu allen gleich freundlich. Und bis jetzt hatte jeder respektiert, daß sie die religiösen Bräuche einhielt.

»Es ist veraltet – pharisäerhaft. Wieso wollen Sie nicht mit mir zu Abend essen?« Er war einen Schritt näher gerückt und stand jetzt dicht neben ihr.

»Kommen Sie nicht vom Thema ab, Richard.«

»Es geht um dasselbe Thema. Sie gehen nicht mit mir aus, weil Sie sich für etwas Besseres halten – für eine bessere Jüdin.«

»Das ist nicht wahr. Sie haben es auf ein flüchtiges Abenteuer abgesehen. Ich suche jemanden, mit dem ich meinen Glauben und meinen Lebensstil teilen kann.«

Er schüttelte den Kopf und seufzte. »Sie sind so verdammt zugeknöpft. Sie könnten eine sehr aufregende Frau sein, Debra, wenn Sie Ihr Haar offen tragen würden.« Er streckte beide Hände nach ihrem Haar aus und lächelte, als sie zur Seite auswich. »Hat Ihnen der Katalog, den ich Ihnen geschickt habe, gefallen?«

»Nein, ganz und gar nicht«, versetzte sie erstaunt über sein Eingeständnis. Sie schlug den Nachschlagetext auf, den sie noch immer in der Hand hielt.

»Sie müssen zugeben, daß Ihnen das Model sehr ähnlich sieht. Ich wette, Sie füllen einen BH noch besser aus als das Mädchen auf den Fotos.«

Debra knallte das Buch zu. »Wagen Sie es nicht noch einmal, so mit mir zu sprechen!«

»Sehen Sie, was ich meine? Sie sind zugeknöpft und prüde – wegen Ihrer Religion.«

»Mir sind Ihre Anspielungen auf meinen Körper und Ihre schmutzigen Witze zuwider. Und ich möchte nicht, daß Sie mich berühren, mir Kataloge für Unterwäsche schicken und sexuelle Anspielungen machen, oder ich …«

»Oder was? Oder Sie werden mich verpetzen?« fragte er und äffte einen quengelnden kleinen Jungen nach. »Vielleicht wollen Sie ja auch kündigen?« Er streckte den Kopf vor, und jetzt wirkte sein Grinsen verschlagen und spöttisch. »Sie kündigen ganz bestimmt nicht – nicht jetzt. Nach den letzten Vorfällen wird Sie keine Kanzlei in dieser Stadt mehr einstellen.«

Sie wünschte, sie könnte auf der Stelle den Job hinschmeißen, aber er hatte recht, und zudem mußte sie die Raten für die Hypothek und das Auto, die Renovierungskosten und die Kleider bezahlen, die sie bis jetzt noch nicht einmal getragen hatte. Sie konnte sich moralische Entrüstung oder Würde nicht leisten.

»Ich habe noch eine Menge zu tun, Richard«, sagte sie frostig.

»An Ihrer Stelle würde ich meinen Standpunkt noch einmal überdenken und entgegenkommender zu meinem Boß sein.« Sein Gesicht kam dem ihren so nahe, daß sich ihre Lippen beinahe berührten.

Sie zuckte nicht zurück. »Gibt es da vielleicht ein ›oder

sonst…‹?« fragte sie und starrte ihn an, bis sein Lächeln verschwand, er sie düster anfunkelte und das Büro verließ.

Die Lichter in ihrem Frühstücks- und Eßzimmer brannten, als sie den Wagen in der Einfahrt abstellte. Es war schon nach acht, dennoch stellte sie sich für einen Augenblick vor, Adam würde noch dasein und in ihrem Nebenzimmer arbeiten, sah dann aber mit einer gewissen Enttäuschung, daß sein Lieferwagen nicht zu sehen war.

Die ganze Straße war mit Laternen beleuchtet, die kreisrunde Lichtteiche auf den Aspahlt warfen. Debra spähte durch die Windschutzscheibe und die Seitenfenster und hielt nach schemenhaften Gestalten Ausschau, die ihr in der Dunkelheit auflauern könnten. Als sie sich auf den Heimweg gemacht hatte, hatte sie erst den Aufzug kontrolliert, bevor sie eingestiegen war, und im zweiten Untergeschoß der Tiefgarage hatte sie ihren Autoschlüssel fest in der Hand gehalten, während sie die Leute um sich herum aufmerksam beobachtet hatte und mit gespielt selbstsicheren Schritten auf ihr Auto zugegangen war. In diesem Augenblick hatte sie bedauert, Jeff angerufen und sein Angebot, sie abzuholen, ausgeschlagen zu haben. Auch jetzt bereute sie diese Entscheidung. Sie entriegelte die Fahrertür, sah sich noch einmal rasch um und schnappte sich ihre Einkäufe vom Beifahrersitz, ehe sie zum Nebeneingang rannte. Sie überlegte, ob ihr Verhalten vorsichtig oder schon paranoid war und wann dies alles ein Ende haben würde.

Auf dem Küchentisch fand sie eine Mitteilung von Adam – er hatte die Zeitschaltuhr neu eingestellt, so daß die Lichter brannten, wenn sie nach Hause kam. »Ich hoffe, das ist okay«, hatte er geschrieben. »Bis morgen.«

Debra ging ins Nebenzimmer, um nachzusehen, wie weit die Arbeit fortgeschritten war; die Plane, die Adam auf dem Boden ausgebreitet hatte, war übersät mit Schutt und Holzabfällen. Da der Einbauschrank weggerissen und die Wand frisch verputzt war, wirkte der Raum viel größer. Debra erwog, Adam anzurufen, ihm zu sagen, wie sehr sie sich über die Fortschritte freute, und ihm dafür zu danken, daß er die Zeitschaltuhr eingestellt hatte, doch dann wurde sie sich bewußt, daß sie im Grunde nur seine Stimme hören wollte. Und sie würde ein falsches Signal aussenden.

Sie hörte Mozart über ihren tragbaren CD-Player, während sie sich ein leichtes Gericht zubereitete und aß. Dann spülte sie das Geschirr und hörte gleichzeitig den Anrufbeantworter ab (es wurde allmählich zu einem Ritual, ihre Familie und Freunde anzurufen und sie alle zu beruhigen), um anschließend erneut die Angebote auszuschlagen, zu ihrem Vater, zu Aaron und Julia oder zu Tante Edith zu ziehen, bis »die Polizei diesen Mann geschnappt und den schrecklichen Morden ein Ende gemacht hat«. Dabei wußten sie noch nicht einmal von den Warnungen, die Debra erhalten hatte.

Julia hatte munterer geklungen. Sie hatte ihre Enttäuschung zugegeben, wieder einmal nicht schwanger geworden zu sein und gesagt: »Es folgt ein neuer Monat.« Debra konnte nicht sagen, ob ihr Optimismus gespielt oder echt war.

Sie wanderte von Zimmer zu Zimmer und überprüfte die Türen und Fenster, ehe sie die Lichter löschte. Sie zog sich aus, streifte ihr Nachthemd über und sah sich eine Weile Letterman vom Bett aus an. Als sie schläfrig wurde, schaltete sie den Fernseher mit der Fernbedienung und die Lampe aus, dann zog sie die Bettdecke bis zu den Schultern hoch und sprach ihr Gebet. Sie hoffte, daß sie heute von Alpträumen verschont bleiben würde.

Das Geräusch von zerbrechendem Glas weckte sie. Ein Erdbeben! dachte sie sofort. Ihr Herz hämmerte wild, als sie sich abrupt aufrichtete, aber gleich darauf registrierte sie, daß weder der Boden schwankte noch ein Gegenstand im Zimmer wackelte.

Der Lärm war vom vorderen Teil des Hauses gekommen. Sie lauschte angestrengt, aber sie hörte nur ihren eigenen Herzschlag und einen anspringenden Automotor. Sie knipste die

Nachttischlampe an und warf einen Blick auf den Radiowecker – es war 1:38. Sie schlüpfte in ihre Schuhe, die sie immer unter dem Bett stehen hatte (eine Vorsichtsmaßnahme, die sie nach dem letzten Erdbeben eingeführt hatte) und ging den Flur entlang, wobei sie jedes Licht einschaltete.

Als sie ins Wohnzimmer kam, schnappte sie erschrocken nach Luft. Das Panoramafenster war zerbrochen; riesige Glasscherben und kleine Splitter waren auf dem Holzboden verstreut und blitzten im Licht der Deckenleuchte. Debra schlang die Arme um ihren Oberkörper, als sie zitternd vor Angst und Kälte, die durch das klaffende Loch ins Zimmer strömte, in ihrem Nachthemd dastand.

Sie entdeckte den Ziegelstein, der die Scheibe durchschlagen hatte; ein Papier, das mit einem Gummiband festgehalten wurde, war um den Stein gewickelt. Debra stieg vorsichtig um die Glasscherben herum und besah sich den Stein genauer, faßte ihn aber nicht an. Noch ehe sie sich bückte, sah sie, daß die Botschaft auf der oberen Seite des Papiers dieselbe war:

»Steh der Gerechtigkeit nicht im Weg!«

Daß sie die Worte bereits kannte, verminderte ihre Angst kein bißchen. Sie ging ins Frühstückszimmer und nahm den Telefonhörer ab, um die Polizei anzurufen, aber dann kam sie zu dem Schluß, daß sie sich doch nicht unbedingt um zwei Uhr nachts mit Polizisten beschäftigen wollte. Sie könnte ihren Bruder anrufen und die Nacht bei ihm verbringen; außerdem hatte sie den Schlüssel zum Haus ihres Vaters und könnte in ihr altes Zimmer gehen, ohne ihn zu wecken. Er hatte einen tiefen Schlaf und würde sicher nichts merken. Doch Debra wollte ihre Familie nicht in Angst und Schrecken versetzen; sie wußte nicht einmal, ob sie ihnen überhaupt erzählen wollte, was passiert war. Sie würden darauf bestehen, daß sie bei einem von ihnen einzog, doch sie war nicht bereit, sich so schnell geschlagen zu geben oder ihre Unabhängigkeit zu opfern.

Sie machte alle Lichter aus und ging zurück in ihr Schlafzimmer. Sie sagte sich, daß derjenige, der ihr Fenster eingeworfen hatte, sie warnen wollte und heute nacht bestimmt nicht wiederkommen würde und daß es niemand wagen konnte, durch die gezackte Öffnung ins Haus einzusteigen.

Sie hatte ein Messer aus der Küche mitgebracht und legte es griffbereit auf den Nachttisch. Als sie unter die Bettdecke kroch, wünschte sie, sie hätte eine Pistole.

25

»Was ist mit Ihrem Fenster passiert?« Adam starrte auf das zerbrochene Glas.

Debra erzählte es ihm. »Die Polizei war hier. Sie haben den Ziegelstein und die Botschaft mitgenommen, bezweifeln jedoch, daß sie Fingerabdrücke finden.«

Zwei uniformierte Beamte waren um sieben Uhr zwanzig angekommen, eine Dreiviertelstunde nachdem Debra das Ereignis, das längst kein Notfall mehr war, gemeldet hatte. Eigentlich hatte sie erwartet, daß Simms aufkreuzen würde – ihr Haus am Citrus südlich von Beverly befand sich im Zuständigkeitsbereich von Wilshire. Als er sich nicht blicken ließ, bat sie einen der Streifenpolizisten, ihm den Ziegelstein und die Warnung zu geben.

»Können Sie mir einen Kostenvoranschlag für eine neue Fensterscheibe machen, Adam?« fragte sie.

Er nickte. »In der Zwischenzeit entferne ich die Scherben und vernagle das Fenster mit Sperrholz.«

»Das wäre wunderbar«, sagte Debra. Sie war wirklich dankbar, daß Adam da war. »Lassen Sie mich wissen, wieviel ich Ihnen dafür schulde.«

Er schüttelte den Kopf. »Das ist kostenlos.«

»Seien Sie nicht albern. Sie brauchen Material und müssen Zeit darauf verwenden.«

»Ich habe Sperrholz im Lager, das man für nichts anderes

mehr verwenden kann. Und was die Arbeitszeit betrifft – das ist keine große Sache. Ich mache Ihnen einen Vorschlag – wenn Sie sich Gedanken wegen meiner Zeit machen, könnten Sie mir meine Arbeit vergüten, indem Sie heute abend mit mir zum Essen ausgehen.« Er lächelte.

»Das klingt nicht nach einem guten Geschäft«, erwiderte sie in dem Versuch, seiner Einladung nicht allzuviel Gewicht beizumessen.

»Lassen Sie das meine Sorge sein. Also, wie ist es mit dem Dinner?«

»Ich wäre sicher keine gute Gesprächspartnerin.« Das war eine lahme Ausflucht, und sie las in seinen Augen, daß er derselben Meinung war.

Die Wahrheit war, daß sie sich zu ihm hingezogen fühlte, und das machte sie nervös – lange Zeit hatte sie sich davor gehütet, eine ernsthafte Beziehung einzugehen. »Vielleicht liegt es gar nicht an dem, was dir mit Barry passiert ist«, hatte Julia unlängst vermutet. »Möglicherweise hast du auch Angst, diesen Menschen wieder zu verlieren, genauso wie deine Mom.« Das ist es nicht, beharrte Debra; aber hin und wieder fragte sie sich, ob ihre Schwägerin doch recht haben könnte.

»Ich überlege, ob ich Ihren Rat befolgen und eine Alarmanlage installieren lassen soll«, sagte sie jetzt, um das unbehagliche Schweigen zu unterbrechen. »Können Sie mir eine Firma empfehlen?«

»Ich kenne einige. Ich gebe Ihnen die Telefonnummern.«

Sein Ton war freundlich, aber wesentlich nüchterner und distanzierter; ein unerklärliches Gefühl des Verlusts beschlich sie, und sie kam zu dem Schluß, daß es dumm von ihr gewesen war, sein Angebot abzulehnen. »Wenn ich's mir genauer überlege«, sagte sie, »wäre ein Abendessen doch nicht zu verachten.«

Den Vormittag verbrachte sie in Culver City und nahm an der Verlesung der Anklageschrift für einen Mandanten teil, der der Trunkenheit und öffentlicher Ruhestörung beschuldigt wurde. Von dort fuhr sie zu einem Waffengeschäft in der Olympic Street, entschied sich, nachdem sie einige Waffen in die Hand genommen hatte, für einen dreißigkalibrigen Revolver und bezahlte ihn.

»Sie brauchen einen Waffenbesitzschein«, sagte der Verkäufer. »Ein Waffenbesitzschein auf Lebenszeit kostet zwanzig Dollar.«

Um diesen Schein zu bekommen, erklärte der Verkäufer weiter, müsse Debra dreiundzwanzig von dreißig Fragen über Schuß- und Handfeuerwaffen richtig beantworten; sie könne sich vorher ein zweistündiges Video gleich hier im Laden ansehen, wenn es ihr recht war. Debra verzichtete auf das Video, nahm das Testformular und erledigte den in Kalifornien nötigen Papierkram. Sie wußte, daß sie fünfzehn Tage warten mußte, bis sie die Waffe in Besitz nehmen konnte. Theoretisch waren ihr diese fünfzehn Tage vernünftig erschienen, jetzt kamen sie ihr vor wie eine halbe Ewigkeit.

»Ich habe in der Zeitung gelesen, daß Sie von der Polizei vernommen wurden«, sagte Avedon an diesem Nachmittag zu Debra. »Nicht gerade spaßig, stimmt's?«

Seine Stimme klang ausdruckslos, und auch an seinem Gesicht konnte Debra nicht erkennen, was er dachte. »Ken, wenn Sie irgendwelche Bedenken haben, daß ich Sie vor Gericht vertrete, verstehe ich das voll und ganz, glauben Sie mir. Richard oder jemand anderes könnte den Fall sofort übernehmen.«

Er schüttelte den Kopf. »Ich möchte *Sie*, Debra. Sie können wahrscheinlich besser als die meisten Anwälte nachfühlen, wie es ist, wenn man sich gegen eine Beschuldigung verteidigen muß, die vollkommen ungerechtfertigt ist.« Er lehnte sich auf seinem Stuhl zurück. »Wollen wir über meine Aussage sprechen? Ich bin ziemlich nervös.«

»Das ist verständlich.« Sie lächelte, um ihn ein wenig zu beruhigen. »Beantworten Sie einfach alle Fragen ehrlich und schlicht – machen Sie freiwillig keine zusätzlichen Angaben, mir gegenüber nicht, und auch nicht, wenn die Staatsanwältin Sie ins Kreuzverhör nimmt.«

Er nickte.

»Möglicherweise rufe ich Sie gar nicht in den Zeugenstand. Das hängt davon ab, welchen Eindruck Penny macht.« Und wie nachteilig die Tonbandaufnahme ankommt, setzte sie in Gedanken hinzu.

»An welchem Tag würde ich aussagen müssen?«

»Wenn gleich am Dienstag ein Gerichtssaal zur Verfügung steht, werden die Geschworenen am Dienstag ausgewählt. Der Richter...«

»Was soll das heißen, ›wenn ein Gerichtssaal zur Verfügung steht‹?« Er machte ein besorgtes Gesicht. »Der Prozeßtermin steht fest. Der Beginn wird sich doch nicht verzögern?«

»Ich hoffe nicht. Aber manchmal sind alle Richter mit Anhörungen beschäftigt, die länger dauern, als vorauszusehen war. Ihre Vorverhandlung und Anhörung fand am neunten September statt. Dem Gesetz nach dürfte Ihr Prozeß nicht mehr als sechzig Tage nach Stellung der Kaution stattfinden. Am nächsten Dienstag, dem fünften November, sind siebenundfünfzig Tage verstrichen, also hat unser Fall wahrscheinlich Priorität.« Als er nickte, fuhr sie fort: »Falls die Auswahl der Jury am Dienstag abgeschlossen werden kann – auch dabei hängt sehr viel vom Richter ab –, kann der Vorsitzende, muß aber nicht, die Staatsanwaltschaft auffordern, das Eröffnungsplädoyer noch am selben Tag zu halten. Andernfalls findet es am Mittwoch statt.«

»Halten Sie auch ein Eröffnungsplädoyer?«

»Ja. Ich mache das nicht immer, weil es die Verteidigungsstrategie von vornherein festlegt. Da wir in diesem Fall die Verteidigung darauf aufbauen, daß die Klägerin aus tieferen Beweggründen lügt, möchte ich, daß die Geschworenen das im Sinn behalten, während sie die Zeugen der Anklage hören. Die Zeugen werden wohl am Mittwoch, Donnerstag und Freitag aussagen. Ich schätze, daß Sie dann am Montag oder

Dienstag in den Zeugenstand müssen, falls es überhaupt nötig wird.«

Sie hatte die Fragen, die sie Avedon stellen wollte, zum Teil schriftlich formuliert; jetzt stellte sie ihm einige davon und war sehr zufrieden mit der offenen, gewissenhaften Art, in der er antwortete. Sie rief sich in Erinnerung, daß er augenblicklich in der Abgeschiedenheit ihres Büros »aussagte«; manche Zeugen – sie hatte das schon oft erlebt – boten in ihrem Büro eine brillante Vorstellung, und im Zeugenstand waren sie wie erstarrt vor Aufregung. Sie hatte das Gefühl, daß Avedon so etwas nicht passieren würde, und ihre Zuversicht wurde noch gestärkt, da Madeleine zu demselben Schluß gekommen war und eine entsprechende Bemerkung notiert hatte.

Nachdem sie Avedon mit ihren eigenen Fragen vertraut gemacht hatte, stellte sie ihm solche, die Annette Prado für ihn vorbereitete haben könnte. Wieder war sie erfreut über seine Antworten. »Denken Sie nur immer daran, die Wahrheit zu sagen, dann läuft alles bestens«, ermahnte sie ihn.

»Was soll ich anziehen?« wollte Avedon wissen.

»Das, was Sie heute tragen, ist prima.« Sie warf einen Blick auf seinen dunkelgrauen Anzug und die beigefarbene Weste. Mit einer gewissen Sympathie, die sie selbst überraschte, dachte sie an Timothy Lassiter und seine vier Ohrringe. Sie fragte sich, was der Junge inzwischen trieb.

Als Avedon gegangen war, rief Debra im Revier von Wilshire an und ließ sich mit Marty Simms verbinden.

»Zu schade um Ihr Fenster«, sagte er. »Wir suchen nach Fingerabdrücken auf dem Papier und dem Stein. Noch warten wir auf die Untersuchungsergebnisse von den ersten beiden Warnbotschaften, die Sie mir gebracht haben. Übrigens – warum haben Sie bis zum Morgen gewartet, die Polizei zu benachrichtigen?«

»Es erschien mir wenig sinnvoll, um Viertel vor zwei anzurufen. Haben die Polizisten herausgefunden, ob einer meiner Nachbarn gesehen hat, wer die Scheibe eingeworfen hat?«

»Nein. Anscheinend haben Ihre Nachbarn alle einen tiefen Schlaf.«

Anscheinend. »Hatten Sie Gelegenheit, den Theorien, über die wir gestern sprachen, nachzugehen, Detective?«

»Wir haben erste Ermittlungen eingeleitet.«

»Was ist mit Osterhaus? Haben Sie...«

»Hey, nicht drängeln, ja?« entgegnete er bestimmt.

»Madeleine wurde am Donnerstag ermordet, Susan am darauffolgenden Dienstag – fünf Tage später – und Kelly Malter am Sonntag, wieder fünf Tage später.« Das war Debra in der letzten Nacht aufgefallen, nachdem ihr Fenster eingeworfen worden war. »Fünf Tage nach Sonntag wäre der Freitag – heute in zwei Tagen. Ich möchte nicht das nächste Opfer sein, Detective. Ich denke, Sie begreifen, wieso ich Angst habe.«

»Ehrlich gesagt, habe ich eine ganze Menge begriffen. Wir sprechen uns noch, Miss Laslow.«

Sie konnte sich sein höhnisches Grinsen vorstellen. Sie legte auf und ging zum Schreibtisch ihrer Sekretärin. »Glynnis, haben wir einen Ordner mit den Unterlagen von Leuten, die sich bei uns um eine Stelle beworben haben?«

»Sie meinen von Anwälten? Wir heben die Unterlagen ein Jahr lang auf. Mr. Knox und Mr. Cantrell meinen, wir sollten sie ablegen, für den Fall, daß eine Stelle frei wird – wie damals, bevor Sie zu uns kamen. Möchten Sie eine der Bewerbungen sehen?« Sie musterte Debra neugierig.

»Könnten Sie bitte *alle* Bewerbungsbriefe für mich kopieren, Glynnis? Und stecken Sie sie bitte in eine Mappe.«

Eine halbe Stunde später lag die Mappe auf Debras Schreibtisch. Sie blätterte die Papiere durch – es waren mindestens fünfzig Bewerbungen – und verstaute die Mappe dann in ihrer Aktentasche. Sie wußte nicht, ob die Polizei sich die Namen der Juristen, die sich für freie Stellen in Madeleines, Susans und Kelly Malters Kanzleien interessiert hatten – und nicht angenommen worden waren –, beschafft hatte; Simms' Hinweis auf »erste Ermittlungen« erschien ihr reichlich vage. Debra wollte sich die Namen selbst beschaffen, aber sie war sicher, daß ihr keine der Sekretärinnen der Mordopfer die Informationen ohne weiteres überlassen würde; daraus konnte sie ihnen keinen Vorwurf machen. Sie würde mit den Seniorpartnern der Kanzleien sprechen und ihnen ihr dringliches Anliegen erklären müssen.

Zuerst Blackmeyer, entschied sie. Sie rief an und erfuhr, nachdem sie um einen Termin bei Jonathan Blackmeyer gebeten hatte, daß er für den Rest der Woche nicht zu sprechen war. Nach zwei weiteren Telefonaten wußte sie, daß auch Susans und Kelly Malters Bosse keine Zeit hatten. Debra wurde sich bewußt, daß sie zu einer *persona non grata* geworden war.

Sie nahm ihren Block und versuchte den Antrag auf Untersuchung von Penny Bailors vergangenen Beziehungen zu Männern zu formulieren, den sie vor Gericht stellen wollte, falls sich erweisen sollte, daß Penny in bezug auf ihre Jungfräulichkeit gelogen hatte. Zuerst hatte Debra Konzentrationsschwierigkeiten, aber sie ermahnte sich, daß Avedon ihr Mandant war und jede erdenkliche Mühe von ihr erwarten durfte.

Sie hoffte nur, daß Marty Simms auch sein Bestes gab.

Adam sah in seinem Sportjackett und der Freizeithose sogar noch besser aus als in Jeans. Sie hoffte, daß er ihren erstaunten Blick nicht bemerkte, als sie ihm die Tür öffnete. Aber auch er sah sie erstaunt an, und sie wurde rot vor Freude, als er leise sagte: »Sie sehen wunderschön aus.«

Sie hatte mit großer Sorgfalt die Kleidung für diesen Abend ausgewählt – sie wollte passend gekleidet sein und nichts übertreiben; sie hatte sich für einen gemusterten Seidenrock und einen blaßgelben Kaschmirpullover entschieden.

Vor ihrem Haus stand ein grauer Buick. Sie nahm an, er gehörte Adam, aber er überquerte die Straße und ging auf einen dunkelgrünen Infiniti zu. Er fing Debras überraschten Blick auf, als er ihr die Beifahrertür öffnete. »Hatten Sie den Lieferwagen erwartet?« fragte er mit einem amüsierten Lächeln.

»Ich war nicht sicher«, sagte sie und errötete wieder. »Der Lieferwagen wäre mir auch recht gewesen«, fügte sie hinzu, als sie sich auf den feudalen braunen Ledersitz setzte.

»Vielleicht beim nächsten Mal.« Er lächelte wieder und schloß ihre Tür, dann ging er auf die Fahrerseite und stieg ein.

Er brachte sie zu einem Restaurant auf der Third Street mit französischer Küche und gepfefferten Preisen. Sie hoffte, daß sich Adam nicht gezwungen fühlte, sie zu beeindrucken, aber er bestellte die gefüllte Kalbsbrust, ohne die riesige Speisekarte auch nur anzusehen, und Debra wurde klar, daß er schon früher hier gewesen sein mußte. Sie bestellte auch das Kalb. Die Serviererin brachte eine Flasche Weißwein an ihren Tisch und füllte die Gläser.

Debra hatte Angst gehabt, daß sie, abgesehen von den Arbeiten, die er an ihrem Haus vornahm, keine gemeinsamen Gesprächsthemen finden würden, und sich vorher schon ein paar Punkte ausgedacht, wie sie eine Unterhaltung in Gang bringen konnte – »Erzählen Sie mir von Ihrer Familie, Ihrem Job, Ihrem Leben...« Jetzt war sie erstaunt, als sie merkte, daß sie seine Fragen beantwortete statt umgekehrt; und als sie ihr Kalb zur Hälfte gegessen hatten, wunderte sie sich noch mehr darüber, daß sie ihm Dinge anvertraute, über die sie normalerweise nicht sprach – sie erzählte ihm von Aarons und Julias Kinderlosigkeit, von ihrer Sorge über das einsame Leben ihres Vaters, davon, daß sie zwar ihre Arbeit liebte, aber nicht ihren Job bei Knox und Cantrell, und daß sie immer noch den Tod ihrer Mutter betrauerte.

Sie schwieg eine Weile, dann schüttelte sie den Kopf. »Ich weiß gar nicht, warum ich Ihnen das alles erzähle. Ich vermute, das liegt daran, daß Sie ein so guter Zuhörer sind. Sie hätten Psychologe oder Anwalt werden sollen.« Sie lächelte.

Adam lachte. »Nein danke. Ich bin vollkommen glücklich mit dem, was ich tue.«

»Was hat Sie bewogen, Bauunternehmer zu werden?«

»Mein früherer Job. Ich bin Betriebswirt und war bei einer

Firma angestellt, die medizinische Geräte verkaufte. Ich hatte Aufstiegsmöglichkeiten, Aktienbeteiligung und all das ganze Zeug. Mir war das alles zuwider.« Er betrachtete ihr Gesicht. »Wundern Sie sich, weil ich diese Art von Arbeit grauenvoll fand oder weil ich einen Studienabschluß habe?«

Sie spürte, wie ihr das Blut in die Wangen schoß und hob das Weinglas, um ihr Gesicht zu verdecken. »Sie müssen mich für einen schrecklichen Snob halten.«

Er lächelte. »Die meisten Leute reagieren wie Sie – sie geben es nur nicht zu. Meine Eltern waren entsetzt, als ich den Job aufgegeben habe – ich bin ihr einziges Kind. ›Wieso willst du mit den Händen schuften, wenn du geistige Arbeit leisten kannst?‹ fragte mein Dad immer wieder. Er war richtig enttäuscht von mir, wie Willy Loman von Biff in *Tod eines Handlungsreisenden*.«

»Was ist Ihr Dad von Beruf?«

»Er ist Buchhalter. Inzwischen ist er wesentlich glücklicher mit meiner Entscheidung, weil er sieht, daß ich ganz gut verdiene, aber er und meine Mom behaupten immer noch, daß mein Studium reine Verschwendung war.« Adam zuckte die Schultern. »Ich benutze immer noch meinen Verstand. Ich lese jetzt viel mehr als während meiner Zeit bei der Firma, und ich bin viel entspannter.« Er trank einen Schluck Wasser. »Das klingt fast so, als würde ich mich für meine Entscheidung entschuldigen, wie?«

»Ein bißchen.« Sie lächelte. »Ich muß mich auch ständig wegen meiner Berufswahl rechtfertigen – ›Wieso gibt sich ein nettes jüdisches Mädchen wie Sie mit der Verteidigung von Kriminellen ab?‹ Aber mit der Zeit lernt man, damit umzugehen.«

»Wieso gibt sich denn ein nettes jüdisches Mädchen wie Sie mit der Verteidigung von Kriminellen ab?« fragte Adam und lachte, als sie stöhnte. »Ist Ihre Familie damit einverstanden?«

»Ich glaube, es wäre ihnen lieber, wenn ich mich auf einem anderen juristischen Gebiet betätigen würde – mit Wirtschafts- oder Steuerrecht oder mit Schadenersatzforderungen. Mit irgend etwas Ungefährlicherem. Aber nicht mit Scheidungen«, setzte sie hinzu. »Wußten Sie, daß Scheidungsanwälte zu einem außergewöhnlich hohen Prozentsatz von Gewalttaten bedroht sind? Sowohl ihre eigenen Mandanten als auch die gegnerischen Ehegatten sprechen diese Drohungen aus.«

»Das kann ich mir vorstellen.« Er nickte. »All diese angestaute Wut. Ich nehme an, Ihre Familie ist besonders besorgt wegen dieser Mordfälle und den Warnungen, die man Ihnen hat zukommen lassen.«

»Sie wissen nichts von den Warnungen.« Sie sah, daß Adam die Augenbrauen hochzog. »Sie wären in heller Aufregung und würden darauf bestehen, daß ich bei einem von ihnen wohne.«

»Vielleicht ist das gar keine schlechte Idee.«

»Ich denke darüber nach – auf jeden Fall übernachte ich von Freitag auf Samstag bei meinem Dad.« Obwohl sie im Notfall auch am Sabbat die Polizei anrufen konnte, würde sie sich allein in ihrem Haus ungeschützt fühlen und bei jedem seltsamen Geräusch in Panik geraten. Zudem war am Freitag die Fünf-Tage-Frist nach der Ermordung von Kelly Malter verstrichen. »Aber es paßt mir ganz und gar nicht, daß man mich aus meinem Haus treibt.«

»Das kann ich gut verstehen. Was ist mit der Alarmanlage? Hatten Sie Gelegenheit, mit einer der Firmen zu telefonieren?«

Adam hatte ihr drei Adressen gegeben, und Debra hatte die angerufen, die er ihr besonders empfohlen hatte. »Sie schicken morgen früh jemanden vorbei, der sich das Haus ansieht und einen Kostenvoranschlag macht.« Sie machte eine Pause. »Ich hasse Waffen, aber ich habe heute eine gekauft. Ich bekomme sie erst in fünfzehn Tagen, aber diese Zeit möchte ich nutzen, um in einem Schießklub zu trainieren.«

Adam betrachtete sie interessiert, und Debra fragte sich, was er von ihr hielt.

»Ich kann Ihnen keinen Vorwurf machen, daß Sie Vorsichtsmaßnahmen ergreifen. Hat die Polizei etwas über diese Briefe in Erfahrung gebracht?«

Sie schüttelte den Kopf. »Vielleicht haben sie gar nichts mit den Morden zu tun. Am Dienstag beginnt ein Verfahren wegen Vergewaltigung nach einer Verabredung, ich verteidige den Beschuldigten, und die Klägerin stammt aus einer orthodoxen Familie. Vielleicht hat ihre Familie die Briefe geschickt.«

»Debra...«

»Wollen Sie mich jetzt fragen, warum ich den Fall nicht abgebe? Alle anderen, außer meinem Vater, haben mir das vorgeschlagen.«

»Jetzt klingen *Sie*, als wollten Sie sich entschuldigen.« Er lächelte. »Ich wollte Ihnen eigentlich nur anbieten, Ihnen meine Waffe zu leihen, bis Sie Ihre eigene bekommen. Und ich kann mit Ihnen zum Schießplatz gehen und Ihnen einige Tips geben.«

Das überraschte sie. »Sie besitzen eine Waffe?«

»Ich hab' nach den Krawallen eine gekauft – ich wollte das Gefühl haben, mich und meine Eltern beschützen zu können, wenn es wieder einen solchen Tumult gibt. Natürlich weiß ich, daß ein Revolver nicht viel gegen einen Molotowcocktail ausrichten kann.« Er lächelte grimmig. »Wenn ich Kinder hätte, würde ich zusehen, daß ich das Ding loswerde. Man hört zuviel von tragischen Unfällen, wenn Schußwaffen im Haus sind.«

»Ich dachte daran, an diesem Sonnntag nachmittag in den Schießklub zu gehen.«

»Sonntag paßt mir gut. Um zwei Uhr?« Nachdem sie zugestimmt hatte, fragte er: »Und wie ist es mit meinem Revolver? Möchten Sie ihn haben?«

»Und wenn ich Ihnen erzähle, daß mich ein Detective vom Revier in Wilshire verdächtigt, die drei Morde begangen zu haben?«

Er starrte sie sprachlos an, dann grinste er und sagte: »Sie machen Witze, stimmt's?«

Sie schüttelte den Kopf.

»Trotzdem bin ich nicht beunruhigt. Möchten Sie sich den Revolver ausborgen?«

Theoretisch war das illegal. Aber fünfzehn Tage waren eine lange Wartezeit. »Lassen Sie mich darüber nachdenken.«

Eine Weile aßen sie, ohne das Gespräch weiterzuführen, und Debra hatte nicht das Bedürfnis, das behagliche Schweigen zu brechen. Während des Desserts erzählte Adam von seiner Familie, von einigen Häusern, die er renoviert hatte, und von Hausbesitzern, die ihn zum Wahnsinn trieben, weil sie sich zu nichts entschließen konnten. Nach dem Essen fuhren sie zum Rodeo Drive und schlenderten durch die exklusiven Beverly-Hills-Straßen, spähten in die Schaufenster der sündhaft teuren Geschäfte und überlegten, welcher Laden Drehort für Julia Roberts' *Pretty Woman* gewesen sein mochte. Die Luft war kühl und frisch, und Adam legte trotz aller Proteste seine Jacke um Debras Schultern. Sie mochte, wie sie sich anfühlte.

Sie war überrascht, daß es schon nach Mitternacht war, als er sie nach Hause brachte – sie hatte fünf schöne Stunden erlebt, in denen sie kaum an ihre Probleme gedacht hatte. Als sie jedoch vor ihrem Haus anhielten und Debra ihr vernageltes Wohnzimmerfenser sah, wurden ihr diese Probleme plötzlich um so schärfer bewußt.

Adam ging mit hinein, um sich zu vergewissern, daß alles so war, wie es sein sollte; Debra wartete im Wohnzimmer, und obwohl sie sich nicht vorstellen konnte, daß sich jemand in einem der anderen Zimmer versteckte, um über sie herzufallen, war sie erleichtert, als Adam ein paar Minuten später zu ihr kam und sagte, daß alles in Ordnung sei.

Jeff hatte eine Nachricht auf ihrem Anrufbeantworter hinterlassen. Sie würde ihn am Morgen zurückrufen, auch wenn sie keine Ahnung hatte, was sie ihm sagen sollte.

Um zehn Uhr am Donnerstag vormittag kam Simms in ihr Büro. »Kennen Sie einen Wesley Pratt?« erkundigte er sich in seinem gewohnt mürrischen Ton.

Sie wiederholte leise den Namen, dann schüttelte sie den Kopf. »Sollte ich?«

»Er ist ein Anwalt.«

Er grinste, und sie fauchte: »Es gibt eine Menge Anwälte«, aber dann begriff sie, warum er so selbstgefällig auftrat. *Er hat ihn gefunden!* In der letzten Nacht hatte sie die Namen von den Bewerbungen, die Glynnis für sie kopiert hatte, aufgelistet. Ein Wesley Pratt war ihr nicht aufgefallen, aber daß er sich nicht bei Knox und Cantrell beworben hatte, mußte gar nichts heißen.

Sie holte tief Luft. »Wesley Pratt wurde von den Kanzleien der Mordopfer abgewiesen? Das ist es doch, oder?« fragte sie mit steigender Erregung und mit widerwilliger Bewunderung für Marty Simms, den sie nicht mochte, der aber trotz allem sehr, sehr gute Arbeit geleistet hat.

»Er ist Anwalt«, sagte Simms, »und er wurde heute morgen um halb acht von seiner Hausangestellten tot aufgefunden. Seine Zunge war herausgeschnitten.«

26

»Pratt arbeitete für Stein und Mulcahey. Kennen Sie die Kanzlei?«

Debra spürte einen immer stärker werdenden Druck in ihren Schläfen. »Stein und Mulcahey«, erklärte sie Simms, »ist eine der bekanntesten Strafverteidigerkanzleien der Stadt. Und bevor Sie fragen – ja, ich habe mich auch dort beworben.« Jetzt, da ein Mann umgebracht worden war, ergab alles keinen Sinn mehr. In ihrem Kopf begann der Schmerz zu pulsieren; sie konnte kaum einen klaren Gedanken fassen und wünschte verzweifelt, daß Simms ging.

»Nur wieder ein eigenartiger Zufall?« Simms zupfte an seiner Lippe. »Wo waren Sie gestern abend, Miss Laslow?«

Sie starrte ihn an; in diesem Moment ging ihr durch den Kopf, wie absurd das alles war: Sie hatte Angst, umgebracht zu werden, und Simms trieb immer noch sein dummes Spiel mit ihr. Sie wollte, Charles wäre im Büro und nicht bei Gericht.

»Offensichtlich können Sie mich nicht leiden, Detective«, sagte sie mit erzwungener Ruhe. »Sie haben beschlossen, mich zu schikanieren und einzuschüchtern, und ich habe nicht die geringste Ahnung, warum.«

»Timothy Lassiter kann Sie viel, viel besser leiden, nicht wahr? Wenn er vor lauter Koks nicht mehr aus den Augen schauen kann, sich hinter das Steuer eines Autos setzt und jemanden umbringt und wenn Sie ihn dann wieder rauspauken, mag er Sie sogar noch mehr.«

Debra runzelte die Stirn. »Was hat Lassiter mit all dem zu tun?«

»Hickman, der Officer, den Sie im Zeugenstand fertiggemacht haben, ist der Sohn eines Cops, mit dem ich befreundet bin. Ich hab' am nächsten Tag alles über Ihre großartige Vorstellung gehört.« Er klatschte in die Hände.

Sie wußte, daß ihr Gesicht Erstaunen verriet, und bemühte sich, ihre Stimme gleichmütig zu halten. »Ich habe lediglich meinen Job erledigt. Hickman hat sich nicht an die Regeln gehalten. Nächstes Mal wird er sicher besser aufpassen.« Sie kniff die Augen zusammen. »Sie mißbrauchen Ihre Autorität. Ich werde Ihrem Vorgesetzten darüber Meldung machen.«

»Nur zu. Sie haben mich gefragt, warum ich Sie nicht leiden kann – ich hab's Ihnen gesagt. Das hat nichts mit dem Grund zu tun, aus dem ich hier bin. Ich verfolge bei meiner Ermittlungsarbeit alle Spuren.«

»Um welche Ermittlungen geht's – um den Mord an Susan oder den an Wesley Pratt?«

»Um beide. Pratt lebte in Larchmont, das gehört in unseren Zuständigkeitsbereich. Also, wo waren Sie gestern abend?«

»Ich muß Ihre Fragen nicht beantworten, Detective, aber ich tue es freiwillig. Ich war mit einem Freund beim Essen. Wir haben um halb acht das Haus verlassen und kamen um Viertel vor eins zurück.«

»Hat Ihr Freund auch einen Namen und eine Telefonnummer?«

»Adam Bergman.« Sie kramte ihre Brieftasche hervor und las Adams Geschäftsnummer laut von der Karte ab, die er ihr gegeben hatte.

»Sie könnten also Ihr Haus danach noch einmal verlassen haben?«

»Ich könnte noch einmal weggegangen sein, aber ich hab's nicht getan.«

»Ihre Freundin Susan hat, bevor sie ermordet wurde, im West L. A. angerufen und eine Nachricht für Detective Wraith hinterlassen. Sie erinnern sich doch an Wraith, nicht wahr?« Simms Ton war schneidend. »Er hat Sie nach dem Mord an Madeleine Chase befragt.«

Debra hob erstaunt die Augenbrauen. »Worauf wollen Sie hinaus, Detective.«

»Sie ließ ihm ausrichten, daß sie Informationen über Madeleines Mörder habe. Als Wraith zurückrief, sagte Miss Clemens, sie habe sich geirrt. ›Wobei?‹ fragte Wraith. Sie wollte es ihm nicht sagen. Am darauffolgenden Tag war Miss Clemens tot. Eine interessante Sache, meinen Sie nicht auch?«

Es war eine *äußerst* interessante Sache und eine beunruhigende. Wieso hatte Susan ihr gegenüber nichts erwähnt? »Und Wraith erinnert sich erst jetzt wieder an dieses Telefongespräch?«

Simms zog die Augenbrauen hoch. »Hab' ich das gesagt, Miss Laslow?«

»Sie haben bis jetzt noch nie etwas darüber verlauten lassen.«

Simms grinste. »Sie bringen da offenbar etwas durcheinander. Von mir erhalten Sie keine Informationen – Sie teilen uns mit, was Sie wissen.«

Sie ignorierte seinen Sarkasmus. »Angenommen, Susan hat mit Wraith gesprochen, dann sehe ich dennoch keinen Sinn darin. Sie dachte, sie hätte etwas herausgefunden. Wenig später wurde ihr klar, daß sie sich geirrt hat. Deshalb hat sie mir auch nichts davon erzählt«, dachte Debra laut.

»Vielleicht hat sie Ihnen nichts davon erzählt, weil *Sie* Gegenstand dieser Information waren.«

»Ist das eine weitere Ihrer aus der Luft gegriffenen Hypothesen?« Sie merkte, daß sie den Rand der Tischplatte umklammerte, und lockerte die Muskeln ihrer Hände. Wieder fragte sie sich, ob Simms diese Hirngespinste tatsächlich ernst nahm.

»Sie hat den Verdacht, daß Sie Miss Chase umgebracht haben. Sie ruft bei der Polizei an, bekommt aber kalte Füße, weil sie mit Ihnen gut befreundet ist. Vielleicht hat sie eine Frage zuviel gestellt, und Ihnen ist klar, daß sie Sie in Verdacht hat. Vielleicht konfrontiert sie Sie mit ihren Erkenntnissen und bedrängt Sie, sich der Polizei zu stellen. Jedenfalls begreifen Sie, daß Sie gar keine andere Wahl haben, als auch sie zu töten.«

Laß ihn einfach weiterspinnen, dachte Debra.

»Sie sind sehr schlau... Sie schneiden ihr die Zunge heraus, um es aussehen zu lassen, als würde ein Psychopath durch die Stadt rennen und Anwälte umbringen. Und Sie schicken sich selbst Warnungen, damit alle glauben, der Mörder habe Sie als nächstes Opfer ins Visier genommen.«

Debra räusperte sich. »Und ich suche mir meine Opfer in Kanzleien aus, bei denen ich mich um eine Stellung beworben habe, um die Aufmerksamkeit auf mich zu lenken?«

»Ich sagte schon, daß Sie sehr schlau sind.« Simms beugte sich näher zu ihr. »Wenn Sie schuldig sind, würden Sie natürlich steif und fest behaupten, daß Sie nicht die Täterin sind und daß Ihnen jemand die Morde in die Schuhe schieben will.«

»Wenn Sie so sicher sind, daß ich die Mörderin bin, warum haben Sie mich dann noch nicht verhaftet?« Plötzlich fiel ihr noch etwas anderes ein. »Wo ist eigentlich Ihr Partner? Warum kommen Sie immer allein her, um mich zu befragen? Verstößt das nicht gegen die allgemein gültigen Regeln der Polizei?«

»Wir sind knapp an Personal, und mein Partner geht anderen Hinweisen nach.«

Das war eine plausible Erklärung, aber sie hörte Unsicherheit in Simms' Tonfall und ahnte, daß sie einen wunden Punkt getroffen hatte. »Könnte es sein, daß niemand sonst Zeit mit Ihren phantastischen Theorien verschwenden will? Vielleicht sind Sie ja auch allein hergekommen, weil Sie ein Spiel mit mir treiben wollen.«

Simms' Gesicht lief rot an. »Das ist kein Spiel, Miss Laslow. Ich bin gründlich und hartnäckig. Wenn Sie die Täterin sind, nagle ich Sie fest.«

»Und wenn nicht?« fragte sie ruhig. »Haben Sie Osterhaus und seine Alibis für die Tatzeiten überprüft?«

»Wir sind dabei.« Simms zupfte wieder an seiner Lippe. »Er ist sauer auf WRIT, das stimmt – er hat mir gesagt, daß er alle Mitglieder lieber heute als morgen im Gefängnis sehen würde. Aber wieso sollte er einen männlichen Anwalt umbringen?«

»Um eine falsche Spur zu legen.« Er machte sie nervös – in der einen Minute behandelte er sie wie eine Verdächtige, in der nächsten wie eine Vertraute. Was hatte er vor? »Möglicherweise ist er auch nicht der Mörder. Vielleicht ist der Mörder ein Jurist – Mann oder Frau –, der von den Strafverteidigerkanzleien abgewiesen wurde und sich jetzt rächt. Diese Theorie macht immer noch Sinn.«

»Kann sein«, erwiderte Simms unverbindlich. »Wir gehen allen Hinweisen nach.«

»Es gibt noch andere Möglichkeiten.« Debra hatte seit Susans Ermordung viel nachgedacht. »Der Mörder könnte jemand sein, der auf Strafverteidiger nicht gut zu sprechen ist, weil er sich von seinem eigenen Anwalt betrogen fühlt. Vielleicht ist er auch wütend, weil er glaubt, sie würden zuviel verdienen und Steuergelder verschwenden.«

Simms schnaubte verächtlich. »In diesem Fall müßten wir neunzig Prozent der Bevölkerung als mögliche Täter ins Auge fassen.«

»Jemand schickt mir Warnungen. Jemand wirft mein Fenster ein. Ist Ihnen schon einmal in den Sinn gekommen, daß ich das nächste Opfer sein könnte?« Sie bebte vor Frustration – warum glaubte Simms ihr nicht?

»Aber Sie *waren* nicht das nächste Opfer. Und das hat mich irgendwie kein bißchen überrascht.« Er lächelte und genoß den Augenblick, dann schob er seinen Stuhl zurück. »Sie kennen die Routine, Miss Laslow. Verlassen Sie auf keinen Fall die Stadt.«

Debra verspürte den unsinnigen Drang, die Lithographie von Jerusalem von der Wand zu nehmen und zu verschwinden. Aber das würde ihre Probleme nicht lösen.

Sie starrte die Wand an und dachte über das nach, was Simms gesagt hatte – daß Susan bei der Polizei angerufen hatte –, und mit einemmal fiel ihr wieder ein, daß Susan erwähnt hatte, zwei Tage vor dem ersten Mord mit Madeleine gesprochen zu haben. Hatte sich Susan an irgendeine aufschlußreiche Bemerkung, die während des Gesprächs gefallen war, erinnert? An eine Bemerkung, die sich auf Osterhaus oder WRIT bezog?

Möglicherweise hatte Madeleine von einem Drohbrief erzählt, und Susan hatte einen ähnlichen bekommen …

Es wäre typisch für Susan gewesen, Debra nichts von einem Drohbrief zu erzählen, weil sie sie nicht beunruhigen wollte. Und später hatte sie genauer über alles nachgedacht und erkannt, daß sie der Polizei doch nicht weiterhelfen konnte, und es somit auch nichts gab, was sie hätte erzählen können.

Debra rief Susans Sekretärin an.

»Ich kann Ihnen keine Kopien von den Briefen geben, Miss Laslow«, erklärte Joyce, noch bevor Debra danach fragen konnte. »Es tut mir ehrlich leid, aber ich möchte keinen Ärger mit der Polizei oder meinen Arbeitgebern bekommen.«

Debra konnte der Frau wirklich keinen Vorwurf machen. »Joyce, hat Susan je einen Brief bekommen, in dem stand: ›Steh der Gerechtigkeit nicht im Weg‹?«

»Nicht daß ich wüßte. Aber möglich wär's.«

»Sie hat ein paar Tage bevor Madeleine Chase ermordet wurde mit ihr gesprochen. Haben Sie eine Ahnung, worüber sie geredet haben?«

»Nein. Woher sollte ich das wissen? Ich wünschte, ich könnte Ihnen helfen, Miss Laslow – ehrlich.«

Charles kam eine Stunde später in Debras Büro – er war erschüttert über die Nachricht vom Mord an Wesley Pratt und fragte, ob Debra schon davon gehört hatte. Sie erzählte ihm von ihrer Begegnung mit Simms.

Charles runzelte die Stirn. »Verdammt, Debra! Du solltest nicht mit Simms reden, wenn ich nicht dabei bin.«

»Du hast recht.« Sie seufzte. »Aber ich habe niemanden umgebracht, und ich kann mir nicht vorstellen, daß er das wirklich denkt.«

»Was würdest du tun, wenn sich ein Mandant von dir so verhalten würde?« Er schüttelte den Kopf. »Wenn du mich das nächste Mal nicht erreichen kannst, dann schweig einfach.«

Sie versprach ihm, seinen Ratschlag zu beherzigen.

Nachdem Charles gegangen war, stand Debra auf und sagte Glynnis, daß sie einige Verabredungen außer Haus habe und frühestens in zwei Stunden zurück sei. Zuerst fuhr sie zu Blackmeyer. Cynthia Ellis preßte die Lippen zusammen, als sie Debra sah.

»Falls Sie wegen der Briefe hier sind...«, begann die Sekretärin.

»Es geht nicht um die Briefe. Ich kann es Ihnen nicht verdenken, daß Sie vorsichtig sind.« Sie lächelte, um zu zeigen, daß sie es ehrlich meinte. »Cynthia, ich habe zwei Warnungen bekommen, auf beiden steht: ›Steh der Gerechtigkeit nicht im Weg‹. Und neulich hat jemand einen Ziegelstein durch mein Fenster geworfen.«

Die Frau beäugte sie skeptisch. »Ich weiß nicht, was Sie von mir wollen.«

»Jemand bringt Rechtsanwälte um, Cynthia. Ich habe entsetzliche Angst und brauche Ihre Hilfe. Ich versuche herauszufinden, ob es eine Verbindung zwischen den Mordfällen gibt, und welche. Vielleicht erfahren wir so, wer Madeleine und die anderen umgebracht hat.«

»Warum überlassen Sie das nicht der Polizei? Sie waren vor wenigen Tagen hier und haben nach den Namen von männlichen Juristen gefragt, die sich hier beworben haben und nicht angenommen wurden. Vor kurzem rief ein Detective an und sagte, jetzt würde er auch die Namen von allen Frauen brauchen, die abgewiesen wurden.«

Das waren erfreuliche Neuigkeiten – wenn Simms ihre Hinweise ernst nahm, dann konnte er nicht wirklich überzeugt sein, daß sie die Morde begangen hatte. »Ich kann nicht warten, bis die Polizei den Mörder findet. Ich habe Angst, daß er vorhat, mich als nächste umzubringen.« Sie erwähnte nicht, daß die Warnungen auch von einem Mitglied der Familie Bailor stammen könnten, obwohl ihr bewußt war, daß diese Möglichkeit durchaus bestand. »Wollen Sie mir helfen?«

Unentschlossenheit zeichnete sich auf ihrem Gesicht ab. »Was müßte ich tun?«

»Ich muß wissen, welche Fälle Madeleine in den letzten sechs Monaten hatte.« Debra hatte sich für einen Zeitraum von sechs Monaten entschieden, weil er ihr vernünftig erschien – er war nicht zu knapp, und andererseits lagen die Fälle auch nicht zu weit in der Vergangenheit.

Cynthia schüttelte den Kopf. »Ich kann Ihnen die Akten nicht geben. Das würde mich meinen Job kosten.«

»Ich will weder die Akten noch die Namen der Mandanten. Ich möchte nur wissen, welcher Art die Fälle waren – Raub, Fahren unter Alkoholeinwirkung, Mord – und wie die Prozesse ausgingen – mit Freispruch, mit vermindertem Strafmaß nach Schuldbekenntnis, Schuldspruch, Uneinigkeit bei den Geschworenen oder ergebnislos. Und das Datum, an dem die Fälle entschieden wurden.«

Die Frau sah sie verwundert an. »Wie könnte Ihnen das helfen?«

»Ich suche nach einem Motiv – vielleicht hat jeder der getöteten Anwälte einen ähnlich gelagerten Fall verloren.« Dann könnte sie ihre Erkenntnisse an die Polizei weitergeben und die Namen der Mandanten nennen. »Ich muß einfach *irgend etwas* versuchen. Können Sie mir die Informationen beschaffen?«

»Es wird einige Zeit in Anspruch nehmen, alle Fälle aufzulisten, mit denen Miss Chase zu tun hatte. Ich müßte die ganzen Akten durchforsten.«

Debra wartete. Sie wußte, daß sie mit Ungeduld nur das Gegenteil von dem, was sie wollte, erreichen würde.

»Okay«, sagte Cynthia schließlich. »Ich erledige das bis morgen.«

Von Blackmeyer fuhr Debra zu Susans Kanzlei. Joyce wurde sichtlich unruhig, als Debra auftauchte, aber Debra versicherte ihr, daß sie nicht gekommen sei, um sie wegen der Drohbriefe, die Susan bekommen hatte, unter Druck zu setzen, sondern um sie um einen Gefallen zu bitten, der ihren Job nicht gefährdete.

»Ich möchte keine Namen wissen«, wiederholte Debra, nachdem sie erklärt hatte, was sie brauchte. »Und ich verlange auch nicht, daß Sie die Schweigepflicht verletzen.«

Zu guter Letzt willigte Joyce ein, Debra zu helfen. Kelly Malters und Wesley Pratts Sekretärinnen erklärten sich auch dazu bereit. Debra würde die Anklagepunkte und den Ausgang der Fälle von allen vier Anwälten morgen nachmittag bekommen.

Als Debra in ihr Büro zurückkam, fand sie eine kurze Nachricht von Richard auf ihrem Schreibtisch: »LEGEN SIE BIS HEUTE ABEND DEN DONOVAN-SCHRIFTSATZ AUF MEINEN SCHREIBTISCH.« Kein »bitte«. Keine Erkärung, wieso er den Text, den sie laut Richard zusammenstellen sollte, »wenn Sie Zeit haben«, plötzlich so schnell haben wollte.

Er bestrafte sie für ihr mangelndes Entgegenkommen. Viel

machte ihr das nicht aus; genaugenommen hielt sie die Arbeit davon ab, über Simms und seine blödsinnigen Beschuldigungen nachzugrübeln und zu überlegen, was ihr die Listen der vier Sekretärinnen – wenn überhaupt etwas – offenbaren würden.

Den Rest des Tages beschäftigte sich Debra damit, nach Präzedenzfällen zu suchen und den Donovan-Schriftsatz zu formulieren. Um halb sieben brachte sie die Reinschrift in Richards Büro. Richard war nicht da; sie legte die Papiere auf seinen Tisch.

Jeff rief an, kurz bevor sie die Kanzlei verließ. Er hatte von Wesley Pratt gehört. »Ich habe gestern abend auf Ihren Anrufbeantworter gesprochen«, sagte er. »Da Sie nicht zurückgerufen haben, bin ich zu Ihrem Haus gefahren, um nachzusehen, ob alles in Ordnung ist. Was ist mit Ihrem Fenster passiert?«

Sie wußte nicht, was sie davon halten sollte, daß er immer wieder zu ihr fuhr. Im Grunde hätte sie dankbar für seine Fürsorge sein sollen, aber da sie ihn um nichts gebeten hatte, war ihr sein Verhalten eher unangenehm. Sie erzählte ihm von dem Ziegelstein. »Die Polizei überprüft das«, sagte sie und fragte sich, ob das überhaupt stimmte.

»Ich hoffe, das überzeugt Sie davon, daß Sie den Vergewaltigungsfall abgeben müssen, Debra.« Als sie keine Antwort gab, fragte er: »Möchten Sie, daß ich heute abend auf dem Heimweg hinter Ihnen herfahre?«

»Nein, danke. Charles – einer meiner Kollegen – begleitet mich in die Tiefgarage zu meinem Auto. Es wird mir nichts zustoßen.«

»Ich kann Sie vor Ihrem Haus treffen und in allen Zimmern nachsehen, bevor Sie hineingehen.«

»Adam ist noch da – er zimmert mein kleines Arbeitszimmer.« Adam hatte angeboten zu warten, bis Debra nach Hause kam, und sie hatte keine Einwände erhoben. »Diese Woche wird eine Alarmanlage installiert.«

»Das ist sehr gut«, erwiderte Jeff ohne große Begeisterung.

»Wie wär's, wenn wir heute abend zusammen zum Essen gingen?«

»Ich bin wirklich nicht in Stimmung auszugehen, Jeff. Danke für das Angebot.«

»Schon gut. Dann am Samstag? Ins Kino?«

Sie zögerte, dann sagte sie: »Um die Wahrheit zu sagen, Jeff, ich habe mich bei unseren gemeinsamen Abenden amüsiert, aber ich bin nicht sicher, ob wir füreinander geschaffen sind.« Wie konnte man jemandem erklären, daß die spezielle Anziehungskraft fehlte?

»Komisch, ich dachte, alles wäre bestens zwischen uns. Liegt es an diesem Kuß von neulich? War ich zu voreilig?«

»Das ist es nicht, Jeff. Ich muß jetzt auflegen.«

»Debra, warten Sie. Sehen Sie, ich bin enttäuscht, daß Sie so empfinden – ich will nicht lügen. Aber es wäre schön, wenn wir wenigstens Freunde bleiben könnten. Ist das okay?«

»Natürlich«, sagte sie, obwohl sie bezweifelte, daß das möglich war.

»Ich möchte Ihnen den Entwurf und die ersten Kapitel meines Buches zeigen, und ich wäre dankbar, wenn Sie mir ehrlich sagen würden, was Sie davon halten. Und ich meine wirklich *ehrlich* – ich kann Kritik vertragen.« Er lachte.

»Ich würde gern lesen, was Sie geschrieben haben.« Eigentlich war es ihr nicht recht, die Beziehung aufrechtzuerhalten, aber diese Bitte konnte sie ihm schlecht abschlagen.

»Wäre Ihnen der Sonntag abend recht?«

»Am Sonntag abend bin ich bei einem Treffen von WRIT in der Sportman's Lodge.« Der Vorstand erwartete wegen der Morde einen großen Andrang bei dieser zweiten Ausnahmesitzung und hatte deshalb den Konferenzraum eines Hotels angemietet, statt wie sonst in eine Privatwohnung einzuladen. »Montag kommt auch nicht in Frage – am Dienstag beginnt der Prozeß. Je nachdem, wie die Dinge laufen, könnten wir am Dienstag abend vielleicht einen Kaffee zusammen trinken.«

»Das wäre großartig, aber lassen Sie uns ein Dinner daraus

machen. Ich rufe Sie am Montag im Büro an. Versprechen Sie mir, daß Sie auf sich achtgeben, Debra.«

Dieses Versprechen war leicht zu halten.

27

Am Freitag vormittag wurde Debra von einem bewaffneten Sicherheitsbeamten, der am Empfang stand, begrüßt. Das wird aber auch Zeit, dachte sie und fragte sich, ob es Zufall war, daß man den Sicherheitsbeamten erst angeheuert hatte, nachdem ein männlicher Anwalt umgebracht worden war. An diesem Morgen hatte ein Verkäufer der Alarmanlagenfirma Debras Haus vermessen, die Türen und Fenster gezählt und angekündigt, daß er bis zum Nachmittag die Kosten für Geräte und Installation in Debras Büro faxen würde. Ein Vertreter einer anderen Firma, die Adam empfohlen hatte, sollte am Montag kommen.

Richard hatte ihr wieder eine Notiz hinterlassen: Er brauchte noch heute einen zweiten Schriftsatz. Debra schaltete ihren Computer ein und arbeitete ohne Unterbrechung. Um zwei Uhr hatte sie den Schriftsatz fertig. Richard war nicht im Haus; sie legte die Unterlagen auf seinen Schreibtisch, steckte Avedons Akte in ihren Aktenkoffer und ging zum Empfang.

»Ich habe ein paar Termine«, sagte sie zu Glynnis. Sie hatte die vier Sekretärinnen angerufen und erfahren, daß die Listen der Fälle für sie bereitlagen. »Ich komme heute nicht mehr ins Büro. Wenn Mr. Dressner auftaucht, sagen Sie ihm bitte, daß der Schriftsatz auf seinem Schreibtisch liegt.«

»Ich werd's ausrichten. Schönes Wochenende, meine Liebe. Und seien Sie bitte vorsichtig. Es ist schon so weit, daß ich Angst habe, mir die Nachrichten anzuhören.«

Debra *war* vorsichtig. Sie sah sich im Korridor, im Aufzug und in der Tiefgarage aufmerksam um. Sie schaute erst auf dem

Rücksitz nach, bevor sie die Autotür aufschloß und einstieg, und verriegelte die Tür sofort wieder, und sie überprüfte im Rückspiegel, ob ihr ein Wagen folgte, als sie bei den verschiedenen Kanzleien haltmachte, um die Listen abzuholen; bevor sie in ihre Einfahrt einbog, sah sie sich wieder aufmerksam um und verließ die Sicherheit ihres Autos erst, als sie niemanden entdecken konnte, sperrte die Eingangstür auf und ging ins Haus.

Sie war sehr, sehr vorsichtig.

Sie zog sich rasch aus, duschte, wusch und fönte ihr Haar, dann streifte sie einen Rock und einen Pullover über. Schon am Morgen hatte sie ein kleines Köfferchen für die Nacht gepackt; jetzt warf sie noch ein paar Kosmetikartikel und die Umschläge mit den Listen hinein, die ihr die Sekretärinnen zusammengestellt hatten.

Obwohl sie den Sabbat im Haus ihres Vaters verbringen wollte, breitete sie ein weißes Tuch auf dem Frühstückstisch aus und stellte eine Vase mit den Rosen, die ihr Adam zusammen mit einer Karte mit dem Wunsch *»Gut Schabbos«* dagelassen hatte, in die Mitte.

Ehe sie aufbrach, holte sie die Post und sah sie durch. Sie ignorierte die Rechnungen und Zeitschriften – die konnten warten, bis sie wieder nach Hause kam – und widmete ihre Aufmerksamkeit einem großen wattierten Umschlag. In der Mitte stand in Schreibmaschinenschrift ihr Name. In die linke obere Ecke hatte jemand »Oberster Gerichtshof des Staates Kalifornien« und die Adresse in der Temple Street getippt, aber dies war kein offizieller Umschlag, und sie wußte, daß sie vorsichtig mit ihm umgehen mußte. An der abgestempelten Briefmarke sah sie, daß der Brief gestern aufgegeben worden war. Sie hielt das Kuvert an einer Ecke fest, schlitzte es mit einem Brieföffner auf und schüttete den Inhalt auf die Arbeitsplatte in der Küche.

Vor ihr lagen vier Zeitungsausschnitte mit je einem Foto von Madeleine, von Susan, von Kelly Malter und von Wesley Pratt, dessen Gesicht Debra gestern abend in den Fernsehnachrichten gesehen hatte. Außerdem war da noch ein grobkörniges Zeitungsfoto von Debra im Profil, das auf ein weißes Blatt Papier geklebt worden war; unterhalb des Fotos war als Bildunterschrift zu lesen:

Die Zungen der toten Menschen verdienen Beachtung...
Steh der Gerechtigkeit nicht im Weg.

Debra mußte warten, bis das Zittern nachließ, erst dann konnte sie zum Haus ihres Vaters fahren. Fünf Minuten vor dem Lichteranzünden parkte sie in der Nähe der Doppelhaushälfte. Ihr Vater hatte offenbar schon nach ihr Ausschau gehalten, denn er öffnete die Tür, bevor sie auf die Klingel drücken konnte. An seinen gekräuselten Lippen und der gerunzelten Stirn erkannte sie, daß er unzufrieden mit ihr war.

»Tut mir leid, daß ich so spät komme.« Sie küßte ihn auf die Wange.

In ihrem alten Zimmer hängte sie ihr Kostüm, das sie morgen für den Gang in die Synagoge anziehen wollte, in den Schrank, der noch voll mit Kleidern und Spielsachen aus ihrer Kindheit war. Jemand – wahrscheinlich die Zugehfrau, die alle zwei Wochen kam – hatte die weiße Tagesdecke vom Bett genommen und frische Bettwäsche aufgezogen.

Der fünfarmige silberne Kandelaber und das Tablett ihrer Mutter standen auf dem Eßzimmertisch, auf dem ein weißes, vom vielen Waschen zerschlissenes Spitzentuch lag. Sie spürte, daß der Blick ihres Vaters auf ihr ruhte, während sie die Kerzen anzündete und sie segnete, und als sie die Hände vom Gesicht nahm und sagte *»Gut Schabbos«*, sah er sie ernst und traurig an.

Auf dem kurzen Spaziergang zu Aaron und Julia war er ungewöhnlich schweigsam, und auch, als er mit Aaron von der Synagoge zurückkam, während des Abendessens und auf dem Nachhauseweg sagte er nicht viel.

Debra legte ihre Kleidung ab, zog ihr Nachthemd und den Morgenrock an und ging ins Frühstückszimmer, um die Zeitung zu lesen. Es brannte nur ein kleines Licht, und der Raum lag im Dunkeln. Ihr Vater saß am Tisch – vor ihm stand das Schachbrett, aber er starrte blicklos an die Wand.

Neben dem Schachbrett entdeckte Debra einen großen wattierten Umschlag, der an »Rabbi Ephraim Laslow« adressiert war. Als Absender war in der linken oberen Ecke angegeben: »Oberster Gerichtshof des Staates Kalifornien...«

»Wann ist das angekommen?« fragte sie mit pochendem Herzen.

Er drehte sich um und sah sie an. »Heute. Hast du dieselben Zeitungsausschnitte bekommen?«

Sie nickte. Mit einemmal sah er alt und zerbrechlich aus.

»Aber du wolltest mir davon nichts sagen.« Als sie keine Antwort gab, setzte er hinzu: »Ich habe schon deine Mutter verloren, ich möchte dich nicht auch noch verlieren, Debra.«

»Es tut mir leid, Daddy«, flüsterte sie, und ihre Augen füllten sich mit Tränen. »Es wird alles gut, das verspreche ich.« Sie schlang die Arme um ihn und drückte einen Kuß auf seinen Scheitel.

Sie redeten eine Weile, ehe sie sich für die Nacht zurückzogen. Debra lag im Bett und versuchte einzuschlafen, aber nach einer Stunde gab sie auf, ging wieder ins Frühstückszimmer und nahm die Listen mit.

Nach Debras Angaben hatten die Sekretärinnen drei Rubriken gemacht: FALL, ERGEBNIS DES PROZESSES, LETZTER VERHANDLUNGSTAG: Ohne zu wissen, wonach sie überhaupt suchte, studierte Debra die Aufstellungen und fing mit der von Cynthia an; sie sah sie ein zweites Mal durch und ein drittes Mal; als sie damit fertig war, wußte sie nicht mehr, als daß die Anwälte in den letzten sechs Monaten eine stattliche Anzahl von Fällen verhandelt und die meisten davon erfolgreich abgeschlossen hatten.

Debra konzentrierte sich auf die Fälle, bei denen es zu einer Verurteilung oder einem verminderten Strafmaß nach Schuldbekenntnis gekommen war; aber es ließ sich kein Schema erkennen. Die Tatsache, daß es verboten war, am Sabbat zu schreiben, und sie sich keine Notizen machen konnte, behinderte sie. Theoretisch dürfte sie sich nicht einmal diese Listen ansehen – Arbeit am Sabbat war untersagt, es sei denn, es ging um Leben und Tod. Aber hier ging es um Leben und Tod, befand Debra und warf einen Blick auf das große Kuvert auf der anderen Seite des Tisches. Selbst ihr Vater würde ihr in diesem Punkt zustimmen.

Die Sekretärinnen hatten die Listen zusammengestellt, indem sie die alphabethisch geordneten Akten durchgegangen waren und nur den Zeitraum berücksichtigt hatten, den Debra vorgegeben hatte – die Fälle waren also weder in chronologischer Reihenfolge noch nach Art der Anklagepunkte aufgeführt.

Vielleicht war ein halbes Jahr ein zu weit gesteckter Zeitrahmen. Die Morde hatten vor gut zwei Wochen begonnen – vier Morde in zwei Wochen. Irgendein Ereignis mußte der Auslöser gewesen sein. Debra rieb sich die Augen, studierte die vier Aufstellungen noch einmal und konzentrierte sich jetzt auf die Fälle, die in den letzten sechs Wochen entschieden worden waren. Wieder achtete sie besonders auf die Urteile. Kelly Malters Mandant war vor drei Wochen wegen Diebstahls verurteilt worden. Wesley Pratts Mandant hatte sich der Körperverletzung mit Todesfolge für schuldig bekannt. Madeleine und Susan hatten Freisprüche für ihre Mandanten erwirkt.

Sie sah noch einmal alles durch und suchte nach Ähnlichkeiten der Anklagepunkte in den Fällen, an denen jeder der Anwälte vor ihrem/seinem Tod gearbeitet hatten. Wieder entdeckte sie nichts Aufschlußreiches.

Ihr fielen Susans Ordner über die »Garstigen Amerikaner« und die Briefe von den Leuten wieder ein, die wütend auf sie waren, weil sie Kriminelle verteidigte. Vielleicht war der Mörder einer dieser »Garstigen Amerikaner« – Debra hatte Simms gestern auch auf eine solche Möglichkeit hingewiesen.

Gähnend nahm sie sich Madeleines Liste noch einmal vor. In den letzten sechs Wochen hatte Madeleine zwei Fälle gewonnen – einer, ein Fall von Versicherungsbetrug, war zwei Tage vor ihrem Tod entschieden worden. Susan hatte eine Woche vor ihrer Ermordung einen Freispruch für einen Mandanten erwirkt, der wegen eines Überfalls mit tödlicher Waffe angeklagt worden war; und wiederum drei Wochen vorher hatte sie den Vergewaltigungsfall, den sie Debra gegenüber erwähnt hatte, gewonnen. Kelly Malters hatte in den letzten sechs Wochen drei Prozesse gewonnen: bewaffneter Raubüberfall; Fahren unter Alkoholeinfluß; Vergewaltigung.

Debra starrte einen Moment auf das Papier, dann zog sie Madeleines Liste wieder zu sich heran und fuhr mit dem Finger über die Zeilen, bis sie fand, wonach sie gesucht hatte: der zweite Fall, den Madeleine in den letzten sechs Wochen mit Freispruch abgeschlossen hatte, war ein Vergewaltigungsfall.

Debra ermahnte sich, keine voreiligen Schlüsse zu ziehen – es war schon spät, und sie war müde und wollte verzweifelt etwas finden, wo nichts zu finden war; aber ihr Herz hämmerte, und ihre Handflächen waren feucht, als sie Wesley Pratts Liste durchsah und mit dem Finger über die Einträge fuhr. Etwa in der Mitte der Seite entdeckte sie es: Am Montag dieser Woche hatte Pratt einen Freispruch für einen Mandanten erwirkt, der wegen Vergewaltigung vor Gericht gestanden hatte.

Vier Anwälte hatten Vergewaltigungsfälle gewonnen. Vier Anwälte waren tot, ihre Zungen herausgeschnitten.

Die Zungen der toten Menschen verdienen Beachtung …
Steh der Gerechtigkeit nicht im Weg.

Debra verhandelte auch einen Vergewaltigungsfall.

28

»Es ist nicht so, daß ich dich nicht liebe«, sagte Dennis Wallace. Er lag auf seiner Seite des Riesenbettes.

»Ich weiß.« Nancy zog die Bettdecke um ihre bloßen Schultern. Sie trug ein schwarzes Nachthemd mit schmalen Trägern, das sie mit Bedacht für heute gewählt hatte.

»Du bist böse auf mich, stimmt's?«

»Nein, ich bin nicht böse.« Sie war böse, sehr böse sogar.

»Du warst vorher nicht dazu bereit, und jetzt bin ich nicht dazu bereit. Wieso ist das nicht fair?«

»Es ist fair.«

»Und warum kannst du es dann nicht verstehen?«

Sie sah ihn an, er starrte an die Decke. »Du denkst, ich hätte ihn das tun lassen.«

»Das habe ich nie gesagt, Nancy.«

»Du brauchst es nicht zu sagen. Ich erkenne es in den Blicken, mit denen du mich ansiehst. Du denkst die ganze Zeit darüber nach, hab' ich recht? Du glaubst alles, was diese Anwältin gesagt hat.«

»Nein.«

»Letzte Woche, als wir auf der Party waren, hast du gesagt, daß mein Kleid zu kurz und zu eng wäre. Es war nicht zu kurz oder zu eng, als ich es gekauft habe. Damals hat es dir sehr gut gefallen.«

Er sagte nichts dazu.

»Du bist der Meinung, ich hätte mich nicht heftig genug gewehrt.«

»Ich versuche, damit fertig zu werden. Wirklich, Nancy, ich versuche es. Auch ich wurde dadurch verletzt. Du scheinst das nicht zu verstehen.«

»Aber ich bin doch diejenige, die vergewaltigt wurde, Dennis.«

»Was erwartest du von mir? Möchtest du, daß ich ihn finde

und ihm den verdammten Kopf abreiße? Würdest du dich dann besser fühlen?«

So viel Wut hatte sich in ihm angestaut. Sie hätte am liebsten laut geschrien und auf irgend jemanden eingeschlagen. In der letzten Nacht war er erst ganz spät nach Hause gekommen, und er hatte sich geweigert, ihr zu sagen, wo er gewesen war.

»Ich möchte, daß du mich festhältst, wenn ich das Bedürfnis habe, festgehalten zu werden, Dennis. Ich möchte, daß du mit mir schläfst, ohne an das zu denken, was passiert ist, und ohne mir das Gefühl zu geben, es wäre alles meine Schuld. Kannst du das?«

»Ich liebe dich, Nancy. Du weißt, daß ich dich liebe.«

»Aber es ist nicht mehr dasselbe zwischen uns.«

»Nein, es ist nicht mehr dasselbe.« Seine Stimme klang traurig.

»Und es wird nie mehr so sein wie früher, oder?«

Dennis seufzte.

»Ich denke, du solltest ausziehen.«

Er schwieg eine Weile. »Vielleicht nur für eine kurze Zeit«, stimmte er ihr zu. »Nur, bis ich wieder einen klaren Gedanken fassen kann. Es ist nicht so, daß ich dich nicht liebe.«

29

Es war möglich, daß sie sich irrte. Nachdem ihr Vater am Morgen das Haus verlassen hatte, nahm sich Debra die Listen noch einmal vor und untersuchte sie erneut – sie empfand Entsetzen, Faszination und Angst, und diese Gefühle belasteten sie auch noch in der Synagoge. Sie hatte Schwierigkeiten, sich auf die Gebete zu konzentrieren, und war auch später, beim Mittagessen bei Tante Edith, mit den Gedanken nicht bei der Sache. Über die getöteten Anwälte wurde nach einem stillschweigenden Abkommen nicht gesprochen, genau wie am gestrigen Tag in Aarons und Julias Wohnung (hatte ihr Vater das bewerkstelligt?), und Debra zwang sich, zu lächeln, fröhlich zu sein und sich, weil sie sich des wachsamen Blickes ihrer Tante bewußt war, großzügig von den köstlichen Speisen zu nehmen, die ihr heute jedoch kein bißchen verlockend erschienen.

»Wie geht's dem jungen Mann, mit dem du aus warst?« erkundigte sich Tante Edith bei Debra, während sie Krautsalat auf ihren Teller häufte.

»Ich glaube, er ist nicht der Richtige für mich.«

»Es läuft nicht, wie?« fragte Aaron.

Edith sagte: »Wie wär's dann mit dem Bekannten von Bernice? Soll sie ihm deine Nummer geben?«

»Ehrlich gesagt, ich treffe mich mit jemand anderem. Sein Name ist Adam Bergman.«

»Adam Bergman?« Aaron musterte Debra interessiert. »Warum hast du uns gestern abend nichts davon erzählt?«

Debra zuckte mit den Schultern. Sie wandte sich an ihren Vater, der neben ihr saß. »Du hast ihm Bar-Mizwa-Unterricht gegeben, Dad.«

»Ich hoffe, das wird er nicht gegen dich verwenden.« Er lächelte.

Sein Lächeln erwärmte ihr Herz – es war der erste aufrichtig sorglose Ausdruck, den sie am heutigen Tag auf seinem Gesicht sah. Obwohl sie seit dem gestrigen Abend nicht mehr über den Inhalt des wattierten Umschlags gesprochen hatten, machten ihr seine Ängste (dabei wußte er noch nicht einmal etwas von ihrer Entdeckung) und ihr drängendes Bedürfnis, ihn zu beruhigen, schwer zu schaffen.

»Und was macht dieser Bergman?« wollte Onkel Morrie wissen. Er spießte ein Bruststück vom Hühnchen auf und balancierte es vorsichtig auf seinen Teller.

»Er ist Bauunternehmer und hat die Reparaturarbeiten an meinem Haus durchgeführt. So haben wir uns kennengelernt. Bevor er sich selbständig gemacht hat, hat er Betriebswirtschaft studiert«, fügte sie hinzu und ärgerte sich über sich selbst, weil sie das Gefühl hatte, ihn in einem besonders guten Licht darstellen zu müssen.

»Solange er nett ist.« Edith schmunzelte versonnen. »Iß nicht so schnell«, ermahnte sie ihren Mann.

»Richtig«, sagte Onkel Morrie, und Debra war nicht sicher, ob er sich dabei auf die erste oder zweite Bemerkung seiner Frau bezog.

»Denk dran, Deb, ich bekomme *Shatchonus-Gelt.*« Aaron grinste. Er sprach von dem traditionellen Geldgeschenk, das der Ehestifter bekam.

»Du solltest dich auf einen Tauschhandel einlassen«, empfahl Onkel Morrie, und alle, Debra eingeschlossen, lachten, obwohl der Vorschlag gar nicht so lustig war.

Später, als ihr Vater sein Schläfchen machte, überprüfte Debra die Listen noch einmal. Sie versuchte, nach anderen Gemeinsamkeiten zu suchen, aber es war ihr unmöglich, das zu übersehen, was sie in der letzten Nacht entdeckt hatte. Die Hinweise waren wie die versteckten Tiere in einem Bilderrätsel, dachte sie – schwierig zu finden, aber wenn man sie einmal entdeckt hatte, sprangen sie einem immer wieder ins Auge.

Es war ein Mizwa – ein positives Gebot –, den Sabbat zu genießen, und gewöhnlich kostete Debra jeden stillen, friedlichen Augenblick dieser Tage aus, aber heute ertappte sie sich dabei, daß sie ständig auf die Uhr schielte und die Minuten zählte, bis sie Simms anrufen konnte. Ihre Ungeduld bereitete ihr ein schlechtes Gewissen, und sie überlegte, ob sie schon jetzt die zwei Meilen bis zum Revier in Wilshire zu Fuß gehen sollte, aber Simms saß am Samstag sicher nicht in seinem Büro, und sie konnte ihm die Listen ohnehin nicht bringen, da es nicht gestattet war, am Sabbat etwas zu transportieren.

Und sie war nicht sicher.

Ihr Vater kam von der *Shul* zurück und rezitierte den *Havdalah*, den Segen, der den Sabbat vom Rest der Woche abgrenzt. Debra hielt die gedrehte Kerze über ihren Kopf (»Halt sie so hoch wie möglich, wenn du dir einen großen Mann wünschst«, hatten sie ihre Eltern und Aaron geneckt, als sie ein junges Mädchen war) und sog den Duft des Piments und der Nelken ein, der der turmförmigen, hölzernen Gewürzschachtel entströmte. Ihr Vater tauchte die Kerze in den Wein, der über den Becherrand auf einen Teller geflossen war, dann benetzte er die Fingerspitzen mit dem Wein, berührte seine Augenlider, um seine Hingabe an die Gebote zu zeigen, und steckte die Hände in die Taschen. Verschütteter Wein im Haus wirkte wie ein Segen.

Als die Zeremonie beendet war und Debra bei Simms hätte anrufen können, entschied sie, es nicht zu tun. Statt dessen telefonierte sie mit Claire.

Claires Eigentumswohnung befand sich in einem abgesicherten Gebäude auf der Oakhurst in Beverly Hills. Debra war schon einige Male dort gewesen. Sie kündigte sich über die Sprechanlage an und wartete, bis Claire auf den Türöffner drückte und sie in die mit Chintzsofas und riesigen Topfpflanzen eingerichtete Halle ließ.

»Du hast am Telefon so aufgeregt geklungen«, sagte Claire, als sie ihre Wohnungstür im zweiten Stock öffnete. »Ich bin froh, daß ich zu Hause war, als du angerufen hast. Ich mache mir Sorgen um dich, Debra.«

Debra folgte Claire in das kleine, quadratische Wohnzimmer und setzte sich auf eines der beiden cremefarbenen Damastsofas, die sich gegenüberstanden. Sie reichte Claire die Mappe, als sie sich neben ihr niederließ.

»Was ist das?« fragte Claire, während sie die Papiere durchblätterte.

Debra erklärte ihr, welche Informationen die Listen enthielten. »Ich dachte, ich könnte ein Muster finden, das erklärt, warum diese vier Anwälte umgebracht wurden.«

Claire hob den Kopf und warf ihr einen raschen Blick zu. »Und hattest du Erfolg?« Ihre Stimme klang aufgeregt und eine Spur ängstlich.

»Ich glaube schon, aber ich könnte mich auch irren. Ich möchte, daß du die Listen selbst überprüfst und siehst, ob du etwas entdecken kannst.«

»Wieso befaßt sich die Polizei nicht damit?« Claire machte fast einen ärgerlichen Eindruck.

»Vielleicht tut sie's ja. Aber ich kann nicht herumsitzen und warten. Ich habe schreckliche Angst, Claire. Der Gedanke, daß da draußen jemand herumläuft und ich die nächste…« Sie schloß die Augen und spürte Claires Hand auf ihrer. Sie biß sich auf die Lippe, um nicht in Tränen auszubrechen. »Ich habe am Freitag wieder eine Drohung bekommen.«

Claire sog scharf die Luft ein. »Dieselbe Warnung?«

Debra erzählte ihr von den Zeitungsausschnitten. »Meinem Dad hat man dasselbe Päckchen geschickt. Diesmal waren zwei Sprüche dabei – ›Steh der Gerechtigkeit nicht im Weg‹ und ›Die Zungen der toten Menschen verdienen Beachtung‹. Das zweite ist ein Zitat aus *König Richard der Dritte*.«

Claire schlug die Mappe zu. »Erkennst du darin irgendeine Bedeutung?«

Debra schüttelte den Kopf. »Bevor ich den Umschlag mit den Ausschnitten bekam, dachte ich, die Warnungen stünden mit dem Prozeß, der am Dienstag beginnt, in Zusammenhang. Ich dachte, die Familie wollte mich auf drastische Art und Weise dazu bringen, den Fall abzugeben.«

»Aber nach dem Zitat mit den Zungen glaubst du, daß dir dieselbe Person droht, die Madeleine und die anderen umgebracht und ihnen die Zungen herausgeschnitten hat«, stellte Claire nüchtern und nachdenklich fest.

»Möglicherweise ist es trotzdem die Familie der Klägerin – die Sache mit den herausgeschnittenen Zungen stand in allen Zeitungen und war im Fernsehen und im Radio. Vielleicht benutzen sie das, um mir solche Angst einzujagen, daß ich den Fall aufgebe.«

Claire nickte. Sie schlug die Mappe wieder auf. »Wonach muß ich suchen?«

»Ich möchte, daß du das selbst herausfindest. Erst dann weiß ich, ob das, was ich denke, Hand und Fuß hat.«

Claire verließ das Zimmer und kam mit einem Schreibblock und einem Stift zurück. Sie breitete die Listen auf dem Couchtisch aus, beugte sich über sie und machte sich etliche Notizen, strich jedoch nach einiger Zeit alles wieder aus. Debra ging zum Kamin, sah sich die Lithographie an der Wand und die gerahmten Fotos auf dem Kaminsims an – Claire in Universitätstracht zwischen ihren Eltern, Claire mit ihrer Schwester Lee, Claire in ihrem Richterzimmer. Debra schlenderte durch den Raum und schaute Claire immer wieder über die Schulter. Als sie sich wieder aufs Sofa setzte, blätterte sie eine Architektur-Zeitschrift durch, aber ihre Blicke konzentrierten sich hauptsächlich auf Claire. Nach einer Viertelstunde hörte Claire auf zu schreiben und lehnte sich gegen das Sofapolster. »Ich geb's auf. Ich habe versucht, die verschiedenen Urteile in Verbindung zu bringen, aber ich bin nicht weitergekommen.«

»Damit habe ich auch angefangen. Probier's mal mit den Freisprüchen.«

»Das war mein nächster Gedanke.« Claire überfiog erneut die Listen. »Ganz schön viele Freisprüche. Ziemlich eindrucksvoll – spricht nicht sehr für die Staatsanwaltschaft. Ich nehme erst mal nur den Zeitraum der letzten zwei Monate.« Sie ließ den Zeigefinger über jede Seite gleiten und schrieb ein paar Worte auf ihren Block, wenn ihr an einem Eintrag etwas auffiel. Als sie die letzte Aufstellung durchgegangen war, las sie, was sie sich notiert hatte.

Sie hob erstaunt die Augenbrauen und warf einen schnellen, ungläubigen Blick auf Debra. Sie biß sich auf die Lippe und sah noch einmal die Listen durch, schaute auf ihre Notizen und wieder auf die Listen. Als sie zu Debra aufsah, war ihr Gesicht aschfahl.

»Sie alle haben vor kurzem Freisprüche in Vergewaltigungsfällen erwirkt. Das ist es, nicht wahr?« Ihre Stimme bebte. »Aber warum?«

Darüber hatte Debra gestern vor dem Einschlafen stundenlang nachgedacht. »Jemand – entweder eine Person, die dem Vergewaltigungsopfer nahestand, oder das Opfer selbst – bestraft die Anwälte, die die Vergewaltiger freibekommen haben. Deshalb werden ihnen auch die Zungen herausgeschnitten.«

Claire zuckte zusammen. »Was meinst du damit?«

»Ich denke, der Mörder will damit ausdrücken, daß die Anwälte ihre Zungen benutzten, um die Opfer im Zeugenstand in die Mangel zu nehmen und durch die Hölle zu schicken. Für den Mörder ist die Zunge ein Symbol des Bösen.«

»›Du sollst nicht falsch Zeugnis reden.‹« Claire schauderte.

Debra nickte. Als Frau verurteilte sie die Justiz, die Vergewaltigungsopfer, die mutig genug waren auszusagen, zwang, Demütigungen zu erleiden, während intime Details ihres Lebens vor Fremden ausgebreitet wurden – das kam einer öffentlichen Vergewaltigung gleich. Als Anwältin glaubte sie an das Recht des einzelnen auf einen fairen Prozeß und an die Pflicht eines Strafverteidigers, den Mandanten nach allen Regeln der Kunst zu verteidigen.

»Das ist bizarr, grotesk«, flüsterte Claire. Sie berührte Debras Arm. »Du mußt sofort mit Simms über deine Entdeckung sprechen.«

»Er würde denken, daß ich mir irgendwelche Theorien aus den Fingern sauge, nur um den Verdacht von mir abzulenken.« Sie wiederholte, was er bei seinem letzten Besuch in der Kanzlei gesagt hatte, und dabei wurde ihr wieder bewußt, wie absurd seine Beschuldigungen waren.

Claire schüttelte ungehalten den Kopf. »Offensichtlich hat Simms' Abneigung gegen dich sein Urteilsvermögen, was die Morde betrifft, getrübt. Meinst du, er glaubt tatsächlich, was er sagt, oder schikaniert er dich nur?«

»Ich bin nicht sicher. Manchmal denke ich, er meint's bitterernst, und das macht mir höllische Angst. Ich hab' nichts getan, um Gottes willen!«

»Zeig ihm diese Listen. Erklär ihm, was du gefunden hast. Er wird dir glauben. Mein Gott!« Sie schlug die Hand vor den Mund. »Du hast in dieser Woche die Verteidigung in einem Vergewaltigungsfall! Die Warnungen...« Sie verstummte.

»Simms kann sich die Namen der Klägerinnen beschaffen. Die Polizei hätte konkrete Hinweise. Es sei denn natürlich, der Mörder hat nichts mit einem dieser Fälle zu tun. Dann könnte es Ewigkeiten dauern, bis er gefunden wird.«

»Und in der Zwischenzeit? Was ist mit deinem Prozeß?«

»Ich kann mich noch aus dem Fall zurückziehen, aber das kann ich moralisch nicht vertreten. Und was geschieht, wenn plötzlich alle zuviel Angst hätten, um jemanden, der der Vergewaltigung angeklagt ist, zu verteidigen? Was würde dann aus den Unschuldigen?«

Claire warf einen Blick auf die Listen, die vor ihr ausgebreitet waren, dann sagte sie: »Du weißt, daß er hinter dir her sein wird, falls du in der Verhandlung erfolgreich bist.«

»Das ist mir klar.« Der Gedanke war lähmend, er machte sie nahezu starr vor Angst.

»Du könntest einen Interessenkonflikt als Begründung angeben, die Verteidigung nicht zu übernehmen«, sagte Claire. »Glaubst du wirklich, du kannst die Interessen deines Mandanten so gut vertreten, wie du solltest, wenn dir die ganze Zeit im Kopf herumspukt, daß du ermordet werden könntest, sobald du den Prozeß gewinnst? Ist es nicht eher wahrscheinlich, daß du *nicht* dein Bestes versuchen wirst?« Claire betrachtete sie ernst.

»Ich hoffe, daß ich mein Bestes geben werde. Wenn du an meiner Stelle wärst, würdest du den Fall nicht aufgeben, hab' ich recht?«

Claire zögerte einen Moment. »Doch, ganz sicher. Ich würde warten, bis die Polizei den Mörder gefunden hat. Und das solltest du auch tun.«

»Du lügst«, erwiderte Debra leise. »Du sagst das nur, weil du Angst um mich hast.«

Claires Schweigen war Antwort genug.

Debra rief in Wilshire an und bat den diensthabenden Sergeant, Detective Simms auszurichten, daß er sie unter Claires Nummer zurückrufen sollte. Während sie warteten, brachte Claire für sich und Debra Tee an den Tisch.

Claire setzte sich. »Möglicherweise führe ich den Vorsitz bei deiner Verhandlung. Bei meinem jetzigen Prozeß haben sich die Geschworenen zur Beratung zurückgezogen, und ich erwarte ihre Entscheidung am Montag. Die meisten der anderen Richter sind mitten in Verhandlungen oder eröffnen am Montag neue Sitzungen. Hast du ...«

Das Telefon klingelte. Claire lief in die Küche, um abzunehmen, dann brachte sie Debra den schnurlosen Hörer. »Es ist Simms«, sagte sie.

Debra nahm den Hörer. »Detective Simms?«

»Was ist so dringend, Miss Laslow? Wieder ein zerbrochenes Fenster? Eine neue Warnung?«

»Ich denke, ich weiß jetzt, warum die Anwälte umgebracht wurden.«

Simms schnaubte ärgerlich. »Darüber haben wir schon ausführlich gesprochen.«

»Sie verstehen nicht. Ich habe die Verbindung entdeckt. Alle vier Anwälte wurden ermordet, weil sie Vergewaltigungsprozesse gewonnen haben.«

»Keine schlechte Idee.«

»Es ist mir ernst, Detective«, versetzte sie ungeduldig.

»Und deshalb stören Sie mich an einem Samstag abend? Einen schönen Abend noch, Miss Laslow. Und lassen Sie's gut sein.«

»Ich kann es Ihnen zeigen. Ich kann es Ihnen beweisen.« Sie erzählte ihm von den Listen und erklärte, wie sie ihre Entdeckung gemacht hatte. Als sie geendet hatte, bat er sie, alles noch einmal ganz genau zu erläutern. Dann schwieg er so lange, daß sie schon dachte, er hätte aufgelegt.

»Wo sind Sie jetzt?« fragte er schließlich.

»Bei einer Freundin. Ich kann in zwanzig Minuten auf dem

Revier sein.« Sie würde wieder bei ihrem Vater schlafen – sie hatte Angst, am Abend in ein leeres Haus zu kommen –, aber sie wollte nicht, daß Simms dorthin kam.

»Bringen Sie die Listen mit«, sagte Simms.

30

Sie folgte Simms vom Empfangsbereich zu seinem Schreibtisch und setzte sich, dann übergab sie ihm die Mappe und den Umschlag mit den Zeitungsausschnitten, die ihr Vater bekommen hatte – Debra hatte sie mit zu Claire genommen und ihrem Vater gesagt, daß sie sie zur Polizei bringen würde.

»Was ist das?« wollte Simms wissen und tippte auf den Umschlag.

»Das hat mein Vater am Freitag erhalten. Es sind ausgeschnittene Zeitungsartikel über die vier ermordeten Anwälte und ein Foto von mir, unter dem eine Warnung steht. Ich habe dasselbe Päckchen am Freitag mit der Post bekommen.«

Er öffnete das Kuvert, sah sich das Foto von Debra genauer an, dann verstaute er alles wieder, warf den Umschlag auf den Schreibtisch und schlug die Mappe auf, um die Einträge auf den Listen zu überfliegen. »Erklären Sie mir das Ganze noch mal.«

Sie wiederholte, was ihr aufgefallen war, und deutete auf die Einträge, während sie redete. »Ich weiß, das klingt bizarr«, sagte sie, als sie zum Ende kam.

»Stimmt.« Simms sah die Papiere an, dann Debra. »Ich bin beeindruckt, Miss Laslow. Clever gedacht.«

Sie konnte nicht erkennen, ob er es ernst oder ironisch meinte. »Das würde auch erklären, warum ich diese Warnungen bekommen habe. Am Dienstag beginnt mein Prozeß – es ist ein Vergewaltigungsfall.«

Er schüttelte den Kopf. »Ich werde das nie verstehen – eine

Frau verteidigt einen Vergewaltiger. Wie können Sie damit leben?«

Sie knirschte mit den Zähnen. »Jeder hat das Recht auf Verteidigung. Und nicht jeder Mensch, dem ein Verbrechen angelastet wird, ist wirklich schuldig.«

»Ihr Mandant ist ein Heiliger, wie?«

»Es ist nicht meine Aufgabe zu entscheiden, ob er unschuldig oder schuldig ist. Das ist Sache der Geschworenen.« Sie machte eine Pause, dann sagte sie: »Sie könnten auf Herausgabe der Akten dieser Fälle bestehen und die Namen der Klägerinnen in Erfahrung bringen. Vielleicht ist eine von ihnen – oder eine ihr nahestehende Person – für die Morde verantwortlich.«

»Sie haben die außerordentlich ärgerliche Angewohnheit, anderen Leuten zu erklären, wie sie ihren Job zu erledigen haben, wissen Sie das?« Er funkelte sie böse an. »Ich überprüfe dies hier.« Er schien nicht besonders überzeugt von ihrer Theorie zu sein.

»Sehen Sie denn nicht, daß es ein Muster gibt?«

»O doch, das sehe ich. Die Frage ist, hat der Mörder die Anwälte umgebracht, weil sie diese Prozesse gewonnen haben oder weil er – oder sie – ein *künstliches* Motiv kreieren wollte, das die Polizei auf eine falsche Fährte lockt? Hatte der Täter ein Motiv, nur *einen* der Anwälte umzubringen, und benutzt die anderen Morde als Tarnung? Verstehen Sie, was ich meine?« Seine Augen waren leicht zusammengekniffen und fixierten sie.

Sie verstand genau, was er meinte. Er verdächtigte sie immer noch – oder er wollte, daß sie das glaubte. »Das klingt ziemlich weit hergeholt.«

»Angenommen, eine Person bringt jemanden aus Eifersucht oder Wut um. Der Täter hat Angst, vielleicht bereut er die Tat sogar, aber er kann sie nicht ungeschehen machen. Und er will nicht den Rest seines Lebens im Gefängnis verbringen.« Simms zuckte mit den Schultern. »Verzweifelte Situationen erfordern verzweifelte Maßnahmen. Wissen Sie, was wirklich interessant ist? Pratt und Kelly Malter haben etwa eine Woche vor ihrer Ermordung Drohbriefe bekommen. Bei Madeleine Chase und Susan Clemens war das anders. Wieso? Was meinen Sie?« Als sie nicht sofort antwortete, fragte er: »Hat die Katze Ihre *Zunge* gefressen, Miss Laslow? Oder sollte ich sagen der ›Hund‹?«

Sie zuckte zusammen und erkannte Zufriedenheit auf seinem Gesicht. »Sie haben keinen Respekt vor den toten Opfern, nicht wahr?«

»Doch. Aber ich habe auch Respekt vor *lebenden* Opfern.«

Sie ignorierte die Anspielung und sagte: »Madeleine hat auch einen Drohbrief erhalten, aber sie hat ihn weggeworfen. Vielleicht war es bei Susan genauso. Was stand in den anderen Briefen?«

»Dasselbe wie in den Warnungen, die Sie bekommen haben: ›Steh der Gerechtigkeit nicht im Weg.‹ – ›Die Zungen der toten Menschen verdienen Beachtung.‹«

»Konnten Sie Fingerabdrücke an den Warnungen, die ich Ihnen gegeben habe, sicherstellen?«

»*Nada* – nur Ihre. Das Labor konnte keine anderen finden. Auch auf den Briefen, die die anderen Anwälte bekommen haben, waren keine.«

»Also hatte der Absender Handschuhe an.« Da Simms nichts dazu sagte, stand sie auf und streifte den Riemen ihrer Handtasche über die Schulter. »Ich glaube mittlerweile, daß jeder, der die Verteidigung in einem Vergewaltigungsprozeß führt oder kürzlich einen Freispruch durchgesetzt hat, in Gefahr ist.«

»Daran dachte ich auch schon. Ich überprüfe das und kümmere mich darum. Ihre Verhandlung beginnt am Dienstag, sagten Sie? Das bedeutet, daß die Geschworenen vermutlich in der nächsten Woche ihre Entscheidung treffen, ist das richtig?« Als sie nickte, setzte er hinzu: »Vielleicht sollten Sie hoffen, den Prozeß zu verlieren.«

Das Haus sah unberührt aus, als Debra am Sonntag morgen zurückkam. Sie arbeitete den ganzen Vormittag an ihrem Eröffnungsplädoyer und las Avedons Akte noch einmal gründlich durch. Um Viertel nach eins kam Adam und fuhr mit ihr zum Beverly Hills Schießklub. Er hatte seine Waffe für Debra mitgebracht: eine kleine .38er Smith & Wesson, die den vielen Waffen, die sie im Geschäft in der Hand gehabt hatte, ziemlich ähnlich war.

Adam zeigte Debra, wie sie sich hinstellen mußte – die Beine leicht gespreizt – und wie man mit beiden Armen ausgestreckt ein Ziel anpeilte. Debra nahm mitten im beißenden Geruch nach Schießpulver im Schießstand Aufstellung. Trotz der Ohrenschützer war jeder Schuß betäubend, und sie erschrak über den heftigen Rückschlag der Waffe, die ihr bei den ersten zwei, drei Versuchen fast aus der Hand fiel. Sie erschrak ebenso über die Kraft, die durch ihren Körper strömte.

Auf dem Rückweg zu ihrem Haus erzählte sie Adam von den wattierten Umschlägen mit den Zeitungsausschnitten und von dem Schema, das sie entdeckt hatte. Als er ihr wieder anbot, ihr seine Waffe zu leihen, lehnte sie nicht ab.

Debra sah sich im Konferenzsaal der Sportman's Lodge um und schätzte, daß sich über hundert Frauen zu dem WRIT-Treffen versammelt hatten. Zwei uniformierte Polizisten – ein Mann und eine Frau – gaben Sicherheitstips: Gehen Sie abends nicht allein aus. Betreten Sie keinen Aufzug, ohne sich vorher die Mitfahrenden genau angesehen zu haben. Verschließen Sie immer Ihr Auto, und werfen Sie einen Blick auf den Rücksitz, ehe Sie einsteigen. Halten Sie Ihren Schlüssel schon in der Hand, während Sie auf Ihren Wagen zugehen. Falls Ihnen jemand im Auto folgt, fahren Sie nicht nach Hause, sondern direkt zum nächsten Polizeirevier. Öffnen Sie nie einem Fremden die Tür, selbst wenn er behauptet, von der Polizei zu sein.

Debra lernte zwar nichts Neues, aber die Hinweise zu hören

war immer eine gute Ermahnung. Nicht daß sie diese Ermahnung brauchte – sie war in letzter Zeit ständig auf der Hut.

Nach dem Vortrag beantworteten die Polizisten Fragen, erst vom Podium aus, dann bei persönlichen Gesprächen. Debra sah eine ganze Reihe bekannter Gesichter. Annette Prado stand auf der anderen Seite des Saals. Als sie Debra entdeckte, winkte sie und formte mit den Lippen die Worte: »Wir sehen uns am Dienstag.«

Claire sprach mit der Polizistin. Debra ging auf sie zu und begrüßte auf dem Weg andere Anwältinnen. Sie wartete, bis Claire die Unterhaltung mit der Frau beendet hatte, dann tippte sie ihr auf die Schulter.

Claire drehte sich um. »Wie geht's dir?« fragte sie mit gedämpfter Stimme, als sie Debra sah, und legte kurz die Hand auf ihren Arm.

»Den Umständen entsprechend gut.« Debra zwang sich zu einem Lächeln. »Ich dachte, daß du heute mit deinem Vater zu Abend ißt.«

»Das dachte ich auch, aber als ich ihn anrief, um ihm zu sagen, daß ich ihn abhole, meinte er, er habe sich's anders überlegt.« Claire zuckte die Schultern. »Da wir gerade von Vätern sprechen – hast du deinem von deiner Theorie erzählt?«

Debra schüttelte den Kopf. »Ich will nicht, daß er sich noch mehr um mich ängstigt.« Sie hatte beschlossen, auch Aaron nichts zu sagen. »Und wenn ich mich irre, dann hätte ich ihn ganz umsonst in Panik versetzt. Aus diesem Grund spreche ich auch hier mit den anderen nicht darüber.«

Claire schwieg einen Moment, dann nickte sie. »Wahrscheinlich hast du recht. Irgendwas Neues von Simms?«

»Ich rechne erst morgen damit, wenn er mit den Kanzleien Kontakt aufnehmen kann.«

Eine andere Juristin kam zu Claire. Debra entschuldigte sich und wechselte mit einigen anderen Bekannten noch ein paar Worte. Zehn Minuten später verließ sie zusammen mit zwei von ihnen den Konferenzsaal. Sie war in diesem Hotel schon

Gast bei Hochzeitsfeiern gewesen und hatte jedesmal die natürliche Schönheit der Anlage bewundert, aber als sie jetzt über den mit Holzbohlen belegten Pfad, der über Teiche und Bäche führte, zu ihrem Auto rannte, achtete sie gar nicht auf die Enten und Bäume. Sie sah die Schönheit nicht, nur Gefahren.

Sie lenkte ihren Wagen vom Parkplatz und bog nach links auf die Ventura ein, um auf den 101 Freeway zu kommen. Aus dem Verkehrsbericht im Radio erfuhr sie, daß es in der Nähe der Ausfahrt Lankershim einen Unfall gegeben hatte, und entschied sich, doch nicht über den Freeway, sondern statt dessen die Route über den Laurel Canyon zu nehmen.

Als sie an der Ampel Ventura Ecke Laurel Canyon stehenblieb, spürte sie die ersten leichten Schmerzen über dem rechten Auge. Sie studierte die Straßenschilder. Die Buchstaben waren alle da – ihr Sehvermögen schien in Ordnung zu sein. Es war offenbar ein normaler Kopfschmerz und kein Migräneanfall.

Sie fuhr nach rechts zum Laurel Canyon und eine Meile bis zum Mulholland, dem Kamm des Berges. Etwa an dieser Stelle wurde die Straße schmaler, und es gab nur noch eine Fahrspur in jeder Richtung. Vor Debra befanden sich nur wenige Autos auf der Straße, die sich kurvig in den Canyon hinunterwand. Die Gegend war in Finsternis gehüllt, nur ab und zu kündigte grelles Scheinwerferlicht ein entgegenkommendes Fahrzeug an.

Debra warf einen Blick auf das nächste Straßenschild und erschrak, als sie nicht alle Buchstaben erkennen konnte. Es ist doch eine Migräne, machte sie sich klar, während sie ihre Fahrt bergab fortsetzte. Die Sehstörungen setzten ein, und Debra hatte keine Möglichkeit, irgendwo anzuhalten. Im Rückspiegel konnte sie die Scheinwerfer des Autos hinter ihr erkennen.

Sie spürte, wie Angst in ihr aufstieg, doch sie beruhigte sich damit, daß sie nur noch zweieinhalb Meilen fahren mußte; wenn sie vorsichtig war, schaffte sie es, aus dem Canyon heraus und wieder in die Stadt zu kommen. Dort war die Straße breiter, und sie könnte am Rand stehenbleiben und warten, bis die Sehstörungen vorbei waren. Sie widerstand dem Drang, mehr Gas zu geben, um den blendenden Zickzacklinien, die bald auftauchen würden, zuvorzukommen.

Der Wagen hinter ihr kam näher – die Lichter waren wie zwei Augen, die sie anfunkelten. Debra ärgerte sich; es wäre riskant, schneller zu fahren, und zwar nicht wegen ihrer Kopfschmerzen, sondern wegen der vielen Kurven, die sie dazu zwangen, auf der steil nach unten führenden Straße den Fuß auf der Bremse zu halten.

Das Auto kam noch näher. Jetzt wurde sie wütend – was zum Teufel fiel dem Fahrer ein? Er hatte keine Chance, sie zu überholen. Sie hielt rechts einen Sicherheitsabstand zu der Bergwand, die in der Dunkelheit noch massiver und gefährlicher aussah als bei Tageslicht.

Sie spähte wieder in den Rückspiegel. Es war ein schwarzer oder dunkelblauer, mittelgroßer Wagen. Sie hupte einmal und noch einmal. Inzwischen tanzten vor ihrem rechten Auge helle Lichtbögen. Bei jeder Kurve riß sie das Steuer herum, nach rechts, nach links und wieder nach rechts; trotzdem kam der Wagen näher und näher; er klebte förmlich am Heck ihres Acura. Ihr blieb fast die Luft weg, und ihre Lippen zitterten, als ihr plötzlich klarwurde, daß dieses Auto und der Fahrer einen unheimlichen Zweck verfolgen könnten – es schien fast so, als wollte er sie zur Bergseite hin von der Straße drängen.

Sie hupte noch einmal und strengte sich an, etwas durch die blitzenden Zickzacklinien zu erkennen. Sie sah ein Stück des Nummernschilds: die erste Ziffer war eine *1*, dann kam ein *A*. Der Fahrer trug einen Hut, und das Gesicht war kaum zu sehen.

Ihr Verfolger war jetzt fast auf gleicher Höhe. Debra nahm den Fuß von der Bremse, umklammerte fest das Steuerrad und raste die gewundene Straße hinunter. Sie nahm eine Kurve nach der anderen. Vor ihr waren die roten Rücklichter eines anderen

Fahrzeugs, das langsam voranzukommen schien, so langsam, daß sie es unweigerlich rammen würde, wenn es nicht beschleunigte. Als sie näher herankam, erkannte sie Rückleuchten von weiteren Autos, und alle standen vor einer roten Ampel.

Ihr Herz hämmerte wild vor Entsetzen. Sie trat auf die Bremse, knapp vor dem stehenden Auto riß sie das Steuer nach rechts und fuhr ein paar Meter die ungepflasterte Auffahrt hinauf, die zu einem Pfahlbau führte.

Sie drehte den Kopf schnell nach links und schaute durch das Heckfenster, konnte jedoch den schwarzen Wagen nicht sehen. Sie drehte sich nach rechts – ihr Verfolger hatte zurückgestoßen und war in einiger Entfernung stehengeblieben. Erneut versuchte sie, das Nummernschild zu entziffern, aber mittlerweile verschwamm alles vor ihren Augen, und sie kam sich vor, als würde sie unter Wasser etwas lesen wollen.

Eine Sekunde später sprang die Ampel auf Grün um.

Das schwarze Auto flitzte an ihr vorbei und verschwand.

31

In dem Teil der Synagoge, der den Frauen vorbehalten war, war niemand, als Debra um sieben Uhr am Montag morgen ankam. Sie teilte die Vorhänge und beobachtete, wie ein Mann eine der *Thora*-Rollen aus der mit dunkelblauem Samt ausgeschlagenen Lade nahm. Jeden Montag und jeden Donnerstag las jemand einen Teil des für diese Woche geltenden Bibelabschnitts, und am kommenden Sabbat würde das ganze Kapitel noch einmal komplett vorgelesen werden.

Die Montage, Donnerstage und Samstage waren auch denjenigen vorbehalten, die Gott besonders danken wollten, weil sie aus einer lebensbedrohlichen Situation errettet worden waren. Zur festgesetzten Zeit erhob sich Debra, rezitierte die Gebete auf hebräisch und hörte zu, wie die Männer antworteten – einer dieser Männer war ihr Vater, er mußte ihre Stimme erkannt und sich gewundert haben.

Die Zeremonie dauerte nicht lange. Alle paar Minuten zog Debra die Vorhänge ein Stückchen zur Seite, und als sie sah, daß alle bis auf ihren Vater gegangen waren, stellte sie ihr Gebetbuch zurück in das Regal und betrat die Abteilung der Männer.

Ihr Vater saß an einem der Tische vor dem Allerheiligsten.

»Du weißt, daß ich deine Stimme erkannt habe«, sagte er, sobald er Debra sah. Er hatte sein *Tallit*, den Gebetsschal, abgenommen, faltete ihn und steckte ihn in eine blaue Samttasche. »Du hättest zu einer anderen *Shul* gehen können. Ich kann also nur annehmen, du wolltest mich wissen lassen, daß dir beinahe etwas zugestoßen wäre und daß du mir alles erzählen möchtest.«

Sie war es leid, so zu tun, als sei alles in Ordnung. »Als ich gestern abend vom WRIT-Treffen nach Hause fuhr, hat mich ein Wagen beinahe von der Straße abgedrängt.« Sie berichtete kurz, was vorgefallen war, dann sagte sie: »Ich konnte der Polizei nur die erste Ziffer und einen Buchstaben des Nummernschilds angeben, deshalb ist es ihnen nicht möglich, den Fahrer zu ermitteln.«

Am Abend, als sie, zitternd vor Angst und von Übelkeit und pochenden Kopfschmerzen geplagt, nach Hause gekommen war, hatte sie Simms angerufen. Ob sie sich die Nummer des Wagens notiert habe, hatte er gefragt. Sie erklärte ihm, daß sie vor einem Migräneanfall immer unter Sehstörungen litt und nur die erste Ziffer und den darauffolgenden Buchstaben hatte erkennen können. *1* und *A*. Mehr konnte sie ihm beim besten Willen nicht sagen. »Ich verstehe«, hatte Simms erwidert, und obschon er mit seiner gewohnt höhnischen Art angedeutet hatte, daß sie das alles nur erfunden haben könnte, hatte sie das Gefühl, daß er die Geschichte ernst nahm. Vielleicht wollte sie das auch nur glauben.

Ihr Vater nahm die beiden Lederkästchen von den Gebetsriemen. Einer war an seine Stirn gebunden, der andere an seinen linken Arm. Jedes Kästchen enthielt ein Pergament mit Schriften aus der *Thora*. Er wickelte die Riemen um die Kästchen, steckte sie in eine kleinere Samttasche, dann in die größere und zog den Reißverschluß zu.

»Und du denkst, daß der Vorfall von gestern abend mit den Zeitungsausschnitten in Zusammenhang steht, die man mir geschickt hat?« erkundigte er sich eigenartig gelassen und ruhig.

»Ich glaube, es war eine weitere Warnung.« Sie setzte sich neben ihn und erzählte ihm von den Warnbotschaften und davon, was sie Simms über die Vergewaltigungsfälle dargelegt hatte. Zum Schluß gestand sie ihm, daß sie schreckliche Angst habe und erleichtert sei, weil sie sich endlich alles von der Seele geredet habe.

»Bist du sicher, daß diese Vergewaltigungsprozesse das Motiv sind?«

»Ich weiß, daß es verrückt klingt.«

Er schüttelte den Kopf. »Es ist gar nicht so verrückt. In ein paar Wochen lesen wir den *Thora*-Abschnitt, in dem Jakobs Sohn alle Männer in Schechem tötet, um die Vergewaltigung an seiner Schwester Dinah zu rächen. Absalom, König Davids Sohn, tötete aus Rache seinen Halbbruder Amnon, der Absaloms Schwester Tamar vergewaltigte.« Er schwieg einen Augenblick. Schließlich fragte er leise: »Ziehst du dich aus dem Fall zurück?«

»Ich möchte mich nicht selbst in Gefahr bringen, aber mein Mandant hat ein Recht auf Verteidigung. *Jede* Person, der ein Verbrechen zur Last gelegt wird, hat das Recht, verteidigt zu werden – daran glaube ich ganz fest, Daddy.«

»Wenn du den Fall verhandelst und einen Freispruch erreichst, wirst du zur Zielscheibe des Mörders. Wenn du den Fall abgibst, geschieht dir oder deinem Mandanten nichts. Ein anderer Jurist wird ihn verteidigen.«

»Wer auch immer den Fall übernimmt, er wird genauso in

Gefahr sein wie ich jetzt. Und was geschieht, wenn niemand meinen Mandanten verteidigen will? Was geschieht, wenn der nächste, der der Vergewaltigung oder eines anderen Verbrechens angeklagt wird, freigesprochen wird?«

Er runzelte die Stirn. »Liegt das in deiner Verantwortung?«

»Ich weiß es nicht. Deshalb brauche ich deinen Rat.«

»Als du mich das letzte Mal um Rat gefragt hast, habe ich dich ermahnt, die Folgen der Antwort zu bedenken, ehe du die Frage stellst. Wenn du mich als deinen Rabbi um Weisung bittest und nach meiner Meinung über die *Halacha*, das Recht, fragst, bist du verpflichtet, meinen Entscheidungen Folge zu leisten. Du kannst nicht um Antworten feilschen, die dir gefallen, Debra.«

Sie nickte. »Also dann rein hypothetisch.«

»Hypothetisch.« Er betastete seine *Tallit*-Tasche. »Der Talmud erzählt von Rav Elazar, dem Sohn von Rav Shimon. Rav Elazar fragt einen Ordnungshüter, dessen Auftrag es ist, Diebe in Gewahrsam zu nehmen, woher er wissen könne, daß er keinen Unschuldigen festnehme. Der Ordnungshüter antwortete ihm, daß er keine Wahl habe – es sei der Befehl des Königs, und irgend jemanden müsse er in den Kerker bringen.

›Mach folgendes‹, empfahl ihm Rav Elazar. ›Geh um vier Uhr morgens zu einem Mahl. Wenn du einen Mann mit einem Weinbecher in der Hand dösen siehst, frag ihn aus. Er könnte der Schüler eines Rabbi sein oder ein Arbeiter. Wenn er keins von beiden ist, ist er ein Dieb.‹ Die Geschichte sprach sich bis in den Palast herum, und Rav Elazar wurde gestattet, seinem eigenen Rat zu folgen. Er tat es und nahm viele Diebe fest.

Rav Yehoshuah ben Korchah schickte eine Botschaft an Rav Elazar: ›Essig, Sohn des Weins! Wie lange willst Du noch die Leute unseres Gottes ihrer Hinrichtung zuführen?‹ Rav Elazar antwortete: ›Ich befreie den Weinberg von den Dornen.‹ Und Rav Yehoshuah erwiderte: ›Laß den Herrn des Weinbergs kommen und ihn seine Dornen selbst vernichten.‹« Ephraim Laslow sah seine Tochter an.

Debra schüttelte den Kopf. »Ich verstehe nicht, was du damit sagen willst. Ich klage niemanden an. Ich versuche nur, die Rechte meines Mandanten zu schützen.«

»Du hast dich selbst zur Erlöserin ernannt, Debra. In deiner Handlungsweise liegt Arroganz und Halsstarrigkeit. Du trittst nicht nur für deinen Mandanten ein, sondern für alle Verteidiger und das Rechtssystem. Das liegt nicht in deiner Verantwortung, genausowenig wie es in Rav Elazars Verantwortung lag, Diebe festzunehmen. Gott kann über die Diebe zu Gericht sitzen. Die Gesellschaft wird für Gerechtigkeit im Strafrecht sorgen.«

Er redete mit einer Schärfe, die sie nie zuvor bei ihm gehört hatte, und unter dieser Strenge erkannte sie Angst. »Mein ganzes Leben lang hast du mich gelehrt, mich um andere zu kümmern, nicht nur um mich selbst. Mein ganzes Leben lang hast du mir eine jüdische Geschichte vor Augen geführt, in der Männer und Frauen ihr Leben riskieren, um andere zu retten.«

»Ja, aber sie haben es nie in dem *sicheren* Wissen getan, daß sie ihr eigenes Leben verlieren würden.« Er beugte sich näher zu ihr. »Es gibt nur drei Bedingungen, unter denen du dein Leben opfern mußt – wenn jemand sagt: ›Ich töte dich, wenn du nicht einen unmoralischen sexuellen Akt vollziehst‹ oder ›Ich töte dich, wenn du meine Götter nicht anbetest‹ oder ›Ich töte dich, wenn du keinen anderen Menschen tötest‹.«

»Das weiß ich, Dad«, erwiderte sie mit einer Spur Ungeduld.

»Dann weißt du auch, daß die *Thora* einer schwangeren Frau, die eine medizinische Behandlung braucht, durch die der Fötus gefährdet sein könnte, die Anweisung gibt, sich dieser Behandlung zu unterziehen und es auf sich zu nehmen, daß sie den Fötus verliert. Wenn zwei Menschen dem sicheren Tod entgegensehen, hat jeder der beiden die Pflicht, sich selbst zuerst zu retten.«

Debra schwieg.

Ihr Vater nahm ihre Hand in seine beiden Hände. »Ich weiß, daß das nicht idealistisch klingt – und ich sehe, daß du dagegen bist, daß du desillusioniert bist. Aber die *Thora* ist ein Dokument, die Grundlage des Lebens.«

»Du vertrittst die Ansicht der *Halacha*, des Rechts. Aber was ist mit der Moral?«

»Im Judentum gibt es da keinen Unterschied. *Halacha* und Moral sind eines.« Er musterte ihr Gesicht. »Und wenn ich von dir – nicht als dein Rabbi, sondern als dein Vater – fordern würde – den Fall aufzugeben und ›davonzulaufen‹?«

»Ich müßte deine Wünsche respektieren.«

»Aber du würdest es mir übelnehmen.« Er seufzte und ließ ihre Hand los. »Ich werde dir nicht vorschreiben, was du tun sollst, Debra. Nicht als dein Rabbi und nicht als dein Vater.«

Sie war irgendwie enttäuscht und fragte sich, ob sie hergekommen war, um einen Ratschlag zu erhalten oder um zu hören, daß es nicht an ihr lag, diese Entscheidung zu fällen. »Vielleicht stammen die Warnungen nicht von dem Mörder. Es könnte sein, daß ein Mitglied der Familie Bailor die Morde benutzt – diese Anspielung auf die herausgeschnittenen Zungen zum Beispiel –, um mir Angst einzujagen und mich zu zwingen, den Vergewaltigungsfall abzugeben. Und um auch dir angst zu machen.«

»In diesem Fall hat derjenige, der dafür verantwortlich ist, mit seiner Aktion Erfolg gehabt. Ich habe mich nicht mehr so gefürchtet und so hilflos gefühlt, seit die Ärzte mir klargemacht haben, daß der Krebs deiner Mutter unheilbar ist.«

»Das tut mir leid«, flüsterte Debra und strich ihm über die Wange.

Er nickte, dann zog er einen Band des Talmuds, der auf dem Tisch lag, zu sich heran, schlug ihn auf und starrte auf die Seite.

»Angesichts der Tatsache, daß ich das nächste Opfer sein soll, möchte ich rund um die Uhr eine bewaffnete Leibwächterin haben«, erklärte Debra den erschrockenen Männern, die am ovalen Tisch im Konferenzraum saßen, in ruhigem, aber bestimmtem Tonfall. »Ich möchte, daß sie mich morgens zur Arbeit und abends nach Hause fährt. Ich möchte, daß sie mich begleitet, wohin ich auch gehe. Ich möchte, daß sie in meinem Haus schläft. Ohne diese Leibwächterin werde ich Avedon morgen nicht vor Gericht vertreten.«

Charles drückte ihre Hand unter dem Tisch. Wie Adam war er schockiert gewesen, als sie ihm von dem Motiv des Mörders berichtet hatte; im ersten Moment konnte er es gar nicht glauben, daß die Morde mit den Vergewaltigungsfällen in Zusammenhang standen, dann war er aufs äußerste beunruhigt und unterstützte entschlossen ihre Forderungen, sogar noch bevor sie ihm von dem schwarzen Wagen erzählt hatte.

Eine Weile herrschte unbehagliches Schweigen, und Debra fragte sich, was den Männern durch den Kopf ging. Anthony hatte sie nicht aus den Augen gelassen, seit sie das Wort ergriffen hatte. Jeremy und Richard hatten sie auch angestarrt, und sie konnte ihnen kaum übelnehmen, daß sie zunächst Mühe hatten, ihr zu glauben. Jetzt überlegten sie stirnrunzelnd.

Jeremy nickte. »Sie haben absolut recht, Debra.«

Zum zweitenmal an diesem Morgen wußte sie nicht genau, ob sie erleichtert oder enttäuscht sein sollte. Hätten sie nein zu der Leibwächterin gesagt, hätte sie den Fall abgegeben und sich sagen können, daß die anderen, nicht sie selbst die Entscheidung getroffen haben.

»Sind Sie sicher, daß die Vergewaltigungsfälle das Motiv sind?« fragte Richard. »Das erscheint mir ziemlich verrückt.«

Sie konnte weder Sarkasmus noch Feindseligkeit in seinem Tonfall hören; und er hatte sicher jeden Grund, skeptisch zu sein. »Hundertprozentig sicher kann ich natürlich nicht sein, aber Detective Simms scheint zu glauben, daß ich recht habe. Er bittet einen Richter um die Erlaubnis, die Akten der vier in Frage kommenden Vergewaltigungsprozesse einzusehen.«

»Und was ist mit Polizeischutz?« wollte Richard wissen.

»Den können sie mir nicht zur Verfügung stellen.« Sie verriet nicht, daß Simms sie immer noch verdächtigte.

»Warum beantragen Sie nicht Prozeßverschiebung, bis die

Polizei den Täter findet?« schaltete sich Anthony ein. »Unter diesen Umständen wird der Richter sicher seine Zustimmung geben.«

»Mir wäre das recht.« Debra nickte. Es *war* ihr recht. »Aber *Sie* müssen Avedon klarmachen, daß er noch warten muß. Er will die Sache unbedingt so schnell wie möglich hinter sich bringen.«

Jeremy sagte: »Wir können nicht zulassen, daß ein psychotischer Killer unser Rechtssystem durcheinanderbringt, Anthony. Diesmal sind es Vergewaltigungsfälle, das nächste Mal wird es etwas anderes sein.« Er wandte sich an Debra. »Sie bekommen heute noch Ihre Leibwächterin. Ich bitte Rosemary, das zu arrangieren.«

»Debra braucht keine Leibwächterin, bevor die Jury entschieden hat«, stellte Anthony klar.

Jetzt starrte sie ihn ungläubig an. Sie spürte, wie Charles beruhigend ihre Hand berührte, und hörte ihn leise murmeln: »Jesus!«, während Jeremy Anthony anblitzte und sagte: »Dies ist nicht der richtige Zeitpunkt, Erbsen zu zählen, Anthony.«

»Ich mache nur einen praktischen Vorschlag.« Anthonys Gesicht war rot angelaufen. Er fummelte nervös an seiner Fliege herum. »Wir haben doch schon einen Sicherheitsbeamten am Empfang.«

»Und wenn der Mörder sein Schema ändert?« gab Richard zu bedenken. »Wir können es uns nicht leisten, Debra irgendwelchen Risiken auszusetzen.«

Debra sah Richard an, aber sein Blick ruhte auf Jeremy, so daß sie den Ausdruck in seinen Augen nicht erkennen konnte. Sie überlegte, ob er sie tatsächlich unterstützte oder lediglich seine Loyalität Jeremy gegenüber unter Beweis stellen wollte, aber eigentlich spielten seine Beweggründe keine große Rolle.

»Selbst auf die Gefahr hin, daß ich wieder alle verärgere, stelle ich eine weitere praktische Frage«, wagte Anthony den nächsten Vorstoß. »Was geschieht, wenn die Polizei den Mörder in den nächsten paar Wochen nicht dingfest machen kann? Wie lange wollen wir diese Leibwächterin beschäftigen?«

»So lange es nötig ist«, entgegnete Jeremy bestimmt.

Debra war immer noch verwirrt über Richards Hilfsbereitschaft, als sie in ihr Büro zurückging. Sie rief ihren Vater an und berichtete ihm von der Leibwächterin. »Das müßte dich eigentlich ein bißchen beruhigen«, sagte sie.

»Das tut es. Aber wie lange bezahlen sie dir diesen Schutz?« hakte ihr Vater nach – ein Echo von Anthonys Frage. Sie wiederholte, was Jeremy entschieden hatte.

»Das ist gut«, entgegnete ihr Vater, aber sie konnte in seinem Tonfall dieselbe Sorge hören, die auch ihr zu schaffen machte – was sollte werden, wenn die Polizei den Mörder nicht bald fand? Wann würde Jeremy zu dem Schluß gelangen, daß Debras Sicherheit zu teuer wurde?

Um halb zwölf rief Simms an, um Debra zu sagen, daß er die richterliche Erlaubnis erhalten hatte, die Akten der vier Prozesse einzusehen.

»Dann erfahren wir heute noch, wer die Klägerinnen waren«, sagte Debra.

»Nicht *wir*, Miss Laslow. Ich darf diese Informationen nicht an Sie weitergeben.«

Debra wollte einwenden, daß ihr Leben auf dem Spiel stand und daß sie deshalb das Recht hatte, alles zu erfahren; aber der Detective hatte recht. »Würden Sie mir dann wenigstens die Nummern nennen, unter denen die Fälle registriert wurden?« Wenn sie die wußte, konnte sie sich die Protokolle der Verhandlungen besorgen und die Namen der Klägerinnen auf diesem Wege in Erfahrung bringen.

»Ich muß das erst mit meinem Vorgesetzten absprechen.«

»Sobald die Fälle verhandelt sind, können die Protokolle von der Öffentlichkeit eingesehen werden.« Sie könnte sich die Informationen auch beschaffen, wenn sie alle Staatsanwälte anrufen und nachfragen würde, welche Vergewaltigungsfälle die vier ermordeten Anwälte verhandelt hatten, aber das würde ziemlich viel Zeit in Anspruch nehmen.

»Wahrscheinlich haben Sie recht, aber ich möchte das trotzdem erst mit meinem Boß abklären. Ich will Ihnen diese Informationen nicht vorenthalten, aber ich muß mich absichern.« Simms klang aufrichtig. »Wir haben die Prozeßlisten vom L. A. County überprüft – dort stehen fünf Vergewaltigungsfälle zur Verhandlung an, aber der erste Termin ist erst im Dezember. Ich werde die fünf Verteidiger anrufen – es sind drei Frauen und zwei Männer – und sie fragen, ob sie irgendwelche Drohungen erhalten haben. Möchten Sie eine Wette abschließen?«

Sein Sarkasmus war wieder da – sie konnte sich das schiefe Grinsen genau vorstellen. Sie legte auf, dann nahm sie den Hörer sofort wieder ab, um Claire anzurufen. Im selben Moment meldete Glynnis über die Sprechanlage, daß Jeff Silver in der Leitung sei.

»Mir ist klar, daß Sie sehr beschäftigt sind«, sagte Jeff, nachdem sie sich begrüßt hatten. »Ich wollte nur wissen, ob unsere Verabredung für morgen noch gilt.«

Sie hatte nicht die Energie, charmant zu sein, wollte ihn aber auch nicht verletzen. »Ja. Es sei denn, morgen bei dem Prozeß ereignet sich etwas, um das ich mich kümmern muß.«

»Okay. Möchten Sie, daß ich Sie heute vom Büro nach Hause begleite? Ich biete das immer wieder an, obwohl Sie mich jedesmal zurückweisen.«

Adam war Debra heute morgen auf dem Weg zur Kanzlei gefolgt – sie war nach ihrem Besuch in der Synagoge noch einmal daheim gewesen –, und er hatte sie bis zum Aufzug begleitet. »Danke, aber die Kanzlei engagiert heute noch eine Leibwächterin für mich.«

»Nur für Sie? Warum? Ist irgend etwas passiert?«

Etwas widerwillig erzählte sie ihm von den Zeitungsausschnitten und dem Wagen, der sich am gestrigen Abend an ihr Heck geheftet hatte, und erklärte, was sie über die Vergewaltigungsfälle in Erfahrung gebracht hatte.

Ein kurzes Schweigen entstand. Dann sagte Jeff: »Sie legen diesen Fall doch nieder, nicht wahr?«

Sie hörte die Erschütterung in seiner Stimme. »Wie schon gesagt – die Kanzlei engagiert eine bewaffnete Leibwächterin, die rund um die Uhr bei mir ist. Mir wird nichts passieren.« Insgeheim fragte sie sich, ob sie sich dessen so sicher sein konnte.

»Ich kenne Sie noch nicht lange, und es ist auch nicht meine Angelegenheit, aber ich glaube, eine Leibwächterin bietet keinen todsicheren Schutz. Wieso geben Sie den Fall nicht ab? Oder verschieben Sie doch wenigstens den Prozeß.«

»Ich bin Ihnen dankbar, daß Sie sich Sorgen um mich machen, Jeff«, sagte sie und gab sich Mühe, ihren Ärger nicht zu zeigen, »aber ich habe meine Entscheidung getroffen und will nicht mehr darüber diskutieren.«

»Aber …« Er verstummte, dann sagte er: »Okay. Um acht Uhr morgen abend?«

»Acht Uhr ist prima.«

Richard hatte einige Bemerkungen an den Rand des Donovan-Schriftsatzes geschrieben, die Debras Beachtung erforderten. Sie arbeitete gerade daran, als Annette Prado am frühen Nachmittag anrief.

»Ich wollte nur sichergehen, daß Sie den Bericht der Psychologin erhalten haben«, sagte Annette. »Ich hab' vergessen, Sie gestern bei dem Treffen danach zu fragen.«

»Ich hab' ihn gelesen.« In der Beurteilung der Ärztin hatte sie nichts Überraschendes gefunden – nichts, was Debra nicht vorausgeahnt hätte oder was sie nicht – mit ein bißchen Glück – widerlegen konnte.

»Übrigens, Debra, ich habe gehört, daß Sie Drohbriefe erhalten haben. Stimmt das?«

Das mußte der eigentliche Grund für Annettes Anruf sein. Debra fragte sich, wer ihr davon erzählt haben könnte. »Ja, das stimmt. Detective Simms vom Wilshire untersucht die Briefe.«

»Marty Simms? Er war schon öfter mein Zeuge bei Prozessen. Ein zäher Bursche. Wenn es irgend etwas über diese Briefe herauszufinden gibt, dann wird er es herausfinden.«

»Der Simms, den ich kenne, arbeitet im Morddezernat und hat nichts mit Sexualverbrechen zu tun.«

»Mittelgroß und drahtig? Buschige Augenbrauen? Grimmige Miene? Und er zupft ständig an seiner Lippe?«

Das war Simms. Ein ungutes Gefühl breitete sich in ihrer Magengegend aus. »Ja.«

»Er hatte damals mit Sexualverbrechen zu tun. Ich hörte, daß er inzwischen zum Morddezernat übergewechselt ist. Er hat Vergewaltiger wirklich gehaßt – das konnte man an seinem Gesicht ablesen. Gott, ich war jedesmal begeistert, wenn er im Zeugenstand saß.«

Debra wurde regelrecht übel. »Und was hielt er von den Anwälten, die sie verteidigt haben?«

»Was glauben Sie denn?« Annette lachte. »Wieso fragen Sie? Macht er Ihnen das Leben schwer?«

»So kann man es ausdrücken.«

»Nehmen Sie's nicht persönlich, Debra. Die Opfer sind ihm regelrecht an die Nieren gegangen. Ich schätze, deshalb hat er sich auch ins Morddezernat versetzen lassen – Mord ist grausam, aber die Opfer sind nicht mehr da, sehen einem nicht mehr weinend ins Gesicht. Wahrscheinlich war es die richtige Entscheidung für Simms.«

»Wahrscheinlich«, sagte Debra.

32

Die Leibwächterin – eine große, muskulöse blonde Frau Ende Zwanzig mit dem Namen Nadine, die bei der Marine gedient hatte und eine ehrgeizige Stückeschreiberin war – folgte Debra auf ihrem Heimweg.

Adam war sichtlich erleichtert, als er hörte, daß Nadine im Haus übernachten würde. »Möchten Sie mit mir zu Abend essen?« fragte er Debra, während sich die Leibwächterin in allen Zimmern umsah.

Sie hätte den Abend gern mit ihm verbracht, aber sie war zu angespannt und zu erschöpft. »Ich muß mich richtig ausschlafen vor dem Prozeßbeginn morgen. Wie wär's mit Mittwoch?« setzte sie schnell hinzu, ehe er den Dienstag vorschlagen konnte.

»Großartig.« Er lächelte. »Der Typ von der anderen Alarmanlagenfirma hat einen Kostenvoranschlag hiergelassen. Er liegt auf dem Frühstückstisch. Wollen Sie sich ansehen, welche Fortschritte Ihr Arbeitszimmer macht?«

Sie ließ sich von ihm ins Nebenzimmer führen. Das Bücherregal stand; unten befanden sich niedrige Schränke, und darüber war Platz für vier Regalböden, die sie für ihre juristischen Texte brauchte. Der Schreibtisch war teilweise zusammengebaut.

»Es sieht toll aus, Adam. Genau wie das neue Wohnzimmerfenster.« Es war ihr sofort aufgefallen. »Obwohl ich den Blick auf das Sperrholz beinahe vermisse.« Sie mochte die Fältchen in seinen Augenwinkeln, wenn er lächelte. Sie mochte sehr viele Dinge an ihm.

»Ich rufe Sie heute abend noch mal an – nicht zu spät.« Er neigte sich zu ihr, und sie dachte schon, er würde sie küssen, doch genau in diesem Augenblick tauchte Nadine im Wohnzimmer auf. Er wich rasch zurück und wünschte eine gute Nacht.

Nachdem Adam gegangen war, sicherte die Leibwächterin die Türen und Fenster; als das koschere chinesische Restaurant Debras Bestellung lieferte – Cashew-Hühnchen für Debra, Rindfleisch in Pfeffersauce für Nadine –, bedeutete die ehemalige Marineoffizierin Debra, im Wohnzimmer zu bleiben, während sie mit gezogener Waffe zur Haustür ging und den Ausweis des Lieferanten zu sehen verlangte, bevor sie die Tür öffnete und den Revolver ins Holster steckte. Später überprüfte sie noch einmal das ganze Haus, und als Debra ins Wohnzimmer kam, um zu fragen, ob Nadine noch etwas für die Nacht brauchte, sah sie den Revolver auf dem Sofa neben Nadines Laptop liegen.

Nadine fuhr Debra in ihrem verbeulten weißen Honda Civic um Viertel vor acht am Dienstag morgen zum Santa-Monica-Gerichtsgebäude. »Wer auch immer Sie bedroht, kennt Ihren Wagen«, hatte sie gesagt, als Debra vorschlug, den Acura zu nehmen.

Die beiden Frauen gingen vom Parkplatz zum Eingang an der Hauptstraße. Debra kam sich in Begleitung einer Leibwächterin komisch vor, aber niemand, der sie sah, erkannte, daß Nadine Debras Beschützerin war – ihre Waffe war vom Jackett ihres burgunderroten Kostüms verdeckt.

Debra bevorzugte das Gericht in Santa Monica und West L. A. – das Gericht in der Stadtmitte war von großen grauen Gebäuden umgeben, die den Blick auf den Himmel verstellten, und auf den Straßen strömten die Menschen aus Bussen und ärgerlich hupenden Autos und hasteten ihren Zielen entgegen; hier in Santa Monica standen an den Straßenrändern Palmen, deren gefiederte Blätter den intensiv blauen Himmel zu streicheln schienen, und Debra roch den salzigen Duft des Ozeans, der nur ein paar Blocks entfernt war.

»Niedlicher Hinweis«, meinte Nadine und deutete auf den Zettel, der an der Glastür klebte: KEIN HEMD, KEINE SCHUHE – KEIN EINTRITT.

Debra hatte das Schild schon so oft gesehen, daß es ihr gar nicht mehr auffiel. Sie lächelte zustimmend und öffnete die Tür. In der Eingangshalle stellte sie ihre Handtasche und den Aktenkoffer auf ein Förderband, das unter einem Metalldetektor hindurchführte. Nadine gab ihre Waffe ab und folgte Debra durch den Metalldetektor-Bogen. Debra nahm ihre Handtasche und den Aktenkoffer wieder an sich und wartete vor den

Aufzügen auf Ken Avedon – sie hatte ihn gebeten, sie hier um zwanzig nach acht zu treffen.

Jetzt war es Viertel nach acht. Drei Minuten nach ihrer Ankunft erschien Avedon; Debra sah deutlich, daß sich sein ängstliches Gesicht entspannte, sobald er sie entdeckt hatte. Sie erkannte seine Eltern – der Vater war das silberhaarige Ebenbild seines Sohnes; die Mutter war elegant gekleidet, groß und brünett. Die drei passierten den Metalldetektor. Avedon machte seine Eltern mit Debra bekannt; Debra stellte Nadine als Mitarbeiterin vor und ging voran durch den Korridor zu Department C und dem großen Sitzungssaal.

Annette Prado war da, genau wie über zwanzig andere Juristen, Staatsanwälte und Verteidiger. Die Angeklagten – die meisten in Gefängnisblau – saßen in dem abgegrenzten Teil, der in anderen Gerichtssälen die Geschworenenbank war. Während der vorgerichtlichen Absprachen, die gegnerische Anwälte über Strafmaß und Schuldbekenntnisse führten und die zwei Wochen nach der ersten Anhörung getroffen wurden, herrschte immer eine Atmosphäre, die Debra an einen Basar erinnerte.

Um Viertel vor zehn rief der Gerichtsdiener Avedons Fall auf. Annette trat vor, und Debra gab Avedon ein Zeichen, ihr zu folgen.

»Die Staatsanwaltschaft ist bereit«, sagte Annette.

»Die Verteidigung ist bereit«, echote Debra – sie war sich bewußt, daß sie und die Staatsanwältin fast identische, dunkelblaue Kostüme trugen. Annette hatte eine weiße Bluse an, Debra ein cremefarbenes Kamisol.

Der Richter wies sie an, zum Department A gleich nebenan zu gehen. Als sie den Gerichtssaal betraten, erinnerte Debra Avedon im Flüsterton daran, daß heute möglicherweise noch kein Richter abkömmlich war. Sie spürte seine Nervosität, während sie warteten, und war sowohl für sich selbst als auch für ihn froh, als der vorsitzende Richter sie zwanzig Minuten später zum Department M in den ersten Stock schickte.

Das war Claires Gerichtssaal. Debra war nicht besonders erstaunt darüber – Claire hatte ja gesagt, daß sie das Ende der Geschworenenberatung ihrer Verhandlung für Montag erwarten würde. »Nach alldem«, hatte sie gesagt, »wäre es eigenartig, wenn ich in deiner Verhandlung den Vorsitz führen würde, nicht wahr?«

»Eigenartig« ist das treffende Wort, dachte Debra jetzt, als sie mit ihrem Mandanten, seinen Eltern und ihrer Leibwächterin zum Lift ging.

Über fünfzig Personen standen zur Auswahl für die Geschworenenbank zur Verfügung. Der Gerichtsdiener rief zwölf Namen auf, und Debra beobachtete die acht Männer und vier Frauen, die den Zuschauerraum verließen und sich auf den königsblau gepolsterten, erhöhten Plätzen der Geschworenen auf der rechten Seite des Gerichtssaals niederließen. Zwei Stühle blieben unbesetzt – sie waren den Ersatzleuten vorbehalten.

Die Auswahl und Vereidigung der Geschworenen kann langwierig sein. Debra hatte bei früheren Verhandlungen schon erlebt, daß ein Richter die Prozedur, die nur einen Tag in Anspruch nehmen sollte, in einen vier Tage dauernden Alptraum verwandelt hatte. Claire war gewissenhaft, aber sie verstand es, die Dinge im Gerichtssaal zügig voranzutreiben.

Während die einzelnen Geschworenen Claires Fragen beantworteten, notierte sich Debra in ihrer eigenen Kurzschrift die Namen und relevante Einzelheiten auf kleinen Post-its, die sie in die entsprechenden Rechtecke auf den vor ihr liegenden Plan von der Geschworenenbank klebte. Falls einer der Juroren später abgelehnt werden sollte, würde sie das Post-it durch ein anderes ersetzen. Zudem schrieb sie Stichworte zu jedem Geschworenen auf ihren Block. Avedon hatte auch einen Notzblock bei sich, genau wie Annette Prado, die zu Debras Rechter am Tisch der Staatsanwaltschaft saß.

Nach allgemeinen Fragen – nach Beruf, Familienstand und früheren Verfahren, in denen sie zur Jury gehört hatten – erklärte Claire den voraussichtlichen Geschworenen: »Der Angeklagte plädiert auf ›nicht schuldig‹. Die Verteidigung braucht weder Beweise vorzulegen noch Verdächtigungen zu zerstreuen oder einen Zeitablauf zu schildern. Der Angeklagte ist nicht verpflichtet, vor diesem Gericht auszusagen. Die Vertretung der Anklage muß über einen vernünftigen Zweifel hinaus nachweisen, daß ein Verbrechen stattgefunden hat.«

Solange Claire redete, taxierte Debra die Geschworenen, beobachtete ihre Gesichter und Körpersprache, während sie dem zuhörten, was die Richterin zu sagen hatte. Sie malte auf drei ihrer Post-its ein Fragezeichen.

»›Über einen vernünftigen Zweifel hinaus‹ ist nicht gleichbedeutend mit ›über *jeden Zweifel* erhaben‹«, fuhr Claire fort. »Dies ist ein menschliches Gericht, kein göttliches. Um einen Schuldspruch aussprechen zu können, müssen Sie grundlegend von der Schuld des Angeklagten überzeugt sein – bei späteren Überlegungen dürfen Sie keine Zweifel an Ihrem Urteil haben. Falls jemand von Ihnen Schwierigkeiten hat mit dem, was ich eben dargelegt habe, so möge er jetzt die Hand erheben.«

Debra richtete den Blick auf die Geschworenenbank – niemand hob die Hand.

»Man erwartet von mir, daß ich die Geschworenen darauf hinweise, daß sie sich während der Dauer des Prozesses keine Meinung bilden dürfen. Diese Erwartung ist unmöglich zu erfüllen, es sei denn, Sie wären Roboter.« Die Richterin lächelte. »Sie können sich vorsichtig an ein Urteil herantasten, dürfen aber niemals sagen: ›Ich habe genug gehört. Ich habe meine Entscheidung gefällt.‹« Sie zog ihre Unterlagen zu Rate. »Der Angeklagte wird der gewaltsamen Vergewaltigung nach einer Verabredung mit der Klägerin beschuldigt. Es liegt in der Natur dieses Verbrechens, daß es im allgemeinen emotionale Reaktionen hervorruft. Ist jemand von Ihnen schon einmal als Zeuge bei einem derartigen Vergehen aufgetreten? Kennt jemand von Ihnen ein Opfer eines solchen Verbrechens? Hat jemand von Ihnen …«

Einige Juroren hoben die Hände: Die Nachbarin einer der Frauen war vergewaltigt worden. Die Frau eines Geschworenen arbeitete in der Notaufnahme einer Klinik, in der sie es auch mit Vergewaltigungsopfern zu tun hatte. Debra notierte sich die Namen der beiden, um sie später als Geschworene abzulehnen. Der Onkel einer Frau war der Vergewaltigung beschuldigt worden, doch der Fall kam nicht vor Gericht. Annette würde diese Geschworene zweifellos ablehnen. Debra warf einen Blick auf Avedon. Er hatte eine ganze Seite seines Blocks beschrieben; er machte einen ernsten, aber keinen nervösen Eindruck.

Annette hatte der Richterin achtzehn Fragen vorgelegt, die sie von den Geschworenen beantwortet haben wollte. Debra beobachtete die Reaktion jedes einzelnen, während Claire die Fragen, die sie aus den achtzehn ausgewählt hatte, stellte:

Ist es Ihnen unangenehm, über intime Einzelheiten sexueller Vorgänge oder über Details der menschlichen Anatomie zu sprechen?

Glauben Sie, daß sich eine Frau selbst in eine Situation bringen kann, in der sie eine Vergewaltigung herausfordert – indem sie zum Beispiel offenherzige Kleidung trägt oder Alkohol trinkt?

Halten Sie die Aussage eines Opfers, das einen sexuellen Mißbrauch nicht sofort nach der Tat anzeigt, für unglaubwürdig?

Glauben Sie, daß sich eine Frau wehren und somit eine körperliche Verletzung in Kauf nehmen muß, ehe sie jemanden der Vergewaltigung anzeigen darf?

Dem Gesetz nach reicht die Aussage eines einzigen Zeugen aus, um jemanden eines Verbrechens für schuldig zu befinden, wenn Sie diesem einen Zeugen Glauben schenken. Sind Sie willens, dieses Gesetz zu befolgen?

Sind Sie der Ansicht, daß Menschen in Situationen, die Druck/Angst oder körperliche Verletzung verursachen, unterschiedlich reagieren?

Haben Sie schon einmal eine bedenkliche Situation falsch eingeschätzt, die Sie in ernsthafte Gefahr hätte bringen können?

Sind Sie der Meinung, daß eine Frau mehr unternehmen muß, als nur ›nein‹ zu sagen, um die sexuelle Annäherung eines Mannes abzuwehren?

Das sind ausgezeichnete Fragen, dachte Debra. Sie selbst hatte nur vier vorgelegt, und Claire gab sie alle an die Jury weiter:

Glauben Sie, daß jemand fälschlicherweise der Vergewaltigung beschuldigt werden kann?

Sind Sie der Ansicht, daß von Ärzten mehr Verantwortlichkeit für ihr Verhalten erwartet werden kann als von anderen Personen?

Glauben Sie, daß ein Mann durch Signale, die eine Frau aussendet, aus der Fassung gebracht werden kann?

Sind Sie der Meinung, daß Männer und Frauen auch auf nichtverbaler Ebene kommunizieren können, wenn sie zusammen sind?

Nachdem der letzte Juror die Frage beantwortet hatte, wandte sich Claire zunächst an Annette: »Macht die Anklage gewichtige Gründe geltend, einen oder mehrere Geschworene abzulehnen?«

»Die Anklage macht gewichtige Gründe geltend«, erwiderte Annette Prado.

Claire stellte Debra dieselbe Frage und erhielt dieselbe Antwort. »Die Vertreterin der Anklage hat das Wort«, sagte Claire.

»Die Vertretung der Anklage bittet das hohe Gericht, Miss Winslow zu danken und von den Pflichten einer Geschworenen zu entbinden.«

Miss Winslow war eine grauhaarige, pensionierte Lehrerin – an Annettes Stelle hätte Debra sie auch abgelehnt. Während sich jüngere Frauen im allgemeinen mit Vergewaltigungsopfern identifizieren konnten, verhielten sich mittelalte oder ältere Frauen eher ablehnend und neigten dazu, dem Opfer die

Schuld am Geschehen zu geben, besonders bei einer Vergewaltigung nach einer Verabredung. Debra wußte natürlich, daß diese Frauen in gewissem Sinne versuchten, sich den Glauben an eine gerechte Welt zu bewahren: Solange du selbst nichts falsch machst, geschieht dir auch nichts Schlimmes; wenn dir etwas Schlimmes passiert, hast du dich falsch verhalten.

Claire entließ die Frau. Der Gerichtsdiener rief einen anderen Namen auf; ein Mann verließ die Zuschauergalerie, nahm den frei gewordenen Platz ein und beantwortete Claires Fragen.

Dann war Debra am Zug. Als unerfahrene, aufgeregte Pflichtverteidigerin hatte sie in ihrem ersten Prozeß gesagt: »Die Verteidigung dankt und entbindet...« Der Richter hatte sie gemaßregelt. Debra war knallrot geworden und hatte diesen Fehler nie wieder gemacht. »Die Verteidigung bittet das hohe Gericht, Mr. Abrams zu danken und von den Pflichten eines Geschworenen zu entbinden«, sagte sie jetzt. Abrams war Jurist; sie wollte keine Juristen in der Jury haben, sondern Menschen mit konservativen Ansichten und eher emotionalen als logischen Reaktionen.

Die endgültige Jury bestand aus fünf Männern und sieben Frauen; beide Ersatzleute waren Frauen. Annette hatte einen Arzt, einen Briefträger und einen IRS-Agenten abgelehnt. Debra lehnte einen Mann ab, der einer Jury angehört hatte, die zu keiner Entscheidung kommen konnte, eine zwanzigjährige Frau – sie würde sich mit Penny Bailor identifizieren – und noch einen Mann, bei dem Debra instinktiv gespürt hatte, daß er ihr Schwierigkeiten machen würde. Im Laufe der Jahre hatte sie gelernt, daß der Instinkt manchmal mehr wert war als die vielen Jahre des Studiums.

Der Gerichtsdiener nahm den Geschworenen den Eid ab. Dann sagte Claire: »Die Sitzung wird bis neun Uhr morgen früh vertagt. Die Vertretung der Anklage beginnt dann mit ihrem Eröffnungsplädoyer. Es ist Ihnen untersagt, über diesen Fall zu sprechen oder zuzulassen, daß man mit Ihnen über diesen Fall diskutiert. Sie dürfen sich keine Meinung bilden oder eine Meinung äußern. Bitte versammeln Sie sich morgen um acht Uhr fünfundvierzig im Raum der Geschworenen, und nehmen Sie im Gerichtssaal dieselben Plätze ein wie heute. Ich danke Ihnen.«

»Was denken Sie?« fragte Avedon, nachdem die Jury den Saal verlassen hatte.

»Eine ganz gute Mischung.« Keine perfekte Mischung, aber die gab es nie. Im Grunde hätte Debra gern mehr Männer in der Jury gehabt – sie sympathisierten im allgemeinen mehr mit dem Angeklagten und räumten dem Opfer zumindest eine Mitschuld ein. »Machen Sie sich keine Sorgen.« Sie lächelte. »Ich sehe Sie morgen um zehn vor neun.«

Avedon verließ zusammen mit seinen Eltern den Gerichtssaal. Debra sammelte ihre Papiere ein, verstaute sie im Aktenkoffer und stand auf.

»Wohin jetzt?«

Debra drehte sich um; sie war von der Geschworenenauswahl so sehr in Anspruch genommen gewesen, daß sie ihre Leibwächterin ganz vergessen hatte. Sie spürte Unmut in sich hochsteigen, da Nadine sie daran erinnerte, daß sie in Gefahr war, wußte jedoch selbst, daß dieser Unmut unlogisch war. »Ich muß einen Anruf tätigen«, sagte sie. »Danach fahren wir wahrscheinlich in die Stadt.«

Mit Nadine an ihrer Seite ging Debra den Korridor entlang zu einem Münztelefon und rief Glynnis an, die ihr berichtete, daß Simms sich gemeldet hatte. Debra bedankte sich bei Glynnis, hängte auf und wählte die Nummer des Wilshire-Reviers.

»Ihre Sekretärin sagte, Sie hielten sich bei Gericht auf«, sagte er, nachdem der Anruf zu ihm durchgestellt worden war. »Wie läuft der Prozeß?«

Er klang ziemlich freundlich, doch Debra konnte nicht vergessen, was Annette ihr erzählt hatte – Detective Simms haßte Vergewaltiger und ihre Verteidiger. »Wir haben heute die Auswahl der Geschworenen beendet. Die eigentliche Verhandlung beginnt morgen. Wegen der Registriernummern der Fälle...«

»Deshalb habe ich in Ihrem Büro angerufen. Sie hatten recht – die Protokolle sind der Öffentlichkeit zugänglich, also kann ich Ihnen die Nummern geben. Haben Sie was zu schreiben?«

Sie kramte Block und Stift aus der Handtasche und notierte sich die Nummern, die er ihr nannte; dabei überlegte sie, weshalb er plötzlich so hilfsbereit war. Vielleicht wollte er sie nur in Sicherheit wiegen. Sie dankte ihm, und er antwortete mit einem Grunzen. »Sie sprachen von fünf Verteidigern, die im Dezember Vergewaltigungsfälle verhandeln werden. Hat einer von ihnen Warnungen oder Drohbriefe erhalten?«

»Nein. Aber ich bin sicher, das kommt noch. Es ist nicht besonders schwer herauszufinden, wer die Verteidigung übernimmt. Sie könnten das auch in Erfahrung bringen, wenn Sie wollten.«

»Wieso sollte ich das wollen?« fragte sie, doch dann begriff sie, was er damit andeutete: Wenn sie die Mörderin war, würde sie den Anwälten Drohungen schicken, um das in die Irre führende Schema aufrechtzuerhalten. Auch jetzt konnte sie nicht entscheiden, ob es ihm ernst war oder ob er ihr nur ein bißchen auf die Füße treten wollte. »Haben Sie etwas über die Klägerinnen in den Fällen der ermordeten Anwälte herausgefunden?«

»Wir verfolgen diese und andere Spuren.«

»Das sagen Sie ständig. In der Zwischenzeit ist mein Leben in Gefahr.«

»Und das sagen *Sie* ständig, Miss Laslow. Ich fühle mit Ihnen, aber wir haben nicht genügend Leute, um Ihnen Personenschutz bieten zu können. Vielleicht sollten Sie privat einen Bodyguard anheuern.«

»Das habe ich bereits getan.«

»Ich schätze, dann haben Sie nichts zu befürchten, oder?«

Sie hörte die Überraschung in seiner Stimme. Als sie auflegte, dachte sie wieder über seinen Haß auf Anwälte nach, die

Vergewaltiger verteidigten, und fragte sich, wie weit ihn dieser Haß treiben konnte. Doch dann schalt sie sich selbst für diese dumme Überlegung.

Simms war ein Polizist, kein Mörder.

33

An den ersten beiden Buchstaben der Registriernummern konnte Debra erkennen, in welchem Gerichtsgebäude die Vergewaltigungsfälle verhandelt worden waren.

Das BA der Prozesse von Madeleine und Pratt deutete auf das Gericht in der Stadtmitte an der Temple hin, das SA in den Nummern von Kelly Malters und Susans Fällen auf Santa Monica oder West Los Angeles.

In Begleitung von Nadine machte sich Debra auf den Weg zum Büro des Staatsanwalts. Die Empfangsdame bestätigte, daß Kelly Malter ihren Fall in West L. A. und Susan ihren im Department E, im Sitzungssaal von Richter Kranstler, verhandelt hatten. Debra sprach mit dem Gerichtsdiener, einem dünnen, blonden Mann, der die Akte sehr schnell in seinem Schreibtisch fand.

»Sie dürfen die Unterlagen aber nicht mitnehmen«, ermahnte er sie.

Auf dem Aktendeckel waren die Namen des Anklagevertreters und des Verteidigers – in diesem Fall Susan – vermerkt. Debra schlug den Ordner auf und fand die Anklageschrift. Sie notierte sich die Namen des Angeklagten, Henry Lee; der Klägerin, Alicia Vaughan; und der Gerichtsstenographin.

Die Stenographin sei in der Mittagspause, erklärte der Gerichtsdiener. »Danach hat sie bis etwa drei Uhr im Sitzungssaal zu tun – um diese Zeit macht Richter Kranstler eine viertelstündige Pause. Nach der Pause dauert die Sitzung bis etwa halb fünf, das hängt aber davon ab, wann der Richter vertagt.«

Es hatte keinen Sinn zu warten; Debra wollte versuchen, morgen vor Verhandlungsbeginn mit der Stenographin zu sprechen.

In der Eingangshalle erhielt Nadine ihren Revolver zurück, dann verließen die beiden Frauen das Gebäude und gingen auf den Parkplatz. »Wie wär's mit einem Mittagessen?« fragte die Leibwächterin, als sie im Auto saßen.

Debra schlug eine preiswerte Biokost-Bar auf der Fourteenth Street vor, die einige Staatsanwälte von Santa Monica besuchten. Nadine entschied sich für einen gemischten Salat mit Getreidekörnern. Debra bestellte einen Fruchtsalat.

Nach dem Essen fuhren sie nach West L. A., wo sich Debra die Akte von Kelly Malters Fall ansah. Der Angeklagte hieß Vincent Morgan, die Klägerin Emma Banks. Diesmal hatte Debra mehr Glück – die Stenographin saß in einem kleinen Büro, in dem sie alle Unterlagen und Disketten über die Verhandlungen aufbewahrte.

Weder die Akte noch die Diskette konnten Debra zur Verfügung gestellt werden, doch sie konnte eine Abschrift anfordern. »Wie schnell können Sie diese Abschrift für mich anfertigen?« fragte Debra die rothaarige Frau. »Ich brauche sie ganz dringend.«

»Normalerweise erledige ich so etwas innerhalb von zwei Wochen, es sei denn, ich schwimme in Arbeit, dann dauert's länger. Ich könnte es für Sie in ein oder zwei Tagen schaffen, wenn es wirklich so eilig ist, aber das kostet einen Eilzuschlag zusätzlich zur regulären Gebühr, so daß es sich alles in allem auf sechshundertfünfzig Dollar pro Verhandlungstag beläuft. Ich kann mich noch an den Prozeß erinnern, von dem Sie sprechen – er dauerte fünf Tage.«

Über dreitausend Dollar! Als Pflichtverteidigerin hatte Debra des öfteren Abschriften angefordert, die Kosten waren dabei immer vom County übernommen worden. »Gibt es eine günstigere Möglichkeit, an eine Abschrift heranzukommen?«

»Ein Richter könnte eine anfordern – oder ein Angeklagter

braucht die Abschrift, um beispielsweise Berufung einzulegen oder seinen Anwalt zu verklagen. Dann können Sie eine Kopie für hundertfünfundzwanzig Dollar pro Verhandlungstag bekommen.«

Ein Schnäppchen, dachte Debra.

»Es gibt noch eine Möglichkeit: Sie könnten auch nur eine teilweise Abschrift bestellen – nur die Instruktionen des Richters an die Jury. Oder nur die Zeugenaussagen. Das würde die Kosten mindern.«

Ungefähr dreitausend Dollar für jede der vier Abschriften wäre astronomisch. Aber Debra wollte sie haben. Sie könnte Claire bitten, sie anzufordern, aber Claire müßte auch begründen, wozu sie die Protokolle von vier Prozessen brauchte. Sie könnte Simms bitten, aber sie zweifelte an seiner Hilfsbereitschaft, zudem müßte er beim Staatsanwalt einen Antrag stellen, der an einen Richter weitergeleitet würde; und sie wollte ihn nicht mit einbeziehen. Sie könnte ihre Kanzlei bitten, die Kosten zu übernehmen, doch selbst Jeremy, der so großzügig mit der Leibwächterin gewesen war, würde sich gegen eine solche Ausgabe sträuben, wenn sie nicht einem Mandanten in Rechnung gestellt werden konnte. Und Anthonys Entsetzensschreie wären ohrenbetäubend.

»Ich muß über die Sache nachdenken«, sagte Debra zu der Stenographin. »Wenn ich morgen den Auftrag für die Abschriften gebe, könnte ich sie dann am Donnerstag haben?«

Die Frau zögerte, dann sagte sie: »Klar. Warum eigentlich nicht?«

Als nächstes fuhren sie zum Gerichtsgebäude in der Stadtmitte. Debra erfuhr dort, daß Madeleines Mandant Wayne Rawling und die Klägerin Janey Schultz, Wesley Pratts Mandant Adrian Tchermack und die Klägerin Nancy Wallace gewesen waren.

Pratts Prozeß hatte sechs Tage und Madeleines nur drei Tage gedauert, und der Vater von Janey Schultz hatte Klage gegen die Stadt wegen mangelhafter Anklagevertretung eingereicht und eine Abschrift der Verhandlungsprotokolle angefordert. Debra kannte die Stenographin von früher und erhielt die Zusage, am Donnerstag die Abschrift der Zeugenaussagen und der Strafanträge gegen die normale Gebühr ohne Eilzuschlag abholen zu können.

Debra würde knapp zweihundert Dollar für eine Abschrift bezahlen, und sie wollte auch die anderen haben.

Es bestand die Möglichkeit, daß sie das Geld für gar nichts ausgab. Oder für alles.

Es war kurz nach vier, als Debra ihr Büro betrat. Nadine hatte sie bis in den Empfangsbereich eskortiert und sich mit einer Entschuldigung auf den Weg zur Toilette gemacht. Debra gewöhnte sich allmählich daran, eine Leibwächterin um sich zu haben, aber sie atmete auf, weil sie ein paar Minuten allein sein konnte.

Glynnis hatte ihr einige Nachrichten auf den Schreibtisch gelegt. Jeff hatte angerufen, um sie an die Verabredung am Abend zu erinnern. Cynthia Ellis hatte sich auch gemeldet – Debra rief sie zurück.

»Ich wollte nur wissen, ob Ihnen meine Liste geholfen hat«, sagte Cynthia.

»Ich bin noch nicht ganz sicher«, wich Debra aus, sie wollte nicht preisgeben, was sie aufgedeckt hatte. »Aber nochmals vielen Dank dafür, Cynthia.«

»Da ist noch was. Es ist mir peinlich, das zu sagen.« Cynthia lachte unsicher. »Dieser Brief, den Miss Chase bekommen hat – ich hab' Ihnen erzählt, daß ich nicht wüßte, was drin gestanden hat. Das stimmt auch.« Sie senkte ihre Stimme zu einem Flüstern. »Aber ich *habe* mit angehört, wie sie, kurz nachdem sie ihn bekommen hat, mit jemandem am Telefon darüber sprach – sie war wütend und hat ziemlich laut geschrien.«

»Was hat sie gesagt?« fragte Debra und gab sich Mühe, weder ärgerlich noch ungeduldig zu wirken. Sie schnappte sich einen Kugelschreiber und einen Block.

Immer noch flüsternd sagte die Sekretärin: »So etwas wie: ›Ich weiß, daß du das bist‹ und ›Du bist verrückt, und ich gehe zur Polizei‹.« Cynthia war außer Atem, als sie geendet hatte.

»Ich bin Ihnen sehr dankbar, daß Sie mir davon erzählt haben, Cynthia. Haben Sie das Gespräch der Polizei gegenüber erwähnt?« Wußte Simms davon? Glaubte er, daß Madeleine damals mit ihr, Debra, telefoniert hatte?

»Nein. Ich hatte Angst. Was, wenn der Mörder erfährt, daß ich Madeleines Telefonat mit ihm mit angehört habe? Ich habe keine Ahnung, mit wem sie geredet hat, aber das kann der Mörder ja nicht wissen. Selbst wenn ich ihm irgendwie mitteilen könnte, daß ich es nicht weiß, würde er mir nicht glauben. Und wenn er es dann auf mich abgesehen hat?«

Debra konnte verstehen, daß sich Cynthia fürchtete, und sagte ihr das auch. »Erinnern Sie sich an noch etwas, was Madeleine gesagt hat?«

»Da war noch etwas, aber ich komme beim besten Willen nicht mehr darauf. Tut mir leid.«

»Ist schon in Ordnung. Wenn es Ihnen wieder einfällt, rufen Sie mich bitte an, ja?«

Cynthia Ellis versprach, daß sie sich in diesem Fall sofort wieder melden würde.

Debra machte Jeff mit Nadine bekannt. »Nett, Sie kennenzulernen«, sagte Nadine und verschwand in den hinteren Teil des Hauses.

»Eine tapfere Frau«, sagte Jeff.

»Sie war früher bei der Marine, also Vorsicht!« Debra lächelte. »Sie schreibt auch Theaterstücke und ist sehr nett.«

»Kommt sie heute abend mit uns?«

»Sie geht für ein paar Stunden nach Hause. Ich habe ihr einen Schlüssel gegeben und sie gebeten, um elf Uhr wieder hier zu sein.«

Nadine war beunruhigt gewesen. »Dafür bezahlen Sie mich nicht«, hatte sie gesagt, aber Debra sehnte sich so sehr nach ein bißchen Normalität, daß sie Anthonys Argument genutzt und erklärt hatte, sie sei im Moment nicht in Lebensgefahr – das käme erst, wenn sie einen Freispruch erreichen würde –, und daß es ihr gutginge, solange sie nicht allein war.

Jeff nickte. »Ich werde bleiben, bis sie zurückkommt.« Er schaute sich im Zimmer um. »Wie ich sehe, ist Ihr Fenster repariert.«

»Sie haben es gestern gemacht«, erwiderte sie und vermied es, ihm zu sagen, daß mit »sie« eigentlich nur Adam gemeint war. »Nadine, wir gehen!« rief sie und hörte Nadines »Viel Spaß!«, als sie und Jeff das Haus verließen.

Er führte sie zu einem roten Wagen, der auf der anderen Straßenseite parkte. »Ein Leihwagen«, erklärte er, als er ihr die Tür aufmachte. »Meiner ist in der Werkstatt. Das Getriebe ist kaputt. Mir graut jetzt schon vor der Rechnung.«

Zehn Minuten später hielt er vor einem neuen koscheren Restaurant am Pico, das mexikanische Gerichte servierte. Eine Kellnerin führte sie an einen Tisch in der Mitte des Raums und nahm ihre Bestellung auf.

»Also, haben Sie den Fall abgegeben?« fragte Jeff, als er die Speisekarte weglegte.

Debra straffte die Schultern. »Nein.«

Er starrte sie an. »Haben Sie Todessehnsucht oder was?«

»Offensichtlich nicht. Deshalb ist Nadine bei mir.« Sie trank einen Schluck Wasser.

»Ja, aber warum setzen Sie ihr Leben für einen Vergewaltiger aufs Spiel? Vergewaltiger sind Abschaum.«

Dieser Verabredung mit Jeff zuzustimmen war ein Fehler gewesen, dachte Debra. Sie stellte ihr Glas heftiger auf den Tisch, als sie es beabsichtigt hatte; das Wasser schwappte über den Rand. »Er ist kein Vergewaltiger. Er ist mein Mandant – ein Mandant, den ich übrigens für unschuldig halte.«

»Und wenn er es nicht ist? Würden Sie dann auch noch Ihr Leben für ihn riskieren?«

Sie spürte, wie die Wut in ihr hochkam. »Jeff, wir kennen uns jetzt zwei Wochen und waren im ganzen dreimal miteinander aus. Um ehrlich zu sein, ich finde Ihre Besorgnis übertrieben und ein wenig unnormal.«

Er sah aus, als habe sie ihm eine Ohrfeige versetzt. »Ich mag Sie, Debra. Ich mochte Sie vom ersten Augenblick an. Und wenn ich einen Menschen gern habe, dann mache ich mir Gedanken um sein Wohlergehen. Ich wußte bis jetzt nicht, daß das ein Charakterfehler ist.«

Plötzlich hatte sie ein schlechtes Gewissen, obwohl sie nicht wußte, warum. Sie saßen sich in unbehaglichem Schweigen gegenüber, bis die Kellnerin mit der Vorspeise kam.

»Können wir noch mal von vorn anfangen?« fragte Jeff, nachdem die Kellnerin gegangen war.

Debra nickte und tunkte einen Tortilla-Chip in ihr Guacamole. »Also, wo ist Ihr Manuskript?«

»Im Wagen – im Kofferraum. Ich dachte, Sie sehen es sich nach dem Dinner bei Ihnen zu Hause an. Oder haben Sie etwas dagegen?«

»Nein, das ist eine gute Idee.«

Sie redeten über Bücher, die sie gelesen hatten, über Filme und Städte, die sie kannten. Als sie eine Stunde später im Auto saßen, schwiegen beide. Debra sehnte sich danach, den Abend und die Beziehung zu einem taktvollen Ende zu bringen, und ahnte, daß es ihm ähnlich erging.

Er öffnete ihr die Wagentür, nachdem er eingeparkt hatte, dann holte er das Manuskript aus dem Kofferraum. Debra war sehr vorsichtig, als sie sich der Haustür näherte, spähte nach rechts, dann nach links; sie schloß schnell auf, ließ Jeff ins Haus, machte die Tür zu und verriegelte sie von innen. Nadine fehlte ihr.

»Ich dachte, Sie bekommen eine Alarmanlage«, sagte Jeff.

»Das stimmt. Sie wird am Donnerstag installiert.« Sie hatte sich für die zweite Firma entschieden – sie hatte ein paar hundert Dollar weniger veranschlagt als die erste.

Sie führte Jeff ins Wohnzimmer. Nadine war ein sehr umsichtiger Gast, sie hatte ihr Bett wieder in ein Sofa verwandelt. Jeff setzte sich neben Debra, schlug eine dunkelblaue Faltmappe auf und nahm einen Stoß Papiere heraus.

»Mein Meisterwerk«, sagte er und reichte ihr die Papiere. »Seien Sie nett.« Er lächelte, aber sein Tonfall verriet Unsicherheit.

»Was ist mit dem Rest?« Sie hatte noch mehr Blätter in der Mappe gesehen.

»Diese Kapitel sind nur Rohentwürfe. Ich zeige Sie Ihnen ein anderes Mal, nachdem ich den Text ein bißchen aufpoliert habe.«

Sie hatte keine Lust auf ein anderes Mal. »Wieso darf ich sie mir nicht gleich jetzt ansehen?« sagte sie. »Dann kann ich mir eher ein Bild machen, worauf Sie hinauswollen.« Er zögerte einen Augenblick, gab ihr dann aber doch auch den dickeren Papierstapel. Sie legte das Titelblatt beiseite und warf einen Blick auf das Inhaltsverzeichnis. Dann folgte die Einführung; sie beinhaltete einen geschichtlichen Abriß über die Entwicklung des Strafrechtssystems. Jedes nachfolgende Kapitel würde sich mit einem anderen Verbrechenstyp beschäftigen und Fallbeispiele und Interviews mit Anwälten schildern, die Experten auf diesem speziellen Gebiet waren. Es gab je ein Kapitel über Diebstahl, Mord, Brandstiftung, Überfall, Gewalttaten innerhalb der Familie, Trunkenheit am Steuer. Und Vergewaltigung.

Debra legte das Manuskript auf ihren Schoß, überflog die Einführung und las die erste Seite des Anfangskapitels: Diebstahl. Der Stil war flüssig und leicht verständlich, wenn auch nicht brillant. Aber Debra interessierte sich am meisten für die Interviews mit den Juristen. Als sie zur zweiten Seite umblätterte, spürte sie Jeffs Arm auf ihren Schultern. Sie sah ihn überrascht an und schob den Arm von sich.

Er legte seinen Arm um ihre Taille und rutschte ein Stück näher zu ihr. »Ich mag dich wirklich, Debra«, flüsterte er.

»Hören Sie auf.« Ärgerlich stieß sie seinen Arm weg.

Er legte die Hand an ihren Hinterkopf und beugte sich zu ihr. Debra sprang auf, ehe er sie küssen konnte. Die Manuskriptseiten flatterten auf den Boden.

»Ich denke, Sie sollten jetzt gehen, Jeff.«

»Im Grunde willst du das gar nicht, Debra.«

Er stand auch auf und griff sie an den Oberarmen. Seine Hände waren kräftig, und Debra konnte sich nicht von der Stelle bewegen, aber sie drehte den Kopf zur Seite, so daß sein Kuß auf ihrer Wange landete.

»Hören Sie auf damit, Jeff!« Sie fühlte die ersten Anzeichen von Panik.

Er küßte ihren Hals. Sie trat ihn ans Schienbein. Er zwang sie auf die Couch und drückte sie hinunter.

»Hören Sie auf!« schrie sie. »Was fällt Ihnen ein?«

Sie stemmte sich mit den Händen gegen ihn und versuchte ihn wegzuschieben, aber er war schwer wie ein Stein. Er umklammerte mit einer Hand ihre Kehle und küßte sie. Sein Mund war hart und rücksichtslos. Sie spürte seine Zunge, preßte die Lippen fest zusammen und unterdrückte einen weiteren Schrei.

Er ließ ihren Hals los. Debra schrie »Nein!«, als seine Hand unter ihren Pullover glitt. Seine andere Hand war unter ihrem Rock und schob sich zwischen ihre Beine. Sie drückte die Knie zusammen. Jeff zwängte sie auseinander. Debra wand sich heftig unter ihm und schrie immer wieder »Nein!«, während seine Hand höher wanderte. »Bitte nicht!« Er zog ihren Rock hoch, und sie wußte, daß nichts ihn aufhalten konnte und daß niemand sie retten würde.

Plötzlich zog er sich zurück und setzte sich auf. Sie blieb ein paar Sekunden benommen und zitternd liegen, dann wich sie hastig von ihm zurück und kämpfte sich auf die Füße.

»Ich hätte es tun können.« Er starrte sie schwer atmend an. Sein Gesicht war gerötet.

»Raus hier!« hauchte sie. Ihre Kehle brannte von den Schreien.

»Ich hätte es niemals gemacht, Debra, das wissen Sie, aber ich hätte es tun *können.*« Er stand auf. »Wäre das eine Vergewaltigung gewesen, Debra? Immerhin haben Sie mich in Ihr Haus eingeladen.«

Sie schlug ihm mit der Hand ins Gesicht. »Sie Mistkerl!« Tränen brannten in ihren Augen. Sie biß sich auf die Lippe, um nicht zu weinen.

»Ich kann Ihnen keinen Vorwurf daraus machen, daß Sie wütend sind, Debra, aber...«

»Verschwinden Sie, bevor ich die Polizei rufe.«

»Ich hab' das nur zu Ihrem Besten getan.« Seine Augen hatten einen fiebrigen Glanz. »Ich wollte Sie wachrütteln und Ihnen zeigen, was Ihr Mandant verbrochen hat – der Mandant, für den Sie mit der Verteidigung Ihr Leben riskieren.«

»Sie sind widerlich, Jeff.« Ihre Stimme bebte. »Sie sind widerlich und gemein, und ich möchte Sie nie mehr wiedersehen.«

»Geben Sie den Fall ab!« Er flehte sie jetzt an. »Legen Sie ihn nieder, ehe es zu spät ist!«

»Raus hier«, sagte sie wieder. Sie zitterte immer noch, schlang die Arme um sich und wandte ihm den Rücken zu.

»Ich hätte Ihnen niemals weh getan, Debra. Das müssen Sie mir glauben.«

Einen Augenblick später wußte sie, ohne sich umzudrehen, daß er das Zimmer verlassen hatte. Sie lauschte auf das Geräusch der ins Schloß fallenden Haustür; als sie es hörte, ging sie in den Flur und schob den Riegel vor. Danach setzte sie sich ins Schlafzimmer, hielt Adams Revolver in der Hand und wartete, bis Nadine zurückkam.

Am Morgen schlug sie die *L. A. Times* auf und starrte auf die Schlagzeile:

FREISPRÜCHE IN VERGEWALTIGUNGSPROZESSEN – DAS UNHEIMLICHE MOTIV DES ANWALTMÖRDERS.

34

»Der Antrag, die Tonbandaufnahme als Beweismittel auszuschließen, wurde bereits bei der ersten Anhörung abgelehnt, Miss Laslow«, sagte Claire, während sie die Papiere, die vor ihr lagen, durchsah. »Ich sehe keinen Grund dafür, daß das Gericht diese Entscheidung neu überdenken sollte.«

Es war neun Uhr fünfzehn am Mittwoch. Annette Prado – in einem dunkelgrauen Kostüm mit einer pfirsichfarbenen Bluse, die einen hübschen Kontrast zu ihrem dunklen Haar bildete – hatte ihren Platz am Tisch des Staatsanwalts eingenommen. Debra und Avedon saßen am Tisch der Verteidigung. Der Protokollführer saß an dem L-förmigen Richtertisch auf der rechten Seite von Claire, die Stenographin auf der linken Seite. Bühne rechts und Bühne links, dachte Debra – der Gerichtssaal kam einem Theater gleich, in dem jeder seine Rolle im Auftrag des Staates Kalifornien spielte. Heute war mehr Publikum da als sonst; auf der Galerie war jeder Stuhl besetzt – das Resultat des *Times*-Artikels und der Radiosendungen. Die Medien waren auch stark vertreten: Zeitungs- und Fernsehreporter, Gerichtszeichner und ein Mann mit Fernsehkamera. Nur die Geschworenen fehlten noch, sie warteten im angrenzenden Raum.

Debra stand auf, sie wußte, daß das Objektiv der Kamera auf sie gerichtet war. »Die Verteidigung bittet darum, daß alle Zeugen während der Antragsstellungen ausgeschlossen werden.« Sie wünschte, es gäbe eine legale Möglichkeit, Jeff für die gesamte Dauer des Prozesses aus dem Gerichtssaal zu verbannen. Es hatte ihr einen Schock versetzt, als sie ihn gleich bei ihrer Ankunft auf der Zuschauergalerie entdeckt hatte; sie wandte den Blick rasch ab, aber trotzdem hatte sie ein beengtes Gefühl in der Brust, und ihr Atem beschleunigte sich.

»Sind Zeugen anwesend?« fragte Claire den Gerichtsdiener, der links hinter Debra stand. Kurze Zeit später verkündete

Claire: »Es sind keine Zeugen anwesend, Miss Laslow. Fahren Sie fort.« In ihrem Tonfall war keine Spur von Kameradschaftlichkeit zu hören, auch ihre Miene verriet nicht, daß sie und Debra befreundet waren.

Genauso sollte es auch sein. »Das Tonband stellt eine krasse Benachteiligung meines Mandanten dar, Euer Ehren«, sagte Debra und zwang sich, jeden Gedanken an den Zeitungsartikel, an Jeff und die Ironie, daß sie am Abend vor dem Beginn eines Vergewaltigungsprozesses beinahe selbst vergewaltigt worden wäre, zu verdrängen. »Die Geschworenen werden mehrfach hören, wie Miss Bailor – ohne Kreuzverhör – meinen Mandanten beschuldigt, sie zu einer sexuellen Handlung gezwungen zu haben. Im Zeugenstand wäre es ihr nicht erlaubt, diese Beschuldigungen zu wiederholen.«

»Das Tonband ist keine Benachteiligung, Euer Ehren«, schaltete sich Annette ein. »Es ist ein entscheidender Beweis der Anklagevertretung, da es das stillschweigende Eingeständnis des Angeklagten enthält, die Vergehen, die ihm die Klägerin anlastet, begangen zu haben.«

»Könnte das hohe Gericht die Entscheidung über diesen Antrag erst fällen, kurz bevor die Vertretung der Anklage plant, das Tonband in die Verhandlung einzubeziehen?« fragte Debra.

»Ohne eine sofortige Entscheidung wäre es uns nicht erlaubt, die Aufnahme des Gesprächs im Eröffnungsplädoyer zu erwähnen. Die Verteidigung ist sich dessen sehr wohl bewußt.« Annette lächelte Debra an, die hob die Schultern, als wollte sie sagen: »Es war den Versuch wert.«

»Ich werde das Tonband als Beweismittel zulassen, Miss Laslow«, sagt Claire. »Gerichtsdiener, bitte führen Sie die Geschworenen herein.«

Zwei Minuten später betraten die zwölf Geschworenen und die beiden Ersatzgeschworenen den Gerichtssaal und nahmen ihre Plätze ein.

»Meine Damen und Herren«, sagte Claire, »die *Los Angeles*

Times hat heute genau wie später einige Rundfunksendungen eine Nachricht verbreitet, die für diesen Prozeß von Bedeutung ist. Ich möchte diejenigen von Ihnen, die den Artikel gelesen oder den Radiobericht gehört haben, bitten, die Hand zu heben.«

Sechs Geschworene und eine der beiden Ersatzgeschworenen meldeten sich.

»Mr. Ackerman«, sprach Claire den ersten Geschworenen an, »bereitet es Ihnen Schwierigkeiten, das, was Sie gehört oder gelesen haben, außer acht zu lassen, während Sie der Beweisführung in diesem Prozeß folgen und während Sie die Beweise bei der Beratung bewerten?«

»Nein, Euer Ehren.«

»Wird das, was Sie gelesen oder gehört haben, Sie beeinflussen, den Angeklagten entweder für schuldig oder für nicht schuldig zu befinden?«

»Nein, Euer Ehren.«

»Danke. Miss Petrinko, bereitet es Ihnen ...«

Claire befragte die sechs Jurymitglieder und die Ersatzgeschworenen und erhielt siebenmal ein »Nein« zur Antwort auf beide Fragen. Debra glaubte, daß die Geschworenen ehrlich waren, fragte sich jedoch, welchen unbewußten Druck dieses Wissen bei der Beratung auf sie ausüben würde – selbstverständlich waren sie sich im klaren, daß sie mit einem Freispruch das Leben der Verteidigerin in Gefahr bringen könnten.

Avedon hatte den Artikel in der *Times* auch gelesen und äußerte dieselbe Sorge. »Mir macht nicht nur der Spruch der Geschworenen Kopfzerbrechen«, sagte er. »Ich will Sie nicht in Gefahr bringen. Wir können eine Prozeßverschiebung beantragen, bis der Mörder gefunden wurde.«

Debra erklärte ihm, daß dazu keine Notwendigkeit bestand und daß ihre Kanzlei eine Leibwächterin zu ihrem Schutz engagiert hatte. Und wenn sich die Jury zur Beratung zurückzog, bevor der Mörder dingfest gemacht werden konnte, und falls sie Avedon für schuldig befand – wie gesagt »falls«, wiederholte Debra hastig –, dann hatte er unter Umständen einen guten Grund, in Berufung zu gehen. Sie wußte selbst nicht, ob sie sein Angebot aus Sturheit oder aus beruflichem Stolz ausgeschlagen hatte.

»Es ist Ihnen nicht gestattet, weitere Zeitungsberichte über diesen Fall zu lesen oder Nachrichten zu hören, bis Sie zu einem Urteil gekommen sind«, wies Claire die Jury an. »Sie dürfen weder untereinander noch mit anderen Personen über diesen Zeitungsartikel diskutieren oder zulassen, daß Sie jemand darauf anspricht.« Sie forderte Annette auf, ihr Eröffnungsplädoyer zu halten.

Die Staatsanwältin ging zum Podium und wandte sich den Geschworenen zu. »Mein Name ist Annette Prado, und ich möchte Ihnen schon im voraus für Ihre Aufmerksamkeit danken. Zunächst möchte ich Ihnen deutlich machen, daß nichts, was ich oder die Verteidigerin sagt, als Beweis gewertet werden darf. Die Beweise, die Sie zur Urteilsfindung brauchen, werden Ihnen die Zeugenaussagen, Diagramme und die Tonbandaufzeichnung eines Telefonats von Penny Bailor, der Klägerin, und dem Angeklagten liefern.«

Die Geschworenen würden an die Tonbandaufnahme denken, bis sie sie gehört hatten, das wußte Debra. Und es gab nichts, was sie dagegen unternehmen konnte.

»Seit Ihrer gestrigen Einweisung in diese Verhandlung«, fuhr Annette fort, »wissen Sie, daß der Anklagepunkt gewaltsame Vergewaltigung lautet. Vergewaltigung nach einer Verabredung.« Sie machte wieder eine Pause und ließ den Blick über die Mitglieder der Jury schweifen. »Da der Vergewaltigung eine Verabredung vorausging, muß sich zwangsläufig vorher eine Vertrauensbasis in der Beziehung entwickelt haben. Sie werden erfahren, daß Penny gute Gründe hatte, dem Angeklagten zu vertrauen. Er ist ein angesehener Arzt. Er war ihr Arbeitgeber. Penny ist einundzwanzig Jahre alt. Ihre Familie ist äußerst fromm. Sie war bis zur Nacht vom dreiundzwanzigsten Juli dieses Jahres Jungfrau. Sie wird Ihnen erzählen, daß sie den Angeklagten mochte und ihm vertraute. Sie wird Ihnen erzählen, daß sie sich von ihm angezogen gefühlt und sich an diesem Dienstag auf einen angenehmen Abend gefreut hat. Sie wird Ihnen erzählen, daß sie gemeinsam gegessen haben und daß der Angeklagte sie nach dem Dinner in sein luxuriöses Appartement eingeladen hat, wo er sie vergewaltigt hat.« Sie hielt inne, um diese Aussage wirken zu lassen.

Die Geschworenen hörten ihr aufmerksam zu. Avedon auch. Seine Lippen waren grimmig zusammengepreßt. Debra kritzelte »Entspannen Sie sich« auf ihren Block und schob ihn ihm hin. Seine Gesichtszüge entspannten sich tatsächlich.

»Ich möchte ganz ehrlich zu Ihnen sein«, sagte Annette. »Penny kann sich nicht mehr genau erinnern, in welcher Reihenfolge sich die Ereignisse in dieser Nacht abgespielt haben. Sie hatte entsetzliche Angst. Aber sie erinnert sich daran – und das wird sie auch ausführlich schildern –, daß der Angeklagte sie zum Geschlechtsverkehr mit ihm zwang, obwohl sie immer wieder nein sagte. Obwohl sie weinte und ihn anflehte aufzuhören. Obwohl sie ihm sagte, daß sie noch Jungfrau sei.

Penny wird Ihnen erzählen, daß sie nicht sofort zur Polizei ging. Sie hat nicht einmal mit ihrer Freundin darüber gesprochen, bei der sie die Nacht verbrachte, und auch nicht mit ihren Eltern. Sie hat niemandem etwas gesagt, weil sie sich schämte, weil sie sich davor fürchtete, was die Leute über sie denken würden. Sie hat sich *Vorwürfe* gemacht, weil sie dem Angeklagten vertraute und mit ihm in seine Wohnung ging. Sie war wütend auf sich selbst, weil sie sich so in einem Menschen getäuscht hatte. Aber als sie hörte, daß der Angeklagte verlobt sei, wurde ihr klar, daß sie etwas unternehmen mußte. Sie wollte nicht, daß noch einer anderen Frau das passiert, was ihr passiert war.

Sie wird ehrlich und offen sein. Und wenn die Beweisaufnahme in dieser Verhandlung abgeschlossen ist, meine Damen und Herren, werde ich Sie bitten, den Angeklagten für schuldig zu befinden. Ich danke Ihnen für Ihre Aufmerksamkeit.«

Annette ging zurück an ihren Tisch. Debra sah aus den Augenwinkeln, daß Simms den Zuschauerraum betrat. Das erstaunte sie nicht, aber ihr Magen krampfte sich zusammen. Jetzt habe ich zwei Fans im Publikum, dachte sie, und plötzlich kam ihr der Gedanke, daß der Mörder in den Reihen der Zuschauer sitzen könnte. Daß er sie beobachtete. Und wartete. Sie schauderte. Es gelang ihr nur unter größter Anstrengung, sich auf die Richterin zu konzentrieren, die sie fragte, ob sie ein Eröffnungsplädoyer halten wolle.

Sie räusperte sich und versuchte, ihre Gedanken zu klären. »Ja, das möchte ich, Euer Ehren.« Sie schloß den Knopf ihrer grauen Kostümjacke – sie hatte an dem Tag, an dem sie mit Madeleine gestritten hatte, dasselbe Kostüm getragen – und ging auf das Podium zu. Sie spürte die ansteigende Erregung – das war es, was sie liebte, deshalb war sie Anwältin geworden – und vergaß alles andere.

Sie stellte sich vor, dann sagte sie: »Wahrscheinlich empfinden Sie alle Mitleid mit Miss Bailor, noch bevor Sie sie gesehen haben. Um die Wahrheit zu sagen, ich habe auch Mitleid mit ihr. Sie ist eine verwirrte Person. Aber was Sie soeben gehört haben, ist die Version der Staatsanwaltschaft über die Dinge, die sich am Dienstag, dem dreiundzwanzigsten Juli, ereignet haben. Diese Version hat nichts mit der Realität zu tun. Das wirkliche Opfer dieser Geschichte sitzt neben mir. Die eigentliche Wahrheit ist, daß die Klägerin Dr. Avedon vernichten will.«

»Einspruch«, rief Annette. »Die Verteidigerin polemisiert!«

Claire sagte: »Es klingt so, doch ich nehme an, daß die Verteidigung bereit ist, uns wissen zu lassen, welche Tatsachen für ihre These sprechen.« Als Debra nickte, forderte die Richterin sie auf: »Fahren Sie fort.«

»Könnte das hohe Gericht der Jury einen Hinweis geben?« bat Annette.

Claire nickte. »In den Eröffnungsplädoyers sollten die Anwälte sagen, was die Beweisführung ihrer Ansicht nach aufdecken wird«, erklärte sie den Geschworenen, »nicht ihre persönliche Meinung kundtun. Fahren Sie fort, Miss Laslow.«

Simms amüsierte sich wahrscheinlich über all dies; Debra konnte sich das schiefe Grinsen auf seinem Gesicht vorstellen. »Die Staatsanwältin hat über Beweise gesprochen«, sagte Debra, »aber es gibt keine Beweise. Es gibt keinen medizinischen Nachweis, nichts, was die Behauptung der Klägerin bestätigen kann. Sie hatte keine Verletzungen. Es gibt keine Zeugen. In dem Appartementhaus hielten sich viele Menschen auf, aber niemand hat Miss Bailor schreien gehört. Am Eingang zur Halle stand ein Sicherheitsbeamter, doch Miss Bailor sagte kein Wort zu ihm. Sie rief nicht sofort die Polizei. Sie rief auch nicht den Notdienst für mißhandelte Frauen an. Sie hat nicht einmal ihrer besten Freundin etwas erzählt. Sie ging zur Arbeit, wußte, daß sie Dr. Avedon jeden Tag sehen würde, und sagte kein Wort zu ihren Kolleginnen. Nicht ein einziges Wort. Sie hat drei ganze Wochen nach dem Geschlechtsverkehr mit Dr. Avedon mit niemandem darüber gesprochen, und erst als sie erfuhr, daß sich Dr. Avedon verlobt hatte, ging sie zur Polizei. Zu diesem Zeitpunkt kündigte sie auch ihre Stellung.«

Debra machte eine Pause. »Wir alle haben großes Mitleid mit Miss Bailor, aber in dieser Verhandlung spielt ihre Aussage eine große Rolle, deshalb werde ich alles, was sie behauptet, nachdrücklich hinterfragen. Achten Sie besonders auf ihre Begründung dafür, warum sie erst nach Dr. Avedons Verlobung Anzeige bei der Polizei erstattet hat. Hören Sie bei der Befragung durch die Staatsanwältin und beim Kreuzverhör genau zu. Ich bin überzeugt, Sie werden erhebliche Zweifel an Miss Bailors Aussage haben.«

Debra kehrte zu ihrem Platz zurück.

Die erste Zeugin der Anklage, Cynthia Staten, war Mitte Vierzig. Sie war groß und schlank, hatte braunes Haar und trug eine Brille mit Metallgestell. Der Gerichtsdiener nahm ihr den Eid ab und bat sie, für das Protokoll ihren vollen Namen zu nennen und zu buchstabieren.

Annette Prado fragte: »Dr. Staten, welchen Beruf üben Sie aus?«

»Ich bin Psychologin.«

Debra hörte interessiert zu, während die Staatsanwältin durch ihre Fragen deutlich machte, daß Dr. Staten seit siebzehn Jahren praktizierte, verschiedene Artikel über das Trauma nach einer Vergewaltigung in wichtigen psychologischen Fachzeitschriften veröffentlicht hatte und als Expertin auf diesem Gebiet angesehen wurde.

»Dr. Staten, können Sie uns den Begriff ›Trauma nach einer Vergewaltigung‹ erklären?«

»Wir benutzen diesen Begriff, um eine ganze Reihe von Folgeerscheinungen und Symptomen nach einer Vergewaltigung zu beschreiben.«

»Können Sie uns einige Symptome nennen?« Annette sprach mit der Psychologin, aber sie hatte sich halb der Jury zugewandt.

»Es gibt zwei Phasen – die akute, kritische Phase, die unmittelbar auf das Ereignis folgt, und die Phase der langfristigen Reaktionen.«

»Erzählen Sie uns von der akuten, kritischen Phase«, forderte Annette die Zeugin auf.

»Die Opfer befinden sich im Schock. Sie fühlen sich, als wäre alles in ihnen zerrissen. Sie berichten von Beklemmungen und Angstzuständen – sie zittern, ihr Herzschlag und die Atmung sind beschleunigt, die Muskeln verspannt, sie fühlen sich wie betäubt. Sie haben Einschlafschwierigkeiten, liegen stundenlang wach und leiden unter Alpträumen, in denen sie die Vergewaltigung erneut erleben.«

Debra hatte ein eigenartiges Gefühl, als sie das hörte. Jeff hatte sie zwar nicht vergewaltigt, aber ihr Herz hatte gerast, ihr Körper gezittert. Sie hatte sich wie betäubt gefühlt und stundenlang wach gelegen. Jetzt spürte sie seine Blicke auf sich ruhen, und sie wußte, wieso er heute hergekommen war – er wollte, daß sie sich erinnerte.

»Gibt es noch weitere Symptome in dieser Phase?« wollte Annette wissen.

»Einige Opfer verleugnen das Erlebte. Manche reagieren nicht angemessen auf ihr Umfeld. Andere können sich selbst nicht mehr helfen und werden abhängig. Viele fühlen sich schuldig und machen sich Vorwürfe. Andere leiden unter gestörten Wahrnehmungen und Paranoia.«

»Dr. Staten, würden Sie, nach Ihren Erfahrungen mit Vergewaltigungsopfern, sagen, daß Frauen, die von einem Bekannten vergewaltigt wurden, weniger leiden als die Opfer eines Fremden?«

»Nein. Tatsächlich meinen die Frauen, die nach einer Verabredung vergewaltigt wurden, daß sie niemandem mehr trauen können – nicht einmal mehr den Menschen, die ihnen nahestehen. Zudem zweifeln sie erheblich an ihrem eigenen Urteilsvermögen. In einer kürzlich unter College-Studentinnen durchgeführten Studie wurde festgestellt, daß einundvierzig Prozent der Opfer von Bekannten glauben, wieder vergewaltigt zu werden.«

Annette schwieg eine Weile und beschäftigte sich ostentativ mit ihren Papieren – Debra wußte genau, daß sie die Geschworenen dadurch zum Nachdenken über die Informationen bringen wollte.

»Was können Sie uns über die langfristigen Reaktionen sagen, Dr. Staten?«

»Die Opfer müssen wieder eine gewisse Ordnung in ihr Leben bringen und die Kontrolle über ihre Welt zurückgewinnen. Das nimmt viel Zeit in Anspruch. Opfer in dieser Phase können Ängste, Trauer, Schuldgefühle und Wut gleichzeitig empfinden. Die Hauptsymptome sind Phobien, Störungen physischer Funktionen und des Sexualverhaltens und Veränderungen im Lebensstil.«

»Was für Phobien sind das?«

»Die Opfer können Angst haben, allein oder bei Dunkelheit aus dem Haus zu gehen. Andere fürchten sich, wenn sie allein daheim sind. Viele Opfer lassen rund um die Uhr ein Licht in ihren Zimmern brennen.«

»Sie erwähnten Störungen physischer Funktionen. Können Sie uns ein Beispiel dafür geben?«

»Viele Opfer sind nicht in der Lage, regelmäßig Mahlzeiten zu sich zu nehmen. Andere essen ununterbrochen. Bei manchen ändern sich die Schlafgewohnheiten, das schließt Schlaflosigkeit oft mit ein. Viele Frauen haben nach einer solchen Erfahrung vermindertes Interesse an sexuellen Handlungen, oder sie empfinden kaum oder gar keine Freude mehr dabei.«

»Kann man bei einer Person, die unter einem Trauma nach einer Vergewaltigung leidet, immer all die Symptome, die Sie uns nannten, feststellen?«

»Nein, auf keinen Fall.«

»Dr. Staten, hatten Sie Gelegenheit, Penny Bailor zu untersuchen?«

»Ja.«

Nach Debras Beobachtung hatten die Geschworenen die Aussage bis zu diesem Punkt mit unterschiedlicher Aufmerksamkeit verfolgt. Jetzt beugten sich einige ein Stückchen weiter vor. »Wann war das?« fragte Annette.

»Ich habe sie am Montag, dem zweiundzwanzigsten Oktober, und am Dienstag, dem dreiundzwanzigsten Oktober dieses Jahres, in meiner Praxis untersucht.«

»Welcher Art war diese Untersuchung?«

»Ich bewertete ihre geistige Gesundheit und führte psychologische Standardtests mit ihr durch.«

»Und was haben Sie festgestellt?«

»Penny war ängstlich. Sie war bei leisen Geräuschen und plötzlichen Bewegungen ausgesprochen schreckhaft. Sie gab an, nicht gut schlafen zu können und unter Alpträumen von der Vergewaltigung zu leiden.«

»Einspruch.« Debra stand auf. »Hörensagen.«

»Stattgegeben.«

»Haben Sie noch andere Symptome festgestellt?«

»Ja. Ich habe Pennys Puls gemessen, vor und während unserer Sitzungen. Als Penny über die Vergewaltigung sprach, beschleunigten sich ihre Atmung und ihr Puls.«

»Dr. Staten, leidet Miss Bailor Ihrer Expertenmeinung nach an einem Trauma nach einer Vergewaltigung?«

»Eindeutig. Ihr Verhalten entspricht dem anderer Opfer mit diesem Trauma.«

Annette lächelte. »Vorerst keine weiteren Fragen.«

Die Geschworenen Nummer eins und Nummer sieben nickten zustimmend. Debra prüfte ihre Sitzliste und notierte sich die Namen.

Claire sagte: »Sie dürfen jetzt die Zeugin befragen, Miss Laslow.«

Debra stand auf und nahm ihren Block mit zum Zeugenstand. »Dr. Staten, Sie wiesen darauf hin, daß Sie eine Reihe von Artikeln über das Trauma nach Vergewaltigungen veröffentlicht haben. Wo kann man diese Artikel finden, um sie nachzulesen?«

»In einer Universitätsbibliothek. Einige meiner Arbeiten sind Bestandteil eines Buchs über dieses Thema«, setzte sie mit einem gewissen Stolz hinzu.

»Führen normale Buchhandlungen dieses Buch?«

»Ja. Wenn sie es nicht auf Lager haben, können sie es bestellen.«

»Ist das Buch… streichen Sie das. Sind Ihre Artikel in einer Sprache verfaßt, die auch für Laien verständlich ist?«

»Absolut. Ich achte beim Schreiben immer auf einen leicht verständlichen Stil.« Die Psychologin lächelte.

Debra erwiderte das Lächeln. »Dr. Staten, ist es möglich, daß eine Person, die Ihre Artikel über das Trauma nach einer Vergewaltigung gelesen hat, die dort beschriebenen Symptome vortäuschen kann?«

»Einspruch. Die Frage fordert zu Spekulationen heraus«, rief Annette.

»Die Zeugin hat sich selbst als Expertin auf dem Gebiet

des menschlichen Verhaltens dargestellt«, argumentierte Debra.

Claire runzelte die Stirn. »Einspruch abgelehnt. Zeugin, beantworten Sie die Frage.«

»Es ist möglich.« Das Lächeln der Psychologin war verschwunden; ihr Ton klang grimmig.

»Jemand könnte vortäuschen, bei Geräuschen oder plötzlichen Bewegungen zu erschrecken?«

»Ja.«

»Dieser Jemand könnte auch über Schlaflosigkeit und Alpträume klagen?«

»Ja.«

»Und von Eßstörungen berichten?«

»Ja«, sagte sie, sichtlich verärgert.

»Dr. Staten, Sie erwähnten, daß sich Pennys Atmung und Puls beschleunigten, als sie über die Vergewaltigung sprach. Ist das richtig?«

»Das ist richtig«, erwiderte sie vorsichtig.

»Und diese Symptome basieren auf Angst?«

»Ja.«

»Es gibt auch noch andere Situationen als Vergewaltigung, die Angst verursachen. Ist *das* auch richtig, Dr. Staten?«

»Ja.« Sie schob ihre Brille zurecht.

»Und die Angstsymptome, die von einer anderen Situation hervorgerufen wurden, wären dieselben?«

»Ja.«

»Könnten Ihrer Erfahrung nach Schuldgefühle oder ein schlechtes Gewissen eine derartige Angst hervorrufen?« hakte Debra nach.

»Manchmal.« Die Psychologin rutschte auf ihrem Stuhl hin und her.

Debra sah aus den Augenwinkeln Annettes düsteren Blick. »Und wenn eine Person lügt und fürchten muß, daß man ihre Lügen aufdeckt? Könnte auch das diese Angstgefühle hervorrufen?«

»Das wäre möglich«, entgegnete die Psychologin widerwillig.

»Ist es auch möglich, daß Angst, die auf schlechtem Gewissen oder der Furcht basiert, die eigenen Lügen könnten durchschaut werden, Symptome verursacht, die denen ähneln, die Sie bei einem Trauma nach einer Vergewaltigung feststellen können?«

»Es ist möglich. Aber …«

»Und ist es möglich, daß jemand diese Symptome vortäuschen kann?«

»Ja.«

»Ich danke Ihnen, Dr. Staten. Keine weiteren Fragen.«

Debra nahm wieder am Tisch der Verteidigung Platz und warf einen Blick auf die Geschworenen. Die beiden Geschworenen, die nach Annettes Befragung genickt hatten, nickten auch jetzt wieder. Sie rief sich ins Gedächtnis, daß manche Angewohnheiten der Juroren einen falschen Eindruck erwecken konnten. Bei einem früheren Prozeß hatte ihr eine ältere Geschworene, die während der ganzen Verhandlung den Kopf geschüttelt hatte, besondere Sorgen bereitet; und später, nachdem Debra einen Freispruch erreicht hatte, erfuhr sie, daß die Frau an der Parkinsonschen Krankheit litt.

Annette stellte der Zeugin noch eine Frage, um die Richtung zu ändern: »Dr. Staten, haben Sie Gründe für die Annahme, daß Penny gelogen oder etwas vorgetäuscht hat?«

»Nein, es gibt keine Gründe für diese Annahme«, erwiderte die Psychologin mit Nachdruck, aber ein Blick auf die Jury verriet Debra, daß Dr. Staten damit niemanden überzeugt hatte.

»Dies ist ein guter Zeitpunkt für die Mittagspause«, verkündete Claire. »Die Verhandlung wird bis dreizehn Uhr dreißig vertagt.« Sie gab den Geschworenen die üblichen Ermahnungen mit auf den Weg.

Während die Geschworenen nacheinander durch die Seitentür gingen, sammelte Debra ihre Unterlagen und Papiere zusammen, dann sah sie sich um. Einige der Prozeßbeobachter waren noch da, doch Jeff hatte den Saal bereits verlassen. Genau wie Simms.

Der Gerichtsdiener kam zu Debra und reichte ihr ein zusammengefaltetes Stück Papier. »Ein Mann hat mich gebeten, Ihnen das zu geben«, sagte er.

Debra steckte den Zettel in die Tasche und geleitete Ken Avedon aus dem Gerichtssaal in den Korridor, wo sie von Reportern empfangen wurden.

»Miss Laslow, haben Sie in Betracht gezogen, sich aus diesem Fall zurückzuziehen?«

»Miss Laslow, glauben Sie, daß Ihr Mandant einen fairen Prozeß bekommt?«

»Miss Laslow ...«

Sie wiederholte ständig »Kein Kommentar«, bis sie Avedon und sich einen Weg durch die Menge gebahnt und die Treppe zum Erdgeschoß erreicht hatte, wo er seine Eltern treffen sollte.

»Sie waren großartig«, flüsterte Ken, als er ihr die Stufen hinunterfolgte. »Sie haben die Psychologin regelrecht auseinandergenommen.«

Sie lächelte. »Ich denke, es ist ganz gut gelaufen. Aber das war nur die erste Runde.« Sie verabschiedete sich von Avedon und ging zurück in den ersten Stock. Im Gerichtssaal hatten ihre Pflichten sie vollkommen in Anspruch genommen; jetzt machte die Erregung der neu erwachten Angst Platz. Auf halbem Weg zum Büro des Staatsanwalts erinnerte sie sich an den Zettel in ihrer Tasche. Sie faltete ihn auseinander und las:

»Jetzt weiß die ganze Welt von der Schande meiner Schwester.«

Stuart Bailor – Debra hatte ihn im Gerichtssaal nicht gesehen. Obwohl sie nicht das geringste falsch gemacht hatte, spürte sie, wie ihr plötzlich die Hitze ins Gesicht stieg. Sie setzte ihren Weg fort, sprach kurz mit der Empfangsdame und ging in Annettes Büro.

»Hat sich Ihr Mandant entschlossen, sich schuldig zu bekennen?« fragte die Staatsanwältin, als Debra den Raum betrat.

»Nach diesem Morgen? Wohl kaum.« Debra lächelte. »Annette …«

»Ich habe den Artikel in der *Times* gelesen. Stimmt es, daß Madeleine und die anderen ermordet wurden, weil sie Freisprüche in Vergewaltigungsprozessen erreicht haben? Daß Sie das nächste Opfer sein könnten?« Ihre grünen Augen drückten Sorge, aber auch Neugier aus. »Haben Sie deshalb diese Drohbriefe bekommen?«

Debra nickte. »Ich glaube schon. Ich brauche Abschriften von den in Frage kommenden Vergewaltigungsprozessen.« Jetzt, da die *Times* die Verbindung zu diesen Verhandlungen öffentlich gemacht hatte, war es Debra nicht mehr so unangenehm, um Hilfe zu bitten; am frühen Morgen war ihr klargeworden, daß Annette, die hauptsächlich mit Sexualverbrechen zu tun hatte, ohne weiteres diese Abschriften anfordern konnte – es würde ihr weniger Schwierigkeiten bereiten als Claire. Und auf die Art würden weder Annette noch Debra Kosten entstehen. »Die Stenographin bei Susan Clemens' Prozeß war Amanda Koessler. Der Angeklagte hieß Henry Lee. Ich habe die Registriernummer hier.«

Annette hob die Augenbrauen. »Wozu brauchen Sie diese Abschriften?«

»Ich hoffe, daß ich irgendeine Verbindung oder einen Hinweis finden kann. Ich habe bereits eine teilweise Kopie von Madeleines Fall bestellt – nur die Zeugenaussage und die Anträge der Anwälte. Ich kann es mir nicht leisten, die hohe Gebühr für die anderen zu bezahlen. Möglicherweise finde ich auch nichts, Annette, aber ich bin völlig verzweifelt.«

»Das ist kein übler Scherz, nicht wahr? Sie sind wirklich in Gefahr, stimmt's?« Sie schwieg einen Moment, schließlich sagte sie: »Fangen wir mit Amanda an. Ich muß für die Behörde eine Begründung angeben, wenn ich die Abschriften anfordere, aber da wird mir schon was einfallen.«

Amanda Koessler saß im Büro des Protokollführers. Sie war eine kleine, untersetzte Frau Ende Dreißig und hatte lockiges schwarzes Haar.

»Ich brauche dringend die Abschrift eines Prozeßprotokolls«, machte Annette ihr klar. »Nur die Zeugenaussagen und die Anträge.« Sie und Debra waren übereingekommen, daß die Befragung der Geschworenen und die Instruktionen des Richters nicht hilfreich wären.

Amanda zog die Stirn in Falten. »Ich kann nichts versprechen. Im Moment stecke ich bis zum Hals in Arbeit, ich sitze sogar nachts noch am Schreibtisch. Aber ich werd's versuchen. Um welchen Fall geht's?«

Debra gab ihr die Registriernummer an. »Der Angeklagte hieß Henry Lee.«

»Susan Clemens hat ihn verteidigt, stimmt's?« fragte sie beinahe verschwörerisch. »Sie haben Glück. Der Ehemann der Klägerin hat die Gebühr für eine Abschrift bezahlt – er sagte, er wolle das gesamte ›verdammte Strafrecht‹ bloßstellen. Er hat nicht einmal mit der Wimper gezuckt, als ich ihm sagte, wie hoch die Gebühr ist. Ich habe das Original daheim. Ich übernachte heute bei Freunden und komme morgen direkt von dort zur Arbeit, aber am Freitag vormittag bringe ich alles mit.«

Debra fiel wieder ein, daß der Vater von Janey Schultz ebenfalls die Gebühr für eine Abschrift bezahlt hatte. Nachdem sie sich bei der Stenographin und Annette bedankt hatte – die Staatsanwältin versprach Debra, sofort die Abschriften von Kelly Malters und Wesley Pratts letzten Vergewaltigungsprozessen anzufordern –, ging Debra wieder zum Korridor in der Nähe der Gerichtssäle. Sie war durstig. Als sie sich zum Wasserhahn beugte, spürte sie, daß sie jemand anstarrte. Sie richtete sich auf und sah Simms.

»Wo ist Ihr Bodyguard?« fragte er.

»Es ist eine Frau – sie holt mich hier ab, wenn die Verhandlung unterbrochen wird. Sie hat einen Piepser.« Debra hatte keinen Sinn darin gesehen, daß ihr Nadine im Gerichtsgebäude auf Schritt und Tritt folgte; der Metalldetektor versicherte ihr, daß kein Unbefugter eine Waffe besaß. Und Anthony war über die verminderten Kosten begeistert gewesen.

»Sie haben da drin ganz hübsche Arbeit geleistet«, sagte Simms. »Ich schätze, Sie sind sehr stolz auf sich, die Seelenklempnerin im Zeugenstand zur Schnecke gemacht zu haben.«

»Das gehört zu meinem Job.« Sie wandte sich ab, um weiterzugehen.

»Hey, Miss Laslow!« rief er aus. »Debra!«

Sie hielt an und sah ihm ins Gesicht. »Was?«

»Sie haben mich gebeten, Stuart Bailors Autonummer herauszufinden.« Er holte einen kleinen Spiralblock aus der Tasche. »Bailor fährt einen Honda Accord. Dunkelblau – nachts könnte das auch schwarz aussehen.« Er schaute zu ihr auf. »Seine Nummer beginnt mit *1ADO*.«

35

Shira Frick war Anfang Zwanzig – hübsch, mit frischem Teint und dunkelbraunem Zopf, der bis zur Mitte ihres Rückens reichte. Als sie sich in den Zeugenstand setzte, strich sie die Falten ihres schwarzen Plisseerocks glatt.

Zuerst war sie nervös, als sie vor den vielen Zuschauern sprach, und es wurde deutlich, daß sie noch nie zuvor in einem Prozeß ausgesagt hatte. Die Richterin mußte sie darauf hinweisen, klar und deutlich ins Mikrophon zu sprechen und nur verbale Antworten zu geben. Sie tat Debra leid. Aber Shira wurde ruhiger, als die Anklage allgemeine, unverfängliche Fragen stellte. Shira war seit sieben Jahren mit Penny befreundet, seit ihrer Zeit in der High-School. Ihr Hauptfach war Geschichte gewesen, und sie hatte vor, Jura zu studieren. Sie lebte mit ihren Eltern und zwei jüngeren Geschwistern in Beverly-Fairfax, acht Blocks von Pennys Wohnung entfernt.

»Miss Frick, erinnern Sie sich an die Nacht des dreiundzwanzigsten Juli dieses Jahres?« fragte Annette.

Shira nickte. Claire wies sie erneut an, laut und deutlich »ja« zu sagen, damit die Stenographin ihre Antwort ins Protokoll aufnehmen konnte.

»Hat Penny Bailor die Nacht in Ihrem Haus verbracht?«

»Ja. Sie hat in meinem Zimmer geschlafen.« Penny war etwa um elf Uhr zu ihr gekommen. Shira hatte sie ins Haus gelassen; ihre Eltern hatten schon geschlafen.

»War Penny aufgeregt, als sie ankam?« fragte Annette.

»Einspruch«, rief Debra. »Die Frage ist unklar und fordert die Zeugin zu Spekulationen heraus.«

»Stattgegeben. Formulieren Sie Ihre Frage neu, Miss Prado.«

Annette sagte: »Haben Sie etwas Ungewöhnliches an Penny bemerkt?«

»Ja. Ihre Wimperntusche war verschmiert, und ihre Augen waren rot und geschwollen. Sie sah aus, als hätte sie lange geweint.«

»Ist Ihnen noch etwas aufgefallen, was anders als üblich war?« fragte Annette weiter.

»Sie war ungewöhnlich schweigsam. Normalerweise lachen wir viel und unterhalten uns bis spät in die Nacht. Aber an diesem Abend wollte sie nur ins Bett.«

»Haben Sie eine Bemerkung über ihr Verhalten gemacht?«

»Ja. Ich fragte sie, was los sei.«

»Und was hat sie daraufhin gesagt?«

Debra war drauf und dran, Einspruch zu erheben, überlegte es sich aber anders. Sie wollte sich die Möglichkeit einzugreifen für die Situationen aufbewahren, in denen sie sie wirklich brauchte.

»Sie sagte, daß sie nicht darüber reden wolle.«

»Was ist dann geschehen?«

»Wir sind zu Bett gegangen. Sie drehte mir den Rücken zu, aber bevor ich einschlief, habe ich gehört, daß sie weinte.« Am nächsten Morgen sei Penny sehr still gewesen, sagte Shira aus.

Shira war zur Schule gegangen, und als sie um halb vier Uhr am Nachmittag nach Hause kam, fand sie Penny im Bett vor.

»Hat Penny Ihnen erzählt, warum sie den ganzen Tag im Bett gelegen hat?«

»Einspruch. Hörensagen.«

»Abgelehnt.«

»Sie sagte, daß sie sich nicht gut fühle und daß sie Magenschmerzen habe. Ein bißchen später habe ich sie nach Hause gefahren.«

»Wann haben Sie Penny wiedergesehen?«

»Drei Wochen später, am Montag, dem zwölften August. Penny rief mich an und fragte mich, ob sie bei mir übernachten könne. Sie sagte, daß sie mit mir über etwas Wichtiges reden wolle.«

»Und was geschah, als sie zu Ihnen kam?«

»Wir gingen in mein Zimmer. Und dann erzählte sie mir, daß Dr. Avedon sie am dreiundzwanzigsten Juli vergewaltigt hat.«

Debra sprang auf. »Einspruch. Hörensagen. Ich beantrage, diese Bemerkung aus dem Protokoll zu streichen«, sagte sie, obwohl ihr klar war, daß Annette sich dagegen wehren würde.

»Euer Ehren, dies fällt unter die Ausnahmeregelung der ›ersten Erwähnung eines Verbrechens‹. Miss Frick ist die erste Person, mit der Miss Bailor über die Vergewaltigung gesprochen hat. Die Ausnahmeregelung kann für einen Zeitraum von fast einem Jahr angewendet werden, so daß sie sicherlich für eine Frist von drei Wochen anwendbar ist. Ich kann Präzedenzfälle angeben.«

»Der Einspruch wird abgelehnt. Die Antwort der Zeugin bleibt im Protokoll.« Claire nickte in Annettes Richtung.

»Was hat sie Ihnen darüber erzählt?« fragte Annette.

»Sie sagte, daß sie mit Dr. Avedon zu Abend gegessen habe und daß sie anschließend in sein Appartement gegangen seien, um Musik zu hören. Sie küßten und berührten sich.« Shiras Stimme wurde immer leiser, offensichtlich war ihr die Befragung sehr peinlich. »Er wollte mit ihr schlafen, und sie sagte

›nein‹, aber er zwang sie dazu, obwohl sie weinte und ihn anflehte, aufzuhören.«

Debra sah die Geschworenen an – an ihren Gesichtern konnte sie ablesen, daß sie von der Aussage der Zeugin beeindruckt waren.

»Was haben Sie getan, nachdem Penny Ihnen das alles erzählt hatte?« fragte Annette.

»Ich wollte von ihr wissen, warum sie nicht gleich in der Nacht, in der es passierte, mit mir darüber gesprochen hat.«

»Und was hat Penny darauf geantwortet?«

»Sie sagte, sie sei zu verängstigt gewesen und habe sich zu sehr geschämt. Sie machte sich Vorwürfe, weil sie in seine Wohnung mitgegangen ist, und sagte, daß ja doch alle ihr die Schuld geben würden.«

Avedon hatte die ganze Zeit mitgeschrieben. Debra kritzelte auf ihren eigenen Block »Sehen Sie die Zeugin hin und wieder direkt an« und schob ihn Avedon zu. Er nickte.

»Haben Sie Penny sonst noch etwas gefragt?«

»Ja. Ich fragte sie, warum sie mir erst jetzt von der Vergewaltigung erzähle. Sie sagte, sie könne nicht mehr mit diesem Geheimnis leben. Sie habe Alpträume von der Vergewaltigung...«

»Einspruch.«

»Abgelehnt. Fahren Sie fort, Miss Frick.«

»Sie könne nicht essen und nicht schlafen.« Shiras Stimme wurde eindringlicher. »Sie hatte Angst davor, zur Polizei zu gehen, doch gleichzeitig plagten sie Schuldgefühle, weil sie die Vergewaltigung nicht angezeigt hatte. Es könnte ja sein, daß er wieder jemanden vergewaltigt.«

»Einspruch!« rief Debra diesmal entschiedener. »Ich beantrage, das zu streichen. Die Zeugin sagt über Fakten aus, von denen sie nichts wissen kann. Dies fällt nicht mehr unter die von der Vertretung der Anklage zitierte Ausnahmeregelung.«

Claire überlegte einen Moment, dann sagte sie: »Abgelehnt. Die Antwort bleibt im Protokoll.«

Debra wurde ärgerlich. »Euer Ehren…«

»Miss Laslow, ich habe meine Entscheidung getroffen«, versetzte Claire. »Der Einspruch ist abgelehnt. Nehmen Sie Platz.«

Debra gehorchte, ihr Gesicht wurde unangenehm heiß. Sie war erstaunt über die Entscheidung, dachte aber, daß Claire möglicherweise wie sie selbst wegen der Anwesenheit der Presse und der Fernsehkameras ziemlich nervös war.

Annette sagte: »Was taten Sie dann, Miss Frick?«

»Ich drängte Penny, zur Polizei zu gehen. Ich riet ihr, den Notruf für mißhandelte Frauen anzurufen. Ich sagte ihr, daß sie mit ihren Eltern darüber reden müsse.«

»Miss Frick, Sie haben ausgesagt, daß Sie Penny seit sieben Jahren kennen. Haben Sie je erlebt, daß sie Sie oder jemand anderen angelogen hat?«

»Nein.«

Debra nutzte die fünfzehnminütige Pause, um sich frisch zu machen und in der Kanzlei anzurufen, um nach Nachrichten zu fragen. Als sie mit Avedon in den Gerichtssaal zurückkam, saß Jeff in der ersten Reihe der Zuschauergalerie. Simms war nicht da – sie hatte ihn seit der Unterhaltung auf dem Korridor nicht mehr gesehen. Außerdem befanden sich drei Männer auf der Galerie, die Debra gestern schon aufgefallen waren. Sie vermutete, daß sie zu dem Aufgebot der möglichen Geschworenen gehörten; offensichtlich waren sie begeisterte Prozeßbeobachter. Seit O. J. Simpsons Prozeß war ganz Amerika süchtig nach realen Dramen, die sich in Gerichtssälen abspielten.

Nachdem die Geschworenen ihre Plätze eingenommen hatten, rief Claire Shira erneut in den Zeugenstand und erinnerte sie daran, daß sie immer noch unter Eid stand.

Debra ging zum Podium und warf erst einen Blick auf ihren Block, dann auf die Zeugin. »Miss Frick, Sie sagten aus, daß Sie seit sieben Jahren eng mit Penny Bailor befreundet sind. Ist das korrekt?«

»Ja.«

»Und während dieser sieben Jahre haben Sie sich, wie gute Freundinnen es tun, gegenseitig über Nacht besucht.«

»In der letzten Zeit nicht so sehr. Aber als wir in der High-School waren, schon.«

»Also haben Sie seit der High-School nicht mehr bei Penny übernachtet?«

Shira dachte einen Moment nach. »Nein. Zumindest kann ich mich nicht erinnern.«

»Was ist mit Penny? War sie, abgesehen von der bewußten Nacht, ab und zu bei Ihnen?«

»Ja, Penny hat ein paarmal bei mir übernachtet.«

»Würden Sie bitte definieren, was Sie mit ›ein paarmal‹ meinen, Miss Frick? Einmal in der Woche? Zweimal in der Woche? Einmal im Monat?« Debra behielt ihren freundlichen Tonfall bei.

»Das kam ganz darauf an.« Shira fingerte an ihrer Perlenkette herum.

»Lassen Sie mich die Frage anders stellen – Penny hat am dreiundzwanzigsten Juli bei Ihnen geschlafen. Wann hat sie davor das letzte Mal bei Ihnen übernachtet?«

Shira runzelte die Stirn. »Zwei Wochen davor, glaube ich.«

»Und davor?«

»Vielleicht eine Woche oder zwei Wochen davor. Ich erinnere mich nicht daran.«

»Was schätzen Sie, wie oft hat Penny in den letzten sechs Monaten die Nacht bei Ihnen verbracht?«

»Einspruch. Diese Fragen sind irrelevant. Worauf will die Verteidigerin hinaus?« fragte Annette ungeduldig und mit einer Spur von Ironie, die einen gewissen Eindruck bei den Geschworenen wecken sollte.

»Ich habe die Absicht, die Relevanz deutlich zu machen, Euer Ehren.« Debra bemerkte, daß die Jury Interesse zeigte.

»Einspruch abgelehnt. Beantworten Sie die Frage, Miss Frick.«

»Könnten Sie die Frage bitte noch einmal stellen?« Nachdem Debra die Frage wiederholt hatte, sagte Shira: »Ungefähr ein dutzendmal.«

»Das heißt etwa einmal in vierzehn Tagen. Wessen Idee war es, daß Penny am dreiundzwanzigsten Juli bei Ihnen übernachtete?«

»Pennys.«

»Und das Mal davor?«

Shira zögerte, dann sagte sie: »Pennys.«

»Wäre die Behauptung korrekt, daß der Vorschlag, bei Ihnen zu schlafen, jedesmal von Penny kam?«

Ein Ächzen. »Ja.« Shiras Hand wanderte von der kurzen Perlenkette zu ihrem Rock.

»Hat Penny einen Grund angegeben, warum sie am dreiundzwanzigsten Juli bei Ihnen übernachten wollte?«

»Einspruch. Hörensagen.«

»Ich lasse die Frage zu«, sagte Claire und wies Shira an, eine Antwort zu geben.

»Sie sagte, sie habe eine Verabredung und es sei einfacher, danach zu mir zu kommen als nach Hause zu gehen.«

»Sie sagten bei der Befragung durch die Staatsanwältin aus, daß Sie nur acht Blocks von Penny entfernt wohnen. Könnten Sie uns erklären, wieso es für Penny *einfacher* war, die Nacht bei Ihnen und nicht zu Hause zu verbringen?«

»Einspruch. Aufforderung zur Spekulation.«

»Stattgegeben.«

Eine faire Entscheidung. »Als Penny zwei Wochen vor dem dreiundzwanzigsten Juli bei Ihnen schlief, hat sie Ihnen da gesagt, warum sie die Nacht bei Ihnen verbringen wollte?«

»Sie hatte am Abend eine Verabredung.«

»Und das Mal davor? Hatte sie da auch eine Verabredung?«

»Ja.«

»Trifft es zu, Miss Frick, daß Penny es immer so eingerichtet hat, nach Verabredungen bei Ihnen die Nacht verbringen zu können, weil ihre Eltern mit den Männern, die sie traf, nicht einverstanden waren? Das meint sie doch, wenn sie sagt, es wäre ›einfacher‹, nicht wahr?«

»Einspruch. Reine Spekulation. Die Zeugin kann nicht wissen, was Miss Bailor mit ›einfacher‹ meinte.«

»Stattgegeben.«

»Ich stelle die Frage anders. Hat Penny Sie gebeten, ihren Eltern nichts von den Verabredungen zu erzählen, die sie an den Abenden hatte, wenn sie bei Ihnen übernachtete?«

»Ja.« Shira wirkte, als sei sie in eine Falle geraten, und machte einen ärgerlichen Eindruck.

»Was glaubten Pennys Eltern, was ihre Tochter an den in Frage kommenden Abenden tat? Hat Penny ihnen anvertraut, was sie ihren Eltern darüber gesagt hat?«

»Ja.«

»Was hat sie ihren Eltern erzählt?«

Shira warf einen Blick auf Annette Prado, dann sah sie Debra wieder an. »Sie hat ihnen gesagt, daß sie den Abend mit mir verbringt.«

»Das war eine Lüge, nicht wahr? Sie sagten aus, daß Penny nie gelogen hat, aber in Wirklichkeit hat Penny bei den zwölf Gelegenheiten, bei denen sie in Ihrem Haus übernachtet hat, gelogen. Stimmt das?«

»Ja. Aber das ist etwas anderes.«

»Sie meinen, es gibt verschiedene Arten von Lügen?«

»Sie hat ihren Eltern nichts gesagt, weil sie wußte, daß sie sich aufregen würden. Aber sie hat nicht gelogen, was die Vergewaltigung betrifft.«

»Als Penny Ihnen erzählte, daß sie vergewaltigt worden war, sagte sie auch, daß es ihre eigene Schuld gewesen sei. War das die Wahrheit oder eine Lüge?«

»Sie sagte, sie hätte sich ein genaueres Bild von Dr. Avedons Charakter machen müssen.«

»Als Penny Ihnen sagte, daß sie den vierundzwanzigsten Juli im Bett verbracht hat, weil sie unter Magenkrämpfen litte, war das eine Lüge?«

»Sie hat sich nicht gut gefühlt. Sie könnte Krämpfe gehabt haben.«

»Sie sagten aus, daß Sie zusammen mit Penny in der High-School waren. Waren Sie in derselben Klasse?«

»Ja.« Shira sah verwirrt auf.

»Wissen Sie, ob Penny jemals den Unterricht geschwänzt hat?«

»Alle haben hin und wieder geschwänzt.«

»Ich habe nicht danach gefragt, was alle taten«, erwiderte Debra ein wenig strenger. »Ich fragte nach Penny. Hat sie jemals die Schule geschwänzt?«

»Ja.«

»Und mußten Sie jemals eine Ausrede benutzen, um Pennys Eltern die Abwesenheit ihrer Tochter zu erklären?«

Wieder ein widerstrebendes: »Ja.«

»Also haben Sie für Penny gelogen. Haben Pennys Eltern jemals an den Abenden, die sie angeblich mit Ihnen zusammen verbrachte und an denen sie zum Schlafen zu Ihnen kam, bei Ihnen zu Hause angerufen?«

»Ja.«

Debras Stimme wurde leiser. »Und was haben Sie den Eltern erzählt?«

»Daß Penny nicht ans Telefon kommen könne.«

»Also haben Sie für Ihre Freundin gelogen. Sie haben in der Schule für sie gelogen. Sie haben ihre Eltern für sie angelogen. Trifft es nicht zu, daß Sie auch heute für Ihre Freundin lügen?«

Nadine holte Debra um fünf Uhr in der Eingangshalle ab und fuhr sie nach Hause. Das Lämpchen an Debras Anrufbeantworter blinkte. Sie hörte die Nachrichten ab, während sie Wäsche in die Waschmaschine stopfte (jeder, den sie kannte, schien den Artikel in der *Times* gelesen zu haben). Sie rief ihren Vater, Julia und Tante Edith zurück, dann duschte sie und machte sich für die Verabredung mit Adam zurecht.

Während sie sich anzog, fiel ihr Blick auf Jeffs Manuskript, das sie gestern vom Boden aufgesammelt und neben ihrem Bett deponiert hatte. Im Gerichtsgebäude hatte Jeff nicht versucht, sich ihr zu nähern, aber er hatte angerufen und eine Entschuldigung auf dem Anrufbeantworter hinterlassen. Er wollte wissen, ob er das Manuskript bei ihr abholen könne. Sie hatte nicht die Absicht, ihn noch einmal in ihr Haus zu lassen oder je wieder mit ihm zu sprechen. Sie dachte daran, das Manuskript in den Abfalleimer zu werfen, aber natürlich mußte sie es ihm zuschicken.

Adam lud Debra nach North Hollywood zum Dinner ein (wieder hatte Nadine protestiert; wieder hatte Debra erklärt, daß ihr nichts passieren würde); nach dem Essen fuhren sie zur Universal City und schlenderten mit Hunderten anderen den City Walk entlang und an Geschäften, einer Rollschuhbahn, an Buchläden und Straßencafés vorbei. Irgendwann nahm Adam Debras Hand – es fühlte sich richtig an –, und als er ihr einen Gutenachtkuß gab und seine Lippen die ihren einen Moment zu lange berührten, fühlte sich auch das richtig an.

Debra plauderte ein paar Minuten mit ihrer Leibwächterin, die noch an ihrem Laptop saß, dann bereitete sie sich auf die Nacht vor. Während sie sich die Zähne putzte, ließ sie den Tag in Gedanken noch einmal Revue passieren und kam zu dem Schluß, daß alles gut für sie verlaufen war. Avedon war derselben Meinung gewesen. Als sie um ihr Bett herumging, um die Tagesdecke abzunehmen, stieß sie mit dem Zeh an Jeffs Manuskript.

Verdammter Jeff. Verdammtes Manuskript. Sie wollte es nicht im Haus haben. Sie hob den Papierstapel auf, setzte sich auf ihr Bett und suchte nach der Titelseite mit Jeffs Adresse. Die Seiten waren vollkommen durcheinander, manche lagen verkehrt herum. Während Debra weitersuchte, ordnete sie die Seiten. Plötzlich hielt sie erschrocken inne, als ihr ein Absatz ins Auge sprang, der mit »Kelly Malter« begann. Stirnrunzelnd las sie den Abschnitt und erfuhr, daß Jeff die ermordete Anwältin interviewt hatte.

Offensichtlich war das nur ein seltsamer Zufall, aber wieso hatte Jeff das nicht erwähnt? Debra starrte den Namen an, dann legte sie das Blatt beiseite. Vorher hatte sie das Manuskript nur rasch durchgeblättert; jetzt überflog sie jede Seite und begann mit denen, die sie bereits geordnet hatte. Als sie Madeleines Namen entdeckte, hämmerte ihr Herz wild, und ihr Mund wurde trocken.

Susans Name wurde auch genannt. Debra suchte noch einmal alles ab, fand jedoch keine Erwähnung von Wesley Pratt.

Jeff Silver, der Mann, der sie angefleht hatte, Avedons Fall niederzulegen, der Mann, der sie am gestrigen Abend beinahe vergewaltigt hätte, hatte drei der vier ermordeten Anwälte interviewt.

Jeff fuhr ein schwarzes Auto.

War ihr erstes Zusammentreffen in dem Restaurant geplant gewesen?

Hatte Susan gewußt, daß Jeff auch mit Madeleine gesprochen hatte? War das die Information, die sie zuerst der Polizei mitteilen wollte und dann doch wieder nicht?

Debra fand das Titelblatt und schrieb seine Adresse ab. Nadine war sofort bereit, als Debra ihr erklärte, was sie vorhatte. Sie schaltete ihren Laptop aus und fuhr Debra zu Jeffs Appartement nach West L. A. in die Barrington Street.

Selbst mit einer Leibwächterin an ihrer Seite fühlte sich Debra unsicher, als sie nach dem schwarzen Sentra Ausschau hielt – erst in der Tiefgarage, dann auf der Straße. Zu spät fiel ihr wieder ein, daß der Wagen in der Werkstatt war. Sie entschuldigte sich deswegen bei Nadine, aber sie meinte nur, sie solle nicht albern sein, das sei doch nicht schlimm.

Vielleicht bin ich *wirklich* albern, sagte sich Debra, als sie wieder in ihrem Schlafzimmer saß und das Manuskript erneut ansah. Jeff hatte sie gebeten, es zu lesen; ihm war bewußt gewesen, daß ihr die Namen der Anwältinnen auffallen würden und daß sie sich darüber wundern würde. Seufzend legte sie sich aufs Bett und preßte die Handflächen auf ihre Wangen.

Plötzlich erinnerte sie sich lebhaft daran, wie lange er gezögert hatte, ihr die restlichen Seiten zu zeigen. »Das ist nur eine Rohfassung«, hatte er gesagt.

Aber zu guter Letzt hatte er ihr auch diesen zweiten Teil gegeben. Möglicherweise hatte er eine logische Erklärung und wollte, daß sie sie selbst herausfand.

Vielleicht wollte er sie herausfordern oder reizen. Oder er wollte sie warnen.

36

»Ich habe die Abschriften gestern in Auftrag gegeben«, flüsterte Annette Debra am Donnerstag vor Beginn der Verhandlung zu. »Sie bekommen alle Protokolle am Freitag.«

»Sie sind wunderbar.« Debra lächelte. »Ich kann Ihnen gar nicht sagen, wie dankbar ich für Ihre Hilfe bin.«

»Machen Sie Witze? Wir müssen diesen Psychopathen schnappen.« Sie drückte Debras Arm. »Ich hoffe, Sie finden, wonach Sie suchen, Debra.«

Annette ging zu einer brünetten Frau – Debra erkannte Penny Bailors Mutter. Debra beobachtete die beiden eine Weile, dann erschien Avedon mit seinen Eltern, und sie sprach mit ihm, bis der Gerichtsdiener die Juroren aufforderte, in den Gerichtssaal zu kommen.

Naomi Bailor, Pennys Mutter, betrat den Zeugenstand. Sie trug ein marineblaues, doppelreihiges Kostüm und einen weißen Pullover. Sie war klein, und der Protokollführer mußte das Mikrophon niedriger stellen, nachdem er sie vereidigt hatte.

Annette machte durch ihre Fragen deutlich, daß Penny bei ihren Eltern lebte, eine gute Tochter war und daß Naomi am vierundzwanzigsten Juli bemerkt hatte, wie verstört Penny war.

»Wieso ist Ihnen das Datum so genau im Gedächtnis?« fragte Annette.

»Die ganze Familie sollte zu meiner Schwägerin gehen, um den Geburtstag meines Bruders zu feiern. Penny hat sich so darauf gefreut – sie liebt ihren Onkel –, aber am Mittwoch abend sagte sie plötzlich, sie fühle sich nicht gut.«

»Haben Sie Penny gefragt, was mit ihr los ist?«

»Natürlich.« Die Frau nickte heftig. »Ich sagte: ›Vielleicht hast du eine Grippe.‹ Sie meinte, das sei es nicht, sie habe nur keinen Appetit. Ich fragte sie, ob sie Probleme bei der Arbeit oder mit einer Freundin habe. Sie verneinte das.«

»Hat sich Pennys Appetit während der nächsten Tage verbessert?«

»Nein. Sie hat kaum etwas gegessen. Ich hab' sie dabei ertappt, wie sie das Essen von ihrem Teller in den Abfalleimer kippte. Als ich sie fragte, warum sie das macht, sagte sie, daß sie mich nicht beunruhigen wolle. Aber ich machte mir natürlich Sorgen. Eine Mutter macht sich immer Sorgen um ihre Kinder«, sagte Naomi halb zu den Geschworenen gewandt.

»Hat Sie, abgesehen von Pennys mangelndem Appetit, noch etwas an ihr beunruhigt?«

»Sie hat nicht gut geschlafen. Ich selbst habe einen leichten Schlaf, und ich hörte, daß sie nachts drei-, viermal ins Badezimmer ging. Wenn sie nach der Arbeit nach Hause kam, zog sie sich in ihr Zimmer zurück und blieb dort. Und wenn ich nach ihr sah, lag sie auf dem Bett und starrte an die Decke. Ein paarmal fand ich sie weinend vor. Ich hab' versucht, mit ihr zu reden, weil ich wollte, daß sie sich aussprach. Mein Mann hat auch alles probiert.«

»Mrs. Bailor, am Freitag, den sechzehnten August – etwa drei Wochen nach der Geburtstagsfeier Ihres Bruders – fanden Sie etwas, was Ihre Sorgen um Ihre Tochter noch verstärkte. Ist das richtig?« Als die Zeugin nicht antwortete, sagte Annette: »Ich weiß, daß das schwierig für Sie ist.«

Naomi schlug die Augen nieder und sagte: »Ich habe in

Pennys Zimmer aufgeräumt und fand einen Schwangerschaftstest in ihrem Papierkorb.« Sie sprach ganz leise, und Debra erkannte an der Röte, die ihr ins Gesicht gestiegen war, daß ihr diese Aussage wirklich schwergefallen war.

»Was fühlten Sie in diesem Augenblick?« fragte Annette behutsam.

»Ich war schockiert. Und ich hatte Angst um sie.« Sie wirkte gequält, als habe sie gerade jetzt diese Entdeckung gemacht.

»Haben Sie Penny erzählt, was Sie gefunden haben?«

»Ja. Ich glaube, sie wollte, daß ich den Test finde und daß ich sie danach frage.«

»Einspruch«, sagte Debra. »Das ist Spekulation. Ich beantrage, die Antwort nach dem ›Ja‹ zu streichen.«

Claire gab dem Einspruch statt.

»Was taten Sie dann, Mrs. Bailor?« fuhr Annette fort.

»Ich fragte sie, ob sie schwanger sei. Sie sagte nein. Dann erzählte sie mir –« ihre Lippen begannen zu zittern –, »sie erzählte mir, daß sie… daß sie von dem Arzt, bei dem sie arbeitete, vergewaltigt wurde. Sie hat ihm gesagt, daß sie noch… Jungfrau war, aber er hat ihr trotzdem Gewalt angetan.« Ihre Schultern zuckten, und sie fing zu weinen an. Sie holte ein Taschentuch aus ihrer Jackentasche und wischte über ihre Augen.

Debra hätte Einspruch erheben können – die Aussage fiel nicht mehr unter die Ausnahmeregelung der »ersten Erwähnung eines Verbrechens«, da Penny zuerst mit Shira darüber gesprochen hatte –, aber damit würde sie nichts gewinnen und nur die Geschworenen, deren Mienen eine starke Sympathie für die Mutter ausdrückten, gegen sich aufbringen. Auch Debra fühlte mit ihr – die Frau glaubte ihrer Tochter. Oder vielleicht redete sie sich selbst ein, daß sie ihr glaubte.

»Hat Ihnen Penny sonst noch etwas erzählt?« fragte Annette, nachdem die Zeugin die Fassung wiedererlangt hatte.

»Sie wollte zur Polizei gehen. Ich bat sie inständig, das nicht zu tun. ›Du ruinierst damit deinen Ruf‹, sagte ich, ›und wofür?

Wer wird dir glauben?‹« Sie warf einen Blick zur Jury, dann sah sie Annette wieder an.

»Aber als Penny dann doch zur Polizei ging, haben Sie und Ihr Mann sie begleitet. Ist das richtig?«

»Ja.« Sie nickte. »Sie brauchte unsere Unterstützung. Und Penny hat sich richtig entschieden. Es ist schwer, sehr schwer, heute hier zu sitzen, aber ein Tier wie Avedon muß hinter Schloß und Riegel kommen.« Sie begann wieder zu weinen.

»Einspruch!« sagte Debra. »Ich beantrage, das zu streichen.«

Claire gab dem Einspruch statt und forderte die Geschworenen auf, die letzte Bemerkung der Zeugin zu ignorieren, aber der Schaden war bereits angerichtet. Und als Claire Annettes Bitte nachkam, die Verhandlung zu unterbrechen, damit sich die Zeugin vor dem Kreuzverhör wieder beruhigen konnte, wußte Debra, daß die Geschworenen trotz der Ermahnung der Richterin das Bild vom Zorn und den Tränen der gebrochenen Zeugin vor Augen haben würden.

Nachdem die Jury den Saal verlassen hatte, beschwichtigte Debra Avedon. Während der kurzen Pause rief sie zu Hause an, um Adam nach den Fortschritten der Monteure zu fragen, die die Alarmanlage installierten; zwei Männer waren am Morgen, bevor Nadine sie zum Gericht gefahren hatte, ins Haus gekommen, und Adam hatte angeboten, ein Auge auf sie zu haben. Adam versicherte ihr, daß alles bestens verlief.

Auf dem Weg zurück zum Gerichtssaal sah sie Marty Simms – er unterhielt sich mit Annette. Er entdeckte Debra, sagte etwas zu Annette und ging auf Debra zu, die sich sofort wieder zum Münztelefon umgedreht hatte, obwohl sie niemanden mehr anrufen mußte.

»Haben Sie Ihre Messer für das Kreuzverhör gewetzt?« fragte Simms.

»Immer. Ich bin überrascht, Sie heute wieder hier zu sehen, Detective. Sollten Sie nicht eigentlich nach dem Mörder suchen?«

»Und ich bin überrascht über *Sie*. Ich dachte, Sie könnten sich ausmalen, daß ich hier bin, um genau das zu tun – der Mörder sitzt möglicherweise jeden Tag im Gerichtssaal.«

»Kann ich daraus schließen, daß Sie mich nicht mehr verdächtigen?« Aus den Augenwinkeln sah sie Avedon, der wahrscheinlich nach ihr Ausschau hielt. Sie machte ihn auf sich aufmerksam und hob einen Finger, um ihm zu signalisieren, daß sie sofort zu ihm kommen würde.

»*Sie* sind doch jeden Tag im Gerichtssaal, oder nicht?« Er neigte den Kopf zur Seite. »Ich nehme an, Sie haben sich näher mit den Prozessen befaßt, deren Registriernummern ich Ihnen angegeben habe. Muß ich mir Sorgen machen, daß Sie den Fall noch vor mir lösen?«

Sie ignorierte seine Frage und erkundigte sich mit gedämpfter, eindringlicher Stimme: »Haben Sie die vier Klägerinnen überprüft?«

Er nickte. »Auch ihre Familien.«

»Und?«

Er schüttelte lächelnd den Kopf. »Tut mir leid.«

Sie unterdrückte ihren Ärger. »Ich kann die Abschriften der Verhandlungsprotokolle bekommen«, sagte sie. Sie hatte beschlossen, ihm nicht zu erzählen, daß sie das bereits arrangiert hatte. »Die Aussagen können mir etwas über den Hintergrund der Klägerinnen und ihre Familien verraten. Ich kann einen Privatdetektiv einschalten, wenn es sein muß.« Simms taxierte sie nachdenklich. »Außerdem, was für eine schlimme Sache könnte ich wohl mit den Informationen anstellen?«

»Also schön.« Er schaute sich um, dann sah er Debra wieder an. »Da ist Emma Banks – sie hat Kelly Malters Mandanten angezeigt. Emma ist eine neunundfünfzig Jahre alte Witwe, und sie hat Angst vor ihrem eigenen Schatten. Sie hat gerade ihren Job verloren.«

Die meisten Leute glaubten, Vergewaltigungsopfer seien immer jung. Debra wußte, daß Vergewaltigungen nicht aus sexueller Gier verübt wurden – die Wut, das Bedürfnis nach

Macht und die Lust, jemandem Angst einzujagen, spielten dabei eine größere Rolle. »Was ist mit ihrer Familie?«

»Sie hat einen Sohn und eine Tochter. Sie haben Alibis für alle Tatzeiten. Die Klägerin in Pratts Fall – Nancy Wallace – ist Mitte Dreißig. Sie hat sich vor kurzem von ihrem Mann getrennt. Keine Kinder. Der Mann sagt, daß er nicht in der Stadt war, als Susan Clemens und Pratt umgebracht wurden. Wir prüfen das nach. Alicia Vaughan – das ist wirklich eine interessante Sache. Ihr Mann ist ein wohlhabender Arzt mit Villa in Beverly Hills. Sein Name ist Karl, und er hat sich auf den Angeklagten gestürzt, nachdem die Geschworenen ihr ›Nichtschuldig‹-Urteil verkündet hatten.«

Alicia Vaughan war die Klägerin in Susans Fall, erinnerte sich Debra. »Susan hat mir erzählt, der DNS-Test habe bewiesen, daß ihr Mandant nicht der Täter war.«

»Erzählen Sie das Vaughan.« Simms Gesicht verriet Wut. »Der Bursche, der seine Frau vergewaltigt hat, sagte ihr, er habe Aids. Ja, wirklich reizend«, setzte er hinzu, als er sah, daß Debra blaß wurde. »Bis jetzt war der Bluttest von Alicia negativ, aber sie weiß erst in ein paar Monaten genau, ob sie Aids hat.«

Debra nickte. »Und was ist mit Madeleines Fall?«

»Klägerin: Janey Schultz. Neunzehn Jahre alt. Der Vater, Norman Schultz, erlaubt nicht, daß ich mit ihr rede. Er ist ein zorniger Mann. Übrigens, beide Männer – Vaughan und Schultz – sind hier. Gestern waren sie auch hier. Genau wie Emma Banks, aber heute habe ich Emma nicht gesehen.«

Debra fühlte sich, als habe ihr jemand einen Faustschlag versetzt. Ihr Herz pochte; ihre Lippen brannten. »Wo sind sie?«

Simms überschaute die Menge. »Sehen Sie den großen, kräftigen Kerl im braunkarierten Jackett, der rechts neben der schmalen blonden Frau steht?« flüsterte er. »Das ist Schultz.«

Er war einer der Männer, die Debra gestern aufgefallen waren. »Und Karl Vaughan?«

Simms zog die Stirn in Falten. »Ich sehe ihn nicht... O doch, dort ist er. Er hat graumeliertes Haar und eine Brille. Er trägt einen dunklen Anzug.«

Debra nickte. Auch Vaughan hatte sie gestern schon gesehen. »Wer ist der silberhaarige Mann, der auf der Bank sitzt? Er war gestern auch hier.« Er kam ihr bekannt vor, aber sie wußte nicht, wieso.

Simms schielte zu dem Mann und schüttelte den Kopf. »Keine Ahnung. Der Mörder könnte jemand sein, der gar nicht mit den Opfern in Verbindung steht. Er oder sie könnte jemand sein, der Vergewaltiger und ihre Verteidiger haßt.«

Wie du, dachte Debra.

Debra konnte den Haß regelrecht spüren, der ihr von Naomi Bailor entgegenschlug, und sie sah ihn deutlich in ihren Augen. »Mrs. Bailor«, begann sie mit sanfter Stimme, »Sie haben vorhin ausgesagt, daß Penny eine gute Tochter ist. Stimmt das?«

»Penny ist eine wundervolle Tochter«, fauchte Mrs. Bailor.

»War sie je ungehorsam?«

»Einspruch. Miss Bailor steht hier nicht vor Gericht.«

»Stattgegeben.«

»Dient dazu, die Glaubwürdigkeit der Klägerin zu beleuchten, Euer Ehren.«

»Dem Einspruch ist stattgegeben«, sagte Claire mit ärgerlichem Unterton. »Stellen Sie Ihre nächste Frage, Miss Laslow.«

Debra war auch ärgerlich. »Sie sagten aus, daß sich eine Mutter immer um ihre Kinder sorgt. Können Sie uns sagen, weshalb Sie sich Sorgen um Penny machten?«

»Einspruch. Die Frage ist zu unklar.«

»Stattgegeben.«

»Ich werde es anders ausdrücken. Haben Sie sich Sorgen gemacht, weil sich Penny mit Männern traf, mit denen Sie nicht einverstanden waren?«

Annette legte wieder Einspruch ein.

»Dient zur Feststellung der Denkweise der Zeugin, Euer Ehren«, argumentierte Debra, und Claire lehnte widerwillig den Einspruch ab und forderte die Zeugin auf, die Frage zu beantworten.

»Ja, ich habe mir Sorgen gemacht«, lautete die entschiedene Antwort. »Ich wollte nicht, daß sie einen Fehler begeht, den sie bitter bereuen muß.«

»Wußten Sie, daß Penny am Abend des dreiundzwanzigsten Juli mit Dr. Avedon ausging?«

»Nein.«

»Und wären Sie mit dieser Verabredung einverstanden gewesen?«

»Nein.« Sie funkelte Debra böse an. Ihre Lippen waren zu einer grimmigen Linie zusammengepreßt, wenn sie nichts sagte.

»Sie haben vorhin ausgesagt, daß Sie einen Schwangerschaftstest im Papierkorb Ihrer Tochter fanden. Ist das richtig?«

»Ja.«

»Und Sie waren schockiert und entsetzt. Ist *das* richtig?«

»Ja.«

»Waren Sie auch wütend?«

»Kann sein«, erwiderte sie vorsichtig.

»Wie ist Ihre Einstellung zu vorehelichem Geschlechtsverkehr?«

»So was ist nicht richtig. Unsere Religion lehrt uns, daß es falsch ist.«

»Und weiß Penny, wie Sie darüber denken?«

»Ja, natürlich. Wir haben sie in diesem Sinne erzogen.«

»Und sie weiß auch, daß Sie wütend wären, wenn sie Ihnen erzählen würde, daß sie schwanger ist oder mit einem Mann geschlafen hat, nicht wahr?«

»Einspruch. Die Zeugin kann nicht aussagen, was ihre Tochter weiß oder nicht weiß.«

»Euer Ehren, die Zeugin hat angegeben, daß sie und ihr Mann die Tochter in dem Glauben, vorehelicher Geschlechtsverkehr sei falsch, erzogen haben.«

Claire überlegte einen Moment, dann lehnte sie den Einspruch ab; die Zeugin antwortete: »Ja.«

»Lassen Sie uns auf den Schwangerschaftstest zurückkommen. Wo genau lag er in dem Papierkorb? Lag er auf den anderen Abfällen oder mittendrin?«

»Was macht das für einen Unterschied, wo er war?«

Claire sagte: »Mrs. Bailor, bitte beantworten Sie die Frage.«

»Ich kann mich nicht mehr erinnern«, sagte sie trotzig.

»Haben Sie jemanden, der Ihnen beim Saubermachen hilft?«

»Ja.«

»Wie oft kommt Ihre Putzhilfe?«

»Jeden Donnerstag.«

»Und es genügt Ihnen, wenn sie einmal in der Woche das Haus putzt?«

»Ja. Unser Haus ist klein, und wir sind nur noch zu dritt. Mein Sohn ist verheiratet.«

»Ist Ihre Tochter ordnungsliebend?«

»Sehr.« Sie kniff die Augen ein wenig zusammen, als würde sie einen Angriff befürchten, ohne zu wissen, aus welcher Richtung er kommen könnte.

»Gehört es zu den Pflichten Ihrer Putzhilfe, die Papierkörbe zu leeren? Auch den aus dem Zimmer Ihrer Tochter?«

»Ja.«

»Leeren Sie auch manchmal die Papierkörbe im Haus?«

»Ja.«

»Einspruch. Wieso beschäftigt sich die Verteidigerin so lange mit dem Abfall?«

Ein Kichern war auf der Galerie zu hören.

»Ich habe vor, die Bedeutung dieses Details aufzuklären, Euer Ehren«, sagte Debra.

»Tun Sie das unverzüglich, Miss Laslow. Der Einspruch ist abgelehnt.«

»Mrs. Bailor, welche Abfallkörbe leeren Sie selbst?«

»Den in der Küche. Ab und zu auch die aus den Badezimmern.«

»Und leeren Sie auch Pennys Papierkorb?«

»Manchmal.«

»Sie sagten aus, daß die Putzhilfe an den Donnerstagen die Papierkörbe ausleert und daß Sie den Schwangerschaftstest am Freitag gefunden haben. Ist das korrekt?«

»Ja.«

»Sie haben auch angegeben, daß Penny ordnungsliebend ist. Macht sie ihr Bett selbst? Hängt sie ihre Kleider in den Schrank?«

»Ja.«

»Wenn Penny ihr Bett selbst macht und ihre Kleider aufräumt und die Putzhilfe am Donnerstag saubergemacht hat, wieso hielten Sie es dann für nötig, am Freitag ihr Zimmer aufzuräumen?«

Mrs. Bailor ließ sich Zeit, dann sagte sie: »Ich erinnere mich nicht mehr.«

»Ist es nicht so, daß Sie an diesem Freitag gar nicht das Zimmer Ihrer Tochter aufgeräumt haben? In Wirklichkeit haben Sie in ihren Papierkorb geschaut, um etwas zu finden, was Ihnen verraten könnte, wieso Penny so durcheinander war. Ist *das* richtig?«

»Einspruch!«

»Dient zur Feststellung der Denkweise der Zeugin, Euer Ehren.«

»Der Einspruch ist abgelehnt.«

»Ja, ich habe nachgesehen.« Naomi Bailor wurde rot.

»Haben Sie vorher schon mal Pennys Papierkorb durchsucht?«

»Warum tun Sie das?« wollte Naomi Bailor wissen.

Debra spürte, wie sie selbst auch rot wurde, und war sich bewußt, daß die Geschworenen sie ansahen. Claire ermahnte die Zeugin und wies sie an, nur die Fragen zu beantworten. Die Antwort lautete: »Ja.«

»Haben Sie bei diesen anderen Gelegenheiten nach einem Schwangerschaftstest gesucht?« fragte Debra.

Wieder ein mürrisches: »Ja.«

»Mrs. Bailor, ist es nicht so, daß Sie sich bereits vor dieser angeblichen Vergewaltigung Sorgen um die Jungfräulichkeit Ihrer Tochter machten?« Debra stellte diese Frage beinahe behutsam und sanft – nicht weil sie Angst hatte, die Geschworenen gegen sich aufzubringen, sondern weil sie sich schrecklich fühlte, der Zeugin solche Qualen bereiten zu müssen.

»Ja«, flüsterte die Mutter. Tränen standen in ihren Augen.

Im Anschluß fragte Annette Pennys Mutter, ob sie, abgesehen von dem am sechzehnten August, schon einmal einen Schwangerschaftstest in Pennys Papierkorb gefunden habe.

Naomi Bailor wandte sich den Geschworenen zu und sagte nachdrücklich: »Nein!«

Claire ordnete eine anderthalbstündige Mittagspause an. Als Debra aufstand, ließ sie ihren Blick rasch über die Zuschauergalerie schweifen, aber sie entdeckte weder Schultz noch Vaughan. Vielleicht hatten sie den Gerichtssaal bereits verlassen. Der silberhaarige Mann saß noch in der vordersten Reihe.

Nachdem Avedon gegangen war, näherte sich Debra dem Gerichtsdiener. »Wissen Sie, wer der Mann in der ersten Reihe ist? Er war bis jetzt jeden Tag hier.«

Der Gerichtsdiener lächelte. »Das ist der Vater von Richterin Werner. Er schaut bei den meisten Prozessen zu. Wenn er kann, sitzt er immer in der ersten Reihe. Er ist so stolz auf sie.«

Er sah älter aus als auf dem Foto, das Debra auf Claires Kaminsims gesehen hatte – seine Haare waren weißer, seine Gesichtsmuskeln schlaffer, und er wirkte hagerer und ausgemergelt. Deshalb hatte Debra ihn nicht erkannt.

Debras Vater hatte sich auch ihren ersten Prozeß und noch ein paar danach angesehen, aber seine Pflichten – der Unterricht, die Leitung der Talmud-Klassen und die Beratung der Familien – erlaubten ihm nicht, all ihren Prozessen beizuwohnen.

Sie war froh, daß ihr Vater diesen Morgen nicht miterlebt hatte. Sie zweifelte daran, daß Rabbi Ephraim Laslow heute besonders stolz auf seine Tochter gewesen wäre.

37

Lucy Montoya, die kleine brünette Polizistin, bei der Penny die angebliche Vergewaltigung angezeigt hatte, nahm im Zeugenstand Platz. Sie arbeitete seit acht Jahren im Dezernat für Sexualverbrechen, erklärte sie Annette und berichtete, was Penny ihr am Montag morgen, dem neunzehnten August, erzählt hatte.

»Wie war Pennys Haltung, als sie Ihnen sagte, daß sie vergewaltigt wurde?« fragte Annette.

»Sie wirkte verstört. Sie redete, dann weinte sie ein bißchen, dann sprach sie weiter.«

»Haben Sie sie gefragt, warum sie vier Wochen gewartet hat, bis sie zur Polizei ging, um die Vergewaltigung anzuzeigen?«

»Ja, ich habe sie danach gefragt. Sie sagte, daß sie sich schämte und Angst hatte, ihren Eltern davon zu erzählen; außerdem fürchtete sie sich davor, daß alle Leute es erfahren würden. Zudem machte sie sich Vorwürfe – sie sagte, kein Mensch würde verstehen, warum sie mit dem Angeklagten in seine Wohnung ging und zuließ, daß er sie küßte.«

»Hat sie Ihnen erklärt, wieso sie dann doch Anzeige erstattet hat?«

»Ja. Sie meinte, sie müsse selbst endlich zur Ruhe kommen und sie müsse andere Frauen vor dem Angeklagten schützen.«

»Sie haben in den vergangenen acht Jahren Erfahrungen auf diesem Gebiet gesammelt, Detective – würden Sie sagen, daß Pennys Verhalten dem anderer Opfer entsprach?«

»Ja. Etliche Opfer zeigen die Tat erst später an – besonders wenn der Täter jemand ist, den sie kennen – zum Beispiel der Arbeitgeber, ein Freund der Familie oder ein Kollege. Und viele Frauen geben sich selbst die Schuld daran.«

»Und würden Sie Ihrer Erfahrung nach sagen, daß Penny glaubwürdig ist?«

»Ja.«

»Was haben Sie Penny geraten?«

»Ich sagte ihr, sie solle ein Telefongespräch mit dem Angeklagten auf Tonband aufnehmen. Ich dachte, eine Aufnahme mit dem Eingeständnis des Angeklagten könnte ihre Aussage bekräftigen.«

»Und wissen Sie, ob Penny eine solche Tonbandaufnahme gemacht hat?«

»Ja. Sie hat sie am vierundzwanzigsten August ins Revier gebracht.«

Annette beförderte eine Kassette zutage und ging damit zum Zeugenstand. »Detective Montoya, ist dies die Kassette, die Penny Ihnen gegeben hat?«

»Ja. Da oben stehen meine Initialen.« Sie deutete auf die rechte obere Ecke der Kassette.

Claire sagte: »Fürs Protokoll: Die Zeugin deutete auf die rechte obere Ecke der Kassette, wo sich ihre Initialen befinden.«

Annette hatte das Band als Beweisstück eingeführt und es mit dem Etikett »Beweisstück eins der Anklagevertretung« versehen. »Ich habe keine weiteren Fragen an die Zeugin«, erklärte Annette.

»Miss Laslow«, sagte Claire.

Debra ging zum Podium. »Detective Montoya, hatten Sie es in den acht Jahren Ihrer Tätigkeit beim Dezernat für Sexualverbrechen schon einmal mit einer Klägerin zu tun, die jemanden fälschlicherweise einer Vergewaltigung beschuldigt hat?«

»Ich habe ein paarmal erlebt, daß bei unbekannten Tätern Irrtümer bei der Identifizierung vorgekommen sind.«

Wie in Susans Fall, dachte Debra. »Und hielten Sie in diesen Fällen die Klägerin für glaubwürdig?«

»Ja. Sie waren *überzeugt*, daß sie die Wahrheit sagten.«

»Und hatten Sie es je mit einem Fall zu tun, bei dem eine Frau einen Bekannten der Vergewaltigung beschuldigte und sich im nachhinein herausstellte, daß sie gelogen hat?«

Lucy Montoya hob die Augenbrauen. »Vielleicht kam das in

all den Jahren, in denen ich Vergewaltigungsfälle untersuche, zweimal vor.«

»Und hielten Sie *diese* Klägerinnen, während Sie sie vernommen haben, für glaubwürdig?«

»Ja.«

»Also könnte es möglich sein, daß Penny Bailor Sie belogen hat.«

»Es könnte möglich sein«, sagte die Polizistin – es war ihr anzusehen, wie unglücklich sie war, diese Antwort geben zu müssen.

Nachdem Debra erklärt hatte, daß sie keine weiteren Fragen an die Zeugin hatte, stand Annette wieder auf. »Detective Montoya, wie viele Vergewaltigungen nach Verabredungen oder mit dem Opfer bekannten Tätern wurden in den Jahren Ihrer Tätigkeit in Ihrem Dezernat schätzungsweise untersucht?«

»Ich habe mir heute morgen die Statistiken des letzten Jahres angesehen. Registriert wurden neun versuchte Vergewaltigungen und fünfundvierzig Vergewaltigungen. Von den fünfundvierzig Vergewaltigungen wurden elf von fremden Tätern begangen. In den restlichen vierunddreißig Fällen waren die Täter mit dem Opfer bekannt. Diese Zahlen entsprechen in etwa den Statistiken anderer Jahre. Man kann sagen, daß die Vergewaltigungsfälle in den letzten Jahren eher zu- als abgenommen haben.« Sie schwieg einen kurzen Moment, dann sagte sie: »Wenn man jährlich vierunddreißig Vergewaltigungen nach Verabredungen zugrunde legt, dann sind in acht Jahren zweihundertzweiundsiebzig derartige Fälle untersucht worden.«

»Zweihundertzweiundsiebzig Vergewaltigungsopfer, die mit dem Täter vorher eine Verabredung hatten«, wiederholte Annette und sah die Jurymitglieder an. »Und von diesen zweihundertzweiundsiebzig Frauen wurden nur zwei später als Lügnerinnen entlarvt?«

»Ja.«

Eine ausgezeichnete Widerlegung meiner These, dachte Debra, als Annette an ihren Platz zurückkehrte. Sie konnte an den Gesichtern der Geschworenen nicht erkennen, welchen Eindruck die Aussage der Polizistin auf sie gemacht hatte.

»Heute nachmittag ist das Gericht mit anderen Angelegenheiten beschäftigt«, verkündete Claire. »Die Verhandlung wird unterbrochen und morgen früh um neun fortgesetzt.«

Avedon schien angespannter als gewöhnlich zu sein. Debra wartete mit ihm im Gerichtssaal, bis die Jury und die Zuschauer hinausgegangen waren. »Ich finde, es läuft gut«, sagte sie zu ihm.

»Sie haben alle Mitleid mit der Mutter. Zum Teufel, mir tut sie ja auch leid«, flüsterte er.

Debra nickte. Ihr ging es genauso. »Bis jetzt steht nur fest, daß Pennys Mutter nicht weiß, was passiert ist. Die Psychologin weiß nicht, was passiert ist. Die Freundin weiß nicht, was passiert ist. Die Polizistin weiß nicht, was passiert ist. Nur Sie und Penny wissen es, und nichts, was ich in dieser Verhandlung gehört habe, bereitet mit Kopfzerbrechen.« Sie lächelte.

»Wer ist morgen dran?«

»Penny.« Und das Tonband.

»Rufen Sie mich in den Zeugenstand?«

Das wollte Annette Prado auch wissen. »Vielleicht.«

Debra entwickelte allmählich Geschick darin, sich durch die Menschenmenge zu drängen und den Presseleuten aus dem Weg zu gehen. Sie verließ zusammen mit Avedon den Gerichtssaal, er ging zur Treppe, um seine Eltern zu treffen, und sie ging zum Telefon, um Nadine anzupiepsen. Die Leibwächterin rief sofort zurück und sagte, daß sie Debra in zehn Minuten in der Eingangshalle abholen würde.

Debra wartete erst in der Halle, verspürte dann jedoch das Bedürfnis nach frischer Luft. Sie stand rechts neben dem Eingangsportal, als sie hörte, daß jemand ihren Namen rief. Sie drehte sich um und sah Jeff.

»Kann ich Sie eine Minute sprechen, Debra?«

»Ich habe Ihnen nichts mehr zu sagen.« Ihre Finger bohrten sich in das Leder ihrer Handtasche.

»Es war nicht richtig, daß ich das neulich gemacht habe. Es war verrückt. Das ist mir jetzt klar. Ich weiß, daß eine Entschuldigung nicht reicht …«

»Das stimmt.«

Er seufzte und nickte. »Was mein Manuskript betrifft – könnten Sie es neben Ihre Haustür legen und mich anrufen, wenn ich es abholen darf?«

»Sie scheinen besorgt deswegen zu sein, Jeff. Warum haben Sie mir nicht gesagt, daß Sie Madeleine, Susan und Kelly Malter interviewt haben?«

Rote Flecken bildeten sich auf seinen Wangen und seinem Hals. »Sie haben es gelesen, wie? Es ist ein unheimlicher Zufall, aber ich wußte, daß Sie sich darüber wundern würden. Deshalb habe ich nichts gesagt.«

»Ein bemerkenswerter Zufall«, sagte sie und sah ihm direkt in die Augen.

»Ich könnte dasselbe von Ihnen sagen – Sie haben sich bei all den Firmen beworben, in denen die ermordeten Anwälte gearbeitet haben, stimmt's? Übrigens – wußten Sie, daß Ihr Bauunternehmer ein Kumpel von Penny Bailors Bruder ist?«

Jeff war verrückt. Sie drehte ihm den Rücken zu und wünschte, Nadine würde endlich kommen. Sie fragte sich, warum ihr Herz so heftig klopfte.

»Ich mache mir Sorgen um Sie, Debra. Ich habe versucht, in Erfahrung zu bringen, ob Ihnen Penny Bailors Bruder diese Drohungen geschickt hat und Sie von der Straße drängen wollte. Gestern abend habe ich mit jemandem gesprochen, der ihn kennt, und der sagte: ›Wenn du mehr über Stuart Bailor wissen willst, dann frag Adam Bergman. Er kennt Stuart und die Familie seit Jahren.‹«

Ohne daß sie es eigentlich wollte, wandte sich Debra ihm wieder zu und sah ihn an. »Woher kannten Sie Stuart Bailors Namen?«

»Ich habe den Familiennamen im Gerichtssaal gehört. Es war nicht schwer, mehr über ihn ausfindig zu machen – das jüdische Nachrichtensystem funktioniert fabelhaft, das wissen Sie doch.«

»Sie erzählen mir Märchen.«

»Prüfen Sie es selbst nach, wenn Sie wollen. Ich glaube, Stuart hat Adam dazu ermuntert, sich an Sie heranzumachen. Vielleicht hat er Adam sogar dazu gebracht, Ihnen diese Warnungen zuzuschieben. Adam könnte auch Ihr Fenster eingeworfen haben – dann hat er es mit Sperrholz vernagelt und ausgesehen wie der nette Junge, während er die ganze Zeit ein Auge auf Sie hatte.«

»Mein Bruder hat mir Adam für Reparaturarbeiten empfohlen. Und daß er mir ein Arbeitszimmer einrichten soll, war meine eigene Idee, nicht seine.«

»Ich versuche nur, Ihnen zu helfen, Debra.«

»Ich brauche Ihre Hilfe nicht.«

»Stimmt etwas nicht?« fragte Nadine. Sie eilte auf Debra zu und bedachte Jeff mit einem finsteren Blick; ihre Hand schob sich unter ihre Jacke.

»Wir unterhalten uns nur«, sagte Jeff. »Geben Sie acht auf sich, Debra.«

»Hat er Sie belästigt?« wollte Nadine wissen, während sie Jeff nachsah, der die Treppe hinunter und in Richtung Parkplatz ging.

Debra hatte ihr nichts von seinem Angriff im Haus erzählt und entschied, es auch dabei zu belassen. »Können Sie mir einen Gefallen tun? Finden Sie seine Autonummer heraus. Ich gehe wieder hinein und warte in der Halle.« Wo sie in Sicherheit war.

Ein paar Minuten später kam Nadine zurück. Debra ging wieder hinaus. »Und?« fragte sie.

»Es ist ein schwarzer Sentra, richtig?« Als Debra nickte, sagte Nadine: »Die Nummer ist *1ABO*...« Sie hielt einen Augenblick inne. »Ist das gut oder schlecht?«

Debra bat Nadine, sie zur Kanzlei zu fahren, dort blieb sie ein paar Stunden, arbeitete an anderen Fällen, sah ihre Post und die eingegangenen Nachrichten durch. Sie sprach mit Charles und berichtete ihm von der Verhandlung.

»Klingt ganz gut«, sagte er. »Gibt's was Neues über die Morde?«

»Noch nicht. Simms untersucht einige Hinweise.« Sie erzählte ihm von Schultz und Vaughan. »Mit Simms zu reden ist nervenaufreibend. In der einen Minute behandelt er mich wie eine Verdächtige, in der nächsten diskutiert er mit mir über den Fall.« Sie zuckte die Schultern.

Sie plauderte noch ein bißchen mit Charles, dann ging sie in ihr eigenes Büro zurück. Richard war außer Haus – das empfand sie als Segen, obwohl sie sich ins Gedächtnis rief, daß er sie bei der Besprechung am Montag wegen des Personenschutzes unterstützt hatte.

Um halb acht beschloß sie, nach Hause zu gehen. Adams Lieferwagen stand in der Einfahrt. Debra war nicht sicher, ob sie ihn heute noch sehen wollte. Sie wehrte sich dagegen, Jeff zu glauben, aber sie konnte das, was er gesagt hatte, auch nicht ganz verdrängen.

Adam war im Wohnzimmer, als Debra und Nadine ins Haus kamen. Nadine entschuldigte sich und verschwand.

»Die Jungs von der Alarmanlagenfirma sind gerade gegangen«, sagte Adam. »Sie werden morgen vormittag fertig. Wie ist es heute im Gericht gelaufen?« Er neigte sich zu ihr, um sie zu küssen. Als sie zurückwich, zog er erstaunt die Augenbrauen hoch. »Stimmt was nicht?«

»Kennst du Stuart Bailor?« fragte sie schärfer, als sie beabsichtigte.

»Ja.«

Das war nicht die Antwort, die sie hören wollte. Plötzlich fühlte sie sich innerlich ganz leer. »Warum hast du mir das nicht gesagt?«

»Ist das denn so wichtig?«

»Seine Schwester ist die Frau, die meinen Mandanten wegen Vergewaltigung angezeigt hat. Wußtest du das?«

»Nicht von Stuart, aber ich habe davon gehört«, entgegnete er ruhig. »Weshalb bist du so aufgeregt?«

»Du weißt, daß ich Drohungen erhalten habe. Du weißt, daß jemand versucht hat, mich von der Straße abzudrängen. Du warst mit mir auf dem Schießstand und hast mir deinen Revolver geliehen, während dein bester Freund derjenige sein könnte, der hinter mir her ist.«

»Was soll das heißen – ›mein bester Freund‹?« Er kniff verwirrt die Augen zusammen. »Ich habe seit Jahren kein Wort mit Stuart gewechselt.«

Debra starrte ihn an. »Ihr seid nicht eng befreundet?«

»Stuart und ich waren zusammen in der Grundschule, und unsere Familien kannten sich. Aber das ist schon viele Jahre her.«

»Trotzdem hättest du mir das sagen müssen«, erwiderte sie, aber ihre Stimme klang nicht besonders überzeugend.

»Ich dachte, das würde die Dinge zwischen uns nur komplizierter machen. Alle haben dich bedrängt, den Fall niederzulegen. Ich wollte nicht, daß du jedesmal, wenn du mich siehst, an den Prozeß denkst. Glaubst du mir das?«

Sie sah prüfend in seine blauen Augen und nickte. Er ergriff ihre Hand, zog sie an seine Brust und küßte sie.

»Möchtest du zum Dinner ausgehen?« fragte er.

»Warum essen wir nicht hier etwas? Ich kann ein paar Steaks auftauen.«

»Prima. Was ist mit Nadine?«

Debra lächelte. »Sie kann sich sogar unsichtbar machen, wenn ich das will.«

Debra ging in die Küche, holte zwei Steaks aus dem Gefrierfach und legte sie auf die Arbeitsplatte. Sie hatte Durst. Sie nahm ein Glas aus dem Schrank, machte den Kühlschrank auf und lächelte, als sie eine viereckige, pinkfarbene Kuchenschachtel entdeckte. Sie nahm die Schachtel mit einer Hand und mit der anderen eine Tüte Magermilch heraus und stieß die Kühlschranktür mit der Hüfte zu.

Tante Edith hatte ihr wahrscheinlich einen Kuchen zukommen lassen – sie machte immer solche Sachen. Debra würde ihn heute abend zum Nachtisch anbieten.

Sie schnitt die Schnur mit einem Messer auf, nahm den Deckel von der Schachtel und schrie, als sie das blutige Messer und die Zunge sah, die neben dem Messer in der Schachtel lag.

38

Sie sah sofort, daß es keine menschliche Zunge war, aber dieses Wissen bewahrte sie nicht vor dem Brechreiz. Sie beugte sich über das Spülbecken und übergab sich. Adam und Nadine stürmten in die Küche.

»Es ist eine Kalbszunge«, sagte Nadine nach einem Blick in die Schachtel. »Darunter liegt ein Stück Papier.« Sie zog es heraus.

»Guter Gott, es tut mir leid, Debra!« Adams Gesicht war aschfahl. »Ich habe die Schachtel heute mittag auf der Vordertreppe gefunden. Ein Zettel steckte unter der Schnur, auf dem stand: ›Im Kühlschrank aufbewahren.‹ Ich hatte ja keine Ahnung!«

Nadine legte den Brief auf die Arbeitsplatte. Debra faltete ihn mit zitternden Händen auf und las:

> »Mein Gewissen hat tausend verschiedene Zungen, und jede Zunge erzählt eine andere Geschichte, und jede Geschichte verdammt mich als Bösewicht.« – Wo ist Dein Gewissen, Debra Laslow?

»Ich rufe die Polizei an«, sagte Adam. »Welche Nummer hat Simms?«

Debra nannte ihm die Nummer, und einen Augenblick später reichte er ihr den Hörer. Sie sprach mit der Telefonistin und erfuhr, daß Simms unterwegs war. Debra ließ ihm ausrichten, daß sie ihn sprechen wollte. »Sagen Sie ihm bitte, daß es dringend ist.«

»Haben Ihre Männer gesehen, wer das Paket geliefert hat?« wollte Nadine von Adam wissen.

Adam schüttelte den Kopf. »Ich habe es entdeckt, als ich zu meinem Lieferwagen hinausging, und hab's in den Kühlschrank gestellt. Ich frage gleich morgen früh meine Arbeiter und die Männer von der Alarmanlagenfirma. Es tut mir leid, Debra«, sagte er noch einmal.

»Es ist nicht deine Schuld.«

Sie saßen im Frühstückszimmer und warteten schweigend. Als das Telefon klingelte, sprang Debra auf und riß den Hörer an sich. Es war nicht Simms, es war Jeff.

»Haben Sie nachgeprüft, was ich Ihnen gesagt habe, Debra?« fragte er.

»Ja. Sie sind falsch informiert.«

»Ihre Stimme klingt so komisch. Sie haben wieder eine Drohung bekommen, nicht wahr? Was braucht es noch, um Sie zur Vernunft zu bringen? Legen Sie den Fall nieder! Ich weiß, daß Sie es wahrscheinlich ablehnen, mich in Ihr Haus zu lassen...«

»Ganz recht«, sagte sie und legte auf.

»Wer war das?« fragte Adam.

»Niemand.« Jeff war *niemand*, zumindest für sie. Sie fragte sich, wie Jeff auf die Idee kommen konnte, daß sie wieder eine Drohung erhalten hatte. Vielleicht wußte er...

Die Hausglocke schlug an. Nadine ging, um die Tür zu öffnen und kam mit Simms zurück.

»Sie sagten, es sei dringend, also bin ich hergekommen«, verkündete der Detective. »Ich dachte, ich würde eine Leiche finden.«

Ohne auf seinen Sarkasmus zu achten, führte Debra ihn in die Küche. Er stöhnte, als er die Zunge sah, machte aber keinen erschütterten Eindruck. Debra vermutete, daß er in seinem Beruf oft weit schlimmere Dinge zu sehen bekam.

»Bevor Sie fragen«, sagte sie, »ich war heute die meiste Zeit bei Gericht und danach im Büro. Ich war nicht mit meinem Wagen unterwegs – meine Leibwächterin Nadine hat mich zum Gericht gebracht, und von dort in die Kanzlei und dann nach Hause. Also konnte ich mir das Paket nicht selbst geliefert haben.«

»Ich habe es ins Haus geholt«, sagte Adam. Er war in die Küche gekommen und stellte sich neben Debra.

»Wer sind Sie?« fragte Simms mit einem düsteren Blick.

»Debras Freund.« Er erklärte, wo er die Schachtel gefunden hatte.

Simms stellte Adam noch ein paar Fragen, dann nahm er die Schachtel samt Inhalt an sich und versprach, sie im Labor auf Fingerabdrücke untersuchen zu lassen.

Debra brachte Simms zur Tür. »Kann ich Sie um einen Gefallen bitten, Detective? Könnten Sie einen Jeff Silver überprüfen?« Sie sah, daß er die Stirn runzelte, als sie ihm von dem Manuskript, den Interviews mit den Anwältinnen und dem Nummernschild von Jeffs schwarzem Sentra erzählte. Sie gab ihm Jeffs Adresse und sah ihm nach, als er die Straße überquerte und in seinen dunkelblauen Wagen stieg.

Sie war nicht mehr in Stimmung für ein Dinner zu zweit, genausowenig wie Adam. Nachdem er gegangen war, zog sie ihr Nachthemd an und legte sich ins Bett. Alle paar Minuten blitzte das Bild von der Zunge vor ihrem geistigen Auge auf, und sie spürte, wie ihr die Galle in die Kehle stieg.

In der Nacht, bevor ihre Mutter gestorben war, hatte Debra an ihrem Bett gesessen. Ihre Mutter, ruhiggestellt mit einer hohen Dosis Morphium, hatte nur manchmal einen lichten Moment. Debra hielt stundenlang ihre Hand, sprach leise mit ihr und lauschte den bruchstückhaften Worten, die meistens keinen Sinn ergaben. Immer wieder flüsterte ihre Mutter: »Ich habe Angst dorthin zu gehen, wo es dunkel ist.« Debra brach fast das Herz, und sie hielt die magere Hand noch fester umklammert.

Obwohl in ihrem Schlafzimmer das Licht brannte, hatte Debra heute auch Angst, dorthin zu gehen, wo es dunkel war.

Im Gerichtssaal herrschte knisternde Spannung, als Penny Bailor am Freitag den Zeugenstand betrat. Debra spürte es. Die Geschworenen spürten es. Und Ken Avedon spürte es auch.

Debra hatte in den Nachrichten gehört, daß es einem Fernsehteam erlaubt war, heute live aus dem Gerichtssaal zu berichten, aber wie im William-Kennedy-Smith-Prozeß sollte das Gesicht der Klägerin mit einem blauen Fleck überdeckt und für die Fernsehzuschauer unkenntlich gemacht werden.

Norman Schultz und Karl Vaughan saßen auf der Galerie, ebenso Jeff, Stuart Bailor und Simms. Der Detective hatte sie auf dem Korridor angesprochen und ihr gesagt, daß weder auf der Schachtel noch auf dem Messer Fingerabdrücke gefunden worden waren. Richard war auch hier – das war eine Überraschung. Claires Vater saß wie gestern in der ersten Reihe.

Die junge Frau im Zeugenstand ähnelte kaum dem Mädchen auf dem Foto, das Debra in der Personalakte in Avedons Praxis gesehen hatte. Ihr Haar war noch genauso blond, aber die wilden Locken waren ordentlich gekämmt und wurden von einem einfachen grauen Band, das farblich zu dem mittellangen Faltenrock paßte, aus der Stirn gehalten. Das Make-up hatte Penny erheblich reduziert und nur einen Hauch Rouge und pinkfarbenes Lipgloss aufgelegt. Eine Kette mit kleinen Perlen lag auf dem pinkfarbenen Pullover. Penny machte einen hübschen, verletzlichen, natürlichen Eindruck. Einen jungfräulichen.

Mit ruhiger, fester Stimme beantwortete sie Annettes Fragen nach den Schulen, die sie besucht hatte, nach ihrem Bestreben, einen kaufmännischen Abschluß zu machen, und nach ihrem Familienleben. Die Fragen und Antworten lösten die Anspannung der Zeugin und dienten Annette dazu, wie Debra wußte,

Penny den Geschworenen bekannt zu machen und sie nicht als Klägerin, sondern als eine junge Frau, der man glauben konnte, darzustellen.

Mit ihren Antworten erklärte Penny, daß sie ihre Stellung als Sprechstundenhilfe bei einem anderen Arzt gekündigt hatte, um in Dr. Avedons Praxis anzufangen, weil dort die Bezahlung und die Sozialleistungen besser waren.

»Befindet sich Dr. Avedon heute im Gerichtssaal?« fragte Annette.

Penny antwortete mit »Ja«, folgte Annettes Instruktionen und deutete auf Avedon. Diese Art der Identifizierung hatte Debra immer schon theatralisch gefunden – »der anklagende Finger« – und effektiv.

»Wie lange waren Sie vor dem dreiundzwanzigsten Juli in der Praxis des Angeklagten angestellt?« erkundigte sich Annette.

»Sieben Monate.«

Penny beschrieb ihr Arbeitsverhältnis mit Avedon. Er sei ein rücksichtsvoller Chef gewesen, sagte sie. Er habe nie irgendwelche Schwierigkeiten gemacht, wenn sie wegen eines jüdischen Feiertags freihaben wollte oder am Freitag nachmittag früher ging, um bei Sabbatbeginn zu Hause zu sein. Er sei freundlich gewesen und habe immer ein Lächeln für seine Mitarbeiter übriggehabt. Alle haben ihn gemocht.

Penny wurde anderthalb Stunden vernommen, dann ordnete Claire eine Unterbrechung von zehn Minuten an. Debra ging während der Pause zu Annette und erfuhr, daß die Abschriften der Prozeßprotokolle um zwei Uhr gebracht würden. Danach hielt sie nach Richard Ausschau, konnte ihn aber nirgendwo finden.

Nach der Pause und der Rückkehr der Geschworenen wurde Penny erneut in den Zeugenstand gerufen, und Claire erinnerte sie, daß sie immer noch unter Eid stand.

»Fanden Sie den Angeklagten anziehend?« fragte Annette.

»Ja. Er ist klug und sehr weltgewandt. Ich mochte seinen

Humor und die Art, wie er mit den Patienten umging. Er ist sehr einfühlsam.«

»Also hatten Sie jeden Grund, ihn für vertrauenswürdig zu halten?«

»Ja.«

»Hat der Angeklagte angedeutet, daß Sie ihm auch gefielen?

»Ja. Er machte mir Komplimente über mein Aussehen und flirtete mit mir – in einer sehr angenehmen Weise.«

»Und dieses Flirten machte Ihnen Spaß?«

»Ja.« Ein rosiger Hauch zeigte sich auf Pennys Wangen.

»Wessen Idee war es, daß Sie zusammen zum Essen gehen sollten?«

»Ich glaube, wir dachten beide daran.«

»Hatten Sie keine Bedenken, mit dem Angeklagten auszugehen?«

»Doch. Ich wußte, daß meine Eltern nicht damit einverstanden gewesen wären.« Die Röte in ihrem Gesicht wurde intensiver. »Sie sind orthodoxe Juden und sehr streng.«

»Penny, weshalb sind Sie mit dem Angeklagten ausgegangen, wenn Sie wußten, daß Ihre Eltern dagegen waren?«

»Ich wollte Spaß haben. Ich hatte kein Interesse an einer ernsthaften Beziehung.«

»Sie gaben an, daß Sie freitags immer früher nach Hause gingen, um nicht gegen die Gesetze des Sabbats zu verstoßen, und daß Sie die jüdischen Feiertage einhielten. Und trotzdem gingen Sie mit jemandem aus, der Ihren Eltern nicht recht gewesen wäre. Können Sie diesen Widerspruch erklären?«

Es war ein kluger Schachzug von Annette, diesen Punkt direkt anzusprechen, dachte Debra; es wäre weit verheerender gewesen, wenn Debra beim Kreuzverhör danach gefragt hätte.

»Ich machte eine rebellische Phase durch«, erklärte Penny. »Ich hatte Probleme zu erkennen, wer ich eigentlich bin. Aber ich habe aus Respekt meinen Eltern gegenüber immer den Sabbat und die Feiertage eingehalten.«

Nachdem am dreiundzwanzigsten Juli der letzte Patient gegangen war, hatte sich Penny umgezogen – sie hatte sich ein schwarzes Schlauchkleid mit tiefem, runden Ausschnitt und mit einem weit über dem Knie endenden Saum von zu Hause mitgebracht.

»Würden Sie das Kleid, das Sie an dem Abend trugen, als sexy bezeichnen?«

»Ja.«

»Ist es ein Kleid, das Ihre Eltern billigen?«

»Nein.« Sie faltete die Hände auf dem Schoß.

»Warum haben Sie es getragen?«

»Ich wollte gut für Dr. Avedon aussehen, und wir gingen in ein bekanntes Restaurant. Ich wollte dort hinpassen.«

Wieder hatte Annette das brisante Thema – das der aufreizenden Kleidung – entschärft, indem sie es selbst angeschnitten hatte. Nach ihren früheren Erfahrungen mit Annette als Vertreterin der Anklage hatte Debra auch nichts Geringeres von ihr erwartet.

Penny sagte aus, daß sie Avedon in ihrem eigenen Auto zu einem Restaurant nach Beverly Hills gefolgt sei. Während des Dinners habe er ihr von seiner Familie erzählt – er hatte einen verheirateten Bruder, der ebenfalls Arzt war – und habe über seine Liebe zur Medizin gesprochen.

»Hat er über seine früheren Beziehungen zu Frauen gesprochen?«

»Ja. Er erwähnte, daß er langfristige Beziehungen zu Frauen hatte, die aber alle gescheitert waren. Er sagte, daß er heiraten und eine Familie haben möchte.« Er habe sie auch nach ihrer Familie und ihrem Hintergrund gefragt; dann haben sie sich über ihre jeweiligen Vorlieben und Abneigungen unterhalten.

»Hat er während des Dinners etwas gesagt oder getan, was sie beunruhigte?«

»Nein.«

»Haben Sie zum Essen alkoholische Getränke bestellt?«

»Ja. Ich trank Weißwein, er Martini.«

»Penny, hatten Sie mit dem Angeklagten körperlichen Kontakt jedweder Art, während sie im Restaurant saßen?«

»Er hat ein- oder zweimal meine Hand berührt. Das war alles.«

»Wessen Idee war es, anschließend in die Wohnung des Angeklagten zu gehen?«

»Dr. Avedons. Ich war damit einverstanden. Wir gingen zu unseren Autos, und ich fuhr ihm bis zu dem Appartementhaus nach, in dem er seine Eigentumswohnung hat.«

»Wie spät war es, als Sie dort ankamen?«

»Ungefähr neun Uhr.«

»Und hatten Sie zu diesem Zeitpunkt Grund, mißtrauisch zu werden, Penny?«

»Nein.«

Annette führte eine Skizze als Beweisstück ein, die Penny von Avedons Wohnung gemacht hatte. Dann bat sie die Zeugin, das Appartement zu beschreiben. Debra wußte, was die Staatsanwältin damit bezweckte – sie wollte die Geschworenen darauf hinweisen, daß Dr. Avedons Umgebung auf einen konventionellen Lebensstil schließen ließ und daß Penny keine Veranlassung hatte, sich um ihre Sicherheit Sorgen zu machen.

»Haben Sie irgendwelche Fotos in der Wohnung gesehen?« fragte Annette.

»Ja. Dr. Avedon sagte, das eine sei eine Aufnahme von seinen Eltern. Auf einem anderen Foto waren sein Bruder, seine Schwägerin und ihre beiden kleinen Töchter zu sehen.«

»Was geschah, als Sie in der Wohnung waren.«

»Dr. Avedon holte uns was zu trinken. Dann legte er eine CD auf, und wir setzten uns auf die Couch und redeten.«

»Brannten Lichter in dem Raum?«

»Er hat das Licht gedämpft, aber die Lampen waren an.«

»Erzählen Sie uns, was dann geschah.«

Penny holte tief Luft. »Wir küßten uns.«

»War es Ihnen angenehm, vom Angeklagten geküßt zu werden?«

»Ja.« Sie hielt den Blick fest auf Annette gerichtet.
»Haben Sie die Küsse erwidert?«
»Ja.«
»Wo hatten Sie Ihre Arme?«
»Ich legte sie um seinen Hals.«
»Und was ist dann passiert?«
»Er hat mir die Schuhe ausgezogen und angefangen, meine Füße zu massieren.«
»Trugen Sie Strümpfe?«
»Nein. Es war heiß an diesem Abend. Ich hatte elegante Sandalen an.«
»Haben Sie ihn gebeten, mit der Fußmassage aufzuhören?«
»Nein. Es fühlte sich gut an.«
»Was geschah dann, Penny?«
»Er massierte mir ungefähr zehn Minuten lang die Füße. Dann massierte er etwa fünf Minuten meinen Nacken. Irgendwann zog er den Reißverschluß von meinem Kleid halb auf und massierte meine Schultern.«
Debra hörte erst ein Knarren, das verriet, daß jemand aufstand, dann Schritte zum Ausgang. Sie drehte den Kopf ein Stück und sah, daß Stuart Bailor den Gerichtssaal verließ.
»Und baten Sie ihn zu *diesem* Zeitpunkt aufzuhören?« fragte Annette.
»Nein. Die Massage war sehr entspannend. Ich fand das nicht schlimm.«
»Sie vertrauten ihm?«
»Ja.«
»Und Sie mochten ihn?«
»Ja.«
»Was passierte dann?«
»Er küßte meinen Nacken und meine Schultern. Er öffnete meinen BH... und berührte meine Brüste.« Sie biß sich auf die Lippe. »Ich sagte: ›Nein, bitte nicht.‹«
Debra sah, daß Pennys Augen in Tränen schwammen – natürlich entging das den Geschworenen auch nicht.

»Als Sie ›Nein‹ sagten, hörte er da auf?«

»Nein! Er drückte mich aufs Sofa und schob mir das Kleid bis zur Hüfte hoch.« Penny fing an zu weinen. »Er zwängte... er zwängte seine Hand zwischen meine Schenkel. Ich wehrte mich und sagte immer wieder: ›Nein, ich will das nicht. Hör auf! Nein!‹«

Debra dachte an Jeff, der hinter ihr saß und sie wahrscheinlich nicht aus den Augen ließ, und sie erinnerte sich lebhaft daran, was erst vor zwei Tagen in ihrem Haus geschehen war. Sie fühlte noch immer seine Hand zwischen ihren Beinen und auf ihren Brüsten. Der Schweiß trat ihr aus allen Poren und ihre Handflächen wurden feucht, als sie verzweifelt versuchte, sich auf Pennys Vernehmung zu konzentrieren.

»Hat er Sie gehört?« fragte Annette weiter.

»Ja. Ich habe geschrien. Er sagte: ›Ich weiß, daß du es willst, du brauchst mir nichts vorzumachen.‹ Ich sagte, daß ich ihm nichts vormache, daß ich noch Jungfrau sei, aber er achtete gar nicht darauf. Es war ihm einfach egal.«

Penny schluchzte; Debra zwang sich, jedes Mitleid für die junge Frau zu unterdrücken, von der sie wußte, daß sie log – sie log geschickt, das bewies ihre eigene Reaktion auf die Aussage. Auch die Gesichter der Geschworenen wirkten ernst.

Claire gab Penny ein Taschentuch und fragte sie, ob sie eine Pause machen wolle. Penny schüttelte den Kopf und wischte sich die Tränen ab.

»Was geschah dann, Penny?« fuhr die Staatsanwältin in sanftem Ton fort, nachdem Penny angedeutet hatte, daß sie bereit war, weitere Fragen zu beantworten.

»Er hat... mich festgehalten« – ihre Stimme wurde leiser –, »und vergewaltigt.«

»Erzählen Sie uns genau, was er gemacht hat, Penny.«

Penny weinte wieder, krallte die Finger um ihre Stuhlkante und gab, wie das Gesetz es verlangte, eine exakte Schilderung des Vorgangs ab. Debra war froh, daß Stuart Bailor nicht mehr da war.

»Hat der Angeklagte ein Kondom benützt?« fragte Annette weiter.

»Ja. Als ich merkte, daß ihn nichts mehr aufhalten würde, flehte ich ihn an, eines zu benutzen. Ich hatte Angst, schwanger zu werden oder Aids zu bekommen. Er holte eins aus seiner Hosentasche und streifte es über.«

»Warum sind Sie zu diesem Zeitpunkt nicht von der Couch aufgestanden und aus der Wohnung gelaufen, Penny?«

»Ich hab's versucht! Aber er lag auf mir, und ich konnte nicht weg. Außerdem hatte ich Angst, daß er mir was antun würde.«

»Was taten Sie nach der Vergewaltigung?«

»Einspruch!« Debra sprang auf. »Ich bitte um die Erlaubnis, mich dem Richtertisch zu nähern, Euer Ehren.« Als Claire nickte, verließ sie ihren Platz und erreichte gleichzeitig mit Annette den Richtertisch. »Es stellt eine Vorverurteilung meines Mandanten dar, wenn die Staatsanwältin das Wort ›Vergewaltigung‹ benutzt.«

Claire zog die Stirn in Falten. »Welchen Begriff soll die Staatsanwältin Ihrer Meinung nach anwenden?«

»›Zwischenfall‹.«

»›Zwischenfall‹ ist zu vage, Miss Laslow.«

»Wie wär's mit ›sexueller Akt‹?«

»Das würde den Schluß zulassen, daß beide aktiv waren, und wäre ebenso irreführend. Ich lehne Ihren Einspruch ab. Ich werde die Jury darauf hinweisen, daß die Worte ›Vergewaltigung‹ und ›vergewaltigen‹ nicht als juristische Begriffe zu werten sind und daß die Geschworenen später entscheiden müssen, ob tatsächlich eine Vergewaltigung stattgefunden hat.«

»Euer Ehren...«

»Ich habe meinen Entschluß gefällt, Miss Laslow.« Claires Stimme klang eisig. »Treten Sie zurück.«

Debra ging zu ihrem Platz, während Claire die Jury belehrte; Annette wiederholte ihre Frage.

»Ich wusch mich im Badezimmer und versuchte, mein

Make-up zu erneuern«, sagte Penny. »Dann zog ich mich an, verließ die Wohnung und fuhr zu meiner Freundin Shira. Ich hatte mit ihr schon vorher verabredet, daß ich die Nacht bei ihr verbringe.«

»Wie spät war es da?«

»Ungefähr halb elf.«

»Haben Sie Ihrer Freundin an diesem Abend erzählt, was passiert ist?«

»Nein. Ich schämte mich und machte mir Vorwürfe – ich hätte nie in seine Wohnung gehen dürfen.«

Annette brachte Penny behutsam dazu, ihre Empfindungen zu beschreiben – Penny erzählte von ihrer Angst, daß ihre Eltern bemerken könnten, was ihr widerfahren war, und davon, daß sie fürchtete, schwanger zu werden.

»Sie machten sich Sorgen um eine mögliche Schwangerschaft, obwohl der Angeklagte ein Kondom benutzte?«

»Ich weiß nicht viel über Kondome, und wie sicher sie sind.«

»Gingen Sie am nächsten Tag zur Arbeit?«

»Nein. Ich rief in der Praxis an und meldete mich krank. Am Donnerstag bin ich wieder hingegangen.«

»Wie fühlten Sie sich, als Sie den Angeklagten wiedersahen, nachdem er Sie vergewaltigt hatte?«

»Ich hatte schreckliche Angst, aber ich brauchte den Job.«

»Haben Sie den Angeklagten am Donnerstag gesehen?«

»Ja.«

»Wie verhielt er sich?«

»Er lächelte und tat so, als wäre überhaupt nichts passiert. Er sagte, der Abend wäre schön gewesen und daß er wieder mit mir ausgehen wolle.«

»Wie fühlten Sie sich, als er das sagte, Penny?«

»Ich war schockiert. Ich war wütend. Er hat mich vergewaltigt und fragte mich, ob ich noch mal mit ihm ausgehe! Ich sagte: ›Nein, kein Interesse.‹«

Das tägliche Zusammentreffen mit dem Angeklagten machte die Belastung für Penny noch schlimmer und verstärkte ihre Selbstzweifel. Nach einiger Zeit merkte sie, daß sie nicht mehr in der Lage war, mit diesem Geheimnis zu leben, und erzählte erst ihrer Freundin Shira, dann ihren Eltern und zu guter Letzt der Polizei, was ihr passiert war. Die Polizei empfahl ihr, ein Gespräch mit dem Angeklagten auf Band aufzunehmen.

Annette zeigte Penny die Kassette, die bereits als Beweisstück markiert war. Penny identifizierte die Kassette als diejenige, die sie am Donnerstag, den zweiundzwanzigsten August benutzt hatte, um das Gespräch aufzunehmen.

»Euer Ehren, ich würde der Jury jetzt gern das Band vorspielen.«

Claire schaute auf ihre Armbanduhr. »Ich denke, es wird Zeit für die Mittagspause. Die Verhandlung wird bis ein Uhr dreißig unterbrochen.«

Avedon wirkte angespannt. Debra wartete, bis sich der Gerichtssaal geleert hatte, dann führte sie ihn durch die Tür und die lichter werdende Menge zur Treppe. Dabei flüsterte sie ihm aufmunternde Worte zu.

»Es ist das Tonband«, sagte er. »Ich weiß nicht, warum ich damals nicht einfach aufgelegt habe. Sie tat mir leid, verstehen Sie?«

»Wir werden die Sache mit dem Tonband klären, das schaffen wir schon. Die Staatsanwältin ist fast fertig mit ihrer Beweisführung. Dann sind wir dran.« Sie sah ihm nach, als er die Treppe hinunterging, dann setzte sie sich auf eine freie Bank am Ende des Korridors, um die Notizen durchzusehen, die sie sich während Annettes Befragung gemacht hatte.

Um halb zwei wurde die Verhandlung wiederaufgenommen. Claire gestattete der Anklagevertreterin, Abschriften von dem aufgenommenen Gespräch an alle Geschworenen und an Debra und Avedon zu verteilen. Nach Claires Aufforderung gab sie der Stenographin auch eine Kopie.

Zusammen mit den Geschworenen, den Journalisten und den vielen Zuschauern hörte sich Debra die von statischen

Geräuschen durchsetzte Aufnahme des zehn Minuten dauernden Telefongesprächs an. Der erste Teil des Dialogs war nichtssagend – Avedon klang überrascht, als er Pennys Stimme hörte, dann erfreut, als sie ihm zu seiner Verlobung gratulierte und ihm Glück wünschte. »Sind wir wieder Freunde?« fragte er. Sie erwiderte, daß es ihr recht wäre, wenn sie wieder Freunde wären, daß ihr jedoch die Vorkommnisse bei ihrer Verabredung schwer zu schaffen machen würden. Debra hatte die Abschrift schon vorher gelesen, aber Pennys anklagende Fragen – »Warum hast du mich zum Sex gezwungen? Wieso warst du so grob? Warum hast du mich vergewaltigt?« – zu hören, war weitaus dramatischer. Sie erkannte sofort die verheerende Wirkung, die diese Fragen und Avedons wachsweiche Reaktion – »Tut mir leid, daß du so aufgeregt bist« – auf die Geschworenen ausübte. Viele bedachten Avedon mit düsteren Blicken.

»Penny, können Sie nach bestem Wissen und Gewissen sagen, daß dies die genaue Wiedergabe des Telefonats ist, das Sie am zweiundzwanzigsten August mit dem Angeklagten geführt haben?« fragte Annette.

»Ja.«

»Haben Sie die Aufnahme in irgendeiner Weise manipuliert?«

»Nein.«

»Penny, wie fühlen Sie sich, daß Sie heute hier aussagen?«

»Ich schäme mich«, sagte sie kaum hörbar. »Ich komme mir dumm vor – entblößt.« Ihre Lippen bebten; sie preßte die Hand auf den Mund.

»Was hat Sie dazu bewogen, heute gegen den Angeklagten auszusagen?«

Penny räusperte sich. »Ich muß mein Leben wieder in den Griff bekommen. Ich möchte nachts wieder richtig schlafen und normal essen können und keine Angst mehr haben müssen. Und ich fühle mich moralisch verpflichtet zu sagen, was passiert ist, damit er niemandem sonst das antun kann, was er mir angetan hat.«

Annette dankte der Zeugin und ging zu ihrem Platz. Debra stand auf und trat ein paar Schritte vor, als Claire sie aufhielt.

»Es ist bereits zwei Uhr fünfzehn«, sagte die Richterin. »Ich denke, es ist ein guter Zeitpunkt für eine Unterbrechung der Verhandlung. Die Verhandlung wird bis Montag morgen vertagt.«

»Ich bitte um die Erlaubnis, zum Richtertisch treten zu dürfen, Euer Ehren«, sagte Debra. Als sie und Annette vor Claire standen, erklärte sie: »Ich würde gern heute noch mit dem Kreuzverhör beginnen.«

»Miss Laslow, ich berücksichtige nur die Tatsache, daß für Sie heute nachmittag der Sabbat beginnt und daß Sie um drei Uhr gehen müssen.«

»Wir haben noch fünfundvierzig Minuten bis drei Uhr, Euer Ehren. Ich bin Ihnen dankbar, daß Sie auf meine Belange Rücksicht nehmen, aber ich möchte heute mit dem Kreuzverhör anfangen. Ich kann bis Viertel nach drei bleiben.« Sie verabscheute den Gedanken, daß das letzte, was die Geschworenen am heutigen Verhandlungstag hören sollten, dieses verhängnisvolle Tonband und Pennys Befürchtung war, der Angeklagte könnte wieder eine Frau vergewaltigen. Beides würde ihnen das ganze Wochenende über nicht aus dem Kopf gehen.

»Die Zeugin hatte einen anstrengenden Tag«, gab Annette zu bedenken. »Sie könnte eine Pause brauchen.«

Claire nickte. »Wir unterbrechen bis Montag.«

»Euer Ehren ...«

»Miss Laslow, Sie scheinen in den letzten Tagen Schwierigkeiten damit zu haben, meine Beschlüsse und Entscheidungen akzeptieren zu können. Ich führe den Vorsitz in diesem Prozeß. Ich entscheide, wann die Verhandlung vertagt wird. Ist das klar?«

Die Abschriften der Prozeßprotokolle waren in siebzehn Schnellheftern abgelegt, die auf zwei Kartons verteilt waren.

Nadine, die sofort kam, als Debra sie anpiepste, trug einen Karton den Korridor hinunter, Debra den anderen.

Sie warteten auf den Aufzug, als Richard auftauchte. Er begrüßte Nadine, die er bereits im Büro kennengelernt hatte, dann fragte er Debra, ob er sie sprechen könne. Sie stellte ihren Karton neben Nadine ab, und zog sich mit Richard ein paar Schritte zurück.

»Ich mache mir Sorgen wegen des Tonbands«, sagte er mit gedämpfter Stimme. »Avedon geht's wie mir. Er hat nach der Vertagung der Verhandlung mit mir darüber gesprochen.«

Debra war wütend auf Avedon, weil er hinter ihrem Rücken über sie »klatschte«. »Das Tonband ist übel, aber wir können es entkräften.«

»Sprechen Sie die Unterwäsche an.«

Sie starrte ihn an. »Was?«

»Avedon sagte, die Kleine hatte einen schwarzen BH an, der ihre Titten praktisch aus dem Ausschnitt schob. Und das Höschen bestand nur aus Schnüren.«

Debra knirschte mit den Zähnen, dann sagte sie: »Erstens, Penny Bailor ist eine Frau, Richard. Zweitens, die korrekte Bezeichnung lautet ›Brüste‹. Drittens, und das ist das wichtigste, ist ihre Unterwäsche kein Thema.«

»Hören Sie auf mit diesem Feministinnen-Scheiß!« zischte er, dann schaute er sich um, ob ihn jemand gehört haben könnte. »Regel Nummer eins: Wenden Sie jedes Mittel an, um den Prozeß zu gewinnen.«

»Wir haben starke Argumente, auch ohne BHs und Höschen ins Spiel bringen zu müssen.«

»Die Unterwäsche untermauert diese Argumente. Das macht den Geschworenen klar, daß das Mädchen auf mehr aus war als nur auf ein Abendessen. Reizwäsche deutet darauf hin, daß sie von vornherein Sex im Sinn hatte.«

»Das wäre widerwärtig, Richard. Die Tatsache, daß sie sexy Unterwäsche trug, heißt noch lange nicht, daß sie vergewaltigt werden wollte.«

»Seien Sie vorsichtig, Debra. Man könnte auf die Idee kommen, daß Sie glauben, das Mädchen sagt die Wahrheit.« Er streckte den Kopf vor. »Vielleicht glauben Sie das ja wirklich.«

»Vielleicht glauben *Sie*, daß jede Frau, die sexy Unterwäsche trägt, vergewaltigt werden will.« Sie seufzte. »Richard, ich denke, sie lügt. Entweder das, oder sie redet sich selbst ein, die Wahrheit zu sagen. Ich werde alle legalen und ethisch vertretbaren Mittel anwenden, um meinen Mandanten zu verteidigen.«

»Ich habe Ihnen bei der Sache mit der Leibwächterin den Rücken gestärkt. Möglicherweise hätte ich das lieber nicht tun sollen.«

Er war ein solches Kind; wenn die Sache nicht so ernst gewesen wäre, hätte sie laut gelacht. »Ich werde die Unterwäsche nicht erwähnen. Ich gewinne auch ohne die Unterwäsche, Richard«, behauptete sie, obwohl sie sich dessen gar nicht so sicher war.

Und wenn ich es wirklich schaffe, dachte sie zum tausendstenmal, werde ich umgebracht, und man schneidet mir die Zunge heraus. Angst durchfuhr sie.

»Sie enttäuschen mich immer wieder, Debra.« Er drehte sich abrupt um und ging.

»Möchten Sie, daß ich ihm eins auf die Nase gebe?« fragte Nadine, als Debra zu ihr zurückkam und den Karton aufhob. »Ich könnte einen legitimen Grund dafür finden.«

Debra zog die Augenbrauen hoch. »Sie haben das Gespräch mit angehört?«

Nadine nickte. »Ich hasse solche Kerle. Sie brauchen nur ein Wort zu sagen.«

Das Angebot war sehr verlockend.

39

Die Alarmanlage funktioniere ausgezeichnet, meinte Adam. An den Fenstern befanden sich Lichtschranken, im Flur neben der Eingangstür Sensoren, und neben ihrem Bett war ein Alarmknopf angebracht. Die Installateure hatten Informationsmaterial und eine Gebrauchsanweisung dagelassen. Adam gab Debra die Unterlagen, half ihr, einen Code auszuwählen und die Anlage zu aktivieren; Debra benutzte das Geburtsdatum ihrer Mutter.

Der Todestag ihrer Mutter – die *Yahrzeit* – war am sechsundzwanzigsten des hebräischen Monats *Cheshvan*. Dieses Jahr fiel der Tag auf den dreizehnten November, den kommenden Mittwoch. Debra hatte eine Gedenkkerze gekauft, die vierundzwanzig Stunden brannte und am Dienstag abend angezündet werden sollte. An diesem Sonntag würde sie mit Aaron und ihrem Vater zum Grab ihrer Mutter gehen, und am nächsten Samstag würden sie und Aaron in der Synagoge ein *Kiddusch* – eine Feier zu Ehren des Gedenktages – abhalten. »Was feiern wir?« hatte Debra bei der ersten *Yahrzeit* nicht ohne Bitterkeit gefragt, und ihr Vater hatte ihr erklärt, daß sie, während sie um den Verlust der Ehefrau und Mutter trauerten, auch feierten, weil die Seele der Verstorbenen jedes Jahr höher zu Gott steige. Der Gedanke spendete Debra Trost.

Auf dem Heimweg mit Nadine hatte Debra in Erwägung gezogen, die Leibwächterin bis Samstag abend nach Hause zu schicken. (Sie hatte alles so arrangiert, daß sie die Nacht von Freitag auf Samstag bei Aaron und Julia verbringen konnte, so daß sie in der Dunkelheit nicht zu Fuß nach Hause gehen mußte; ihr Vater würde bei Tante Edith übernachten.) Jetzt sprach sie mit Adam darüber, aber er drängte sie dazu, Nadine mit zu Aaron zu nehmen. Nadine war einverstanden.

»Wir könnten auch hier schlafen«, sagte Debra – sie fragte sich, was ihr Bruder und ihre Schwägerin davon hielten, am

Shabbos eine Leibwächterin als Gast im Haus zu haben. »Mein Bruder wohnt nur fünf Blocks von hier entfernt.«

Nadine schüttelte den Kopf. »Sie wären ein perfektes Ziel, wenn Sie zu Fuß nach Hause gehen. Sie sagten, man hat Ihrem Vater dieselben Zeitungsausschnitte und Fotos geschickt, nicht wahr? Also weiß derjenige, der hinter Ihnen her ist, wo Ihr Dad wohnt. Wir müssen annehmen, daß er auch die Adresse Ihres Bruders kennt. Ihr Auto steht zwar hier in der Einfahrt, aber wenn der Kerl merkt, daß Sie nicht zu Hause sind, könnte er Sie bei Ihrem Vater oder Ihrem Bruder suchen. Hat Ihr Bruder Platz für mich?«

Sie hätten genügend Platz und zu essen, versicherte Julia am Telefon. Sie würden beide Betten im Gästezimmer herrichten.

»Wir halten die Sabbatregeln strikt ein«, warnte Debra Nadine. »Wir betätigen keine Stromschalter – wir sehen nicht fern und schalten weder das Radio noch die Lampen an und aus. Natürlich brennt immer eine Notleuchte. Wir kochen auch nicht – alles wurde schon vorher zubereitet. Wahrscheinlich kommt Ihnen das schrecklich unbequem vor.«

»Schätzchen, ich war bei der Marine. Ich habe Situationen erlebt, in denen ich stundenlang nicht reden oder mich bewegen konnte. Ich komme ganz bestimmt mit Ihrem Sabbat zurecht.« Sie lächelte. »Finden *Sie* es unbequem oder langweilig?«

Debra schüttelte den Kopf. »Ich liebe es. Ich lese und verbringe Zeit mit meiner Familie. Ich nutze den Tag zur Selbstbetrachtung und zum Nachdenken. Außerdem ist es der einzige Tag in der Woche, an dem ich kein schlechtes Gewissen habe, wenn ich einen Mittagsschlaf mache.« Sie lächelte. »Und ich genieße die Ruhe. Dieser Frieden ist eine wunderbare Abwechslung zum Alltag. Keine Hetze, keine Termine, keine Faxe.« Keine Fernsehnachrichten, bei denen ihr Name genannt und ihr Foto in die ganze Welt gesendet wurde.

»Keine Telefonanrufe?«

»Nur bei einem lebensbedrohlichen Notfall.«

»Wir wollen hoffen, daß wir keinen haben werden.«

»Ihr Dad ist cool«; sagte Nadine zu Debra, als sie sich nach dem Abendessen etwas Bequemeres anzogen. Das Zimmer war bis auf eine Nachtlampe und das Schranklicht, das Debra vor Beginn des Sabbats eingeschaltet hatte, dunkel.

Debra lächelte. Es hatte ihrem Vater Spaß gemacht, Nadine die Freitagsrituale, Gebete und Segenssprüche zu erklären, und Nadine hatte sowohl während des Essens als auch danach im Wohnzimmer aufmerksam zugehört und viele Fragen gestellt.

»Ich gehe hinunter und lese noch ein bißchen. Was ist mit Ihnen?«

»Ich überprüfe die Fenster und Türen im Haus, dann gehe ich wahrscheinlich schlafen.«

Debra hatte ein schlechtes Gewissen, weil sie Nadine die Regeln aufzwang. »Wenn Sie Ihren Laptop benutzen wollen, während ich unten bin, denken Sie nur daran, daß ich kein Licht ein- oder ausschalten kann oder Sie bitten darf, es zu tun.«

»Das ist schon okay. Ich habe ohnehin eine Schreibblockade und sitze im dritten Akt fest. Ich denke, ich versuch's mal mit der Selbstbetrachtung, von der Sie gesprochen haben. Wer weiß, wozu so was gut ist.« Sie schmunzelte, während sie ihr Haar im Nacken mit einem Gummiband zusammenfaßte.

Debra ging erst in die Küche, um sich mit einer Tasse Tee aus der Thermoskanne zu bedienen, dann ins Wohnzimmer, wo sie die Kartons mit den Abschriften deponiert hatte. Julia und Aaron waren auch da.

»Nadine ist nett«, sagte Julia und sah von dem Buch auf, in dem sie las. »Und sehr hübsch – so habe ich mir eine Marineoffizierin wirklich nicht vorgestellt.«

»Ihr hat dein Essen gut geschmeckt.« Aaron saß an seinem Schreibtisch und studierte eine Abhandlung im Talmud. Er war während des Dinners ziemlich wortkarg gewesen, und Debra hatte gespürt, daß er böse auf sie war. »Ich hoffe, es ist dir nicht lästig, daß ich sie mitgebracht habe, Aaron«, sagte sie leise, so daß Nadine sie oben nicht hören konnte.

»Es ist mir nicht lästig.«

»Was ist dann das Problem?«

Er seufzte. »Da fragst du noch?«

»Wir hatten abgemacht, daß wir nicht davon anfangen, Aaron«, sagte Julia.

»Nein, sag's nur«, forderte Debra ihren Bruder auf. »Ich möchte es wissen.«

»Die Tatsache, daß du eine Leibwächterin brauchst, ist das Problem, Debra.

»Dad versteht es. Wieso kannst du es nicht?«

»Den Teufel tut er!« Aaron schlug das Buch zu und ging um den Schreibtisch herum zu Debra. »Wenn du dein Leben aufs Spiel setzen willst, dann ist das deine Sache – zumindest erklärst du mir das immer wieder. Aber wie denkst du darüber, daß du uns alle auch in Gefahr bringst? Sie kennen Dads Adresse. Wahrscheinlich wissen sie auch, wo wir wohnen.«

Mit diesem Gedanken hatte sie sich auch schon lange gequält. »Der Mörder ist nicht wütend auf dich oder Julia oder Dad. Er ist wütend auf mich. Und er hat nie Familienmitglieder der anderen Anwälte, die er ermordet hat, angegriffen.«

»Und du willst den Mordopfern Gesellschaft leisten, wie?« Aaron schüttelte den Kopf. »Mom ist seit sieben Jahren tot, Debra, und weißt du, was ich glaube? Irgendwie versuchst du immer noch, ihr und Dad und dir selbst zu beweisen, daß du erfolgreich bist, daß du dein Leben ganz allein meistern kannst.«

»Aaron, laß sie in Ruhe«, flüsterte Julia.

Tränen traten Debra in die Augen. Sie biß sich auf die Lippe und drehte sich um, um zu gehen. Aaron legte die Hand auf ihren Arm und zog sie näher zu sich, so daß sie ihn ansehen mußte.

»Tut mir leid«, sagte er. »Ich mache mir entsetzliche Sorgen um dich, Deb. Hast du eine Ahnung, was das Ganze für Dad bedeutet? Für uns alle?« Er drückte sie an sich und küßte sie auf die Stirn.

»Nadine beschützt mich. Wir brauchen uns keine Sorgen zu machen.« Sie dachte an die pinkfarbene Schachtel mit der gräßlichen, blutigen Zunge und war froh, daß sie ihrer Familie nichts davon erzählt hatte.

»Aber für wie lange?« fragte Aaron.

»Jeremy sagt, bis der Mörder gefunden ist.« Sie deutete auf die beiden Kartons. »Deshalb habe ich das mitgebracht.« Sie machte ihrem Bruder und ihrer Schwägerin klar, daß die Abschriften der Prozeßprotokolle Hinweise auf den Täter enthalten könnten.

»Kann ich dir helfen?« bot sich Julia an, und Aaron schloß sich ihr sofort an.

Debra schüttelte den Kopf. »Danke, aber ihr würdet nicht wissen, wonach ihr suchen müßt. Ich weiß es ja selbst noch nicht, und vielleicht gibt es ja auch gar nichts zu finden.«

Aaron nickte. Er küßte Debra noch einmal, dann sagte er: »Ich gehe schlafen.« Er sah Julia an. »Kommst du auch?«

»In einer Minute.«

Er verließ den Raum. Julia stand auf und schlang die Arme um Debra. »Du weißt, wie sehr er dich liebt, oder?«

»Ja, das weiß ich.« Sie seufzte. »Wie geht's euch sonst?« fragte sie nach einer Weile. An den Freitagabenden führten sie und Julia normalerweise persönliche Gespräche, während die Männer in der Synagoge waren, aber heute war Nadine dabeigewesen.

»Ich war letzte Woche bei Dr. Herman. Er hat kein Narbengewebe gefunden, und er meinte, wir sollten es weiter versuchen. Er hat mir empfohlen, Wein zu trinken, bevor wir uns lieben, damit ich mich entspanne. Offenbar setzt die Anspannung ein Hormon namens Prolactin frei, und das verhindert den Eisprung.«

Debra nickte. Sie hatte darüber in einem der Zeitungsausschnitte gelesen, die Tante Edith ihr für Julia und Aaron gegeben hatte. »Hast du schon mal an eine In-vitro-Befruchtung gedacht, Julia?«

»Aaron hat mir von deinem Angebot, uns bei den Kosten unter die Arme zu greifen, erzählt. Aber es ist viel zu teuer, Debra.«

»Laß das mal meine Sorge sein. Ich würde viel lieber Tausende Dollar zahlen, um dir und Aaron zu einem Kind zu verhelfen als Möbel für mein Haus zu kaufen.« Sie zögerte einen Augenblick, dann sagte sie: »Er denkt, ich würde versuchen, mich mit diesem Angebot vor ihm großzutun. Aber das will ich wirklich nicht.«

»Das weiß ich. Und er weiß es auch. Aber sein Stolz gewinnt manchmal die Oberhand. Wir haben diese Möglichkeit nicht gänzlich ausgeschlossen, aber zuerst versuche ich es mit dem Wein.« Julia lächelte. »Ich probiere auch noch etwas anderes. Vorige Woche hab' ich an einer *Mikvah* teilgenommen. Diese Woche auch.«

Die *Mikvah* war ein rituelles Bad, bei dem sich die Frauen jeden Monat sieben Tage nach dem Ende des Menstruationszyklus reinigten.

Debra sah ihre Schwägerin erstaunt an. »Warum?«

»Ich habe gehört, es bringt den Frauen, die Schwierigkeiten mit der Empfängnis haben, Glück. Bei Helen Lieberman hat es gewirkt. Vielleicht klappt es auch bei mir. Wer weiß?« Sie lächelte und gab Debra einen Gutenachtkuß.

Wer weiß? Debra hatte einen Artikel über Prolactin im *Wall Street Journal* gelesen. Im selben Artikel wurde von einem marokkanischen Rabbi berichtet, einem Experten auf dem Gebiet der jüdischen Mystik. Seine Anhänger glaubten, daß er über heilende Kräfte verfügte. Der Rabbi saß während einer zeremoniellen Eröffnung eines Supermarkts in Ashdod, Israel, auf einem Stuhl. Einen Monat später wurden vier Kassiererinnen schwanger – eine von ihnen hatte sich schon zwölf Jahre vergeblich bemüht, ein Kind zu bekommen. Wieder ein Jahr später wurden sechs andere Kassiererinnen schwanger, und der

Besitzer des Supermarkts fand heraus, daß alle zehn Frauen auf dem metallenen Bürostuhl gesessen hatten, auf dem zuvor der Rabbi seinen Platz eingenommen hatte. Die Nachricht von der Kraft des Stuhls verbreitete sich, und unfruchtbare Frauen aus dem ganzen Land strömten herbei, um sich auf diesen Stuhl zu setzen. Viele von ihnen wurden in der Folge tatsächlich schwanger, auch eine dreiunddreißig Jahre alte Frau, deren Gynäkologe regelrecht schockiert war, daß sie nach sieben Jahren vergeblichen Bemühens und unzähligen Behandlungen ein Kind bekam. »Ich denke, daß ein fester Glaube alles möglich macht«, hatte eine der Frauen gesagt.

Debra kauerte sich seufzend neben einen Karton und nahm die Schnellhefter mit den Abschriften heraus. Sie stapelte sie – nach Fällen sortiert – und beschloß, mit Madeleines Prozeßprotokoll anzufangen. Madeleine war das erste Opfer; es erschien Debra logisch, daß irgend etwas in ihrem Fall und denen der drei anderen Anwälte den Mörder zu den Taten angestachelt hatte.

Debra plazierte die fünf Schnellhefter von Madeleines Prozeß neben das Sofa und setzte sich. Sie nahm den ersten zur Hand und sah durch die Klarsichthülle auf das Deckblatt, auf dem der Gerichtssaal (Department L), der Richter (Harold White), der Angeklagte (Wayne Rawling), die Vertreterin der Anklage (Barbara Romano), die Verteidigerin (Madeleine Chase) und die Stenographin (Lynn Tamado) angegeben waren.

In jeder Mappe waren etwa zweihundert Seiten abgeheftet. Debra hatte schon früher Protokolle gelesen, aber nie mit solcher Sorgfalt. Und diesmal versuchte sie den Text nicht aus der Sicht der Verteidigerin zu erfassen, sondern den Fall mit den Augen des Opfers oder eines Verwandten – des Ehemanns, des Geliebten, des Vaters, der Mutter, des Bruders – oder mit den Augen eines Menschen zu sehen, der nichts mit dem Opfer zu tun hatte, aber Vergewaltiger und ihre Anwälte haßte.

Aus den Anträgen der Anwälte ergab sich nichts Aufschlußreiches. Im Eröffnungsplädoyer brachte die Staatsanwältin zur Sprache, daß Rawling, ein unabhängiger, wohlhabender Collegeprofessor – geschieden mit zwei Kindern, die bei der Mutter in San Diego lebten – Janey Schultz mit vorgehaltenem Messer vergewaltigte, als sie zu ihm nach Hause kam, um mit ihm über ihre Trimesterarbeit in europäischer Geschichte zu diskutieren. Medizinische Beweise konnten nicht erbracht werden, da Janey drei Tage gewartet hatte, bis sie zur Polizei ging. Laut Madeleine, hatte Janey davon geträumt, Rawling heiraten zu können, und als er ihre Annäherungsversuche zurückwies, schrie sie: »Vergewaltigung«. Das Messer war wie die Vergewaltigung an sich eine Ausgeburt ihrer Phantasie. Die Polizei hatte keinerlei Anzeichen einer Kratz- oder Schnittwunde an Janey gefunden.

Debra hatte gerade mit dem zweiten Schnellhefter angefangen, als plötzlich alle Lichter im Haus ausgingen. Innerhalb von Sekunden konnte sie Nadines Silhouette auf der Schwelle ausmachen – sie hielt ihre Waffe in der Hand.

»Keine Panik«, flüsterte sie Debra zu, die jetzt dicht neben ihr stand. »Jemand hat die Hauptsicherung herausgedreht.«

»Das ist nicht die Sicherung«, flüsterte Debra zurück. »Aaron hat eine Zeitschaltuhr. Sie ist so eingestellt, daß am Freitagabend alle Lichter gelöscht werden. Tut mir leid, ich hab' vergessen, Ihnen das zu sagen.« Ihre Augen hatten sich erst jetzt richtig an die Dunkelheit gewöhnt, und sie sah Nadines ruhige, konzentrierte Miene.

Nadine schaute sie zweifelnd an, dann nickte sie. »Ich sehe mich trotzdem noch mal im Haus um, um ganz sicherzugehen. Bleiben Sie hier, bis ich zurück bin.«

Während Debra wartete, tastete sie sich zu Aarons Schreibtisch vor, riß einen Zettel von dem Notizblock ab und legte ihn als Lesezeichen in die Protokollabschrift, dann legte sie den Schnellhefter auf den Stapel neben dem Sofa. Sie hoffte nur, daß niemand mitten in der Nacht ins Wohnzimmer kommen und über die Ordner stolpern würde.

»Alles in Ordnung«, flüsterte Nadine einen Moment später. Nicht alles, dachte Debra, als sie der Leibwächterin ins Gästezimmer folgte.

Am nächsten Morgen stellte Debra Nadine in der Synagoge als Freundin vor, und obwohl sie alle neugierig beäugten, machte keiner Julia oder Debra gegenüber eine Bemerkung über die stattliche blonde Frau.

Während des Mittagessens beteiligte sich Debra an der Unterhaltung, doch sobald sie und Julia mit dem Geschirrspülen fertig waren, ging sie ins Wohnzimmer, nahm das provisorische Lesezeichen aus dem Hefter und begann zu lesen.

Sie las über drei Stunden, döste hin und wieder ein, bis sie schließlich über der vierten Mappe ganz einschlief. Als sie aufwachte, waren ihr Nacken und ihre Beine ganz steif, und die Papiere lagen auf dem Boden. Gähnend hob sie sie auf und forschte, bis sie eine Seite mit einer eingeknickten Ecke und bekanntem Text fand. Julia kam herein und fragte, ob Debra ihr und Nadine bei einer leichten Mahlzeit Gesellschaft leisten wollte.

»Ich komme in einer Minute«, sagte Debra.

Vierzig Minuten später war sie mit dem fünften Schnellhefter fertig und keinen Schritt weitergekommen. »Verdammt«, murmelte sie, schmiß die Hefter beinahe wütend in den Karton zurück – sie hatte so große Hoffnungen gehabt – und ging ins Frühstückszimmer, wo sie ihre Schwägerin am Tisch sitzend vorfand. Julia hatte ihren Kopf in beide Hände gestützt und hörte Nadine interessiert zu, die von ihren Erlebnissen in Haiti und Panama erzählte.

»Hast du Glück gehabt?« fragte Julia, als Nadine ihre Geschichte beendet hatte.

Debra schüttelte den Kopf. »Noch nicht.« Sie plauderte mit Julia und Nadine, und nachdem Aaron und ihr Vater aus der Synagoge gekommen, ihr Bruder die *Havdalah* rezitiert und ihr Vater Nadine die Zeremonie erläutert hatte, packten Debra und Nadine ihre Sachen und trugen sie zusammen mit den Kartons zum Auto. Debra verabschiedete sich mit einem Kuß von ihrer Familie.

»Passen Sie gut auf meine Tochter auf«, sagte Ephraim Laslow zu Nadine.

Debra hatte die neu installierte Alarmanlage ganz vergessen und hätte sie ausgelöst, wenn Nadine sie nicht rechtzeitig darauf aufmerksam gemacht hätte. Debra öffnete eilends das Kästchen und deaktivierte sie.

Nadine entschuldigte sich und zog sich zurück – »Die Selbstbetrachtung hat mich inspiriert«, sagte sie lächelnd. Debra widmete sich wieder den Prozeßprotokollen. Sie entschied sich, sie in chronologischer Reihenfolge zu lesen. Susans Verhandlung war die nächste – das Protokoll umfaßte zwei Schnellhefter; Susan hatte vor Gericht geltend gemacht, daß Henry Lee fälschlicherweise als der Mann identifiziert worden war, der Alicia Vaughan vergewaltigt hatte, nachdem er sie gefesselt und die Multi-Millionen-Dollar-Villa der Vaughans ausgeraubt hatte. Als Debra anderthalb Stunden später mit der Abschrift fertig war, hatte sie immer noch keinen Anhaltspunkt, wer der Mörder von Susan sein könnte.

Es war neun Uhr. Sie hatte das viele Sitzen satt, und ihre Augen tränten und taten weh. Sie ging ins Nebenzimmer. Adam war schon erstaunlich weit gekommen. Der Schreibtisch und die Regale waren eingebaut, und Adam hatte angefangen, das Holz abzuschleifen. Sie war versucht, ihn anzurufen und noch für heute abend einzuladen, aber sie hatte noch nicht alle Abschriften durchgearbeitet.

Nach Mitternacht hatte sie das Protokoll von Kelly Malters Verhandlung durchgelesen. Die Vertretung der Anklage gab an, der zweiunddreißigjährige Vincent Morgan habe Emma Banks vergewaltigt, nachdem sie ihn in ihre Wohnung zu einem Kaffee eingeladen hatte; Vincent und die neunundfünfzig Jahre alte Emma Banks hatten sich bei einem Computerkurs angefreundet. Morgan behauptete, daß ihm Emma Banks, eine Witwe, die sich nach Zuneigung verzehrte, sexuelle Avancen gemacht habe; Schuldgefühle, Selbstzweifel und die Angst vor Entdeckung hätten sie dazu gebracht, ihn der Vergewaltigung anzuzeigen.

Jetzt war nur noch Pratts Prozeßprotokoll übrig – fünf Schnellhefter. Debra würde mindestens drei Stunden dafür brauchen, und gerade nachts, wenn ihr Konzentrationsvermögen nachließ, kam sie bestimmt nicht so schnell voran. Schon bei den Unterlagen von Kelly Malter hatte sie ganze Abschnitte zweimal lesen müssen.

Sie schaute wieder auf ihre Uhr, dann schlug sie den ersten Ordner auf und beschäftigte sich mit dem Eröffnungsplädoyer des Staatsanwalts. Pratts Mandant, Adrian Tchermack, war der Vergewaltigung an Nancy Wallace, der siebenundzwanzig Jahre alten Angestellten eines Pharmakonzerns, angeklagt. Während der letzten acht Jahre waren sich die Klägerin und der Angeklagte zweimal jährlich bei Seminaren begegnet, und sie hatten sich miteinander angefreundet. Beim letzten Seminar hatte Tchermack Nancy Wallace angeboten, sie zu ihrem Hotelzimmer zu begleiten. Sie fand nichts dabei, daß er sich selbst bei ihr zu einem Drink einlud. Nach dem Drink packte er zu, vergewaltigte sie und drohte ihr, ihr Leben zu ruinieren, falls sie jemandem etwas davon erzählte. Sie schwieg zwei Wochen.

Debra legte um halb vier Uhr morgens den letzten der fünf Hefter aus der Hand. Sie war niedergeschlagen, nicht nur, weil sie immer noch nichts entdeckt hatte, was auf den Mörder von Pratt und den anderen hindeutete, sondern auch, weil sie fast dreizehn Stunden lang von Frauen gelesen hatte, die qualvolle, demütigende Details darüber ausgesagt hatten, wie sie von Männern mißbraucht wurden, die jede Schuld von sich wiesen. Manchmal hatte sie den Klägerinnen geglaubt, dann wieder hegte sie Zweifel an ihren Angaben.

Behauptung und Gegenbehauptung.

40

Der Friedhof befand sich in einer südöstlichen Vorstadt von Los Angeles in der Nähe des Santa Ana Freeway. Auf der Fahrt dorthin redeten sie nur wenig. Debras Vater hatte das Radio eingeschaltet und einen Sender mit klassischer Musik eingestellt, und Debra nahm an, daß er und ihr Bruder ihren eigenen Erinnerungen nachhingen, genau wie sie selbst. Aaron saß hinten und sie neben ihrem Vater auf dem Beifahrersitz – das war früher immer der Platz ihrer Mutter gewesen. Heute fiel es ihr nicht mehr schwer, hier zu sitzen, aber kurz nach dem Tod ihrer Mutter, hatte es ihr unerträgliche Qualen bereitet; wann immer ihr Vater und sie irgendwohin fuhren, bot sie an, sich selbst hinters Steuer zu setzen, und ihr Vater hatte – entweder weil er ihr Unbehagen verstand oder weil er es teilte – das Angebot nie ausgeschlagen.

Nach einer Fahrtzeit von vierzig Minuten steuerte ihr Vater den Wagen durch das schmiedeeiserne Friedhofstor auf die lange Zufahrt – rechts und links standen Grabsteine unterschiedlicher Größe. Am Ende der Zufahrt hinter dem Wendeplatz befand sich eine Parzelle mit winzigen Kindergräbern. Debra hatte immer einen Kloß im Hals, wenn sie sie sah, und heute war das nicht anders.

Ihr Vater wendete und fuhr die Hälfte der Strecke zurück. An dem Sonntag zwischen *Rosh-Hashana*, dem jüdischen Neujahrsfest, und *Yom Kippur*, dem Tag der Versöhnung, war der Friedhof voll mit Söhnen und Töchtern, Vätern und Müttern, Männern und Frauen, die die Gräber ihrer Lieben besuchten. An diesem Morgen war außer ihnen niemand da. Debra war froh, daß ihr zeremonieller Besuch heute ganz privat und ohne Störung verlief; zu anderen Zeiten mochte sie es, wenn die Leute stehenblieben und seufzend sagten: »Wie lange ist das jetzt her?« oder: »Ich kannte Ihre Mutter« – sie kam sich dann vor, als würde sie einer Großfamilie angehören.

Auf der anderen Seite der Zufahrt war der Friedhof von einer Baumreihe begrenzt. Hier, wo ihre Mutter begraben war, versperrte eine mit Graffiti beschmierte Betonwand den Blick auf den Boulevard und dämpfte den Verkehrslärm. Keine Farben waren zu sehen – keine schutzbietenden Bäume, kein duftendes Gras, nur blaßgraue Grabplatten, anthrazitfarbene, weiße, hellgraue oder schwarze Marmorsteine und die helle rötlichbraune Erde.

Es war strahlender Sonnenschein. Debra hatte ihre Sonnenbrille vergessen, und sie blinzelte, als sie Aaron und ihrem Vater zum Grab ihrer Mutter folgte. In den grauen Marmorgrabstein war unter das Todesdatum der hebräische Name ihrer Mutter und ein Epitaph eingemeißelt, das ihr Vater geschrieben hatte. Debra zählte mehr als ein Dutzend kleiner Steinchen auf dem Grabstein – jedes war von jemandem dort abgelegt worden, der das Grab besucht hatte. Als sie das letzte Mal am Tag nach einem schweren Unwetter im September hier gewesen war, hatten keine Steine auf dem Marmor gelegen. Es tröstete sie, daß so viele Menschen seither am Grab gewesen waren, daß man ihre Mutter nicht vergessen hatte.

Debra las schweigend in dem Buch mit den Gedenkgebeten, während ihr Vater und Aaron, die beide auch ein kleines, schwarz eingebundenes Buch in den Händen hielten, dasselbe taten. Sie sprach lautlos das Gebet für den Eintritt in einen Friedhof nach mehr als dreißig Tagen Abwesenheit, ein Gebet für den Besuch vom Grab einer Mutter, ein Gebet für die *Yahrzeit* einer Mutter. Es gab auch ein spezielles Gebet für Menschen, die sich in einer Notlage befanden; Debra sprach das Gebet und spürte, wie Tränen in ihren Augen brannten, als sie von Rachel, Jakobs Frau, las, die so lange kinderlos gewesen war und bitterlich weinte, als die Nachkommen ihrer Kinder in die Verbannung geschickt wurden. »Laß den Geist meiner Mutter meinen Beschützer sein«, murmelte Debra.

Ihr Bruder las das Gebet für die heimgegangene Seele ihrer Mutter, das *Kel moleh achamim* – Gott, voller Gnade. Debra bückte sich, hob einen glatten Kieselstein auf und legte ihn behutsam auf den Grabstein, um die anderen nicht zu verschieben. Aaron und ihr Vater folgten ihrem Beispiel. Sie blieb noch einen Augenblick und strich mit den Fingern über die eingemeißelten Buchstaben, dann ging sie ihrem Bruder und ihrem Vater nach zum Auto.

Nachdem sie das Friedhofstor passiert hatten, hielt ihr Vater am Straßenrand an. Alle drei stiegen aus und wuschen sich unter dem Wasserhahn neben dem Tor die Hände. Sie fuhren nach Hause, wie sie gekommen waren – schweigend.

Aaron brachte Debra zur Haustür. »Ist alles in Ordnung?«

»So ziemlich.« Sie zögerte einen Moment, dann sagte sie: »Ich brauche die Telefonnummer des Rabbis von Jeffs Synagoge.«

»Ich dachte, du hättest kein Interesse mehr an ihm.«

»Das stimmt. Aber ich muß Erkundigungen über ihn einziehen.«

»Warum?«

Warum, warum, warum. »Es ist möglich, daß er am letzten Sonntag versucht hat, mich von der Straße abzudrängen. Er könnte der Mörder sein.« Sie erzählte Aaron von dem Manuskript (es lag immer noch in ihrem Schlafzimmer, sie hatte bis jetzt noch keine Zeit gehabt, es abzuschicken), den Interviews mit den ermordeten Anwälten und von Jeffs Nummernschild.

Aaron starrte sie an. »Ach, komm! Der Rabbi meinte, er sei ein anständiger Kerl.«

»So anständig, daß er versucht hat, mich zu vergewaltigen.« Sie sah, wie ihr Bruder kreidebleich wurde, und war froh, daß er ihrem Vater, der geduldig im Wagen wartete, den Rücken zugekehrt hatte.

Ein Muskel zuckte an Aarons Wange. »Das ist dein Ernst, nicht wahr?« fragte er mit gepreßter Stimme. »Wann war das?«

»Letzte Woche.« Sie schilderte ihm, was vorgefallen war. »Er sagte, er habe es getan, um mich aufzurütteln und dazu zu bringen, den Fall niederzulegen.«

»Ich bringe ihn um«, flüsterte ihr Bruder. Seine Hände waren zu Fäusten geballt. »Ich schwöre – ich reiße ihm den Kopf ab.«

»Ich hätte dir nichts davon erzählen sollen.« Sie wußte selbst nicht, warum sie es getan hatte – wahrscheinlich war ihr die Last, Jeffs Angriff geheimzuhalten, zu schwer geworden.

»Selbstverständlich mußtest du mir das erzählen!« Er strich ihr über die Wange. »Wieso hast du nicht sofort mit mir darüber gesprochen? Weiß Julia davon?«

Sie schüttelte den Kopf. »Ich habe niemandem etwas gesagt. Ich war... ich weiß auch nicht – ich habe mich geschämt und fühlte mich schuldig.«

Er machte ein sorgenvolles Gesicht. »Aber du hast doch nichts getan!«

»Ich weiß.« Sie fühlte sich wie alle Vergewaltigungsopfer, über die sie gelesen hatte, dabei war sie gar nicht wirklich vergewaltigt worden. »Ruf den Rabbi noch mal an und versuch, mehr über Jeff zu erfahren. Aber in aller Diskretion, okay?«

»Okay. Möchtest du, daß ich mit Julia später zu dir komme?«

»Danke, daß du das anbietest, aber das ist nicht nötig.«

Er zog sie an sich. »Ich liebe dich, Deb«, murmelte er in ihr Haar. »Wenn dir irgend etwas passiert...«

»Ich liebe dich auch.«

Debra trug die Schnellhefter ins Wohnzimmer, wo sie die Kartons hatte stehenlassen. Sie räumte einen Teil in den ersten Karton, den Rest in den anderen, in dem die Abschriften über Madeleines Fall lagen. Plötzlich überlegte sie es sich anders, nahm Madeleines fünf Abschriften wieder heraus und ging damit ins Frühstückszimmer.

»Ich dachte, Sie wären fertig mit den Sachen«, sagte Nadine. Sie wollte in die Küche, um ihre Kaffeetasse abzuspülen.

»Ich möchte sie noch einmal durchgehen. Ich war gestern

nachmittag ziemlich schläfrig, als ich das hier gelesen habe. Vielleicht hab' ich was übersehen.«

Nadine ging, um am StairMaster zu trainieren. Debra überflog die Eröffnungsplädoyers – die hatte sie am Freitag abend genau durchgelesen, und sie konnte sich noch an alles erinnern –, wurde aber langsamer, als sie zu den Zeugenaussagen kam.

Im ersten Ordner fiel ihr nichts auf, im zweiten und dritten auch nicht. Beim vierten war sie am Freitag eingeschlafen; diesmal konzentrierte sie sich, und als sie zur Seite siebenundfünfzig kam, hielt sie erstaunt inne. Der Text – der Angeklagte, Wayne Rawling, saß im Zeugenstand, und die Staatsanwältin nahm ihn ins Kreuzverhör – kam ihr unbekannt vor, genau wie der Text auf Seite achtundfünfzig. Erst konnte sie das nicht so recht verstehen, aber dann fiel ihr wieder ein, daß ihr ein- oder zweimal (oder öfter?) die Augen zugefallen waren, bevor sie endgültig eingeschlafen war.

Sie las die Seiten aufmerksam durch:

MISS ROMANO:	Mr. Rawling, haben sich, abgesehen von Miss Schultz, in den letzten zehn Jahren noch andere Studentinnen zu Ihnen hingezogen gefühlt?
A:	Das kam vor.
F:	Ist das ein »Ja«?
A:	Ja.
F:	Und was haben Sie getan?
A:	Ich wehrte mich gegen die Aufmerksamkeit, wenn ich sie für unangebracht hielt, und entmutigte die Studentinnen.
F:	Fühlten Sie sich zu Miss Schultz hingezogen?
A:	Ich hielt sie für eine intelligente junge Frau, aber sie ist zehn Jahre jünger als ich.
F:	Haben Sie ihr jemals gesagt, daß Sie sie hübsch finden?
A:	Möglich, daß ich so was sagte.

F: Haben Sie ihr gesagt, daß sie eine gute Figur hat?

A: Ich erinnere mich nicht daran.

F: Wenn ich Ihnen sage, daß es Zeugen gibt, die mit angehört haben, daß Sie Miss Schultz gegenüber eine derartige Bemerkung machten – würde das Ihrem Erinnerungsvermögen auf die Sprünge helfen?

A: Vielleicht habe ich tatsächlich eine solche Bemerkung gemacht.

F: Ist es nicht so, daß Sie oft Anspielungen auf die körperlichen Vorzüge Ihrer Studentinnen machen?

MISS CHASE: Einspruch.

RICHTER WHITE: Stattgegeben.

MISS ROMANO: Ist es nicht so, daß Sie Ihre Vorliebe für Ihre Studentinnen auch schon in der Vergangenheit in Schwierigkeiten gebracht hat?

MISS CHASE: Einspruch!

RICHTER WHITE: Stattgegeben. Kommen Sie zum Richtertisch, Miss Romano, Sie bewegen sich auf gefährlichem Terrain. Haben Sie andere Zeugen, die aussagen werden, daß sie von dem Angeklagten vergewaltigt wurden?

MISS ROMANO: Ich habe Zeugen, die aussagen, daß er ihnen Avancen gemacht hat, aber niemanden, der behauptet, vom Angeklagten vergewaltigt worden zu sein, Euer Ehren. Aber wir alle wissen, was vor sechs Jahren vorgefallen ist, nicht wahr, Miss Chase? Es könnte wieder passieren, Euer Ehren.

MISS CHASE: Euer Ehren, ich nehme Anstoß an Miss Romanos Andeutungen.

RICHTER WHITE: Miss Romano, halten Sie sich zurück. Die Angelegenheit ist nicht Gegenstand dieser

> Verhandlung, und ich dulde nicht, daß Sie darauf anspielen. Falls Sie es doch tun, erklärte ich den Prozeß wegen Fehlverhaltens der Anklagevertretung für ungültig. Ist das klar?

Was könnte wieder passieren? Debra las den vierten und den fünften Teil zu Ende. Dann suchte sie wieder die Seiten siebenund achtundfünfzig. Barbara Romano hatte sich auf frühere Schwierigkeiten bezogen. Wurde Rawling schon einmal der Vergewaltigung beschuldigt? War er angezeigt und vor Gericht gestellt worden?

Hatte er einen Freispruch bekommen?

Debra war außer sich vor Aufregung und Entsetzen, als sie den Telefonhörer abnahm, die Nummer vom Wilshire-Revier eintippte und Simms ausrichten ließ, daß er sie sofort zurückrufen solle. Während sie wartete, wanderte sie rastlos durchs Haus, ging alle paar Minuten zum Frühstückstisch und starrte auf die beiden Seiten. Sie fragte sich, ob ihre Entdeckung tatsächlich von Bedeutung war oder vollkommen belanglos, und überlegte, was vor sechs Jahren mit Wayne Rawling losgewesen sein könnte.

Mit einemmal wurde ihr klar, daß es wahrscheinlich ein Fehler war, Simms anzurufen. Vor sechs Jahren war der Detective vermutlich noch beim Dezernat für Sexualverbrechen gewesen und nicht im Morddezernat. Und es wäre möglich, daß er alles über Rawling wußte. Und ihn und die Anwältin, die ihn verteidigt hatte, haßte.

Als das Telefon klingelte, zuckte sie erschrocken zusammen, war einen Moment unschlüssig, dann nahm sie den Hörer ab. »Hallo?«

»Sie halten wohl nicht viel von Sonntagsruhe, Miss Laslow?« beschwerte sich Simms.

»Tut mir leid, daß ich Sie gestört habe, Detective. Ich wollte nur wissen, ob es etwas Neues über Jeff Silver gibt.«

»Und das ist so dringend? Scheiße!« schimpfte er. »Nein, ich hab' nichts herausgefunden. Er hat kein Vorstrafenregister. Gibt es sonst noch etwas, was ich heute für Sie erledigen kann? Den Müll rausbringen? Ihren Rasen mähen?«

»Tut mir leid«, sagte sie wieder. »Ich habe nur solche Angst.«

»Und ich dachte schon, Sie würden mich anrufen und mir den Namen des Mörders nennen.«

Debra lauschte eine Weile auf das Freizeichen, dann drückte sie auf den Knopf, wählte die Nummer vom West L. A. und fragte, ob sie Laurie Besem sprechen könne.

»Detective Besem ist bis morgen nicht in der Stadt«, erwiderte die Telefonistin.

»Bitte richten Sie ihr aus, daß sie mich anrufen soll, sobald sie wieder da ist. Es ist dringend.« Debra gab der Telefonistin ihre Privatnummer. »Ich halte mich morgen den ganzen Tag bei Gericht auf. Falls ich nichts von Detective Besem höre, bevor ich morgen früh das Haus verlasse, melde ich mich vom Gerichtsgebäude aus.« Debra hatte einen Piepser, aber den konnte sie nicht gut während der Verhandlung einschalten.

»Ich werd's ausrichten.«

Debra bedankte sich bei der Telefonistin und legte auf. Plötzlich plagten sie Zweifel – belästigte sie Laurie ganz umsonst? Sie las die beiden Seiten noch einmal durch. Der vage Hinweis, daß der Angeklagte, Wayne Rawling, schon einmal eine Frau vergewaltigt hatte, war eindeutig da.

Norman Schultz hatte eine Abschrift des Verhandlungsprotokolls angefordert, erinnerte sie sich. Was, wenn Schultz herausfand, daß der Mann, der nach seiner Überzeugung seiner Tochter Gewalt angetan hatte, schon einmal eine Frau vergewaltigt hatte? Würde ihn das nicht rasend vor Wut machen? Würde ihn das nicht gegen die Anwälte, die für Rawling Freisprüche erwirkt hatten, aufbringen?

Alicia Vaughans Mann hatte auch eine Abschrift vom Prozeß seiner Frau bestellt. Das war Susans Fall. Debra mußte dieses Protokoll auch noch einmal genau durchlesen.

41

Heute hatte Penny – passend zu der weißen, langärmeligen Bluse, die sie unter dem langen, mit Kleeblättern bedruckten, blauen Kunstseidenpullover trug – ein weißes Band im Haar. Sie wirkte gefaßt, während sie mit auf dem Schoß gefalteten Händen im Zeugenstand saß und nickte, als die Richterin sie darauf hinwies, daß sie immer noch unter Eid stand.

»Miss Laslow, Sie dürfen fortfahren«, sagte Claire.

Debra hatte Claire seit Freitag nicht gesehen; noch immer machte ihr Claires Rüge, die sie vor der Prozeßvertagung ausgesprochen hatte, zu schaffen, doch aus der ruhigen Stimme der Richterin war kein Ärger herauszuhören. Als Debra auf das Podium zuging, wurde ihr bewußt, daß die Zuschauerreihen hinter ihr wieder mit Journalisten und den üblichen Beobachtern gefüllt waren – Simms, Vaughan, Jeff. Schultz, Stuart Bailor. Richard war auch da. Emma Banks vielleicht auch, aber Debra wußte nicht, wie sie aussah. Saß Nancy Wallace ebenfalls auf der Galerie?

Sie hatte noch nichts von Laurie Besem gehört. Beim Betreten des Gerichtssaals hatte sie Schultz gemustert und den Kopf schnell weggedreht, als sich ihre Blicke getroffen hatten, aber nicht schnell genug, um das böse Funkeln in seinen Augen nicht zu sehen. *Wenn Blicke töten könnten*, hatte sie voller Angst, die, wie sie wußte, unbegründet sein konnte, gedacht.

Eine schwierige Aufgabe stand ihr bevor – sie mußte Pennys Glaubwürdigkeit untergraben, ohne die Sympathie der Juroren gänzlich zu verlieren, zwei von ihnen saßen mit geschürzten Lippen da und vermieden es, Debra anzusehen. Noch dazu spürte Debra die Nachwirkungen einer Migräne. Die Sehstörungen waren längst vorbei, aber die Augenhöhlen taten noch weh, und es kam ihr vor, als sei ihr Kopf voll mit Bolzen, die bei jeder Bewegung, die sie machte, gegen die Schädeldecke stießen.

»Miss Bailor, Sie gaben an, daß Sie im September mit dem College angefangen und Ihren High-School-Abschluß vor drei Jahren gemacht haben. Was taten Sie nach der Schule?«

»Ich habe ein Semester lang Kurse belegt. Dann bekam ich einen Job als Empfangsdame in einem Büro.«

»In was für einem Büro arbeiteten Sie?«

»Es war eine Arztpraxis. Die Praxis von Dr. James Little.«

»Und wie lange arbeiteten Sie bei Dr. Little?«

»Etwa ein Jahr.«

»Und was taten Sie dann?«

»Ich war Sprechstundenhilfe bei Dr. Melvin Volkand.«

»Und wie lange blieben Sie bei ihm in Stellung?«

»Auch ungefähr ein Jahr.«

»Und danach arbeiteten Sie etwas länger als sieben Monate bei Dr. Avedon, ist das richtig?« Sie lächelte Penny an.

»Ja.«

»Haben Sie sich auch in anderen Büros als nur in Arztpraxen beworben?«

»Nein.«

»Einspruch. Was bezweckt die Verteidigerin mit diesen Fragen?« erkundigte sich Annette übertrieben gelangweilt.

»Ich werde die Bedeutung dieser Fragen aufdecken, Euer Ehren«, sagte Debra.

Claire dachte nach, dann lehnte sie den Einspruch ab.

»Miss Bailor, Sie sagten aus, Sie könnten sich nicht mehr erinnern, wer den Vorschlag machte, daß Sie und Dr. Avedon zusammen zum Dinner ausgingen. Ist es nicht eher so, daß Sie den ersten Schritt machten?« erkundigte sie sich in leicht tadelndem Ton.

»Ich weiß es nicht mehr.«

»Entspricht es nicht der Wahrheit, daß Sie den dreiundzwanzigsten Juli vorschlugen, als Dr. Avedon sich bereit erklärte, sich vielleicht einmal mit Ihnen zu treffen?«

»Einspruch. Die Zeugin hat bereits gesagt, daß sie sich nicht mehr erinnert.«

»Ich ziehe die Frage zurück«, sagte Debra. »Sie gaben an, daß es Ihnen Spaß machte, mit Dr. Avedon zu flirten. Ist das korrekt?«

»Ja.« Die Röte stieg ihr in die Wangen.

»Flirten Sie gern mit Männern?«

»Einspruch.«

»Stattgegeben.« Claire warf Debra einen strengen Blick zu.

»Haben Sie mit den Ärzten, für die Sie arbeiteten, geflirtet?«

»Einspruch!« rief Annette lauter.

»Sind Sie mit einigen von ihnen ausgegangen?«

»Einspruch, Euer Ehren! Die Verteidigung verstößt gegen siebenhundertzweiundachtzig«, sagte Annette und bezog sich damit auf den Paragraphen, der Vergewaltigungsopfer vor Fragen nach der Vergangenheit schützte.

»Stattgegeben. Miss Laslow, verändern Sie die Taktik Ihres Verhörs.«

»Ich bitte um die Erlaubnis, mich dem Richtertisch nähern zu dürfen, Euer Ehren.« Als Claire nickte, ging Debra, gefolgt von Annette, auf sie zu. »Ich habe die Absicht, ein Verhaltensmuster von Miss Bailor aufzuzeigen. Dieses Verhaltensmuster stellt eine erlaubte Ausnahme zu siebenhundertzweiundachtzig dar.«

»Was ist das für ein Verhaltensmuster?« fragte Claire.

»Wir haben eine Röntgenassistentin, die aussagen wird, daß Miss Bailor ihr anvertraut hat, sie wolle einen Arzt heiraten. Ein Arzt wird angeben, daß er sich mit Miss Bailor traf, während sie für ihn arbeitete, und daß sie gekündigt hat, kurz nachdem er ihr klarmachte, daß er kein Interesse an einer festen Beziehung habe.« Debra hatte mit beiden Zeugen gesprochen, ihnen eine Vorladung geschickt und sie gebeten, sich für heute und morgen verfügbar zu halten.

Annette sagte: »Die Verteidigerin hat es versäumt, diese Zeugen als Teil ihrer Verteidigung anzugeben, Euer Ehren.«

»Ich habe keine schriftlichen Aussagen von diesen Zeugen,

Euer Ehren. Ich war bis Freitag nicht sicher, ob ich sie aufrufen würde.«

Claire spitzte die Lippen. »Wird der Arzt aussagen, daß die Klägerin ihn fälschlicherweise der Vergewaltigung beschuldigt hat?«

»Nein.«

»Dann messe ich diesem Verhaltensmuster keine Bedeutung bei.«

»Wir glauben, daß es sich Miss Bailor zum Ziel gesetzt hat, einen Arzt zu heiraten. Wir sind der Ansicht, daß sie einverstanden war, mit meinem Mandanten zu schlafen, in der Hoffnung ihn so an sich zu binden, daß er eine dauerhafte Beziehung mit ihr eingeht. Weiterhin glauben wir, sie beschuldigt meinen Mandanten der Vergewaltigung, als sie erfuhr, daß er sich mit einer anderen Frau verlobt hat.«

Claire hob die Augenbrauen. »Ich halte das für ziemlich weit hergeholt. Ich gebe dem Einspruch statt und fordere Sie auf, dieses Thema während des Kreuzverhörs nicht mehr anzuschneiden. Sie werden weder den Arzt noch die Röntgenassistentin in den Zeugenstand rufen, und Sie werden sich in Ihrem Schlußplädoyer auf keinen der beiden und auch nicht auf Ihre hypothetische Annahme beziehen.«

Debra merkte, daß selbst Annette über diese Entscheidung erstaunt war. Sie zwang sich, ihren Ärger zu unterdrücken und sagte: »Bei allem gebotenen Respekt, Euer Ehren, Sie untergraben die Verteidigung meines Mandanten. Ich beantrage, diese Entscheidung noch einmal einer Überprüfung zu unterziehen.«

»Antrag zurückgewiesen«, versetzte Claire knapp.

»Ich bitte, meinen Einspruch ins Protokoll aufzunehmen«, sagte Debra – ihre Hände waren zu Fäusten geballt.

»Er wird vermerkt.«

Debra kehrte zum Podium zurück und hoffte, daß ihr Gesicht weder die Wut noch die Enttäuschung verriet. Sie blätterte eine Seite in ihrem Block um. »Sie sagten aus, daß Ihre Eltern nicht einverstanden gewesen wären, daß Sie mit Dr. Avedon ausgehen. Was haben Sie ihnen gesagt, wo Sie diesen Abend verbringen werden?«

»Ich sagte, daß ich bei meiner Freundin Shira übernachte.«

»Also haben Sie sie belogen, stimmt's?«

»Ich wollte ihnen nicht weh tun.«

»Das ist keine Antwort auf meine Frage, Euer Ehren«, sagte Debra und hörte zu, während Claire Penny anwies, nur auf die Fragen zu antworten.

»Ja, ich habe sie belogen.«

»Die Lügen kommen Ihnen leicht über die Lippen, nicht wahr? Sie lügen, wenn es Ihnen bequem erscheint.«

»Nein.« Pennys Tonfall war ruhig, nicht trotzig.

»Was für einen Grund gaben Sie an, als Sie bei Dr. Volkand kündigten?«

Penny zögerte und schaute zur Richterin, die ihr freundlich zu verstehen gab, daß sie antworten mußte. »Ich sagte ihm, daß ich wieder aufs College gehen wolle«, erklärte Penny. »Dr. Volkand war sehr nett zu mir. Ich wollte seine Gefühle nicht verletzen.«

»Könnte das hohe Gericht die Zeugin auffordern, nur die Fragen zu beantworten?« Nachdem Claire ihre Pflicht erfüllt hatte, sagte Debra: »Haben Sie ihn angelogen?«

»Ja.« Penny trank einen Schluck Wasser aus dem Glas, das vor ihr auf der Brüstung stand.

»Haben Sie Dr. Avedon erzählt, daß Ihre Eltern es nicht billigen, wenn Sie sich mit ihm treffen?«

»Nein.«

»Sie haben demnach wieder gelogen. Wieso haben Sie ihm nichts davon gesagt?«

»Es war mir peinlich.«

»Also lügen Sie, wenn Ihnen etwas peinlich ist?«

»Sie drücken das so aus, als würde ich die ganze Zeit nur lügen. Aber das stimmt nicht!«

»Sie gaben an, daß Sie an diesem Abend Spaß haben wollten

und nicht auf eine ernsthafte Beziehung aus waren, ist das korrekt?«

»Ja«, versetzte sie ein wenig störrisch.

»Sie sagten auch aus, daß Dr. Avedon Interesse an einer Heirat und einer Familie bekundet hat, ist *das* korrekt?«

»Ja.«

»Können Sie erklären, warum Sie, obwohl Sie das wußten, bereit waren, mit ihm in seine Wohnung zu gehen? Ich meine, Sie wollten Spaß haben, und er wollte eine seriöse Beziehung. Haben Sie ihn nicht getäuscht?«

»Ich fand es nicht schlimm, mit ihm in die Wohnung zu gehen.«

»War es nicht eher so, daß Sie gelogen haben, als Sie sagten, Sie wollten nur ein wenig Spaß haben?«

»Nein.«

»Ist es nicht eine Tatsache, daß Sie sich schon als *Mrs.* Avedon sahen?«

»Nein!«

»Sie gaben an, daß Sie nicht beunruhigt waren, als Sie in Dr. Avedons Wohnung gingen. Empfanden Sie deshalb keinerlei Nervosität, weil Sie etwas Ähnliches schon vorher getan haben?«

»Einspruch!«

»Stattgegeben.« Claires Blick verdüsterte sich. »Ich denke, es ist Zeit für eine Unterbrechung von zehn Minuten.« Sie erteilte den Geschworenen die üblichen Ermahnungen, ehe sie sie entließ.

Während der Pause rief Debra im West L. A. an. Diesmal war Laurie da. »Tut mir leid, daß ich nicht zurückrufen konnte«, sagte sie zu Debra, als sie verbunden wurde. »Was gibt's so Wichtiges?«

»Ich möchte dich um einen Gefallen bitte, Laurie.«

»Um was für einen Gefallen?« Ein argwöhnischer Unterton färbte ihre Stimme.

»Ich brauche das Vorstrafenregister von Wayne Rawling.«

Debra erklärte, daß sie im Protokoll von Rawlings Prozeß Hinweise auf ein früheres Vergehen gefunden hatte. »Ich bin sicher, du hast erfahren, daß mein Leben bedroht ist. Ich habe eine Leibwächterin, aber ich würde mich besser fühlen, wenn die Polizei den Mörder finden würde.«

»Alle arbeiten daran, Debra.«

»Ich habe wirklich entsetzliche Angst, Laurie. Kannst du das bitte für mich tun?«

»Ich riskiere damit meinen Arsch.« Sie machte eine Pause. »Na, ich schätze, es ist keine große Sache. Ich muß gleich zwei Zeugen vernehmen. Danach kümmere ich mich darum. Ruf mich nach zwei Uhr noch mal an.«

Um zwei Uhr würde Debra im Gerichtssaal sitzen, aber sie konnte Laurie nicht drängen. »Tust du mir noch einen Gefallen? Sag Simms nichts davon.«

Laurie lachte. »Schätzchen, ich habe nicht die Absicht, irgend jemandem auch nur ein Wörtchen davon zu sagen, am allerwenigsten Marty Simms.«

»Sie stehen immer noch unter Eid«, machte Claire Penny klar, als sie nach der Pause wieder in den Zeugenstand geführt wurde. »Fahren Sie fort, Miss Laslow.«

»Danke, Euer Ehren. Miss Bailor, Sie sagten aus, daß Dr. Avedon, nachdem er für Sie beide in seinem Appartement Drinks geholt hatte, Musik auflegte und das Licht dämpfte. Dann haben sie sich geküßt. Wie lange haben sie sich geküßt?«

»Das weiß ich nicht mehr genau. Vielleicht fünf Minuten.« Penny trank wieder einen Schluck Wasser.

»Sie gaben an, daß Sie die Arme um seinen Hals legten, während Sie ihn küßten. Wo waren seine Hände?«

»Daran erinnere ich mich nicht mehr.«

»Hatte er sie um Ihre Taille gelegt?«

»Ich weiß es nicht mehr.«

»Waren die Hände vorn an Ihrem Kleid?«

»Ich weiß es nicht.«

»Aber möglich wäre es, oder?«

»Ja, es wäre möglich.« Ihre Antwort war kaum mehr als ein Flüstern. Ihr Gesicht hatte sich gerötet.

»Sie sagten aus, daß Dr. Avedon Ihnen die Schuhe ausgezogen und Ihre Füße massiert hat. Ist das richtig?«

»Ja.«

»Bei der Polizei gaben Sie an, Sie hätten sich die Schuhe von den Füßen abgestreift, als sie sich auf das Sofa setzten. Welche der beiden Stories entspricht der Wahrheit?«

»Einspruch. Ich verwahre mich gegen das Wort ›Story‹«, sagte Annette.

»Stattgegeben. Formulieren Sie die Frage neu.«

»Haben Sie sich die Schuhe von den Füßen abgestreift, oder hat Dr. Avedon sie Ihnen ausgezogen?«

»Es ist schwer, sich an die Einzelheiten zu erinnern. Wahrscheinlich habe ich sie selbst ausgezogen. Als ich mit der Polizei sprach, war das, was passiert ist, noch nicht so lange her.«

»Und jetzt ist Ihre Erinnerung etwas anders als damals?«

»Ja.«

»Und in ein paar Monaten würden Sie sich wieder anders erinnern?«

»Einspruch.«

Claire lehnte den Einspruch ab.

»Ich erinnere mich nicht mehr genau an die Sache mit den Schuhen, aber ich erinnere mich, daß Dr. Avedon mich vergewaltigt hat.« Tränen traten in Pennys Augen.

»Ich beantrage, diese Bemerkung zu streichen – das ist keine Antwort auf meine Frage«, sagte Debra, die sich weder von Pennys Wut noch von ihren Tränen beeindruckt zeigte. Sie war auch wütend – indem Penny Avedon fälschlicherweise der Vergewaltigung beschuldigte, schadete sie der Glaubwürdigkeit echter Vergewaltigungsopfer.

»Die letzte Bemerkung der Zeugin wird aus dem Protokoll gestrichen«, ordnete Claire an.

»Sie erklärten, daß Dr. Avedon Ihnen die Füße massiert hat. Auch die Beine?«

»Ich glaube schon. Ja.«

»Bei dem Verhör der Staatsanwältin haben Sie das verschwiegen. Was entspricht der Wahrheit – hat er Ihre Füße und die Beine oder nur Ihre Füße massiert?«

»Die Füße und die Beine.«

»Ihre Erinnerung ist jetzt etwas anders – ist es das?«

»Ja.«

Debra schwieg eine Weile, um das Gesagte wirken zu lassen. »Am Freitag erinnerten Sie sich, daß Dr. Avedon Ihre Füße massiert hat, und drei Tage später sind Ihnen die Ereignisse plötzlich wieder besser im Gedächtnis?«

»Einspruch. Die Frage ist bereits beantwortet«, meldete sich Annette zu Wort.

»Stattgegeben.«

»Was ist Dr. Avedons Fachgebiet, Miss Bailor?«

»Er ist Internist.«

»Kein Chiropraktiker?« Drei Juroren grinsten.

»Nein.«

»Haben Sie an diesem Abend über Muskelverspannungen geklagt?«

»Nein.«

»Demnach würde die Behauptung, daß diese Massage eher romantischer als therapeutischer Natur war, zutreffen?«

»Ja.«

»Also, er massierte Ihre Füße und Ihre Beine. Bis wie weit nach oben hat er Ihre Beine massiert? Weiter als bis zur Wade?«

»Ja.«

»Oberhalb der Knie?«

»Ein Stückchen.«

»Und das hat Sie nicht beunruhigt?«

»Nein.«

»Und anschließend massierte er Ihren Nacken und zog Ihren Reißverschluß halb auf – weshalb?«

»Um meine Schultern zu massieren.«

»Um Ihre Schultern zu massieren«, wiederholte Debra und wandte sich dabei in die Richtung der Jury. Ihr Ton und die leicht hochgezogenen Augenbrauen drückten Skepsis aus. »Wie weit hat er Ihr Kleid geöffnet?«

»Halb.«

»Weiter als bis zum BH?«

»Ich glaube nicht.«

»Als er Ihren BH aufhakte, mußte er da in Ihr Kleid fassen? Denken Sie daran, Sie stehen unter Eid.«

Penny überlegte einen Moment, dann sagte sie: »Er mußte nicht in mein Kleid fassen.« Sie klang niedergeschlagen.

»Und das fällt Ihnen auch erst jetzt wieder ein?«

»Ja.«

»Also hat er in Wirklichkeit den Reißverschluß zu drei Vierteln oder noch weiter aufgezogen. Ist das korrekt?«

»Ja.«

»Haben Sie am Freitag gelogen, als Sie aussagten, er habe das Kleid nur zur Hälfte geöffnet?«

»Ich habe mich geirrt.«

»Aber jetzt wissen Sie es wieder ganz genau?«

»Ja.«

»Sie gaben an, ›nein‹ gesagt zu haben, als Dr. Avedon Ihre Brüste berührte, und ihm klargemacht zu haben, daß Sie noch Jungfrau seien. Trifft das zu?«

»Ich schrie. Ich flehte ihn an aufzuhören.«

»War das vor oder nach dem sexuellen Verkehr?«

»Vorher.« Pennys Lippen zitterten. Sie hob ihre Hand zum Mund.

»Sind Sie sicher, daß es nicht danach war?«

»Ich bin sicher.«

»Sie irrten sich, als Sie sagten, Dr. Avedon habe Ihnen die Schuhe ausgezogen. Sie irrten sich, als Sie sagten, er habe Ihr Kleid nur zur Hälfte geöffnet. Wie können Sie so sicher sein, daß Sie sich jetzt nicht wieder irren?«

Penny legte die Hand wieder in den Schoß. »Ich weiß, wann ich ihm das gesagt habe.«

»Trifft es nicht eher zu, daß Sie freiwillig Geschlechtsverkehr mit Dr. Avedon hatten und ihm danach sagten, daß Sie Jungfrau waren, weil Sie Angst bekamen und wollten, daß er sich verantwortlich für Sie fühlt?«

»Nein.«

»Ist es nicht so, daß Sie hofften, er würde Sie heiraten?«

»Nein.«

»Vergessen Sie nicht, daß Sie unter Eid stehen – haben Sie Dr. Avedons Arzthelferin nicht anvertraut, daß Sie gern jemanden wie Dr. Avedon heiraten würden?«

»Ich meinte damit jemanden, der nett ist. Jemanden, der Sinn für Humor hat.«

»Danach habe ich Sie nicht gefragt. Haben Sie der Helferin gesagt, daß Sie jemanden wie Dr. Avedon heiraten wollen, oder nicht?«

»Ja, aber Dr. Avedon ist kein Jude, und ich würde meine Eltern niemals vor den Kopf stoßen und einen Nichtjuden heiraten.«

Debra empfand Genugtuung. »Sie hatten nie Verabredungen mit Nichtjuden?«

»Miss Laslow«, schaltete sich Claire mit strenger Stimme ein. »Ich habe Sie angewiesen, die Befragung in dieser Richtung zu unterlassen.«

»Euer Ehren, die Zeugin hat selbst den Weg in diese Richtung gebahnt. Die Fragen dienen dazu, Ihre Denkweise deutlich zu machen.«

Claires Miene verfinsterte sich. Sie schwieg lange, dann sagte sie: »Ich gestehe Ihnen ein gewisses Maß an Fragen zu. Aber seien Sie vorsichtig.«

»Danke, Euer Ehren.« Debra wandte sich wieder der Zeugin zu. »Hatten Sie je Verabredungen mit Nichtjuden?«

»Ja. Aber das war nie etwas Ernstes.«

»Sind Sie in der Zeit, in der Sie in der Praxis von Dr. Volkand arbeiteten, mit seinem Kompagnon, Dr. Sanger, ausgegangen?«

»Nur ein paarmal.« Sie nahm noch einen Schluck Wasser.

»Wessen Entschluß war es, daß Sie sich nicht mehr treffen sollten?«

»Wir waren beide der Meinung, daß es besser wäre.«

»War es nicht eher so, daß es ein gegenseitiger Entschluß wurde, nachdem Ihnen Dr. Sanger eröffnet hatte, daß er kein Interesse an einer ernsthaften Beziehung habe?«

»Nein.«

Das war nicht die Antwort, die Debra erwartet hatte. Sie überlegte fieberhaft, dann sagte sie: »War Dr. Little oder einer seiner Mitarbeiter unverheiratet?«

Wieder ein »Nein«.

Debra schwieg, damit die Juroren die Information gebührend aufnehmen konnten. »Sie sagten aus, daß Sie weiterhin für Dr. Avedon arbeiteten, weil Sie den Job brauchten. Hätten Sie nicht eine andere Stellung bekommen können?«

»Ich hatte Angst, daß es keinen guten Eindruck macht, wenn ich in weniger als drei Jahren zum drittenmal die Stelle wechsele.«

»Ich verstehe. Und wann haben Sie gekündigt?«

»Am Freitag, nachdem ich das Telefongespräch auf Band aufgenommen habe.«

»Das war der dreiundzwanzigste August. Waren Sie am Montag, dem zwölften August, an Ihrem Arbeitsplatz, als Dr. Avedon Champagner mit in die Praxis brachte, um seine Verlobung zu feiern?«

»Ja.«

»Und riefen Sie an diesem Tag von Ihrer Arbeitsstelle aus Ihre Freundin Shira Frick an, um ihr zu sagen, daß Sie mit ihr reden müssen?«

»Ja.«

»Und an diesem Tag erzählten Sie ihr, daß Dr. Avedon Sie vergewaltigt habe. Aber das war eine Lüge, nicht wahr?«

»Nein.«

»Ist es nicht so, daß Sie gelogen haben, weil Sie wütend über Dr. Avedons Verlobung mit Miss Hobart waren?«

»Nein. Ich war beunruhigt, daß sie ihn heiraten wollte.«

»Haben Sie ihr Ihre Besorgnis mitgeteilt?«

»Nein.«

»Haben Sie ihr irgendwann gratuliert?«

»Ja. Sie kam in der Woche darauf in die Praxis.«

»Also beglückwünschten Sie sie zur Verlobung mit einem Vergewaltiger?« fragte Debra in ironischem Ton.

»Ich wußte nicht, was ich tun soll! Ich konnte es ihr nicht erzählen.«

»Entspricht es nicht viel eher der Wahrheit, daß Sie Dr. Avedon der Vergewaltigung beschuldigen, weil Sie sich gedemütigt fühlten und sich rächen wollten?«

»Nein.«

»Miss Bailor, Sie haben sich einem psychologischen Test unterzogen, den Ihnen die Staatsanwältin vorschlug. Ist das richtig?«

»Ja.«

»Wurden Sie gefragt, ob Sie bereit sind, sich von einem Psychologen ein Gutachten erstellen zu lassen, den die Verteidigung von Dr. Avedon empfohlen hat?«

»Ja.«

»Haben Sie sich zu dieser Untersuchung bereit erklärt?«

»Nein, aber…«

»Ist es nicht so, daß Sie es ablehnten, von einem anderen Psychologen beurteilt zu werden, weil Sie fürchteten, als Lügnerin entlarvt zu werden?«

»Nein.«

»Sie haben die ganze Zeit gelogen, nicht wahr? Sie haben Ihre Eltern belogen. Sie haben Ihre beste Freundin belogen. Sie haben die Polizei belogen. Sie haben Dr. Staten belogen. Und Sie lügen auch hier, nicht wahr?«

»Nein.«

»Sie haben es während des ganzen Verhörs vermieden, Dr. Avedon anzusehen. Können Sie ihm nicht ins Gesicht sehen, während Sie lügen, ist das der Grund?«

»Nein.«

»Ich habe keine weiteren Fragen an die Zeugin.«

Annette ging zum Podium. »Penny, warum haben Sie abgelehnt, sich von einem Psychologen der Verteidigung untersuchen zu lassen?«

»Es war für mich erniedrigend, mit der Polizei und Dr. Staten über all das zu reden. Ich wollte nicht noch einmal diesen vielen Fragen ausgesetzt sein. Und man hat mir gesagt, daß ich das nicht tun muß.«

»Hatten Sie Angst, daß der Psychologe der Verteidigung glauben könnte, daß Sie lügen?«

»Nein.«

»Penny, wieso haben Sie es vermieden, den Angeklagten anzusehen?«

»Weil ich mich gedemütigt fühle, wenn ich ihn sehe. Weil mich das an all das erinnert, was passiert ist.« Sie wischte sich mit den Fingern über die Augen.

»Penny, entspricht das, was Sie hier vor Gericht ausgesagt haben, nach bestem Wissen und Gewissen der Wahrheit?«

»Ja.«

»Hat Kenneth Avedon Sie am dreiundzwanzigsten Juli vergewaltigt?«

»Ja.«

»Die Vertretung der Anklage hat keine weiteren Fragen, Euer Ehren.«

42

»Ich weiß, was Sie tun«, sagte Debra.

Sie stand im Richterzimmer vor Claires Schreibtisch. Annette stand neben ihr. Debra hatte um eine Unterredung gebeten, und Claire hatte auf die Anwesenheit der Anklagevertreterin bestanden – »Ich möchte nicht in den Verdacht geraten, mich unkorrekt verhalten zu haben«, hatte sie Debra klargemacht.

»Passen Sie auf, was Sie sagen, Miss Laslow«, sagte Claire jetzt.

»Sie entscheiden ständig zu meinen Ungunsten. Erst glaubte ich, die Fernsehkamera wäre daran schuld – sie macht mich auch nervös. Dann dachte ich, Sie müßten nach der Auseinandersetzung mit Nancy Argula zeigen, daß in Ihrem Gerichtssaal nicht zu milde geurteilt wird.«

»Weder die Anwesenheit der Presse noch meine Meinungsverschiedenheit mit Miss Argula haben Einfluß auf meine Prozeßführung oder auf meine Entscheidungen. Wie können Sie es wagen, auch nur anzudeuten, etwas dergleichen könne mein Urteilsvermögen trüben?« Ihre blauen Augen blitzten vor Wut.

Annette sah aus, als würde sie sich nicht wohl in ihrer Haut fühlen; wahrscheinlich wünschte sie sich, ganz woanders zu sein. Debra wäre auch lieber ganz woanders. »Sie versuchen, die Wirksamkeit meiner Verteidigung zu schmälern, Euer Ehren. Sie wollen, daß ich verliere, damit ich nicht das nächste Opfer des Mörders werde.«

»Das ist absurd.« Claire war blaß geworden, und ihr Gesicht schimmerte fast weiß neben ihrem dunklen Haar.

»Ich weiß, daß Sie mein Bestes im Sinn haben. Aber aus Fairneß meinem Mandanten gegenüber sollten Sie sich aus diesem Fall zurückziehen.«

»Ich habe nicht die Absicht, den Vorsitz bei dieser Verhandlung niederzulegen, Miss Laslow. Ich werde durchhalten bis zur Entscheidung der Geschworenen.«

»Ihr ursprünglicher Entschluß, mir nicht zu gestatten, das klar erkennbare Muster im Verhalten von Penny Bailor aufzudecken, ist ein deutliches Anzeichen von Befangenheit. Sie hätten mir erlauben müssen, diese Linie weiterzuverfolgen.«

»Im Protokoll ist Ihr Einwand gegen meine Entscheidung festgehalten.« Claires Stimme war ruhig und beherrscht.

»Den Geschworenen ist nicht entgangen, daß Ihr Verhalten mir gegenüber kühl und intolerant ist. Ich fürchte, daß sie dieser Eindruck – bewußt oder unbewußt – bei der Beratung beeinflußt.«

»Dann haben Sie einen guten Grund, Berufung einzulegen.« Claire erhob sich. »Ich sehe Sie beide im Gerichtssaal.« Sie nickte Annette zu.

»Euer Ehren ...«

»Die Angelegenheit steht nicht länger zur Debatte. Das Problem ist nicht mein Verhalten, Miss Laslow. Statt dessen gibt es zwei andere Punkte, die Schwierigkeiten verursachen: Erstens Ihre Annahme, daß unsere persönliche Freundschaft mein Verantwortungsbewußtsein als Richterin beeinflussen würde. Das ist nicht der Fall. Zweitens Ihre Erwartung, ich würde Ihnen wegen unserer persönlichen Freundschaft mehr Spielraum zugestehen, als unser Rechtssystem gestattet.«

Debra schüttelte den Kopf. »Claire, entweder du lügst, oder du machst dir selbst etwas vor.«

»Debra«, warnte Annette leise.

Claire legte die Hände auf den Schreibtisch und stützte sich auf. »Wenn Sie die Verteidigung in einer Verhandlung übernommen haben, in der ich den Vorsitz führe, Miss Laslow, werden Sie mir den Respekt entgegenbringen, den mir diese Robe verleiht, und Sie werden mich mit Euer Ehren ansprechen.«

»Ich bitte um Verzeihung, Euer Ehren.« Debras Gesicht brannte vor Wut und Verlegenheit.

»Sie beleidigen nicht nur mich, sondern auch das Gericht mit Ihren unbegründeten Behauptungen. Falls Sie sie noch einmal äußern, werde ich Sie wegen Mißachtung zur Verantwortung ziehen. Ist das klar?«

»Ganz klar, Euer Ehren.«

Vickie Hobart, Avedons neunundzwanzigjährige Verlobte, war eine umwerfend hübsche Frau mit langem, gewelltem Blondhaar und großen grünen Augen, die ihr Gesicht beherrschten. Indem sie Debras Fragen beantwortete, sagte sie aus, daß sie Avedon vor zwei Jahren durch eine Freundin kennengelernt hatte; eine Zeitlang hatten sie sich regelmäßig getroffen, dann die Beziehung abgebrochen. Auf einer Party, die gemeinsame Freunde gegeben hatten, waren sie sich wieder begegnet. Zwei Monate später hatten sie sich verlobt.

»Wußten Sie, daß sich Dr. Avedon nach Ihrem Wiedersehen auf dieser Party auch noch mit anderen Frauen traf?« fragte Debra.

»Wir beide hatten uns mit anderen Leuten getroffen. Aber irgendwann wurde uns bewußt, daß wir uns lieben und heiraten wollen.«

»Wußten Sie, daß Dr. Avedon einen Abend mit seiner Sprechstundenhilfe, Miss Bailor, verbracht hat?«

»Damals nicht, aber Ken hat mir später davon erzählt.«

»Hat er Ihnen auch erzählt, wie der Abend verlaufen war?«

»Einspruch. Hörensagen.«

»Stattgegeben.«

Eine faire Entscheidung. »Vickie, hatten Sie eine intime Beziehung zu Ken, bevor und nachdem Sie sich auf dieser Party wiedersahen?«

»Ja. Wir schliefen miteinander.«

»Hat er Sie je zu sexuellen Handlungen gezwungen?«

Sie schüttelte den Kopf. »Nie.«

»Gab es Augenblicke, in denen er in Stimmung für Sex war und Sie nicht?«

»Sie meinen, wenn ich zum Beispiel Kopfschmerzen hatte?« Sie lächelte. »Es kommt nicht oft vor, aber ja, gelegentlich war das so.«

»Und wie hat er reagiert?«

»Er sagte: ›Kein Problem.‹ Das war alles.« Sie zuckte mit den Schultern.

»Er hat Sie nicht überredet, doch mit ihm zu schlafen?«

»Nein.«

»Wurde er böse?«

»Nein. Es war keine große Sache für ihn.«

»Wie fühlten Sie sich, als Sie erfuhren, daß er der Vergewaltigung angezeigt wurde?«

»Ich konnte es gar nicht glauben. Es ist mir immer noch unbegreiflich.«

»Danke. Keine weiteren Fragen.« Debra ging zu ihrem Platz zurück und beobachtete, wie Annette das Podium betrat.

»Miss Hobart. Sie sagten aus, daß Sie vor einiger Zeit die Beziehung zum Angeklagten abbrachen. Aus welchem Grund?«

»Keinem speziellen. Wir wußten einfach nicht genau, was wir wollten oder ob wir die Richtigen füreinander waren.«

»Und was hat Sie jetzt zu der Ansicht bewogen, daß Sie und der Angeklagte die Richtigen füreinander sind?« Annette lächelte die Zeugin an.

»Wir trafen uns während der Trennungsphase mit anderen Personen, und als wir uns wiedersahen, wurde uns bewußt, wie sehr wir uns vermißt hatten.«

»Aber Sie haben sich nicht sofort verlobt. Sie verlobten sich zwei Monate später. Ist das korrekt?«

»Ja.«

»Gab es ein besonderes Ereignis, daß Sie zu dieser Verlobung bewogen hat?«

»Nein. Wir haben einfach entschieden, daß wir heiraten wollen.«

»Hat Ihnen der Angeklagte einen Antrag gemacht?«

»Ja.« Vickie lächelte.

»An welchem Tag war das?«

»Am Abend des neunten August – es war ein Freitag.«

»Miss Hobart, hat Ihnen der Angeklagte anvertraut, daß er sich mit Ihnen verloben wollte, weil er fürchten mußte, daß Miss Bailor ihn wegen Vergewaltigung anzeigt, und weil er dachte, eine Verlobte würde vor Gericht einen guten Eindruck machen?«

»Nein.«

»Sie sagten, Sie hätten es nicht glauben können, daß ihm eine Vergewaltigung zur Last gelegt wird. Hatten Sie denn gar keine Zweifel an ihm?«

»Überhaupt keine.«

»Waren Sie nicht wenigstens ein klein bißchen unsicher?«

»Nein, nicht im geringsten. Ich vertraue Ken. Ich war vollkommen überzeugt, daß er freigesprochen wird. Und bin es immer noch.«

»Haben Sie ein Datum für die Hochzeit geplant?«

»Ja. Den ersten Januar. Wir haben die Absicht, in unserer Familienkirche zu heiraten.«

»Haben Sie den Trauungstermin festgelegt?«

»Noch nicht. Wegen des Prozesses ist es schwierig, konkrete Pläne zu machen.«

»Haben Sie die Einladungskarten bei einer Druckerei in Auftrag gegeben?«

Sehr clever, dachte Debra. Sie erkannte genau, worauf Annette mit diesen Fragen hinauswollte, und sah, daß einige der Geschworenen es auch wußten.

»Nein, aus demselben Grund.«

»Haben Sie ein Hochzeitskleid gekauft?«

»Ich habe einige anprobiert, aber bis jetzt noch keins gekauft.«

»Aus demselben Grund?« Ein Hauch von Sarkasmus hatte sich in Annettes Stimme geschlichen, der weder Debra noch den Geschworenen entging.

»Ja.«

»Haben Sie in Geschäften Listen für die Geschenke ausgelegt?«

Die Zeugin seufzte. »Nein. Wir erledigen das alles nach dem Prozeß.«

»Vor ein paar Minuten behaupteten Sie, Sie seien überzeugt, daß der Angeklagte freigesprochen wird. Ist das richtig?«

»Ja.«

»Wenn das so ist, warum warten Sie dann? Warum genau haben Sie den Trauungstermin noch nicht festgelegt oder die Einladungskarten noch nicht bestellt oder das Kleid noch nicht gekauft oder die Geschenklisten noch nicht ausgelegt?«

»In Anbetracht der Umstände erschien es uns vernünftiger, damit zu warten.« Sie schob eine Haarsträhne hinter ihr Ohr.

»Ist es nicht eher so, daß diese Verlobung ein Schwindel ist?«

»Nein.«

»Entspricht es nicht der Wahrheit, daß Sie gar nicht vorhaben, den Angeklagten zu heiraten? Daß Sie sich einverstanden erklärt haben, die Verlobung bis nach dem Prozeß aufrechtzuerhalten, weil er Ihnen klargemacht hat, daß es ein schlechtes Licht auf ihn werfen würde, wenn Sie die Verlobung jetzt lösen?«

»Nein.«

»Ich habe keine weiteren Fragen an die Zeugin.«

Nach dem Kreuzverhör fragte Debra: »Planen Sie eine Hochzeit mit Ken?«, und Vickie Hobart erwiderte im Brustton der Überzeugung: »Sobald wie möglich«, doch die Gesichter der Geschworenen verrieten, daß Annette erfolgreich Zweifel gesät hatte.

Nach einer Unterbrechung von zehn Minuten, während der Claire in Abwesenheit der Jury entschied, Debra zu gestatten, Dr. Eric Sanger und die Röntgenassistentin in begrenztem Rahmen zu befragen, nahm Dr. Sanger im Zeugenstand Platz. Als Debra in seiner Praxis mit ihm gesprochen hatte, war er nicht besonders bereitwillig gewesen, sich zu dieser Aussage zur Verfügung zu stellen. Auch jetzt erzählte er nur widerwillig von seiner Beziehung zu Penny. Das Widerstreben, die frühere Sprechstundenhilfe in einem schlechten Licht darzustellen, war nicht unbedingt schlecht, entschied Debra – das ließ den Zeugen aufrichtig und ehrlich erscheinen.

Er gab an, ein paarmal mit Penny ausgegangen zu sein – es sei nichts Ernstes gewesen, fügte er hinzu.

»Hatten Sie den Eindruck, daß Penny an einer dauerhaften Beziehung Interesse hatte?«

Er rutschte auf seinem Stuhl hin und her. »Ja.«

»Und wie reagierten Sie darauf?«

»Ich sagte ihr, daß wir uns besser nicht mehr treffen sollten.«

»Und wieviel Zeit verstrich nach diesem Gespräch, bis Penny kündigte?«

»Ungefähr ein Monat.«

Debra hätte ihn gern nach seiner körperlichen Beziehung zu Penny gefragt, aber Claire hatte sie vor der Vernehmung klar darauf hingewiesen, daß dieses Thema nicht zur Sprache kommen durfte. »Keine weiteren Fragen.«

»Zu diesem Zeitpunkt keine Fragen«, sagte Annette und behielt sich damit das Recht vor, Dr. Sanger später noch einmal aufzurufen. Der Arzt war sichtlich erleichtert, den Zeugenstand verlassen zu können. Annette hatte beim Kreuzverhör zwei Fragen an Yvonne Wilson, die Röntgenassistentin, die von einem Gespräch erzählte, bei dem Penny geäußert hatte, einen Arzt heiraten zu wollen.

»Hatten Sie Grund zu der Annahme, daß Penny Dr. Sanger heiraten wollte?« hakte Annette nach.

»Nein«, sagte Yvonne.

»Wissen Sie, warum Sie die Stelle gekündigt hat?«

»Sie sagte, sie habe einen besser bezahlten Job gefunden.«

Die Staatsanwältin hatte auch Fragen an Diane Zolar, Dr. Avedons siebenundzwanzig Jahre alte Arzthelferin, die angegeben hatte, Penny habe ihr etwa einen Monat nach Antritt der neuen Stellung anvertraut, sie wolle einen Mann »genau wie Dr. Avedon« heiraten.

»Miss Zolar, hatten Sie den Eindruck, Miss Bailor wollte Dr. Avedon heiraten oder eher jemanden mit seinen Qualitäten?«

»Das kann ich nicht sagen.«

»Sind Sie selbst verheiratet, Miss Zolar?«

»Nein.«

»Haben Sie je gesagt, Sie wollten jemanden wie Dr. Avedon heiraten?«

Miss Zolar wurde rot. »Möglicherweise habe ich so was mal gesagt.«

»Meinten Sie damit Dr. Avedon persönlich oder einen Mann mit seinen Qualitäten?«

»Einen Mann mit seinen Qualitäten.«

Annette lächelte. »Ich danke Ihnen. Keine weiteren Fragen.«

Der letzte Zeuge, den Debra am Montag in den Zeugenstand rief, war Dennis Jessop, Avedons Nachbar. Er gab an, am Abend des dreiundzwanzigsten Juli ab sieben Uhr zu Hause gewesen zu sein und seine Wohnung erst wieder am nächsten Morgen verlassen zu haben.

»Wo liegt Ihr Appartement im Verhältnis zu dem von Dr. Avedon?«

»Mein Schlafzimmer und sein Wohnzimmer haben eine gemeinsame Wand.«

»Können Sie hören, was in der Nachbarwohnung vor sich geht?«

»Manchmal.« Er lächelte.

»Wo hielten Sie sich in der fraglichen Nacht zwischen neun und elf Uhr auf?«

»Ich war im Schlafzimmer und habe ferngesehen.«

»Hatten Sie Ihren Fernseher laut eingestellt?«

»Nein. Ich mag es nicht, wenn der Ton so laut ist.«

»Haben Sie Schreie in Dr. Avedons Appartement gehört?«

»Nein.«

»Irgendwelche Geräusche, die auf einen Streit hindeuteten?«

»Nein.«

Debra überließ Annette das Podium.

»Mr. Jessop, hörten Sie in der fraglichen Nacht Musik im Appartement des Angeklagten?« fragte die Staatsanwältin.

»Nein.«

»Würde es Sie überraschen zu hören, daß der Angeklagte zwischen neun und elf eine CD aufgelegt hatte?«

»Eigentlich nicht. Die Wände in dem Gebäude sind ziemlich stabil.«

Verdammt, dachte Debra, setzte aber ein Pokerface auf.

»Haben Sie Ihr Schlafzimmer während der zwei Stunden auch einmal verlassen?«

»Natürlich.« Wieder ein Lächeln. »Ich war zweimal im Badezimmer. Und außerdem hab' ich mir ein Sandwich in der Küche gemacht.«

Nichts davon hatte in der schriftlichen Aussage gestanden, die Debra gelesen hatte, aber jetzt konnte sie nichts mehr dagegen unternehmen.

»Wie lange haben Sie gebraucht, um das Sandwich zuzubereiten?«

»Zehn, fünfzehn Minuten. Ich mußte das Brötchen auftauen – ich mag Brötchen. Dann habe ich eine saure Gurke und eine Tomate aufgeschnitten.« Offensichtlich machte es ihm großen Spaß, vor Gericht auszusagen.

»Und um wieviel Uhr war das in etwa, Sir?«

Er überlegte einen Moment, rieb sich das Kinn und sagte schließlich: »Ich würde sagen, irgendwann zwischen halb zehn und halb elf. Meine Lieblingsshow am Dienstag kommt zwischen neun und halb zehn. Danach ist es mir ziemlich egal, was läuft.«

»Es ist also möglich, daß Sie es nicht gehört haben, wenn eine Frau in der Wohnung des Angeklagten zwischen halb zehn und halb elf geschrien hat?«

»Es wäre *möglich*«, bestätigte er. »Ja.«

»Keine weiteren Fragen.«

Das ist auch nicht nötig, dachte Debra grimmig. Der Nachbar hatte sich als Katastrophe erwiesen. Morgen würde sie Avedon aufrufen.

»Sie haben Detective Besem gerade verpaßt«, sagte die Telefonistin vom West L. A. zu Debra. »Sie hat für heute Dienstschluß.«

Debra war keineswegs überrascht. Schon der ganze Nachmittag war voller Rückschläge und Enttäuschungen gewesen – auf Claires vernichtende Zurechtweisung waren Annettes Triumphe bei den Verhören von Avedons Verlobter, von seiner Arzthelferin und von seinem Nachbarn gefolgt. All das hatte Simms mitbekommen. »Sie haben ganz schön Boden verloren, wie?« fragte er, nachdem die Verhandlung vertagt worden war. Richard hatte ihr nur einen bitterbösen Blick zugeworfen, aber nichts gesagt. Avedon war auch sehr besorgt, selbst dann noch, nachdem Debra ihm nach allen Regeln der Kunst versichert hatte, daß nichts Schlimmes passiert sei.

Debra funkte Nadine an und wartete wie am Freitag in der Eingangshalle auf sie. Sie mochte Nadine, hatte aber die tägliche Routine satt und war es leid, eine Leibwächterin nötig zu haben und nicht in der Lage zu sein, selbst zu fahren, wohin und wann sie wollte. Abgesehen von der Angst fühlte sie sich wie damals in der High-School, als sie von ihrer Mutter und ihrem älteren Bruder abhängig gewesen war, um von einem Ort zum anderen zu kommen. Sie hatte es damals gehaßt, abhängig zu sein, und heute haßte sie es sogar noch mehr.

Sie bat Nadine, bei Ralphs Supermarkt an der Kreuzung Dritter und La Brea haltzumachen. Sie häufte Lebensmittel in ihren Einkaufswagen, und als sie nach Hause kamen, war Adam behilflich, alles auszuladen. Debra bot ihm an, das Dinner mit Steaks nachzuholen, das nach der Entdeckung des grausamen Geschenks in der pinkfarbenen Schachtel ausgefallen war, aber Adam hatte seinen Eltern versprochen, heute abend bei ihnen zu essen. Debra sagte zwar, sie könne verstehen, daß er unter diesen Umständen ihre Einladung ausschlug, war aber trotzdem enttäuscht. Er blieb noch eine Weile und leistete ihr Gesellschaft, während sie einen Salat zubereitete und die Kartoffeln vor dem Backen anstach. Sie mochte es, wenn er in ihrer Nähe war, wenn er ihr zusah und sie hin und wieder berührte und küßte.

Aaron rief an. »Jeffs Rabbi hat mir die Telefonnummer eines Rabbi aus Chicago gegeben – Jeff war früher Mitglied seiner Gemeinde. Ich rief ihn an und sagte ihm, daß ich die Informationen für eine Frau benötige, die eine Beziehung mit Jeff eingehen möchte.«

»Und?« Debra stellte das Glas mit dem Knoblauchpulver weg.

»Silver war sieben Jahre lang im Büro des Staatsanwalts beschäftigt. Offenbar hat er eine ganze Reihe von Prozessen verloren und erlitt einen Nervenzusammenbruch – der Rabbi meinte, Jeff sei dem Streß in diesem Beruf nicht gewachsen gewesen. Wie auch immer – er hat gekündigt und ist nach Los Angeles gezogen.«

»Wußte der Rabbi, welche Fälle Jeff vor Gericht verhandelt hat?« fragte Debra, obwohl sie die Antwort schon kannte.

»Es war dem Rabbi peinlich, das Wort auch nur auszusprechen – es ging um Sexualverbrechen.«

Sie aß mit Nadine zu Abend – Steaks, Salat und gebackene Kartoffeln –, dann ging sie in ihr Schlafzimmer, um fernzusehen. Als das Telefon klingelte, war sie überzeugt, Julia oder Aaron würde sich noch mal melden.

Es war Laurie. »Du hattest recht, was Rawling betrifft, Debra. Vor sechs Jahren stand der gute alte Wayne wegen Vergewaltigung vor Gericht. Er wurde freigesprochen. Sonst keine weiteren Vorstrafen.«

Debra richtete sich gespannt auf. »Kennst du die Nummer, unter der dieser Fall bei Gericht registriert ist?«

»Ich hab' das schon für dich gecheckt. Der Prozeß fand in der Stadtmitte statt. Ich habe mit dem Protokollführer gesprochen – sie haben die Akte der Staatsanwaltschaft noch in ihrer Ablage. Du hast Glück, daß sie sie noch nicht ans County-Archiv geschickt haben – das Archiv ist wie das Bermudadreieck.«

»Wem sagst du das.« Als Pflichtverteidigerin hatte Debra oft Akten angefordert, um mehr über die früheren Vergehen ihrer Schützlinge zu erfahren, aber meistens erhielt sie zur Antwort, daß die Unterlagen verlorengegangen seien. ›Menschliches Versagen‹, hieß es jedesmal. »Laurie, kennst du den Namen der Klägerin?« Im Vorstrafenregister waren die Namen der Vergewaltigungsopfer nicht verzeichnet, in den Prozeßakten der Staatsanwaltschaft hingegen schon.

»Leider nicht. Im Papierkram wird sie Jane Doe genannt – ich kann es ihr nicht übelnehmen, daß sie den Staatsanwalt gebeten hat, ihre Identität geheimzuhalten.« Laurie schwieg einen Moment. »Ich kann das Vernehmungsprotokoll einsehen, aber ich nehme an, da finde ich auch nur den Namen Jane Doe. Der Anklagevertreter war übrigens Bernie Ottenberg. Kennst du ihn?«

»Das war vor meiner Zeit. Vor sechs Jahren war ich bei einem Bundesrichter angestellt. Wer hatte die Verteidigung?«

»Madeleine Chase. Unheimlich, nicht wahr? Das verursacht mir eine richtige Gänsehaut.«

Alle Wege führen zu Madeleine.

Es verursachte Debra auch eine Gänsehaut.

43

Kenneth Avedon trug dasselbe braune Tweedjackett und die beigefarbene Weste, die er beim ersten Treffen in Debras Büro angehabt hatte, als er am Dienstag morgen schwor, die Wahrheit und nichts als die Wahrheit zu sagen.

Debra hatte sich mit ihm vor Sitzungsbeginn verabredet und

ihm die übliche Predigt gehalten: Antworten Sie nur auf die Fragen; versuchen Sie ein ernstes, aber kein grimmiges Gesicht zu machen; wenn Sie eine Frage nicht verstehen, bitten Sie um Klarstellung; reagieren Sie nicht auf den Sarkasmus oder die versteckten Andeutungen der Staatsanwältin – es ist ihr Job, Sie aus der Fassung zu bringen; zappeln Sie nicht auf dem Stuhl herum und halten Sie Ihre Hände ruhig; vermeiden Sie nicht den Blickkontakt mit den Geschworenen, aber starren Sie sie auch nicht an. Sagen Sie nur die Wahrheit.

Sie hatte ihn gestern nach der Verhandlung und noch einmal am frühen Morgen bei einem Telefonat ermahnt, keine kohlensäurehaltigen Getränke zu trinken – wenn er es doch tat, mußte er möglicherweise rülpsen.

Beim Verhör brachte sie ihn geschickt dazu, seinen Hintergrund zu beschreiben, und merkte, daß sich seine anfängliche Nervosität rasch legte. In seiner von Natur aus angenehmen Stimme schwang Aufrichtigkeit mit, die durch das Mikrophon noch deutlicher hörbar wurde. Aus den Augenwinkeln sah sie, daß er einen guten Eindruck auf die Geschworenen machte.

»Wann haben Sie Penny Bailor kennengelernt, Dr. Avedon?« fragte Debra.

»Im letzten Januar, als Sie sich für die Stelle als Sprechstundenhilfe vorstellte.«

Er war beeindruckt von ihr gewesen. Sie war klug, hübsch, gut gekleidet und hatte eine freundliche Stimme und gute Manieren – das alles waren Eigenschaften, die er sich für seine Sprechstundenhilfe wünschte. Zudem hatte sie gute Zeugnisse von ihren früheren Arbeitgebern mitgebracht.

»Zu welchem Zeitpunkt wurde Ihr Verhältnis zu Penny persönlicher?« wollte Debra wissen.

»Sie war sehr schüchtern, als sie bei uns anfing, aber nach ein oder zwei Wochen, als ihr der Arbeitsalltag vertraut wurde, taute sie auf. Wir scherzten oft, und irgendwann – ich glaube, es war im April oder Mai –, begannen wir ein bißchen zu flirten. Es war nichts Ernstes.«

»Fühlten Sie sich von Penny angezogen?«

»Ja. Sie ist eine attraktive junge Frau.«

»Und deutete sie an, daß Sie sich auch zu Ihnen hingezogen fühlte?«

»Ja.« Er hielt einen Moment inne. »Ihre Hand berührte meine, wenn sie mir Unterlagen überreichte. Sie streifte mich, wenn sie an mir vorbeiging. Sie machte sexuelle Anspielungen.« Er schien Widerwillen zu empfinden, solche Dinge äußern zu müssen – ein echter Gentleman gab so etwas nicht preis.

»Und am Dienstag, dem dreiundzwanzigsten Juli, gingen Sie mit Penny zum Dinner in ein Restaurant. Wessen Idee war das?«

»Ihre. Am Tag davor lachten wir über etwas, was sich in der Praxis ereignet hatte, und ich sagte: ›Vielleicht sollten wir mal zusammen essen.‹ Sie erwiderte darauf: ›Wie wär's mit morgen abend?‹«

»Haben Sie sie von zu Hause abgeholt?«

»Nein. Sie sagte, ihre Eltern seien überfürsorglich und sehr religiös – sie würden es nicht billigen, wenn sie sich mit einem Nichtjuden trifft. Sie sagte, sie wolle ein Kleid mitbringen und sich nach der Arbeit in der Praxis umziehen. Nach der Arbeit folgte sie mir in ihrem eigenen Wagen zu dem Restaurant.«

»Hat sie sonst noch etwas über ihre Eltern erzählt?«

»Ja. Sie sagte, sie selbst sei nicht sehr religiös, und deshalb käme es manchmal zu Reibereien zwischen ihr und ihren Eltern.«

Während des Dinners hatten sie sich über ihre Familien unterhalten. Und nach dem Essen schlug er vor, noch zusammen in seine Wohnung zu gehen.

»Und was sagte Penny zu diesem Vorschlag?«

»Sie sagte: ›Wollen wir ein wenig Doktor spielen?‹ und lachte.«

Debra schwieg einen Augenblick, damit die Geschworenen

über diese Äußerung nachdenken konnten, dann fragte sie: »Und wie interpretierten Sie diese Bemerkung?«

»Einspruch. Aufforderung zur Spekulation«, rief Annette.

Debra hatte seit gestern kein Wort mehr mit Claire gewechselt und achtete jetzt sehr genau auf einen höflichen Ton.

»Euer Ehren, ich bitte Dr. Avedon, Angaben über seine eigene Reaktion zu machen.«

»Einspruch abgelehnt.«

Nachdem Debra die Frage wiederholt hatte, sagte Avedon: »Ich habe es so verstanden, daß sie Lust auf Sex hatte.«

»Was geschah, als Penny in Ihre Wohnung kam?«

»Sie küßte mich. Ich legte Musik auf, und wir setzten uns aufs Sofa und unterhielten uns. Sie spielte mit meinen Fingern und legte eine Hand auf meinen Schenkel. Nach etwa zwanzig Minuten küßten wir uns intensiver.«

»Was geschah dann?«

»Ich fragte sie, ob ich ihr die Füße massieren solle. Sie sagte ja, und ich massierte ihr die Füße. Danach massierte ich ihren Nacken und, nachdem ich den Reißverschluß an ihrem Kleid aufgezogen hatte, auch ihre Schultern.«

»Hatten Sie den Eindruck, daß ihr gefiel, was Sie da taten?«

»Ja. Sie seufzte zufrieden und sagte: ›Das fühlt sich sehr gut an.‹«

Wieder machte Debra eine Pause. »Und was passierte dann?«

»Ich öffnete ihren BH, legte meine Hände auf ihre Brüste und streichelte sie.«

»Bat sie Sie, damit aufzuhören?«

»Nein. Sie lehnte sich an mich und bedeckte meine Hände mit ihren. Dann zogen wir uns gegenseitig aus und liebten uns.«

»Hat Penny Sie irgendwann aufgefordert aufzuhören?«

»Nein.«

»Hat sie geschrien?«

»Nein.«

»Benutzten Sie ein Kondom, Ken?«

»Ja. Sie hat mich darum gebeten. Aber ich hätte es sowieso getan.«

»Wann hat Ihnen Penny eröffnet, daß sie noch Jungfrau war?«

»Nachdem wir uns geliebt hatten, fing sie zu weinen an. Sie sagte, daß dies das erste Mal für sie gewesen sei und daß sie Angst habe, schwanger zu werden, obwohl ich ein Kondom benutzt hatte. Sie meinte, ihre Eltern würden sie umbringen, wenn sie davon erfahren würden.«

»Wie fühlten Sie sich, als Sie das hörten, Ken?«

»Ich war geschockt. Ich hatte ja keine Ahnung!« Sein Gesicht drückte Verwirrung aus, als sei ihm das alles eben erst widerfahren.

»Und was haben Sie getan?«

»Ich hielt sie im Arm und sagte ihr, daß sie bestimmt nicht schwanger wird. Sie hörte auf zu weinen, und wir redeten noch eine Weile. Dann zog sie sich an und fuhr zu ihrer Freundin, bei der sie über Nacht bleiben wollte.«

Am nächsten Tag rief sie in der Praxis an, um sich krank zu melden, und er nahm an, daß sie sich schuldig fühlte, weil sie ihre Jungfräulichkeit verloren hatte, und daß sie Hemmungen hatte, ihn wiederzusehen. Am Donnerstag schien es ihr gutzugehen. Er fragte sie, ob sie am Samstag noch einmal mit ihm ausgehen wolle, aber sie sagte, sie habe Angst, daß ihre Eltern dahinterkommen und wütend werden könnten. Dr. Avedon intensivierte seine Beziehung zu Vickie.

»Drei Wochen nach Ihrem Abend mit Penny, genauer am zwölften August, verkündeten Sie Ihren Angestellten in der Praxis, daß Sie sich verlobt haben. Wie war Pennys Reaktion?«

»Sie verlor die Fassung. Sie war abweisend. Regelrecht unhöflich. Erst später begriff ich, warum sie sich so benahm – sie hatte sich in ihrer Phantasie ausgemalt, daß sie und ich zusammenkommen würden.«

»Einspruch«, sagte Annette. »Reine Spekulation. Der Zeuge kann nicht aussagen, was Miss Bailor dachte.«

»Stattgegeben. Die Jury wird diese letzte Bemerkung nicht beachten.«

»Kommen wir auf das Telefonat zu sprechen, das Penny auf Band aufgenommen hat«, sagte Debra. »Wußten Sie, daß Sie die Unterhaltung aufnahm?«

»Nein.«

»Auf dem Band sagte Penny: ›Warum hast du mich zum Sex gezwungen? Wieso warst du so grob?‹ *Haben* Sie Penny zum Sex gezwungen, Ken?«

»Nein. Es hat ihr Spaß gemacht – wenigstens hat sie sich so benommen, als würde es ihr Spaß machen. Sie hat mitgemacht.«

»Waren Sie grob?«

»Wir waren beide leidenschaftlich. Ich würde das nicht grob nennen.«

»Aber Sie haben sich nicht gegen Ihre Anschuldigungen gewehrt. Sie sagten: ›Tut mir leid, daß du so aufgeregt bist‹ und ›Ich wollte nicht grob sein‹. Weshalb sagten Sie nicht, daß das alles nicht stimmt?«

»Ich wußte, daß sie Gewissensbisse plagten, weil sie ihre Jungfräulichkeit verloren hatte, und daß sie furchtbare Angst hatte, ihre Eltern könnten etwas davon erfahren. Ich dachte, sie würde mir diese Vorwürfe machen, weil das leichter für sie war, als sich selbst die Schuld zu geben. Um die Wahrheit zu sagen – sie tat mir leid. Ich wollte sie nicht noch mehr aufregen, indem ich ihre Vorwürfe zurückwies.«

Debra sagte ein paar Sekunden nichts. »Penny fragte Sie bei diesem Gespräch auch: ›Warum hast du mich vergewaltigt?‹ Was erwiderten Sie darauf?« Die Geschworenen hatten den Mitschnitt gehört und die Abschrift gelesen, aber Debra wollte sie an Avedons Leugnen erinnern.

»Ich sagte, daß ich sie nicht vergewaltigt habe und daß ich jetzt auflegen würde.«

»Waren Sie zu diesem Zeitpunkt wütend?«

»Ja. Ich wußte nicht mehr genau, was vor sich ging, aber ich wollte mir keinesfalls Vorwürfe für etwas machen lassen, was ich nicht getan habe.«

»Ken, wie fühlen Sie sich jetzt, in diesem Augenblick?«

»Ich kann immer noch nicht glauben, daß dies alles wirklich geschieht. Ich komme mir vor wie in einem Alptraum.«

»Haben Sie Penny vergewaltigt?«

»Nein, das habe ich nicht getan.«

Laurie Besem hatte Debra den Namen der Gerichtsstenographin genannt, die Rawlings ersten Prozeß aufgenommen hatte. Vor Beginn der Vormittagssitzung hatte Debra im betreffenden Gerichtsgebäude angerufen und erfahren, daß die Stenographin vor vier Jahren aus dem Staat Kalifornien weggezogen war. Niemand kannte ihre derzeitige Adresse.

Vor sechs Jahren hatte Madeleine ihre Arbeit bei Blackmeyer begonnen. In der fünfzehnminütigen Verhandlungspause versicherte Debra Avedon, daß er seine Sache ausgezeichnet gemacht habe, und bereitete ihn auf das vor, was ihn beim Kreuzverhör erwartete, dann rannte sie zum Münztelefon und rief Cynthia Ellis an.

»Ich muß Sie noch einmal um einen Gefallen bitten.« Debra erklärte ihr, daß sie den Namen der Frau, die Rawling vor sechs Jahren der Vergewaltigung angezeigt hatte, in Erfahrung bringen müsse.

»Selbst wenn ich Ihnen den Namen nennen dürfte, könnte ich es nicht«, erwiderte Cynthia. »Vor ungefähr einem Monat – direkt nach seinem zweiten Prozeß – kam Mr. Rawling in unser Büro und bestand darauf, seine komplette Akte mitzunehmen. Er sagte, er hätte genug dafür bezahlt, und das würde ihm das Recht geben, mit seinen Unterlagen zu machen, was er wollte. Miss Chase trug mir auf, sofort all seine Papiere zusammenzusuchen und in einen Umschlag zu stecken.«

»Kennen Sie seine Adresse? Können Sie sie mir geben?«

»Ich verliere meinen Job, wenn Mr. Rawling Mr. Blackmeyer oder jemand anderem aus der Kanzlei erzählt, daß ich Informationen über ihn an Sie weitergegeben habe. Ich würde Ihnen gern helfen, ehrlich.« Sie klang zerknirscht.

»Ist schon okay, Cynthia. Ich verstehe Sie.«

»Ich hab' keine Ahnung, wer diese Frau war – zu dieser Zeit habe ich noch nicht hier gearbeitet –, aber als ich neulich mithörte, wie Miss Chase jemanden wegen dieser Drohbriefe am Telefon angeschrien und diese Person als verrückt beschimpft hat« – Die Sekretärin senkte ihre Stimme –, »da sagte sie auch so etwas wie: ›Du kannst mir nicht die Schuld an dem geben, was vor sechs Jahren passiert ist.‹ Also vermute ich, sie hat über dieselbe Angelegenheit gesprochen. Als Sie vorhin die sechs Jahre erwähnten, habe ich mich plötzlich wieder daran erinnert.«

Und Madeleine hatte an den Rand ihrer Notizen über Avedons Fall »6 Jr.?« gekritzelt, erinnerte sich Debra. Nachdem sie sich bei Cynthia bedankt hatte, rief sie noch einmal im West L. A. an – auch Laurie verriet ihr die Adresse von Rawling nicht. Debra hatte erneut einen Vierteldollar in den Münzschlitz gesteckt, als der Gerichtsdiener die Tür vom Sitzungssaal öffnete und verkündete, daß die Verhandlung fortgesetzt würde. Sie schnappte sich ihren Vierteldollar, bahnte sich eilends ihren Weg durch die Menschenmenge auf dem Korridor und stand plötzlich Stuart Bailor von Angesicht zu Angesicht gegenüber.

»Sie hat das nicht gesagt, das mit dem Doktor spielen«, behauptete er mit ruhiger, trauriger Stimme. »Sie hat nicht getan, was er bebauptet. Die Frau, von der er gesprochen hat, war nicht meine Schwester.«

»Tut mir leid.« Sie erkannte die Bestürzung, den Schmerz und den Zorn in seinen Augen, und sie hatte Verständnis dafür, daß er an seinen Illusionen festhalten wollte.

Sie wandte sich nach rechts. Karl Vaughan starrte sie mit haßerfülltem Blick an. Debra drehte den Kopf zur Seite und erwartete Schultz und seine wutentbrannten Augen zu sehen. Er war jedoch nicht in Sicht, aber sie wußte, daß er anschließend im Gerichtssaal sitzen und sie beobachten würde.

»Mr. Avedon, hatten Sie die Verlobung mit Miss Hobart schon im Sinn, als Sie mit Penny ausgingen?« fragte Annette.

»Vickie und ich waren zu diesem Zeitpunkt noch keine Verpflichtung eingegangen.«

»Wann waren Sie vor dem dreiundzwanzigsten Juli das letzte Mal mit Ihrer Verlobten zusammen?«

»Einspruch – ich verwahre mich gegen die Bezeichnung ›Verlobte‹«, sagte Debra. »Sie ist irreführend und beschreibt nicht die Beziehung, die Dr. Avedon zu Miss Hobart zu der Zeit hatte, als er mit Miss Bailor ausging.« Es war eine absichtliche Irreführung, und genauso absichtlich sprach Annette Avedon mit »Mister« und nicht mit »Doktor« an – vorher hatte sie ihn konsequent den »Angeklagten« genannt, um seine gesellschaftliche Stellung und seine Glaubwürdigkeit weniger bedeutsam erscheinen zu lassen.

Claire überlegte einen Moment, dann gab sie dem Einspruch statt. Annette formulierte die Frage anders.

»Ich erinnere mich nicht genau«, sagte Avedon. »Jedenfalls nicht in der gleichen Woche – Vickie hielt sich eine Zeitlang außerhalb der Stadt auf. Wir waren zusammen aus, bevor sie wegfuhr.«

Geben Sie freiwillig keine Informationen preis, Ken, hätte ihm Debra am liebsten zugezischt. Aber es war zu spät. Und weshalb hatte er das ihr gegenüber bei den Vorgesprächen nicht erwähnt?

»Also Ihre Verlobte – Verzeihung, *Miss Hobart*, hielt sich am dreiundzwanzigsten Juli nicht in der Stadt auf, habe ich das richtig verstanden?« hakte Annette nach.

»Ja.«

»Haben Sie sich außer mit Penny mit noch jemandem getroffen, während Miss Hobart weg war?«

»Nein.«

»Wie lange war Miss Hobart verreist?«

»Sie fuhr am vierzehnten Juli weg – ich erinnere mich, der Jahrestag des Sturms auf die Bastille.« Er lächelte. »Sie kam am neunundzwanzigsten Juli zurück.«

»Also war sie gut zwei Wochen nicht da – fünfzehn Tage, um genau zu sein. Miss Hobart sagte in dieser Verhandlung aus, daß sie eine intime Beziehung zu Ihnen hatte. Trifft das zu?«

»Ja.«

»Sie mußten also auf körperliche Intimitäten verzichten, solange Miss Hobart verreist war. Stimmt das?«

»Ja.«

Debra sah an Avedons angespanntem Gesichtsausdruck, daß er die Falle erkannt hatte, in die er getappt war. Die Juroren sahen das auch. Debra nickte Avedon aufmunternd zu.

»Was war passiert? Brauchten Sie ein bißchen Action, als sich Miss Hobart nicht in der Stadt aufhielt? Waren Sie scharf auf eine Frau?«

»Einspruch!«

»Stattgegeben. Stellen Sie die Frage anders, Miss Prado.«

»Ich ziehe sie zurück. Also, Sie standen drei Wochen vor der Verlobung mit einer Frau und hatten Sex mit einer anderen. Ist das korrekt?«

»Vickie und ich waren, wie gesagt, zu diesem Zeitpunkt keinerlei Verpflichtungen eingegangen.«

»Aber drei Wochen später gingen Sie diese Verpflichtungen ein.« Annettes Tonfall sprach Bände. »Sie gaben an, daß Penny nach dem Dinner sagte: ›Wollen wir ein wenig Doktor spielen?‹ Wo befanden Sie sich, als sie diese angebliche Bemerkung machte?«

»Wir standen neben ihrem Auto.«

»War irgend jemand in Ihrer Nähe?«

»Nein. Wir waren allein.«

»Demnach steht uns nur Ihre Aussage, daß Miss Bailor diese Bemerkung machte, zur Verfügung?«

»Ja.«

»Ich verstehe.« Wieder eine Pause, um die Geschworenen zum Nachdenken zu zwingen. »Sie gaben an, daß Sie eine Weile mit Penny redeten, nachdem sie sich beruhigt hatte. Dann zog sie sich an und fuhr zu ihrer Freundin. Haben Sie sie zu ihrem Auto begleitet?«

»Nein. Ich wollte es, aber sie ließ das nicht zu.«

»Sie haben sie also nicht zu ihrem Auto begleitet«, wiederholte Annette. »Sie hat Ihnen gerade ihre Jungfräulichkeit geopfert, und Sie beschwichtigten sie anschließend. Wieso sollte sie dann nicht zulassen, daß Sie sie um halb elf Uhr nachts in einer für sie unbekannten Gegend zum Wagen bringen?«

»Einspruch. Der Zeuge kann über Miss Bailors Beweggründe nichts wissen«, sagte Debra.

»Abgelehnt.«

»Sie sagte, es wäre ihr peinlich, den Portier oder den Sicherheitsbeamten zu sehen. Sie bildete sich ein, sie wüßten, was sie getan hat.«

»Sie sind sehr clever, nicht wahr, Mr. Avedon?«

»Einspruch!« rief Debra.

»Stattgegeben.«

»Sie sagten aus, daß Penny am Dienstag abend ein schlechtes Gewissen gehabt habe, aber als sie am Donnerstag zur Arbeit kam, sei es ihr wieder gutgegangen. Haben Sie keinerlei Anzeichen wahrgenommen, daß sie immer noch aufgewühlt war?«

»Sie war ein wenig still. Ich hielt das für normal.«

»Weil sie ihre Jungfräulichkeit verloren hatte?«

»Ja.«

»Und als Sie sie fragten, ob sie noch einmal mit Ihnen ausgehen möchte, und sie nein sagte, weil sie befürchtete, ihre Eltern könnten dahinterkommen und wütend werden, fanden Sie es seltsam, daß sie sich vorher keine Gedanken deswegen gemacht hat, stimmt's?«

»Nein. Ich dachte, daß sie in Zukunft vorsichtiger sein wollte.«

»Ich verstehe. Fragten Sie sie noch einmal, ob Sie sich mit Ihnen treffen will?«

»Nein. Ich habe ihre Entscheidung respektiert.«

»Und Miss Hobart war inzwischen von ihrer Reise zurück.« Annette lächelte. »Sie gaben an, daß Penny abweisend und nicht sehr höflich war, als Sie Ihre Verlobung bekanntgaben. Wie lange blieb sie so abweisend und unhöflich?«

»Ziemlich lange.«

»Eine Woche lang? Zwei Wochen?«

»Ja.«

»Benahm sie sich so, bis sie kündigte?«

»Ja.«

»Bei dem auf Band aufgenommenen Gespräch, das Sie am Donnerstag, dem zweiundzwanzigsten August, mit Penny führten, erwiderten Sie auf Pennys Frage: ›Warum warst du so grob?‹, es würde Ihnen leid tun, daß sie so aufgeregt sei und daß Sie so grob mit ihr umgegangen seien. Ist *das* korrekt?«

»Ja, aber ...«

»Beantworten Sie bitte nur die Fragen, Mr. Avedon«, forderte Claire ihn auf.

»Sie haben ihre Anschuldigungen nicht zurückgewiesen, weil sie Ihnen leid tat – es tat Ihnen leid, daß sie ein schlechtes Gewissen wegen der Liebesnacht hatte, und Sie wollten nicht, daß sie sich noch schlechter fühlt. Trifft das zu?«

»Ja.«

»Nun, laut Ihrer eigenen Aussage empfand Penny zu diesem Zeitpunkt aber kein schlechtes Gewissen – sie war angeblich wütend über Ihre Verlobung. Weshalb machten Sie sich also Gedanken um ihre Gefühle?«

»Ich hatte trotz allem Mitleid mit ihr. Ich dachte, daß ihre Gefühle völlig durcheinander waren – sie fühlte sich schuldig, weil sie ihre Jungfräulichkeit verloren hatte, und sie war böse, weil ich mich verlobt hatte.«

»Entspricht es nicht viel eher der Wahrheit, daß Sie sagten, es würde Ihnen leid tun, daß sie so aufgeregt sei, weil Sie grob mit ihr umgesprungen waren und weil Sie Penny in Wirklichkeit zum Sex gezwungen hatten?«

»Nein.«

»Entspricht es nicht der Wahrheit, daß Sie sagten, es würde Ihnen leid tun, daß sie so aufgeregt sei, weil Sie wußten, daß Sie sie vergewaltigt hatten?«

»Nein. Ich habe sie nicht vergewaltigt.«

»Entspricht es nicht der Wahrheit, Mr. Avedon, daß Sie Sex haben wollten und ein Nein als Antwort nicht akzeptiert hätten?«

»Nein.«

»Entspricht es nicht der Wahrheit, daß Penny Ihnen nicht erlaubte, sie zu ihrem Wagen zu begleiten, weil Sie sie gerade vergewaltigt hatten? Ich habe zu diesem Zeitpunkt keine weiteren Fragen an den Zeugen, Euer Ehren.« Annette verließ das Podium.

»Möchte die Verteidigung noch Fragen stellen?« erkundigte sich Claire.

»Ja, Euer Ehren.« Debra ging zum Zeugenstand. »Ken, es gibt einen alten Song, in dem heißt es: ›Your lips say no, no, no. But there's yes, yes in your eyes.‹ Glauben Sie, daß es ›vielleicht‹ bedeutet, wenn eine Frau ›nein‹ sagt?«

»Nein, das glaube ich nicht. ›Nein‹ heißt ›nein‹, denke ich.«

»Sind Sie der Ansicht, daß eine Frau, die Küsse und Berührungen zuläßt, automatisch ihre Zustimmung zu sexuellem Verkehr gibt?«

»Nein.«

»Ken, haben Sie Penny Bailor vergewaltigt?«

»Nein, ich habe es nicht getan.«

»Rufen Sie Ihren nächsten Zeugen auf«, sagte Claire.

Debra hätte den Psychologen aufrufen können, der belegen würde, daß in Avedons Persönlichkeitsprofil nichts auf einen Vergewaltiger hindeutete. Sie hätte den Sicherheitsbeamten aufrufen können, der aussagen würde, daß Penny kein Wort gesagt hatte, als sie Avedons Haus verließ. Sie hätte zehn oder mehr Zeugen aufrufen können, die Avedon einen lauteren, anständigen Charakter bescheinigen würden. Sie glaubte nicht, daß das für seine Verteidigung nötig war, aber sie könnte all diese Zeugen befragen und den Prozeß verlängern, um der Polizei Zeit zu geben, den Mörder zu finden; sie könnte den Moment hinauszögern, in dem das Urteil gesprochen wurde. Nicht nur Avedons Urteil, sondern auch ihr eigenes.

Sie zauderte, dann sagte sie: »Die Verteidigung schließt die Beweisführung ab, Euer Ehren.«

Avedon wirkte sehr mitgenommen, als er den Zeugenstand verließ. Debra lächelte ihn an und sagte: »Sie waren großartig.« Sie wartete wieder, bis sich der Saal geleert hatte, dann begleitete sie ihn die Treppe hinunter.

Sie fand eine unbesetzte Bank, überprüfte noch einmal das Schlußplädoyer, das sie vorbereitet hatte, und fügte einige Punkte, die sich während der Aussage von Avedon ergeben hatten, hinzu. Sie war eine Perfektionistin und wußte, daß sie nie ganz zufrieden sein würde. Schließlich stopfte sie alle Papiere in ihren Aktenkoffer und sah auf ihre Uhr: zwanzig Minuten nach eins.

Sie stand in der Damentoilette vor dem Spiegel und trug Lippenstift auf, als ihr auffiel, daß die Frau, die neben ihr stand, sie anstarrte, während sie Wasser über ihre Hände laufen ließ.

»Sie waren heute da drin sehr gut«, sagte die Frau. Sie hatte gefärbtes braunes Haar, aber die Farbe war verblaßt, und ein großes Stück Grau war am Haaransatz nachgewachsen.

»Danke.« Debra steckte die Kappe auf den Lippenstift und verstaute ihn in ihrer Handtasche.

»Er war auch gut – der Doktor. Sehr überzeugend.« Sie pumpte flüssige Seife in ihre Handflächen und auf die Unterarme und verrieb den Schaum. »Ich könnte verstehen, wenn die Jury ihm glaubt. Meinen Sie, daß Sie gewinnen?«

»Tut mir leid, ich kann wirklich nicht mit Ihnen über den Fall diskutieren.« Sie klappte ihre Tasche zu.

»Natürlich nicht. Das weiß ich doch.« Sie spülte ihre Hände und trocknete sie mit einem Papiertuch ab, dann drehte sie sich zu Debra um. »Der Mann, der mich vergewaltigt hat, war auch sehr überzeugend. Aber nicht halb so überzeugend wie seine Anwältin. Sie ist inzwischen tot, genau wie die anderen. Aber das wissen Sie selbstverständlich.« Ihre Hand verschwand in ihrer Handtasche.

Debra erstarrte. Das ist Emma Banks, schoß es ihr durch den Kopf, und sie hat eine Pistole bei sich. Sie will mich hier und jetzt umbringen. Sie fühlte sich, als habe man ihr die ganze Luft aus den Lungen gesaugt. Sie hob ihre Handtasche hoch und bereitete sich darauf vor, Emma damit die Waffe aus der Hand zu schlagen. Aber Emma hatte keine Pistole in der Hand, sondern eine Haarbürste.

Die Frau fuhr damit durch ihr Haar. »Ich habe meinen Job verloren. Sie sagten, ich habe zuviel geweint. Sie sagten, daß ich den Leuten Unbehagen bereite.«

»Das tut mir leid.« Debra wich ein paar Schritte zurück.

»Tatsächlich?« Sie starrte Debra wieder an. »Sie sollten lieber gehen. Sie wollen doch nicht zu spät in den Gerichtssaal kommen.«

44

»Es geht hier um Glaubwürdigkeit«, erklärte Annette Prado den Geschworenen. »Wenn Sie Penny keinen Glauben schenken, müssen Sie den Angeklagten freisprechen. Wenn Sie ihr glauben, müssen Sie ihn für schuldig befinden.« Sie machte eine Pause und ließ den Blick über die zwölf Männer und Frauen schweifen – alle sahen sie mit gespannter Aufmerksamkeit an.

»Penny war schonungslos und peinlich aufrichtig. Vielleicht mögen Sie sie nicht. Vielleicht denken Sie, daß sie sich töricht verhalten hat.« Annette machte eine abwehrende Geste. »Aber, meine Damen und Herren, darum geht es hier nicht. Es geht hier einzig und allein um folgende Frage: Sagt Penny die Wahrheit?

Ich muß drei Dinge nachweisen. Das erste ist, daß zwei Menschen sexuellen Verkehr hatten. Das zweite ist, daß diese beiden Menschen nicht miteinander verheiratet waren. Das dritte ist, daß der Verkehr gegen den Willen der Frau stattfand und daß Gewalt angewendet wurde. Vergewaltigung heißt, daß es kein Einverständnis gegeben hat und daß Gewalt angewendet wurde.

Warum hat Penny die Vergewaltigung nicht sofort angezeigt? Sie hat Ihnen erklärt, warum. Sie schämte sich. Sie kam sich dumm vor. Sie machte sich Vorwürfe, weil sie mit einem Mann, dem sie vertraute, in seine Wohnung ging. Mit ihrem Arbeitgeber. Einem angesehenen Arzt. Sie tat, was Tausende von Frauen in einer solchen Situation tun – sie versuchte zu verdrängen und zu vergessen, was passiert war. Letzten Endes konnte sie das nicht durchhalten, weil das Geheimnis ihr Leben zerstörte, deshalb erzählte sie es ihrer Freundin, ihren Eltern und der Polizei.

Während des ganzen Verhörs in dieser Verhandlung war Penny von Grund auf ehrlich – das war sehr qualvoll für sie. Sie hat Ihnen erzählt, daß sie zu dem Angeklagten in die Wohnung ging. Sie hat Ihnen geschildert, wie sie ihn küßte und sich von ihm die Füße und den Nacken massieren ließ. Sie hat eingestanden, daß sie nichts unternahm, als er den Reißverschluß ihres Kleides aufzog. Warum hat sie sich gegen all das nicht gewehrt? Weil sie wie jeder Mensch romantische Gefühle hat. Penny wollte Zuneigung. Aber sie wollte keinen Sex. Als der Angeklagte ihre Brüste berührte, sagte sie nein. Als der Angeklagte sie auf die Couch drückte, sagte sie nein. Und als sich der Angeklagte auf sie warf und ihr Gewalt antat, schrie sie: ›Nein, nein, nein, nein, nein!‹«

Annette ist verdammt gut, dachte Debra erneut; sie stellte eine gelassene Miene zur Schau und sah Avedon an. Sie konnte nicht erraten, was ihm durch den Kopf ging. Sie selbst bemühte sich, alle anderen Gedanken zu verdrängen – den Gedanken an Vaughan, Schultz, Jeff, Simms und an Emma Banks.

»Die Verteidigung hat versucht, Penny als Lügnerin darzustellen«, fuhr Annette fort. »Wenn sie gelogen hat, wieso hat sie uns dann nicht eine bessere Geschichte aufgetischt? Warum hat sie nicht gesagt, daß sie diese Massage *nicht* zuließ? Warum hat sie nicht gesagt, daß er gegen ihren Willen und gewaltsam diesen Reißverschluß öffnete? Sie hätte eine viel bessere Geschichte erzählen können, aber sie hat es nicht getan. Sie ist bei der Wahrheit geblieben.

Die Verteidigung war erpicht darauf, die Widersprüche zwischen Pennys Aussage vor Gericht und den Angaben, die sie bei der Polizei gemacht hat, aufzudecken. Lassen Sie uns diese Widersprüche genauer untersuchen. Penny sagte bei der Polizei, sie hätte ihre Schuhe von den Füßen gestreift, als sie sich auf die Couch des Angeklagten setzte. Beim Verhör in dieser Verhandlung sagte sie aus, der Angeklagte hätte sie ihr ausgezogen. Sie hat nicht gelogen – sie konnte sich nur nicht mehr genau an diese Einzelheit erinnern, das Ereignis fand immerhin vor beinahe vier Monaten statt. Dieser Irrtum ist ganz natürlich, und worum ging es dabei? Um ein Paar Schuhe?« Annette hielt einen Moment inne. »Das mindert keineswegs Pennys Glaubwürdigkeit. Es ändert nichts an der Tatsache, daß sie vergewaltigt wurde.

Die Verteidigerin stellte Pennys Versäumnis heraus, beim Verhör durch die Anklagevertretung nicht erwähnt zu haben, daß der Angeklagte ihr nicht nur die Füße, sondern auch die Beine massierte. Dann verwandte die Verteidigerin viel Zeit darauf klarzustellen, daß Penny zuließ, daß der Angeklagte ihren Reißverschluß weiter als nur bis zur Hälfte geöffnet hat. Geht es in diesem Prozeß um Zentimeter, meine Damen und Herren?« Annette schüttelte den Kopf. »Penny erzählte Ihnen, daß ihr die Massage gefallen hat. Sie machte Ihnen deutlich, daß sie nicht beunruhigt war, weil sie dem Angeklagten vertraute.

Sie gab hier, vor Ihnen, auch an, daß sie ›Aufhören!‹ sagte, als der Angeklagte ihre Brüste berührte. Als er seine Hand zwischen ihre Beine zwängte, schrie sie: ›Nein!‹ Lassen Sie sich nicht von dem Gerede der Verteidigung über Füße und Beine und über Zentimeter von der Hauptsache ablenken – von der Tatsache, daß der Angeklagte Penny vergewaltigt hat.«

Debra kritzelte etwas auf ihren gelben Block und hörte zu.

»Shira Frick, Pennys Freundin, sagte aus, daß Penny nicht wie sonst war, als sie in dieser Nacht in Shiras Haus kam. Pennys Augen waren gerötet und geschwollen. Sie war unnatürlich schweigsam. Sie weinte sich in den Schlaf. Am nächsten Tag konnte sie nicht zur Arbeit gehen. Pennys Mutter schilderte Ihnen, daß ihre Tochter nicht mehr aß, nicht schlief und daß sie die ganze Zeit weinend in ihrem Zimmer lag.

Dr. Staten sagte aus, Penny untersucht und festgestellt zu haben, daß Penny unter Symptomen litt, die für ein Trauma nach einer Vergewaltigung sprechen. Die Verteidigerin versuchte, Ihnen an diesem Punkt einen falschen Eindruck zu vermitteln, indem sie andeutete, Penny habe aus Angst, als Lügnerin entlarvt zu werden, die Untersuchung durch einen anderen Psychologen abgelehnt.« Annette trat einen Schritt näher auf die Geschworenenbank zu. »Penny hatte keine Angst davor. Sie wollte sich nur nicht noch mehr Qualen, Demütigungen und noch mehr Fragen nach der entsetzlichsten, erniedrigendsten Erfahrung ihres Lebens aussetzen. Und was Ihnen die Verteidigerin verschwiegen hat, ist folgendes: Das Gesetz schützt Penny davor, sich einer solchen Prüfung unterziehen zu müssen. Das Gesetz bestimmt, daß sich Penny dem entziehen kann. Die Verteidigerin hat Ihnen nichts von diesem Gesetz gesagt, und Sie sind klug genug, zu erkennen, warum.«

Während Annette wieder eine Kunstpause einlegte, warfen einige der Geschworenen rasche Blicke auf Debra. Debra behielt ihre ausdruckslose Miene bei.

»Die Verteidigung möchte Sie glauben machen, daß Penny dem Angeklagten gestanden hat, sie sei noch Jungfrau gewesen, *nachdem* sie Sex hatten, damit er sich für sie verantwortlich fühlen sollte«, fuhr Annette fort. »Die Verteidigung möchte Sie glauben machen, daß Penny den Angeklagten in eine Falle locken wollte, damit er sie heiratet. Meine Damen und Herren, wenn Penny den Angeklagten heiraten wollte, wieso hat sie dann sein Angebot, noch einmal mit ihm auszugehen, abgelehnt? Warum hat sie die Beziehung nicht gefestigt?« Sie beugte sich vor und umfaßte das Geländer. »Sie hat es nicht getan, weil sie nie die Absicht hegte, den Angeklagten zu heiraten. Sie ist kein zweites Mal mit ihm ausgegangen, weil er sie beim ersten Mal vergewaltigt hat. Und sie ging zur Polizei, nicht weil ihr Wunschtraum zerplatzte, als er sich verlobt hat, auch nicht weil sie sich rächen wollte, sondern weil sie fürchtete, er würde wieder eine Frau vergewaltigen. Und sie hat ihn dazu gebracht, einzugestehen, daß er sie zum Sex gezwungen hat – dieses Geständnis hat sie auf Band aufgenommen.

Bei der Auswahl der Jurymitglieder wurde jeder von Ihnen gefragt, ob Sie einen Angeklagten aufgrund der Aussage eines einzigen Zeugen für schuldig befinden könnten. Sie alle haben mit Ja geantwortet. Meine Damen und Herren, alles, was Penny Ihnen erzählt hat – so peinlich und qualvoll es für sie auch war –, entspricht der Wahrheit. Ich bitte Sie, die Bemühungen des Angeklagten, diese Wahrheit zu vertuschen, zu ignorieren. Ich bitte Sie, den Angeklagten der Vergewaltigung schuldig zu sprechen. Ich danke Ihnen.«

Während der zehn Minuten dauernden Unterbrechung blieb Debra an ihrem Tisch sitzen und machte sich weitere Notizen für ihr Schlußplädoyer. Als die Pause zu Ende war und die Geschworenen ihre Plätze eingenommen hatten, durchquerte sie den Raum und – sie war sich bewußt, daß die Zuschauer, die Fernsehkamera und die Richterin sie beobachteten – stellte sich vor die Jury.

»›Wollen wir ein wenig Doktor spielen?‹ Diese Frage stellte Penny Bailor Ken Avedon nach einem vergnüglichen Abendessen bei einer Verabredung, die sie selbst vorgeschlagen hatte. Das sagte sie, als sie sich einverstanden erklärte, mit ihm in seine Wohnung zu gehen. Das sagte sie, bevor sie freiwillig mit ihm geschlafen hat. ›Wollen wir ein wenig Doktor spielen?‹« Debra schwieg ein paar Sekunden. »Meine Damen und Herren, möglicherweise empfinden Sie Mitleid mit Penny Bailor. Das wäre nur natürlich. Aber Sie müssen dieses Mitleid außer acht lassen. Sie müssen bei dem Angeklagten die Unschuldsvermutung gelten lassen, diese Unschuldsvermutung mit in den Beratungsraum nehmen und dann die Beweise und Aussagen einer Prüfung unterziehen.« Debra richtete ihre Aufmerksamkeit auf eine Frau, die in der hinteren Reihe saß und, wie Debra glaubte, die Klägerin während des ganzen Prozesses mit Skepsis betrachtet hatte.

»Meine Damen und Herren, was haben wir gesehen und gehört? Keinen wirklichen Beweis, nur die unbestätigte Aussage einer einzigen Zeugin. Die Vertreterin der Anklage behauptete, das sei alles, was Sie brauchen, um meinen Mandanten für schuldig zu befinden – die Aussage einer einzigen Zeugin. Aber diese Zeugin muß die Wahrheit sagen, und das hat Penny Bailor nicht getan.

Penny hat selbst bestätigt, daß sie gelogen hat. Sie hat es einige Male zugegeben. Sie gestand, ihre Eltern belogen zu haben. Sie hat ihre Freundin belogen. Sie hat die Polizei belogen. Sie hat die Psychologin belogen. Sie hat auch Sie angelogen, meine Damen und Herren. Und sie ist bei einigen ihrer Lügen ertappt worden. Die Staatsanwältin sagte vorhin zu Ihnen: ›Was ist das schon? Wen kümmert es, ob Penny die Schuhe von den Füßen gestreift hat oder meinem Mandanten erlaubte, sie ihr auszuziehen? Wen kümmert es, ob sie sich nur die Füße oder auch die Beine von ihm massieren ließ? Wen kümmert es, wie weit er den Reißverschluß ihres Kleides öffnen durfte?‹ Meine Damen und Herren, nicht die Schuhe oder die Beine oder der geöffnete Reißverschluß sind wichtig. Entscheidend ist die Tatsache, daß Penny in diesen Punkten gelogen hat. Die ehrenwerte Richterin wird Sie darauf hinweisen, daß die Aussage eines Zeugen oder einer Zeugin, die vorsätzlich bei wesentlichen Einzelheiten falsche Aussagen macht, auch in anderen Teilen als zweifelhaft angesehen werden muß. Daß Sie möglicherweise sogar die gesamte Aussage einer Zeugin, die absichtlich unwahre Dinge geäußert hat, als wertlos ansehen müssen.« Debra machte eine Pause und ließ den Blick über die Geschworenen wandern.

»Warum hat Penny Ihnen erzählt, daß sie meinem Mandanten erlaubte, sie zu küssen, ihre Beine zu massieren, ihr Kleid zu öffnen und ihren BH aufzuhaken? Sie tat es, weil ein geschickter Lügner weiß, daß er in einigen Punkten bei der Wahrheit bleiben muß, um überzeugend zu wirken. Aber alles, was sie Ihnen über die Vergewaltigung weisgemacht hat, war gelogen. Und sie hat diese Lügen gründlich einstudiert. Sie hat ihre Geschichte so oft erzählt, daß sie sie perfekt beherrschte. Aber fragen Sie sich selbst: Warum ist sie in die Wohnung meines Mandanten gegangen? Warum ließ sie zu, daß er ihre Beine berührte? Warum unternahm sie nichts, als er den Reißverschluß ihres Kleides und ihren BH öffnete? Wegen einer Massage?« Debra schüttelte den Kopf. »Fragen Sie sich: Wieso hat niemand ihre Schreie gehört? Weshalb hat sie nach einem Kondom verlangt statt wegzulaufen? Wieso hat sie anschließend nicht die Polizei oder den Notruf für Vergewaltigungsopfer angerufen oder mit ihrer Freundin darüber gesprochen? Warum ist sie wieder zur Arbeit gegangen? Sie wußte doch, daß sie dort meinen Mandanten jeden Tag sehen würde. Und warum, meine Damen und Herren, hat sie ihre Geschichte erst erzählt, als sie von der Verlobung meines Mandanten erfuhr?

Nun, ich weiß nicht, was in Pennys Kopf in der Nacht des dreiundzwanzigsten Juli vorging. Sie weinte, nachdem sie und Dr. Avedon sich geliebt hatten. Waren ihre Tränen echt? Ich weiß es nicht. Vielleicht waren sie echt. Vielleicht war sie erschrocken, weil sie zu weit gegangen war. Oder die Tränen waren Teil ihres Plans, meinen Mandanten in die Pflicht zu nehmen und ihn für eine dauerhafte Beziehung zu ködern. Bei Pennys Vernehmung haben Sie erfahren, daß sie auch mit anderen Ärzten ausging. Sie wollte einen Arzt heiraten – einen Arzt wie Ken Avedon. Sie hat eine Anstellung aufgegeben, weil der Arzt, mit dem sie ausging, keine ernsthafte Beziehung mit ihr eingehen wollte. Sie kündigte, um bei meinem Mandanten zu arbeiten – bei einem unverheirateten Arzt.

Warum hat sie eine zweite Verabredung abgelehnt?« Debra zuckte mit den Schultern. »Ich kann Pennys Gedanken nicht erraten. Möglicherweise wollte sie sich rar machen und so ihr Ziel erreichen. Aber der Schuß ging nach hinten los. Und als sie erfuhr, daß der Mann, mit dem sie geschlafen hatte – der Mann, der sie tröstete, als sie weinte und ihm sagte, daß sie ihre Jungfräulichkeit für ihn aufgegeben hat –, als sie erfuhr, daß sich dieser Mann mit einer anderen Frau verlobt hat, beschloß sie, sich an ihm zu rächen. Sie konnte sich nicht mit der Tatsache abfinden, das sie überstürzt gehandelt hatte. Sie mußte jemandem die Schuld dafür geben. Und sie gab meinem Mandanten die Schuld und bestrafte ihn in der einzigen Art, die sie kannte – sie beschuldigte ihn, sie vergewaltigt zu haben.

Die Staatsanwaltschaft hat Ihnen ein Tonband vorgespielt, auf dem Penny meinen Mandanten beschuldigt, grob gewesen zu sein. Er weiß, daß sie durcheinander und aufgeregt ist. Er weiß, daß ihr seine Verlobung schwer zu schaffen macht. Er will sie nicht noch mehr vor den Kopf stoßen, also sagt er: ›Penny, es tut mir leid, daß du so aufgeregt bist.‹ Auf ihre Frage: ›Warum hast du mich vergewaltigt?‹ erwidert er: ›Ich habe dich nicht vergewaltigt‹, und legt auf.

Vor Jahrhunderten hatte ein Ägypter namens Potiphar eine schöne Frau, die einen Mann namens Joseph begehrte. Sie wollte ihn verführen. Und als er sich weigerte, mit ihr zu schlafen, wollte sie ihn bestrafen, und sie bestrafte ihn auf die wirksamste Art. Sie schrie: ›Vergewaltigung!‹ und brachte ihn damit ins Gefängnis. Meine Damen und Herren, Penny Bailor sagte zu meinem Mandanten, daß sie Doktor spielen wollte. Sie spielte dieses Spiel. Und es gefiel ihr nicht, daß sie verlor. Es gefiel ihr ganz und gar nicht. Ich danke Ihnen.«

Als Debra zu ihrem Platz zurückging, sah Debra starr geradeaus und vermied es, den Blick nach links zu den Zuschauern zu wenden. Sie wußte, daß dort Vaughan und die anderen saßen, und sie beobachteten.

Annette näherte sich noch einmal der Geschworenenbank. »Penny hat nie geäußert, daß sie Doktor spielen wollte, meine Damen und Herren. Sie hat kein Spiel gespielt. Sie hat die Wahrheit gesagt. Sie hat nicht gelogen – sie konnte sich bei dieser Verhandlung nur genauer an manche Dinge erinnern. Die Verteidigerin behauptet, Penny habe auf Vergewaltigung geklagt, weil sie sich rächen wollte. Was gewinnt Penny damit? Sie wird vor fremden Menschen gedemütigt. Sie muß haarklein die intimsten Einzelheiten ihres Lebens schildern. Sie muß diese Schilderungen unendlich oft wiederholen, und sie unterwirft sich selbst einem schlimmen, aufreibenden Kreuzverhör. Eine schöne Rache.« Annette schüttelte den Kopf.

»Die Verteidigerin fragte Sie: Warum ist Penny in die Wohnung des Angeklagten gegangen? Warum hat sie seine Küsse geduldet? Warum ließ sie zu, daß er ihr Kleid öffnete? Meine Damen und Herren, Penny wäre die erste, die zugeben würde, daß sie einen Fehler gemacht hat. Wir alle machen Fehler. Wir alle tun gefährliche Dinge. Wir gehen mit umgehängter Handtasche auf die Straße. Wir hinterlassen offene Fenster und unverschlossene Türen. Aber heißt das, daß wir damit unsere Rechte aufgeben, wenn wir Opfer eines Verbrechens werden? Wenn ich in eine berüchtigte Gegend gehe und überfallen werde, dann kann man mir Dummheit zur Last legen, aber niemand würde zu dem Straßenräuber sagen: ›Sie hatten das Recht, ihr die Handtasche wegzunehmen. Sie hat es herausgefordert.‹ Niemand würde den Straßenräuber freisprechen. Bei einer Vergewaltigung ist das anders, nicht wahr? Bei einer Vergewaltigung sagen wir: ›Nun ja, sie ist in seine Wohnung gegangen, also hat sie es herausgefordert.‹ Meine Damen und

Herren, Penny hat es nicht herausgefordert. Ken Avedon hatte sich in den Kopf gesetzt, in dieser Nacht Sex zu haben. Er lud Penny zum Dinner ein und dachte, damit habe er sich ein sexuelles Abenteuer verdient. Und als Penny nicht freiwillig mitmachte, zwang er sie dazu. Und das ist Vergewaltigung.«

Debra musterte die Geschworenen, als Annette zu ihrem Stuhl zurückging, konnte aber nicht erkennen, was sie dachten. Sie studierte ihre Gesichter noch eingehender, als Claire gleich darauf ihre Instruktionen mit vollkommen neutraler Stimme erteilte.

»Sie dürfen sich nicht von bloßen Gefühlen, Mutmaßungen, Sympathien, Gemütsbewegungen, Vorurteilen, der öffentlichen Meinung oder den Empfindungen der Allgemeinheit beeinflussen lassen«, erklärte die Richterin. »Indizienbeweise, die zwei plausible Deutungen zulassen«, fuhr sie fort, »eine, die für die Schuld des Angeklagten spricht, und eine, die seine Unschuld denkbar macht, müssen zugunsten des Angeklagten bewertet werden...« Was das Tonband betraf, so seien die Geschworenen »die alleinigen Richter, die darüber urteilen, ob der Angeklagte ein Geständnis abgelegt hat«, und sie müssen entscheiden, ob die Äußerungen ganz oder teilweise der Wahrheit entsprachen.

Das Tonband war ein Problem, das mußte sich Debra eingestehen, trotzdem hatte sie, während Claire über »angemessene Zweifel« und »kriminelle Absicht« sprach, das Gefühl, daß sie das aufgezeichnete Telefongespräch wirksam entkräftet hatte. Aber sie würde nicht im Beratungsraum sitzen, wenn die Geschworenen über das Band diskutierten, es sich noch einmal vorspielen ließen und hörten, wie Penny immer wieder fragte: »Warum? Warum?« Debra hörte zu, wie Claire sagte, daß der Angeklagte kein Verbrechen begangen habe, wenn er einen »vernünftigen Grund zu der Annahme haben konnte«, daß sich die Frau freiwillig auf sexuelle Handlungen einließ. »In diesem Fall dürfen Sie ihn nicht schuldig sprechen.« Debra, die Claire nicht aus den Augen ließ, entdeckte weder im Gesichtsausdruck noch im Verhalten der Richterin etwas, was den Geschworenen eine stillschweigende Nachricht übermittelte.

Sie müßten einzeln und unabhängig voneinander abstimmen, wies Claire die Juroren an. Sie dürften nicht zögern, ihre Meinung zu ändern, wenn sie sie plötzlich für falsch hielten; andererseits dürften sie auch nicht unüberlegt mit der Mehrheit stimmen.

»Denken Sie daran«, sagte sie, »Sie sind diejenigen, die die Glaubwürdigkeit der Zeugen beurteilen.«

Zu Hause zündete Debra die Gedenkkerze für ihre Mutter an. Sie starrte in die Flamme, während sie die hebräischen Worte zitierte. Sie wäre gern mit ihren Gedanken und Erinnerungen daheim geblieben, aber sie war seit Tagen nicht in der Kanzlei gewesen. Sie stand eine Weile vor der Kerze, dann ließ sie sich von Nadine zu ihrem Büro fahren. Dort sprach sie mit Charles und Glynnis und erwiderte einige Anrufe. Den Rest würde sie morgen vormittag erledigen.

Um halb acht fuhr sie nach Hause. Sie sah nach der Kerze – das Flämmchen flackerte im Glas und tauchte den Raum, in dem sonst kein Licht brannte, in einen sanften, gelben Schimmer. Einige Nachrichten waren auf ihrem Anrufbeantworter. Eine war von Cynthia – sie nannte ihren Namen nicht, aber Debra erkannte ihre Stimme, als sie die Adresse von Wayne Rawling durchgab und mit atemloser Eindringlichkeit hinzufügte: »Verraten Sie niemandem, daß ich Ihnen das gesagt habe.«

Es war eine Adresse in Westwood. Auf dem Weg dorthin erzählte Debra Nadine von Rawling und erklärte ihr, warum sie mit ihm sprechen mußte. Sie war nicht sicher, ob er ihr Gelegenheit zu einem Gespräch gab, aber sie mußte es versuchen.

Sie fuhren auf Rawlings Haus zu, als Debra die blitzenden Lichter der Streifenwagen sah. Noch ehe Nadine auf der anderen Straßenseite anhielt und bevor Debra den Namen auf dem Messingschild neben dem Gartentor lesen konnte, wußte sie, daß die Polizeiautos vor Rawlings Haus parkten.

Ein Notarztwagen stand in der Einfahrt – auch mit blinkendem Licht. Mit der Leibwächterin an ihrer Seite lief Debra über die Straße und ging auf einen uniformierten Polizisten zu, der vor dem gepflasterten Weg Posten bezogen hatte. »Was ist passiert?« fragte sie.

»Hier ist ein Verbrechen geschehen, Ma'am. Bleiben Sie zurück!«

»Ich will nur wissen, was passiert ist.« Debra schaute nach rechts. Ein anderer Polizist in Uniform stand neben dem Ambulanzwagen, und neben ihm entdeckte sie Stan Cummings. »Detective Cummings!« rief sie.

Er sah in ihre Richtung, stutzte einen Augenblick, dann sagte er etwas zu dem Polizisten. Einen Augenblick später war er bei Debra. »Was machen Sie hier, Miss Laslow?« fragte er in einem Ton, der mehr als Neugier ausdrückte.

»Ich wollte mit Wayne Rawling sprechen.«

»Sie kennen ihn?«

Sie schüttelte den Kopf. »Madeleine Chase hat ihn zweimal bei Vergewaltigungsprozessen verteidigt – das erste Mal vor sechs Jahren, das zweite Mal kurz bevor sie ermordet wurde. Ich wollte von ihm wissen, wer die Klägerin im ersten Prozeß war.«

»Auf Rawling wurde geschossen.« Cummings betrachtete Debra nachdenklich.

Sie hatte ein Gefühl der Enge in der Brust und warf wieder einen Blick auf den Krankenwagen. »Lebt er noch?«

»Gerade noch.«

»Wer …« Sie räusperte sich. »Wer hat geschossen?«

Cummings deutete auf einen der Streifenwagen. »Wir haben ihn erwischt, als er versuchte durch den Hintereingang zu fliehen.«

Debras Blick folgte dem Finger des Detectives. Im Schein der Straßenlaterne sah sie, daß ein Mann auf dem Rücksitz des Wagens saß.

Norman Schultz.

45

Wayne Rawling war in die Notaufnahme des UCLA Medical Centers gebracht worden. Jetzt befand er sich auf der Intensivstation, erfuhr Debra, als sie um sieben Uhr am Mittwoch morgen zur Klinik kam. Nadine hatte darauf bestanden, sie zu begleiten. »Wir wissen noch nicht, ob Sie jetzt wirklich nichts mehr zu befürchten haben.«

»Ist Mr. Rawling bei Bewußtsein?« fragte Debra den Polizisten, der den Eingang der Intensivstation bewachte.

»Tut mir leid. Ich darf keine Auskunft über seinen Zustand geben.« Seine Hand lag wie zufällig auf seiner Waffe. Seine Miene verriet nichts.

»Ich bin Debra Laslow, Rechtsanwältin. Ist Detective Cummings hier?«

Der Polizist musterte sie interessiert. »Er ist bei Mr. Rawling.«

»Würden Sie ihm bitte ausrichten, daß ich ihn sprechen möchte?«

Er zögerte, dann sagte er: »Okay.« Einen Augenblick später kam er mit dem Detective zurück.

»Wie kann ich Ihnen helfen, Miss Laslow?« Cummings klang höflich, aber müde. Sein unrasiertes Gesicht wirkte finsterer als sonst.

»Ich muß mit Rawling sprechen.«

Cummings schüttelte den Kopf. »Ich kann Sie nicht zu ihm lassen.« Sie trat näher an ihn heran, so daß der Polizist sie nicht hören konnte. »Hat Schultz gestanden, alle vier Anwälte umgebracht zu haben?«

»Schultz hat kein Wort gesagt, seit wir ihn geschnappt haben. Er sitzt im West L. A. wegen versuchten Mordes in U-Haft.«

»Ich brauche nur eine oder zwei Minuten mit Rawling.«

Er blinzelte. »Warum?«

Sie fragte sich dasselbe. »Ich schätze, ich möchte mich vergewissern, daß Schultz der Mörder ist.« Sie lebte schon so lange in Angst, daß es schwer war, sie abzulegen. »Sie können zuhören, wenn ich mit Rawling rede. Ich habe keine Geheimnisse.«

Cummings überlegte stirnrunzelnd, dann sagte er: »Okay. Nur Sie«, und machte mit einem Blick deutlich, daß Nadine Debra nicht begleiten konnte. »Und nur für eine Minute. Man hat ihn in die Brust geschossen. Er hat vor der Operation eine Menge Blut verloren und ist ziemlich schwach.«

Debra folgte ihm in die Intensivstation, sie gingen am Schwesternzimmer vorbei zu einem privaten Krankenzimmer auf der linken Seite des Flurs.

»Warten Sie hier«, sagte Cummings. »Ich sehe nach, ob er wach ist. Er ist wie betäubt durch die Schmerzmittel, und selbst wenn er nicht schläft, ist er nicht klar bei Bewußtsein.«

Einen Moment später winkte Cummings sie herein, und Debra betrat das Zimmer. Rawling hatte dunkelbraunes Haar und ein kräftiges Kinn, über das ein rosa gefärbter Speichelfaden rann. Seine Augen waren geschlossen. Er war sehr blaß, und hätte sich seine Brust nicht gehoben und gesenkt, dann hätte Debra ihn für tot gehalten. Beatmungsschläuche ragten aus seiner Nase, eine Infusion tropfte in die Vene seines rechten Arms, und noch mehr Schläuche kamen unter der Bettdecke zum Vorschein. Debra hörte ein leises Gurgeln und fragte sich, was da abgesaugt wurde.

Sie ging zum Bett und stellte sich an die Seite. »Mr. Rawling, mein Name ist Debra Laslow.« Er reagierte nicht; dennoch fuhr sie fort: »Ich weiß, daß Sie Schmerzen haben und nicht sprechen können. Ich verspreche, nicht lange zu bleiben.«

Rawlings Augen blieben zu, und er rührte keinen Muskel.

»Schläft er?« wollte Debra von Cummings wissen. Als der Detective den Kopf schüttelte, drehte sie sich wieder zu Rawling um. »Mr. Rawling, ich bin Rechtsanwältin. Ich verteidige gerade einen Mann, der wegen Vergewaltigung vor Gericht steht –« sie sah, wie sein Gesicht zuckte –, »und ich könnte das nächste Opfer eines Mör…«

»Ich… weiß«, krächzte er. Seine Lider flatterten, dann schloß er die Augen wieder.

»Der Mann, der auf Sie geschossen hat, Norman Schultz – hat er Ihnen gesagt, ob er die Morde an den Anwälten begangen hat?«

»Nichts… gesagt.« Seine Lider öffneten sich. »Eine… Falle.«

»Schultz wurde in eine Falle gelockt?« flüsterte sie. Sie sah, daß Rawling kaum erkennbar nickte. »Von wem?«

»Weiß… nicht.«

»Vor sechs Jahren hat Madeleine Chase Sie verteidigt. Wie hieß die Frau, die Sie verklagt hat?«

Er wandte den Kopf ab und schaute zur Wand.

Rawling hatte nicht den geringsten Grund, ihr das zu sagen, und sie konnte ihr Bedürfnis, das in Erfahrung zu bringen, nicht einmal rechtfertigen – nur ihr Instinkt sagte ihr, daß da eine Verbindung zu den Morden bestehen könnte. »Jemand versucht, mich umzubringen«, sagte sie. »Ich klammere mich an jeden Strohhalm, um herauszufinden, wer das ist.«

»Versuche… die Vergangenheit… zu vergessen«, stammelte Rawling.

»Bitte«, flüsterte sie. »Wie ist ihr Name?«

»Miss Laslow«, schaltete sich Cummings ein und trat auf sie zu. »Ich muß Sie bitten zu gehen.«

»Aber…« Sie nickte und wich einen Schritt zurück. In diesem Moment spürte sie, wie Rawling nach ihrer Hand faßte. Sie zuckte zusammen und wandte sich zu ihm.

»Nicht… meine Schuld… was… später… passierte.«

»Was später passierte?« Debra beugte sich zu ihm, um ihn besser zu verstehen.

»Detective… sagte… meine Schuld.« Er hustete Schleim aus, seine Brust hob sich. Der Griff an ihrer Hand wurde fester. »Nicht… wahr.« Er machte die Augen wieder zu. Spricht er von Simms? überlegte Debra, ihr Herz schlug schneller. Hatte Simms bei Rawlings erstem Prozeß ausgesagt?

»Wollte ... nicht ... schießen.«

»Wer wollte nicht schießen? Schultz?« Hatten ihre Fragen Simms dazu gebracht, Norman Schultz so sehr anzustacheln, daß der auf den angeblichen Vergewaltiger seiner Tochter geschossen hatte? »Mr. Rawling?« drängte sie. »Wie heißt die Frau? Bitte sagen Sie es mir.«

Rawling hustete wieder, dann ließ er ihre Hand los, sein Kopf sank zur Seite, und er verlor das Bewußtsein.

Adam stand an seinem Lieferwagen, als Debra nach Hause kam. Er ging zu Nadines Wagen und öffnete Debra die Tür. »Ich habe mir Sorgen gemacht, weil du nicht zu Hause warst«, sagte er, als sie ausstieg.

Sie berichtete ihm, wo sie gewesen war.

Er nickte. »Ich hab' von der Sache mit Schultz gehört. Die Nachrichtensender berichten seit gestern abend praktisch nonstop die Story. Dann ist es also Gott sei Dank vorbei?« Er drückte sie an sich.

»Ich weiß nicht. So wie ich es verstanden habe, sagte Rawling, daß Schultz in eine Falle gelockt wurde. Ich habe keine Ahnung, was das bedeuten soll – hat jemand anders auf Rawling geschossen und Schultz zum Ort des Geschehens gerufen?« Auf der Rückfahrt vom Krankenhaus hatte sie zwischen zwei möglichen Theorien hin- und hergeschwankt. »Ich weiß nicht einmal, ob ich Rawling richtig verstanden habe.« Cummings wollte den Dingen, die er gehört hatte, nachgehen und hatte versprochen, Debra sofort Bescheid zu geben, wenn er etwas in Erfahrung gebracht hatte.

Adam runzelte die Stirn. »Aber selbst wenn man Schultz den Schuß auf Rawling in die Schuhe geschoben hat, dann ist doch eines sicher – Schultz hat die Anwälte umgebracht, oder? Das haben sie in den Nachrichten gesagt.«

»Auch das weiß ich nicht.«

Nadines Piepser meldete sich. Debra sperrte die Haustür auf; Nadine und Adam folgten ihr ins Haus. Nadine ging in die Küche, um zu telefonieren.

»Das war die Sicherheitsgesellschaft«, erklärte sie Debra, als sie zurückkam. »Sie haben einen anderen Auftrag für mich, und ich muß sofort los.«

»Aber ich brauche immer noch Schutz, das haben Sie selbst gesagt.« Ich jammere wie ein kleines Kind, dachte Debra.

»Anscheinend hat gestern abend jemand aus Ihrer Kanzlei angerufen und gesagt, daß meine Dienste nicht länger benötigt werden. Ich schätze, sie haben von Schultz gehört und denken, daß die Polizei den Mörder gefaßt hat.«

»Ja, wahrscheinlich.« Debra wußte, daß das nur Anthony gewesen sein konnte. Sie würde mit Jeremy reden, ihm die Situation erklären und um eine andere Leibwächterin bitten.

»Es gefällt mir gar nicht, Sie im Stich zu lassen, Debra, aber ich habe keine andere Wahl – ich muß meinen neuen Job in einer halben Stunde antreten.«

»Ich komme schon zurecht.« Debra umarmte Nadine. »Sie waren ein großartiger Bodyguard. Keine Angst – ich bin nicht in unmittelbarer Gefahr. Die Jury ist noch zu keiner Entscheidung gekommen.« Sie zwang sich zu einem Lächeln.

Diesmal konnte sie das, was sie sah, nicht mißverstehen, als sie ihre Bürotür öffnete – Richard saß an ihrem Schreibtisch und benutzte ihren Computer. Und er hatte keinen Rosenstrauß zur Tarnung dabei.

»Was tun Sie hier?« fragte sie und ging auf ihn zu.

Er versuchte ein Lächeln. »Mein Computer ist nicht in Ordnung, und ich mußte dringend was erledigen.« Er legte die Hand auf die Tastatur, aber sie stand bereits an ihrem Schreibtisch und packte seine Hand. »Sind Sie verrückt geworden, Debra?«

Auf dem Monitor war eine Liste all der Kanzleien zu sehen, bei denen sie sich beworben hatte, und neben den Namen standen ihre persönlichen Notizen zu diesen Firmen. »Sie schnüffeln in meinen Unterlagen herum. Warum?« Sie versuchte nicht einmal, ihren Ärger und ihren Abscheu zu verbergen. Sie hatte es satt, den Schein wahren zu müssen.

»Sie machen viel Wind um nichts, Debra. Wir arbeiten in einer Kanzlei. Wir teilen uns die Informationen.«

»Hier geht es um meine persönlichen Unterlagen, nicht um die Akte eines Mandanten.«

»Na ja, vielleicht hätten Sie nicht den Firmencomputer für Ihre privaten Angelegenheiten benutzen sollen.«

»Sind Sie vom FBI, Richard? Von der IRS?« Als er nicht antwortete, setzte sie hinzu: »Das, was Sie getan haben, ist unentschuldbar.«

Er stand auf. »Und was ist mit dem, was Sie getan haben? Mit Ihren Bewerbungen bei anderen Firmen, ohne mit einem von uns darüber zu sprechen? Sie lassen uns alle in dem Glauben, daß Sie Teil unseres Teams sind, während Sie die Absicht hegen zu kündigen.«

Debra drückte auf die Enter-Taste; die Liste verschwand. Dann nahm sie die Diskette heraus – offenbar hatte Richard ihre Schreibtischschubladen durchsucht, um sie zu finden – und steckte sie in ihre Aktentasche. »Ich bin ein freier Mensch und keine Leibeigene. Ich habe das Recht, mir zu überlegen, ob ich für eine andere Kanzlei arbeiten möchte, auch ohne Sie oder sonst jemanden von meinem Vorhaben in Kenntnis zu setzen. Soweit ich gehört habe, kündigen die meisten Menschen – Doktoren, Anwälte, Klempner, Buchhalter, Schauspieler, Lehrer – ihre Anstellung nicht, wenn sie keine sichere Aussicht auf einen anderen Job haben.« Sie warf einen Blick auf den Computerbildschirm, der jetzt unschuldig blau schimmerte. »Ich verstehe immer noch nicht, wieso Sie in meinen Disketten und Unterlagen herumschnüffeln. Wer hat Ihnen erzählt, daß ich mich nach einem anderen Job umsehe?«

»Niemand. Ich hatte so eine Ahnung.« Er schlenderte zu ihrem Bücherregal.

Sie glaubte ihm nicht. Sie erinnerte sich an das, was Simms gesagt hatte: Madeleine hatte vor, sich mit Richard am Freitag nach dem Streit mit Debra zu treffen. »Madeleine Chase hat es Ihnen gesagt, stimmt's?« Sein verblüffter Gesichtsausdruck verriet ihr, daß sie ins Schwarze getroffen hatte.

»Ich habe Sie unter meine Fittiche genommen, Debra. Ich habe versucht, Ihnen zu helfen. Als ich erfuhr, daß Sie uns verlassen wollen, fühlte ich mich betrogen.«

Sie schnaubte verächtlich. »Sie haben mich vom ersten Tag an schikaniert und belästigt. Sie machen sich über meinen religiösen Glauben lustig. Sie legen mir Steine in den Weg. Sie machen ständig sexuelle Anspielungen, die ich infantil und abscheulich finde. Sie sind der einzige Grund, warum ich nicht mehr hier arbeiten möchte.«

»Vielleicht sollten Sie wirklich gehen. Sie kommen in der realen Welt nicht zurecht, Debra. Sie sollten die Juristerei ganz aufgeben, in ein *Shtetl* gehen und eine gute kleine Ehefrau und Mutter werden.«

»Ich *hoffe*, daß ich eines Tages Ehefrau und Mutter werde. Und was mein Können als Juristin betrifft – ich bin jetzt schon ein besserer Anwalt, als Sie je sein werden.«

»Glauben Sie, daß Avedon derselben Meinung sein wird, wenn die Jury ihn für schuldig befindet? Ich war im Gerichtssaal. Sie haben nicht Ihr Bestes gegeben. Aber vielleicht wollten Sie ja gar nicht gewinnen – nicht, solange Sie dachten, das nächste Opfer des Mörders zu sein, wenn Avedon freigesprochen wird.« Er schwieg einen Moment. »Ihnen ist doch klar, daß Avedon Sie und die Kanzlei wegen mangelnder juristischer Sorgfalt verklagen könnte, *wenn* er schuldig gesprochen wird. Haben Sie daran schon gedacht?«

»Richard, ich habe nicht vor, auf Ihre lächerlichen Behauptungen zu reagieren oder meine beruflichen Fähigkeiten zu verteidigen. Ich ziehe den Avedon-Prozeß bis zum Ende durch, danach übergebe ich Jeremy meine Kündigung.«

»Blackmeyer hat Ihnen eine Absage erteilt, und zwar noch

bevor Sie in diese Mordfälle verwickelt wurden. Hoffinger hat Sie auch abgelehnt. Finden Sie sich damit ab, Debra – wenn Sie hier gehen, ist Ihre Karriere als Anwältin zu Ende.«

»Das Risiko werde ich wohl eingehen müssen. Würden Sie mich jetzt bitte entschuldigen? Ich habe zu tun.« Sie setzte sich, öffnete ihren Aktenkoffer und nahm einige Mappen heraus.

Richard blieb noch ein paar Minuten stehen und beobachtete sie, dann ging er. Wahrscheinlich marschierte er direkt zu Jeremy und Anthony.

Plötzlich begriff Debra, daß sie vermutlich keinen neuen Personenschutz mehr bekommen würde. Sie tröstete sich mit der Tatsache, daß sie zumindest ihre Würde gewahrt hatte, aber ihre Würde konnte eine Kugel nicht aufhalten und nützte ihr im Grab nur noch wenig.

Ein weißer Cadillac parkte hinter dem grünen BMW in Rawlings Zufahrt. Debra konnte sich nicht erinnern, eines der beiden Autos am gestrigen Abend gesehen zu haben. Am Abend hatte sie dem Haus auch keine große Beachtung geschenkt. Es war ein lachsfarbenes, zweistöckiges Gebäude mit einem spanischen Schindeldach, großen, geteilten Panoramafenstern mit weißen Rahmen und zwei schmiedeeisernen Balkonen vor den Fenstern im ersten Stock.

Sie stellte ihren Acura auf der anderen Straßenseite ab, ging zur Haustür und klingelte. Sie hörte Schritte, dann fragte eine weibliche Stimme mit spanischem Akzent: »Wer ist da?«

»Ich bin Debra Laslow«, sagte sie und lächelte die Person, die durch den Spion spähte, an. »Ich muß mit Mr. Rawlings Tante über das sprechen, was ihrem Neffen passiert ist. Soviel ich gehört habe, hält sie sich hier auf.«

Cummings hatte ihr den Namen der Tante, der Schwester von Rawlings Mutter, genannt: Cora Tarrigan. Sie war Rawlings nächste Verwandte in Los Angeles. Nach einigen Anstrengungen hatte Debra die Beverly-Hills-Adresse der richtigen Cora Tarrigan ausfindig gemacht und von ihrem zunächst ziemlich zugeknöpften Ehemann erfahren, daß Cora zum Haus ihres Neffen gefahren sei. Rawlings Eltern, hatte Mr. Tarrigan erklärt, lebten in Minneapolis; sie würden noch heute mit dem Flugzeug in L. A. ankommen.

»Einen Moment bitte«, sagte die Frau.

Es dauerte länger als einen Moment, bis Debra wieder Schritte und eine ältere, argwöhnischere Stimme ohne Akzent hörte. »Ich bin Waynes Tante, Cora Tarrigan. Was kann ich für Sie tun?«

»Darf ich reinkommen, Mrs. Tarrigan? Die Sache mit Ihrem Neffen tut mir leid – ich habe heute morgen mit ihm gesprochen und wollte Ihnen jetzt noch einige Fragen stellen.«

»Sie haben sich einen schlechten Zeitpunkt ausgesucht. Ich packe ein paar Sachen von meinem Neffen zusammen und bringe sie ihm ins Krankenhaus.«

»Ich verstehe. Aber ich muß dringend mit Ihnen reden – es ist sehr wichtig.«

»Sie sind doch keine Journalistin, oder?« Skepsis hatte sich in ihren Ton geschlichen. »Ich spreche nämlich nicht mit Reportern.«

»Ich bin Rechtsanwältin. Ich kann Ihnen meine Karte zeigen.« Debra holte die Karte aus ihrer Handtasche und schob sie durch den Schlitz unter der Tür.

Ein paar Sekunden verstrichen. »Worüber wollen Sie mit mir sprechen?«

»Das würde ich Ihnen lieber im Haus erklären.«

Wieder mußte sie warten. Dann ging die Tür auf, und Debra stand einer großen, schlanken Frau mit stahlgrauem, kurzgeschnittenem Haar gegenüber. Sie trug eine schwarze Hose und einen cremefarbenen Angorapullover.

»Ich habe zehn Minuten Zeit für Sie«, sagte Cora Tarrigan und ging voran in ein Wohnzimmer, das durch heruntergezogene Jalousien abgedunkelt war. Sie setzte sich auf das dunkelbraune Sofa und deutete auf einen braun und schwarz gemusterten Sessel auf der anderen Seite des Glastisches mit schmiedeeisernem Fuß. »Ich habe meine Haushaltshilfe mitgebracht, sie soll ein wenig Ordnung hier machen. Die Polizei hat ein ziemliches Durcheinander hinterlassen.«

Debra nahm in dem Sessel Platz. »Ich bin Ihnen sehr dankbar, daß Sie mit mir sprechen wollen, Mrs. Tarrigan. Wie gesagt, ich bin Rechtsanwältin. Ich verteidige gerade einen Mandanten, dem Vergewaltigung zur Last gelegt wird.« Sie sah, wie ein angewiderter Ausdruck auf dem Gesicht der Frau erschien. »Wenn Sie die Zeitungen gelesen haben, dann wissen Sie, daß jemand vier Anwälte, die Freisprüche für ihre Mandanten bei Vergewaltigungsprozessen erwirkt haben, ermordet wurden.«

»Mir kam Ihr Name gleich bekannt vor. Aber wieso sind Sie hier?«

»Die erste Anwältin, die umgebracht wurde, war Madeleine Chase. Madeleine hat Ihren Neffen, als er der Vergewaltigung angeklagt war, verteidigt und einen Freispruch erreicht.«

»Ich habe nicht vor, mit Ihnen über die Angelegenheiten meines Neffen zu reden.« Ein drohendes Funkeln blitzte in ihren blauen Augen auf. »Falls Sie deshalb gekommen sind, haben Sie Ihre Zeit verschwendet.«

»Bitte, lassen Sie mich ausreden.« Debra beugte sich ein Stück vor. »Ich habe entdeckt, daß Madeleine vor sechs Jahren schon einmal einen Freispruch bei einem Vergewaltigungsprozeß für Ihren Neffen erwirkt hat. Ich muß den Namen der Frau, die ihn damals angezeigt hat, erfahren.«

»Sie sagten doch, Sie hätten mit meinem Neffen geredet. Wieso haben Sie ihn nicht danach gefragt?«

»Er konnte nicht viel sprechen. Er war sehr schwach, und ich wollte ihn nicht aufregen.« Eine halbe Lüge und die halbe Wahrheit.

Cora Tarrigan musterte Debra prüfend, dann sagte sie: »Sie lügen. Wayne wollte es Ihnen nicht sagen, stimmt's?« Sie stand auf. »Ich glaube, Sie gehen jetzt besser, Miss Laslow. Mein Neffe kämpft um sein Leben. Ich finde es ungeheuerlich und taktlos, daß Sie hier auftauchen und neugierige Fragen stellen.«

»Mein Leben ist auch in Gefahr«, sagte Debra – sie wußte selbst, wie melodramatisch das klang. »Wem sollte es schaden, wenn Sie mir den Namen der Frau nennen würden?«

»Sie haben den Mörder eingesperrt. Wayne bemüht sich sehr, das alles zu überwinden. Wieso können Sie die Sache nicht auf sich beruhen lassen?«

»Ich glaube nicht, daß Norman Schultz die Anwälte umgebracht hat. Ihr Neffe erzählte mir, daß Schultz in eine Falle gelockt wurde.«

In Cora Tarrigans Augen flackerte Unentschlossenheit auf.

»Ich habe Morddrohungen bekommen«, fuhr Debra fort. »Jemand versuchte, meinen Wagen von der Straße abzudrängen, und legte mir eine Schachtel mit einer abgeschnittenen Zunge und einem blutigen Messer vor die Haustür. Das war eine Warnung, daß ich die nächste bin.« Nachdem sie Cummings erfolglos um Polizeischutz gebeten hatte, hatte Debra auf eigene Rechnung eine Leibwächterin engagiert; sie sollte um fünf Uhr in die Kanzlei kommen.

Cora wurde blaß und ließ sich wieder auf dem Sofa nieder. »Was macht Sie so sicher, daß das, was vor sechs Jahren geschehen ist, etwas mit diesen Morden zu tun hat?«

»Ich bin keineswegs sicher, aber Ihr Neffe sagte, daß er nicht schuld an dem sei, was danach passierte. Er sagte, der Detective habe ihn dafür verantwortlich gemacht.«

Rawlings Tante seufzte. »Ich weiß nicht.« Sie starrte auf ihre Hände und spielte mit dem Perlenring an ihrer linken Hand, als könne sie dort eine Antwort finden.

Debra wartete. In einem anderen Zimmer summte ein Staubsauger.

»Der Name des Mädchens war Emily Patterson«, sagte die Tante schließlich, ohne Debra anzusehen.

»Wissen Sie, wo sie wohnt?«

Wieder ein langes Schweigen. Endlich hob Cora den Blick. »Sie ist tot. Sie hat sich kurz nach dem Prozeß das Leben genommen.«

»Mein Gott!« flüsterte Debra und schloß kurz die Augen.

»Wayne hat das schwer getroffen«, erklärte seine Tante mit abwehrendem Unterton. »Wir alle waren schockiert. Aber es war nicht seine Schuld. Sie hat einfach...« Cora Tarrigan hob die Hände und ließ sie wieder in ihren Schoß fallen. »Es war traurig, sehr traurig.«

»Wann war das?«

»Der Prozeß war Ende Mai. Sie hat sich im Juli umgebracht.«

»Erinnern Sie sich an den Namen des Detectives, der in diesem Fall ermittelt hat?«

Cora schüttelte den Kopf.

»War es Marty Simms?«

»Ich weiß es wirklich nicht.«

Debras Piepser meldete sich. »Entschuldigen Sie.« Sie nahm den Piepser aus ihrer Jackentasche, um die Nummer auf dem kleinen Display sehen zu können. »Dürfte ich mal Ihr Telefon benutzen?«

»Natürlich.« Rawlings Tante stand auf, führte Debra in ein kleines Frühstückszimmer und deutete auf einen Wandapparat.

»Danke.« Debra tippte die Nummer ein; einen Moment später hörte sie die Stimme ihrer Sekretärin. »Hier ist Debra. Was ist los?«

Wahrscheinlich wollte Richard wissen, wo sie sich herumtrieb. Sie hatte einen halbherzigen Versuch unternommen, ihre Akten und Unterlagen für ihren bevorstehenden Austritt aus der Kanzlei in Ordnung zu bringen. Aber als sie merkte, daß sie sich nicht auf diese Arbeit konzentrieren konnte, hatte sie Glynnis etwas von einer wichtigen Verabredung erzählt und war hierhergefahren.

»Gott sei Dank, daß Sie sich melden«, sagte Glynnis. »Die Jury ist zu einem Urteil gekommen. Sie müssen sofort zum Gerichtsgebäude fahren.«

46

»Ist die Jury zu einem Urteil gekommen?« fragte Claire den Sprecher der Geschworenen, einen großen, kräftigen Mann mit ernstem Gesichtsausdruck.

»Ja, Euer Ehren.«

»Haben Sie das Urteil unterschrieben und versiegelt?«

»Ja, Euer Ehren.«

Avedon war blaß. Debra hatte ihn in seiner Praxis erreicht und sich mit ihm und seinen Eltern eine Viertelstunde später vor dem Gerichtssaal getroffen. »Ich weiß nicht«, sagte sie, als er sie fragte, ob es ein gutes oder schlechtes Zeichen sei, daß die Jury so schnell zu einer Entscheidung gekommen war – die Geschworenen hatten gestern sechs und an diesem Vormittag noch einmal drei Stunden beraten. Annette wirkt zuversichtlich, dachte Debra, und was für einen Eindruck mache ich?

Der Sprecher händigte dem Gerichtsdiener den versiegelten Umschlag aus. Der Gerichtsdiener gab ihn an den Protokollführer weiter, und der reichte ihn der Richterin. Claire brach das Siegel auf und las schweigend das Urteil, dann gab sie es dem Protokollführer zurück.

»Ich bitte den Angeklagten, sich von seinem Platz zu erheben«, sagte der Protokollführer.

Avedon stand auf, Debra auch; ihre Nägel bohrten sich in ihre Handfläche. Sie wollte gewinnen – wegen Avedon und ihretwegen, weil sie immer gewinnen wollte, und wegen Richard, der wieder auf der Zuschauergalerie saß.

Und sie wollte auch verlieren.

»In dem Fall das Volk gegen Kenneth Avedon ist die Jury zu folgender Entscheidung gekommen: Der Angeklagte ist nicht schuldig.«

Debra hörte ein ärgerliches Schnauben hinter sich. Ihr Kopf begann zu hämmern, und ihre Handflächen brannten, als sie hörte, wie Claire der Jury für ihre sorgfältige Pflichterfüllung dankte. Sie hörte Avedons »Vielen Dank«, spürte seine Umarmung und sagte: »Ich freue mich sehr für Sie, Ken«, aber sie fühlte sich, als würde jemand anders diese Worte aussprechen.

Sie warf einen Blick zum Richtertisch. Claire nickte und lächelte Debra flüchtig zu, dann stand sie auf und verließ den Saal. Schließlich mußte auch Debra die Sicherheit, die ihr dieser Raum bot, verlassen. Ist der Mörder noch hier? fragte sie sich. Hat er schon den Zeitpunkt und den Ort gewählt? Annette kam auf sie zu: »Gute Arbeit.« Sie streckte Debra die Hand entgegen. Debra ergriff sie automatisch, sagte: »Sie haben mir schwer zu schaffen gemacht«, und lächelte, obwohl sie wußte, daß es jemanden gab, der nur darauf wartete, daß sie allein war. Und jetzt hatte sie keine Leibwächterin in ihrer Nähe.

»Ich bin froh, daß sie den Mörder geschnappt haben«, sagte Annette, und Debra korrigierte sie nicht.

In der Halle sah sie eine Menge Leute, die sie nicht kannte, und einige, die sie lieber nicht gekannt hätte – Emma Banks, Karl Vaughan, Penny Bailor mit ihrem Bruder, ihrer Mutter und einem älteren, bärtigen Mann, der vermutlich ihr Vater war. Debra drängte sich an den Reportern vorbei und sagte immer wieder »Kein Kommentar«, bis sie in die Damentoilette fliehen konnte. Dort schluckte sie zwei Tabletten, spülte sie mit Wasser aus dem Hahn hinunter und registrierte teilnahmslos, daß sie blinde Flecken auf ihren Fingern sah. Einige Frauen kamen herein. Debra schloß sich in einer Kabine ein und blieb zwanzig Minuten dort, bis die Sehstörungen nachließen.

»Ich möchte mit Norman Schultz sprechen«, erklärte Debra dem Polizisten im Revier von West L. A., nachdem sie sich ausgewiesen hatte. »Ich möchte seine Verteidigung übernehmen.« Sie reichte ihm ihre Geschäftskarte.

»Ich werde es ausrichten.« Der Polizist nahm die Karte mit, als er den Empfangsbereich verließ.

Während sie wartete, überlegte sie, ob Laurie Besem gerade Dienst hatte. Bis jetzt hatte Debra noch keine Gelegenheit gehabt, mit Laurie zu sprechen – sie hoffte nur, Laurie bereute es nicht, daß sie ihr von Rawling erzählt hatte. Natürlich konnte sie nichts dafür, daß Rawling angeschossen worden war...

Der Polizist kam zurück. »Tut mir leid. Er will Sie nicht sehen.«

»Sagen Sie ihm, ich weiß, daß er nicht auf Rawling geschossen hat.«

Er bedachte sie mit einem »Ich bin nicht Ihr Botenjunge«-Blick, sagte aber: »Okay.« Als er ein paar Minuten später zurückkam, nickte er und begleitete sie zu Schultz' Zelle in den ersten Stock. Schultz lag auf dem unteren Wandbett, hatte die Hände hinter dem Kopf gefaltet und starrte auf das obere Bett.

»Mr. Schultz, ich bin Debra Laslow«, sagte sie durch die orangefarbenen Gitterstäbe. Sie hatte immer noch Kopfschmerzen, aber sie konnte klar und deutlich sprechen.

»Die Vergewaltiger-Freundin. Was soll der Scheiß, daß Sie mich vertreten wollen?« Er hatte sich nicht von der Stelle gerührt.

»Rawling sagte, daß man Sie reingelegt hat. Er wußte nicht, von wem. Falls Sie es wissen oder auch nur eine Ahnung haben, könnte ich Ihnen helfen, das zu beweisen.«

Schultz schnaubte. »Sie wollen Ihren Hintern retten. Ich hab' Sie gestern abend vor Rawlings Haus gesehen. Sie dachten, sie hätten den Kerl gefunden, der diese Anwälte umgebracht hat – Sie haben sich sicher ziemlich gut gefühlt, was? Jetzt geht Ihnen der Arsch wieder auf Grundeis, weil Sie wissen, daß der Bursche noch frei herumläuft.«

»Ich *habe* Angst«, bestätigte sie. »Wieso waren Sie gestern abend bei Rawling?«

»Ich bin nicht im Zeugenstand. Ich muß Ihre Fragen nicht beantworten, Frau Rechtsanwältin.«

»Sie haben recht. Aber ich bin überzeugt, daß Sie so rasch wie möglich wieder zurück zu Ihrer Familie, zu Janey wollen.«

Schultz richtete sich abrupt auf und schlug sich den Kopf am oberen Bettrahmen an. »Scheiße!« Er zuckte zurück und zischte: »Lassen Sie, verdammt noch mal, meine Familie in Frieden! Janey hat genug gelitten. Ich will nicht, daß sie noch mehr von diesem Dreck durchmachen muß.« Sein Gesicht war wutverzerrt.

»Es wird ihr nicht helfen, wenn Sie im Gefängnis sitzen.«

»Warum zum Teufel sollte ich Ihnen helfen? Leute wie Sie machen es doch erst möglich, daß solch ein Abschaum wie Rawling immer wieder seinen Schweinkram machen kann und ungeschoren davonkommt.« Er hielt einen Moment inne. »Ihr Mandant – dieser Avedon. Ich schätze, er ist auf freiem Fuß, hab' ich recht?«

Also hatte er es noch nicht erfahren. Sie zögerte, dann sagte sie: »Er ist gerade freigesprochen worden.«

»Vielleicht lügen Sie mich ja an.« Er schätzte sie mit Blicken ab. »Ich weiß nicht, wer mich reingelegt hat. Aber ich habe nicht auf Rawling geschossen. Gott weiß, daß ich es gern getan hätte, aber ich hab's nicht getan.«

Sie nickte. »Was ist passiert?«

»Ich bekam um acht Uhr einen Anruf. Ich erkannte die Stimme nicht – sie war undeutlich und klang gedämpft. Die Person behauptete, daß Rawling vorhabe, Janey nachzustellen. Ich habe einen Revolver gekauft, nachdem der Bastard sie vergewaltigt hatte – ich brachte ihr bei, wie man damit schießt. Ich lud den Revolver und fuhr zu Rawlings Haus.«

»Woher kannten Sie seine Adresse?«

»Oh, ich kannte sie.« Schultz lächelte grimmig. »Ich bin nachts ein paarmal hingefahren, um nachzusehen, ob er zu Hause war. Ich blieb vor seinem Haus stehen und überlegte, was ich machen würde, wenn er herauskäme und ich ihn zwischen die Finger bekommen könnte. Kennen Sie Janey?«

Debra schüttelte den Kopf.

»Gott, sie war der fröhlichste Mensch auf der Welt, bevor das passierte! Jetzt verläßt sie das Haus nicht mehr.« Tränen traten ihm in die Augen. »Jedenfalls, als ich gestern hinkam, war die Haustür offen, und Rawling lag im Flur. Jemand hatte ihm in die Brust geschossen, und da war eine Menge Blut. Ich dachte, er sei tot. Und wissen Sie was? Es war überhaupt nicht so, wie ich es mir vorgestellt hab'.« Er wischte sich über die Augen.

»Haben Sie die Polizei gerufen?«

Er schüttelte den Kopf. »Ich wußte, daß sie mich für den Täter halten würden. Ich war wohl ein oder zwei Minuten wie erstarrt – ich meine, ich wußte, daß man mir eine Falle gestellt hatte. Also bin ich durch die Hintertür abgehauen. Aber inzwischen waren die Cops schon da. Und ich hatte den Revolver bei mir. ›Untersuchen Sie ihn‹, sagte ich zu ihnen. ›Sie werden sehen, daß er nicht benutzt wurde.‹ Sie haben mir meine Rechte vorgelesen, mir die Handschellen angelegt und mich in den Streifenwagen gesetzt.« Er zuckte mit den Achseln. »Ich rechne damit, sobald sie die Laboranalyse durchgeführt haben, werden sie wissen, daß ich nicht geschossen habe.«

»Was meinen Sie – wer hat die Polizei alarmiert?«

»Darüber habe ich auch nachgedacht, als ich versuchte, in diesem Luxushotelzimmer zu schlafen.« Er schaute auf die kahlen Wände und die Kloschüssel in der Ecke. »Jemand – wahrscheinlich die Person, die mich angerufen hat – muß Rawlings Haus beobachtet und gewartet haben, bis ich auf der Bildfläche erschien. Er muß in seinem Wagen gesessen haben. Als er mich vorfahren sah, rief er mit seinem Autotelefon die Polizei.«

Das machte Sinn. »Haben Sie irgendwelche Autos gesehen, als Sie ankamen?«

Schultz nickte. »Ich hab' zu dem Zeitpunkt nicht besonders darauf geachtet, aber ja, da war ein Auto. Ein schwarzer Honda.«

Debra bedankte sich bei Schultz. »Ich habe das ernst gemeint – ich vertrete Sie, wenn Sie wollen. Falls Sie Hilfe brauchen ...«

»Ich denke, Sie brauchen mehr Hilfe als ich.«

Sie befestigte den Sicherheitsgurt in ihrem Auto, als sie

Marty Simms und Stan Cummings vom Parkplatz auf den Eingang des Reviers zugehen sah. Sie duckte sich. Als sie sicher war, daß die beiden im Gebäude verschwunden waren, fuhr sie los.

Von ihrem Büro aus rief sie die *Times* an. Sie war früher manchmal dort gewesen, um sich im Archiv, das damals »Leichenhalle« genannt wurde und heute »Bibliothek« hieß, Informationen zu beschaffen. Aber wie alle größeren Zeitungsbibliotheken in der Stadt war auch diese nicht mehr für die Öffentlichkeit zugänglich. Sie sprach mit der Archivarin, gab ihr ihre Kreditkartennummer (die Gebühr lag zwischen sechs und zehn Dollar) und erklärte, was sie wollte.

»Wie lange ist das her?« fragte die Frau.

»Sechs Jahre. Im Juli. Es müßte einen oder mehrere Artikel geben.« Debra wußte nicht, ob über Emily Pattersons Selbstmord auf der ersten Seite oder unter der Rubrik »Nachrufe« berichtet worden war. »Ich hätte gern ein Fax von allem, was Sie finden können, wenn das möglich ist.«

»Wenn es vor sechs Jahren war, dann haben wir's im Computer gespeichert. Ich sehe nach, und sobald ich was finde, rufe ich Sie an. Ich kann Ihnen den Ausdruck dann gleich durchfaxen.«

Debra ging in Charles' Büro – sie wollte nicht, daß er durch andere von ihrer Kündigung erfuhr –, aber er war außer Haus, und Debra kehrte zu ihrem Schreibtisch zurück. Sie war gerade mit einer Akte beschäftigt, als Glynnis über die Sprechanlage meldete, daß Detective Simms in der Leitung sei. Debra bat ihre Sekretärin, ihn abzuwimmeln. Eine Viertelstunde später rief die Archivarin der *Times* zurück – sie hatte zwei Artikel gefunden. Debra dankte ihr, legte auf und lief zum Faxgerät. Als die Übermittlung beendet war, schnappte sie sich die Seiten, wartete jedoch, bis sie wieder in ihrem Büro war, bevor sie zu lesen anfing.

Die erste Seite war ein kleiner Artikel im Lokalteil vom 17. Juli. Sie hatte einen Kloß im Hals, als sie las:

Emily Patterson, eine einundzwanzigjährige Studentin, wurde gestern abend tot in ihrem Appartement in Culver City aufgefunden – sie starb vermutlich an einer Schußwunde, die sie sich selbst zugefügt hatte.

Gerald Patterson, der Vater der Toten, erklärte den Ermittlungsbeamten von West L. A., seine Tochter sei sehr verstört wegen des Ausgangs eines Prozesses gewesen, in dem sie ausgesagt habe. »Das hat sie umgebracht«, sagte er erschüttert, lehnte jedoch ab, über Einzelheiten zu sprechen. Es wurde eine Autopsie angeordnet.

Gerald. Warum kam ihr der Name so bekannt vor? Auf der zweiten Seite fand Debra den Nachruf, er war sechs Tage später erschienen. Emily Pattersons Begräbnis hatte am Samstag in Burbank stattgefunden. »Emily Patterson«, las Debra, »hinterläßt ihre Eltern, Gerald und Beatrice Patterson, und ihre Schwester Claire.«

Debra starrte die Worte an. Claire Werners Vater hieß Gerald – deshalb war ihr der Name bekannt vorgekommen. Es war ein schauriger Zufall, so unheimlich, daß ihr ein eisiger Schauer über den Rücken lief, aber natürlich war es nichts anderes – nur ein Zufall. Claires Schwester hatte keinen Selbstmord begangen – sie war an einem Krebsleiden gestorben, genau wie Debras Mutter. Und ihr Name war Lee, nicht Emily.

Lee könnte eine Abkürzung von Emily sein.

Debras Kopf war immer noch schwer, ihre Augen taten weh. Sie rieb sie sich und schaute wieder auf den Nachruf.

Claires Vater war jeden Tag im Gerichtssaal gewesen und hatte den Verlauf des Prozesses beobachtet. Er hatte Debra beobachtet.

Madeleine hatte »G. P.?« an den Rand von Avedons Akte geschrieben.

Aber das hier war eine andere Claire.

Sie stopfte die Papiere in ihre Handtasche und stürmte mit einem knappen »Keine Ahnung, wann ich zurück bin« an

Glynnis vorbei. Bei normalem Verkehr brauchte man vierzig Minuten nach Norwalk und zu dem Gebäude, in dem seit dem Umzug aus der Halle am Broadway Geburten, Todesfälle und Eheschließungen registriert wurden. Debra schaltete im Radio ihren Lieblingssender mit klassischer Musik ein, aber sie nahm sie nicht wahr und fuhr, ohne nachzudenken, wechselte vom San Diego Highway zum Century und dann auf die 605, als sei sie ein Autopilot.

Sie parkte ihren Wagen in der Imperial Avenue, ging wie in Trance, ohne auf ihre Umgebung zu achten, auf das Gebäude zu und rempelte jemanden an, der sie wütend anfunkelte und brummte: »Passen Sie auf, wo Sie hingehen, Lady!« Debras Entschuldigung konnte ihn auch nicht besänftigen.

In Zimmer 208 im Erdgeschoß ging Debra auf den Beamten zu. Nachdem sie ein pinkfarbenes Formular ausgefüllt hatte, in dem sie angeben mußte, aus welchem Jahrzehnt sie Daten brauchte – Claire hatte, wie sie wußte, vor vierzehn Jahren geheiratet –, legte sie ihren Legitimationsausweis vor. Der Beamte gab ihr einen Microfiche.

Claire hatte den Vornamen ihres Exmannes erwähnt, aber Debra erinnerte sich nicht mehr, doch als sie die unzähligen Einträge unter »Werner« abrollen ließ und den Namen »Paul« entdeckte, nickte sie. Das war's. Paul Werner. Sie sagte sich, daß es lächerlich war, siebzig Meilen zu fahren, nur um ihre Neugier zu befriedigen, aber das Entsetzen und die Angst nagten an ihr. Sie sah alle Paul Werners durch und fand neben einem den Namen »Claire Patterson«. Sie ließ sich die Information bestätigen, indem sie den Beamten um die Heiratsurkunde bat – er zeigte sie ihr. »Gerald R. Patterson« war als Vater der Braut aufgeführt. Der Schmerz über ihren Augen wurde so stark, daß sie glaubte, in Ohnmacht zu fallen.

Sie bemühte sich, eine plausible Erklärung für das, was sie aufgedeckt hatte, zu finden, aber im Grunde blieb nur ein lähmender Gedanke: Gerald Patterson, der silberhaarige Vater der Richterin, mit der Debra befreundet war, könnte ein Mörder sein. Das Motiv war schmerzhaft deutlich – seine jüngere Tochter Emily hatte Selbstmord begangen, nachdem Rawling, der sie vergewaltigt hatte, freigesprochen worden war. Als Rawling wieder der Vergewaltigung angeklagt und erneut freigesprochen wurde, war Patterson vermutlich durchgedreht und hatte die Person, die er für den Tod seiner Tochter verantwortlich machte – Rawlings Anwältin Madeleine Chase – umgebracht. Und danach andere Anwältinnen wie sie.

Und mich, dachte Debra. Wenn er der Mörder ist, dann wird er mich für Avedons Freispruch bestrafen. Sie dachte an den schwarzen Wagen, der sie an die Bergwand drängen wollte. Sie hatte keine Ahnung, was für ein Auto Patterson fuhr, aber sie erinnerte sich, daß Claires Vater an dem Abend des WRIT-Treffens das Abendessen mit seiner Tochter unvermittelt abgesagt hatte. Hatte er es abgesagt, um Debra von der Sportman's Lodge nach Hause zu folgen und ihr Angst einzujagen, damit sie den Avedon-Fall abgab?

Sie ging zum Münztelefon und rief Laurie im West L. A. an.

»Ich hoffe, du bittest mich nicht wieder um einen Gefallen«, murrte Laurie. »Simms macht mir deinetwegen die Hölle heiß. Er hat irgendwie erfahren, daß ich dir von Rawlings erstem Prozeß erzählt habe.«

»Was sagt er? Daß ich auf Rawling geschossen und Schultz zu seinem Haus gelockt habe, um ihm was anzuhängen und meine mörderischen Spuren zu verwischen?« Patterson hätte das tun können. Möglicherweise hatte Annette mit Claire darüber gesprochen, daß Debra die Abschriften von den vier Prozeßprotokollen angefordert hatte; Claire hatte ihrem Vater davon erzählt. Er muß befürchtet haben, daß sie die Verbindung zwischen ihm und Rawling und Madeleine entdeckte, und in Panik geraten sein.

»So was in der Art«, meinte Laurie. »Ich glaube nicht, daß er das ernst meint, aber er veranstaltet einen Riesenwirbel.«

»Ich war gestern abend in Begleitung meiner Leibwächterin, Laurie. Sie war bei mir, als auf Rawling geschossen wurde.«

»Sag das Simms. Er sucht nach dir. Er hat in deinem Büro angerufen – sie sagten, sie wüßten nicht, wo du bist.«

»Ich melde mich bei Simms. Du mußt noch etwas für mich tun, Laurie – ich brauche die Autonummer und das Fabrikat des Wagens, der auf Gerald Patterson zugelassen ist.«

»Was hat er mit dem Ganzen zu tun?«

»Es geht um eine andere Angelegenheit.« Debra haßte es, Laurie zu belügen, besonders da sie gegen die Vorschriften verstoßen hatte, um ihr zu helfen. Aber falls Debra mit ihrer Theorie über Patterson recht hatte, mußte sie Claire darauf vorbereiten, ehe sie die Polizei einschaltete.

»Kennst du sein Geburtsdatum?«

»Nein. Er ist Ende Sechzig, Witwer, ungefähr einssiebenundsiebzig groß. Ich glaube, er lebt in Burbank«, sagte sie – dort war Emily beerdigt worden. Es war möglich, daß Patterson inzwischen umgezogen war – seither waren sechs Jahre vergangen. Sechs Jahre voller schmerzlicher Erinnerungen, die plötzlich wieder zum Leben erwacht waren und zum Mord geführt hatten.

»In Ordnung. Ich checke das für dich. Ist morgen okay?«

»Eigentlich nicht. Ich überprüfe einen Zeugen, der meinen Mandanten beschuldigt, unter Alkoholeinfluß gefahren zu sein«, improvisierte Debra. »Ich glaube, daß der Zeuge lügt, aber mein Mandant steht morgen vor dem Haftrichter und muß vor Gericht, wenn ich nicht genügend Beweise zusammenbekomme, daß der Richter die Klage zurückweisen kann. Ist es möglich, die Informationen sofort zu beschaffen?«

Laurie seufzte. »Ich denke schon. Sorg nur dafür, daß ich morgen nicht erfahre, daß der Zeuge erschossen wurde und du am Tatort warst. Wo kann ich dich erreichen?«

»In meinem Büro. Ich fahre jetzt hin. Übrigens – wer hat in dem ersten Rawling-Fall ermittelt?«

»Roger Hickman. Er ist inzwischen pensioniert. Warum?«

»Nur so – aus Neugier.« Der Hickman, mit dem Simms befreundet war? Der Hickman, dessen Sohn sie im Lassiter-Fall fertiggemacht hatte? Sie dankte Laurie und legte auf. Ihr war alles andere als wohl in ihrer Haut.

Jeremy saß an seinem Schreibtisch und las in einer Akte. Er stand auf, als Debra hereinkam. »Meinen Glückwunsch für den Freispruch im Avedon-Fall.«

»Danke.« Er war immer förmlich, aber an seinem gezwungenen Lächeln erkannte Debra, daß Richard schon mit ihm über sie gesprochen hatte. Und Glynnis hatte gesagt: »Dr. Knox will Sie unbedingt sprechen, meine Liebe.«

»Ich bewundere Ihren Mut.« Jeremy hatte seinen Schreibtisch umrundet und stand jetzt neben ihr. »Sie hatten jeden Grund, sich aus dem Fall zurückzuziehen, aber Sie haben es nicht getan. Sie sind bestimmt erleichtert, daß der Prozeß vorbei ist und der Mörder hinter Schloß und Riegel sitzt.«

»Sehr.« Sie fragte sich, wo Patterson jetzt war.

»Richard meinte, Sie planen, unsere Kanzlei zu verlassen«, sagte er in traurigem Ton, als sei jemand gestorben. »Ist Ihr Problem eines, das wir aus der Welt schaffen können?«

Du kannst Richard feuern oder ihm ein für allemal den Mund stopfen. Du kannst ihm einbläuen, daß er mich wie eine gleichberechtigte Kollegin und nicht wie ein Objekt behandelt. »Ich glaube nicht. Richard und ich, wir haben Kommunikationsschwierigkeiten. Wir beurteilen die Dinge vollkommen verschieden.« Sie hatte den Katalog mit der Reizwäsche als Beweis aufgehoben, aber selbst wenn sie ihn Jeremy zeigen würde, könnte sie kaum etwas erreichen. Richard würde sich nie ändern, und Jeremy würde ihn nie feuern. Und wenn doch, dann würde er es Debra verübeln.

»Tut mir leid, das zu hören. Sie sind eine ausgezeichnete Anwältin, Debra. Ich versichere Ihnen, daß ich Ihnen das beste Zeugnis ausstelle. Und wenn es irgend etwas gibt, was ich für Sie tun kann, lassen Sie es mich wissen.«

Sie dankte Jeremy. Auf dem Rückweg in ihr Büro fragte sie Glynnis, ob Charles da sei.

»Nein, meine Liebe. Er ist immer noch bei Gericht«, erwiderte die Sekretärin. »Aber ich hab' ihm von Ihrem Freispruch erzählt, als er anrief, und ich soll Ihnen sagen, daß er sich wahnsinnig freut, daß Sie den Prozeß gewonnen haben und daß der Mörder im Gefängnis ist.« Glynnis lächelte. »Jetzt können Sie ein normales Leben führen und brauchen nicht immer über die Schulter zu spähen.« Sie tätschelte Debras Hand. »Übrigens, Detective Simms hat fünfmal angerufen. Er klang ziemlich wütend.«

Debra ging in ihr Büro. Sie schaltete den Computer ein, starrte auf den Bildschirm und versuchte sich zu konzentrieren, als Laurie anrief.

»Ein schwarzer Honda, Nummer: 1ABC432«, verkündete sie. »Debra, du schuldest mir was.«

Schultz hatte einen schwarzen Honda vor Rawlings Haus gesehen. Ein schwarzer Wagen hatte sie nach dem WRIT-Treffen verfolgt. Das bestätigte das, was sie erwartet hatte, trotzdem konnte sie es nicht glauben. Neues Entsetzen überfiel sie. Sie fühlte sich genauso wie damals, als der Arzt ins Haus gekommen war und ihnen klargemacht hatte, daß ihre Mutter keine vierundzwanzig Stunden mehr zu leben hatte. »Was soll das heißen – vierundzwanzig Stunden?« hatte Debra gefragt, obwohl sie mit eigenen Augen mit angesehen hatte, wie ihre Mutter immer kraftloser und schwächer geworden war.

Sie bedankte sich bei Laurie und sagte: »Du hast nicht zufällig ein Foto von dem Kerl, oder?«

»Ich wußte, daß du das fragst, deshalb hab' ich die Jungs vom DMV gebeten, mir Pattersons Führerschein-Doppel mit Foto zu faxen. Ich fax es an dich weiter.«

Zum zweitenmal an diesem Tag wartete Debra ungeduldig neben dem Faxgerät. Die Kopie einer Kopie war nicht gerade gut, aber Debra erkannte das Gesicht – es gehörte zu dem Mann, der während des ganzen Prozesses auf der Zuschauergalerie in der ersten Reihe gesessen hatte.

Jetzt mußte sie mit Claire sprechen.

47

Oder wußte Claire schon alles?

Dieser Gedanke schoß Debra durch den Kopf, als sie zum Gerichtsgebäude fuhr. War Claire deshalb während der Verhandlung so unnachgiebig mit ihr umgesprungen – um sie davor zu bewahren, zu gewinnen und das nächste Opfer ihres Vaters zu werden?

Rawlings Fall war in der Stadtmitte verhandelt worden, nicht in Santa Monica. Hatte Claire gewußt, daß er von einer anderen Frau der Vergewaltigung beschuldigt wurde und daß Madeleine ihn wieder verteidigte? War ihr das Entsetzliche klargeworden, nachdem Debra ihr zu der Entdeckung verholfen hatte, daß Madeleine und die anderen nach der Verteidigung von Vergewaltigern umgebracht worden waren?

Claire war Richterin und der Gerechtigkeit verpflichtet. Aber würde sie ihren eigenen Vater der Polizei übergeben?

Vielleicht wußte Claire nichts von Rawling. Vielleicht war Gerald Patterson kein Mörder. Vielleicht war alles nur ein absonderlicher, grauenvoller Zufall.

Debras Funktelefon klingelte. Sie nahm ab und Glynnis sagte ihr, daß die Leibwächterin angekommen sei und Marty Simms wieder angerufen habe – er bestehe darauf, sie sofort zu sehen.

»Ich sagte ihm, daß Sie auf dem Weg zum Gerichtsgebäude in Santa Monica sind«, fügte Glynnis hinzu. »Dasselbe habe ich Mr. Silver erklärt, als er anrief. Ich hoffe, das ist in Ordnung.«

Es war nicht in Ordnung, aber Debra sagte: »Sehr gut, Glynnis, danke«, und bat sie, der Leibwächterin zu sagen, daß sie warten solle.

In der Eingangshalle gab Debra ihre Handtasche ab und nahm sie wieder an sich, nachdem sie den Metalldetektor passiert hatte. Falls Patterson der Mörder war und sich im Haus befand – was sie bezweifelte –, dann hätte er seine Waffe abgeben müssen – dieser Gedanke beruhigte Debra, als sie in den ersten Stock hinaufging.

Department M war verschlossen und unbesetzt – kein Wunder, es war ja auch schon nach halb sechs –, doch Debra hatte vorher angerufen, und Claires Mitarbeiter Brian hatte ihr versichert, daß Claire noch etwa eine Stunde in ihrem Richterzimmer zu tun habe. Debra klopfte kräftig an die Tür; nach einer Minute öffnete ihr Brian mit der Aktentasche in der Hand.

Er hatte für heute Dienstschluß. »Claire schwirrt hier irgendwo herum«, sagte er, »aber ich weiß nicht, wo. Ich hab' ihr ausgerichtet, daß Sie kommen. Vielleicht warten Sie im Richterzimmer auf sie.«

Debra durchquerte den Gerichtssaal, in dem sie die letzte Woche verbracht hatte, und verließ ihn durch die Tür hinter dem Richtertisch. Claires Zimmer befand sich auf der rechten Seite. Sie klopfte an, für den Fall, daß Claire noch da war. Als niemand antwortete, trat sie ein. Die ruhige Atmosphäre des Raums traf sie wie ein Schlag, und das Wissen, daß sie diese Ruhe für immer zerstören würde, machte sie traurig.

Sie nahm die Kopie von Pattersons Fahrerlaubnis aus der Handtasche – es fiel ihr immer noch schwer zu glauben, daß der freundliche Mann auf dem Foto fähig sein sollte, vier Menschen zu töten und zu verstümmeln. Sie sah sich seine Unterschrift an – seine Handschrift war ordentlich und wirkte beherrscht. Zu beherrscht? fragte sie sich. Ihr Blick wanderte zu der Zeile über der Unterschrift: EINSCHRÄNKUNG – DIESE FAHRERLAUBNIS GILT NUR FÜR DEN TAG.

Sie stutzte. Ihr Vater hatte die Auflage, beim Fahren Kontaktlinsen oder eine korrektive Brille zu tragen. Dieser Zulassung zufolge durfte Patterson nur bei Tageslicht fahren. Sie starrte auf die Worte, und ihr Herz hämmerte heftig, als sie sich mit erschreckender Klarheit daran erinnerte, was Claire ihr erzählt hatte.

Ihr Vater war nachtblind. Er konnte bei Dunkelheit nicht fahren.

Sie rief sich in Erinnerung, daß Patterson nachts doch gefahren war – und einen Laternenpfahl gerammt hatte. Hätte er mit dieser Beeinträchtigung am Steuer des schwarzen Wagens sitzen können, der Debra am Sonntag abend auf der kurvenreichen Cañonstraße nachgefahren war?

Simms, dachte sie, und das Blut pulsierte in ihren Schläfen – Simms fuhr ein dunkelblaues Auto. Simms hatte teilnahmslos auf den Inhalt der pinkfarbenen Schachtel reagiert, die in ihrer Küche gestanden hatte. Simms' Freund Hickman hatte in Rawlings erstem Fall ermittelt. Hickman hatte ihm möglicherweise erzählt, daß Rawling erneut angeklagt war und wieder freigesprochen wurde. Hatte Simms deshalb Verdachtsmomente gegen Debra aufgebaut? Ihm war klargeworden, daß sie über Rawling Bescheid wußte. Hatte er Schultz in der Absicht angerufen, Debra auch den Mord an Rawling irgendwie anhängen zu können?

Sie mußte Claire finden. Claire würde wissen, was sie tun mußte. Debra klopfte an die Tür des Badezimmers. »Claire?« Keine Antwort. Debra öffnete die Tür einen Spalt. Niemand da.

Sie verließ das Richterzimmer und ging durch den Korridor, der durch den ganzen ersten Stock führte. »Claire?« rief sie. »Claire?« Ihre eindringliche Stimme hallte von den Wänden wider. Brian hatte sich geirrt – Claire war doch schon gegangen.

Sollte sie mit Annette sprechen? Hielt sich die Staatsanwältin noch im Gebäude auf? Debra kehrte in den Gerichtssaal zurück und ging auf den Ausgang zu. Sie mußte auf den Türöffner drücken und machte den ersten Schritt hinaus, als sie Simms etwa zehn Meter von ihr entfernt auf der rechten Seite entdeckte. Er sah sie auch. Er lächelte sie an, aber seine Augen blieben kalt. »Sie hat versucht zu entkommen«, würde er behaupten. »Ich mußte schießen.« Sie wich rasch zurück, knallte die Tür zu und hörte das tröstliche Geräusch, als das Gitter automatisch zuglitt.

Sekunden später hämmerte Simms an die schwere Tür; seine Schreie drangen gedämpft an Debras Ohr. Mit wild klopfendem Herzen rannte sie durch die Zuschauerreihen und stieß die Schwingtür der halbhohen Brüstung auf, die die Tische der Anwälte vom Rest des Saals trennte. Als sie Claire in Robe auf der vorderen Geschworenenbank sitzen sah, unterdrückte sie einen Schrei.

»Brian hat mir ausgerichtet, daß du herkommen und mit mir reden willst«, begann Claire. »Du hast ihm gesagt, daß es wichtig sei.«

»Lieber Gott, hast du mich erschreckt!« Debra preßte die Hand auf die Brust. »Ich hab' dich gesucht. Wo warst du?« Simms hämmerte noch immer gegen die Tür. Sie warf einen Blick über die Schulter und sah sein Gesicht, das sich gegen die kleine Scheibe preßte.

»Ich war im Beratungszimmer der Geschworenen. Ich wollte es einmal aus einem anderen Blickwinkel sehen.« Die Richterin seufzte. »Ich wollte herausfinden, wie sie Lees Vergewaltiger davonkommen lassen konnten. Du weißt das alles, nicht wahr?«

Debra starrte Claire an – ihren gehetzten Gesichtsausdruck – und wurde kreidebleich. War doch Claires Vater und nicht Simms der Mörder? Aber wie konnte er nachts diese Serpentinenstraße fahren?

»Claire«, flüsterte sie und riß vor Schreck die Augen auf, als ob sie sich sagen würde, daß das nicht Claire sein konnte. Claire war so ehrlich, so offen, aber es *war* Claire, und Debra wurde übel, und sie zitterte vor Angst vor der Frau, die gemordet hatte, vor der Frau, die ihre Freundin war. Simms' Hämmern hatte aufgehört.

»Du hältst mich für verrückt, stimmt's? Aber ich bin nicht verrückt. Dies hier –« Claire beschrieb mit der Hand einen Halbkreis, der den Richtertisch, den Zeugenstand und die Geschworenenbank zu ihrer Rechten umfaßte –, »das hier ist verrückt.«

»Claire, ich möchte dir helfen.« Debra zitterten die Knie, und ihr Herz pochte so laut, daß sie sich selbst kaum sprechen hörte. Sie hielt sich an der Brüstung fest, um nicht den Boden unter den Füßen zu verlieren.

Claire neigte den Kopf auf eine Seite. »Hast du mit Wayne Rawling gesprochen?«

Debra nickte.

»Ich hab' gehört, er kommt durch. Das überrascht mich nicht. Bestien wie er sterben nicht. Sie machen immer weiter und lauern ihren unschuldigen Opfern auf.«

»Norman Schultz sitzt wegen versuchten Mordes in der Zelle«, sagte Debra und kämpfte darum, ruhig zu bleiben. Wo war Simms?

»Schultz wird schnell wieder freigelassen. Die Polizei wird feststellen, daß die Kugel nicht aus seiner Waffe stammt. Es tut mir entsetzlich leid wegen Schultz, aber Annette hat mir gesagt, daß du die Prozeßabschriften hast. Ich wußte, daß du dir bald alles zusammenreimen kannst. Ich brauchte mehr Zeit.« Sie zog die Stirn in Falten. »Hat Rawling behauptet, daß er nichts für den Selbstmord meiner Schwester konnte?«

»Ja«, erwiderte Debra und hoffte, daß sie Claire mit dieser Antwort nicht noch mehr aufregen würde.

»Natürlich hat er das behauptet. Mein Vater kommt zu jedem Prozeß, bei dem ich den Vorsitz habe, und erklärt mir mindestens einmal täglich, daß es meine Schuld ist, daß sich Lee erschossen hat. Und weißt du, was? Er hat recht«, setzte sie ernst hinzu. »Meine Mutter dachte das auch. Ich war diejenige, die Lee dazu überredet hat, Anzeige zu erstatten. ›Vertrau auf unser Rechtssystem‹, habe ich zu ihr gesagt. ›Mach eine Aussage.‹ Sie vertraute dem Rechtssystem, und sie vertraute mir. Das Rechtssystem hat sie brutal fallenlassen. Das Rechtssystem hat sie noch einmal vergewaltigt. Und ich konnte nicht das geringste dagegen tun.«

Debra öffnete den Mund, ihr fiel aber nichts ein, was sie darauf erwidern konnte.

»Du hast herausgefunden, daß Madeleine Rawling bei Lees Prozeß verteidigt hat, nicht wahr? Sie hat mich verspottet. Jedesmal, wenn sie in meinem Gerichtssaal die Verteidigung hatte, grinste sie mich höhnisch an. Ich habe sie gehaßt.« Sie verzog wütend das Gesicht, gleich darauf verschwand der Ausdruck wieder. »Trotzdem war ich immer fair. Aber als sie einen Freispruch im Schultz-Prozeß erreichte und mein Vater die Zeitungsausschnitte über beide Verhandlungen an mich schickte, wußte ich, was ich zu tun habe. Du verstehst das, nicht wahr?« Ihre Stimme klang beschwörend.

»Komm mit mir«, sagte Debra beschwichtigend. »Komm mit mir zu Annette. Sag ihr all das, was du mir gerade erzählt hast. Sie wird dir helfen.« Das war besser als eine Verhaftung durch Simms. Hatte er Claire oder ihren Vater in Verdacht gehabt?

»Kann sie Lee wieder lebendig machen? Kann sie die Dämonen, die mich jede Nacht verfolgen, für immer vertreiben?« Claire schwieg einen Moment. »Ich hatte nicht vor, die anderen ihrer gerechten Strafe zuzuführen. Zuerst war es nur Madeleine. Aber das war auch nicht fair. Denn es war nicht nur Madeleine. Es geht um alle, um all die Rechtsanwälte, die ihre Mandanten wie Heilige und die Opfer wie Huren aussehen lassen. Und die Heiligen laufen herum und vergewaltigen wieder.«

»Nicht alle Männer, die der Vergewaltigung beschuldigt werden, sind schuldig«, machte Debra in sanftem Ton klar. »Avedon ist unschuldig. Susans Mandant war auch unschuldig. An dem Tag, an dem du… an dem Susan starb, sagte sie mir, die DNS-Analyse habe bewiesen, daß ihr Mandant Alicia Vaughan nicht vergewaltigt hat. Du hast einen Fehler gemacht, Claire.«

»Du siehst das falsch«, versetzte Claire schneidend, und ein zorniges Funkeln blitzte in ihren Augen auf. »Sie sind alle schuldig. Ich habe sie alle gewarnt. ›Die Zungen der toten Menschen verdienen Beachtung.‹«

»Ich begleite dich zur Polizei, Claire. Sie finden sowieso alles heraus. Rawling wird ihnen sagen, daß du Lees Schwester bist. Er wird dich als die Person identifizieren, die gestern abend den Schuß auf ihn abgegeben hat.«

»Rawling hat einer Frau mit langer, roter Lockenmähne die Tür geöffnet, und diese Frau sammelte Unterschriften für ein Umweltschutzprojekt. Er weiß nicht, daß ich Lees Schwester bin. Ich war bei dem Prozeß nicht dabei. Ich habe jeden Tag mit Lee gesprochen, aber ich konnte wegen meiner richterlichen Verpflichtungen nicht von San Francisco weg.« Ihre Stimme war voller Bitterkeit und Selbstverachtung. »Wie auch immer – es ist mir egal, ob die Polizei nach dem hier alles herausfindet. Ich habe all diese Anwälte gewarnt. Ich habe auch dich gewarnt, Debra. Warum hast du nicht auf mich gehört?« Sie sprang abrupt auf, zog einen Revolver aus den Falten ihrer Robe und zielte auf Debras Brust.

Für einen Moment verschlug es Debra den Atem. »Wie hast du die am Metalldetektor vorbeigeschmuggelt?« fragte sie so teilnahmslos, als würde dies irgend jemand anderem und nicht ihr passieren. Sie könnte schreien, aber wer würde sie hören? Simms hatte Claire vielleicht nicht durch das Fenster gesehen. Und selbst wenn, dann hatte er das Gebäude wahrscheinlich längst verlassen, weil er sicher Patterson für den Mörder hielt. Und der Gerichtssaal war mit Gittern versperrt – niemand kam ohne Schlüssel herein.

»Ich sagte ihnen, daß mir jemand nachstellt und daß ich die Waffe zu meinem Schutz brauche. Sie haben mir selbstverständlich geglaubt. Ich bin Richterin.« Sie lächelte spöttisch. »Lee hat diese Waffe benutzt, als sie sich erschoß. Es ist passend, daß ich sie jetzt benutze, meinst du nicht auch?«

»Du willst das nicht tun, Claire«, sagte Debra mit einer Gelassenheit, die sie selbst überraschte.

»Du hast recht. Was glaubst du, warum ich wollte, daß du

den Prozeß verlierst? Wieso habe ich deiner Meinung nach dafür gesorgt, daß der Fall in meinem Gerichtssaal verhandelt wird?« Ihre Stimme hallte traurig in dem hohen Raum wider.

»Laß mich gehen, Claire. Komm mit mir zu Annette.«

Sie schüttelte den Kopf. »Das wäre den anderen gegenüber nicht fair.« Sie entsicherte den Revolver. »Setz dich in den Zeugenstand.«

»Simms ist mir hierher gefolgt, Claire. Du hast gehört, wie er an die Tür gepocht hat. Er wird mit einem Schlüssel zurückkommen.« Mit der linken Hand faßte sie nach der halbhohen Schwingtür. Wenn sie hinter die Brüstung kommen konnte und sich fallen ließ...

»Los, geh schon. Und leg beide Hände so hin, daß ich sie sehen kann.«

Debra gehorchte und trat ein paar Schritte vor. Die tödliche Kälte in Claires Ton und der leere, starre Blick erschreckten sie mehr als der Revolver. Das war nicht Claire; das war jemand anderes.

»Du kannst versuchen wegzulaufen«, erklärte Claire sachlich, »aber ich bin eine gute Schützin.« Sie zielte immer noch auf Debras Brust, als sie die Stufe von der Geschworenenbank herunterkam. »Setz dich in den Zeugenstand«, wiederholte sie.

Ich muß sie beruhigen, dachte Debra. Ohne Claire und die Waffe aus den Augen zu lassen, ging sie seitwärts in Richtung Zeugenstand. Sie stolperte, als sie die Stufe nahm, und mußte sich an dem Stuhl festhalten, um das Gleichgewicht nicht zu verlieren.

Claire näherte sich dem Podium. »Geben Sie Ihren Namen und Beruf an.«

»Claire...«

»Das hohe Gericht fordert Sie auf, die Frage zu beantworten.«

»Mein Name ist...« Debra räusperte sich und richtete den Blick auf den Revolver. »Mein Name ist Debra Laslow. Ich bin Strafverteidigerin.«

»Miss Laslow, trifft es zu, daß Sie kürzlich Kenneth Avedon verteidigten, dem Vergewaltigung zur Last gelegt wurde?«

»Ja.«

»Und haben Sie einen Freispruch für Ihren Mandanten erwirkt?«

»Ja.«

»Trifft es auch zu, daß Sie die Klägerin willentlich und mit voller Absicht als Lügnerin dargestellt haben?«

»Nein.«

Ein Muskel an Claires Wange zuckte. »Entspricht es nicht der Wahrheit, daß Sie sie erniedrigten und demütigten, indem Sie intime Details ihres Lebens der Öffentlichkeit bekanntgemacht haben?« Claire stand jetzt etwa drei Meter vom Zeugenstand entfernt.

»Ich habe sie nicht vorsätzlich gedemütigt.« Debra überlegte, wie es sich wohl anfühlte, wenn die Kugel ihre Brust durchbohrte. Sie dachte an ihre Mutter, die ihr so schrecklich fehlte, und an die Dunkelheit, die sie so sehr gefürchtet hatte. Sie war noch nicht bereit zu sterben.

»Ist es nicht eine Tatsache, daß Sie Informationen manipulierten, um die Glaubwürdigkeit der Klägerin zu untergraben?«

»Ich habe einen Angeklagten verteidigt und mich an die ethischen Grundsätze meines Berufs gehalten.«

»Die Zeugin beantwortet nicht die Frage. Haben Sie oder haben Sie nicht Informationen und Tatsachen manipuliert, um die Glaubwürdigkeit der Klägerin zu untergraben?«

Debra sah, daß Claires Augen fiebrig glänzten. Sie antwortete mit »Ja« und fuhr mit der Zunge über ihre Lippen. Ihre Hände zitterten.

»Entspricht es nicht der Wahrheit, daß Sie, indem Sie den Angeklagten verteidigten, das Rechtssystem verfälschten?« Claire kam einen Schritt näher.

Debra zögerte, dann sagte sie: »Nein. Ich bewegte mich innerhalb der ethischen Grenzen unseres Rechtssystems.«

»Entspricht es nicht der Wahrheit, Miss Laslow, daß unser Rechtssystem gar keine Ethik kennt? Daß es keine Gerechtigkeit gibt?«

»Du kannst das Recht nicht selbst in die Hand nehmen«, erwiderte Debra – sie begriff, daß sie nichts mehr zu verlieren hatte. Es gab nichts mehr, was diese geistesgestörte Fremde, die mit der Waffe vor ihr stand, zurückhalten und besänftigen konnte.

»Das beantwortet nicht die Frage! Antrag auf Streichung der Bemerkung!«

»Claire, du kannst nicht...«

»Ich habe keine weiteren Fragen an die Zeugin.«

»Du hast Rawling eine Bestie genannt. Wenn du mich umbringst, bist du nichts anderes.«

»Die Zeugin ist entlassen.«

»Susans Mandant war unschuldig, Claire. Du hast vier Morde und einen versuchten Mord begangen. Du mußt dich der Polizei stellen.«

»Verlassen Sie den Zeugenstand!« Claire hielt jetzt den Revolver mit beiden Händen fest und hatte die Beine leicht gespreizt.

Jetzt, dachte Debra, jetzt erschießt sie mich. Sie trat langsam aus dem Zeugenstand. »Tu das nicht«, flüsterte sie. »Bitte nicht.« Sie schielte zum Fenster in der Tür, sah aber niemanden. »Simms ist hier!« rief sie aus, in der Hoffnung, Claire von sich abzulenken.

»Ich bin nicht dumm, Debra.«

Sie hielt den Revolver weit von sich gestreckt und richtete den Lauf auf Debras Brust – eine Ewigkeit, wie es Debra schien. Ihr Gesicht war schmerzverzerrt. Plötzlich ließ sie die linke Hand sinken und drückte im gleichen Augenblick den Revolverlauf an ihre eigene Schläfe.

»Claire!« schrie Debra.

Sie stürmte auf sie zu und wollte nach ihrer rechten Hand greifen, um ihr die Waffe zu entreißen, aber es war zu spät. Sie hörte den ohrenbetäubenden Knall, der beißende Gestank von Schießpulver drang ihr in die Nase, und sie hielt Claire fest, als sie zu Boden sank.

Blut rann aus der Schußwunde und aus ihrem Mund.

48

Debra saß im Gerichtssaal und beobachtete, wie die Jurymitglieder hereinkamen und ihre Plätze einnahmen.

Als der letzte Geschworene auf der Bank saß, verkündete der Gerichtsdiener: »Das hohe Gericht von Santa Monica eröffnet die Sitzung. Die ehrenwerte Richterin Judith Simons führt den Vorsitz. Sie dürfen Platz behalten.«

Es war eine andere Richterin, aber derselbe Gerichtssaal. Debra war seit einem Jahr nicht mehr hiergewesen, seit dem Abend, an dem sich Claire mit einem Schuß das Leben genommen hatte und in ihren Armen gestorben war; heute morgen hatten sie die Emotionen überwältigt, und sie mußte all ihren Mut zusammennehmen, bevor sie die Tür aufmachte und eintreten konnte. Sie warf einen raschen Blick nach rechts, auf den Platz zwischen Zeugenstand und dem Podium, aber natürlich war dort kein Blut mehr zu sehen.

In ihren Träumen sah sie noch manchmal das Blut – Claires Blut, Susans Blut. Debra hatte mit der Therapeutin, zu der sie auf Drängen ihres Vaters ging, darüber gesprochen. »Es braucht Zeit, bis man ein so traumatisches Erlebnis verarbeitet hat«, hatte die Therapeutin erklärt.

Adam hatte ihr in der letzten Nacht, als sie ihn nach einem Alptraum geweckt hatte, dasselbe gesagt. Er hatte sie festgehalten, besänftigt und geliebt; sie war in seinen Armen eingeschlafen. Jetzt drehte sie den goldenen Ehering an ihrem Finger und dachte zum hundertstenmal, daß sie großes Glück gehabt hatte, Adam begegnet zu sein. Sie hatte ihrer Mutter vor zwei Monaten ihre Freude zugeflüstert, als sie der Tradition folgend das Grab besucht und ihre Seele zu der Hochzeit eingeladen hatte.

Die Hochzeit war bittersüß. Debra war von ihrer Liebe zu Adam überwältigt, und sie war während des Tanzes und der Feier in Hochstimmung. Aber gleichzeitig sehnte sie sich danach, ihre Mutter an ihrer Seite zu haben, als Adam ihren Schleier herunterzog und ihr Vater sie segnete, während er sie durch den Gang führte; sie sehnte sich nach ihr, während sie unter dem Baldachin stand und zuhörte, wie ihr Vater mit vor Gefühlen rauher Stimme die Zeremonie vollzog; und sie sehnte sich nach ihr, als sie den Glückwunsch *»Mazel tov!«* von ihrer in Tränen ausgebrochenen Tante Edith und von Onkel Morrie, von ihren Großeltern und allen anderen Verwandten und Freunden entgegennahm. Einige von ihnen sprachen das aus, was, wie Debra wußte, alle dachten: »Wenn nur deine Mutter diesen Tag hätte erleben können.« Debra hatte sich damit abgefunden, daß sie ihre Mutter ihr ganzes Leben lang vermissen würde.

Adam hatte ihr angeboten, sie heute in den Gerichtssaal zu begleiten, aber sie hatte ihm versichert, daß es ihr gutgehe und daß alles in Ordnung sei. Auch die Unterstützung von ihrem Vater und von Julia hatte sie zurückgewiesen. »Das ist kein Ort für dich«, hatte sie ihrer Schwägerin klargemacht, die im vierten Monat schwanger war. Aaron behauptete steif und fest, daß der Wein, den seine Frau zur Entspannung getrunken hatte, diese Schwangerschaft ermöglicht hatte. Julia neigte eher zu dem Glauben, daß ihr das rituelle Bad geholfen hatte. Debra erinnerte sich an die Worte einer der Frauen, die auf dem Wunder bewirkenden Stuhl in Israel gesessen hatte: »Ich denke, der feste Glaube macht alles möglich.«

»Aufgerufen wird der Fall SA 011...«, verkündete die Richterin. »Das Volk gegen Kenneth Avedon.«

Debra starrte auf Avedons Rücken. Er hatte ihr auf dem Korridor ungezwungen zugelächelt wie schon nach der Vorverhandlung, bei der entschieden worden war, daß er sich wegen Vergewaltigung vor Gericht verantworten mußte. Diesmal gab es keine Verlobte. Vickie Hobart hatte die Verlobung, zwei Wochen nachdem Debra den Freispruch erreicht hatte, gelöst. Zu diesem Zeitpunkt waren Debra die ersten Zweifel gekommen.

Simms saß auch auf der Zuschauergalerie. Debra hatte ihn gleich gesehen, als sie in den Saal gekommen war. Er war mit seinem schiefen Lächeln auf sie zugegangen, und sie hatte sich auf eine bissige Bemerkung über Avedon gefaßt gemacht, aber er sagte: »Das muß hart für Sie sein, wie?«, und sie erwiderte: »Ja.« Er nickte. Er hatte sich nie dafür entschuldigt, daß er sie verdächtigt hatte; nicht, als er mit den anderen Polizisten an dem Abend zum Gerichtsgebäude zurückkehrte (er hatte Patterson und nicht Claire für den Mörder gehalten) und auch nicht bei Claires Trauerfeier. Er hatte nur gesagt: »Ich schätze, ich habe mich geirrt«, als er ihr ein paar Tage nachdem Claire neben ihrer Schwester beerdigt worden war ihre braune Handtasche zurückgab. Debra hatte die Handtasche weggeworfen und den Kauf des Revolvers rückgängig gemacht.

»Die Vertretung der Anklage ist bereit, Euer Ehren«, sagte Annette Prado.

Debra hätte diesen Fall gern übernommen – zum Teil, um eine Schuld abzutragen, zum Teil, um ihre Ehre wiederherzustellen –, aber natürlich war das nicht möglich. Sie hatte sich eine Woche Urlaub genommen – sie arbeitete jetzt als Staatsanwältin in der Stadtmitte –, so daß sie jeden Tag hiersein, Avedon beobachten und ihn zwingen konnte, sie anzusehen.

Penny Bailor war auch hier – mit ihrem Bruder. Sie vermied den Blick auf Debra, die ihr eine Karte geschrieben hatte, als Avedon erneut festgenommen worden war, aber natürlich konnte Debra nichts ungeschehen machen. Sie würde mit diesem Wissen leben müssen.

Gelegentlich fragte sie sich, wie es Jeff gehen mochte. Sie hatte ihm sein Manuskript geschickt, aber nie seine Anrufe und

Briefe, in denen er sie um Verzeihung bat, beantwortet; schließlich hatte er sich nicht mehr gemeldet. Aaron hatte vom Rabbi erfahren, daß Jeff nach Chicago zurückgekehrt war. Debra haßte ihn nicht – sie war zu der Überzeugung gekommen, daß er echte Freundschaft für sie empfunden und daß die Angst um ihre Sicherheit die Erinnerung an die schrecklichen Erlebnisse wachgerufen hatte, die damals zum Nervenzusammenbruch geführt hatten. Das beste, was sie tun konnte, war zu versuchen, Verständnis für ihn aufzubringen.

»Die Verteidigung ist bereit, Euer Ehren«, sagte die attraktive blonde Frau an Avedons Seite.

Debra glaubte immer noch an das Strafrechtssystem. Sie war immer noch der Meinung, daß es besser war, zehn schuldige Menschen freizusprechen, als einen unschuldigen zu verurteilen. Und sie war auch immer noch überzeugt, daß jeder, dem ein Verbrechen zur Last gelegt wurde, das Recht auf einen Verteidiger hatte. Sie konnte nur keiner dieser Verteidiger mehr sein.

Jedenfalls jetzt nicht.

»Miss Prado, möchten Sie zu diesem Zeitpunkt Ihr Eröffnungsplädoyer halten?«

»Ja, Euer Ehren.« Annette Prado ging zum Podium. »Meine Damen und Herren, ich möchte Ihnen im voraus für Ihre Aufmerksamkeit an diesem Vormittag danken. Vergewaltigung ist ein Verbrechen, bei dem es keine Zeugen gibt. Vergewaltigung …«

Danksagung

Ich möchte den Menschen meinen Dank aussprechen, die die nötigen Hintergrundinformationen für »Sprich nichts Böses« geliefert haben: Maynard Davis, Strafverteidiger; Jim Vickman, Rechtsanwalt; und Carolyn Yamoaka, Gerichtsreporterin in Santa Monica. Dank schulde ich auch Renee Korn, Stellvertretende Staatsanwältin am Strafgerichtshof Los Angeles, die mir Zugang zu ihrem Gerichtssaal gewährt hat und mich an ihrem umfangreichen Wissen hat teilhaben lassen. Am meisten danke ich Mary Hanlon, Stellvertretende Staatsanwältin in Santa Monica, für unsere neue Freundschaft und für ihre Geduld, mir einen Einblick in das komplizierte Strafrechtssystem zu verschaffen. Etwaige sachliche Fehler im Roman sind mir anzulasten. Ein besonderer Dank für ihre Anregung und Unterstützung gilt meiner Herausgeberin Sara Ann Freed, meiner Agentin Sandra Dijkstra und ihrer Teilhaberin Katherine Miller.